新高地军旅文学丛书
傅逸尘 主编

全面击溃

窦椋 著

南方出版传媒 花城出版社
中国·广州

图书在版编目（CIP）数据

全面击溃 / 窦椋著. -- 广州：花城出版社，2021.7
（新高地军旅文学丛书 / 傅逸尘主编）
ISBN 978-7-5360-9355-3

Ⅰ．①全… Ⅱ．①窦… Ⅲ．①长篇小说－中国－当代 Ⅳ．①I247.5

中国版本图书馆CIP数据核字（2021）第018202号

出 版 人：	肖延兵
丛书主编：	傅逸尘　程士庆
责任编辑：	蔡　安　李珊珊
技术编辑：	薛伟民　凌春梅
封面设计：	李晓玉

书　　名		全面击溃 QUANMIAN JIKUI
出版发行		花城出版社 （广州市环市东路水荫路11号）
经　　销		全国新华书店
印　　刷		佛山市浩文彩色印刷有限公司 （广东省佛山市南海区狮山科技工业园A区）
开　　本		787毫米×1092毫米　16开
印　　张		25　1插页
字　　数		450,000字
版　　次		2021年7月第1版　2021年7月第1次印刷
定　　价		59.80元

如发现印装质量问题，请直接与印刷厂联系调换。
购书热线：020-37604658　37602954
花城出版社网站：http://www.fcph.com.cn

"历史化"大叙事背影里的"个人化"想象

——《新高地军旅文学丛书》总序

傅逸尘　程士庆

一

因为战争本身的极端性与复杂性，以及对政治集团、民族国家甚至人类的生存发展走向起决定性影响，军事题材一直为文学叙事所青睐并不让人惊讶。但在世界文学的谱系里，军事题材始终是一个充满矛盾与魅惑的存在。战争本身可以说是冲突爆发的极端形式，敌对双方的立场与利益几乎无法调合，其目的往往也指向明确；但文学所关注的，或者说要表现的却是极其复杂丰富的存在与形态，它往往超越了战争本身二元对立的政治性诉求，在更为幽微的人性与哲学的向度上进行深入独特的探索与剖析。也因此，军事题材文学经典连绵不绝，既为不同时代的读者所钟爱，亦成为文学史不可或缺的重要一域。

中华人民共和国成立后70余年的当代文学史中，军旅文学始终是一个巨大的存在，在不同的社会历史阶段，或不同的文学思潮中从未缺席，甚至可以说一直引领时代精神之先与文学思潮之头，亦不为过。从长篇小说的角度论，中国当代军旅文学有两个比较重要的时期，共同建构起当代长篇小说重镇之形象。第一个重要时期便是20世纪五六十年代的革命历史小说，即"红色经典"中的军事题材作品。这些小说大都以抗日战争和解放战争为背景，以中国共产党领导下的革命武装为主体，书写的是艰苦卓绝、可歌可泣的战斗历程与流血牺牲的英雄人物，直接回应了新中国成立的合法性历史诉求，成为20世纪五六十年代的"主旋律"。

然而近年来，学术界尤其是文学史家的质疑和批判之声也不绝于耳，"英雄主义模式的限制，使这类创作只是在数量与篇幅上得以增长，却没有造成艺术上多样化的局面"（陈思和语）。在我看来，"红色经典"中的"红色"并非当下学界对其诟病的根本症结，更重要的问题在于"十七年"的军旅长篇小说始终笼罩着一层深重的"现代性焦虑"，围绕着组织一个现代民族国家的政治诉求而展开的集体想象与国家认同，导致其"非文学"的因素过多：缺乏活跃的感官世界（"身体"的缺席和情爱叙事的稀薄），缺乏超越性的精神维度（二元对立的思维方式及日常道德宣教），缺乏丰满立体的人物形象（概念化、脸谱化的人物塑造方式），缺乏日常生活经验（极端化的生存状态简化了生命的内在矛盾）等。因此，"红色经典"的一枝独秀在创造了一个繁荣神话的同时，也暗伏了随后的文学危机（尤其是近年来，在高校教师主导编写的多种当代文学史中，"红色经典"中的军事题材作品乃至于整个中国当代军旅文学的作家作品都被删除殆尽）。

第二个重要时期开启自20世纪九十年代，"新历史主义"思潮影响下的"新历史小说"。"新历史小说"颠覆并解构了"红色经典"所描写的正统的、单向度的革命历史以及二元对立的意识形态立场，对战争情境中人性的复杂性与历史的偶然性等因素进行了探索性的开掘，为以往单向度的革命历史增添了某种暧昧与不无吊诡的意味——已经"历史化"了的革命历史遭遇了来自文学的重构或曰重新阐释。随着商品经济大潮席卷中国社会，世俗化、娱乐化成为文化主流，失去了政治的"荫蔽"，军旅文学不但逐渐退出了主流意识形态话语体系的核心，在文学领域也一再被边缘化。"农家军歌"无疑是1990年代军旅文学的亮点，也可以说是"新写实小说"的军营别调，长期以来被宏大叙事所遮蔽的个体军人的现实生活与命运遭际开始被作家冷静客观地揭开。

进入21世纪，军旅文学没能沿着上述两个时期所建构的"文学传统"继续前行，而是堕入了世俗化与后现代主义混搭的，甚至是无厘头的欲望化叙事的泥淖。首先是"红色经典"在影视剧改编与重拍中"梅开二度"，随后而起的是抗战题材长篇小说热与抗战"神剧"热，这种热潮进而逐渐走向了迎合民族主义情绪与娱乐化消费心理的反智主义的极端。这些作品往往置常识于不顾，将英雄传奇妖魔化、反智化、戏谑化，严重损害和扭曲了革命历史小说的叙事本质与政治合法性诉求。消费时代的来临和大众文化的崛起，早已从根本上改变了当下文学的言说机制，自然也包括军旅文学创作。事实上，军旅影视剧的热播并不能表明军旅文学，尤其是军旅长篇小说的真正繁荣。21世纪的第二个十年，"新生代"军旅作家群开始整体崛起，以其独特的审美体验与视角，观照当代军人的生存境遇与情感状态，为和平时期的军旅文学写作开拓了新的空间与向度。然而遗憾的是，这批以中短篇小说出道且成绩优异的70后作家，在长篇小说领域还缺乏重量级、有代表性的力作，其社会影响力与前述两个时期的作品尚无法比肩。

在这样的历史坐标系和文学史背景下，军旅文学新的表现方式与叙事空间在哪里？这是一个极其迫切且无法回避的问题，也困扰着许多作家和批评家。花城出版社敏锐地发现了这一现象，并试图改变这一态势，以期重建中国当代军旅文学尤其是长篇小说的文学观念、叙事向度、话语方式以及美学风格。事实上，早在2006年，花城出版社就曾策划推出过"木棉红"长篇小说丛书，囊括了原广州军区十二位专业作家的十二部军旅长篇小说。当年的这套丛书，或以军营生活为中心，再现历史事件，记录时代风云，展示军人的精神世界；或以乡村都市为主题，描摹世道人情，绘写人生百态，凸显对民间的冷暖关怀，显示出一个创作集体自觉的使命感和审美追求，在军内外产生了广泛影响。十五个年头倏忽而逝，现如今，曾经的部队专业文艺创作室已不复存在，军旅专业作家群体也已经风吹云散。改革强军的进程中，军旅文学正在经历低潮和阵痛，期待着换羽重生，重整旗鼓。在这样的情势和背景下，花城出版社又一次站了出来，以一种老牌文艺出版社所特有的使命感和敏感性，策划推出"新高地"军旅文学丛书，试图以此为中国当代军旅文学赋能，进而掀起一轮以长篇文体为标识的文学潮动。花城出版社这一雄心勃勃的想法得到了军队和地方诸多作家的积极响应，并在各自的新作中进行了独特的探索与尝试。"新高地"这个丛书名，寄寓了编者和作者之于新时代军旅文学的新观念与新方法，希冀着新时代军旅文学创作能坚守住这块承载着光荣传统的重要阵地，进而呈现一片新的文学风景，攀上新的文学高度。

二

检视当下的军旅长篇小说创作，无论从数量还是质量上看，战争历史题材仍然占据主流。对此，一个通行的说法是这与长篇小说的文体特征有关，对生活的认知与经验的积累往往会导致创作的相对滞后。从小说叙述的角度论，包括正在发生的现实也已经成为历史，长篇小说从本质上讲就是历史叙事。在这样的逻辑前提下，当下的军旅长篇小说叙述或言说的就是历史本身，作家首先面对的是要对"历史化"进行一番怯魅。因为"历史化"是意识形态窄化的结果，换言之，是秉持某一意识形态立场与观念对历史认知进行的理性建构。也即，历史是由这一观念认知主体所描述和建构出来的，它并不与本真的历史存在严格对应，这其间存在着诸多断裂与缝隙。这些断裂与缝隙恰恰为那些试图探寻历史本相的严肃作家们提供了打捞历史丰富存在、发挥"个人化"想象的叙事空间。

历史当然不限于遗迹与文献的自然状态，很大程度上依赖言说或话语的操纵者，它是现实的折射，即克罗齐所谓"一切历史都是当代史"。福柯的"知识考古学"理论就不相信存在一个外在于历史的客观标准。福柯认为，历史的言说或话语是"权力"运作的结果。由于标准的不同，价值判断常常会变成立场与信仰的选择。批评家陈晓明认为，中国现代以来的文学获得了"历史化"的强大逻辑，革命历史叙事则是这样的历史化的最高体制。问题是，时间往往会消解"历史化"的意识形态，当意识形态的政治空间被打开时，历史便以我们不曾见过的姿态或面貌重新显现在人们的面前。所以，杰姆逊也试图用从第三世界理论去解释中国现代文学的"民族寓言"，个人的力比多终究被"民族寓言"所压抑，而政治显然是这种文学中最活跃的、起决定性的因素。回过头再来看"红色经典"中的军事题材长篇小说，由于作家大都是所叙战争的亲历者，尤其是他们此前都不是专业作家，因而作品所反映的历史还是真实可信的。然而，小说叙事和人物塑造的单向度，以及缺乏对战争复杂存在的形而上哲学思辨等问题，无疑影响了作品的文学性价值，这一点在与世界战争文学名著的比较中是显而易见的。

历史叙事当属宏大叙事，尤其是当代中国革命历史叙事，有如一股巨大的洪流，裹挟着那些最为原初和本真的涓涓细水与沙粒，一路高歌而去。最终留下的是冷硬骨感的巨石，而那些富于生命温度和生活情态的细水与沙粒，则早已消弭无迹。从文学的角度论，宏大叙事当然是历史叙事的主体或主流，主导着社会思想和时代精神，并产生过许多经典的史诗性巨著，如《战争与和平》《静静的顿河》《生存与命运》等等。不过，当我们仔细阅读这些名著的时候会发现，它们之所以成为经典，恰恰在于作品没有忽略那些普通人的个体生命存在，在于以细节的形式保留了大量战争中的日常生活经验，这使得宏阔诡谲的历史叙事有了可触摸、可感知的血肉。而"红色经典"中的军事题材长篇小说，何以至今仍为广大读者所青睐，也是因为作品中大量真实的生活细节。这些细节是历史的源头，丰富而真实；是积土与跬步，后来的高山与千里都来源于它们。也就是说，那些细水与沙粒可能更接近历史本相，或者说就是历史不可或缺的一部分。

中国革命历史尚未成为巨大的洪流时，或者已经成为巨大的洪流时，人的复杂性与历史的偶然性在革命历史的整体中都应该是巨大的存在，构成了革命历史的最初底色，也在某种程度上影响着革命历史的进程与走向。鉴于宏大叙事的某种缺失，"个人化"叙事，或叙事中的"个人化"想象，就尤其需要强调，不是反拨，而是丰富与拓展当下军旅长篇小说的叙事空间。这种"个人化"想象，不同于1990年代的"私人化"叙事，强调的是以往英雄与传奇话语的背面，即更多地还原和展现"历史化"大叙事阴影下个体生命的生活与命运。

历史强调的是结果，即便有过程，也是概括性的。小说正相反，它要弥补的恰恰是历史所遗漏，或遮蔽的那些更为鲜活的细节。他们往往是被革命历史大潮裹挟着，或者随波逐流，或者搏击潮头，是多面的人生与故事。他们依照自身的逻辑在"革命"中翻滚，历史的不确定性，以及个体命运遭际的偶然性，构成了"革命历史"讲述中的"革命英雄传奇"的阴影部分，有如一枚硬币的背面。如果我们认可"所有的文学都是作家的自叙传"这句名言的话，那么"个人化"叙事，或叙事中的"个人化"想象，在小说的历史叙事中就具有无可争议的逻辑合法性。

历史与文学在中国文化传统中是截然不同的两个领域，有时甚至是对立的。历史是真实的存在，而文学则是虚构的文本。也因此，历史学家对作家写作的所谓历史小说常常是不屑的，他们诟病作家的时候也是义正而辞严，似一种居高临下的审问与批判。后结构主义历史学家海登·怀特认为：历史事件虽然真实存在，不过它属于过去，对我们来说无法亲历，因此它只能以"经过语言凝聚、置换、象征以及与文本生成有关的两度修改的历史描述"的面目出现。同样的历史事件，通过不同的情节编排，完全可能具有截然不同甚至相反的意义。虽然标榜"客观真实"的历史话语渴望与"科学"联姻，一再拒绝承认它和文学间的亲缘关系，然而在进行叙述建构时，它采用的却是以"虚构"为特征的文学创作中随处可见的"悲剧""喜剧""浪漫""讽刺"这类情节类型；在进行历史解释时，它使用的却是传统诗歌常见的"隐喻""换喻""提喻""反讽"这类语言表述模式。在海登·怀特的分析下，历史话语的文学性昭然若揭，历史和文学之间的界墙轰然倒塌。

鲁迅说《史记》是"史家之绝唱，无韵之离骚"，而且像《左传》等诸多历史著作中都有大量精彩的文学描写，有的干脆就是小说的虚构笔法。从这个角度论，当年关于余秋雨历史文化散文中小说化叙事过多的批评，似乎也陷入了历史与文学、真实与虚构的对立或暧昧之中了。就文学的本质而言，把真实作为标准，或将真实作为"现实主义"的同义词，显然是虚伪的，批评家没完没了地讨论、争辩作品的"真实性"或许也是虚妄的。进言之，当真实成为小说存在的前提的时候，文学性的意义就是无皮之毛了。

三

站在当今时代的立场，重建虚构叙事与战争历史的关系既是重要的，也是艰难的。事实上，对历史叙事真实性的强调已经在相当大的程度上转化为小说这一虚构文体中的纪实色彩，并在历史叙事中带动了跨文体写作时尚或风潮的兴起。毋庸置疑，在虚构叙事中增强纪实性的确是还原历史真实的一种简单直接且有力有效的手段。在这里，真实感与文学性似乎已成为某种难以超越的悖论。

由此想到了《保卫延安》和《红日》，这两部小说都选取了解放战争时期的著名战役，事件的真实性自不必说，其中的主要人物也都是真实的，但它们都没有受史实的束缚。作家充分发挥了小说的虚构性本质，展开文学性想象，既成功地还原了那两场著名战役，还塑造出诸多令人印象深刻的历史与文学人物形象。还有姚雪垠的历史巨著《李自成》，那不是在读历史，而纯粹是在看小说。人物形象与心理、细节、环境等文学性元素充盈在小说的所有空间，历史的进展似乎不再重要，重要的是人物的成长、命运的跌宕以至于生命的毁灭。不是说姚雪垠不重视史料，恰恰相反，姚雪垠在明史及清史史料的搜集与研究上是下了大气力的，为了增强写作时对环境描写的真实感，他甚至亲自考察了李自成率起义军与明、清官军征战的主要战场。但作者以"深入历史与跳出历史"的原则，成功地刻画了李自成、崇祯皇帝等一系列人物形象，使小说的文学性远远高于历史真实本身。而莫言的《红高粱家族》与"新历史主义"也不是一回事，多少受了点"寻根文学"的影响恐怕是事实。那是关于高密东北乡的一段尘封的历史记忆，莫言以其非凡的文学胆识与艺术想象力将其再现了出来。文学与艺术的本质就是虚构，真实并不是判断其水平高下的唯一标准，文学毕竟不可与历史划等号。真实性是某种前提，是基础，但绝非文学进行历史叙事的全部。不要说《史记》，连《二十四史》在多大程度上记录或曰复现了历史的真相都颇值得怀疑，何况一部以虚构为文体特性的长篇小说？也就是说，小说家首先应当沉入历史现场，最终又必须以文学性和想象力超越历史语法的束缚。在复现与超越这二重叙事伦理中间，文学的超越当然是小说家不须犹疑的唯一选择，亦是衡量战争历史叙事的终极标准。

　　从这个意义上，展开对新时代军旅长篇小说的某种瞻望与想象，或许包含如下关键词：现代性伦理、人生体验、独一无二的表现方法、一个不寻常的事情正在发生的幻觉、特别的尖锐性或目的论。理解这些关键词并不难，难的是创作主体对散落在"历史化"阴影中的历史碎片进行充分发掘、有效提炼与整体概括；难的是超越线性的历史观，让不同政治阵营中的人物在战争的极端情境和冲突中经受肉体、生活方式、价值判断、思想精神的互见与试炼；难的是创作主体基于现代性的写作伦理传递对历史更加全面的理解和更为深切的体认，进而表呈出新的文学趣味和气象；难的是在虚构叙事与现实真实的混沌关联中，用更加深刻、精准且有力的形而上思考建构起有意味的文学经验，最终以文学的方式超越历史的偏见和局限。

　　战争历史从来不是泾渭分明、光滑如镜，实则是乱世求生、紊乱繁复的欲望之海。我们往往习惯于关注奔流到海的大河，而选择性地忽视了如毛细血管般从各个来路汇入大河的支流，人心和人性永远是看似平静的水面之下那汹涌起伏的暗流。一个复杂、立体且有深度的人物形象,既可能是力抗历史洪流的自由灵魂,是觉醒的自由人,不断追寻未知的未来,也可能是命运之神所掌控的玩偶。作家们要想象和探寻的正是这种极具魅惑感的可能性。在这种探寻之下,历史本身的"实感"或许不再是叙事的重点,意识形态的藩篱也是需要突破和重新审视的对象。以"现代性"的、个人化的立场重新反思、阐释和建构错综复杂的历史,历史的可能性和人的存在感都将得到极大的释放。

将个人经验、日常生活与大的时代变局交织缠绕在一起,使读者感到历史既是经由人对外在世界变化的自发反应而展开的,又是在一连串重大、公开的事件中呈现出来的。如此,历史将不再被局限于彼时彼地的特定时空,而成为一种可以被当下通约和共享的情境,承载着作家对战争、对历史、对人的省察与思辨。军旅长篇小说对战争历史的虚构将不再单纯强调"逼真"的幻觉和认知的功能,而人的命运和生命存在的诸种可能性会越发受到正视和尊重,进而生成另一重历史的意义。于是乎,军旅长篇小说便不再是单向度的叙事,"个人"将被从历史中拯救、解放出来,重构与"民族国家"的关联也便成为可能。

"'现代性'不是一个肯定的概念,但也不是一个否定的概念,它是一个反思的概念。"(李杨语)事实上,对于军旅文学而言,无论是大历史还是个人化,终究可以归结为精神的胜利;而政治的、阶级的、党派的差别和裂隙终将被灵魂、信仰、理想、情感的意义消融、弥合、超越,完成"现代性"意义上的对战争历史的反思与重构,进而达至英雄叙事的存在与理想之境。

2021年5月

目录

第一章　插翅而逃 …………001

第二章　心比天高 …………012

第三章　一眼万年 …………025

第四章　穷凶极恶 …………040

第五章　先入为主 …………051

第六章　一日千里 …………064

第七章　变本加厉 …………077

第八章　阴错阳差 …………091

第九章　戏比天大 …………105

第十章　锦上添花 …………116

第十一章　人心叵测 …………127

第十二章　风之律动 …………140

第十三章　四面楚歌 …………154

第十四章　险江怒湖 …………162

第十五章　胆战心惊 …………171

第十六章　九死一生 …………177

第十七章　千钧一发 …………183

第十八章　归去来兮 …………188

第十九章　过关斩将 …………195

第二十章　挥手作别 …………205

第二十一章　误打误撞 …………214

第二十二章　误入歧途 …………222

第二十三章　石破天惊 …………232

第二十四章 急火攻心 …………244

第二十五章 漏网之鱼 …………254

第二十六章 生死未卜 …………265

第二十七章 羊入虎口 …………277

第二十八章 骑虎难下 …………288

第二十九章 致命营救 …………299

第三十章 江河入海 …………308

第三十一章 烈火炼狱 …………318

第三十二章 情感密码 …………327

第三十三章 无人应答 …………337

第三十四章 雪上加霜 …………346

第三十五章 向死而生 …………356

第三十六章 不问归途 …………365

第三十七章 各个击破 …………374

第三十八章 别来无恙 …………381

第一章 插翅而逃

　　榕城沿海径直往西二百公里的腹地，遍布丛林，这里遮天蔽日、密不透风，俯瞰横贯其间的高速路仿佛一条蜿蜒长龙，要在这压抑得让人喘不上气来的崇山峻岭之间杀出一条血路来。天色尚早，车辆却要开启大灯，因为山峦之上的天空，像古老四合院里的天井，透出的光亮很有限，让原本宽阔的道路显得十分逼仄。每一条山的沟壑，在速度的推动下，像一条条奔跑的巨人的长腿，似乎稍有不慎就会踩将过来。

　　付守宇和吴行健乘坐的防弹运兵车在这条路上疾驰，速度应该已经达到了每小时一百八十公里，车厢抖得厉害，令人耳膜鼓胀，疼痛难忍。为了缓解不适，吴行健不停地把嘴巴张开到最大，一下、两下、三下……

　　付守宇掐灭烟头，透过窄窄的车窗，眼睛乌溜溜地转着，脑门上一层细密的汗珠。他从上到下摸索拉扯了一遍笨重的单兵装备，往眉毛处拽了拽凯夫拉头盔。

　　嵌入式耳麦里传来前进指挥所急促的案情通报："李华纲、叶根壮团伙进入乌山北麓叶家厝，持有枪支弹药，数量、火力情况不明，村内老弱妇孺众多，进村只有一条道，村后上山逃跑路线四通八达，围捕难度大，可能还有埋伏，有伤亡概率，注意警戒，准备战斗！"

　　吴行健嘟囔了一声："其实就这局面也没必要收我们手机！"

　　付守宇不满地说："都啥时候了，还想着吃鸡！"

　　分坐车厢两边的特战队员动作一致，拉枪机、子弹上膛、开保险。清脆的噼噼啪啪声，让大家神情紧张起来。

　　付守宇见刚毕业没两年的吴行健动作确实生疏了不少，离目的地越近越咬牙切齿，上满发条，似乎下一秒一梭子就能扣出几发火箭弹来的样子十分滑稽。

付守宇说："大毒枭、杀人犯、走私团伙都不在话下，一股小土匪而已！"

吴行健说："数你最能，李华纲可不是什么小土匪！"

付守宇自讨没趣，也学着吴行健的样子，身子微向前探，枪管斜着往后甩，一副蓄势待发的样子。这个姿势让付守宇想起动画片里的兔子或者什么擅长狂奔的动物的形象，起跑前都会磨几下后腿。嘴角露出笑，一想这个场合不适合笑，连忙憋了回去。

在距离目的地两公里的地方，车队停了下来，关闭所有灯光，人员徒步行进。

叶家厝三面环山，古老的传统木制民房，星星点点地分布在山坳里，不时传来几声狗吠虫鸣，抓捕人员的脚步窸窸窣窣。

作为军事学硕士、作战参谋，吴行健自信满满。而付守宇不这么认为，他觉得毕业没多久、在象牙塔待习惯了的吴行健以前还算得上优秀，现在满脑子是游戏，对新时期、新形势下的作战实践纸上谈兵，武功荒废多年，最多算个纸老虎，在指挥学院多看过几部类似《我是特种兵》之类的电视剧就觉得自己能够以一当十了，其实也就比那些把实战想成真人CS的懵懂少年稍微强那么一点点而已。

吴行健脑洞大开了，趴在付守宇耳朵上说道："被正面强攻，犯罪分子就没有岗哨了？我们有特战队，公安有特警，特警中很大一部分是部队复退的，再看看现场最高指挥官是公安厅长，你瞧瞧他脸拉得那么长，会把这立功的机会让我们抢了先？"

付守宇嘴上说："别乱说话！"心里倒是非常认同。

吴行健说："再说了，我们就四个人，里面潜在人群不知道多少呢，人家有没有榴弹炮之类的大家伙什儿？乱拳打死老师傅，那我们可就亏大了，迂回突袭、抓捕首恶才是我们的行动方针啊！"

吴行健正絮叨着，突然三发信号弹急速升空，把黑压压的山坳照得亮如白昼，也照亮了一张张诧异的脸。

"我去，出师未捷！"吴行健说，"完了，再好的计划也流产了。"

付守宇说："暴露了！"

指挥长下令："强攻！"

吴行健对着对讲机，但没按下按键吼道："还用你说！"

一时间，对讲机的声音、警笛声、拉枪机的声音、小组长下命令的声音、作战靴撞击地面的声音混合成战斗序曲，让这里顿时热闹非凡。

他们低估了李华纲的警惕性，叶家厝唯一的进口处早已安置了新型频率报警装置，一辆、两辆车经过没有问题，只要有相应间距的车队经过就会触发报警，李华纲有太多躲避大规模搜捕的经验和办法。

居高临下的暴徒可不是省油的灯，子弹冒着火星子密集地射过来，几乎都是连发，扣住扳机就不撒手。吴行健隐蔽，一边说："奶奶的，抓到李华纲让我先褪了他的皮！"

付守宇说道："先想想怎么逃出生天吧，对面好像有一个加强连的兵力！"说完抬头瞄了一眼，亮开架势就是一枪，一个机枪手应声从房顶落地。吴行健惊呼："可以啊，这家伙！"

吴行健不甘示弱地连放几枪，也没收到回馈，反而激发了暴徒更强的斗志，火力集中射向自己，面子掉了一地。

疯狂的射击暂告一个段落，付守宇想着是时候喘口气了，暴徒的子弹应该是快供不上了，哪承想一个个瓶子做的燃烧弹夹杂着手雷铺天盖地从上面扔过来，几辆警车被引燃了，陷入一片火海，有几个特警身上着了火，嘶喊着满地打滚。一条警犬身上火花飞溅，挣开项圈一路狂奔，正巧引燃满地的干柴枯草，火光冲天。指挥长下令立即撤退。原本想着是把团伙一网打尽，没想到头一次吃这样的亏，奇耻大辱。

但匪就是匪，多年来提心吊胆地过日子，终于找到了发泄的机会，哪懂得见好就收，逮住机会不撒手。乐极生悲，这帮家伙一冲锋就暴露了缺点，哪还顾得了什么射击要领，一通乱扫，子弹全打在了除了人以外的地方。吴行健抓住机会，弹无虚发，撂倒好几个，挽回点颜面。另外两名特战队员也没闲着，娴熟的特战动作派上了用场。

付守宇说："看这帮亡命徒，一点章法也没有！"

吴行健说："一点都不奇怪！"

付守宇说："不过也不一定！李华纲堪比老狐狸，不会这么傻！看这架势……"

吴行健说："什么意思！"

付守宇："跑了呗，留一堆炮灰，我们别在这儿陪一帮小厮玩了，赶紧的吧！"

"明智！"说着，吴行健立刻让队友取出热成像、旋翼飞行器侦察。

事实印证了付守宇的判断，有三簇热能正在密闭的丛林里狂奔。

"不能让他们翻过山，那边就是闽江了，上了船就什么都晚了！"付守宇着急地说。

特战小组且战且退，不一会儿就钻进了丛林，背着四十斤的装备闯过壕沟、越过荆棘、跳过悬崖、穿过旷野，一路狂奔，疾风冲刷着他们敏捷的身体，一棵棵大树从他们耳边呼呼掠过，这场战斗没有飞机、没有坦克，是人和人的较量。

　　小组很快发现了李华纲的踪迹，但还不能马上近身。

　　吴行健说："呼叫大部队增援！"

　　付守宇说："不行，太给暴徒脸了！"

　　吴行健说："现在不是要不要脸的事，跑了匪首，那是大件事！"

　　付守宇说："大部队在哪儿？大部队在榕城，飞过来要一个多小时，还有一部分现在正在山下激战，就算战斗结束了，他们到这边也是天亮以后的事了！"

　　吴行健说："听你的！"

　　付守宇正一边向联指汇报情况，一边准备冲锋，一名队员竟然不小心触发了机关，用来狩猎的铁夹子、绳网、削尖了"脑袋"的树枝多措并举、成序列、成建制地向他们四人袭来。付守宇连踢带蹦躲过一劫又一劫，可还是被一支暗箭刺中右臂，端着95式自动步枪的手倏地垂下来，不禁惨叫道："这玩意比子弹狠！"一个队员被挂上了大树，还有一个正在陷坑里挣扎，吴行健一个前滚翻，滚进深沟，安然无恙。

　　吴行健缓缓伸出脑袋，涂着伪装迷彩的脸，再加上尘土，已经看不清轮廓，他啐了一口嘴里的沙子，连滚带爬地来到付守宇跟前，压低声音道："老船长，阴沟里翻船了！"

　　付守宇拔下一米多长的暗器，鲜血喷涌而出，吴行健连忙掏出三角巾给他做了包扎，问道："还行不行？"

　　付守宇没说话，用匕首把挂在树上的战友救下来，把掉进坑里的哥们儿拽上来，吐了一口满嘴的泥巴，誓与李华纲决一死战的劲头出来了。

　　吴行健说："不行就撤吧，这哪是抓土匪，惊险程度堪比上甘岭！"

　　付守宇说："开弓没有回头箭！"

　　分队刚要越出掩体，几颗手雷又从天而降，分队举枪射击，付守宇空中引爆一颗，狙击手打掉一颗，还有一颗落在吴行健脚边，吴行健下意识地抬脚就是一踢，手雷是踢出去了，但冲击波还是把吴行健顶出好几米远，躺在草丛里头发都立了起来。

　　付守宇使劲摇晃吴行健，吴行健嘴里吐着烟，脸上乌黑。

　　付守宇牙都快咬碎了，用树叶把吴行健隐蔽好，用对讲机呼叫了救护直升机后,狠狠地做了一个突击手势,三人鬼魅般冲下河岸。

几名暴徒,边往冲锋舟上逃窜,边往身后开枪,流弹从付守宇耳朵边上嗖嗖飞过。冲锋舟若隐若现,发动机已开始轰鸣,再追也是徒劳。付守宇用95式自动步枪对着油箱点射,精度有限,无法命中。他拽过狙击手的枪,架在狙击手肩上,来不及判定角度方位,开枪射击,一发击中,轰隆一声,冲锋舟炸裂开来,几个燃烧的人体,从船上打着旋子飞到水中。

三架增援的武装直升机在熊熊大火周边来回盘旋,数十辆武警摩托艇也已经从南北两个方向包抄而来。

此时的付守宇眼睛一黑,跌倒在江岸边,战友发现他受伤的胳膊流出的鲜血已经浸湿了整条虎斑迷彩裤,三角巾已经被染成褐色。

付守宇和吴行健两位多年前便并肩作战的战友,头一次一同横着被抬出战场。

吴行健被炸迷糊了,嘴里还喊着:"丢人了,要被付守宇笑话好几年了。"

隐隐约约觉得付守宇也被抬了进来,改口说:"你怎么也沦陷了,没抓到李华纲、叶根壮,你躺下干什么?你有脸躺着?"

护士见吴行健都这形象了话还这么多,气不打一处来,把氧气管子一把插进他嘴里。

护士说什么,被手雷震过的吴行健根本听不到,只看到一张美丽的脸和燕尾帽下齐耳的短发。吴行健呜呜呜地喊着,喊着喊着,人也精神了,看清了付守宇的样子,他马上安静了。

救护直升机在武警医院楼顶停机坪上平稳降落,升降电梯,直达ICU,付守宇被抬了进去,而吴行健被扔在电梯门口,半天才有一个穿着一套蓝色衣服的护工模样的大娘,一脸悠然自得地推着他左转右转。

吴行健喊:"几个意思?我被手雷炸了,手雷!"

看大娘的口型,吴行健很失望,她似乎在说:"明天你就可以上班了!"

吴行健被推到一楼门诊大厅,他看到密密麻麻的年轻官兵已经在抽血口列好队,撸起了袖子,他意识到这些与医院无缝对接的战友,应该是给付守宇送血来了。吴行健挣扎着要爬起来,他对着大娘喊道:"我兄弟是熊猫血,只有我适合!快抽我的!"

大娘一手把吴行健摁在床上,从床底下抽出几根韧劲很足的带子,把吴行健固定得牢牢靠靠。手雷都没把吴行健炸明白,大娘把他收拾得服服帖帖,吴行健欲哭无泪。

付守宇双眼紧闭,战友的血输入他体内。直升机上的护士正是他的责任护士,她正细细地擦拭着付守宇烟熏火燎过的脸，擦着擦着自言自语地说："什么仇什么怨？"

付守宇嘴唇动了动，说："李华纲找到了吗？"

护士说："你是什么材料做的？"

付守宇还不罢休："李华纲找到了吗？"

护士想了想说："我知道，刚刚你战友来过，找到了！你好好休息，别再说话了。"

陈司令员、胡政委，包括吴行健父亲——保障部长吴天将，一行人站在吴行健的病床前。吴行健神采飞扬，眉宇间尽是大获全胜的喜悦。

陈司令员说："虽然这次李华纲暗度陈仓的本事很强，但是我们也基本掌握了他们的路数，也算一大突破，你功不可没！"陈司令员接着高瞻远瞩地说："咱们在下一盘大棋，而不只是抓李华纲团伙那么简单，如果只是抓他们，不在我们的职责范围内，军是军、警是警，我们可不能越了线，所以这次只派你们一个小组去，记住这是打仗，急不来。"

胡政委拍着两人的肩膀说："受苦了，等你们伤愈出院，我组织大家迎接你们凯旋。"

付守宇表态道："这次让李华纲跑了，下次他们就没这么好运了。"

陈司令员握着付守宇的手说："好好养伤，工作的事先放一边。"

付守宇说："我觉得我没事，马上就能出院。"

站在一边的护士说："首长，他还不能出院，起码还要观察两个星期。"

付守宇看了一眼护士，对这个不合时宜的插嘴表示不满。护士回敬他一个倔强的表情。

领导们走了，吴行健对付守宇说："这一仗打得窝囊！"

付守宇挣扎着要爬起来表达自己的愤慨，被护士呵斥："都伤成这样了，别逞能了行吗？"

付守宇这才来得及细细打量眼前这个人。阳光透过窗台，照耀着她的明眸皓齿，病房里素雅的颜色，更映衬出她的光彩，皮肤雪亮，细长脖颈，一袭白衣虽然遮住了腰身，但遮不住恰到好处的曲线。此刻，她微皱眉头，双手把住医疗推车的样子，像是用心良苦的匠人，巧夺了天工。当兵这些年，见女人本来就少，很多时候也是擦肩而过，异性们纷纷不留一片云彩地飘然而去，似乎与他永远不会有交集。此刻他伤口还很疼，心却热了起来。

被手雷波及的吴行健看出了端倪:"过分了,哈喇子都掉下来了!"

护士推着小车,避开付守宇的眼神,自顾自地走出病房,一会儿又推开门说:"吴行健,你可以出院了。"

吴行健不高兴地道:"有没有天理,好不容易住个院,说出就出?我这耳朵听不见,听不见!"

说着吴行健爬起来揪着床头上的医疗信息卡说道:"邱晓娟,好看怎么了,名字太土!"

付守宇说:"肤浅!"

吴行健说:"比你强点!"

付守宇说:"这姑娘真挺好。"

吴行健说:"就你那两下子吧,回头受了伤,可别到我这里来甩脸子,为了安慰你受伤的小心脏,多少回了,我是苦口婆心,谆谆教导,低三下四,陪吃陪喝,耗费了精力物力,都是吃力不讨好。"

付守宇说:"别,你还不是在我这儿刷刷存在感,彰显自己深受女性喜爱的虚荣心。"

吴行健说:"当我没说!要不是新兵连跟你一个班,老班长'好战友,共荣辱'的话还在耳朵边上,我才懒得搭理你这个愚昧分子。"

两人没事总掐,虽然在业务上,吴行健处于领导地位,但他们多年的切磋磨合已经超越了普通的上级机关领导与基层战士的关系。当年两人一个战壕摸爬滚打,喝"烟茶",写检讨,躲在攀登楼吃喝的往事历历在目,最重要的是一起处置了不少突发事件。两人军事素质不相上下,很多时候付守宇还处于领先地位,然而,吴行健在入党、考学、提干的各个节骨眼上都没有走弯路,统统领先付守宇。军人世家出身,让吴行健不用也不能在个人前途上多做打算,吴天将早就为他铺就了一条康庄大道,这是付守宇这个乡下孩子望尘莫及的。说付守宇不羡慕这个朝夕相处的兄弟是假,凭什么干一样的事儿,出一样的力,甚至多出力,别人收获的总能和付出成正比,有时候他也嫉妒,但从来不觉得有什么不应该,因为这样的事儿多了去了。

吴行健上指挥学院临走那天,付守宇还在离教导队不远的山头上参加魔鬼周,两天的抗饥饿训练让他正头昏眼花,吴行健来和他告别。

付守宇说:"等你回来,指挥我战斗!"

吴行健说:"别傻了,士官已是主体,军中脊梁,已经有了士官长,士官参谋,你的路也很长?"

付守宇说:"政策是好的,真正转变观念,还需要大把时间。"

吴行健说:"别忧国忧民了,我要走了有什么要交代的?"

付守宇捶了他一拳,转身并不敏捷地走了,夕阳下瘦弱得像个老头。

吴行健对着付守宇的背影说:"别哭啊,千万憋住!"

付守宇头都不回地说:"老子见得多了!"

吴行健说:"就你能,都快饿虚脱了,嘴还这么硬!"

吴行健给最亲密的战友敬了一个礼道:"喂,我给你敬礼呢,你好歹回个礼!"

付守宇有气无力,懒得搭理他。而吴行健是认真的,那个军礼一直敬到付守宇消失在半山腰中,连个影子也看不到的时候。

后来,吴行健学成归来,挂着一毛二(中尉),又顺利晋升了一毛三(上尉),一切在计划当中。而付守宇除了肩章上多了一道拐,还多了腰椎间盘突出和精索静脉曲张。

正回忆着往事,病房外面一阵嘈杂,男人呵斥,女人尖叫。付守宇不假思索地,忍着疼痛下床开门。

保安把护士站围得水泄不通,一名中年男子被防暴叉死死地扣在墙上,表情狰狞痛苦,旁边是被他打碎的医疗器械,邱晓娟和几名护士一脸惊恐地站在旁边瑟瑟发抖。

中年男子喊道:"人是从你们医院的楼上跳下去,你们一拖再拖,还说我无理取闹,欺负老百姓真有一套!"

保安队长走上前,啪啪就是两嘴巴子:"跟你说正在处理,正在走程序,你怎么就不听,还来闹腾。"

中年男子像头发疯的狮子,硬是挣脱开防暴叉,防暴叉前端的钩子把他的羽绒服划破了,羽绒飘洒出来,落满楼道。他拼了命要反击,但孤零零一个人,很苍白,很快就又被死死地摁在墙角里,众人正欲拳打脚踢。付守宇看不下去了,扒拉开人群,一把攥住了一名保安的小臂,一个反关节动作,保安手里的橡胶棍甩了出去。

保安队长错愕地道:"哟嗬,你干吗的!"

邱晓娟说:"他是军人伤病员!"

保安队长说:"自己人啊,你不用管,我会处理好的。"

付守宇说:"他刚失去了亲人,你们还下死手,这是什么处理方式!"

保安队长一看这哥们儿不太识相,说道:"报警有用的话,还用我们费劲巴拉干啥，岗亭里喝水看报不好吗！"

付守宇说："他又不是医闹，你们的家伙什儿往他身上招呼不合适！"

保安队长说："他就是医闹，我有权力这么干！"

付守宇说："我不让你们伤害他，我也有这个权力，我看谁敢动！"

邱晓娟在背后扯付守宇的衣角道："已经报警了，你快回病房。医院处理这种事情有自己的流程。"

付守宇道："你们这个流程我看不怎么样，你躲远点，今天非教育教育他们！"

邱晓娟说："你这个人怎么这么轴？"

保安队长脸部肌肉一抽一抽的，在一众小弟面前不能丢了面子，说道："好家伙，是不是要练练？擒敌拳我也会！"

局面马上恶化，这时候吴行健人未到声先到："首长，手枪替你擦好了，要不要拿回去交军械库？"

付守宇一愣，吴行健上身套着军装，下身病号服，不伦不类，但是人家表情自然，着装倒成了其次了，他倒背着手故意放慢速度，打着官腔问："什么场面？"

付守宇没说话，众人面面相觑，有人嘟囔："首长这么年轻，住院还带枪，什么路子？"

保安队长一下软了，有些手足无措，手势打出来了，嘴没跟上，刚才还伶牙俐齿，这会儿吭哧瘪肚说不出个所以然。

暴躁不已的中年男子目睹了这一环节，也安静了下来，饮泣不止。付守宇把中年男子扶起来，攥着他的手说："你放心，该谁承担的责任，谁也推卸不了，通过正常的渠道去反映，总会水落石出！我把电话留给你，我会跟踪事情的进展。"

中年男子被移交给了警察，临走的时候说："我相信你！"

吴行健笑着说："好是好，没大脑，声儿挺大，解决不了！"

付守宇说："你那些损招，也就治个标，保安大叔一会儿知道我不是首长，也没资格随身带枪，该怎么鄙视我？"

吴行健说："你还跟保安大叔在这过日子吗？"

正说着，邱晓娟在旁边花容失色："你的伤口又渗血了。"

付守宇这才感觉到钻心的疼，刚才用力时，线全崩开了。

邱晓娟一边给付守宇做伤口缝合，一边说："你还真行！"

付守宇说："遇到突发事件人人都会慌，有的人转化成了动力，有的人转化成了影响思考的阻碍。"

邱晓娟佩服地说："怎么转化的，抽空教教我，我刚才都吓傻了。"

付守宇话里有话，说："有我在，你不用学这个。"

邱晓娟并不避讳地说："其实我早就知道你，仰慕你很久了。通过这些天的接触，发现你名副其实。"

别看付守宇人狠话不多，在总队范围内也是小有名气的人物，当年一个由二等功臣组成的巡回报告演讲，让他声名大振，模范张贴画贴遍总队各个营区的文化墙、大灯箱，邱晓娟怎么可能不知道他的名号。

回到病房，躺在床上，伤口隐隐作痛，付守宇翻来覆去睡不着。

吴行健阴阳怪气地说道："能不能消停会儿睡觉？兄弟你怎么变这样了，小护士把你弄得五迷三道，我都替你臊得慌。人家是护士，职责所在，对谁都那么好，可别以为就疼爱你，即使给你扎针的时候比别人少扎了几下，喂药的时候冲你笑了一笑，登记的时候跟你说话声音温柔了再温柔，你也不要太往心里去。我纵横沙场这么多年太清楚怎么回事了。再说了，人家一文职，也是国家工作人员，享受高于公务员的待遇，你呢？你吃了上顿没下顿……"

付守宇不服气地说："怎么着，她不是我的菜，是你的呗！"

吴行健说："你倒提醒了我，我可以试试。"

付守宇道："兄弟，争则不够，让则有余！"

吴行健并不领情道："我没那么高尚。"

付守宇装傻道："我就当你开玩笑，以前我老让着你，今天起我要正常发挥！"

吴行健一边不屑，一边埋下伏笔，说道："嘿呀，这事你敢跟我叫板？丑话说在前头，以后不管是不是这位，手下败将那位都别耿耿于怀！"

付守宇闭着眼回了一句："别满脑子都是男欢女爱了，我还在想正事，李华纲没抓着，你让我现在跟她入洞房我也高兴不起来。你说这一仗是不是彻底打草惊蛇了，他再也不会露面了？"

吴行健只要有话说不出来就像扔出去的手榴弹没拉弦，心里堵得慌。他正要继续，付守宇推开门走了出去。

升降电梯直达顶楼，跳楼事件导致到达顶层的楼梯已经封闭，但这会儿付守宇特别想站在最高处，看看远方。他摘下手表，用表带的扣针三两下就打开了拳头大的锁，拾级而上。站在停机坪上，榕城尽收眼底，他无数次用同样的方式审视这个保卫的地方，沿海新潮文化不断刷新着他的认知。凉风吹过，付守宇打了一个寒战，黢黑的脸与浓浓夜色融为一体，万家灯火美好温馨，车流穿梭色彩斑斓，也衬托了他的落寞和渴望。

吴行健蹑手蹑脚地跟了过来,在身后突然说:"满脑子都是李华纲吧!"

付守宇原姿势站定,问道:"我把门反锁了,你顺着东北角的检修口爬上来的吧?"

吴行健说:"这都被你发现了,侦察能力一点没退步啊。"

付守宇一字一顿地说:"看过一眼李华纲的照片,就把他印在了脑子里。"

吴行健说:"找人那是侦察情报部门的事儿,但愿他们早点理出线索,我们顺藤摸瓜就行了。"

付守宇说:"没那么简单。听说李华纲在榕城有一百多套房产,在闽赣交界还有数十座山头,就算他一天住一个地方,半年都不带重样的,加上我们没有掌握的,大海捞针啊。"

李华纲何许人也?他和付守宇、吴行健本来就不是一个世界的人,但是正与邪、善与恶、黑与白、明与暗、追与逃,总有千丝万缕的联系,碰撞遭遇在所难免。

第二章 心比天高

李华纲出场必须配上气势磅礴的背景乐才可以衬托他的传奇。说起来，付守宇、吴行健在他面前算新兵蛋子。当年李华纲入伍的时候，他所在的部队是刚刚整编组建的，练各种各样的打击术、擒拿手、硬气功，不分时间场合亮开场子就是干，练法怎么不科学怎么来，痛恨照本宣科，喜欢旁逸斜出。李华纲就是前面那几批"撑起时代重任"的老兵之一，走在街上背挺得最直，胸挺得最高，碰见个把地痞流氓正中下怀，犹如手握杀猪刀、按着老母猪的老屠户，眼睛都闪着兴奋的光芒。在营区里的小憋闷、小压抑正好有地方发泄，一招一式要挨个试一遍，所以当时很多不守规矩的家伙一听说几点钟方向来了这么一帮人，肯定撒丫子往就近的公安局跑，或者宁肯摸高压线也一定不能被他们这样的人逮着。

李华纲经常能碰到这样的好事，被战友艳羡不已，后来才知道他是以上街以办事为辅，以找碴儿干仗为主，浑身的腱子肉一抖一抖的，像是随时都能摩擦起火一样。因为总是被告状，李华纲没少在公开处理大会上念检讨，中队带铁门铁锁的理发室经常会被用来当作他的个人起居室，一床被褥、一个尿桶、一本条令条例陪伴了他无数个荷尔蒙无处释放的日日夜夜。即便如此，他仍然受到战友的青睐，在以军事素质和号召力论英雄的机动中队，李华纲无疑就是年轻小战士们的精神偶像。李华纲塑造了一个钢铁巨人和知心大哥的形象，文艺的说法是既有铁骨更有柔肠。谁家家属来队探亲了，他忙活得最欢，安排接待室、送吃送喝；哪位战友家里有难，他总是第一个站出来振臂一呼；战友之间起点冲突，他的处理方式不一样，一人一副拳套，满操场追着打，直到一方拍地认输为止，那时候MMA综合格斗还不成气候，而李华纲已经深谙它的规则理念，降伏或者击倒才是格斗的终极意义，而不是靠得点计分，不痛又不痒的，解决不了根本问题。为什么他营造了一个仗义疏财、心细如发的宋江形象？从小父母双亡，吃百家饭长大，过早地接触世间百态，他的情商也得以高于常人。他四肢发达，但绝不是一点就着、一戳一蹦跶的莽夫，穷人的孩子早当家，当了这么多年的家，精于算计、长于论道，在一群十八九岁的孩子中间算得上过分成熟稳重了。

按说，李华纲要生在乱世，以这样的处事风格绝对可以谋个一官半职，破格提拔大有可能，可是他勉强躲过了裁军，又赶上越来越规范的军队管理模式，让李华纲憋屈不已。

老死也就当个班长，不符合李华纲的期望值，他这样的人，吃过苦受过罪，也在历次执行任务中了解到什么是一呼百应，他不安分，他只有一个念头，必须提干！这个念头在他心里落地生根，他十分自信，觉得中队只要有一个提干名额一定就是他的，他要实现政治抱负，有权才能干大事。

但党支部没有把他作为提干对象，李华纲认为这是意外，因为提干的另外一个人是支队长的嫡系，这人是除了脑子不灵光、四肢还算健全的主儿，他万万没想到，就这么个货色，将来也是要走上领导岗位的。支队长的关系，说得过去，那就等明年吧。可是转过年来，还是没有他。他去找队长理论，队长说："你还是老老实实当你的兵，你这个性格在战争年代还可以，和平年代你会惹大事。"

李华纲说："我能惹什么事儿？我这叫路见不平一声吼！"

队长说："这事你别找我了，我做不了主了！"

一事不顺诸事不顺，李华纲开始走下坡路，在群众眼里的威信不仅慢慢土崩瓦解，还成了笑柄。事情起源于一次投弹训练。以前投弹，都是模拟弹，那天上级配发的真弹终于划拨到位，中队组织实弹投掷。从来没有投过真弹，大家都新鲜坏了，尤其是李华纲，小时候和隔壁村小朋友们打坷垃仗，伤过胳膊，右臂一直有后遗症，不敢太用力，每次成绩都不理想。今天实弹来了，怎么着也得过把瘾，但是要想投真弹，模拟弹成绩必须优秀，否则不能投。李华纲咬了咬牙，今天模拟弹必须过关，不鸣则已一鸣惊人，即使胳膊甩掉了，也得扔出好成绩。果不其然，李华纲不负众望，第一下扔出了全中队最好成绩，七十米，破了支队纪录，他如愿以偿地得到了一颗真弹。捧着这颗真弹心里美得不行，有生以来第一颗真手榴弹，一定要对得起它，李华纲再次重复了刚才的动作，希望能够再创佳绩。他把胳膊抡圆了，劲儿铆足了，摆出了标准的帅气的投掷动作。他拉开引线，手榴弹嗞嗞冒着烟，迫在眉睫，他开始要发力了，发力了！突然，肩关节咔吧一声，断了，手榴弹留在了后脑勺的位置，李华纲在地上打起了滚，哀号不止。保护人员幸亏是老兵，一看这个情况，拉着他跃进壕沟来不及了，把手榴弹踢出去也不现实，立刻拿起用几床湿被子捆绑制成的防爆包捂了上去，人就趴在了防爆包上。一声闷响，保护人员毫发无损，李华纲还在打滚。第一遍扔了个破纪录，扔真弹的时候却也破了纪录，一时间被传为佳话。这还不算完，后来李华纲去找医院申请伤病补贴，负责这个工作的医务人员说，你还好意思来找我申请补贴……李华纲用另外一只没受伤的胳膊，狠狠地把这个人揍了一顿，没申请到补贴，倒挨了处分，这是李华纲性格转变的关键因素之一。后来又发生了一件事，让李华纲又窝囊了一回，他的思想又转变了不少！

这次是中队组织拆除一座营区里的小楼，由于李华纲胳膊上有伤，拆楼可是个危险活，怕他搞不利索，就让他当安全员，负责巡视，一有危险情况立即通知大家撤走。李华纲这些天来受了窝囊气，心里憋着一肚子火，哪有什么心情当什么安全员，别人在忙活着，他远远地傻站着胡思乱想，也不观察情况。危楼还是出现问题了，楼龄太长，没被折腾几下，就慢慢地倾覆了下来。除了安全员李华纲没有发现其他人都发现了，离危楼最近的人都跑了，离楼最远的安全员李华纲却没安全得了。一条腿被压在了废墟底下，当时又是一声惨叫，李华纲又听见了咔嚓的断裂声，上次是胳膊断了，这次腿断了，已经达到了伤残级别。李华纲又去申请补贴，还是上次那个挨揍的医务人员，李华纲把所有的材料恭恭敬敬地放在办公桌上，那人这次没敢笑话李华纲，只是一句话也不说，一个表情也没有，就一个动作，晃着脑袋转着圈吹保温杯里的茶叶沫子，十分儒雅。李华纲在办公室拖着伤腿伤胳膊站了一上午，那人吹气吹了一上午，杯子里的水都变成水蒸气蒸发了一半，就是不拿出那个圆章。李华纲也没说话，临走抄起拐杖，砸碎了办公室里一个大鱼缸。后来在领导的干预下，章盖了，但是李华纲的精神状态一落千丈。

李华纲撂挑子不干了，天天躺床上把脚翘得老高，研究易经八卦、周公解梦，谁来他也不起。这样造成的结果就是，服役期未满，中队决定让他提前退出现役。

这下李华纲更不干了，彻底失去了理智。

他发现部队家属院里有一畦队长家种的白菜，每天早上队长都会去拔白菜。

说干就干，他私藏了一颗手榴弹，趁着夜黑风高把手榴弹的引线顺茬拴在了一棵白菜根部，这是准备要队长的命。

结果第二天早上，队长出乎意料地没有去拔菜，而是队长媳妇出马了。队长媳妇一把薅起白菜，地下竟然嗤嗤冒起了白烟，这可把她吓坏了，这是个什么局面呢？大冬天，全是冰碴子，白菜地竟然冒烟了。再仔细一看，妈呀，是手榴弹！这颗弹竟然没炸，是哑弹。虽是哑弹，可足以让队长媳妇彻底崩溃，回家半小时没喘上气来。队长听出个所以然来之后，气得都没走正门，跳窗户往营区跑，发动所有人调查手榴弹来源。

不出意料，很快李华纲完全暴露。开除军籍手续刚办完，鲜红的印章还没干，他就被运到了劳教场。

三年后，命途多舛的他回到了家乡的广阔天地。李华纲回到穷乡僻壤仍然是天不怕地不怕，第一件事就是皮夹克里塞一把锤子、腰上挂一把镰刀，一脚蹬翻村主任家的大门，把正在喝酒吃肉和妇女主任乱搞的村主任一锤子撂翻，敲掉四颗门牙，绑在村口的柳树上，集合小伙伴往他脸上啐口水，再把村口大喇叭广播的终端设备用小推车拉到自己家，给自己封了一个村主任。就是这么不绕弯子！

这事搁哪儿都不会行得通，但在李华纲那儿事情就是另一个画风。老村主任不仅不敢报复，还趁着夜黑风高卷着金银细软跑路了。

那么，把大喇叭搬到自己家，就可以当村主任了吗？对！在这个村就可以。老村主任就是仗着家族大、兄弟多，谁质疑他，他就明里暗里祸害人，让这人鸡犬不宁，直到再也不敢跟他抢这个位置为止。曾经村里另一大家族的老大眼见村主任这活儿好干，卖田卖地、克扣公粮，致富挺快，有了想法，到镇上去告状。第二天小儿子在放学路上失踪了，两天后在后山的柴火垛里找到了，虽是虚惊一场，但顾家的汉子一下就认怂了，这要命的游戏可真玩不起。

还有的人嘴上不说心里不服气，来个以其人之道还治其人之身，点他家的麦秸垛、砍他家的小树苗。但老村主任这人心理素质真是好，眼皮都不眨一下，无数次扬言，你烧我一个麦秸垛，我明天就要你们十个麦秸垛，没人承认没关系，账单由大家来付，到时候被骂娘的不是我，而是惹事的你。他是这么说的，也是这么干的，不打折扣地执行自己定下的方针。死了一条狗，他下令全村不能养狗，有狗的全宰了，组织了一场乡村狗肉节，连吃好几天的全狗宴。王法？老村主任就成了王法！在山高皇帝远只有一条进山土路的地方，他光明正大地当起了披着组织外衣的山大王！镇里也是睁一只眼闭一只眼，因为不让这家伙当村主任，什么提留、什么车船税一分钱也别想收上来。

村主任此等行事做派，很是霸气，可也有吃瘪，那就是碰上更硬的茬子。坏事做尽会不会遭天谴不得而知，可以肯定的是有人肯定先不会放过他。李华纲的这一出戏，唱得可是酣畅淋漓，但这事还有很多蹊跷，村主任被收拾，他那么大一个家族，联合起来，几个李华纲也不中用啊，李华纲为什么能轻易实现自己的"政治理想"？以前就没有壮汉试过？还真有，无不以失败而告终。那是因为他们把当村主任当成了终极目的，而且是拖家带口地和村主任家族抬头不见低头见地死磕。而李华纲不一样，除了退伍回来政府分的二亩地，连原来和爷爷住的破土坯房都在爷爷去世的当晚轰然倒塌，他孑然一身，这是李华纲胜出的原因，光脚的从来都不怕穿鞋的。其实他敢于和村主任家族叫板，那只是他的一个起点或者说心跳都不会加速的一个小决定，和他的远大抱负相比，比芝麻还小，比针鼻都小。他的眼界更宽，他从来没想过搬了村主任的喇叭，就会世世代代扎根于此，和这帮没有文化的人锱铢必较，为从别人地里多刨出几颗土豆子而兴奋不已。

李华纲先收拾村主任是因为他清楚地记得小时候村里分东西，分完村东头没有他家的，分完村西头还是没他家的；爷爷的补助也从来没有见到过一分钱，爷爷上门去讨说法，还被诬陷偷东西，被挂上大牌子游了街，牌子上写了啥，李华纲不记得了，只记得爷爷和一众人等站在当时很稀罕的解放卡车上，对着自己笑，李华纲也笑，觉得爷爷真威风，课本里讲的英雄就义前都是这个造型。爷爷还朝他喊，在家等着我，别乱跑，回来给买虾条。周围的人都在笑，似乎这样的游街只是一种游戏，李华纲觉得这游戏有意思，有朝一日也要到卡车上去站一站。

长大了，李华纲知道，那不是游戏，后来参军政审都差点没过，即便过了，在村里他也别想当兵，有村主任顶着，没钱上供的谁都别想当兵。李华纲有幸能当上兵全靠在县里三轮车厂拧螺丝的二舅，二舅有关系，他的同学叶传仁在县里混得很好，开一家饭店叫"好再来"，"好再来"是黑店，一般客人在这吃儿过一次就没有来过第二次的，这店在哪儿开都会倒闭，他偏偏开在长途汽车站旁，不愁新鲜客源。二舅托了叶传仁，因为叶传仁的死党是县里第一大支柱性企业的厂长，这个厂造三轮车，三轮车厂听着不气派，但人家养活了当地一万多劳动力。厂长把李华纲倒腾进了三轮车厂，李华纲一天班也没上，就从厂里入了伍，厂里每年都有几个名额。

所以，李华纲收拾完村主任，当大家都以为他会甩开膀子在村里大干的时候，他把村主任留下的不义之财按人头分了，给自己留了点盘缠，不辞而别了。他是去找二舅了，二舅还在三轮车厂拧螺丝，拧了一辈子螺丝，能拧螺丝就不错了，就这活计，还是叶传仁给安排的。

二舅能认识叶传仁这么一个神通广大的人物纯属偶然。当年二舅一家揭不开锅了，就想着往县城去转转。一大早骑着一辆大金鹿自行车，长途跋涉往县城赶，拽过拖拉机的后斗，蹭过解放卡车的拖挂，几十公里的路，愣是从白走到黑。黑灯瞎火也没地方去，就想着找个背风的地方对付一宿。正四处走着，一个歌厅停着唯一一辆桑塔纳，四个少年正在车边上狂踹一个人，边踹边说："让你尿，我让你尿！喝点小酒，快把你浪死了！"

二舅一看再踹就出人命了，马上过去制止："别踹了别踹了，差不多得了！"

一个小伙子一看二舅就是个庄稼汉，懒得与他一般见识，说："车这么新，他上去就是一泡，欠不欠打，你说！"

二舅说："欠打，但是车哪里有人金贵，一泡尿嗞不坏！"

小伙子说："那也不行，今天不打他，明天别的车也得遭殃。"

二舅说："打住吧，兄弟们，车子又没坏！算我求求你们了！"

小伙子跟同伴说："这大爷长得喜庆，看着舒心，我高兴了，不打了。"说完唱着歌走了。

二舅赶紧上前看看那尿货有没有事，又是掐人中，又是摁胸口。不一会儿，这人喘了一口粗气，晃晃悠悠从地上爬起来，说道："这帮小子废了，这帮小子废了。"

二舅说："没事就好，以后别往人家车上尿尿了。"

二舅说完这话，那人青筋都暴出来了，吼道："妈的，这是我的车，这是老子自己的车，老子花钱买的！"

在自己车上尿了一泡尿，被别人打得死去活来的这个人就是叶传仁。当天夜里全县城无眠，所有混子都拎上家伙帮叶老大全城搜捕那几个一时手痒，竟然把响当当的地头蛇打了一顿的小年轻。据说那四个少年在北湖玉带桥上跪了一宿，磕了一宿响头。

总之，叶传仁算是记住了二舅的救命之恩，从那开始把二舅视为上宾。

李华纲今天来找到了二舅。

二舅说："别像我光会拧螺丝，拧啥也别拧螺丝了，你要干有出息的事。"

李华纲问："干啥有出息？"

二舅说："舅服叶传仁，这人活得气势，不窝囊。"

李华纲问："这人在哪儿？"

二舅说："好再来。"

李华纲转身就走，直奔"好再来"。

二舅喊道："干村主任也不错。"

李华纲说："我早把喇叭拉别人家去了。"

二舅接着喊："多好的喇叭，可惜了。"

李华纲头也不回地说："我就稀罕两天，当官有个屁意思。"

二舅边拧螺丝边自言自语："这孩子，十里八乡，多少年才出一个。"

李华纲一路跑着来到"好再来"，进门就嚷嚷："谁是叶传仁？"

"好再来"装修不怎样，面积可不小，满满当当摆着几十套桌椅，但此时不是饭点儿，李华纲一嗓子都喊出了回响。一桌打麻将的人呼啦全站了起来，一个个眼睛里喷着火舌，手里啤酒瓶子、实木凳子全拎了起来。李华纲下意识往后退了一步。

为首站起来的人，早已冲到近前，板凳抡圆了就要往李华纲身上招呼。李华纲眼疾手快，不退反进，头朝着此人的腋下一钻，右手顺势扣住脖颈，稍一按压，人就结结实实地躺在地上，摔得直翻白眼。

后面的人，一看这个一气呵成的动作，愣住了，这是练家子啊。

只有一个人没愣，眼睛都没斜一下。这个人坐着轮椅，脑袋呈不规则形，虽然手一直在哆嗦，但表情如死灰，眼神似深潭，他死死地盯着李华纲，把李华纲盯得直发毛。

李华纲问："你就是叶传仁？"这和二舅描述的高大威猛的形象出入太大了，一个半残废能有什么出息。但他还是认定，这就是叶传仁。

其他人反应过来正要把手里的家伙什儿一股脑儿往李华纲身上招呼。

坐着的人突然来了兴趣，示意大家都坐下。

那人笑着问："你怎么看出来的？是不是我这一身的文身？"

李华纲说："不是，是气场。"

那人问："我都这样了，站都站不起来了，还有气场？差点没气死！"

李华纲说："有的人死了也有气场！"

那人说："过奖，兄弟坐下说话。"

这人果然是叶传仁。这几年叶传仁活得可真不消停。县里来了个南方人，姓董，董老板来了就砸钱开了一家纸厂，设备、厂房、人员一抹新，财大气粗到令人发指。此等肥羊，作为县城"名流"的叶传仁怎么可以不来结交。很快就带着人浩浩荡荡开进董老板办公室，美其名曰交朋友来了。

叶传仁说："县里上到三轮车企业，下到豆腐坊，包括修鞋摊，我都跟他们处得很好。"

董老板一看这架势，脸笑得像个粽子，点头哈腰地说："我懂，我懂，鄙人最懂规矩。"

拉开抽屉捧出一沓钱说："给兄弟们喝茶。"

叶传仁斜着眼，拽了拽披在肩上的羊毛大衣说："你懂个屁，兄弟们喝酒，喝酒得买酒肴。"

董老板又颠颠地回去，重复了一遍刚才的动作，叶传仁才露出一口的金牙。

叶传仁起身拍了拍董老板的脸蛋说："盆有底，锅有底，这日子啊，没底！祝你好运。"

董老板帮叶传仁掸了掸羊毛大衣说："路很长，天很长，这命运啊，无常！一路走好！"

叶传仁说："讲究！别过！"绝尘而去。

叶传仁回家还细细揣摩董老板的风格，越品咂越有滋味，很久没有这种人逢知己精神爽的快感了。董老板不仅是银行，还是好兄弟，这情义算是结下了。

然而，蔫巴萝卜辣死人，出来混就怕碰见这类人。

没过几天，夜里叶传仁照旧在麻将桌上谈笑风生。一个穿着经典款羊毛大衣的小伙子不知道什么时候站在了他的身后，又是端茶又是点烟，叶传仁还以为是自己的手下，叶传仁的手下又以为是叶传仁新收的手下，大家有说有笑的。突然灯灭了，小伙子有条有理地从羊毛大衣里拽出一根雄壮的镐把，然后慢悠悠打开头灯，对准叶传仁转到一半的后脑勺狠狠地抡了一下子。等灯再亮起来的时候，叶传仁的脑瓜子已经瘪下去了一半，和颜悦色的小伙子则跳窗户跑得无影无踪了。

叶传仁命真大，在医院躺了半年，后脑勺都烂了，据说镶了一块钢板又活了下来。

叶传仁倒下这半年，县里变了天，曾经歃血为盟的兄弟纷纷投奔到董老板门下，叶传仁从叱咤风云的一霸成了名副其实的光杆司令，从身家千万到身无分文，败家儿子叶根壮，再也没有钱抽烟喝酒逛窑子了，把瘫痪爹从医院倒腾回家用的是板车，连轱辘都是瘪的，瘪得像叶传仁的脑瓜子。

这时候二舅来了，二舅穷，也没本事，但是这时候他没躲。

二舅看着满脸蜡黄的叶传仁说："兄弟，谁都别嫌弃谁，都有落难的时候！"说完，解开裤腰，从裤兜子里掏出一个布包，里三层外三层地打开，露出密密麻麻一堆毛票子，缓缓地推到叶传仁面前。

叶传仁使着吃奶的劲撑起脑袋，热泪盈眶。叶传仁说："牛逼烘烘几十年，自以为拿下了全城的人，其实我干不过一个拧螺丝的。你把我拧了，老弟。"

二舅说："这点钱不多，但已是我的全部家当。之所以没交给根壮，怕他两天造光了。你回来了，我把宝都押在你身上。"

叶传仁说："本来混成这球样，死了算了，可老天还给我留了一口气，那我就还有用。要死屌朝天，不死接着干。"

二舅说:"你坐着比我站着都好使。"

叶传仁说:"强人活得累,到最后其实都是给笨人扛活。"

二舅说:"反正我服你。"

叶传仁说:"服?想当初悬崖勒马,适可而止,也不至于遭此大劫,大音无声、好剑无锋、写字唱歌、雕木刻石,多好啊!"

二舅说:"那就不是你了。"

叶传仁说:"你说得对,一旦被架起来,就不好往下爬了。"

二舅说:"那就别爬了,上面凉快,硬爬也得出事。"

叶传仁说:"大智若愚。"

二舅说:"我还是回去拧螺丝吧。"

二舅骑着大金鹿哗哗啦啦地走了。叶传仁望着二舅的背影嘴唇子抖了好几抖,捧起那一堆钱,似是要说话,似是想号叫。

形势很明朗,知道是谁篡了位,也得眼睁睁看着别人起高楼,别人宴宾朋。纵使叶传仁心里奔腾着一千只野兽,行动上也是赤裸的羔羊,拿什么跟人家抗衡。大雨哗哗地下,叶根壮还没有长大,但也已经到了半大小子、吃死老子的阶段。脑瓜子虽然被开了瓢,但脑子还很清醒。

叶传仁对叶根壮说:"一开始咱就什么都没有,没你那会儿,全村借一块钱买盒烟我都借不来,后来还不是混出点名堂。从无到有,只要你看开了,也就那么回事。"

叶根壮说:"爹,此仇不报,誓不为人。"

叶传仁说:"我名字叫传仁,坏事做绝,就把仁义的事传给你来做吧。老想着复仇可不好,你得想想先站稳。"

叶根壮点了点头,把菜刀塞进裤腰带。

第二天这把菜刀就用在了该用的地方,爷俩用二舅给的钱,在汽车站不远处赁了一顶帐篷,做起了小吃,开始了艰难的创业之路。一开始还安分守己,按劳取酬,慢慢地叶根壮发现这么搞离复仇大计越来越远,就动了歪心眼子。叶根壮颇有当年他爹的风范,只要目的达到了,不择手段。坏人与好人的区别就是命都不要还要什么脸,脸都不要还管什么三纲五常、世俗伦理。过了心理这道坎,就过了这世上99%的不可能。

这不是叶传仁的初衷,但也只能睁一只眼闭一只眼,有时候还教一教儿子如何不要脸才显得更自然。龙生龙,凤生凤,老鼠的儿子会打洞,一点就透,一学就会。

很快，爷俩又积累起了一定的财富，换了门脸，请了厨子，大摇大摆挂起羊头卖着狗肉。这消息很快传到董老板耳朵里，董老板说："我现在收拾他，不够讲究，他现在成不了什么大气候，让他安生两年吧，他那个儿子，倒是心腹之患。"

曾经叶传仁的手下此刻站出来说："他那个儿子您担心啥，吃喝嫖赌抽的败家子。"

董老板说："如果他是个好好学习、天天向上的孩子我还真就不担心了。"

手下问："此话怎讲？"

董老板说："人啊，就怕没有底线，没有底线的高级动物发作起来飞沙走石、人神共愤。"

手下问："有那么邪乎？我底线在哪儿呢？"

董老板说："你有没有底线我不知道，脑子你肯定是没有了。"

手下问："那老大您有没有底线？"

董老板耷拉着眼皮，磕了磕烟袋锅子，说："我招降纳叛，还让你这个傻×有机会和我对话，你说呢？"

手下没听懂，但知道董老板不高兴了，董老板几乎不骂人。

董老板接着说："不过现在那小子还没有资格和我叫板，让他多蹦跶两天。"

就在叶根壮蹦跶的这两天，李华纲像个愣头青似的一头闯进了"好再来"饭店。拎着实木板凳站在最前面，挨揍也不含糊的青年就是叶根壮，瘪脑瓜子、手打着哆嗦也不耽误打麻将的就是叶传仁。

叶传仁上上下下细细打量了李华纲，个头不高，敦实身板，平头正脸，眼睛不大但炯炯有神，眉宇间透着戾气。

叶传仁盯了半晌说："你二舅叫你来的吧？"

李华纲疑惑地问："我二舅给你打电话了？"

叶传仁说："你二舅哪舍得打电话，宁可骑半小时自行车，也不舍得打电话。"

李华纲问："那你怎么知道我是谁？"

叶传仁说："三辈子不离姥娘门，长得多像啊。"

李华纲虽然很不认同叶传仁的这个说法，但还是很佩服叶传仁这双老奸巨猾的眼睛。

叶传仁说："来都来了，找我什么事？"

李华纲说："本来有事，现在没事了。"说完就要走。

叶传仁说："孩子，留步。"

李华纲停了下来。叶传仁接着说："别着急走，是不是觉得我这儿挺寒碜的，一点也不场面，但是孩子，别总看表面，老百姓有三宝：烂屋、丑妻、破棉袄，我这儿也有三宝：吃的、喝的、热水澡。没有比我这儿更合适你的去处了。换了别人，海阔凭鱼跃，天高任鸟飞，爱咋咋的，但你二舅是我恩人，我就敢对你负责。来了就住下，住得不顺意，再走也不迟！"

李华纲听这话说得在理，现在走了，去哪儿呢，留在这儿总比回去和二舅挤那张硬板床来劲。

这时候叶根壮从地上"哎哟哎哟"地爬起来，揉着肩膀，走了过来，表情凶狠。李华纲左脚后撤一步，后手直拳已经备好，只要叶根壮敢出手，他肯定先发制人。岂料叶根壮伸出右手说："既然是恩人的外甥，这一跤摔得舒坦。"

李华纲和叶根壮握了手说："我只是防卫，没想伤你。"

叶根壮很有自知之明地说："你要想伤我，我这会儿哪爬得起来。"

李华纲住下来，就打听叶传仁是怎么从操马的汉子沦落成这样的，叶根壮一五一十地跟李华纲交代了前因后果。

李华纲拍案而起，说道："此仇不报，你要等到什么时候？"

叶根壮说："你刚从里面出来，还不知道，人家人多势众，这时候搞事情就是以卵击石。"

李华纲说："屁话，过几年你还是卵，他就不止石头那么简单了。现在就干他，一刻也等不了。"

叶根壮说："就凭我们这几条枪？"

李华纲说："用不了，咱俩就够了。"

叶根壮嘟囔道："你是会两下子三脚猫的功夫，但是牛也别吹得太大。"

李华纲恶狠狠地说："我要是你，我会火上浇油，而不是长他人威风。"

叶根壮说："你说得对，我巴不得现在就去碎了那姓董的。可是西天取经先迈哪只脚啊。他们有枪，保镖二十四小时不离身。"

一夜无眠，李华纲脑子里布下了一张网，天衣无缝的网。这张网不应该像抢村主任家喇叭那样浮夸，而应该像一场真正的战斗。

一连一个月，两人什么事都没干，弄了一辆嘉陵摩托，伪装成摩的司机，天天潜伏在纸厂门口，观察董老板的动向，跟踪董老板的车。饿了吃口干粮，渴了喝点自来水。这认真劲若是用在别的地方，也一定能干出点名堂。但是两个人就认准了这个路子，一条不归路。

董老板的保镖果然寸步不离，手一直插在西服里，很有职业素养。想正面强攻，难于上青天，那只能搞突然袭击。可这董老板，没什么爱好，好像还极度怕老婆，连个相好的也没有，秘书都是男的，半个月以来除了每周六去南关徒骇河夜钓过两次，几乎都出现在人多眼杂的地方，不方便动手。

又过了几天，董老板又出现在徒骇河岸边，拉开架势，有滋有味地钓起鱼来。

钓鱼方面董老板是行家，耐得住寂寞，稳得住性子，以往每天晚上都能收获满满一桶，钓鱼不吃鱼，就享受鱼儿上钩的快感。可今天奇了怪了，连鱼的影子也没见着，保镖在边上都急得前仰后合了，偷偷打着哈欠。时间一分一秒地过去，董老板嘟囔着："邪门了，鱼呢，鱼呢？"

正说着鱼标动了，董老板十分兴奋，但仍然不动声色，待鱼儿把饵咬实了，再拽也不迟。鱼标又动了一下，董老板还是按兵不动，再动了一下，时机成熟，他倏地往上挑竿。竿竟然纹丝没动。董老板心都快跳到了嗓子眼，用假嗓说："我哈，这可是钓到鱼王了，鱼王！鱼王！"说着使劲往上拽，保镖要上前帮忙，董老板说："退后，退后，我要破自己的纪录。"

正说着，"鱼王"顺线摸竿，一个寸劲，董老板失去重心，扑通一声跌落水中。保镖脱鞋脱袜，标准的跳水姿势已经就绪，一个黑影从草丛里冒出来，一刀插进他的后脖颈子，保镖顺势扑进水里，鲜血染红了一大片河水。这个黑影是叶根壮，而"鱼王"正是李华纲，李华纲当年武装泅渡每次都是大队第一，今天算是派上用场了。

叶根壮在岸边急得直跺脚，氧气快用完了，李华纲和董老板踪影全无。约莫一袋烟的工夫，哗啦一声，有人露出了头，掀开面罩，是李华纲，叶根壮喜出望外，但见李华纲怀里还拖着蔫头耷脑的董老板，十分不解，喊道："放开他，淹死他！"李华纲并没有那么做，他把董老板推上岸，用尽气力说："救他……按压……人工呼吸！"说完平躺在地上，大口大口喘着粗气，胸脯一起一伏。

叶根壮惊诧地说："你疯了！我弄死他都不解气，还要救他，还要亲他。我去！"边说边转着圈地找石头，终于找到一块托盘大的石头，抬起来就要往董老板头上砸。

李华纲嘴里冒着水，一看这情况，匍匐过来挡住董老板。叶根壮扒拉开他，接着要砸。李华纲气若游丝地说："你要砸死他，你也别活了！我自有安排。"

叶根壮眼泪都快掉下来了，深仇大恨的人就在面前，动动手指就能送他上西天，可是却不能那么做，而且不知道为什么不能那么做。他红着眼珠子给董老板做胸部按压，人工呼吸。

很快，李华纲恢复了一点体力，爬起来帮忙，边摁边说："成事不足，败事有余，鼠目寸光，你把他弄死了，谁给我们钱，去哪个银行取？你知道密码吗？你个大傻子，没有钱，你还是一坨屎，你出息不了……"

"我这不是救了嘛，我加油，我使劲！呜哈，我恶心！"叶根壮给自己打着气。

第三章 一眼万年

付守宇是农村兵，老家军人地位很高，村子里上大学跳出农门的人不多，可当兵当出名堂的还有些。他曾见过隔壁四爷的威风八面，坐着"铁乌龟"，身穿绿得发亮的军装，头戴雷锋帽，脚踩锃亮的三接头，特意在进村的地方下车，雄赳赳气昂昂地走进村子。见到上了年纪的老民兵、老联防，啪啪地打着敬礼，递着不带过滤嘴的香烟。抽上四爷烟的人眼神里无不流露着艳羡和恭敬，嘴里赞美之词不断，四爷走远了也破天荒地没有面前捧背后损，打心眼里服了气。当年四爷家里穷，很多人看不起四爷一家，干过很多落井下石、没有屁眼的事情，所以四爷回来了，也不敢上前凑，只能一边远远地观望，一边随时防备与四爷四目相接，躲躲闪闪的，像偷瓜群众。这是付守宇对军人的第一印象，出奇好，当兵就可以扬眉吐气，当兵就能娶上媳妇，不当兵就要打光棍。村里的小伙子都想当兵，但很少有人心想事成，即使付诸行动，也很少能功德圆满，顺利穿上那身梦寐以求的衣服。很多适龄青年体检也过了，政审也过了，家访也过了，就等着领军装了，等来等去，黄花菜都凉了，就是没有自己。付守宇老家当兵不亚于娶媳妇，谁能顺利领到军装，那可是祖坟上冒了青烟，高头大马、八抬大轿、大摆筵席也不为过，所以竞争之残酷、明争暗抢之激烈，闻所未闻。为了避免领兵干部家访时中间出什么岔子，被别人添了什么闲话，七大姑八大姨齐上阵，三步一岗、五步一哨地安插在进村的路上，在领兵干部坐卧行走甚至解手的每一个时机恰如其分、十分自然地出现，开始有组织有预谋地拉家常。

"老付家那孩子真是块料子，多机灵，多喜气！"

"可不是嘛，这要是到了部队上，可真让领导省了心了！"

"老付家那孩子，八岁冰窟救人，九岁勇斗偷牛贼，十岁弹弓打鸟就弹无虚发了……"

"这孩子除了当兵，还真不知道干啥更合适了！"

付守宇能当兵除了这些当地惯用的"伎俩"用得炉火纯青，更重要的是他有个懂行的父亲，有个打小就在他耳朵根子上不停地怀念军旅生涯的退伍军人父亲。

父亲当兵受过全军表彰，当的是济南军区联勤部的某仓库保管班班长，仓库是重地，在那个物资匮乏的年代管仓库的就是财神爷，就是救世主，手握收发大权，可想而知不是什么人都能被安排到那个岗位上。父亲说，在他之前所有的保管班长都被直接提干了，都成长成了四爷的模样，回家有没有腰挎"盒子枪"不知道，至少从没空着手回家，部队的残次军品，快过期的战备食品没少往家倒腾。可父亲最终还是回来了，这让所有人都始料未及。提干的手续都办完了，父亲当年探亲都是特意穿着四个兜的军装回去的，重复了一遍当年四爷所做过的动作，提前体验了一把军官的荣耀。可也就是在这个节骨眼上，上级一纸命令，提干对象都要参加考试，令无数人的美梦碎得猝不及防。

父亲不止一次遗憾地懊恼地说："当年要是报名参加考试，我也能过，孙子都能过，因为文化程度都不高，不敢报，结果名额就在那些报名考试的人中产生，一个考了一分的家伙也顺利拿到了录取通知！命啊，都是命！"

是啊，都是命，当年父亲要是考上了，有没有付守宇这个人的诞生也不得而知，这是付守宇的命，注定要背负着父亲的夙愿，感受着一份浓浓的军人情结慢慢长大。

什么都是部队的好，父亲把新门刷成绿色，走哪儿都穿着从部队带回来的绿军装，到现在也是，他从部队带回来的那些绿军装到现在还没破。母亲做一道菜，父亲肯定会说，部队是怎么怎么做的，部队的红烧肉多么香，部队的包子有几个褶。

付守宇长大了，终于有机会去看看部队的包子到底几个褶了，父亲自然要用尽一切办法，穷尽所有努力，求爷爷告奶奶，请到武装部长，二两的酒量，愣是硬撑着喝出了二斤的局面。临走还送武装部长一个笔记本，要求武装部长好好记下为民服务的每一个感人故事，好好写写这些年来学习征兵条例的心得体会。武装部长回去写没写不得而知，但那个笔记本注定不能是一本普通的笔记本。

第二天，付守宇就领到了军装、胶鞋、被子、绿色的小口杯子和一个能装下所有东西的绿色携行袋。为什么偏偏他领到了，和他一起去的老同学，比他帅，比他吃得多，却没有领到，他不知道，就像笔记本不知道自己不单是笔记本一样。付守宇一直以为自己是靠本事吃饭的，眉清目秀、身强力壮，别人行他就行，不行也行。

付守宇是农村兵,但绝不是许三多式的极端,大部分的农村兵都不是,很多从一开始就是个好兵,付守宇从踏上军列开始就是班长,负责管理同一个卧铺间里的新兵蛋子,虽然他也是个蛋子,但从一开始就比别的蛋子优秀那么一丢丢。到了新兵连,管过卧铺间的付守宇,很顺利成了帮助新兵班班长管内务的副班长。十几年过去了,付守宇虽然成长为特战突击分队分队长,但他的身份和当年火车上的身份似乎没有多大变化,所有未曾谋面或者不太熟悉的年轻战士,见了他依然大声喊着班长,班长也就算了,还是个"付"的。付守宇时常在想,确实让组织省了真心,没给组织添任何麻烦,十几年没换个身份。父亲当年离转换身份、转换阶层甚至平步青云,仅有一步之遥,就差最后一哆嗦,而自己再哆嗦,也抖不掉身上的既定标签了,社会进步了,军队改革了,而前浪已过,后浪还远。

吴行健是城市兵,而且是军人世家,但他绝不是纨绔子弟,大部分的城市兵都不是。他有着更活跃的思维,更高的情商,不盲从,不听之任之,他受过良好的教育,有着与这个时代相符的活力和激情。吴行健和付守宇一样的是,都有一个在耳朵根子上絮叨的爹。吴天将絮叨起来的本事可比老付强多了,从家国情怀到人生理想价值的实现,从精神信仰到强军兴军之路的自我定位,头头是道,有理有据。但是吴行健软硬不吃,对部队的情感就像两口子过日子,左手摸右手。打小在部队大院长大,印象中总是不停地在搬家,父亲肩膀上的金豆子多一颗就要搬一次家,父亲升官的喜悦总伴随着吴行健又搬丢了不少玩具的苦恼。

每到暑假,别的孩子都晒吃晒喝晒玩,只有吴行健被扔到山区部队,和一帮他认为极其粗鲁的叔叔共同度过,草丛捉蚂蚱、树梢掏鸟蛋、下海捞螃蟹、地头烤红薯,一身汗满脸泥。他要的不是这个,是新潮尖端的电子设备,是如花似玉、二次元、三次元的女朋友,是摇滚乐队、民谣歌星的演唱会门票,但是这些都仅仅存在于同伴们的描述里。所以高中毕业,吴天将让他务必考军校,他满口答应,坐在考场里一字未写,统统交了白卷。吴天将一气之下把他从篮球场这头踹到了那头,踹完了还没消气,没收所有通信工具,按在家里面壁三个月,等待冬季征兵。

吴行健没有气馁,想在体检现场动动手脚,视力表最多能看到第二行,计算机心理测查,哪项不靠谱勾选哪项,色盲测试,明明是头大象他非说成老鼠,让人啼笑皆非。但是他的小伎俩哪里瞒得过吴天将的火眼金睛,有吴天将在,吴行健只要还能站着,就要站到行伍里去。

最后一丝逃离的希望也破灭了,吴行健认命,生来就是要当兵的,干别的就得遭雷劈。既来之则安之,干吧,顺毛捋永远比炝茬撸过得自在,这一干还干出个别有洞天。吴天将心满意足地说:"全国都解放了,你还往哪儿跑!"

吴行健说:"在我爸眼里,我无非只有两种身份:不当军人,我就是土匪!"

付守宇体会不到吴行健的心情,他求之不得的东西,在吴行健眼里是脱不掉的枷锁,逃不掉的画地为牢。吴行健也理解不了付守宇的见红旗就扛、见第一就争,觉得他真是丑人多作怪、秋后的蚂蚱瞎蹦跶,拼了老命去追求一些自己不屑一顾的东西,可悲可叹。

所以两人刚在新兵连的第一照面,就杠上了。

三公里武装越野,两人都像加了涡轮增压一样,一路冲刺,一会儿付守宇在前,一会儿吴行健赶超,每次"会车"之前,两人都怒视一眼。

吴行健上气不接下气地说:"跑,你瞅瞅你长得跟个土豆子似的,跑再快有用吗?"

付守宇跑得口水飞溅,说道:"细皮嫩肉、小胳膊小腿就别现眼了!"

吴行健说:"没吃没喝,懂得不多,你凭什么!"

付守宇说:"有房有车,有个好爹,你凭什么!"

两人越想越想不明白:"他拼的哪门子命!"

摔擒、一招制敌,明明练的是配套动作,他俩非不配套,各自憋着一股劲不被制服、不被摔倒,把帅帅的配套动作搞得稀碎。班长看在眼里,批评在嘴上,乐在心里,有这么两个活宝,不愁碰不出火花。

火花很快汇聚成火魔,两人的大战终于在一次班级之间的拉轮胎比赛之后爆发。

比赛取最后一名作为最终成绩,可是吴行健一上跑道就像脱缰的野马,一溜烟就到了终点,就剩下付守宇一个人在后面拉大胖、推小壮,最后一个到,可想而知班级没拿到预期的名次。本来这事就算完了,但错就错在吴行健嘴上没有把门的,多了几句埋怨,一会儿大胖笨,一会儿小壮尿,本来付守宇的心情就不好了,再加上之前的私人恩怨,一下子被点燃了。当着班长面没好发作,晚饭后两人相约来到障碍场,一句话没说,付守宇上手就是一拳,只把吴行健打得眼冒金星。

吴行健爬起来喊道:"呜哈,下死手是哈!"

说着就扑上去,两人拳来脚往,一阵"厮杀",各有损伤。

打累了,两人坐在草窝里,开展言语攻击。

付守宇说:"自私自利,一点团队意识也没有,这顿揍,早接晚接你都得接住了。"

吴行健说:"轮到你来教训我?"

付守宇说："我要是你爸爸，揍你揍得更狠！"

吴行健说："这天没法聊了！接招吧你！"

星空下，两个大小伙子在草丛里打得火光四射，直到手都抬不起来，动也不想动。

两人四仰八叉躺了半天，等气喘匀实了。

吴行健摸一把鼻子上的血说："还打不打？"

付守宇摸了摸松动的牙齿说："你说呢？"

吴行健说："要不先别打了，再不回去班长该找了，走时报告的是上厕所，什么屎这么耐拉？"

付守宇说："回去班长问怎么说？"

吴行健说："上厕所摔的！"

付守宇说："咱俩都是摔的？"

吴行健说："我是摔的，你为了救我摔的！"

付守宇说："合理！"

于是，两人相互搀扶着，一瘸一拐往宿舍走，边走边唱《打靶归来》。

他俩不扒瞎还好，班长喜欢实诚人，可是俩人一说是摔的，班长就气不打一处来。

班长把他俩拽进厕所，要求重演一遍当时的场景。更可气的是他俩还真演了，演得热火朝天、惟妙惟肖，但在班长看来这拙劣的演技着实漏洞百出、不堪入目。结果是俩人在厕所练蹲姿，一直练到后半夜，边蹲着边唱《三大纪律八项注意》，唱了一遍又一遍，把不知情的半夜上厕所的战友吓得尿了一裤子。

吴行健边唱边龇牙咧嘴地说："这下丢人丢大了，大胖、小壮得笑话我一辈子。"

付守宇说："班长过分了！脚要蹲废了！"

吴行健说："这是打骂体罚新兵，我必须举报。"

付守宇说："对，明天就向上反映，这班长不顾人死活。"

俩人达成一致，第二天就拖着"废腿"找到了排长举报班长，排长听完事情的来龙去脉说："好好好，蹲得好，这是班长创新模式的练兵方式，厕所地板湿，蹲累了也不敢往地上坐，有助于提高自觉性。"

吴行健说："俩人穿一条裤子，我要越级举报！"

俩人又找到了教导员，教导员比排长狠，当时就把班长用大喇叭喊到了办公室，当着俩人的面狠狠地表扬了班长，真是带兵有方，外严内紧，表里如一。

班长露出胜利的微笑，俩人欲哭无泪，从此得出一个结论："跟组织做斗争，只会自取其辱。"在这场没有硝烟的斗争中，两人化干戈为玉帛，从此表面上结为攻守同盟、惺惺相惜。

躺在病床上，俩人忆起往事，哑然失笑。如今班长早已回了浙江老家，在一个叫作泰顺的地方做着汽车美容的生意，好多次在微信群里，要他们抽空一定去看看转转，照片上的班长早已不再青春，笑容里的自信和胜利也已经被时光的沧桑、生活的磨难所代替。付守宇好几次做梦梦到班长，想告诉他："好战友、共荣辱，我在践行，而且践行得很好，没有给你丢人。"但是梦里的班长没有说话，左手抱着孩子，右手奋力擦着车，身后还站着叉着腰的嫂子。

嫂子说话了："上边、左边，对对对，哎呀，笨死了……"

付守宇很失落，他很想知道，班长的现在是不是就是明天的自己。

吴行健说："是不是又想起班长了，那人太粗，别想了。听说嫂子脾气更暴，不然哪里治得了他，嘿嘿，真是一物降一物，教育我们一套一套的，他也有认㞞的时候！"

付守宇没说话，皎洁的月光铺洒在他的被子上。

吴行健接着说："也真是的，还有心情笑话班长，咱连嫂子那样的也没遇见呢。不过邱晓娟这人倒是真不错！"

付守宇呼地坐起来，急切地说："你可别打她的主意，她跟谁都行，就是不能跟你！"

吴行健不服气地说："你这是什么话，你是我家长啊，我怎么了，我有颜值，有爹，又有才华。"

付守宇说："你这性格真不合适！"

吴行健说："我什么性格，我还就亲兄弟明算账了，我这性格不管是在军营还是在社会都比你这虎拉吧唧的脾气好使。"

付守宇佯装攥起拳头说："是不是想再打一架！"

吴行健说："开个玩笑，把你急成什么了！"

付守宇缓缓地躺下，很狐疑地看着吴行健，把吴行健盯得直发毛。

吴行健说："是是是，好好好，我不提这茬了，收起你枪刺般的眼神。"

这是有史以来，俩人第二次明里暗里地杠上。今非昔比，以前，有什么过不去的事儿打一架就解决了，兵龄长了，也长大了，他们才发现除了战场，打一架也许不仅解决不了问题，往往还会扯出铺天盖地的鸡毛蒜皮，何止"打赢了赔钱，打输了住院"那么简单。

邱晓娟为了感谢两人成功帮忙处理了一起医疗纠纷，暂时稳定了科室局势，特意从家里带来几盒好吃的犒劳他们，有红烧排骨、红烧带鱼、红烧鸡翅、红烧狮子头。

付守宇说："怎么跟红烧过不去了？"

邱晓娟说："吃还堵不住嘴？"

吴行健说："再来瓶大白牛，就完美了。"

邱晓娟说："你是嫌我处分挨得少。"

吴行健说："随口一说，你让我喝，我也不敢啊，这禁酒令的节骨眼，提一嘴酒都有负罪感，感觉随时会被约谈。"

邱晓娟说："你们吃着，我通知你们个事。"

吴行健说："只要别通知我出院，说什么都没二话。"

邱晓娟说："还真是应景，刚刚接医务处通知，近期医疗高峰，科里战备床位已满，军人病床紧张，又来了几个因处置突发事件受伤的体系内伤病员，所以让我来给问题不大的病号做做工作，看看是否可以出院。"

吴行健的笑容僵住了："过分了啊，你这个违反为兵服务工作条例啊，医德医风不要太差，这哪是商量啊，明显是赶我走啊。"

邱晓娟说："别得了便宜还卖乖，我没让医生直接给你开出院小结已经很仁慈了。"

吴行健说："不行，我要举报。"

付守宇示意他打住，哪次举报有过回声，一举报准没好事，有过经验教训。

邱晓娟说："刚刚陈司令员来过，他老人家知道这个情况。"

吴行健说："看来医院硬件条件还达不到，这些年挣了不少钱，盖楼添床啊，钱呢？"

邱晓娟无奈地说："停止对外有偿服务、军民融合开展得如火如荼，医院现有的编制体制能不能留住还是个未知数，就别提钱的事了。哎哎哎，你这人怎么回事，扯远了啊。"

吴行健说："这个院我要就是不出呢？"

邱晓娟说："断水断电，武力强拆。"

吴行健说："这在特战队员身上都不算事。即使那样，在这儿住着也比野营拉练强多了。"

邱晓娟说："你……你……"

付守宇说："别吵了，我早做好准备了。你不来，我还正要去找你呢。"

吴行健说:"你凑什么热闹,人家明显是来轰我的,我这电灯泡啊,太刺眼。"

邱晓娟说:"你出什么院,你的伤口还要不间断换药呢。"

吴行健气愤地说:"你看看,你听听,我说什么来着!"

付守宇说:"换药我自己会,在这儿待着我不踏实。"

吴行健说:"看把你能的,头发自己理,衣服自己补,自我手术,自我催眠,没有你自己不会的事。回去就踏实了?你那些事情啊,不回去就没有,回去就像垃圾围城,乌泱乌泱的。"

付守宇说:"谁让咱吃的是这口饭呢。"说着,付守宇从床底下搜出自己的虎斑迷彩背囊,说,"我已经从高护士长那儿把我入院前的东西都领回来了。"

邱晓娟说:"这事我怎么不知道?"

付守宇说:"我要求高护士长别告诉你。"

邱晓娟说:"高护士长这人怎么这样,我是你的主管护士,还瞒着我。"

付守宇说:"本来离开医院大门之前都不告诉你的,告诉了你就走不了了。"

邱晓娟说:"现在你也走不了了。"

吴行健说:"娟啊,你就别瞎忙活了,他去意已决,别说你这铁门、铁窗、指纹锁,就是再加一个班把守,也拦不住他啊。上次反劫持演练,他充当恐怖分子,我们把他五花大绑、嘴塞棉花套子,还不是被他跑了。"

邱晓娟说:"我不和你探讨战术方面的问题,我现在以一个医务工作者的身份要求你。"

付守宇说:"一年一度的特战骨干封闭式集训马上就要开始了,这是从普通特战队员升格为勇士的最好机会,特战队员的制高点在向我招手,你能理解吗?继续执行那项任务的命令一天没有下达,一天就不能停止正常训练!工作有的是,那项任务虽然很重要,但只是我们特战队员多样化任务中的一个小元素。"

吴行健说:"你不是都参加过好几次了吗?"

付守宇说:"每一次都有国际上最前沿最尖端的新型战法研究。那是特战队员梦寐以求的根,那是我的理想。"

邱晓娟说:"其实你心里还惦记着把你们伤成这样的任务,你留下来主动请缨,打入这场任务的核心不好吗?非要离开榕城,做一个任务的边缘人,随叫随到的那种?"

付守宇说:"我们没有必要打入指挥中枢,我们的任务就是随叫随到,让怎么打就怎么打，战术研究那是作战部门的事！"

邱晓娟问："非走不可？"

付守宇说："非走不可！"

邱晓娟说："我要是向上级汇报你不适合出院呢？"

付守宇说："你不会那么干的。"

吴行健说："勇士勋章就是他的命，你不让他去摘，就是要他的命，我太了解他了。"

邱晓娟气鼓鼓地摔门走了，去找高护士长讨说法。

付守宇把病床上的被子像叠军被一样，有棱有角地叠好，还捋出了褶子，床单拉平，露出的部分掖进褥子里，拖鞋脚尖冲外，对齐摆好。

吴行健问："你是不是处女座？"

付守宇说："养成习惯了，这些年不停地换铺，不知道睡过多少不同的地方，每次离开都收拾得干干净净就像从来没来过。"

吴行健说："侦察教材里没写这些。"

付守宇说："教科书上不教人性。"

吴行健说："不会偷懒的运动员不是好运动员，好多人争着抢着要住进来，你却吵着闹着要走，况且跟邱晓娟的事连个眉目都没有呢，你现在要分清重点，爱情和事业你要选一样。"

付守宇说："我相信顺其自然！"

吴行健躺床上，蒙上被子说："自然去吧，高尚去吧，我好好养着，走好，不送。"

付守宇重又打开背囊，在里面捣鼓了很久，掏出一样东西，塞在吴行健枕头底下，轻轻掩上房门，大步流星地走了，特战靴特殊的材质踩在地板上，发出沉闷的咕咕声。

吴行健烦躁地摸索出枕头下的东西奋力甩出去老远，喊道："滚，怪人，不合群，就你本事大，就你要求进步，就你有觉悟，魔鬼周让魔鬼教官折磨死你，勇士综合演练练死你……别给我留什么红包，别给我上眼药！"

发泄完了，他蹑手蹑脚地下床找到被他甩出去的东西，想太多了，付守宇怎么会给他留钱，是一个旧信封，里面装着一张过塑的照片。是当年用卡片机拍的一张照片，两人在烈日骄阳下，脱光了上衣，晒得龇牙咧嘴。那次军容风纪检查，图省事，两人短袖常服里都没有穿制式背心，他俩一直觉得三伏天穿两件很可笑。但是班长不这么认为，让你穿你就穿，至于原因，根本不解释。所有人都穿了就他俩没穿，班长说："既然你们不想穿，那就一件也不要穿。"

于是就有了这张照片，四十多摄氏度的高温，很快就晒得皮开肉绽，让俩人从此再也不敢不按规定着装，导致吴行健现在看见这张照片还浑身燥热发痒。

没想到这么囧的一张照片，付守宇还留着。想来想去除了当年留下了一些合照，后来几乎没有同框过了，这样的照片似乎再也没有了，这样的青春印记也所剩不多了，转眼物是人非，连能见证当初那段时光的人，也越来越少了。看着看着，笑着笑着，吴行健收住了，自言自语道："小子，祝你好运！"吴行健把蓝牙耳机塞进耳朵里，蒙上了被子。

付守宇走出几步，看见走廊里站着邱晓娟，她手里捧着查房记录本，笔挺地站着不说话。

付守宇不利索地笑笑说："谢谢你照顾我，再见不知道是什么时候了！"

邱晓娟说："你自己选的。"

付守宇说："我没有选择。"

邱晓娟说："本来还可以好好接触一段时间的。"

付守宇说："来日方长，还能见到你的吧。"

邱晓娟说："军改当口，都说不好。"

付守宇说："你还能不在榕城吗？"

邱晓娟说："我也有梦想，我想去西藏。"

付守宇说："只是梦想而已。"

邱晓娟说："以前一直下不了决心，如果真被裁撤了，也就没有顾虑了。"

付守宇半开玩笑地问："本来想表白来着，现在还来得及吗？"

邱晓娟眼睛里露出一丝亮光说："别别别，你这笨嘴笨舌的，都能犯尴尬癌！"

付守宇说："没开玩笑。"

邱晓娟说："越这么解释，越不像真的！"

付守宇说："等忙完了，真想再病一次。"

邱晓娟说："别乱说，遥遥无期咯！"

付守宇问："要用什么方式证明我自己？"

邱晓娟不置可否，伸出纤纤玉手说："等你完成你魂牵梦萦、朝思暮想的任务，再来找我吧，我等着你！"

付守宇浅浅地一握，还想再握，邱晓娟已经把手缩了回去，插进了护士服的小口袋里。

付守宇转身走在医院长长的走廊里，特战靴再次铿锵有力地敲击着地板，走过护士站，转弯上电梯的时候，他扭头又往回看了一眼。邱晓娟还站在那里，穿着护士鞋的双脚靠拢并齐，侧歪着头，脸上带着微笑。短短的凝视的三秒，付守宇觉得太阳从她身后的窗子照射进来，直接照射进他的心里，那是纯洁的光芒，让他心里亮亮堂堂，暖意洋洋。这个场景和当年前女友在车站送他回部队的场景何其相似，尽管那次送完，付守宇再也没有见过前女友，手机换了号码，连家庭住址也换了，人间蒸发了似的。茫茫人海，凭借付守宇的关系可能找一个人也并不是那么费劲，但是付守宇放弃了，走了就别找了，找到了还不如就这么没有结果。今天又是同样的场景，他心有余悸，但是又充满幻想。

　　电梯下行，他环顾四周，竟然全是和他一样的兄弟，全都背着特战背囊，一样的装束，一样的面无表情。他重新从一个色彩斑斓的情感世界，回归这千篇一律的生活，近在咫尺的风花雪月，像触不可及的影子，一闪就不见了。电梯门似乎就是那一道阻隔了所有，形成难以逾越的鸿沟的分水岭。发生过什么呢，又什么都没有。

　　付守宇走出门诊大楼，来到大门口，这个榕城二环最繁华的地段，此刻人流如织，车来车往。他无数次坐着防暴运兵车里经过此地，透过观察孔打量这里，停机坪上硕大的发光字，耀眼夺目。他想打辆车，手挥了半天就是没有车停下，有的明明亮着空车的标志，可是停下来一问付守宇要去的目的地，纷纷摇头，推说不顺路。是啊，怎么可能顺路，顺路也不顺路，去好去，返回能拉到客人那可真不容易。

　　迂磨了半晌，但见着实无望，只好坐班车了。付守宇悻悻地来到车站，车站也是熙熙攘攘，好不拥挤，售票口前排起长龙。幸好，安检口前竖着一人多高的牌子，"军人依法优先"的大字赫然映入眼帘。找到军人窗口，窗口前，老少爷们儿没一个像军人。本来想着排排队也就算了，免得暴露军人身份，可眼看天都要黑了，汽车可不是日夜发车，买不上今天的票，今天之前到不了营区，可就不好向大队长解释了。付守宇举起手中的证件往前走，还没到队伍中间，就有人不满意了。

　　一个三四十岁的妇女，戴着厚厚的眼镜，衣着考究，拎着精致的名牌小包，手上脖子上挂满了链子，什么材质无从考证，但她的语言表达能力倒是货真价实："怎么回事这是？这队还排不排了？"

　　付守宇不好意思地说："对不起了，比较着急！"

　　妇女说："谁不急，谁不急，谁没事往这排队来啊。"

　　付守宇说："这是军人窗口！"说着，晃了晃手里的证件。

妇女说:"军人了不起啊,军人窗口不允许老百姓排队啊,有没有这个规定呢?"

付守宇说:"体谅一下,通融通融!"

妇女说:"现在我们维权意识增强了,你们这些搞特权的还有土壤吗?收了你的神通吧。"

一句话让付守宇面红耳赤,付守宇指着身后的大牌子说:"我是依法优先,依法!"

妇女冷哼一声说:"法可多了,哪一条哪一款你翻出来我看看!再说了你的证件是不是真的谁知道!"

妇女身后几个人附和着说:"就是就是,前几天我亲眼看见一个四十多岁的人拿着义务兵证上公交,没把我逗死。"

付守宇哑口无言,强忍着一肚子怒火原路往回退,他感觉全车站的眼光都盯着他。这时一名车站工作人员走了过来,对付守宇说:"战友,我带你买票。"扭头对妇女说:"他证件是不是真的,你没有权利质疑,要不要给你验验?"

妇女说:"我吃饱了撑的!"

工作人员说:"说话注意点,别一肚子尖酸刻薄。"

妇女说:"我去,我招谁惹谁了,平白无故受你这气,你工作号码我记下了,我要投诉你,你等着吧。"

工作人员摇着头对付守宇说:"哪儿都有这样的人,我见得多了,也习惯了。"

妇女的小嘴叭叭地就没停过,这时候情绪依然很激动:"嘀咕什么,我都听得见,看把你们能耐的,和平年代这是要去打仗啊,还是去排雷,有你们这么欺负人的吗?"

付守宇对工作人员说:"不行我这票就不买了。"

工作人员说:"买,必须买,你今天不买,他明天不买,那个大牌子竖在那里不就成了笑话了吗?"

付守宇硬着头皮趴在售票口说:"给我一张去闽侯的票。"

售票员平静地说:"最后一班已经发车了。明天再来吧。"

工作人员耸耸肩膀,面露同情之色,意思是我只能帮到这儿了。

付守宇再次原路退回,妇女胜利了,好像刚刚攻占了一座高地,眉开眼笑。

付守宇走了很远了,还能听到她机关枪般的语言,如鲠在喉,妇女说:"战士要优先,硕士呢?博士呢?我是大纳税人,我找谁说理去!"

付守宇灰头土脸地走出售票大厅，天边夕阳如血，冷风飕飕地往衣服里钻，感觉从头到脚凉得透彻。眼前呼呼而过的车，奔流不息，甩下一串串骄傲的尾气和一盏盏闪烁的红黄相间的车灯。一辆破败不堪的小车缓缓地停在付守宇跟前，司机降下车玻璃，隔着副驾驶座冲付守宇喊道："嘿，哥们儿，去哪儿？"

付守宇摇摇头，司机满脸堆笑接着喊："当兵的吧，上来吧，这会儿打不到车，打到了也不一定走，走了不一定到你想去的地方！"

付守宇心想，真是神了，一看就是老司机啊。坐吧，还有什么办法。先把背囊塞进后座，再把自己塞进去。

司机问："是不是去马堡？"

付守宇说："你怎么知道？"

司机说："你脸上写着呢！一百八，少一分不够本，多一分不能要。"

付守宇说："走吧，再不走天都亮了。"

司机说："坐稳了！天空一号即将启航！"司机一脚油门把这辆破车开出了推背感。

付守宇坐在后座，黑着脸，和黑车的形象很吻合。

司机不时瞄一眼后视镜，不管付守宇接不接茬，嘴可没闲着，说道："当兵好啊，工资待遇也提了，社会地位也高了，当年我当兵的时候，可没这么吃香，不然谁还干这个了……后悔了，地方也不好混啊！"

付守宇根本没在听，他满脑子是邱晓娟。邱晓娟这会儿应该下班了，吃饭了吗？手艺那么好，应该饿不着，这要是谁娶家去了，谁可就享福了，肤白貌美、心灵手巧、勤劳勇敢，优秀特质被她一个人占全了。

营区已经若隐若现的时候，付守宇还在品咂着邱晓娟做的红烧排骨的余味。

下了车，营门前靠近马路的位置立着一块"军事重地，营门五十米附近严禁摆摊设点"的警示牌，恰到好处的是应该在营门对过五十一米的地方，马斌烧烤炊烟袅袅、炭火正旺，大灯泡底下人头攒动，热闹非凡。

付守宇硬吞了一口口水，才觉察到粒米未沾，饥肠辘辘，这会儿进去，食堂是别指望。还是去马斌烧烤吃点吧，好久没去了，禁酒令之后，几乎没有光顾过，以前差不多每周都要去那里狠撮一顿，吃一顿马斌烧烤好像成了付守宇每周末文娱活动的一部分。

在这个离市区一百余里的地方，这个摊子却从不愁客源，不远处就是几所高校，来来往往的都是大学生，以及与大学生有关的人士。付守宇环顾四周，男男女女把这里填得满满当当，大部分边撸串子，边戳着手机，还有一部分情侣似的人在窃窃私语，谁也没空注意到付守宇。

付守宇坐定，点了最喜欢的老三样：羊肉、板筋、大腰子，又要了一头蒜，正准备开吃，一辆金光闪闪的兰博基尼带着妖风与粉尘呼啸而来，在烧烤摊子前戛然而止，刚还高素质的人群，瞬间不淡定了。

好几个姑娘下巴都要掉进铁盘子里了："酷，疯了，天旋地转啊。"

而花痴姑娘旁边的男孩们一边故作镇定一边偷偷观察着这铁家伙的婀娜，心酸不已，狠狠地撸几口串子压一压躁动的心。

从车里钻出来一男一女，男的扎着小辫、黑皮夹克、收裆紧身裤、平底小波鞋，大半夜戴着一款夸张的风镜，耳朵上白闪闪、亮晶晶，密密麻麻一排小耳钉，瘦得像根烤串。而女的更夸张，竟然剃了个小寸头，嘴唇子涂得黑紫黑紫的，和"烤串"的皮夹克是一个色调，大冬天穿了条包臀裙，脚踩露脚趾的恨天高，一步三晃，和踩高跷一个样，也瘦，瘦得像烤串扦子，两人倒是很搭，一个烤串，一个烤串扦子。

两人一看没座了，只有付守宇一个人占着一张小桌子，就大大方方在付守宇跟前坐下了。

"烤串"说："哥们，往边上串串。"

"扦子"问："怎么挑了这么个地儿，你不是要带人家吃意大利餐厅的吗？"

"烤串"说："俗，俗不可耐，现在流行大腰子，西餐那是拉业务吃的！中国人来点中国风好不好！"

"烤串"这么一说，邻座诸位瞬间感觉自己高大上不少，五十块钱买个高雅，今儿算是没白来。

"扦子"嘟着嘴问："什么时候刮的这股时髦风？"

"烤串"一脸不屑说："跟着哥，你且学吧，三生有幸。"

"扦子"说："我可不想当你这扒蒜小妹！"

"烤串"说："那敢情好，你后面排着长队呢，不信你抽冷子找人问问。"

"烤串"这话说得理直气壮，听得周围大姑娘、小媳妇瞪大了眼睛。

"扦子"的气势一下子不复存在，乖乖地撸起了串子，吧唧嘴的样子很性感。

"烤串"吃着喝着，"扦子"突然指着付守宇问："这人背的什么包，吃饭背这么大个包，很不协调啊。"

付守宇没说话，"烤串"说："俗，俗不可耐，人家这叫虎斑迷彩，比你那LV、阿玛尼、酷奇还贵，关键有钱买不到。"

"烤串"会心地看了一眼付守宇，付守宇说："也没那么贵。"

"扦子"惊讶地问："就这破包，这么厉害呢，有没有女款的，有没有手提式的？"

"烤串"把铁盘子往"扦子"跟前一推，示意她吃就得了。然后转头看付守宇，对眼前这个不动声色的男人饶有兴致。

"烤串"语不惊人死不休，问道："哥们，当兵的吧，裁军30万，有你没？"

付守宇笑笑，没说话。

"烤串"接着问："前面部队的吧？别神秘兮兮的了，还有我不知道的吗？榕城团以上的军官都认识我，兄弟咱有缘，立功受奖、考学提干，提我好使！"说着示意"扦子"写个电话号码，塞给了付守宇，站起来扬长而去，刚点的满满一盘子东西一口没动。

付守宇说："你还没吃呢？"

"烤串"头也没抬，说道："吃不吃的吧，图个乐呵，还有三个场子没赶呢，这一天，净事儿，玩也累心啊。"

这范儿，这洒脱劲，帅呆了众人。而付守宇吃也不是，不吃也不是，沉吟了片刻，逃也似的跑了，他觉得以后这地不能来了，看不太懂。

快走到营区了，两个女孩跟了过来。

为首的说："兵哥哥，留个电话呗！"

付守宇昂扬不已，正欲掏出手机。

女孩忽闪着长睫毛说："刚刚那字条上的电话借我抄一下子就行。"

第四章 穷凶极恶

乌山北麓叶家厝一处土楼，小时候叶根壮在这里生活过很长一段时间，对这里很熟悉，周边都是烟地和烤烟房。如今烟叶种植大不如前，很多烟农外出打工，不再守在这闭塞的一隅，除了一些留守老人和孩子住在村子里，这里似乎已经快被遗忘了。

李华纲、叶根壮两人把捆得像粽子一样的董老板从摩托车上卸下来，扔进了院子里一处十分隐蔽的地窖子里。

董老板隔着入口的石板谄媚地说："好小子们，初生牛犊不怕虎，敢打敢拼，我很欣赏你们的做派，将来一定能干大事。但你们打听我是谁了吗？董某行走江湖，积德行善，问心无愧，我们无冤无仇，要多少钱我给，别玩过了啊。"

李华纲说："人前越是道貌岸然，人后越是卑鄙龌龊，能说句人话吗？"

董老板说："兄弟，这话从何讲起啊。我是个买卖人，良心生意，童叟无欺，致力于民营经济，造福一方百姓，何错之有啊，简直费解！"

李华纲站起身来，摇了摇头说："没救了！"掀开盖子扔进去一挂一千响的大炮仗，炸得董老板在里面鸡飞狗跳。

董老板再也不满嘴跑火车了，战战兢兢地问道："兄弟哪条道上的，求财莫害命。"

叶根壮说："人为财死，这个道理我以前不懂，后来是从你身上学得明明白白。"

董老板说："江湖恩怨，好说好商量。"

李华纲说："很好，我就要钱。"

董老板说:"这个好办啊,说个数儿。"

李华纲说:"没数儿,装满尼龙袋子。"

董老板说:"这个数儿吉利,我立刻让人送。"

李华纲让把钱送到活捉董老板的徒骇河边的草丛里,叶根壮跃跃欲试要去拿钱。

李华纲说:"还是我去吧,万一被人盯上就全完了!"

叶根壮说:"这事我干过,当年抽大烟,和烟贩子接过很多次头,一次问题没出过,我有经验。"

李华纲说:"这家伙还不是烟贩子那么简单!"

叶根壮说:"换汤不换药。"

李华纲只好依着叶根壮,其实留下来看守董老板也有好处,到时候万一叶根壮暴露了,他还可以外围机动,而如果他暴露了,叶根壮会不会游击、能不能农村包围城市,就是一个未知数了。

叶根壮跨上那辆发动机声音像破锣一样的嘉陵摩托,向着目的地的方向一溜烟没影了。叶根壮也不是省油的灯,离目的地还有一段距离的时候,他把摩托停在草丛里,蹲下来细细观察动静。一小时两小时,叶根壮像潜伏的狙击手,眼睛也不眨一下地盯着目标处,内急也就地解决,绝不暴露一丝一毫。天都擦黑了,对面一点动静也没有,叶根壮觉得没问题了,狗撵兔子一般蹿了上去,打开尼龙袋子,全是钱,扎上口,扛起就跑。整个过程干净利落。

可叶根壮忽视了一个问题,这事情出奇的顺利就是最大的问题。况且董老板当地一霸,不可能让他这么顺利,董老板的老婆比董老板更有老主意,出了名的守财奴,哪里会让别人拿走一分钱,她早已在徒骇河边的各个主要路口安插了人员和车辆。

叶根壮把油门轰到底,摩托像发了疯的铁马,震得叶根壮腮帮子一甩一甩的,浑身的脂肪像被铁筛子筛过千万遍,不知道燃烧了多少卡路里,路旁的树影和灯光像运动中的子弹,呼啸而过,叶根壮感觉到狂风在击打他的头盖骨。即便这样,他也没按常理出牌,一会儿省道,一会儿村道,一会儿顺行,一会儿逆行,一座土地庙,他杀了三次回马枪。夜幕降临,叶家厝的灯火若隐若现的时候,摩托车轮子都跑掉了一个,叶根壮一头栽进绿肥堆里,啃了个满嘴屎,来不及擦,把摩托和轮子用草盖住,背起钱袋子就连滚带爬地往土楼跑,速度不亚于苏炳添。

见着李华纲,一把抱住李华纲哭得上气不接下气。

李华纲问:"怎么了这是?是不是没拿到钱?"

连问了好几遍，叶根壮吞了好几口唾沫，满脸满足地说："不是，太刺激了！"

李华纲说："别光顾着刺激，有没有被人盯上！"

叶根壮说："除非董老板开了天眼，除非磕头碰上了屁，除非……"

正说着，只听门外响起哗哗啦啦的声音。李华纲一个激灵，拽起叶根壮就要向通往房顶的楼梯跑。

叶根壮一把拉住他说："这声音我听了很多年，老头子来了？！"

李华纲问："怎么可能，他站都站不稳？"

叶根壮说："别人不可能，我爸他……"

李华纲说："县城离这二十多公里，况且他怎么知道我们来这儿了！"

叶根壮说："别问了，很多事我都想不明白。这些年我进了哪扇门，先迈了哪条腿，他都知道。"

果不其然，叶传仁在门外大喝一声："崽子们，老子来了！"

叶根壮抽掉挂在门上的大门闩，月亮散发着冰凉的色彩，倾泻而入，逆光照亮了坐在轮椅上的叶传仁，假发一绺一绺地贴在他的额前，让他看起来像裹千尺一样阴森冷酷。大冬天的他周身冒着腾腾的热气，像刚出浴一般。

叶根壮说："进村的路只有一条我怎么没看见您？"

叶传仁说："亡命徒的眼里只有一条路，世间万物都属于子虚乌有，你怎么可能注意到我！"

李华纲问："您怎么知道我们在这里，这么远您怎么来的？"

叶传仁说："城里已经翻了天、炸了营，我就知道是你们干的，我就是爬也要爬来，这是我的恩怨，却要你们来了断，不是我的性格。"

叶根壮这才发现父亲的两只手都缠着厚厚的纱布，血已经浸透了。

叶根壮说："何必呢！我们处理完那姓董的，很快就回去接你了！"

叶传仁说："异想天开！姓董的真有那么厉害？幕后高手肯定是最后一个出现，甚至不出现，压轴好戏你都没机会看见！"

叶根壮说："听不懂！"

李华纲说："您是说已经暴露了！"

叶传仁说："聪明！"

又是一个话音未落，车灯爆闪，刹车声、脚步声、低声吵嚷声，不绝于耳，土楼大门被人挤得水泄不通，这门当年抵御外族入侵时立下过汗马功劳，今天也发挥了它应有的作用。

但这也只是缓兵之计，叶传仁早已吓得面如死灰，李华纲的鼻尖上也沁满汗珠子。

叶根壮说："爹，跑，快跑！"

叶传仁说："别费劲了，门外都是人！"

叶根壮踉踉跄跄地爬上屋顶，一看脑袋一阵发麻，眼睛一黑腿一软差点跌落下来。外面密密麻麻站着几十号人，个个拎着闪着寒光的开山刀。

叶传仁对着李华纲说："你没来前，我还不能撒手就走，你来了，替我完成夙愿，帮我退出舞台，痛快之至。"

转过头看着叶根壮老泪纵横，说道："不该让你重走这条道啊，但是一步错，错百步。各人有各人的命，管不了那么多了，听天由命去吧！"

说完，老头子摇着轮椅艰难地朝门口走去。天井射下来的光照着他苍老的背影，背影很长，院中距门口的距离也很长，他双手并用，像整点的石英钟，一下一下撞击着，发出铿锵有力的报时；遮住后脑勺的假发，一根一根，清清楚楚，迎风飞舞。

叶根壮喊："爹，别开门！"

叶传仁说："你放心，他们不敢动老子，老子有撒手锏，你们只管退到地窖子！"

叶根壮说："我不退。"

叶传仁说："你不退老子最后的余威得不到施展，他们早晚也能进来，等他们自己进来我就被动了呀！"

两人一听在理，他们找不到董老板，一时半会儿也不能拿老头子怎么样。乖乖钻进地下，想看看老头子到底还有多大的余威。混迹江湖数十载，这一下怎么爆发。

刚刚钻到地下没多久，只听洞外轰隆一声巨响，响声之大，李华纲觉得像步战车打出的炮弹，连地窖子里也被震得尘土飞扬，伸手不见五指。

原来，叶传仁打开大门怒喝一声："来啊，治不了你们这帮小厮！"

所有人看见一个残废老头子，心里压抑着激动，呼呼啦啦都围了上来。

等到最后一个人站稳脚跟，叶传仁扯着嗓子说："孩子们，现在跑还来得及，跑出去以后啊，别回头，记住老子一句话，以后遇事争则不够，让则有余，撒丫子就跑，比硬往前冲好。自古尿人多长命啊。"

曾经的手下狗子蹲下来，嘴咧到了耳后根，一只手来来回回摆弄着轮椅，一只手把上了膛的土枪枪管抵住叶传仁的脑门，说："叶老大，你都这副德行了，还教书育人呢，我真想听你的话呀，做个尿人，可是你不给我机会啊。快说，把董老板藏哪儿了，省得我自己动手了！"

叶传仁说："狗子，跟了我这么多年，你连个毛都没学会，也真难为你了。"

狗子抬手就是一嘴巴子，血顺着叶传仁的嘴角淌了下来，狗子说："牙打掉了往肚子里咽，胳膊断了推回袖子里。这是你说的，今天让你给我示范一遍。"

叶传仁狂笑着说："好！开枪吧，我再给你示范一遍视死如归！"

狗子说："你个活死人，跟死了有什么区别！"

叶传仁说："区别，区别是起码还睁着眼睛，看看你这帮跳梁小丑蹦跶得欢实，但也不过是秋后的蚂蚱！"

狗子狰狞了，愤怒了，手抖着还故作镇定地说："你就败在了你这张嘴上！"

说着一脚势大力沉地踢向叶传仁的胸口，轮椅顺势向后倒下，这时所有人才发现，整个轮椅上绑满了炸药。

叶传仁四仰八叉，两腿朝上，躺在地上喘着粗气，两眼望向月空，长叹一声，同时拉开了引线。

爆炸力出奇地大，连土楼都震碎了半边，一时间院内狼烟遍地、火光冲天、血流成河，刚还旺盛的人气，瞬间陷入死寂。李华纲掀开盖板，扒拉开洞口的碎砖破瓦，钻了出来，傻怔在原地半天没有动一下。而叶根壮在院子里转了一圈又一圈，边跺脚边念念有词："人呢？人呢？轮椅呢，轮椅总该在吧！"

然而，什么都没有，除了烈火硝烟，好像不曾有人来过。

忽然，叶根壮眼前一亮，从墙角的废墟里捧起一块血红的物件，继而从胸腔里发出一声悲鸣。

李华纲看见了，那应该就是传说中叶传仁后脑勺里镶的那块钢板。

李华纲把瘫软的叶根壮提起来，告诉他："一切都结束了，是非之地，赶快跑！"

叶根壮泪流满面，呆滞的眼神重又燃起杀气腾腾的火焰，他甩开李华纲的手，搬起一块硕大的石板，跳进地窖子，只听噗噗的声响，一下两下三下。李华纲抬头，皎洁的圆盘似的月亮前面有浮云飘过，天漆黑一片，大地光彩不再。

叶根壮抹了一把满脸的血渍，把钢板揣在怀里，一步三回头地走出土楼。李华纲扛起那袋子钱，走在前面，淡定从容，好像刚刚只是放了一场电影，是一场杀戮的残忍的战争电影，那些断腿断手、鲜血淋漓只是一幕拙劣导演的炫技。

董老板的人没有白来，留下了各式各样的交通工具，他俩挑了一辆和叶传仁当年开的那辆一样的桑塔纳，一脚油门消失在茫茫黑夜之中。一路上风驰电掣、横冲直撞，什么收费站、什么检查站只在遵纪守法的人眼中不好逾越，对于亡命徒来说，最多不过是一次拉力赛途中的人为障碍。

天边露出鱼肚白的时候，李华纲已经把车开进了榕城近郊，那里已经能听到波涛海浪，已经闻到浓浓的虾蟹的味道。前方应该是一个渔村，海风吹动了停靠在岸边的渔船，高矮不一的桅杆以及密密麻麻的航灯，瞬间将两人活下去而且要活得更好的欲望燃烧起来。

叶根壮哆哆嗦嗦地抽出怀里的钢板，带着哭腔说："兜兜转转，就剩下了它，什么都没了！"

李华纲拍拍叶根壮的肩膀说："别怕兄弟，还活着，还有钱！"

叶根壮说："对，还有你，还有钱，以前觉得有钱就什么都有，现在觉得钱就是仇恨，钱就是刀、枪、子弹！"

李华纲说："此一走，没有回头路。"

叶根壮问："这是你想要的吗？"

李华纲咬咬牙，一字一顿地说："这是这个世界给我的，扔也扔不掉！"

心里种下血腥的种子，就会生长出庞然怪物，精神世界里散播开不理智的暗黑，就会燎原仇恨的心海。这一袋子钱，不是钱，是荒诞丛生的根源，是冲下悬崖的塌方点。

两个人第二天就买了一艘不小的叫作"芭乐"号的轮船，船成了他们的家，从此过上了不着陆路的漂泊日子，很长一段时间不敢靠岸，不敢露面，饿了捕点鱼虾，渴了过滤点海水。一开始倒也自得其乐，但两人哪里是安分的人，时间一久自然滋生了新的邪念。他们眼见风声已过，开始频繁上岸，寻欢作乐。那一袋子钱开始一点点地减少。这样坐吃山空不是办法，如果换作普通百姓，有这么一艘船完全不用担心生计，吃苦肯干，不仅能解决温饱，还能有所盈余，可是这两个人哪里是过日子的人，不折腾出点浪花，誓不罢休。

李华纲意识到不能混吃等死，一定要像当年就立下的志愿那样出人头地，高人一等，不再是受尽白眼、叫天天不应、叫地地不灵的臭瘪三，不再是怀才不遇、任人欺凌的泥腿子。而叶根壮本和他不一样，有吃有喝有玩就能消停，如果连这个起码的都保证不了，那肯定会揭竿而起，现在他还没有意识到将来，但看到李华纲整天蠢蠢欲动，心中的危机感也油然而生，罪恶的小火苗被撩拨得异常旺盛。

李华纲掰着螃蟹说："今天我上岸打听了，附近好几个村全是寡妇村。"

叶根壮一听，把刚打开的香烟盒子拍在桌子上，坏笑着说："你什么时候培养的这个兴趣？"

李华纲皱着眉说："想歪了！"

叶根壮说："其实我也早有耳闻，当年解放战争，很多老兵跟船去了对岸，再也没回来。"

李华纲说："没事多看看书吧，你这知识都学杂了！此寡妇村非彼寡妇村，这些守活寡的人都年轻着呢！"

叶根壮说："你这话还是又说回来了！"

李华纲说："这里流行海外淘金，许多青壮年通过各种方式漂洋过海，南非、Y国遍布他们的身影！"

叶根壮失望地说："噢，这样啊！"

李华纲说："我们的春天来了，趁着这个机会，狠狠捞一笔，然后我们也到Y国，就不用过这躲躲藏藏的日子了。"

叶根壮说："你是说做蛇头？"

李华纲说："黑吃黑，太简单了，太没有保障了，我们要干点技术含量高的工种，竞争对手少的行业。我问过懂行的了，哪里防卫力量薄弱，哪里可以躲过卫星扫描追踪。"

叶根壮向李华纲投来敬仰的目光。

两人一拍即合。叶根壮负责招兵买马、购置必需的装备，李华纲负责上岸"洽谈业务"，很快一个小型的偷渡组织应运而生。

刚开始他们还是老老实实地运人过境而已，慢慢地胆大心细、心狠手辣，屡次避开警方视线，逃脱搜捕检查，成功化险为夷，打了几次漂亮的"翻身仗"，在圈里混出了名堂，地头熟了，人脸熟了，一条更加完整的产业链摆在他们面前，极大地满足了李华纲不成功便成魔的心理。

李华纲屡次扬言："在我面前，警方太小儿科，和我一样爱钱、不办事，还没我拼命、负责任，怎么可能抓得到我！"

李华纲告诉叶根壮："Y国黑谷组织头目找过我好几次了，希望我们跟他们合作。"

叶根壮头摇得像拨浪鼓说："黑谷组织可是够黑，有自己庞大的雇佣兵，占据公海红毛丹岛，公然和Y国政府对抗，杀人越货，无恶不作，暗网里排名前五，我们这小鱼小虾还不够他们塞牙缝，和他们合作那是自投罗网！"

李华纲面无表情地说："由不得我们了，已经被盯上了，干脆将计就计，一不做二不休。"

叶根壮满脸无所谓地说："不是我怕，哥们什么时候怕过，就是不想轻而易举被斩草除根。"

李华纲说："人有多大胆，地有多大产！"

叶根壮说："反正我脑袋别在你裤腰带上，你看着办！"

李华纲说："放心吧，你这脑袋比你爹还硬。"

叶根壮说："都是光脚的，阎罗殿里转过好几圈的人！"

东经127°，北纬21°，公海红毛丹岛，这个在谷歌地图上都不好找的弹丸之地，距离Y国十几个小时的航程。在黑谷组织的协调下，芭乐号已经沿秘密通道顺利越过Y国海域，向红毛丹岛进发。叶根壮嘴里叼着雪茄，右手端着红酒，怀里还揣着一把AK47，一只手在高频率地使劲戳着茶几上的手机，虽然没有手机信号，但是这款"猫捉老鼠"的游戏，让叶根壮痴迷不已，充实不已，除了抽烟喝酒，他的大部分时间都用来玩游戏。李华纲每次都劝他多看点书，叶根壮每次都说游戏人生，看书不好玩。此时李华纲坐在瞭望口处，抱着臂膀，紧锁眉头，这是他一贯的表情。他已经眼神直勾勾地盯着一成不变的海面，保持同一个姿势很长一段时间了，像等待鱼儿上钩的渔夫，像修行入定的出家人，航海生活如果没有这样优哉游哉的本事，是会抑郁的。

驾驶舱里不停传来坐标、气象、风浪等数据信息，甲板上到处是持枪巡逻的黑衣壮汉，一个个膀大腰圆，面露凶光。海平面上不时跃起奇形怪状的水生物，还有海鸟不时落在栏杆上，今天天气不错，温度适中，没有大浪和冰雹，阳光虽然晒得人睁不开眼睛，但晒得心里畅快亮堂。在这轻松惬意的氛围中，却隐藏着不为人知的罪恶和无边无际的阴霾，就在离红尘美景不远的货仓里，却是翻天覆地的另一番景象。逼仄的环境里竟然密密麻麻挤着一百多人，仓里遍布稻草和食品包装，打开舱门一股腥臭味扑鼻而来，不戴口罩能把人正面熏个跟头。即便如此，里面的人仍然没有意识到危机濒临。

几个头脑稍微清醒的人提出疑问："这都多久了，怎么还没到Y国，美国都快到了吧？"

负责看守的三角眼说："这是偷渡，不是入境，会遇到各种各样的突发情况，我们能走正经航道吗？"

"也是，可时间未免太长了！听之前跟你们过去那边的老乡说，晃晃悠悠就到了。"

"别啰唆了，有吃有喝，你们就安心待着吧！"

"没电、没信号，一辈子也不想再来第二次！"

"上了岸，就享福去吧，这样的日子，找也找不着了！"

三角眼合上舱门，露出一丝邪笑说："等明天上了岸你们就知道，最舒服的日子，永远在昨天。"

轮船继续向着红毛丹岛，那座被非法武装控制的恐怖岛屿，离偷渡客们想要到达的Y国渐行渐远。

红毛丹岛的轮廓开始慢慢显现，在经历了无数个不同海域，精力和信心在被消耗得差不多的时候，这样的陆地着实弥足珍贵，似乎它在浓雾里也能散发出耀眼的万丈霞光。这个岛本就有一个好听的名字，但是现在它被植入了不相符的内芯。

李华纲犹如一个身经百战的将军，忙而不乱地发号施令："通知舵手，放慢速度，随时准备停车，命令各个战位，进入最高戒备，情况不妙，即刻开火。"

叶根壮也紧张起来，说道："唉，我们这是被逼上梁山，本来好好地做个小蛇头多好，现在搅入这么一盘残棋里。这帮狗日的到底看中了我们什么？"

李华纲说："看中我们兵强马壮，货源充足，看中我们办事干净利落。"

叶根壮说："这就是把猪养肥了杀的节奏啊，我们打好了底子，形成了完整的产业链，就等着让他们坐收渔利！"

李华纲说："是福不是祸，是祸躲不过，这一票万一成了，我们甚至可以进入暗网排名，到时候世界各地到处都是我们的合作伙伴。"

叶根壮说："有必要整那么大动静吗？"

李华纲说："你这种小富即安、得过且过的思想要改，你以为我们不伦不类的就安全吗？同样是这条不归路，什么才能提高我们的安全系数，那就是壮大、壮大，不停地壮大。"

叶根壮看见李华纲眼睛里闪现着憧憬的火花，也被陶醉了。

芭乐号甲板上，此时已经改变了画风，所有人荷枪实弹，箭在弦上，甚至五支RPG-7V反坦克火箭筒都已经装填完毕。

卫星电话里传来蹩脚的中文："来者皆是客，我的朋友，你们大可不必这样紧张，岛上风景多彩，而迎接你们的仪式也很隆重，我们是有诚意的，不与你们兵戎相见，请放下武器。"

果不其然，几发信号弹喷射着彩色烟幕极速升空，红毛丹岛岸边的炮筒，纷纷掉转方向，炮口向天。

李华纲在卫星电话里说："我感受到了你们的诚意，现在就抛锚，准备卸货，请兑现你们的诺言。"

芭乐号顺利抛锚，货舱里的人兴高采烈地拥出舱门，正欲走下舷梯，突然被眼前的景象惊得下巴颏子都快掉了。这哪是老乡口中描述的人傻钱多速来，而是九条命都不够丢的恐怖组织基地，满眼的碉堡、工事、步战车、坦克、机关枪，到处游动着戴着伪装面具、只露出两只杀气腾腾的眼睛的恐怖分子，和《新闻联播》里看到的境外战火纷飞中不要命的匪军一模一样。转身就要往船舱跑，嗒嗒嗒一通枪响，跑在最前面的两个人瞬间被打成了马蜂窝，剩下的全部抱头跪在地上，一动不敢动，连哭喊声也戛然而止。其实不光这帮偷渡客怕了，甲板上的人腿肚子都在不停地打战。叶根壮心头一紧说："纲哥，这场面打娘胎里出来头一回见！"

李华纲一个眼神示意叶根壮不要说话，他们一举一动、一言一行都在对方的耳朵边上，要是哪一句说得不对，随时都会出现意想不到的状况。

李华纲大喝一声："管事的出来说话！"

一个穿着一身咔叽布制服、脸上的络腮胡子比叶根壮茂盛得多的人拍着手，靠近芭乐号，脚下的威武战靴，踩得沙滩哗啦啦作响，名副其实的步步惊心。站定，敬了一个三秒军礼。后来，李华纲得知这个人就是黑谷组织首领络腮桑亚。

络腮桑亚说："钱已经汇入你的账户！来日方长，合作愉快。"

叶根壮对着李华纲耳语一番："妈呀，我也从来没见过那么多零，狗日的还挺讲究！"

李华纲冲船下喊："下一批什么时候运来，听您招呼，告辞了！"

络腮桑亚说："别急，来都来了，怎么能空手回去，我这里还有些你感兴趣的好东西，运回去又是一笔收入！"

络腮桑亚所说的好东西就是新型毒麻药品，其实红毛丹岛里的秘密还远不止这些。

叶根壮激动地说："五辈子的东西都让我一趟看完了，真他妈来着了。"

李华纲说："比你玩游戏有意思。"

叶根壮说："再也不玩游戏了，哪还有空玩游戏，就剩下数钱玩了。"

返程一路畅通，除了一次飓风的打击，芭乐号再次经受住了深海考验，除了在中国沿海碰到十几艘执法船的跟踪盘查，但就在检查船体关键部位的时候，他们却撤了。叶根壮美其名曰有钱没有打通不了的关节。他们的胆子慢慢大了起来。

其实绝大部分人不知道，在此次武警、水上公安的联合执法中，付守宇和吴行健赫然在列，只是凯夫拉头盔、伪装面罩、防爆眼镜已经把两人包裹得严严实实，这算是两者交锋的第二次不严格的碰面。又是没有揭开李华纲的老底就鸣金收兵，再次出乎付守宇和吴行健的预料。

付守宇说："这条船肯定有问题！"

吴行健说:"我们的炊事员都看出来了。"

付守宇说:"货轮没拉货,船员衣服上连片鱼鳞都没有,个个肥白大胖,没有一个像正经船员一样晒得油黑发亮,而且卫星云图传回来的画面显示,芭乐号的航迹有大片空白,船主表情出奇地冷静……"

吴行健说:"你上去晃了不到三分钟就记住这么多细节?"

付守宇说:"那你是怎么发现不正常的?"

吴行健说:"我就感受到一条,船上所有人都太制式。"

付守宇说:"制式?"

吴行健说:"受过专业训练的一眼就能看出来,坐卧行走、神情姿态不自觉就流露出来了。"

付守宇说:"你军校学的心理?"

吴行健说:"心理系那都是美女,我哪进得去。别聊这个了,不查个底朝天就返航,这是什么路子?"

付守宇说:"上面有上面的安排。"

吴行健说:"你每次都上面上面,上面谁啊,这个上面是这世上最神秘的东西。"

付守宇说:"少废话。"

眼看着联合执法船走了,叶根壮窃窃自喜,一蹦三尺高,说道:"我终于知道为什么有钱就是好,就要这种操纵感,就有这种手眼通天的能力。"

李华纲摇摇头说:"感觉不太好,你注意观察那几个特战队员了吗?"

叶根壮满不在乎地说:"那一个个包得跟粽子一样,看见皮看不见馅啊。"

李华纲高深莫测地说:"道行太浅!他们可不是上来溜达一趟那么简单,我们要消停一段时间了!"

叶根壮说:"咋消停,我倒是想消消停停地玩一阵子,黑谷组织让我们消停吗?我们现在是一颗很大的棋子。我们停不下来,回不了过去,我们已经把一百多名同胞送进外国人的虎口,我们现在不是汉奸,也算卖国贼。以前我没想干这么大,这不是被自己架上去了嘛!"

李华纲脑门上头一次暴出了青筋,恶狠狠地说道:"我看应该把你留在红毛丹岛上!你的善啊,会把你害死的!"

叶根壮吓了一身冷汗,李华纲没这么直白过,他说:"亲哥,你可别开这种玩笑,我就是发发牢骚。"

李华纲说:"絮叨久了,会弄假成真!"

第五章　先入为主

付守宇走后，吴行健遵守给兄弟许下的诺言，没有轻举妄动。尽管邱晓娟是院花，知书达理，是个男人都喜欢的那种类型，但是吴行健有礼有节，不越雷池半步。这对于吴行健来说可不是件简单的事。

其实吴行健听力早恢复了，只是近期改革铺天盖地展开，文山会海，让人目不暇接，机关大楼灯火通明，人人强睁着布满血丝的眼睛，敲键盘的敲键盘，翻红本的翻红本。吴行健早打听好了，这时候回去，刚治好的听力肯定又得聋。作战处长的大嗓门，全总队出了名的高分贝。天赐良机，重在把握。

邱晓娟每天过来查房，早看出了端倪。邱晓娟说："都是当兵的，对待奉献的标准怎么不一样呢？"

吴行健装作听不懂："我兄弟临走时把你托付给我，我一定尽职尽责，当好这个护花使者。"

邱晓娟说："不稀罕。"

吴行健说："那是你的事！"

邱晓娟说："差不多就回去吧，床位真的很紧张。"

吴行健说："我没要求老干部病房的套间，已经很给你们院长面子了。"

邱晓娟说："口气不小，听说你是参谋，就你这个作风能给首长参出什么谋？"

吴行健说："肤浅了，不要管中窥豹、一叶障目。"

邱晓娟说："一屋不扫何以扫天下？"

吴行健说："人精力是有限的，天天研究怎么让你舒服，还谈什么打胜仗。"

邱晓娟说:"我还配药呢,没工夫跟你瞎贫。"

吴行健说:"跟你就聊不来一个整天儿,有些失败。"

邱晓娟白了他一眼,推着小车走了。

吴行健站起身来,望向窗外,天际乌云滚滚,脑袋又开始疼了。CT上一切正常,可自从被手雷震过之后,这毛病就没断过,邱晓娟让他出院是根据医疗常识,但吴行健自己知道,很多疼,医疗上解释不了。比如心疼,比如现在的隐隐作痛。

疼得他想马上转业,这个念头从毕业之后就没有断过,如今军改在即,是个绝好的机会,但是吴天将在单位一天,他这个想法都不敢吐露半句,他只能眼睁睁地看着同学朋友,一个个在地方风生水起,越比越气,越气越急。豆大的雨点密集地落了下来,打在玻璃窗上,啪啪作响,雨雾罩住了视野,也封起了吴行健的无限遐想。

吴行健推开房门,漫无目的地遛弯。这时他看到邱晓娟已经换下护士服,穿上了修身的便装,也透过窗子看着外面的大雨滂沱,微皱眉头。

吴行健问道:"下班了,你怎么还不走?"

邱晓娟说:"这雨下得真不是时候!等雨停了再走吧,现在出去肯定变成落汤鸡了。"

吴行健说:"这雨要是不停,你还就走不了了吗?"

邱晓娟说:"你还不了解榕城,大雨来得急,去得也快。"

吴行健说:"问你个事,付守宇这人你到底怎么看?"

邱晓娟说:"好人,实在,正派,稍显木讷,但是不影响整体印象。"

吴行健说:"分析得好,这小子呢,一根筋,你可别伤了人家的心啊。我可见识过他不高兴时候那一出。"

邱晓娟说:"说什么呢?我是挺佩服他,挺尊重他,但是还谈不上喜欢或者爱啊,你把感情看得也太简单了。"

吴行健说:"不是吧,那你怎么没跟他这么说,搞得他魂不守舍啊。"

邱晓娟说:"人家也没问啊,我上赶着提,算怎么回事!"

吴行健说:"慢慢来,感情确实需要培养!"

邱晓娟说:"怎么培养,看似在眼前,实则在天边。"

吴行健说:"你别着急啊,等他忙完这一阵,就有时间了。"

邱晓娟说:"我也是基层待过的,我还不知道,忙完这一阵就可以忙下一阵了。"

吴行健着急地说:"这事还无解了吗?你总得谈对象吧,谈谁都是谈,这么靠谱的可不好找!"

邱晓娟说:"你就别瞎操心了,我自有分寸。"

邱晓娟一双美目,望向远处,吴行健猜不透她在想什么,这要是自己的追求对象,肯定十拿九稳,可她不是,情场老手也有蒙圈的时候,不过吴行健还是隐隐地觉察到,邱晓娟并不是对付守宇不感冒,而是心思比较重,考虑得比较多。

吴行健自言自语道:"谁不想想自己的人生大事呢?我也在想,女朋友谈谈也就罢了,对象哪能马虎!"

雨反常地下个没完,一点要小的意思都没有,甚至还夹杂下起了冰雹,砸得汽车乒乓作响。

邱晓娟开始不淡定了,说道:"我爸还在家等我回去做饭呢!"

吴行健说:"你不回去他还不吃了?"

邱晓娟说:"今天是他生日,答应给他过生日的。"

吴行健说:"笨,蛋糕可以先订。"说着掏出手机三下五除二就订了个蛋糕。

邱晓娟谢完吴行健说:"蛋糕送到了也不算完啊,身边连个人都没有,这生日过起来得多孤单。不行我就豁出这身衣服了。"

吴行健拍了拍脑门说:"你看我这记性,前几天回家取生活用品,车在地下车库停着一直没动,今天可以派上用场了!"

邱晓娟说:"你还病着呢,哪能随便出院门。"

吴行健:"太小瞧我了,我这病啊,一会儿一会儿的,这会儿奇了怪了,非常精神!"

邱晓娟说:"那你也不能随便出去啊,不符合规定。"

吴行健:"主管护士都在这儿呢,我怕什么,真有意思!"

邱晓娟说:"这是纪律!"

吴行健说:"什么纪律,住个院还整出三大纪律八项注意来了,赶快吧,一会儿老爷子该不高兴了。"

邱晓娟来不及张嘴已经被吴行健连哄带骗塞进车里。

雨刷以最快的频率划出一道一道弧线,车外是能见度不到十米的道路,一路心惊胆战。

吴行健说:"你爸爸怎么一个人在家,你妈妈呢?"

邱晓娟说:"没有妈妈了。"

吴行健惊讶地连忙道歉。

邱晓娟不以为然地说："我很小的时候，妈妈就走了，我妈是军嫂，我爸爸也是老军人！"

吴行健说："你还挺有故事。"

邱晓娟说："我没故事，我爸妈有故事。我小时候几乎见不着我爸爸，他常年在部队，头几年级别低，我们娘俩没办法随军，所以分居两地。后来，好不容易熬到够了随军条件了，团圆了没几天，战争打响了，爸爸开赴了前线，这一去又是杳无音信。后来，仗好不容易打完了，爸爸的单位又移防了，就像今天的裁撤并改一样，说走就走，披星戴月就走了。妈妈因为工作的原因，没有跟去，那些年妈妈既当爹又当妈，送我上学，大半夜背我上医院，替我教训欺负我的坏小子，好多好多事，历历在目。有一次大冬天，送我上学，自行车被出租车追了尾，伤到了颅脑，卧床不起，爸爸从部队转业照顾妈妈，眼看着好日子来了，妈妈却遭此不幸，眼看着一家团聚了，妈妈却撒手人寰。子欲养而亲不待。"邱晓娟声泪俱下，吴行健听得心里堵得难受，除了妈妈的故事外，好多情节，似乎就是一个模子里刻出来的，和吴行健的经历太像了，吴行健恍惚中觉得，这可能是自己的第二个妹妹，失散了多年。

吴行健不由自主地摸了摸邱晓娟的头说："我太懂了！"

邱晓娟说："你懂什么？"

车子在一个老旧小区里停了下来。吴行健说："以后你会知道的。到家了，你上去吧。"

邱晓娟擦干眼泪，看看吴行健说："你也上去坐会儿吧，说不定我爸很欢迎你呢！"

吴行健说："不是说不定，小伙子这么精神，讨喜着呢，这个我不否认！"

邱晓娟说："说你胖你还喘上了。"

吴行健说："我以什么身份上去啊，你的病号，你男朋友的朋友？太尴尬了。"

邱晓娟说："行了，不愿意上去算了，原路返回吧。"

吴行健说："开玩笑呢！谁不愿意上去谁思想有问题。"

邱晓娟打开门，邱铁稳的声音就传了过来："宝贝回来了，淋湿了吧，快换衣服，一桌好吃的等着你呢！"

话音未落，邱铁稳一眼瞄见了吴行健。

"还带了个大帅哥，有长进！"邱铁稳都乐开了花，"我闺女长这么大头一回往家带男的！"

邱晓娟边洗脸边撒着娇说:"不是不带,哪敢带啊,您动不动就要老革命的脾气,一个不顺心就要动刀动枪的,这要是入不了您的法眼,左邻右舍可过不安稳了。"

邱铁稳乐呵呵地边把吴行健往屋里请边说:"这孩子,我有那么不识抬举吗,宝贝喜欢肯定就错不了,咱爷俩啊打小就默契。"

邱晓娟说:"这是我一个普通朋友,今天特意送我回来的,您可别想多了。"

邱铁稳说:"我跟你妈当年也是普通朋友。"

吴行健听爷俩腻歪半天了,干搓着手说:"叔叔,今天来得急,什么都没带,空着手来的。"

邱铁稳说:"下回下回!"

吴行健有些不自在,邱铁稳说:"你踏实坐着,锅里还炖着鱼,我忙活完,咱俩喝两盅,好几年都没这么高兴了。"

邱铁稳颠颠地去了厨房,吴行健环顾四周。邱晓娟家虽然很旧,但是布置得井井有条,到处有棱有角。比较有特点的是墙壁上挂满了各式各样的老照片,全是邱铁稳年轻时候的军装照。吴行健哪儿哪儿都插不上手,只好认真看起照片来。

邱铁稳把女儿拽到厨房,笑嘻嘻地说:"什么局面?跟爸爸交个实底!"

邱晓娟说:"真没情况,你瞧瞧你激动的。"

邱铁稳神秘兮兮地说:"别藏着掖着了,还瞒得过你爸这火眼金睛。快说说这孩子干什么的,多大了,哪儿人啊?"

邱晓娟说:"你怎么跟个老妇女一样啊,他是我们总队的一个参谋,多大我还没来得及问呢。"

邱铁稳说:"他一进门我就知道是军人,虽然没穿军装,可气质在那儿摆着呢,方头正脸的,一看就是正经人。不过你这事办得可不妥帖,都领家来,连年龄都不知道。一会儿看我把他打听个底儿掉。"

邱晓娟说:"爸你就别添乱了,别把人家弄尴尬了!"

邱铁稳意犹未尽地说:"小场面还能尴尬咯?别逗了,当兵的什么惊涛骇浪没见过。"

邱晓娟说:"新一代革命军人,可没您那一代那么天不怕地不怕!"

邱铁稳说:"必须过我这一关!"

爷俩正嘀咕着,只听客厅里传来吴行健的声音:"嚯,嘿,滋滋滋……"

邱晓娟探出头来问:"你嘴怎么了!"

但见吴行健一脸惊诧,一脸蒙,有点语无伦次。

邱铁稳跑出来问道:"孩子,什么事?"

吴行健指着挂在墙上的一张合影说道:"还有熟人!"

邱铁稳凑上前不相信地问:"这都是我那个年代的战友,你上哪儿熟去!"

吴行健指着前排和邱铁稳坐在一起的人激动地说:"就他,我和他熟。"

邱铁稳上下左右打量了吴行健好一会儿问:"你怎么也不挑个别人,偏偏和他熟,怎么个熟法?"

吴行健说:"这事没法挑,这是我爹啊!"

邱铁稳差点没站稳,抓着吴行健问道:"你姓吴?你是小健?"

这下轮到吴行健和邱晓娟站不稳了。

吴行健说:"叔啊,我姓吴啊,家里人天天喊我小健。"

邱晓娟在边上帮腔说:"没错他叫吴行健。"

邱铁稳哆嗦着一把拉过吴行健,把他摁在椅子上,眼神放着光说:"你一进屋我就觉得怎么这么面熟呢,怎么这么像一个人呢,这下全明白了!天哪,原来像那个傻帽啊!"

吴行健坐在椅子上还没缓过神来,站起身来,从进门开始,一步步重新捋了一遍,没放过一个环节,沉吟良久说:"叔,原来你跟我爸是战友!"

邱铁稳拔高嗓门说:"岂止是战友,岂止啊,出生入死啊!"

吴行健说:"那不对,我爸的战友我都见过,他们每年八一都要聚会,就在戴斯温泉,还有专门负责组织协调的战友联谊会,怎么一次都没见过您?"吴行健并不是怀疑这位叔叔是假冒的,隐隐觉得这背后肯定有故事。

见吴行健有些质疑,邱铁稳情绪有些激动,反问道:"一起参加过战友聚会的就是战友吗?同一年入伍的人多了,都是战友吗?甚至在那片战场上浴血拼杀的人也多了去了,都是战友吗?"

吴行健说:"广义上说只要是当兵的都是战友!"

邱铁稳说:"这就是你不认识我的原因!"

邱铁稳攥着拳头,目光如炬,邱晓娟下意识地往后一退。吴行健后来听邱晓娟说:"这是父亲的习惯动作,上过战场的人都有痼癖动作,要么表现出来,要么在心里。"

吴行健不知道,吴行健很新奇,像看舞台剧上的演员一样看着邱铁稳,老爷子这是要唱哪出戏呢?

邱铁稳并没有失控,反而改换了刚刚老子宠孩子的情绪,撩起上衣,露出伤痕累累的肚子，斩钉截铁、一字一顿地说："上过战场的人，用血用骨头来诠释什么是战友，战友不是聚会的时候举起酒杯咕咚的那一大口，不是比较着老婆孩子、住的是草房还是高楼，战友是相互搀扶着一次次从尸山血海里爬出来，是我掩护，你先走的号叫，是活着回去后我就是你，你就是我的承诺，战友哪怕阴阳两隔，也能认出那个千疮百孔的躯体是谁！这么说来，你知道什么是战友了吗？你知道真战友、荣辱与共，不是靠每年的寒暄一遍来维系感情的了吗？"

　　吴行健愣住半晌问道："那我爸算不算您战友？"

　　邱铁稳说："算！"

　　吴行健说："那怎么从来不走动？"

　　邱铁稳说："你爸就是个老顽固，他过不去那个坎。其实我从来没怪过他，当时的环境，不允许他那么做！"

　　听邱铁稳这么说，吴行健和邱晓娟更是丈二和尚，摸不着头脑了，这到底是哪儿跟哪儿啊。

　　邱铁稳接着对吴行健说："不提这事了，都过去了，今天就是过生日，今天就是喝酒吃肉，你爹没这福享，今天他的酒，你替他喝了！"

　　邱晓娟说："他还病着，不能喝酒！"

　　邱铁稳说："部队有纪律，不喝就不喝吧。"

　　吴行健抢过酒瓶，帮邱铁稳倒满，自己也斟了满满一杯，说道："今天这酒，我喝！"

　　说完，仰起脖子就干了。

　　邱铁稳说："是他爹的儿子。"

　　但吴行健、邱晓娟还是搞不清楚来龙去脉，邱铁稳不想提，也就不方便再问。

　　从邱晓娟家出来，吴行健没有回医院，直接驱车往家赶。一进门，吴天将正在看重播的《军事报道》。

　　吴行健说："我问问，你有没有战友？"

　　吴天将说："你脑子震坏了？我从军三十多年，战友遍布天南海北、各行各业，你这算什么问题！"

　　吴行健说："今天我碰见一个人，他告诉我什么是战友，我才知道这两个字对于军人来说到底有多重！"

　　吴天将说："你什么时候变得这么婆婆妈妈，有屁赶紧放！"

　　吴行健说："这个人叫邱铁稳，住得也不远！"

　　吴天将的眼睛唰地从电视机屏幕上移开，死死地盯住吴行健。

吴天将没有了往日的神气，不再打着官腔，让举手投足之间也凸显着与大校身份相符的气质。他沉默着，拘谨着，甚至像个小年轻一样有一丝微微的无所适从。这个间隙，吴行健也有时间好好观察这个威严的一直高高在上的父亲，头发大半已经花白了，额头上像搓板路一样坎坷不已，也长出了两边下垂的长寿眉，眼窝深陷，眼袋很大，坐在沙发上，已经不再像吴行健小时候印象中的那样高大粗壮，反倒有些孱弱，有些单薄，连沙发的三分之一都没有填满。

吴天将长叹了一口气，放下手里的遥控器，像是在准备做一场述职报告，像是要在出征仪式上念一篇壮怀激烈的决心词。他没有让吴行健坐下，也没给自己摆一个舒服的姿势，预示着这次谈话并不轻松。

吴天将缓缓地说："这么多年了，我最不愿提的就是这件事，最想念的战友也是他，最没脸见的也是他……"吴天将的思绪乘着记忆的翅膀回到三十多年前。

当时吴天将和邱铁稳所在的团打进了敌人的老巢，节节胜利，气势正盛，但是在一个代号为457的高地，遭遇埋伏，敌人从四面八方拥来。一部分敌人盘踞高处，利用有利地形，疯狂开火，炮弹喷着火舌密集地落在队伍中间，还有一部分敌人在坦克的掩护下从左右侧翼包抄过来，很快就要接近有效射击范围，部队伤亡前所未有地惨重。

年轻的士兵们被炸得血肉模糊，凄惨的号叫声不绝于耳，再久攻不下，就要全军覆没了。连长邱铁稳带领本连剩余兵力奋力突围，且战且退。指导员吴天将用短波电台呼叫后方部队炮火支援。支援倒是很快跟上，457高地顿时被一朵朵蘑菇云笼罩，不到一根烟的工夫，刚还郁郁葱葱的山头就被剃了光头，敌人的气焰被打下了一大半，但敌人也不是吃素的，稍作停顿又是一轮来势凶猛的反扑，一次比一次嚣张。邱铁稳不再恋战，趁敌人喘息之机，迅速组织撤退，吴天将负责掩护。

退到一个村寨，不能再退了，还顶不住的话，大部队会合的进度就会因此减缓，这几天的战果就要功亏一篑，死也要死在这个村子里，是团部发出的最后一道命令。

除了守住，无路可走。敌人摸不清这个团到底还剩下什么撒手锏，没再继续轻举妄动。但是敌人剑走偏锋，派出伪装成老百姓的特种兵，混入村寨，在后半夜发动肉搏战。连队再一次陷入绝境，战士们不知道哪个是敌人哪个是平民，错过了很多良机。近距离匕首战、枪刺战、引爆手榴弹与敌人同归于尽的场面比比皆是。

在一个土坡顶上，眼看着敌人的匕首就要刺进吴天将的喉咙，邱铁稳及时出现，一枪刺插进敌人的后背，一大口鲜血喷在吴天将脸上。吴天将抹了一把脸和邱铁稳背靠背迎战。

邱铁稳说:"看来今晚凶多吉少了,你一定带着剩下的兄弟活着冲出去。"

吴天将说:"要出也是一起出。"

邱铁稳说:"不可能了!"

吴天将说:"那就一起死。"

邱铁稳说:"别傻了,给连队留颗种子吧。都有老婆孩子,不然连个送骨灰的人都没有!"

说着,邱铁稳一脚把吴天将蹬下了土坡,吴天将像皮球一样弹跳着滚下土坡,滚了好一阵子,停下来后,他抬头往上看,发现邱铁稳一个人面对着三杆明晃晃的刺刀。他急忙往上爬,爬了没几米,突然不爬了。他想到上去也难逃一死,还不如听了邱铁稳的话,留得青山在不愁没柴烧。他眼前晃动的是儿子吴行健的脸,是老婆汪汪的泪眼,他是愤怒的,也是恐惧的,还有一丝丝理智,但这个时候最怕理智,理智总是显得那么不合时宜。不管怎么说,那个土坡和邱铁稳的距离并不算遥远,但仅需要三秒小小的迟疑,吴天将终究还是放弃了挣扎,拖着像是被掏空了的躯体选择了转身。他似乎看到三杆刺刀同时刺进邱铁稳的腹腔和胸膛,他甚至感觉到邱铁稳的鲜血顺着自己的头顶淌遍全身,那冒着热气的腥味至今仍然伴随着他,在每一个夜不能寐的每一个时刻。

吴天将嘴唇在发抖,喉结一上一下一上一下,豆大的泪珠在眼眶里打转。

幸运的是邱铁稳并没有死,吴天将转身狂奔后不久,逆向而行的兄弟连纷纷越过壕沟,在吴天将身边嗖嗖地擦肩而上,每一声嘶吼在吴天将听来,都是对自己的审判,他甚至不如那三个举起刺刀的敌人,至少他们没有转身。从战场退下来,吴天将就再没睡过一个囫囵觉,邱铁稳张大的嘴巴,哈着气,就在他的眼前,就在他的耳边,他开始频繁地做噩梦,在医院疗养了半年也并没有任何好转。

他不能见到邱铁稳,想起邱铁稳就能看见森森白骨,牺牲战友的脸在他的眼前环绕,挥之不去。

吴行健失望地走了,精神世界像是大厦将倾了,他对于"战友"的认知重新有了一个新的层次。在开往医院的汽车上,他的思绪从来没有这么遥远,从来没有这么复杂,他也头一次聆听到了战场与家碰撞的回响,窥探到走与留、见与不见之间那或许有、或许根本不存在的微妙联系。

第二天,吴行健再看见邱晓娟已经不像昨天那么简单,昨天只是医患关系、战友关系,今天贴上了老一辈的标签,这里面有爱、有误解,有打断骨头连着筋的恩怨。

戴上有色眼镜看邱晓娟，她更美，更非比寻常。他们有同样的感情经历，家庭关系，这样的人不好找。

邱晓娟为吴行健扎针输液，有条不紊、轻车熟路，像什么事也没发生过。

吴行健倒是很尴尬地说："你怎么也不问问我是怎么想的？"

邱晓娟面无表情地说："上代人的事，我们想太多有用吗？"

吴行健不这么认为，说道："有时候走进死胡同了，还需要一个契机。"

邱晓娟说："我倒没觉得目前这个现状有什么不好，老死不相往来，尘归尘、土归土。"

吴行健很不明白她这与年龄不相符的淡定从容，说道："他俩都不快乐。"

邱晓娟似是在讽刺地说："我爸挺快乐的。"

吴行健一时语塞，说不出什么不代表心中没有狂风巨浪。他觉得应该尽快想想办法，制造更多的机会，来缓和那宝贵的也时日不多的老战友情。

思来想去，就一个办法，从邱晓娟下手，一边解决了陈年旧事，一边照顾了兄弟媳妇，何乐而不为。

吴行健确实有着比付守宇更便利的条件、更幽默的谈吐、更花样迭出的技巧，是女孩子招架不住的类型，十个有八个破不了他的八卦迷魂阵。

吴行健开始变得十分殷勤，趁大病初愈还休了一个年假，天天接送邱晓娟上下班，今天蓝色妖姬，明天香槟百合，一会儿日本料理，一会儿澳洲龙虾，阳澄湖的大闸蟹是趁周末驱车五六个小时现从湖里现捞回来的。这猛烈的攻势，让人晕头转向，头脑不听使唤。

榕城大厦顶楼，露天餐厅灯火通明，夜晚的海岸线尽收眼底，海风夹杂着咸腥海洋生物的味道扑鼻而来，对于生在海边的人来说，缺少了这样的味道反而没有归属感。

邱晓娟一脸红润，问道："你这手法太露骨了，眼看着就要送钻戒求婚的节奏。"

吴行健干咳两声说："有什么不可以吗？"

邱晓娟鄙夷地说："还口口声声替付守宇照顾我。"

吴行健不置可否，说道："他在，他也会这么做。"

邱晓娟切了一块牛排送进口中，望向远处，星星点点的火光让海面很不平静。

吴行健接着说："你能陪我演一场戏吗？"

邱晓娟问："是不是装作答应你的告白，甚至成为你的未婚妻，顺理成章地见你的父亲，让你爸接受我爸……"

吴行健说："别考虑了，没有更好的选择了。"

于是两人一拍即合，明天就以吴行健女友的身份去见吴天将。

吴行健想吴天将肯定一时半会儿接受不了这么唐突的故事，提前给吴天将发了条微信。吴天将一宿未眠。

出乎意料的是，天没亮，吴天将就给吴行健回了一个字："好！"

这让吴行健和邱晓娟筹划的一百多种开场白全部作废，反倒有了一种失落感。

吴行健自言自语："老爷子几个意思？"

邱晓娟也一脸茫然："我预感不太对！"

晚上一下班，两人拎着大包小包进了吴天将住的军官1号院师职房，一梯两户的格局在榕城是很气派的，当然这是吴天将应该享受的待遇，不管他是什么姿势离开的战场，起码他上过战场。而邱铁稳也应该享受这样的住房，但当前住的那一套留存着他和邱晓娟妈妈的记忆，他以这个理由拒绝了好多次更换大房子的机会。

邱晓娟感叹地说："我爸傻不傻？死活不搬。"

吴行健尴尬地说："谁知道战斗英雄心里在想什么！"

两人在门外预演了好几遍，吴行健打开门，进门是餐厅，桌子上满满当当全是榕城菜。吴行健看了一眼邱晓娟说道："嚯，我爸真讲究啊。爸，我们回来了！"

吴母从客厅迎了过来，一把攥住邱晓娟的手，嘘寒问暖。吴行健卧室、书房挨个找了个遍，也没看见吴天将的身影。吴母说："别找了，你爸一大早就出去了，中间来了好几个电话，交代我一定要招待好小娟。"

吴行健知道计划落空了，父亲这招防不胜防。

饭是吃得不错，可目的并没有达到。

不"撮合"成这次邱吴会晤誓不罢休，正好邱晓娟的生日就在周末，吴行健灵机一动再生一计，接着给吴天将发微信："娟子的生日，如果您不出现的话，娟子该有意见了，两人感情基础本来就薄弱，您还老出状况，这事万一要是黄了……"

女儿的生日，转业后的邱铁稳次次不落，就像当年从军的时候一次也没赶上过一样，所以邱铁稳这边不需要做工作。邱晓娟就负责在榕城酒店订了个包厢。邱晓娟为什么这么积极呢？因为自从见了吴行健之后，邱铁稳的心情明显好了很多，没事家乡小调不离口，以前他可不是这么乐呵。

一切准备就绪，吉时已到，吴行健拽着吴天将，邱晓娟挽着邱铁稳，从不同的方向会聚过来，一招一式两人都通过微信配合得天衣无缝。父女俩到了，包厢里关着灯，有张只能容纳四个人的小桌子，邱晓娟心细，大桌子会让人有仪式感、会拉长距离，而这样的桌子恰到好处，无处可逃。

父子俩到了，把吴天将塞进包厢，按在座位上，吴行健招呼邱晓娟悄悄溜了出来，反锁了房门。

邱晓娟心虚地问："我们会不会太过分了，太尴尬吧？"

吴行健说："背水一战，行不行，就在这一哆嗦了，都是打过仗的人，没那么矫情。"

邱晓娟一只手拽着吴行健的衣角，手心里都是汗。吴行健故作镇定地说："其实我比你还紧张。"

吴行健用手机控制着包厢内的家电系统，从天花板上垂下的蓝光工程投影仪首先启动，影像投射在幕布上。影像是这几天他从各个叔叔伯伯那里搜集来的当年战争前后的照片包括邱铁稳墙上挂的那些合影，花了吴行健两个通宵编辑而成的。

一条条光束照亮吴天将和邱铁稳的脸，两人瞬间凝固了一般，眼睛一眨不眨，一分钟、两分钟、五分钟，豆大的汗珠顺着吴天将的额头淌了下来，邱铁稳放在桌子上的手指在微微颤动。影片的背景乐是冲锋号，一遍一遍地叩击着两人的心室。不知道是汗珠还是眼泪，让吴天将深陷的眼睛红肿不堪，硕大发黑的眼袋也遮蔽不了。一边是朝气蓬勃的青春记忆，仿若近在咫尺，就在昨天，一边是沉寂沉默，数字、时针、窗外呼啸而过的飞机，都停滞了，只剩下投影机运转的响动。

邱晓娟在门外来回踱步。吴行健耳朵贴紧门，胆战心惊地说："太反常了，什么动静也没有，哪怕摔盘子摔杯子的声音也行啊，哪怕厮打的声音也行啊！"

邱晓娟也怕了："不会出什么事吧？我爸受过伤，哪儿哪儿都不好用，一把一把地吃药，快开门吧！"

吴行健手忙脚乱地插卡打开门，眼前的景象令人目瞪口呆。

只见两个年过半百的人隔着桌子，一边紧紧地攥着手，一边一人一扎鲜榨橙汁咕咚咕咚灌得正欢实，眼看着扎杯见了底，邱铁稳大喊一声："痛快！"缓缓走到吴天将面前，一把拽过来捶了一拳，吼道："老家伙，什么脾气！还不如两个孩子。全连活下来的就我们两个，我多少次去找你，多少次被你拒之门外，有我的场合你都不参加。好战友，共荣辱，你留给我的是光荣，是战斗的见证，没有你，谁知道？谁承认？你加官晋爵逍遥快活，我当爹当妈，强颜欢笑！"

吴天将抱住邱铁稳，看不见表情，带着哭腔说："愧对你，愧对战友，愧对我现在享有的一切，但是我一天也没有忘了从哪里来，到哪里去，我知道总有想明白的这一天，但没想到这么快，要不是孩子们，我还得借着战后心理问题的理由，继续装模作样下去。咱们战友的情分，断不了，看来下一代接着续。"

吴行健鼻子一酸，正想掉泪，吴天将从失控情绪中走出来，看着门口的两人说:"谢谢孩子们!用心良苦啊。"

吴行健抹了抹眼角,略带调皮地说:"别……别这么客气,都自己家人。"说着看了看邱晓娟,邱晓娟嘟囔着:"别带上我。"

邱铁稳老谋深算,一下子就听出个所以然,顺坡下驴说:"接着续,续得好啊!"

邱吴会晤,一箭双雕,"眉来眼去",心领神会。

俩老头子包厢里握手言和、相谈正欢,邱铁稳先是把吴天将损了个一地鸡毛,接着又捧得天花乱坠,跌宕起伏地有板有眼地瓦解吴天将的心结,以前没有这样的机会,连共处一室的机会也没有,今天让邱铁稳抓住了。吴行健和邱晓娟以为这事功德圆满了,悄悄地退了出来,这一退不要紧,老头们的话题就转移到他俩身上了。

而吴行健和邱晓娟并不知情,以为赶明一坦白,权当是次美丽的谎言了。

万万没想到,老头子们不信,有一个人就更不信了。

一身轻松的吴行健手机响了,接起来什么话都没说,眉头拧成了大疙瘩。邱晓娟疑惑地问:"出什么事了?"

吴行健瞬间变得神情十分沮丧,一脸忧郁地说:"老人的事解决了,咱们的事来了!"

第六章 一日千里

付守宇从医院回来,立刻打点行装,天刚亮,就登上了北上的列车。此行的目的地是首都特战学院,他将在那里进行为期半年的特战骨干封闭式集训,这样的集训每年都有,而像今年这么高规格的还是第一次,获得勇士勋章和反恐一级人才资格认证的队员,将参加中俄反恐联合演习,机会不容错过。

下了火车,还没来得及深吸一口气,付守宇就被戴上头套,拉进专用通道,然后塞进一辆密不透风的卡车里,车里已经满满当当全是人。大家紧挨着坐着,不时听到一个嘶哑的声音在叫骂着。

除了卡车的轰鸣声,大家大气都不敢喘一下。队友嘀咕道:"本想着,到了地方先给接风洗尘,吃顿好的,现在倒好……"

话没说完,就听见这小子重重地挨了一枪托,疼得直咻溜。

卡车开了大约三小时,停下了,从车里下来,付守宇发现大约有三百人已经集结在这里,表情呆滞,一看肯定也是饥肠辘辘、疲惫不堪。

付守宇环顾四周,没有一户人家,没有一丝灯光,月光照耀着大地,全是高山峻岭,荒草丛生的树林,老鸹的叫声让付守宇十分不适。有带手机的队员悄声说:"这是首都?这都河北欢迎你了。"

付守宇说:"河北就河北吧,关键河北管不管饭?"

大家嘀咕归嘀咕,还是很好奇,想看看教官到底能整出什么新鲜玩意儿。全国的反恐精英云集于此,应该不会让身怀绝技的大家失望吧。

果然,五大三粗的教官出现了,满脸坑坑洼洼,身高一米九,一身套装,漆黑的夜里还戴着墨镜。付守宇想,幸好这里除了当兵的没别人,要不然肯定会被笑死。

紧接着，付守宇就没时间想这些了。

教官发话了："是骡子是马牵出来遛遛，是龙的别盘着了，是虎的也该下山了，我这里不需要你谦虚，有多少本事都给我使出来，滥竽充数的提前滚蛋！"

教官一口的大板牙，一点都不帅，说话掷地有声，不容置疑。

他接着说："听说你们都很出色，那么，为了欢迎你们，今天我们就不那么麻烦了，简单加点菜！"

哪有人敢说话。

教官说："既然大家都没有意见，那么咱就开席。第一道菜，简单！没啥油水，我都不好意思上菜。准备，蹲下起立先做二百下，开始！"

这的确很简单，但是背着三十多公斤的装备，蹲下起立是什么概念试试就知道。

由于背囊的作用，蹲下很难站起来，大家东倒西歪，场面十分滑稽。

魔鬼教官隐藏在墨镜后面的到底是什么眼神不得而知，但是从他噘起的嘴巴来看，他很不爽。

教官吼道："一岁小孩都会蹲下起立，你们不会吗？你们算什么反恐精英！"

一个简单的蹲下起立，折腾了四十多分钟，一个个大汗淋漓，头顶雾气腾腾，像开了锅。付守宇看了看表，已经午夜十二点，该让休息了吧。

教官像是知道他们在想什么，大声喊道："想睡觉吗？"

"想、想、想……"声音回荡在山谷之中。

教官笑了，皮笑肉不笑地说："才吃一道菜怎么能饱，吃饱再睡也不迟，本想用最高规格来款待你们这帮草包，没想到你们还不配，咱们吃点粗茶淡饭就够了，上第二道菜，过独木桥！"

付守宇苦笑着跟随大部队来到传说中的独木桥边，那哪叫桥，一个悬崖与另一个峭壁之间立着一根腐朽的圆木，底下是一潭死水，目测距地面有十几米。教官和一队学院的家伙拿着自动步枪在后面时不时地突突几下，制造恐慌。大家逐个硬着头皮往前爬，付守宇打小就有恐高症，刚才还没感觉，这一爬上去，一看脚下，浑身哆嗦，不爬还不行，后面的战友等着呢。付守宇再不敢往下看，但巨大的心理障碍还是很难克服，越到中间，越感觉那根木头随时可能折断，还有噼里啪啦的声音。付守宇一把没抓稳，左脚一滑，掉了下去，在空中的时候，付守宇想，可算完了，这才刚来就要被淘汰吗？他这一掉，陆续又有几个掉了下来，一时间山谷里四处回荡着喊叫声。

嘭、嘭、嘭的声音不绝于耳，付守宇掉进水里，喝够了水，这里面的水估计是许久以前的雨水，到嘴里是苦涩的，还有一股死老鼠的味道。

这时，教官没闲着，喊道："不愿意上来的就在下面待着，有车接，回大本营睡个好觉，明天带你们登长城，不到长城非好汉，到了长城你们也是草包！"

付守宇一听这个肺都气炸了，心想，我去长城，肯定要去，但不是让你们送去。

我一定要爬上去。付守宇坚定地这么想。他游到岸边，抓着石头就往上爬，这里的石头可不像攀岩专用的石头，有圆的、有方的，反正都有抓手，这里的石头锋利得像把尖刀，有的无处下手，只能用随身携带的军刺先刨坑。付守宇的手背刺破了，石缝间生出的棘刺又是另一个障碍，付守宇裸露在外的皮肤算是遭了殃，但是付守宇知道，越是这时候越要咬紧牙关，不能半途而废，前功尽弃。我要拿勇士勋章，我要成为真正的反恐精英。

付守宇爬上悬崖的那一刻，已经精疲力竭，其他没有爬上来的队友都沉默着坐上了汽车，他向他们挥手，没有轻蔑，只有致敬。

付守宇正躺着喘粗气，教官走过来狠狠地踢了一脚，教官说："第三道菜就是抢占制高点，前方一公里处，出发！"

付守宇咬着牙站起来，满手满脸都在钻心地疼，这更刺激了他的神经，他撒开腿就跑，但是光见动作不见速度，山路十分难走，一步一下陷，还有背上的背囊，使劲地往后拽着他。付守宇亲眼看见有的队友从背囊里往外扔些东西，减轻负重，刚想劝他们不要破坏游戏规则，还没来得及说，教官就冲了过来，把犯规者直接抱摔在地，吼道："连装备你都敢扔，还有什么你不敢扔的，背上如果是负伤的战友，是事关战局的情报，是赖以生存的给养，你也敢扔，所以你当兵都不合格，更别提来特战了，哪儿来的回哪儿去吧！"

来到山坡下付守宇抬头一看，这里的山坡太欺负人了，直上直下的，中间还光溜溜的，除了几棵枣树苗，没有任何可依附的物体，这怎么爬？付守宇感觉到嘴里直发苦，眼睛看东西都重影，外在的疼已经不算什么了，五脏六腑都在倒腾，他挂着枪哇哇一阵干呕，呕出来一摊黄水，也难怪，从中午到午夜已经十几个小时没吃一粒米了，哪有东西可以吐。付守宇前后左右看了看，其他队员也一样，表情都像吃了死苍蝇一样。付守宇想既然教官们觉得这里可以爬，那肯定可以实现。果然，付守宇上去后才发现，这个山坡上土质松软，手能抠，脚能蹬，但也正是因为土质松软，往上爬三米就要往回出溜两米，折腾半天往下一看，还能看见底下教官墨镜里一群可怜虫的倒影。

付守宇能听见自己口腔里嘎嘣嘎嘣的声音，汗珠子落进了眼睑，没办法擦，只能甩甩头。好不容易到了半山腰，旁边的也不知道哪个总队的队员，爬得似乎很轻松，慢慢超越了喘着粗气、原地休整的付守宇，就在超越的时候，不知道同病相怜，竟然还幸灾乐祸地挑衅地看了一眼付守宇，付守宇摇摇头心说，你还有心情玩超越，能坚持住就不错了。那位队员马上就要到达坡顶了，付守宇甚至都能想象到他尿急就要得到释放的表情，谁知意外发生了，他脚下没踩实，整个身体控制不住地往下滑，一米、两米，滑到了付守宇的头上，滑到了付守宇的脚下，付守宇一脸无奈地看着他，他也尴尬地看着付守宇，意思好像在说，我知错了。他终究是完全滑到了坡底，教官双手撑着膝盖，俯视着躺在地上的他，喊道："起来啊！换个姿势再来一次啊！你倒是起来啊！"他只有痛苦地闭上眼睛，不想再睁开。

付守宇心想谁都不要幸灾乐祸，小胖不算胖。

终于抓住了坡顶的树苗，还差一个挂腿，付守宇就上去了。这时候另一个教官出现了，他潇洒地蹲在坡顶，一只手轻轻按住付守宇的头说："想上来吗？"

付守宇上气不接下气地说："想！"

教官立刻拿出一张A4纸，上面密密麻麻地全是图形、字母和数字，说："给你一分钟，给我记！"

付守宇想骂娘，在体能就要接近极限的时候还玩这个，一帮神经病啊。可是没有办法，付守宇使劲看那些符号。一分钟结束了，付守宇大体上说了几个印象比较深刻的符号。教官面无表情地说："上来吧，我今天刚给媳妇通过电话，心情比较好，不然，你错一个我都得把你踢下去。"

付守宇喊道："我是不是还要感谢你？！"

教官"顽皮"地说："对对对，就这句话重复一百遍。"

陆续有人掉下去爬上来，果然也有教官一脚蹬下的，连着被蹬两次的也不在少数，付守宇躺在草窝里，默默地祈祷，赶快都上来吧。

但是一声哨音结束了这个课目，教官吼道："坡下的草包别挣扎了，战场不等人，回营地吧。"

半坡上的人有的当场哭出声音，脸上的沙子被泪水冲出两条沟壑："什么狗屁特战骨干集训，才第一天就这么狗血！"

哨音刚停，爬上坡顶的人惊魂未定，四周无数个炸点相继爆炸，硝烟中，从一侧冲出大约一个排的兵力，一水的班用机枪，朝着一帮待宰羔羊般的人扣住扳机，刹那间黑夜变成白昼。没有被击中的人及时寻找最近的掩体，付守宇滚进一个壕沟，也来不及开枪抵抗，低姿匍匐撤退，前方一片小树林，付守宇狂奔不止，身后"敌人"狗撵兔子般穷追不舍。

付守宇跑得喉咙都要冒烟了，感觉再这么跑下去，一口气上不来会休克的。

正想着突然脚底下一绊，身体失去了重心，摔在地上。他没感觉哪里不对劲，继续跑。前方有一条小溪，地势较低，付守宇认为这一阵狂奔，"敌人"应该也拉开了距离，火力不再密集，随即他招呼其他队员扼守住这个要害部位，集体开火。打了一阵，"敌人"也不敢贸然进攻的时候，付守宇才感觉到左脚踝隐隐发麻，麻过一波又是一波，应该是刚才绊倒的时候扭伤了。

队伍还要继续前进，别人都在狂奔的时候，付守宇站起来左脚不敢着地，只能脚尖点地往前蹦，他想，再这么麻下去也不是办法，于是随手折断一根树枝，使劲往左脚踝处敲，疼可以缓解麻，跑一阵敲几下，跑一阵敲几下。

很快他们摆脱了"敌人"的追击，教官们适时出现了。

付守宇停下脚步，眼前发黑，但是他仍然看得见东方露出了鱼肚白，这一夜，付守宇前所未有地忙碌。

教官在前面喊话了："剩下来的人是不是觉得很幸运，别高兴太早，这才刚刚开始。不过再残酷的战斗，也有间歇，看你们这么拼命，决定让你们休息休息，我们准备了丰盛的早餐。"

教官这么一说，付守宇习惯性地选择不相信，当一盒盒热气腾腾的饭菜摆在大家面前时，付守宇才觉得春天来了，教官的话虽然不能信，但有一两句有可能是真的。

打开盒盖，正要狼吞虎咽，教官又说话了："这地儿环境太恶劣，气氛也不够融洽，我们不在这儿吃，我要给你们找一个天然餐厅，踏踏实实地吃，舒舒服服地吃。"

付守宇急不可待地来到教官所说的天然餐厅，一看确实天然，四四方方几十平方米的一个粪坑，表层漂飞着乌泱乌泱的绿头苍蝇，还有数不清的相互缠绕翻滚的大个儿的白色蛆虫。教官不知从哪儿找来一条长柄的粪勺，捂着鼻子一边搅动一边吆喝："快来啊，围坐四周，开动，不许闭眼，不许不吃，谁吃得快，有饭后甜点奖励！"

粪勺不停地搅动，带来一阵强过一阵的剧烈臭气，有的队员看一眼盒饭，再看一眼粪坑，哇一声就吐了，盒饭也扔了，有的饿得实在受不了，边吃边吐。而付守宇还算争气，一边大口大口地吃，一边给自己强调，真香，太好吃了，长这么大都没吃过这么好吃的盒饭，给多少钱都不换，等集训结束了，一定要问问教官这盒饭在哪儿买的，一定去吃个够，这份分量太少了。

教官指着付守宇说："嘿，这兄弟不赖，就是这种状态，战场上是粪坑该跳也得跳，就是火海，该冲，眼睛都不要眨一下。有人胡说邱少云被火烧也一动不动不科学，不符合生理要求，今天我就要让你们知道什么叫不科学，什么叫生理极限。还有想吃的吗？举手！"

教官话音未落，付守宇激动地举起了手嚷道："再给我来两份，妈拉个巴子，好吃极了！"

教官是跑步过来的，握着付守宇的手说："好兄弟，哥哥满足你的要求！"

有的队员吃着吃着，竟然捧着盒饭睡着了，连续的高强度体能消耗，持续地保持精神亢奋，一停下来，马上就陷入极度疲劳，再也不想动一下。

付守宇很想用牙签把眼皮撑住，因为教官还没有下令休息，但是他估计也快了，再等等。

教官没有让付守宇失望，他说道："弟兄们，吃饱喝足了，接下来干什么呢，当然是睡觉，去哪儿睡呢？当然是床上，床在哪儿？当然在距此三十公里的营地，我们现在就出发，一刻也不能再等了，中午之前必须到，我在那里等你们！"

听了这话，又有人选择退出，实在熬不住了。

教官见此情形兴奋地说："都说你们是垮掉的一代，我看未必，知难而退，不浪费时间，多干脆，我喜欢，赶快抬上车。"

几个队员被细心地放在担架上，抬进保障车，挂上了葡萄糖，幸福地睡去。

付守宇也真想上去，那里可以睡觉，还有几个美女护士守护在身边，多好啊。

但是他想，我要是上去了，这一辈子都下不来。有的人每天泡网红、刷微博照样吃香的、喝辣的，我不行，我如果不拼命，都对不起特战队每天五十块钱的伙食费，都对不起当年家里卖掉的那头老黄牛，对不起恨铁不成钢的父母，如果还有对不起的人，就是邱晓娟，对不起当初留在她心中的完美形象！

三十公里长途奔袭，三十几个仍然在坚持着的草包，三十公斤渗透了汗水、露水的背囊，阳光下、山野间。

付守宇艰难地撩起裤脚，发现左脚已经肿大变形，他看了一眼前面的战友，一个个像在蹒跚学步，也利索不到哪里去，暗示自己，我不行了，他们也不行了，我一定要在他们不行之后再不行。他拄着自制的拐杖，左脚尖继续点地前进。

高大的教官轻松地走在付守宇身边，与瘦小的付守宇形成鲜明的对比，他边喝矿泉水边问："你还行吗？不行别死撑着了！"

付守宇说："行。但是能不能给口水喝？"

教官说："行还喝水？行就别喝水！看见我喝水你也想喝水，现在要是别人抱着老婆，你是不是也想回家抱老婆啊？"

付守宇没好气地看了教官一眼，再也不搭理一下。

付守宇被教官气得难受，但是人家说得又没错，没有理由反驳，赌着气走了很久，脚疼得受不了了，付守宇趴下了，走不动了，实在走不动了，意识还在走，身体自己却要求停止，身体关节自己不想工作了，这是不是生理极限，付守宇还不知道，他趴在地上，看着一排排的蚂蚁，飞速前进，竟然被蚂蚁超车了，多笑话啊，不行，走不到就往前爬，胳膊使劲地倒腾，一寸一寸地龟速前进。付守宇在想，现在的时速有没有达到每小时一迈，想着想着竟然笑出声来，鼻子里呼出的粗气，吹动了地上的尘土，等尘土散去，付守宇隐约看见了营地的帐篷。有了目标，付守宇又回来了一丝气力，他爬着超越了蹲着的队友、躺着的队友，当然有的队友已经到了，在朝他挥手。付守宇想说，傻小子们手就别挥了，我知道你们也没劲儿了，有那力气，你还不如过来拉我一把，教官没说竞争对手之间不可以相互帮忙吧。

终于到了营地，付守宇是爬上床的，背囊来不及卸，就鼾声大作，当兵这些年付守宇不知道什么叫失眠、什么叫数羊、什么叫自然醒，这一刻他更不知道了。

这个旷野里的帐篷，定格在那里，鸟也不叫了，风也停了，连大自然都不想惊扰这些疲惫的战士。

教官蹑手蹑脚地进来，把每个人的鞋带松开，背囊取下，把打呼噜者的脑袋扶正，为几个发高烧的人盖上被子，敷上毛巾，他环视了一下四周，很不情愿地看了看计时器，自言自语道："草包们，抓紧睡吧，还有二十分钟。"

计时器停止的时候，教官拉开一枚爆震弹的引信，从帐篷的透气孔里扔了进去，然后露出痛苦的表情，对旁边的人说："我也不想这样，但用紧急集合哨叫他们肯定是起不了什么作用的！"

轰的一声，一股股浓烟从帐篷的每个缝隙里钻了出来。爆震弹在帐篷里爆炸了，付守宇听到一阵鬼哭狼嚎，从床上一下子弹了起来，满脸黑灰地呆愣了好几秒才反应过来，端起枪就往外跑，脚一着地就摔倒了，原来两根鞋带被绑在了一起。付守宇狼狈地爬起来，哭丧着脸说："兵不厌诈，以后睡觉一定要脱鞋。"

队员们被这样叫醒，集合在空地上的时候还呆若木鸡。

付守宇不知道自己只睡了半小时，还以为是第二天中午了。

教官问："草包们，精神了没有？"

队员们答："太精神了，很精神哪！"

教官说："好，那我们再出发！接下来的课目暂定为扛圆木、泥沼格斗、穿越染毒山洞、穿越带火地桩网、小组搜索射击、高空伞降、丛林捕歼战斗、88式狙击步枪、92式手枪精度射、野外生存……"

教官说是"暂定为"，意思是不高兴再加，花招有的是……

付守宇是七总队唯一一个被选择参加集训的，来的时候陈司令员、胡政委专门为他举办了欢送会的，所以付守宇死也不能认怂，这要是提前被淘汰回去了，没脸混了。所以苦不苦不知道，经受了多少意志上的斗争不知道，几天时间他瘦了整整十斤。

教官宣布："第一阶段摸底考核结束！"

横平竖直的队伍里歪七扭八倒下好几个，其中就有付守宇。

回到特战学院，学院要给他们接风。其实并不是学院要给他们接风，是隔壁军事文化学院的话剧团刚打磨出一出话剧，正愁没地方试演，肥水不流外人田，先让这帮"土包子"开开眼。

刚刚从魔鬼训练场回来的战士们，连说话的力气也没有，但组织活动的宣传干事不这么认为。

宣传干事一遍遍在节目开演前跳出来说："我再重申一遍哈，我再重申一遍，注意会场纪律，不要交头接耳，不要接打电话，该鼓掌鼓掌，该叫好叫好，让文工团的战友们看到我们特战官兵的热情。"

看见台下没什么反应，他意犹未尽，说道："战友们，一支部队的战斗力在哪里体现，就是从他的掌声和呐喊中体现，让我看看你们的战斗力！"

有队员嘀咕："听这意思，掌声能拍死敌人似的！"

台下反应依然不够高涨，宣传干事说："战斗力还可以更高一点。"

付守宇嘀咕："节目还没演呢，瞎调什么气氛，这要是一出哭戏，这么一调还哭不哭了！"

宣传干事知趣地坐下了，扭头跟组织干事说："这个分队战斗力真不行！新兵团的战友都比他们情绪高涨。"

组织干事看了他一眼，随身附和道："就是就是。不过掌声就是战斗力这条你在哪儿学的？"

宣传干事指着台上，组织干事问："演员教你的？"宣传干事说："不是，节目快开始了。"

开场了，节目还真是精彩。自从停止文艺团体对外有偿服务，集中精力搞好为兵服务，倡导军队文艺作品要有军味、战味、兵味，要上接天光、下接地气之后，部队文艺工作者开始频繁地下基层、走边关，与基层战士面对面、心贴心，同饮一江水、同吃一锅饭，不再高高在上、描眉画眼，带着最美的素颜，创作了大量饱含泥土芬芳的军旅佳作。军事文化学院下属的话剧团就是在这样的背景下迅速成长起来的，他们抽调军师一级出类拔萃的文艺工作队队员，把懂基层、生活在基层的战士文艺工作者聚拢在一起，走出去采风，关上门创作，不怕时间长、跨度大，不陷于网络快餐式的应付，一年一个新亮点，一次一个大创新，这样的节目出一场成一场，演一场火一场，《箭在弦上》《三班故事会》《魔鬼周》都是他们用心孕育的时代佳作，在全军都引起了震动，形成了一股讲好强军故事的风潮。

节目再好，也抵挡不住身体告急，音响震得耳朵嗡嗡作响，但付守宇还要不停地掐自己的大腿。

教官隔着人墙看付守宇这个样子，就走过来一屁股坐在付守宇旁边愤愤地说道："清醒点吧大兄弟，就这么肤浅？平时没多看看书？虽然现在舞台上没有浓妆艳抹、奇装异服，没有白花花的大腿了，但是故事情节好了呀，教育意义发人深省了呀，你就不能从中收获点感动？"

见付守宇还是很木，教官咽口唾沫，换个角度，情绪激动地接着说："美女还是有的嘛，你看那个，演通信股长那个，你看那个，演女特战队长那个，哪一个不行，哪一个不攒劲？哪一个入不了你的法眼？"

付守宇顺着教官手指方向，发现台上的女演员确实都挺顺眼，尤其是那个女特队长，很大方，很专业。

付守宇眼睛亮了，一会儿又暗淡下来，说道："漂亮是漂亮，演特战队长不合适啊！"

教官急了："你合适，在下面舞舞喳喳，站上去全歇菜！"

付守宇很内行地说："一招制敌动作太水了，一看就是配套编排的，根本没实际操练过，那眼神也不行，哪是特战队员的眼神，特战队员的眼神要这么柔美，敌人骨头都酥了。"

教官深表同意："有些道理，但是别较真，这是戏，不是战斗！"

付守宇说："我懂，职业习惯，总爱挑刺嘛！"

教官说："正好，一会儿演出结束，演员们要跟你们这帮土包子座谈，到时候你要挑不出刺来，我好好拔拔你的刺！"

教官恶狠狠地走了，付守宇嘟囔道："有这闲工夫，睡个觉多好！"

演出散场了，官兵们按顺序退场了，唯独付守宇和几个队员代表不能走，被要求留下来和演员、编导们聊聊。演员们在舞台上席地而坐，特战队员坐在礼堂最前排。教官交代道："弟兄们，战场上高调，在这里也别藏着掖着，话剧团的领导们就想听听你们的心里话，主题就是兵的样子到底是什么样子，再就是谈谈对这场演出的感受，好的方面一笔带过，不尽人意的部分一定要畅所欲言，千万别说套话，说废话！"说完，教官心满意足地坐下了。

坐下后，付守宇发现气氛有些紧张，第一排与舞台的距离太近，面对面地坐着眼睛往哪儿看？手往哪儿放？没带本子也不能装作写什么，很有种班务会上，战士们四目相对看对眼的感觉。尤其是付守宇，正对面坐的就是刚才自己批评过的女特战队长，看她的眼睛也不是，看她的胸脯更不行，付守宇只好把头抬高，看舞台后侧墙上挂的国徽，从左往右、从右往左地数星星。女特战队长可是经验老到，戏演得多了，看谁都不紧张，直愣愣地盯着付守宇。付守宇感觉到脸上几个雀斑肯定被她数了个遍，自己刚训练完，一脸的汗都凝固成了盐粒子，虎斑迷彩的领子上也明晃晃的，此刻付守宇就觉得腋下的味一股股往外冒，但是不好意思直接闻，下意识地往上提了提拉链。

还是教官打破了僵局，面带微笑地说："付守宇，刚才就听说你对这场剧有独到的见解，那么从你开始，给领导们讲讲，别紧张！"

所有人眼睛趁着这个机会唰一下集中在付守宇脸上，付守宇感觉枪打也没这么瘆人，教官这人关键时刻太损了。说点什么呢？站在队列面前训自己兵的感觉肯定是不行了，跟一帮生瓜蛋子添油加醋炫耀炫耀当年那点英雄往事的感觉也找不到了，在场的人，即便没吃过猪肉，也是见过猪跑的，听说这个话剧团还跟国字号特战队雪豹、猎鹰、天剑朝夕相处过一段时间，这要是哪句话说得不对，可就丢人丢大了。尤其是听说搞话剧的抓到一个梗能消遣四五年，跟一帮靠说话吃饭的行家里手谈话，操枪弄炮的人也露怯了。

时间一分一秒地过去，付守宇起立、敬礼动作再慢，也扛不住所有人的目光炸弹。脑袋里飞速奔腾过千万种想法，但一一被毙，他扭头看看教官，教官嘴角一丝坏笑，意思很明白："光军事素质好不够，你们都是特战骨干，骨干不仅要承受常规的磨砺，还要接受突发事件的考验，更要担当起为生瓜蛋子做表率的重要使命。"

付守宇不再犹豫，他想到，把所有人都得罪了，也就谁都不得罪了，有什么说什么，这又不是过雷区，牵一发而动全身，这只是点评而已，错了也不丢人。对了，明早的十公里武装越野一米也不会少，照样得跑，付守宇看看"女特战队长"，"女特战队长"还算大度，没有横眉冷对，倒显得有所期待，脸上挂着迷人的笑。

付守宇喘了一口粗气，连珠炮似的说道："看得出来这场剧很用心，深入了生活，说的都是特战队员的事，讲的都是兵的语言，笑料很足，泪点也够，但我还是睡觉了。不是剧不好看，是我刚刚经历了一场炼狱般的摸底考核，太累了。当然这只是我犯困的原因之一，话又说回来了，你们还是没能调动起我全部的情绪投入进去，这是为什么呢？"

"女特战队长"脖子伸得老长，显然在认真听付守宇的讲话，"女特战队长"是个很好的听众。付守宇接着说："到底是为什么呢？一开始我想不明白，如果地方观众来看这场戏，一定不会怀疑台上的人到底是演员还是队员，但是我们专业特战队员就不一样了，一眼就发现，这只是戏，你们台词说得再好也是戏。因为你们塑造的特战队员太能说了、说得太好了，真正的特战队员是不会这么能叭叭的，你们塑造了他们活泼可爱的一面，但是大部分特战队员战场之外的木讷、害羞、保守呢？我没有看到，我看到的只有滑稽、倜傥、时髦，新潮的东西一定要有，但那永远不是特战队员的主流，而且你们嘴上功夫到了，动作没跟上，比如剧中的女特战队长……"

付守宇傲娇地看了一眼"女特战队长"，刚还乖巧可人的"女特战队长"眼神瞬间犀利了起来，似乎在说，敢公然挑衅，情何以堪？这又不是批评与自我批评，你说事就完了，点我干什么！

付守宇骑虎难下，回敬了一眼，似乎在说漂亮怎么了，我就不吃这一套。

付守宇接着说："我跟着剧情正要暗暗发力的时候，你的动作水了，正要拍手叫好的时候，你的眼神掉了，女特战队员从里到外都是女汉子，你只做到了形似，而没有做到神似……"

这时候一个年轻编导听不进这么露骨的批评，气冲冲地插话了："如果要求神似，演员就得从真正的特战队员里挑，而真正的特战队员并不具备任何表演上的素质，这是一个很难解决的矛盾。"

付守宇说："其实这并不是矛盾，不会写书会看书，不会演戏会看戏，这是绝大部分人的现状，你不能要求余华写《许三观卖血记》之前一定要卖几回血，《西游记》一定是猴子来写，这和演员的个人素质有关！"

编导脸上青一块紫一块，很是不自然，意识到自己这个提法很低端。

付守宇意犹未尽："现在我们的战士文艺很走心了，不施粉黛、素面朝天，但是又暴露问题了，特战队员没有这么白净的脸，不穿这种崭新的连颜色都没褪、连个皱纹都没有的特战服，现在我们可以对比一下！"

付守宇情绪激动，从手舞足蹈到现身说法，他一大步跨到"女特战队长"跟前，用手从上到下扫了一遍，说道："走在营区里，我们明显是两种颜色，尽管这都是细节，但正是因为这一个个不起眼的细节，让我不能开怀大笑，也不能肆意落泪啊！"

付守宇刚劲有力地敬了一个军礼，后退一步，屁股下沉，稳稳当当、面无表情地坐在椅子上，双手顺势扶在膝盖上，一个多余的动作也没有。

现场一片寂静，有的演员默默地拉扯着子弹袋的绳索，不抬头，也不说话，有的演员抬起来了双手，带鼓不鼓地伺机而动，而全体特战队员向付守宇投来敬佩赞许的眼神，仿佛刹那被付守宇点燃起了壮志雄心，内心充满了波澜壮阔的盛景。教官黑黢黢的脸上，横肉欢快地跳跃，不住地偷瞄在场最高领导——话剧团团长青筋暴涨的脸庞。

谁知半晌后，团长轻盈地跳下舞台，三步并作两步，朝着付守宇的方向急速而来。付守宇已经做好了防御准备，随时准备给团长一招"格挡弹踢"，但见团长的鼻尖在距离付守宇鼻尖一两厘米的地方停下，上方没有动作，手不知道从什么位置伸了过来，摸索着攥住付守宇的手。团长用胸腔里发出的声音说："这是今晚我听到最具实操性的发言，你们特战骨干队，藏龙卧虎，兄弟，有没有兴趣弃武从文，到话剧团工作。舞台监督的位置就是你的！"

团长身后爆发出热烈的掌声，付守宇透过团长的鬓角看到"女特战队长"率先发动"总攻"，不仅没有对他刚才的对人不对事耿耿于怀，反而以德报怨，用掌声化解了危机。付守宇感觉到这女孩有点意思，起码不讨人厌。

听团长这么挖人，教官也不示弱，快步走过来，满脸堆笑地说："别别别，团长，这是今年特战骨干集训队优秀的苗子选手，刚以全队第一的成绩通过摸底考核，我还没稀罕够呢，舞台监督我当也行，他干不了这活儿！"

团长看了一眼教官："你就算了，五大三粗的别把舞台拆了。我看这个小伙子就行，不光舞台监督，下一步我把他作为编剧来培养！"

教官一听团长这像是要动真格的意思，可不能再恋战了，扯开了嗓子，声若洪钟余音绕梁地喊道："全体起立，向话剧团战友，敬礼！"

团长一看这情况，自觉往后退了一步回礼，礼毕之后要接着和付守宇单聊，教官"嗷"又是一嗓子："目标班宿舍，冲刺！"队员们号令意识顶呱呱，迅雷不及掩耳就没了踪影。

团长拽住了教官，责问道："兄弟，什么意思？"

教官指指台上说："我这帮土包子，臭贫可以，这舞台，哪是他们能上的地儿！"

教官跑步走了，团长半晌没动静，说道："可惜了，我得向政治工作部领导打报告，这样的人才可不能被埋没了。"

说完指着"女特战队长"道："吴丽军，别愣着了，换衣服，去会会那小子，高手在民间！"

吴丽军有些委屈地回道："他说得在理，但不贴合我们实际。"

团长黑着脸说："谁让你贴合我们实际了，让你贴合人家实际！"

吴丽军高声回道："是！"

吴丽军脱下特战服，换上常服，整好领花帽檐，还化了个淡妆，背起装着笔记本电脑、采访本的小黑包，去找付守宇。

付守宇跑步回到宿舍，一个背摔把自己摔在床上，铁架子的高低床吱吱嘎嘎的声音未落，付守宇就打起了呼噜。

黑脸教官幽灵般踱步进来，挨个替他们脱了鞋，盖上被子，自言自语道："我给我媳妇都没掖过被角！"

教官收拾妥当，关了灯，轻轻掩上房门，在自卫哨的执勤登记本上签了字，交代哨兵交接哨的时候，交接词就免了吧，省得发出大动静。

教官走下台阶，正好看见吴丽军背着小包从夜幕里走过来，一下子没认出这是舞台上的"女特战队长"，还以为是通信大队查哨的女干部。

吴丽军认出了教官，打了一个招呼，教官走近了才看出来，嘘了一声，压低声音说道："都睡了！"

吴丽军也压低声音说："这连十分钟都不到，睡得太快了吧。"

教官说："别惊讶，十分钟你们女孩子洗个脸都不够，我们都睡起一觉了！"

吴丽军说："看来我不知道的太多了。"

教官说："抽空我好好教教你！"

吴丽军说："还是让那个付班长跟我聊聊吧。"

教官很尴尬地说："明天我就给他穿小鞋，可把他能耐坏了。"

吴丽军说："你帮我叫他一下吧。"想了想又说，"我明天再来！"

第七章 变本加厉

李华纲一伙被联合执法登船查过以后，没有变成惊弓之鸟，老奸巨猾的李华纲也起了戒心，迅速更换了航道，卖掉了芭乐号，买了崭新的吃水量更大的货轮，暂时减缓实施第二趟前往红毛丹岛的计划，但是已经和红毛丹岛结下不解之缘的他们，尝到了剑走偏锋的甜头，报酬比单纯做蛇头时呈几何倍数增长，这么大的诱惑，怎能轻言放弃。

船舱健身房内，叶根壮带着一帮小兄弟正在汗流浃背地训练。脚踝撞击沙包的声音此起彼伏，清脆有力，叶根壮连续几个低扫，让给他充当配手的泰国陪练跟跟跄跄，站不稳了，尽管陪练身上穿着很专业的护具，但是也架不住叶根壮毫无顾忌的猛烈攻击，这些天他超级迷恋格斗，专门从泰国高薪聘请了教练，教导手下做一个有质量的社会人。

叶根壮用雪白的毛巾擦干脸上身上的汗渍，十分优雅地说："兄弟们，现在我们不缺钱，缺什么？缺内涵，内涵是什么？有内涵拎个皮包像个绅士，没内涵拎皮包也像拎了个垃圾袋，有内涵随便翻张宣传单也像在研究世界名著，没内涵看百科全书也像在痴迷黄色小说。"

叶根壮指着角落里一个肌肉男道："就说你呢，天天看的都是什么，最次也得看本民间故事吧！"

肌肉男委屈地说："这船上除了厕纸没别的纸了！"

叶根壮上去一个窝心脚，把肌肉男蹬翻在地，理了理紊乱的呼吸说："我说的是个概念，以后我们要向高端看齐，抠鼻屎要背着人。懂我的意思吗？"

众人纷纷表示赞同，感觉跟对了大哥，形象素质以后都有可能得到质的飞跃。

说完叶根壮继续和陪练比画，陪练表情痛苦。

李华纲走进来，所有人都停下了手里的动作，毕恭毕敬地退了出去，只有叶根壮踢打得起劲。

李华纲说："黑谷送的新型毒品，效果怎么样？"

叶根壮一听这话，有些惶恐，有些愤怒，说道："消息这么快，我一点隐私都没有了，这些狗东西都靠不住啊，让我揪出来是谁老告密，我弄死他。"

李华纲说："这事先放一边，你跟我上岸一趟！"

叶根壮吼了一声把拳套、护腿甩了一地，风一般地换好了衣服出现在李华纲面前说："不接地气太难受了，都快憋疯了。"

夜晚的榕城，夜店一条街，灯红酒绿，纸醉金迷。李华纲刚刚联系了一位人贩子，准备把黑谷组织新交代的任务铺垫铺垫，再就是在船上待久了，头晕眼花，看不清形势，他们要好好地深入乡间地头，领略一下风土人情，打探打探情况，知己知彼，百战不殆。

两人坐一辆R8，来到榕城最大的夜店拉达酒吧，夜店老板马振宇，亲自出来迎接。马振宇其人，可不是个不痛不痒的人物，这是后话。马振宇引导他们坐进了豪华包厢。茶几上密密麻麻摆满了各种酒水，老鸨带着一拨拨的小姐前来报到，叶根壮饥渴难耐，看哪个都满意，很想照单全收，当着李华纲的面还有所顾忌，只好说道："你你你，你吧！"

于是四个小姐兴高采烈地坐了过来，见李华纲没表情，叶根壮很庆幸自己关键时刻的结巴。

叶根壮像归山的猛虎，极尽能喝能色之能事，而李华纲时刻机警地注视着眼前发生的一切，一会儿和接头买主寒暄几句，一会儿走出包厢不知去向。

喝着喝着，叶根壮开始打哈欠流眼泪，口水不受控制，面前浮现的不再是美酒美妞，而是骷髅、黑洞洞的枪口、冰凉的手铐和全副武装的军警。这还了得，他一头扎进卫生间，反锁了门，从鞋底抽出一小包白粉，使劲地吸了一口。这玩意可比之前他试过的大麻、海洛因强多了，他感觉穿越了时空，飞上了大洋，脑子里全是胜者为王的影像，一个人能打一百个地壮怀激烈。他踹翻了门板，打碎了大理石的洗手池，手上殷殷流出来鲜血，让他嗅到的不是血腥而是芬芳。他头昏脑涨地脱下上衣，包住手，回到包厢，鼻涕眼泪挂满了脸，有识相的小姐，悄悄地退了出去，还有不谙世事的孩子唱得欢。

李华纲看到叶根壮这个样子，抬手就是一耳光，叶根壮清醒了不少，但开始对身边的小姐上下其手，风月场所，这显然微不足道，但叶根壮已经没有了底线，要在大庭广众之下动真格的了。小姐再一看这人手上都是血，把衣服都浸透了，尖叫着跑了出去。叶根壮哪肯罢休，也追了出去，中途搁翻了好几个内保，追出了门外，来到了大街上。小姐打车就要跑，出租车司机十分配合叶根壮，一看这个态势，没有人敢拉，停在门口的几个老司机也紧锁车门，一脚油门跑了。叶根壮狞笑着、追逐着，猎物就在嘴边胜券在握。岂料，这时候有一辆出租车停下来还主动为小姐打开了车门，这出乎叶根壮的意料，他一把拽住车门，要强行把小姐拉下来，但是司机似乎一夜没有开张，这单必须得接，不顾叶根壮的阻拦，仍然挂上了前进挡，大马力往前冲，把叶根壮带了一个趔趄，险些磕在马路牙子上。

叶根壮吼道："反了天了！"

李华纲从背后一把掐住叶根壮的脖子，说道："这里三步一岗、五步一哨，你不想活了。"

叶根壮说："哥，改不了！"

李华纲说："早晚废在你手里。"

叶根壮说："现在我们有合法身份，抓住了最多算打架斗殴，你神经太紧张了！"

李华纲说："合法？说你合法就是合法，说你不合法有一千个理由！心里没点儿数！"

叶根壮说："你就别掺和这小事了！"

李华纲派车送叶根壮去包扎，自己回了酒店。

叶根壮也没有这么听话，他先没去医院，给手下打了一个电话，这个电话让全城的有素质的社会人像蚂蚁搬家一样，集体出动，沿着大街小巷找一辆车牌号为榕A1215的出租车。交警还在纳闷："今天不是周末，不是节日，怎么大半夜交通还这么拥堵。"

时间不长，叶根壮就接到了前方线报，发现出租车踪迹，在距离尤溪洲大桥三公里的位置。叶根壮对着手机吼道："别动他，跟着他！"

叶根壮眼冒着绿光，风驰电掣地飞奔而去，车开到大桥上，司机欲要把出租车挤进匝道。叶根壮怒道："笨蛋，你逼停他，他就报警了。超车，把我放在前面！"

司机照做了，把叶根壮放在了路边，出租车开过来，叶根壮很自然地挥了挥手，坐了上去，伪装成了一个打车的乘客。司机暗叹："我们的队伍不是乌合之众，还是有能人啊。"

叶根壮一边嘻嘻哈哈地跟出租车司机聊着天，一边通过手机通知后车：

"逼停！"

凌晨两点的尤溪洲大桥偶有车辆路过，但是谁也不会停下来看一看发生了什么，一行行的尾灯，只是这夜色的点缀，并没有生命力。

出租车司机，一看一辆牧马人横在车前方，下意识倒车，叶根壮笑眯眯地说："别别，我朋友，送钱包的。"

牧马人上下来两个人，送钱包应该走向副驾驶，可是直接朝着正驾驶走来，司机意识到不妙的时候已经晚了，叶根壮替他抠开车门，一脚就把司机踹了出去。

这几天勤学苦练的泰拳终于派上了用场，一个膝撞正中脑门，司机已经直直地躺在地上，叶根壮又是几个足球踢，踢在腹部，司机痛苦地蜷缩成一团，像只待宰的羔羊。他原以为踢几脚解解恨就算了，叶根壮却并没有罢休的意思，一边踢一边说道："谁你都敢拉，谁你都敢甩，谁你都敢蹭，我让你知道知道任性的人碰到高素质的社会人是什么结果……"

司机号啕大哭，四十多岁的人了，哭得比孩子都惨。但是这并不妨碍叶根壮发泄怒火，打得手抖了，脚麻了，他下巴一甩，两个小弟心领神会，一头一脚，抬起来，悠了两悠，就把司机从桥上扔了下去。叶根壮搓着手说："自求多福吧！"

一路绝尘而去，到了该包扎包扎手的时候了，叶根壮这才感觉到血流得有点多，头有点晕。

去哪儿包扎呢，手下劝他找个小诊所包包得了，被叶根壮好一顿训斥："我是去小诊所的人吗，我是有素质的社会人，去就去大医院。"

手下心领神会，径直把车开进了武警医院的大门，叶根壮满足地说："来就来这儿，多气派，多安全，部队地盘，心里多踏实，你没看见牌子上挂着哨兵神圣、不可侵犯吗？"

叶根壮不忘戴上口罩，三个人嘿嘿一笑，大摇大摆地走进门诊大楼。要说巧，就巧在急诊护士里有一个人，不是别人，是邱晓娟。邱晓娟本不是急诊科护士，但急诊科好闺密订婚宴，今晚回家住了，邱晓娟之前在急诊科待过两年，一切程序都明了，临时顶班，正好跟叶根壮撞了个满怀。这不撞不要紧，一撞把叶根壮眼珠子都撞直了，一辈子也没见过这么带劲的女护士啊，流着口水看呆了，手下一看这情况，抓紧解围："美女抓紧给看看，开酒瓶子割伤了。"

小小的换药室，只有一张病床、一条方凳、一个医药柜，干净整洁，邱晓娟边采取措施边说："你这可不是割伤的，打架了吧！"

叶根壮得意扬扬地说："我从来不跟别人打架，都是我揍别人！"

邱晓娟一边忙活着手里的活，一边仔细打量了打量叶根壮，叶根壮满眼戾气、不怀好意。

上好了药，邱晓娟正一圈一圈地缠着绷带，叶根壮脸凑过来，目不转睛地看着邱晓娟，抓住了邱晓娟的手，啧啧称赞："人美手也巧啊！"

邱晓娟面不改色地说："劝你把手拿回去！"

叶根壮不屈不挠，说道："也对，要不我等你下班？"

邱晓娟义正词严地说："你再纠缠，我叫应急小组了！"

叶根壮把手收了回去，装作很惊恐地问："那是什么组？特战队员吗？有枪吗？枪里有没有子弹？敢不敢开枪？"

邱晓娟包扎完毕，说道："你还不能走，失血过多，容易休克，你要进留观室，做进一步检查！"

叶根壮也没有要走的意思，但是手下在叶根壮耳边耳语一番，叶根壮站起身来表示不用再检查了。这一反常的举动，引起了邱晓娟的注意。

叶根壮缓步走到了门口，门把手已经摁了下去。

"站住！"邱晓娟倏地喊了一声。

叶根壮忽地转过身，门旁的垃圾桶都踢倒了，手已经伸进了怀里。邱晓娟接着说："你再稍坐一会儿，我去帮你拿药！"

叶根壮恼怒地说："拿药就拿药，你嚷嚷什么！"

邱晓娟不动声色地回到护士台，按下了紧急报警装置，直接传到接警中心，不到五分钟门诊大楼前已经警灯闪烁。

警察打开换药室的门，里面烟雾缭绕，却空无一人。警察问道："人呢？"

邱晓娟说："刚刚还在里面！"

正说着两个手下打扮的人，一路吞云吐雾从自助榨汁机前走了过来，邱晓娟指了指："就是他们！"

警察大喝一声："别动！"

所有人都停下动作，只有这两个人弹射起来，慌不择路地要逃跑，但为时已晚，很轻松就被拿下，其中一个圆脸还不老实，挣扎反抗，被警察反关节摁在地板上，坚硬的皮鞋踩住脸问："跑什么？"

"见了你们能不跑吗？"

"还有一个人呢？"

"不知道，他让我们出来买饮料！"

"那人叫什么？住哪儿？"

"不知道，我们也是头一次见面，只知道姓叶，我们老大给我俩一人五千，让我们保护好这个人，我们不敢怠慢！"

警察扭头问邱晓娟，还有一个人什么特征？邱晓娟说："西装革履，挂大金链子，戴个口罩，眼睛特别像那个圆脸！"

"神了！去安控室。"警察把两个手下扔给一个民警，重点开始查叶根壮。

安控中心的监控上显示，邱晓娟走出换药室后，不出三分钟两个手下也走了出来，但叶根壮自始至终没出过房门。警察说："回换药室！"

大队人马浩浩荡荡地回了换药室，揭开天花板，顺着管道开始搜寻，很快发现了邱晓娟描述的人卡在拐角处进退不得。

正在这时带队警官的对讲机响了，送人去尿检的民警遇袭，两人逃跑。

带队警官一拍脑门道："调虎离山，跑的那个才是主角！"

邱晓娟也发现藏身天花板的这个人手上根本没伤，一两分钟的时间他们就完成了调包动作，简直不可思议。

遇袭民警趴在抽血窗口前，后腰上插着一把土耳其弯刀，浑身都在抽搐。

一时间警笛大作，全城搜捕，然而叶根壮像人间蒸发了。回到护士站，邱晓娟心神不宁，很想给吴行健打个电话，可这时候正是人深度睡眠的时间段。

正若有所思着，一名医院护工走了过来递上一张字条，说道："有人让我交给你。"

邱晓娟打开一看，上面写着："干得漂亮，我记住你了！"

急诊科人来人往，但邱晓娟感觉到后脊背发凉，这到底是个什么人，神出鬼没，让人不寒而栗。她摇摇头，继续心神不宁地整理着操作台上的医疗器具。

门外大街上一辆辆的警车飞驰而过，民警遇袭的地方还拉起了警戒线，取证民警端着照相机咔嚓咔嚓地拍个不停，闪光灯晃得人眼晕。

邱晓娟收拾妥当，到饮水机旁打了一杯开水，坐下来喘口气。突然，玻璃门后面出现一张狞笑的脸，露着两排大板牙，正是刚刚逃走的叶根壮。叶根壮隔着玻璃在朝她挥手，看见邱晓娟惊恐的表情笑得更肆无忌惮了，他举起缠满纱布的手，朝邱晓娟做了一个手枪射击的动作。邱晓娟一个激灵，水杯扔在了桌面上，水全部洒在电脑键盘上，电脑打着火，噼噼啪啪冒了烟。邱晓娟连忙去按报警按钮，按完再往玻璃门处看，却什么都没有了，好像刚才出现的形同鬼魅，只剩下一个用血水画的桃心。

这也太大胆了，警察还没走，他又回来了？还是他根本就没离开过医院？法网恢恢，但是他怎么就这么肆无忌惮。邱晓娟头一次感觉到无助。

李华纲和邱晓娟不一样，他懂叶根壮，他还知道叶根壮头脑和一般人比，要么多根弦，要么缺个螺丝垫儿，干大事就需要这样与众不同，如果叶根壮处处谨小慎微，还就什么事也干不成了。叶传仁当年没有把仁义传给他，拍拍屁股走了，只给叶根壮胸膛里灌满了无尽的空虚和对这个社会的绝望，叶根壮眼里只有仇恨。李华纲是他的支点，而李华纲也深知这一点，能和自己绑在一起的，都有用处，用对了地方，事半功倍，用错了地方，功亏一篑。李华纲对叶根壮又爱又恨，看在叶传仁的面子上，他不能弃之不顾，但也不能听之任之。今晚上岸本来是让叶根壮体验一把江湖套路多，学会收敛，没想到适得其反，叶根壮反而体验到了无边无际的自由和形同虚设的社会规则。

　　叶根壮从靴子里取出刀，刺进民警的后背之后，和同伙分两个方向逃跑。同伙如出笼的野狗径直往大街上蹿去，越过栏杆高架桥，穿过胡同小巷，跑得汗流浃背，气喘吁吁，可是每多跑一米，就有多一个目击者的可能，摄像头追踪他的机会就大了一分，很快他就原封不动地被巡特警重新抓了回来。而叶根壮不一样，他并没有急于出医院，顺着楼梯一直爬到了顶楼停机坪，顶楼上有个设备间，设备间里全是控制中央空调和电梯的各类终端，密密麻麻的都是按钮。

　　在这样逼仄的环境里，却住着一个老头，老头无儿无女，在医院控制电梯和中央空调三四十年，医院顶层就成了他的家。没有飞机来的时候，这里就是他一个人的天下，他听戏、养花、喝茶、逗鸟，还一麻袋一麻袋地往上运土，长年累月，运上来的土被分放在一个个泡沫盒子里，各种蔬菜在他的精心打理下，郁郁葱葱，长势很旺。叶根壮开门上来的时候，老头的热水壶里正咕嘟着榕城米酒，酒香四溢。这小酒烧开了灌下去，浑身热乎，小方桌上摆着沙县熏鸭、龙岩老鼠干，还有一碟橄榄菜、半碗没吃完的闽清粉干。老头不缺这些东西，都是医院员工从老家带来给他尝鲜的，谁都知道在这个医院里资格最老的，其实是最不起眼的开电梯的小老头。老头脾气特别好，见谁都点头哈腰，谁要是跟他打听点事，他知无不言言无不尽，所以有着超好的人缘。邱晓娟和老头的关系也不错，因为刚毕业分配到医院的时候，邱晓娟什么都不懂，经常出错，没少挨骂，老头每次看见她都笑眯眯的，有点空，就给她分析医院的人和事，为邱晓娟尽快融入医院立下了汗马功劳。邱晓娟到现在还经常来看望老头，给他带土特产，给他买新手机，是很难得的忘年交。

　　每天夜幕降临，关上顶楼的大门，老头独自一人，看星星，看月亮，看万家灯火，听风声雨声，这世界何其美哉。而今天正当他喝得面色红润、兴致盎然的时候，叶根壮这个不速之客来了。他三两下打开反锁的顶层铁门，走到小屋外面，轻轻推开门，老头背对着他，他戴着手铐，两只手把枪端在裤裆靠上一点的位置，就静悄悄地待着，不说也不闹。

老头感觉到有股寒风吹着后颈，很不舒服，缓缓地站起身来，要去关门，抬头看见了叶根壮。

老头没有惊慌，醉眼惺忪地说道："来的都是客，想喝你也喝！"

叶根壮没有从老头脸上看到一点不愉快，表示很不爽，说道："有点意思，你有酒我有故事！"

老头说："年轻人的故事，我已经接受不了了！"

叶根壮说："活到老学到老嘛！"说着靠近老头，把手在老头眼前晃了晃，问道："你就不怕？"

老头像是在讲别人的故事，轻描淡写地说，三十多年前啊，在战场上，班长也问过我这样的问题，我说怕，我还没有娶媳妇。

叶根壮一惊，怪不得这老头像个得道高人，原来上过战场，上过战场就杀过人啊，还是防备着点为好，转念一想，再牛也是老不死的了，拳怕少壮啊，战斗英雄也干不过拆迁队，我怕啥！

老头接着说，班长说，不能怕，越怕越想退，越退死得越快。

可是我还是怕，都尿裤子了，怎么能不怕呢！

班长告诉我，他也没娶媳妇，不过他见过未婚妻一面，战争结束了就回去娶了她，有了这个念想，怕的时候就想想她，看看她的照片，浑身就有劲了！

班长问我，你有女人的照片吗？也拿出来看看，看到女人，热血奔腾，就不怕了！我翻遍了口袋也没找到什么照片，不过找到了我妈托人写给我的信，信上说啊，孩子，你当兵了，咱家大门上就挂上了光荣军属的铁牌牌，娘感到光荣啊，你放开手脚去干，部队上不会亏待咱的，看了信我就不怕了！

叶根壮着急地嚷嚷："你瞎啰唆什么，讲什么故事，你的意思是你不怕呗！"

老头并不着急，接着说："你听我说完，怕不怕，故事总要有个结尾！后来啊，班长刚冲上去，胸口就被打了一个碗大的口子。电视上演，中个几枪都死不了，我看得直骂娘，鸟枪也不至于那么烂！班长最后也没娶上媳妇，和我一样，我白比他命长，我也没娶上，但是我知足啊，和死去的班长比，我有什么好怕的。班长长得一表人才，现在如果还活着，不会像我，应该儿孙满堂了吧！"

老头眼窝里有泪，用袄袖子擦了擦，问道："我知道你想干啥，是不是想让我给你打开手铐？"

叶根壮说："老司机！"

老头问:"我的铁门铁锁,你都打得开,手铐开不了?"

叶根壮说:"当年我进局子的时候,还没研究出这种指纹手铐啊,我落伍了,犯罪也要跟上时代!"

老人走到角落里,端出一块磨刀石,抄出一把长柄的消防斧,示意叶根壮把手铐搁在磨刀石上,手起斧落,这事就解决了。

叶根壮差点没笑出声来,问道:"你要是一斧子落我脑袋上,我就真成了我爹那样的脑壳了,你听过《长大后我就成了你》这首歌吗?"

老头说:"来不及不相信了,警察很快就能搜到这里了!"

叶根壮说:"拿什么相信你,我的老头!"

老头义正词严地说:"你照样可以一手拿枪,子弹肯定比斧子快!再说了我是一个有着几十年党龄的老共产党员,你不信我,要信党,这时候党的光辉照耀着我,说一不二、吐口唾沫是个钉儿!"

叶根壮说:"你可别磨叽了!砍吧!"

叶根壮觉得再在这里耗费时间下去,会被这老头洗了脑,不宜久留!

说时迟、那时快,老头眼珠子瞪得溜圆,头上所剩无几的花白头发,被迅速举起的消防斧带来的疾风扇动得东倒西歪,老头瘦弱的手臂上隐约可以看到瞬间积聚的血液将血管撑得鼓鼓囊囊。

叶根壮死死地盯住斧子尖部,那仿佛生死判官的大笔,冒着刺眼的寒光,随时都能置人于死地,又随时可以将人送回奈何桥。他完好的右手紧扣扳机,只要老头稍微偏离零点一度的方向,他就要射出那颗威武的子弹,胸有成竹。

叮哐,咔嚓,斧子划了一条优美的弧线,叶根壮在斧子划过鼻尖的那一刻,幸福地闭上了眼睛,老头果然恪守诺言,说不往脑门上砍就不往脑门上砍。

是的,老头,做到了,他给叶根壮悲伤地唱响《长大后我就成了你》这首歌的权利,他没有砍叶根壮的脑袋,他要活着,就必须让叶根壮先活。他瞄准的是叶根壮拿枪的手,一斧子齐刷刷地剁掉了叶根壮全部的五根手指。

叶根壮睁开眼睛,一开始没有感觉到痛,反而感觉到了释放的快感和高潮,他还充满感激地看了老头一眼,觉得老头不像上阵杀过敌那般酷,而是慈祥和蔼的邻家大爷。继而叶根壮流下悔恨的泪水,嘴巴张成巨大的O型,他把那只缠满绷带的整个拳头全塞进了嘴里,发出呜呜的如东北风一般的呼呼声,像是要吞并这悲惨世界,向说一不二的老头表达最严厉的谴责。

他反应过来了,把绷带手从嘴里掏出来,一边喊着:"我操!"一边去摸那把被斧子崩出去的枪,老头又重复了刚才帅气的挥斧动作。不过这一斧子是砍向手枪的,枪静静地躺着,叶根壮来不及解救它,此刻它就是一块废铁,就像再好的车在一名奇葩女司机手里也是废铁一样。斧子触碰到手枪,火花四溅,枪肚子瘪了,老头的虎口也震裂了,叶根壮的心碎了一地。

收拾好杂乱的心情,叶根壮奋起反击,没等老头挥起第三斧,他一个前滚翻滚到老头脚下,用两只残废的手扣住老头的腿弯,一使劲老头连人带斧子摔了出去。摔得老头直翻白眼,他挣扎着想爬起来,叶根壮身轻如燕,哪里给他空间,一腿抵住肚子,一手掐住了脖子。

老头喘着粗气说:"要不是有言在先,我一定砍你脑壳!"

叶根壮气急败坏地骂道:"真日死鬼咧,套路太深!"

老头说:"一会儿我死了,电热水壶拔下插头,好酒都快熬干了!"

叶根壮眼睛里喷着火:"我在这儿跟你玩呢!"

老头说:"我就舍不得我这天台,舍不得这医院,但是想到能下去和班长吹牛,也是一件乐事啊!"

叶根壮说:"去吧,不送!"

老头脸色由红变青,最后一句话是:"孩子,你要跑得了,别忘了给我和班长烧个媳妇。"

叶根壮哭了,哭得鼻涕一把泪一把,边哭边跺脚,边跺脚边把老头绑上椅子,架到大楼的边缘,绳子一头挂在门把手上,只要门把手一动,老头就会从顶楼掉到一楼。做完这一切,他绑好自己的手臂,防止大出血,摸摸索索地找到自己的断指,塞进裤兜里。遵照老头的意思拔了电热水壶的插销,切断了电梯的电源,坐在老头斜对面的楼沿上,等待!

很快,楼道里响起杂乱的脚步声。叶根壮知道,故事快要结束的时候,按照逻辑,警察一定会来的,不结束不来。

转过镜头再看警察,一开始现场指挥以多年的经验分析,歹徒绝对不会上顶楼,要求大家把重点放在配电间、杂物间、卫生间、病床上,还要求所有医生脱了白大褂、褪下蓝口罩,不错过一人,不错过一屋。折腾了个底朝天,也没发现一点线索,这才将视线聚焦到楼顶。指挥长说:"死马当活马医吧,有没有也搂两耙子!"

人员这才纷纷往上爬,打开门,挂在门上的绳子就脱落了,失去了牵引,老头就跌落下去。

老头很瘦,但是几十米的高度,足以发出巨大的响声,像是一块遗落的陨石,砸塌了三个空调外机,坠落在地上震裂了水泥地。

所有人都被这惊天一砸震蒙了，人群里有人喊："歹徒畏罪跳楼自杀了！"

指挥长说："谁开的门，立功了！"

开门的队员兴高采烈地说："我我我！"

但是还有几个不服的："门把手是你拧的，推开是我推的！"

指挥长说："都落不下，都落不下！"

话音未落，跑到老头房间查看电梯故障原因的技术人员说："屋里都是血，有人在这里搏斗过！"

众人涌进小屋，拍照的拍照，拉线的拉线，不一会儿指挥长对讲机里传来："摔下去的不是歹徒！"

指挥长怒了，吼道："谁开的门？"

这时候没人再抢答了。

四处寻找，叶根壮又凭空消失了，这可是顶楼，若不是长了翅膀，他是万万不可能逃脱的，每个出入口都有大量警力把守，可是他去哪儿了呢？好像他不曾来过这里，杀死老头的就是开门的队员，好像留下的血迹也不是他的，空旷的顶层到处鲜花盛开、色彩斑斓，绿油油的蔬菜迸发着蓬勃的生机，小鸟、蝈蝈唱着小曲，似乎在为老头送行。

邱晓娟正在护士站里琢磨着这个可恨的家伙到底能藏哪儿呢？太平间？家属院？生活区？下水道？并不大的医院，在这钢筋水泥浇筑的空间，像是一个迷宫，隔开了你我，也隔开了好人坏人，那是一道道难以逾越的鸿沟，让人心里从未有过地荒芜，这里每天上演着痛和快乐，死去和新生……正想着，老头从天而降，邱晓娟听得那么真切，她快步冲出急诊室，看见了终生难忘的画面。她深深感念着的老头，白天的时候还在热心地给她出谋划策："外一科那个留美归来的医学博士，阳光帅气，我看行！"

老头的笑还在眼前，与这一刻截然相反的画面，形成强烈的对比。他整个平铺在地上，四肢躯干不再按规则排列，像一摊泥巴，一捧风吹就飘扬的黄土，脸还在，但是已经发黑了。邱晓娟不敢看他的五官，对于学医的人来说，比这个更惨烈的画面都见过，但今天，邱晓娟忍不住腹腔里翻腾酸水，后背像挨了一记闷棍，手脚都不听使唤了，她扑通一下瘫软在地。

她想过老头离开大家的场景，毕竟老头年纪大了，不可能永远守在这所医院。按照老头的脾气，临走的时候也是欢快的，开着不着四六的玩笑，或者像他无数次提及自己当年战斗场面时那样，容光焕发，目光炯炯地咽下最后一口气。再悲伤一点就是他被病痛折磨，潇洒地拔下自己的氧气面罩，像对待敌人一样气势凶猛，把所有人一股脑儿抛在脑后。但是，她从来没想过，老头以这种方式结束自己的一生，没有人比他平凡、卑微地活着，他是整个医院最不起眼的一个人，甚至在有些人看来可有可无，他妨碍不到任何人的利益，没有人把他真正放在心上。

邱晓娟哭岔了气，所有人都不明白这两个看似没有任何交集的人何时编织起了这么深厚的感情。邱晓娟是被架着离开的，离开的时候天边刚刚露出鱼肚白。吴行健还没有醒来，刚刚出院的他，不知道他走后医院发生了这么惊天动地的故事，而付守宇更不可能知道，他在离榕城两千公里的地方。

警察一直没撤，还在调监控，交接岗，但时间越长好像叶根壮出现的概率就越低了。

其实叶根壮还没走，警察冲上顶楼的时候他也没走。李华纲当初教他的墙角攀登、水管下滑，他学得炉火纯青，没事干的时候，船上的角角落落都被他爬了个遍。警察推开门的时候他就顺着水管下滑一层，警察往下看的时候，他就抓住距离水管仅有几十厘米的空调外机的架子，把自己挂在下面，一旦没有动静了，他就再往下滑一层，一层一层，很有节奏地平稳落地。落地后他哪儿都没跑，滚了几滚就钻进了堆放医疗耗材的大垃圾桶里。那里面都是医护人员用过的橡胶手套、一次性注射器、药瓶子、药罐子，手术完的各种一次性纸袋、塑料薄膜等，那味道，蚊子老鼠都嫌恶心，鬼都不信人可以在那里面待得住，可是叶根壮往里面一躺，用乱七八糟的废物把自己一埋，还打起了鼾。

天刚亮，专门收集废旧医疗耗材的卡车就开了过来，车后的钩子钩起垃圾桶抖一抖，连人带耗材就都进了卡车。叶根壮坐着车走的，到了处理站，从车厢里跳出来，还朝司机要了一根烟，点着，猛嘬着，朝人潮人海走去。

司机望着他的背影，渐行渐远，浓浓的烟雾从他身后久久没有散开，几分钟后司机才回过神来，自言自语道："这孙子哪儿来的！"

这一夜，李华纲没有干等叶根壮，他比叶根壮玩得场面。叶根壮是狼狈不堪地躲了一宿，他是飞扬跋扈地刺激了一宿。正当叶根壮将夜店搞得乌七八糟，李华纲稍微走神之际，前来和李华纲谈生意的疤癞眼自认为看出了眉目，这哪是介绍人口中的道上黑马、社会新贵啊，明明就是不入流的痞子。叶根壮如果背上文的是喜羊羊，这李华纲顶多也就文个灰太狼啊，怕他作甚，今天晚上这单要是跌了份，以后还怎么在圈里混。

所以疤癞眼一面和李华纲周旋，一面就安排人手包围了夜店，摸准了李华纲有钱，埋伏在周边，一声令下，随时准备黑吃黑。

疤癞眼先是拿酒灌。岂料他打错了如意算盘，李华纲可没在酒上吃过亏，一靠喝，二靠唬。

酒过三巡，疤瘌眼一看李华纲面不改色，觉得进度太慢，十分大气地说："兄弟，好几年没遇到像你一样这么对脾气的人了，这么喝不痛快，咱上碗喝。"

李华纲微微一笑："我当年哪用过碗啊，用盆！"

没等服务员把盆拿来，疤瘌眼说："服了，不喝了，再喝出人命了！"

李华纲说："既然兄台不爱喝，我从不劝，咱谈谈正事！今晚我来也不是玩来了！"

疤瘌眼说："果然直爽，有事说事，要多少劳工吧！"

李华纲说："三十！"

疤瘌眼问道："给多少钱？"

李华纲报了一个数，疤瘌眼拉下脸道："你这是拿我消遣来了？榕城八大金刚听说过吗？"

李华纲答："我听过金陵十二钗！"

疤瘌眼说："我看你是活腻了，你到底哪儿来的？"

李华纲说："海上来的！"

疤瘌眼嗤之以鼻，说道："原来是野路子，敢跟我叫板！"

一拍桌子，从外面涌进来十几个非主流，头发黄的、蓝的、白的，就是没有黑的，有的皮包骨头，一看就没少抽，颧骨老高，整个脸上孤零零地露着两坨眼睛，有的肥头大耳，肚子凸出来能当小桌使，大冷天一个个非要穿着背心，挽着裤脚，唯恐别人看不到他们露出的地下作坊里八十块一次文的身。手里有的提着橡胶棍，有的拿着电击器，啪啪冒着蓝火。

李华纲一看这阵势，跟县二中门口打群架的孩子差不了多少，觉得受到了侮辱，说："孩子们，今晚的加班费发了没有，还没吃炒饼吧，赶快回去吧，一会儿脏摊该打烊了！"转头对疤瘌眼说："就你搞的这个队形，排队领盒饭来了？"

疤瘌眼听了这话脸上一下子就挂不住了，从小皮包里掏出一把磨掉了漆的54手枪，说道："谁还没点……"

李华纲没让他说下去，不等疤瘌眼反应就把枪抢了过来，十秒分解结合，疤瘌眼一口气没喘上来，枪就变成零件了。

疤瘌眼腿软了，大手一挥，要众人把李华纲大卸八块。李华纲没等他手抡圆，一肘子捣在了他的太阳穴上，他侧倒在沙发上，李华纲拽住他头发把脑袋摁在沙发上，对准脑袋连开了十几个酒瓶子。杀马特们还没做好思想准备，老大就沦陷了，一个比较激进的青年见此场面，哇哇呀呀地就要冲过来，李华纲捡起一个玻璃碎片，一把甩了过去，像玩飞镖一样，准确命中咽喉，鲜血喷涌而出，刚还气势汹汹的杀马特顿时作鸟兽散。

疤瘌眼苏醒过来说："哥哥哥哥，我认屄！"

李华纲说："跟你做个买卖真他妈跌份！你要是一硬到底，我还敬你是个爷们，给你打个八折，现在你这熊样，一点也不能少！"

疤瘌眼说："我现在就回去张罗，完不成指标不回来见你！"

李华纲说："回去？你跟我走，让你的人什么时候把人凑齐了，什么时候来换你！"

疤瘌眼，号称榕城八大金刚之一的疤瘌眼，被李华纲戴上头套塞进车里。

在回船上的路上，一路警车不断，纷纷在李华纲的车周边左冲右突，李华纲一开始以为自己暴露了。回到船上看到断了五根手指的兄弟，他才知道那是抓叶根壮的车。

疤瘌眼的手下受了伤，竟然也去了武警医院。邱晓娟还没有从老头去世的伤痛中走出来，又看到一幕幕血淋淋的景象，接连血腥的刺激让她有些胸闷，一声叹息："这世道怎么这样了？今晚这是怎么了！我的保护神，你们在哪里！"

第八章 阴错阳差

那天吴丽军没忍心叫醒付守宇,她也知道叫不醒的除了装睡的人,还有就是付守宇这样的人,听教官说,他每天叫起床的方式就是往宿舍里扔爆震弹。

第二天,从来不起床吃早餐的吴丽军破天荒地出现在食堂里。以前她有无数种理由不吃早餐,写剧本、排练、失恋、大姨妈等等,躲在房间吃零食就是不吃早饭,可今天起床号还没响她就起床叠被子,洗漱化妆,一切收拾妥当,迈着轻快的步伐来到食堂。话剧团的伙食每天不带重样,出了名地好,比付守宇所在的特战骨干集训队都要精致,她打了两个鸡蛋饼,一份炒莴笋、一份凉拌金针菇、一小碟榨菜,还盛了一碗玉米粥。

张秀可端着一碗豆腐脑走过来坐在她身边问:"今天这是怎么了,突然自律起来了,不对、不对,很反常,是不是换男朋友了?"

吴丽军说:"我要去特战学院采风!"

上午八点,正是付守宇正式开始训练的时间,今天的课目是小组配合街巷搜索射击。付守宇头上身上挂满了激光信标,弹袋里塞满了橡胶弹、爆震弹、催泪弹,连接基地指挥所终端数据的电子眼镜上,左镜片不时弹出最新的任务指示和队员之间的通联短码。队伍最前方是一个履带式机器人,机器人将前方的地形地貌、人员车辆等所有信息以影像方式,发到电子眼镜的右镜片上。

街巷搜索,一定要在街巷中吗?不一定!这里是特战学院的综合演训场,在寸土寸金的城市近郊,这个演训场竟然占据了一万多亩的地盘,这里面应有尽有,你能想到的当代城市文明里面的产物,基本都可以在这里找到踪影。有大山、人工湖、树林、立交桥、迷宫、各式各样的钢筋混凝土建筑,还有火车站、汽车站、飞机场，而且这些站不是空的，里面停放着真正的客车、火车、客机，尽管是淘汰下来的，但变废为宝，队员们每天都在这里上演反劫持、防爆炸等精彩好戏。更难能可贵的是这里面还有十分逼真的村庄，除了没有村民，那民房、商店、银行包括屋内的设计都很逼真，该有的家具一样也不少，如果没有满地的弹壳和满墙的枪眼，真有种可以即刻拎包入住或者办理一些业务的感觉。

耗费巨资建造这个模拟空间，并不是暴殄天物，很多次行动之前，特战队员都能在这里面找到类似的战斗场景，进行有针对性的实战演练，为战斗的胜利赢得一次次宝贵先机。付守宇刚踏入这片土地的时候感叹道："以前由于没有这样的训练场，有了好多次偷懒的机会，现在好啦，以后再不可能借口场地受限了！"

砰砰砰，嗖嗖嗖，噼啪噼啪的声音，五颜六色的信号弹，各类军用电子设备嗡嗡运行，构成现代化战场的交响曲。脸上涂着迷彩油的付守宇激战正酣，他的92式手枪已经瞄准了蓝军小组组长的脑门，这时候电子眼镜里面屏幕突然黑屏，只留下一个个大大的停止战斗的标志符号，把付守宇气得哇哇乱叫："这叫什么事，胜券在握，却让我停止战斗！跟涂好了满身的肥皂泡才发现花洒里喷不出水来一样地想喊我操！"

教官通过语音系统说道："其他人继续战斗，付守宇迅速到学院办公楼政治工作部会客室！"

付守宇憋不住问道："演练的名声就是被你这种人搞坏了，演练就是实战，正打着仗呢你让我去会客！还有没有职业素养？"

教官被付守宇突如其来的咆哮震了一下，但这个语音系统不是单项的，现在设置的是开放的，所有队员都能听得到，即使付守宇说得如教科书般一样字正腔圆、无懈可击，但教官的权威是不容挑战的。教官回敬道："战场上指挥员的话就是天，就是命，让你打你就打，不让你打你敢放一枪就油炸了你！"

付守宇气呼呼地朝机关楼跑，前面说了，一万多亩，付守宇战斗的街巷距离机关楼的距离可不近，他是坐着运兵车来的，现在没有上级命令，运兵车就得原地待命，他只能灰溜溜徒步回去。付守宇越想越气，牙齿咬得咯嘣作响。

到了机关楼，进了会客室，看见一个美女坐在沙发上，正跷着二郎腿，嗑着白瓜子，喝着热茶水，付守宇肺都要气炸了，但是他没有发作，只是恶狠狠地瞪了一眼吴丽军，一声不吭地坐下了。

吴丽军并没有从付守宇涂了迷彩油的脸上看出什么端倪，乐呵呵地问道："高兴不，走运不，我解救了你啊，把你从遍地狼烟的战场上拉回来，我要不叫你，你还得煎熬半天，刚才教官都跟我说了，今天训练安排很紧，我软磨硬泡才把他说通。你瞧瞧你这一身，脏兮兮的，你刚才一进屋，浑身一股泡菜味，辣眼睛啊。"

付守宇使劲抹了一把脸，身子往后撤，跟被五花大绑了一样难受。

吴丽军接着说："昨天你还妙语连珠，今天这是怎么了，别不好意思，我不是你的上级，我跟你是战友，咱们今天就聊，放开了聊。先做个自我介绍吧。"

付守宇撑不住了，没好气地说道："付守宇，男，中共党员，上士军衔，特战突击手，武警第七总队特战大队突击分队分队长，工资不高，长相一般，没有对象！回答完毕！"

吴丽军扑哧一声笑了，说道："我让你填政治审查表来了？别这么形式好吗？"

付守宇说："我觉得挺好的！"

吴丽军一看气氛不对，话里带着火药味，想缓和一下，说道："你们特战队员都这么没礼貌吗？"

付守宇一听这话，噌就站起来了："礼貌？我昨天晚上为了这场战斗专门画图画、翻案例到半夜，刚才战场上我们小组队员两个被击中激光信标，一个被活捉，眼看着就剩下我一个光杆司令了，我拼死拼活接近敌手，很快就要把蓝军头子给击毙了，这时候被你搅和了，我还要跑步三十分钟来到这里，来看你优哉游哉地嗑瓜子，还让我跟你讲礼貌？"

吴丽军被他劈头盖脸一阵数落，嗑到一半的瓜子，不知道该不该吐皮，僵在那里不知道下一步该做个什么动作，胸脯一起一伏。

吴丽军哪里受过这样的"礼遇"，脸红脖子粗地也站了起来："昨天你就跟我过不去，专挑我的裂纹下嘴，本来对你还挺有好感的，觉得你观点独特，论证新颖，是个有内涵的人，但是今天我发现我错了，你这人还挺过分的，脾气冲、嘴巴臭，瞎了眼了我来找你采风，采一肚子火啊！我要向你们教官好好反映反映你的问题，素质太差，态度太恶劣。我虽不是你的上级，但条令条例规定要尊重干部，不能当面顶撞嘛！"

付守宇收敛了些，两人都坐下了，虽局面稍微得到了缓和，但是谁也不想主动开口说第一句话，付守宇不知道说什么，吴丽军就干等着。但吴丽军低估了特战队员的稳定性和耐受力，付守宇手扶膝盖、一动不动。

吴丽军说："你昨天给我提出的意见，我全盘接受，舞台上的专业问题，今天我们就不探讨了，我就想问问你对当前大繁荣发展的强军文化是怎么看的？"

付守宇说："强军文化是军队前进的号角，强军文化是烛照内心的火炬！"

吴丽军说："别净说些书面语言！"

付守宇说："那是你问得很官方！"

吴丽军问："那我问点接地气的，你对文艺兵怎么看，对我怎么看？"

付守宇反问："实话？"

吴丽军说："当然！"

付守宇说："文艺兵是挺大的一个群体，前期不排除有个别人备受群众诟病，他们走穴商演，唯利是图，歪风邪气，将整支队伍推上了风口浪尖，大部分都是好的，隔行如隔山，我不知道你们的工作模式，看不到你们背后的付出，所以不敢多作评价。都说台上一分钟，台下十年功，舞台上光鲜亮丽的背后，肯定是长年累月的付出，这个不容置疑，各行业有各行业的不容易，这是我唯一要说的！"

吴丽军问："很中肯，那我呢，对我有什么看法？"

付守宇说："我们刚刚第二次见面，我还不了解你！"

吴丽军问："你是七总队的？"

付守宇说："是啊！"

吴丽军说："巧了，我也是七总队的，我怎么没见过你？"

付守宇说："您是上级机关的直属单位，我属于基层一兵，不认识一点不奇怪！"

吴丽军说："既然咱们是一个总队出来的呢，共同语言肯定多。"

付守宇说："那可不一定，咱们接触的不一样！"

吴丽军说："你这人怎么不识抬举，会不会聊天啊！"气氛再一次僵冷。

付守宇说："不聊就不聊了吧！"

吴丽军说："嘿，这是个什么人……"

付守宇说："课余时间再来吧！"

吴丽军说："看把你能耐的，你让我什么时候来我就什么时候来？我正在做一个特战文化调研的论文，论文答辩不等人！"

付守宇从沙发上起来说："谁也没闲着！我摘取勇士勋章的考核也很重要！"

吴丽军说："你走！我就不信离开你我还完成不了这个课题了！"

付守宇说："你早这么想就对了！"

吴丽军声音提高了三个八度："不要让我再看见你！"

教官本来是想进来给吴丽军再添点水果，还没到门口就听到两人一波三折的对话，忍不住在门口多听了一会儿。付守宇急匆匆拉开门，正好看见教官，教官向付守宇竖起大拇指："小伙子，胆挺肥，你知道她是谁？"

付守宇说:"爱谁谁!"

教官笑呵呵地进来,把切好的西瓜、橙子往吴丽军面前一摆说道:"压压惊!"

吴丽军手忙脚乱地收拾本子和笔,乱七八糟一股脑儿往包里塞,被一个其貌不扬的特战队员顶得面红耳赤,哪还有心情吃水果:"不吃,吃什么吃!气饱了。"

教官说:"昨天我回去查了查百科,您还真是有点名气的,群英奖、省级戏剧表演金奖,还拿过主持人比赛的金话筒奖,本来没人能进特战学院采访,我给你开了绿灯,就是想让你这有艺术细菌的人,多熏陶熏陶我们这些土包子。"

吴丽军说:"有用吗?你们一个小兵都把我欺负成这样!"

教官说:"别别别,深度交流这事吧,也讲究天时地利人和,有可能你出门的时候没看看皇历,时机拿捏得不好!不信,你下次再来,我保证换一个生龙活虎、有礼有貌的特战队员!"

吴丽军把小黑包往肩上一甩,戴上卷檐帽,说道:"不来了,伤不起!"

教官说:"你肯定还会再来的!"

吴丽军说:"你们特战队的都是学心理学的吗?"

教官说:"没有啊,我们倒是研究犯罪心理!敌人的心理我们感兴趣,您是战友,我们不研究。"

吴丽军说:"你这人也挺有意思,不如我还是采访采访你吧,也许对我的课题有用!"

教官连忙摆手说:"别别别,我更没那水平,我来不了!"

吴丽军说:"你们……唉。"吴丽军边往军事文化学院的大门走去,边强调:"不知好歹!"

吴丽军没有食言,她一忍再忍再也没找付守宇,但是付守宇的影子老在她眼前晃悠,她感觉付守宇身上有种难以言说的东西在吸引着她,绝不是帅、绝不是会表达,而是那种浸入骨髓的低调与张狂交织的性感。这种性感在话剧团那些男演员身上她从来没有发现过,从小到大围绕在她身边的几乎都是甜言蜜语的人。毕业后也到基层实习过一段时间,大家都给予她无微不至的照顾和没有底线的迁就。她想和战士们一块劳动,被抢扫把簸箕,夺走铁锹洋镐;她想和战士们一块学习,发现没有人往黑板或者教员脸上看,纷纷在偷瞄她,让人无心上课;她想和战士一块娱乐,打球从来都是她赢,斗个地主,明明她是地主,可另外两个人相互拆台,最后都能掐起来。是怪自己太美了吗?当时她觉得自己貌若天仙,理应受到这样的待遇,也习惯了听一些好听的话。可自从付守宇出现了,她听付守宇指责自己,毫不客气地揭露自己，并没有真正生气，相反还感到快乐。这是唯一一个把自己当成同一个战壕里的战友的人啊，生气了就吼，不对了就批评，说话无所顾忌，不酝酿再三，不做掩饰，这种感觉多好啊！可是付守宇确实又有点头脑简单，这让女孩子怎么接近呢？

吴丽军本以为，短短半年集训期间都不可能再和付守宇对上话了，付守宇从来没有主动找过她，她明明已经加上了付守宇的微信，付守宇却连个表情都没有发过，至今两人聊天的对话框里还只有刚刚加上时的自我介绍。

事情的转机出现在特战骨干集训队要举办特战知识抢答竞赛，需要主持人，男的好找，女的一个没有，女子特战队员倒是不少，可她们的训练任务也很繁重，没有时间和心思来准备。领导就想到了军事文化学院话剧团，人家不仅有女的，而且还专业。团长想都没想就把吴丽军派了过来。吴丽军一开始不想去，因为男主持是付守宇，后来想想还是去吧，正好借此机会端正一下付守宇对于文艺兵的态度，好好给他上上课，让他知道什么叫才华。才华这东西是与生俱来的，比如今天上午给了吴丽军主持词，下午她就能脱稿，直接上场，不管场面有多大，台下坐着多么牛的人物，都不会怯场，不会忘词。

吴丽军红光满面地来了，排练时往台上一站，不用说话范儿就有了。彩排场面很尴尬，付守宇根本掌控不了这样的场面，在队列面前可以侃侃而谈，面对灯光和乌泱泱的观众，就偃旗息鼓了，节奏乱了，声音抖了，咬字不清晰了，吴丽军扔过来的梗他也接不住，就像背不上课文来的小学生，脸红脖子粗还使劲想的样子很是滑稽。而吴丽军和他正好是两个极端，如鱼得水，大方得体，曼妙的腰身，优雅的谈吐，声音清脆悦耳，语调抑扬顿挫，该放的时候放，该收的时候收，第一次让众人领略到什么叫说的比唱的好听，听她说话忍不住想要鼓掌。

吴丽军说："你的自信和优越感呢？"

付守宇说："三人行必有我师，这方面，不服不行。"

吴丽军说："你也有服的时候？"

付守宇说："教教我诀窍吧，大庭广众之下丢不起这人！"

吴丽军说："可以，但是有条件！"

付守宇说："尽管提，除了做不到的都能做到！"

吴丽军说："助我完成特战文化调研论文。"

付守宇说："我要是有这个本事，早考上军校了！"

吴丽军说："你意思是帮不了忙？"

付守宇说："我使上吃奶的劲试试吧？"

吴丽军说:"听说你时间精力不是很够?"

付守宇说:"够够够。"

他俩达成了协议,几天的时间,吴丽军充分发挥主观能动性,帮助付守宇抠动作、练发音,告诉他什么时候瞄一眼手卡才恰到好处,什么时候把难题交给观众既能活跃现场气氛,又能把观众的注意力从自己身上挪开,经验之谈,让付守宇十分受用,觉得这丫头片子年纪不大,脑子好使。付守宇严谨细致、认真负责,也再次让吴丽军刮目相看。

特战知识抢答竞赛在两人默契的配合下圆满落下帷幕,付守宇和吴丽军成了当天晚上一道亮丽的风景线。

结束后吴丽军并没有要走的意思,拉着付守宇登上了文化活动中心的顶楼,坐在了条凳上。微风轻拂着她额前一绺绺的头发。天气很好,没有雾霾,星星、月亮洒着夺目的光辉,静谧祥和。营区外偶有汽车开过,灯光披荆斩棘般划过夜幕,车开过去后,如同刚刚拉开的窗帘或者画布,重新迅速地合上。付守宇看过夜晚的基地,但孤男寡女的坐在这里看,还是头一次。

两人静静地坐着,付守宇忍不住问:"你不会现在就要做你的课题吧?"

吴丽军说:"趁热打铁!"

付守宇问:"你想问点什么?"

吴丽军说:"问问你的感情经历!"

付守宇说:"这跟特战文化有关系吗?"

吴丽军说:"关系大着呢,要塑造有血有肉的特战队员形象,就要从特战队员的一举一动、一言一行入手。"

付守宇说:"我怎么觉得动机不纯呢?"

吴丽军说:"什么动机,图你钱了图你色了?"

付守宇一想也对,人家如花似玉一个大姑娘,要身份有身份,要相貌有相貌,图我什么呢?

付守宇谈过最长的一段恋爱是在入伍前,那时候每天都有大把的时间,多待一会儿少待一会儿都是无所谓的事,不像当兵后,一个话题刚要交流到高潮、碰撞出火花的时候,往往是快要到家的时候。手机上的时间数字变化得太快,像出租车上做了手脚的计价器,戳得人如坐针毡。所以,后来的恋爱都是一个路数,频繁地放人鸽子,要地方青年彻底明白穿军装的男朋友,只是一个来去匆匆的影子,每一句话都像是在逃避,每一个动作都像是在远离,把好好的人折磨得歇斯底里,失去那一丝丝残存的耐心。

最后一次分手，前女友说："当初看上你，觉得你穿这身军装特别帅，带出去特别酷，走在街上特别有安全感，后来我才知道，你根本不想穿军装上街，我挽着你的胳膊向同伴炫耀的机会几乎为零，那时你不知道我有多么失落；而且和你在一起后，你动不动就战备，动不动就执行一些我也不知道是什么的任务，我知道了什么是最美逆行，知道了什么是死神面前也是军人优先，谈什么安全感，我仅剩的那点安逸也被你破坏了，每当别人问我你男朋友呢？我都觍着脸举起手机给人家翻照片，你在我心里就是一张照片的价值，你和我的距离是天南海北的距离。"

给吴丽军说这些话的时候，付守宇面无表情，他不觉得这样的故事情节很悲催，也许是见怪不怪了，有种破罐子破摔的从容。可吴丽军听出了情绪，虽然她也是军人，但她的军旅生涯不是从当兵开始的，一穿军装就是女军官，在感情上尤其不知道什么叫求之不得，没有可不可以，只有愿不愿意，多少人嘴上抹蜜、大费周章。

吴丽军说："你是大龄士官了，组织上不给你提供便利吗？"

付守宇说："提供，组织上很关心我们这些大龄士官，只要是说请假去谈恋爱，准批！"

吴丽军说："那你还有什么不满足！"

付守宇说："你还是不了解基层，周末外出是按比例的，有名额数的，我们这些大龄士官出去了，肯定就会有一个战友出不去，一次两次可以，时间长了自己都不好意思了。"

吴丽军说："该享受的福利要享受啊！"

付守宇说："建立在别人痛苦上的福利不享受也罢，被占用名额的战友眼神都能杀死你！"

吴丽军说："那这样的宽松政策有什么用？"

付守宇说："差不多得了，别人也仁至义尽了，规定白纸黑字在那儿摆着呢！"

吴丽军说："这样的规定早晚都会改！"

付守宇说："我等着那一天，就怕改好了，我的年限也满了，不过前人栽树后人乘凉，古往今来都是这样吧。"

吴丽军说："你不光军事素质好，思想觉悟也挺过硬。"

付守宇说："等我忘记你是在采访我的时候，你就知道你错了，我有很多毛病，不过哪能让你写进材料里。"

吴丽军说："那才是我想要的内容。"

付守宇说:"舍不得孩子套不住狼,你要是想得到鲜活的第一手素材,就得与我同吃同住同劳动啊,搬我们宿舍,肯定满足你的愿望!"

吴丽军把舞台上的一招制敌动作用在付守宇身上,说道:"可把你美坏了!"

有团长的"口谕",加之确实要调研特战文化,而且跟付守宇聊得特别投机,接下来的几天,吴丽军只要一有空就往特战学院跑。张秀可说:"我看你被那个付守宇迷住了。大家可是都议论纷纷了啊!"

吴丽军说:"唉,生活要是像微博多好,不想听那些流言蜚语就关闭评论功能!"

张秀可说:"像微博就坏了,你关闭了功能,他们会开新号、专号来变本加厉地过分解读啊。"

吴丽军说:"反正随他们怎么说去吧,如果嚼别人舌头能给他们带来快感,我愿意做这个牺牲。"

张秀可说:"啧啧,这心理素质。"

付守宇这边倒没有吴丽军的烦恼,反而大家认为他走了桃花运,一个个的像打翻了醋坛子。尤其是教官:"你可以配合友军工作,别坏了特战队员的名气就行。"

付守宇借坡下驴:"我只有给特战队员长脸的义务,没有给特战队员抹黑的权利,您老放心,这事我肯定手拿把掐!"

教官说:"收敛!"

没等付守宇收敛,情况有变,两天了,吴丽军没有按时出现在付守宇面前,微信不回,电话不接,付守宇反倒不习惯了,出什么事了吗?调研文章马上就要收尾了,这个节骨眼上她怎么鸣金收兵了?这不符合吴丽军咋咋呼呼的性格。

晚饭后自由活动,付守宇忍不住逛到了话剧团门口。哨兵笔直地站在哨位上,付守宇想进去又不好意思直说,在门口晃悠来晃悠去,哨兵的眼神就随着他来来回回、来来回回。

付守宇终于忍不住,问哨兵:"你们这两天有下部队吗?"

哨兵说:"没有!"

付守宇问:"有演出任务吗?"

哨兵说:"没有!老兵你是不是要找人?"

付守宇说:"是!"

哨兵说:"直接进去,你在这儿晃得我眼晕。"

进了话剧团，经过排练厅、服装间、道具间，付守宇径直往女宿舍方向走去。别的部队一般情况下，男兵女兵住所之间肯定隔着指纹锁、铁栅栏，今天在这里，付守宇来去自由。

　　敲开吴丽军的门，付守宇吓了一大跳，这哪儿是一个女军人的房间，墙上挂着小提琴，鞋柜里密密麻麻各式各样的高跟鞋，书桌上横七竖八摞着一堆书籍材料，旁边放着一口高压锅，高压锅里是没吃完的排骨汤，看起来时间已经不短了，上面漂着一层凝固了的白花油，宿舍里放着两张高低床，一张没有住人，下层挂满了内衣内裤棉袄棉裤，上层是四五个拉杆箱，吴丽军住的那张更糟糕，没有豆腐块一样的被子，没有制式的枕头，全是家居味道极重的地方被褥。

　　付守宇心想，这样的房间，吴丽军还有勇气给我开门，也是醉了。吴丽军一看是付守宇，刚还萎靡不振，瞬间像打了鸡血，像迎接督察组一样，上满了发条，展开极速特攻，左裹右包，上塞下盖，床上的东西一眨眼就被收进了柜子，取而代之的是豆腐块和洁白的床单，看样子那被子叠好就没拆过，看动作知道吴丽军不止一次干过这事，相当娴熟，三五分钟，小屋就焕然一新。付守宇对她爆发出的惊人能量瞠目结舌。屋子是收拾好了，再看吴丽军，脚上穿着粉红色的棉拖鞋，穿着皱巴巴的睡衣，头发乱糟糟的，黑眼圈很重，一开始看见付守宇时眼睛一亮，但这会儿又暗淡了。这与前几天的吴丽军简直判若两人。

　　付守宇吃惊地问："这是怎么了？"

　　好说歹说，引导攻心了大半天，吴丽军终于开口说话了："我现在都不敢出门，有人在门口堵着我！"

　　付守宇不信邪地说："还有人敢在这里撒野，反了天了！"

　　吴丽军说："人家并没有撒野，人家只是在门外过上日子了，门口是公共区域，没有理由不让任何人待啊。"

　　付守宇说："他凭什么堵你？"

　　吴丽军说："我前男友刚从国外回来，求复合！这人是我爸战友的儿子，我爸同意了的，可是我不同意！"

　　付守宇说："都什么年代了，还没有恋爱自由？"

　　吴丽军说："我好话说尽，他就是不信我已经死心了，这可怎么办！"

　　付守宇说："亏你还是学戏剧出身，你不会演出戏啊！找个男演员跟你走一趟，就说你有新男朋友了，多简单的事！"

　　吴丽军说："我们话剧团有他的眼线，早调查清楚了，这戏演不了！"

　　吴丽军突然从床上弹起来了，直勾勾地盯着付守宇，把付守宇盯毛了，摸摸脸上是不是有饭粒。

吴丽军惊喜地抱住付守宇，生怕他跑了似的，喊道："现成的就在这儿啊！"

付守宇头摇得像拨浪鼓："不行不行，我主持个竞赛都秃噜嘴，别提演戏了！"

吴丽军说："说你行你就行，那些天白教你了？你们特战队员不是也有化装侦察的课目吗？今天就让你实战一把啊，别推辞了，就你了！"

付守宇为难地说："我是怕演砸了，影响你的人生幸福！"

吴丽军说："你的自信呢，你的优越感呢，现在我命令你，帮我完成这个光荣而艰巨的任务！"

付守宇说："又是这一套，我要是不演这出戏你是不是要找人处分我？"

吴丽军说："我怎么会处分你，我会找教官给你穿小鞋啊。"

付守宇说："演戏难道不用彩排吗？"

吴丽军说："你们打仗都要彩排吗？"

付守宇委屈地道："这能一样吗？"

吴丽军说："兵来将挡水来土掩，出什么招你就接着吧。"

没等付守宇说话，吴丽军把高低床上的帘子一拉，三下五除二换好了衣服，把两只拖鞋甩出两道优美的弧线，从床底下扒出制式皮鞋，黑色的系带往白皙的脚踝上一套，一切就绪，咔嗒咔嗒走到付守宇面前，挽着胳膊就往门口走。付守宇来不及消化刚才看到的一系列未解之谜，满脑子都在解构吴丽军连贯的战术动作。

吴丽军拍拍付守宇的肩膀说："一会儿看眼色行事。"

付守宇哼哈地应答着："我真没干过这个。"

吴丽军说："什么都要经历经历。你干的这是积德行善的好事。"

付守宇说："怎么觉得都不是很名正言顺。"

吴丽军说："英雄救美，怎么不名正言顺了！"

付守宇说："你要是让我跟那人打一架，我还不觉得这么忐忑，现在是编瞎话，我不擅长啊！"

吴丽军说："还啰唆！"

说着，他们已经走出了门口，远远就看见对面马路上停了一辆奔驰大G，大冷天车窗是降下的，里面坐着一个男人，戴着墨镜，梳着溜光水滑的大背头，身上穿着板板正正的风衣，露着雪白衬衫的领子和一根骚柔花领带，看样子在三十岁左右。那人正对着后视镜重复一个动作，双手张开缓缓划过耳朵上方，一下一下的，很有节奏。一看门口出来人了，赶忙把脑袋探了出来，看见吴丽军手上拖着一个穿迷彩服的人，下巴都快掉下来了，他把墨镜拉下来，使劲挤了挤眼睛，得以很好地聚焦。

吴丽军悄声道："你能不能再昂扬点，迈出你参加阅兵时的步伐！"

付守宇说："我努力！"

吴丽军说："手扶肚子，不是让你揪着衣服。"

付守宇说："不揪着不稳！"

吴丽军说："服从命令！"

付守宇说："是！"

来到车前，吴丽军说："你可真够闲的，还不打算回去吗？我爸那边我会做通工作，你不要拿个鸡毛当令箭！"

风衣男说："这事跟老爷子没半毛钱关系，我们是我们，我相信我们还能回到从前。"

吴丽军说："从前，你劈腿的事你也一定没忘吧！"

风衣男说："那时候年纪小，现在我知道了，所以我要用实际行动告诉你，我成长了！"

吴丽军说："晚了，我有对象了！我对象是特战队员，知趣的话应该知道怎么办了。"

付守宇很配合地挺了挺胸，眼睛通过鼻尖望向风衣男。

风衣男一会儿看看吴丽军，一会儿看看付守宇，考虑再三，豁然开朗，说道："丽军啊，三年了，你一点没变，还爱玩些小游戏。"

吴丽军说："我每天都忙着和男朋友搞调研、做业务交流，哪有那闲工夫跟你玩游戏！"

风衣男说："接着演，这几年表演功力显著提高！不就是想让我死心吗？你多动动脑子也应该懂得演员很重要，你随便从哪儿拉了这么个战士，战士又不好意思拒绝你。你要找起码也找个挂星的，眉清目秀的，演技再好一点，敢和你贴得更近些，表情动作更默契些的，这哥们儿哪点儿符合剧情！"

吴丽军一下子被按住了七寸，百口莫辩，急得满脸通红，一直掐付守宇的胳膊。

付守宇一边暗暗为风衣男的洞察力叫好，一边体会到不被重视的酸楚，人家通过清晰有力的论点论据成功地奚落了自己，还说不出什么来，功力相当到家了。

吴丽军恨铁不成钢地说："你就这么干站着，我让你来干吗来了？"

付守宇无可奈何地说："这位仁兄说得句句在理，不管是在常识上，还是深层次分析上,都无懈可击,我挺服气!"

吴丽军听到付守宇说出这么一句长别人志气、灭自己威风的话,肺都气炸了。

付守宇接着说:"可是,兄弟太想当然了,听说你刚从国外回来,这就不怪你了。我们在经历一场巨大的强军变革,这个变革不光是体制编制上的,还有精神上的、思想上的,有能力的人,正越来越吃香,越来越冲破固有思维的桎梏,你在外国接受的教育不符合中国的国情,更看不到中国军队内部的变化,我们也不会轻易让你看到,我觉得今天有必要让你领略领略当代中国军人的风采了!"

付守宇一番话,把车里沾沾自喜的风衣男说蒙了,连吴丽军也听得云里雾里,他这是哪儿学来的,台词里有吗?中国军人的风采在马路牙子上怎么展现?付守宇深情地看了一眼吴丽军,双手环过吴丽军的腰,慢慢把吴丽军扶正位置,和自己面对面,紧接着一口就找准了"靶心",有模有样、有滋有味地亲了一大口。吴丽军眼珠子都要瞪出来了,她万万没想到这个剧还有吻戏,而且是来不及反应的吻戏,而且吻着吻着自己竟然入戏了,两手搭上了付守宇的双肩,闭上了眼睛,吻得走心入脑。

风衣男见事已至此,心灰意冷地升起了车窗,一脚油门逃离了这个伤心之地,临走时还留下一句余音绕梁的话:"不带这么玩的!"

车开走了,吴丽军还没有从激情一吻里走出来,面色潮红,呼吸急促,马路中央车来车往,他们站在车流一侧达到忘我的境界。

付守宇头脑还保持了一丝清醒,硬从吴丽军的嫩唇上拔出嘴来,说道:"到位了,那人报废了,我可以撤退了!"

吴丽军一脸娇羞地说:"行啊,你总能出其不意,超常发挥!"

付守宇说:"我灵光一闪,谁也挡不住,他要是还不走我还有大招没放,一会儿就让我搞宣传的战友拎着相机、打着灯过来给我们拍婚纱照。"

吴丽军说:"怪不得我们团长想要你,你这属于厚积薄发,动不动就要剧情来个大反转。"

付守宇说:"这都小意思。"

吴丽军说:"我怎么感谢你呢?"

付守宇说:"免了免了,亲也亲了,还要什么自行车!"

吴丽军领略到蔫巴萝卜是可以辣死人的,不鸣则已一鸣惊人,在战场上勇往直前的人,在生活中也错不了。

吴丽军重新恢复了往日的生机活力,像放飞的小鸟一样叽叽喳喳。她开始有点佩服眼前这个其貌不扬的男人,一来是同一个总队的,二来付守宇还是特战队员里的精英,这些天她无数次亲眼看见付守宇在演训场上辗转腾挪、过关斩将,那沉着镇定又不失灵活敏捷的形象,让吴丽军很自然地想靠近付守宇。

好几次吴丽军都忍不住想喊出声来:"我喜欢你!"但是都随风飘散在空气里,一点力度也没有。

付守宇看见她却快乐不起来,他想邱晓娟了,邱晓娟现在过得好吗?也像吴丽军一样这么快乐吗?他想给邱晓娟打个电话,但是不知道该说什么。那就攻其侧翼,先找吴行健了解了解情况啊,这一了解就出大事了。

第九章　戏比天大

付守宇回到宿舍，打吴行健手机无人接听，打办公室有人接了，但不是吴行健，同办公室的罗参谋说他去参加订婚宴去了。

付守宇惊诧地问："不可能啊，这么大的事，竟然瞒着我？"

罗参谋说："我也是刚听说，还是榕城最好的大酒店，太场面了。"

付守宇问："你听谁说的。"

罗参谋说："后勤保障部的好哥们儿去找吴天将签文件，吴天将的通信员亲口说的。领导的行踪只有身边人才知道，我们哪里敢瞎传。"

付守宇还是不太信："通信员原话怎么说的？跟谁订婚？吴行健那么多女朋友，挑哪一个？"

罗参谋说："你问的问题太专业，我回答不了，我就知道女方好像是总队医院的院花。"

付守宇心里咯噔一下："这吴行健不是这么不讲究的人啊！"

他忍不了了，连忙给邱晓娟打电话，亲耳听听她说吴行健订婚的那个对象根本就不是她。

可惜电话依然没有打通，他不知道此时吴行健和邱晓娟正趴在门缝上见证邱铁稳和吴天将的历史性会晤，根本不敢发出任何动静。

付守宇此时的心情如坠冰窖，心理活动空前活跃，一会儿就想到了几十种可能，他又把电话打到了高护士长那里，高护士长再次印证了罗参谋的话，高护士长说："郎才女貌，我忍不住都要叫好了，天造地设的一对，这也是我们科室的荣誉，有了这层关系，以后吴部长来科室检查，哪还敢说半个不字！"高护士长都笑出了声，但是付守宇的心在滴血，他想现在就揪着吴行健的衣服领子好好质问一番："我把邱晓娟托付给你，你倒好，一点也不客气，直接无证就上岗了，连实习期都没过！吴行健啊吴行健，千算万算也没算到你还是一颗定时炸弹。"

越是打不通电话，越是肝火升级，付守宇就一遍一遍地打，他准备好了有生以来最恶毒的语言对吴行健进行人身攻击，终于吴行健接电话，会晤结束，皆大欢喜的时候吴行健才发现已经静音的电话也被打得滚烫。

付守宇以为今天晚上吴行健都不会接自己电话了，畏罪不接，可是突然接起来，刚才策划好的语言竟然一下子卡壳了，付守宇思来想去还是化繁就简，单刀直入："是不是喝上了订婚酒？"

吴行健还不知道付守宇在另一头备受煎熬，如一头丧家之犬，笑嘻嘻地说："对啊对啊，太刺激了！"

付守宇咬牙切齿地问："小娟是不是也很高兴？"

吴行健更抑制不住内心的喜悦说："那还用说，几十年的心事一朝解决，看到双方老人高兴，别提我们多开心了！"

付守宇感觉头晕目眩，强忍巨大悲痛说道："兄弟你这招玩得漂亮！"

吴行健不明白话里有话，说道："都跟你一样傻乎乎的，还怎么解决历史遗留问题。"

付守宇说："你还有理了！"

吴行健说："那你看，哥们儿就是有这个能力，哥们儿就是帅！"两人的话都在打擦边球，但是谁也没听出来话语中本来的意思，中国话太微妙，一百个人能琢磨出一百种意思，甚至更多，吴行健说话和平常没什么区别，可是今天时机不一样，就大相径庭了。

付守宇把手机都快攥碎了，道："虽然我和邱晓娟并没有什么实质性的关系，甚至连普通朋友也算不上，但是临走的时候是怎么跟你说的，你好歹应该征求一下我的意见，你要是真喜欢你拿去，我还祝福你，当了这么多年兵，不知道什么叫请示汇报吗？不知道什么是请销假吗？"

付守宇的突然爆发，把吴行健惊着了，他才知道付守宇这是误会了。

吴行健连忙说："你看你还急眼了，小孩没娘，说来话长，这故事我得专门腾出半天工夫来跟你解释！"

付守宇说："现在还有解释的必要吗？全榕城都知道你俩订婚了！你继续，早生贵子！"

付守宇啪嚓把电话挂了，想想不解气，把手机以投掷手榴弹的姿势，狠狠地扔了出去，扔出去不久，付守宇觉得别人的错误，不能牺牲自己的手机，又火速跑到草丛里翻找半天，手机找到了，但是已经四分五裂，付守宇认为目前这个手机的样子就如同他和吴行健的感情，再也修不好了，修好了也是个破玩意儿了，此时他能听到内心被撕裂的声音。

而吴行健和邱晓娟也意识到了问题的严重性，连忙回拨电话，而付守宇的电话再也打不通了。

吴行健说："信息社会害了我们！"

邱晓娟说："都赖你！"

吴行健说："我太了解他了，有仇必报，只要恨上了，这疙瘩很难解开。"

邱晓娟说："不行，必须想办法跟他解释清楚。"

吴行健说："现在电话也打不通了，要么等他接电话，要么等他回来面谈。"

邱晓娟说："不行我跑一趟。"

吴行健灵机一动说："我终于知道说谎容易，圆谎难。不过还用不着那么费事，我妹妹就在军事文化学院，离特战学院不远！让她去游说游说！"

邱晓娟说："你妹妹不是咱们总队文工团的吗？"

吴行健说："她的理想是演戏，所以找关系借调到了话剧团，只是临时借调，现在干部正式调动冻结，迟早还是要回来的。那个暂且不提，如今哥哥有难处了，是时候她出场了。"

邱晓娟担忧地道："试试吧。不过我们确实没有对不起付守宇，因为我当初也根本没答应他什么。"

吴行健说："问题也出在这里，如果当初你态度不是这么模棱两可，就没有现在这档子事了。"

邱晓娟说："你这是怪上我了？"

两人正你一言我一语分析着，邱铁稳和吴天将从包厢里乐呵呵地走出来。

吴天将拍着吴行健肩膀说："小子，从小到大你做什么事我都没给过你太大的空间，今天你和娟子这事我一百个同意，谁说也不好使，今天是家长见面，改天我定个日子，拿出我们的诚意，把这人生大事尽快定下来！"

邱晓娟说："不……"

邱铁稳把邱晓娟的手放在吴行健的手里，满面红光地说："我和你爸的意思一样，这就是缘分，把娟子交给你我放心。你一定要把握好！"

说完，俩老头相互搭着肩唱着《打靶归来》走了，留下两个年轻人面面相觑。

邱晓娟着急地说:"这可如何是好?"

吴行健说:"走一步看一步吧。"

邱晓娟说:"先过付守宇那一关吧。"

吴行健掏出手机拨吴丽军的电话。

邱晓娟很担忧:"要不别麻烦你妹妹了,顺其自然吧,总有真相大白的一天。"

吴行健说:"你没见刚才那两个老顽固斩钉截铁的样子?怕是这事没那么简单了。"

邱晓娟说:"一个谎真的要一百个谎来圆。"

电话打通了,吴行健说:"哥现在有事相求!"

吴丽军说:"稀客稀客,说什么求不求的我是你亲妹妹,有我办不了的事吗!"

吴丽军这话说得没错,在榕城,吴丽军的名号比吴行健要响,在地方上的人脉比吴行健要雄厚得多,当初文工团允许商演的时候,吴丽军根本就没在团里待过几天,每天都在参加各大机关、企事业单位、地方财团的团拜会、年会、庆功会、发布会,有大场面的地方都能看到吴丽军的身影,人美嘴甜,能说能演能唱,再加上军装以及老爸背景的衬托,吴丽军堪称榕城名媛,终日游走在上层社会,硬盘里存着几个T与各行各业有头有脸人物的合影,车被扣了、过关遇阻了、柜台窗口队伍太长了,不管遇到什么难处,电话簿里都能翻出一两个别人眼中的"相关人员""相关部门",这些神秘的东西在吴丽军这里化为现实,实实在在地好用。

吴丽军在榕城编织的关系网已经十分成熟,情商之高,识人用人的本事之巧妙,较之父亲吴天将有过之而无不及,所以别说付守宇了,吴行健也难以望其项背。不管吴丽军靠的是姿色还是背景、才华,或者三者兼而有之,总的说来吴丽军在社交圈是成功的,年龄身份只是她如鱼得水的一个元素,更多的还是与生俱来的社交天赋,这可能来自吴天将的基因。吴行健自叹不如,不过他不羡慕妹妹如此突出的能力,他觉得父亲、妹妹这样的人活得挺累,吴行健亲眼见证父亲走上领导岗位后,身体状态每况愈下,失眠是家常便饭,中药西药没断过,他不止一次想劝爸爸,差不多退了得了,不缺吃不缺穿,比来比去不满足,到头来折磨的是自己。

像父女俩一样的人大有人在,每天大把的时间用来琢磨,不光琢磨事,还琢磨人,上班对于这些人来说难度不亚于一场战役,每天固守着自己的阵地,刀光剑影,斧钺钩叉,关上门就研究阵营、阵法、策略、语言,怎么才能杀人于无形,还立下大牌坊，没有不可以琢磨的，有的经不起琢磨，有的琢磨不透，但是在他们身上，事情和人都要经过那道心理滤镜，都要过头脑中的X光机，"违禁"项目都得现出原形，都入不了法眼，挑棵白菜都能用上厚黑学。吴行健还不知道吴丽军早已经和付守宇打得火热，如果知道了，打死他也不相信吴丽军会对付守宇这样的在人际关系上比榆木疙瘩强不了多少的人有好感，因为这人就是一个明镜，绝对不符合吴丽军的审美，深不可测的男人在她那儿都经不起推敲，付守宇肯定撑不过一个回合。但是故事往往有三番四抖，吴丽军这位老船长偏偏厌倦了远航，退出江湖，吃起了小鱼小虾。

吴行健早就知道妹妹的厉害。协胜外贸集团年终盛典，文工团被请去演出，吴丽军演员兼主持，出色表现让集团老总的二公子垂涎三尺，这二公子也不差，澳大利亚留学归来，中场休息的时候眼睛冒着绿光到后台找吴丽军搭讪，正演出着呢，吴丽军哪有心思和这厮纠缠，有一句没一句地敷衍着。

二公子说："别装了，榕城，二线靠后，能有多出色的演员，节目演不演的呗，我时间宝贵，一会儿还要飞南京，让B角上吧，我这就跟你们领队打个招呼！"

二公子这么说，才引起吴丽军的注意："看你一表人才，说话却不过脑子！"

二公子儒雅地说："看来你真不了解我！"

吴丽军说："用不着！"

二公子强调："不用假清高，榕城没有几家入流的文化产业，至今没有一部代表作，曲艺界同样乏善可陈，几乎没有拿得出手的标杆性人物，全国大大小小的文化金奖一年有一百多个，很不幸我们几乎全军覆没，一个个唯利是图、落草为寇、偏安一隅，还装模作样、沾沾自喜、互捧互吹，榕城两千多年的历史，老百姓的归属感呢？精神坐标呢？什么时候能像城市地标如雨后春笋一样纷纷露出尖、冒出头？我看猴年马月吧，一个个人五人六的，蓄起胡子、头发，穿上奇装异服，自绝于人民，就敢称是艺术家了？要不要脸？给点钱就干，不给钱没戏，一出出节目和弘扬榕城文化有半毛钱关系吗？我们一个大集团，为什么能请你们来，而且你们屁颠屁颠地来了，你心里没数吗？"

吴丽军十分欣赏二公子的话，一边点头一边说："我只是一个演员，而且是体制内演员，首先是服从命令，其次才是苦修专业。大的文化背景我没有发言权，但是我知道自己在努力，很多和我一样的年轻演员都在努力，向着更好的方向、更高的目标在拼搏奋斗。假清高？真不是，作为一个知名企业家后代如果真有心，完全有能力为榕城的文艺复兴添砖加瓦，完全有条件做一些力所能及的事情，本来你侃侃而谈，语言深刻，我还对你寄予厚望，而你自从坐在我面前这副嘴脸开始就让我认清了形势，你先是忧国忧民一番我们的文化现状，极尽嘲讽针砭、大言不惭之能事，然后不是振臂一呼、拍案而起、义无反顾地投身到发现问题解决问题的事业中去，而是来后台泡女演员，坐在这儿和一个素不相识的、在这个行业并没有什么影响力的小人物插科打诨，什么居心？说烂，你倒是提出解决方案、宝贵的意见建议啊，为什么还要在这个你眼中迫切需要提高但是目前不值一提、不堪一击的行业伤口上撒盐，给它抹黑，让它更烂，烂透气、烂进骨头里。以前你是怎么泡妞的我不知道，现在小姐姐告诉你，哪儿凉快哪儿待着去。马上该我上场了，不送！"

二公子听得虚汗直冒，故作镇定，含沙射影地说："跟你探讨文艺复兴，你搞人身攻击，虽然我在国外多年，刚回来不久，但老话讲得真没错，物以类聚人以群分，臭味相投沆瀣一气，这就是下九流，以前我不信，今日后台见您，果然名不虚传！"

吴丽军装作没听见。二公子悻悻地往门口走，还不忘啐了一口痰，跟小跟班嘟囔道："这样的货色，我一宿临幸三四个，今天脑子抽了，跑这儿来浪费口水。"

戏比天大，为了不影响演出，吴丽军虽然气得翻白眼，仍然忍了，没有声张，从这里就能看出吴丽军有脑子、有度量，并不是一戳一蹦跶的主，暂时忍了，并不代表不会秋后算账，演出结束后，吴丽军给吴行健打电话，说道："哥，你到协胜酒店来一趟，我准备打个架！"

吴行健正在家对着"秘籍"，研究特战手语，不耐烦地说："我的好妹妹，别逗哥了，手无缚鸡之力，你还是安静地做个女神吧！"

吴丽军说："今晚女神调休一天，我要爆发女神经的小宇宙。"

吴行健意识到情况不妙，马上规劝道："好好地去演出，发的哪门子邪火？谁惹你了？"

吴丽军说："就那货的段位还惹不到我，我只是觉得有必要替女性同胞教育教育他！"

吴行健说："那你可掂量好了，该被教育的人多了，你忙得过来吗？"

吴丽军说："太远的我管不着，跟我撞个满怀，我就要替天行道！"

吴行健说："你可别给爸爸添乱了，这几天正是提拔晋升的节骨眼！"

吴丽军说："爸爸知道了，比我要激动得多，再说了提拔晋升是为了什么？难道不是为了为民做主，为民申冤吗？"

吴行健说："什么时候这么偏激了？"

吴丽军说："爱来不来吧，我一个人也不见得就能吃亏！"

后来，吴行健急匆匆冲进协胜酒店，刚推开门就亲眼见证，演出结束的答谢晚宴上，妹妹大庭广众之下，尤其是当着协胜集团老总的面，把满满一杯红酒，一滴不剩地倒在正拿着麦克风准备致辞的二公子如丝般顺滑的头发里，让涓涓红流顺着标准三七分的沟壑肆意流遍全身，这还不算完，富二代很斯文，没有动手，起身破口大骂："臭婊子！"

吴丽军没惯着他，啌又是一嘴巴子，声音之响亮，透过麦克风传到质量过硬的立体声全环绕音响里，余音绕梁，嗡嗡不止、啸叫连连。

二公子嘴角的疼痛传到心窝窝里，他万万没想到，这个柔若无骨的女子，身体里竟然积蕴着如此巨大的能量。女人是玩物，从青春期开始树立的价值体系，在二公子心里轰然坍塌，他来不及恼羞成怒，只有错愕惊诧，刚还骄傲自满的眼神变为暗淡，似在反思人生。

就在所有人惊奇不已，尤其坐在二公子身边的老总父亲脸上青一块紫一块，下不来台的当口，盛气凌人的吴丽军风格突变，眼泪扑簌扑簌地掉下来，对着老头放声大哭，一边哭一边没忘了细数二公子的罪状，从他擅闯后台到诋毁文艺圈，从他言行轻浮到作风放浪，然后话锋一转，说道："老总，您可要替我做主啊！"然后，原地向后转，也不管傻站着的吴行健，身形矫健地、自顾自地向电梯跑去。

吴行健追出来说道："解气吗？"

刚还哭哭啼啼的吴丽军，笑逐颜开地说："根本没生气，我就是想让他们知道知道，看不起这个看不起那个，病很重，可以治，药很贵。"

吴行健说："何必呢？怎么收场？以后还怎么在这个圈子混！"

吴丽军意味深长地看着哥哥说："不必担忧，你没看出来，现场看似其乐融融、一片祥和，但是商界无朋友，不知道有多少人已经在心里默默为我鼓掌喝彩了，对手的对手才是合作伙伴啊，这协胜作茧自缚，名声本来就不好，我这是惩恶扬善、大快人心的好事，我失去一个协胜，得到一片森林。况且也不一定失去，他们理亏，没准还得来向我道歉呢。"

吴行健说："还道歉，人家不伺机坏你就不错了！"

吴丽军说："你们搞军事的不懂民间。"

果不其然，第二天协胜老总携二公子登门拜访，吴行健羞得连书房都没敢出，吴丽军就不一样，跟没事人一样，谈笑风生、悠然自得。

二公子低眉顺目地说："咱们年纪相仿，你却给我上了一课，让我明白很多道理，有时候一味遵循老经验老做法是会吃大亏的。"

吴丽军穿着睡衣，光着脚，盘着腿，用牙签不停地往嘴里送着苹果，一扎一送之间，与昨天舞台上光彩照人、舞台下咄咄逼人的形象相去甚远。吴丽军正嚼着水果，发现爷俩表情不对，连忙解释道："见笑了，但这才是和谐相处的态度嘛，我要是在家里一身正装，正襟危坐，我不舒服，你们更紧张啊。"

老总敬佩地说道："犬子说的年纪相仿我认同，但这为人处世的能力，可真是千差万别，闺女若是不嫌弃，收了我这孩子吧！"

吴丽军一惊，没嚼完的苹果差点喷出来，连忙说道："什么……什么意思？"

老总说："请求你，没事多教教这孩子，刚从国外回来，不知道天高地厚，多坐过几次飞机，就感觉自己懂地球了，其实连榕城还没弄明白。"

吴丽军把身子埋在靠背里，脑袋左右舒缓了一下，说道："不不不，贵公子很懂榕城，而且特别了解文艺圈，对一些行业也了如指掌，分析是头头是道，让我很是惊喜，怎么能说不懂榕城呢？"

二公子脸色唰一下红了，红得像吴天将家满屋子的红木家具，色调很是统一。老总尴尬地上卫生间了，二公子往吴丽军身边挪了挪说："我哪懂什么行业内幕，主要我上一个女朋友拍过两部既不叫好也不卖座的电影，认识了几个既出不了名也不上道的导演，每天酒足饭饱就爱听他们吹牛逼，学会了回来就冲我显摆，耳濡目染我也就会了。"

吴丽军说："好事，环境好，熏陶得好！"

二公子再凑近一点说："昨天和你不打不相识，着实令人记忆深刻，回去后念念不忘，满脑子都是你，这可怎么办啊。"

吴丽军看看二公子，看看卫生间的门，大眼睛忽闪忽闪地说："趁你老爹没来之前，夹上你的小包，利利索索给我滚蛋，我怕再次引起他老人家的不适。"

二公子听完，强行敲开卫生间的门，拉着老爸，一溜烟跑了。

妹妹一般需要哥哥的保护，女孩子都会因为有一个好哥哥感到幸运不已，然而在吴家，却是另一个画风，从小到大，在哥哥与妹妹的数次对垒中，吴行健从来没有占到过半点便宜，倒是有不少次偷鸡不成蚀把米的经历，吴行健早知道妹妹不是省油的灯，从这件事上更加剧了内心的想法。所以今天碰到难处了，靠正常程序解决不了，他硬着头皮又想到了妹妹。

电话里，吴丽军对吴行健说："你打电话来，不是又要我帮你去游说已经心死了的、绝望了的、乱七八糟原因不理你了的准嫂子吧？"

吴行健说："这事更复杂一些。有一个叫付守宇的，你可能并不认识。"

吴丽军惊讶地说："巧了，我还真认识！"

吴行健说:"这个圈子并不大,稍微有点名气就跑不了,认识也不奇怪。"

吴丽军说:"不光认识,这个人可不一般,我有点喜欢这个人。"

吴行健不明就里,淡定地说:"喜欢也正常,小女孩都有点英雄情结,看见出类拔萃的有好感不奇怪。"

吴丽军说:"这些天是我人生中比较暗淡的时光,原单位何去何从不知道,作为一个借调人员,在这个话剧团里没有归属感,排练演出又苦又累,干得再多也不知道出路在哪里,为兵服务再无私,也得安顿好自己不是,能不能调进总部话剧团也没个准信,别折腾来折腾去,竹篮打水一场空,爸给我介绍的对象,五次三番来骚扰我,所有倒霉事、堵心事一块袭来,这里不比榕城,繁华的表象中处处是心酸,举目无亲,太难了!"

吴行健说:"先表示慰问,其实有个疑问,你说的这些和付守宇有什么关系?"

吴丽军说:"别着急啊,正要提这个人呢,这个人帮了我很大的忙,这些日子要是没有他,我觉得我就要撑不下去了。"

吴丽军说完,明显听到电话那头吴行健喘起了大粗气。吴行健语无伦次地道:"谁跟你待时间长了,心脏都要出毛病,我是不是听错了,幻觉了,你再说一遍,你喜欢谁?"

吴丽军脱口而出:"付守宇啊。"

吴行健压抑着内心的波澜说:"别闹了,你会喜欢付守宇?这人我太了解了,除了敢打敢拼,一无是处,脾气又臭又硬,样子又矬又丑,脑子又傻又笨,条件又穷又苦,你能看上他哪一点,你拿枪指着我我也答不出来。"

吴丽军说:"打住,你了解人家还是嫉妒人家,给贬低得一文不值,反正我觉得付守宇不错!"

只听电话那头爆发出一声变了调的怒吼:"不可能!"

吴丽军感觉到一股杀气从手机信号里冒出来,听筒音量超越最大分贝,刺啦刺啦的,像遇到障碍的电锯发出的轰鸣。

吴丽军说:"你瞎激动什么!"

吴行健急忙换个角度说:"但付守宇不会喜欢你,一来有一个重要的任务等着他去完成,这个任务关乎生死;二来他已经有心上人了,而且这个人现在就站在我身边。今天求你办的事就跟他俩有关。"吴行健使出了撒手锏。

但吴丽军不是轻易妥协的人,她问道:"心上人?到什么地步了,很好的话干吗不直接联系,要通过我?"

吴行健无言以对，好像吴丽军有一副顺风耳，知道了故事的开头，就洞悉了结尾。

吴行健锲而不舍，继续试图说服妹妹："所有人都同意了，爸爸那一关你也过不了！"

吴丽军说："那就笑话了，付守宇是总队典型，是特战队伍里的尖子，这样的兵算不算好兵？"

吴行健勉强从牙缝里挤出一个字："算！"

吴丽军满意地说："作为领导干部，自己手底下有这么一个好兵，光不光荣，高不高兴！"

吴行健感觉进了吴丽军的思想包围圈，不得不在她的步步紧逼中丧失自我："光荣倒是光荣。"

吴丽军趁热打铁道："还有什么问题吗？"

吴行健说："你生在这个家庭那一天起，就注定没有那么自由，你了解爸爸吗？"

吴丽军说："我了解不了解，都相信一个当了一辈子兵的人不会排斥一个优秀的好兵。"

吴行健绝望地挂了电话，靠在墙上，双手箍住头发。

邱晓娟问道："聊什么呢，这么惊天动地，我们的事怎么没听你提起？"

吴行健万念俱灰地说："现在提我们的事已经没什么必要了。我妹妹把自己都搭上了，付守宇这小子还有脸跟我急，一刀扎在我心窝里，还有脸跟我急！"

吴行健咬牙切齿，这一刻所有的愧疚都化成了愤恨，还谈什么战友情战友爱。付守宇天天表现出来的"不追求、不刻意"的精神状态，此刻在吴行健看来就是个天大的笑话，付守宇看上去蔫巴，实则深不可测，远在外地还惦记着邱晓娟，这期间也没忘记发展了自己的妹妹，这局布得好，这心思要得妙，坑了我，还让我觉得愧疚，披着羊皮的狼！

吴行健把前因后果、来龙去脉，再经过他巧舌如簧的嘴添油加醋，直接在邱晓娟面前把付守宇损成了西门大官人再世。吴行健太了解付守宇了，知道什么形象符合付守宇的一贯表现，连付守宇几点准时打呼噜、磨牙都知道，所以此刻他见缝插针强加于付守宇身上的不堪也显得毫无违和感。邱晓娟被惊着了，电影里的故事情节，竟然真真切切，毫无思想准备地发生在自己身上，搁谁也很不好消化。

此刻最蒙在鼓里的还是付守宇，悲愤还是懊恼，思来想去，付守宇觉得这只是战士千篇一律的感情故事中的冰山一角。在爱情里他们这样的人从来都是被动的，经历太多次的被分手，曾经对爱情的无限憧憬，都化作模糊的泡影，现在想起来都不太真实了，好像那也是身边战友的故事，讲起来痛彻心扉，时光流逝也是过眼云烟。

吴丽军给付守宇打电话，想告诉他吴行健的态度和自己的决心，电话不通，付守宇的电话能打通比打不通的概率要小得多。通不了话、见不了面就会引起无限遐想，吴丽军一晚上都没睡好觉，在无限遐想。想付守宇这样一个特战精英，训练场上每一个实战动作中随便单拎出一个都很酷炫；想他话虽不多，但句句都在点上；想他这样一个扛造的人，一定是压不垮、打不倒的人，这样的人才有担当。吴丽军想这是一个变革的时代，斗转星移、千变万化，谁也不知道下一秒会发生什么，但是总有一种人，不管置身何处，都不浮躁，付守宇就是这样的人，她不相信二公子那样只会打游戏、玩女人，而且受了女人的气扭头去找老爹的青年，能在时代的洪流里澎湃出什么浪花，或许二公子不缺眼界，架到一定的高度也能扑腾几下，谁还没个自己的活法。但鹰击长空和逼到份上，散发的哪能是同一种魅力，还是付守宇好，就喜欢这样接地气的，沾染着泥土芬芳的，安全可靠。

吴丽军知足，越想越对路子，笑着睡的。梦里她穿着婚纱，和一身戎装的付守宇坐上了特战学院的高压水炮车，水柱喷出来几十米远，后头浩浩荡荡跟着一百多辆防暴运兵车、装甲车、指挥通信车、野战宣传车，轮毂上统一涂着喜气洋洋的红色油漆……

都不知啥时候了，吴丽军打了个激灵，从梦中醒来，睁开眼睛，发现原来是张秀可正坐在她的床边，边摇身体，边拿一只强光手电照她的眼睛。吴丽军气不打一处来，翻个身喊道："就不能让人好好睡个觉吗？"

张秀可着急地说："几点了你知道吗？"

吴丽军忽地坐起来，感觉梦中的场景历历在目，像真的一样，她看了一下闹钟："完了完了，今天联排！"

张秀可说："团长要爆炸了，你还在这儿睡得直吧唧嘴。"

吴丽军火急火燎地穿衣服，同时感到很失落，那么逼真的场景却是梦境。

吴丽军往排练厅跑的时候还在想，付守宇在干吗，这事万一真的能梦想成真呢？不行，排练完一定要去找他，说不定我们的想法不谋而合呢。男大当婚女大当嫁，这样的想法一点也不丢人。

到了排练厅，团长咆哮，吴丽军却抿着嘴笑。

吴丽军不知道为什么止不住笑，她认为，很快就能寻找到答案。终于熬到了收操，吴丽军妆都没卸，就冲出了军事文化学院的大门，往特战学院的大门跑去。

第十章　锦上添花

付守宇可没有梦境中那么好命,今天练了一上午的空手夺白刃,眼前到处是寒光闪闪的刀尖。休息的时候,付守宇坐在训练馆更衣室的一角,从口袋里掏出那部摔得稀碎的手机,对着它发呆。

教官从卫生间出来路过更衣室门口,看见付守宇有心事,慢慢地走过来,也往墙角一靠,和付守宇并排坐着。

教官问:"有心事?"

付守宇看看他没说话,继续盯着地板上的烂手机。

教官声音低沉,自顾自地说:"现在手机开放使用了,这里面存着寄托,长着希望,积蓄着感情,现在你把手机摔了,肯定是碰到难处了。"

教官拍拍付守宇的肩膀,站起身来走出更衣室,轻轻地掩上门。突然紧急集合哨猝然响起,划破长空,听节奏,是要求全副武装,教官掉头往兵器室跑,付守宇从更衣室冲出来,不一会儿工夫就追上了教官,刚还空荡荡的集训队营区,瞬间人声鼎沸、车水马龙,特战队员们从四面八方拥出来,有的来自卫生间,边跑边扎腰带,有的从汽车底下钻出来,脸上全是油污,还有的正在啃苹果,刚咬了一口,剩下的苹果隔着十几米准确命中垃圾筐。

十分钟不到,二十名特战队员已经在作战指挥中心集结完毕,指挥中心内信号干扰器发出嗡嗡声,大屏幕上是目标人物的头像和简介。

特战学院院长明确任务:"黑谷组织煽动位于中国西北B城的残余势力进行暴恐活动,五六十人组成的敢死队利用自制土炮、土枪、燃烧弹,袭击了B城公安局,绑架了一名人质后,将他的头割下来放在肚子上,并拍摄了整个过程的视频,在网上迅速传播，国外敌对势力趁机大肆渲染报道，在国际上造成极其恶劣的影响。B城武警官兵立即展开行动，对敌人进行有效打击，当场击毙二十余人，其余三十多人向深山逃窜，目前占据有利地形，负隅顽抗，和围剿官兵已经激战三天三夜，由于恐怖分子藏身的山洞内部地形复杂，纵横交错，而且他们的武器弹药也很充足，兄弟部队官兵装备有限无法有效勘察地形，为避免死伤，没有贸然进攻，和敌人打起了阵地战，水冲、喷火、放烟、炮轰都试过了，但是这个山洞四通八达，这些策略无济于事，不能再等了，晚打掉一小时，我们的处突能力就要多受一份质疑。兄弟部队为我们铺平了进山的道路，吹响了前进的号角，我们要做的是杀进去，片甲不留。"

教官低声问道："可是为什么动用特战骨干集训队，而不是雪豹、猎鹰或者天剑，虎踞西北的天鹰没意见？"

院长说："新兵早晚会成为老兵，新人总要堪当重任，谁还没有个第一次，在座的这些人，迈出特战学院不管走向哪一个精英团队都会是骨干。"

教官说："对他们这么有信心？万一……可是会影响政治前途的。"

院长说："正是太多人有太多这样的顾虑，所以很多的特战精英实战的机会被无条件剥夺，大事小情，都要最精锐的、最出名的出任务，生怕出了问题担责任，这是对其他特战队员不公平。你的兵你了解，我现在就要一句话，行不行，不行我马上换队伍，在特战学院临阵换人没什么难度。"

教官说："坚决完成任务。"

院长说："慎之又慎！"

特战骨干集训接近尾声了，每年集训队都要研究新的结业考核，用于检验特战队员的训练成果。今年情况有变，眼看着结业在眼前，恰巧出大事。导调组正在抓耳挠腮准备全新的考核方案，没想到现成的任务临时出现，那还准备什么，直接让早就跃跃欲试的队员们粉墨登场吧。

任务部署完毕，付守宇走出作战会议室，发现吴丽军擦着脂抹着粉站在指挥大楼前方硕大的圆形柱子后面，翘首张望，看见付守宇出来，眼睛里放出光彩，又见付守宇这身行头，这个架势，感觉不妙。

付守宇问道："正课时间你怎么来了？"

吴丽军说："去哪儿？去干什么？"

付守宇沉默。

吴丽军说："什么时候回来？"

付守宇沉默。

吴丽军说:"我等着你的好消息。"

付守宇说:"走了!"

吴丽军说:"保重!"

付守宇站定,双脚靠拢,右手划过眉梢,敬礼,然后越走越远。

其实这时候付守宇是感动的,只是不敢感动,他逃避着,一直都把吴丽军往半个老乡和战友的关系上靠,但是在这个分别的时候,感情放大了,他这时候很想停下来和吴丽军说几句话,刚才向后转敬礼的时候,他甚至想跑两步过去紧紧抱住她,告诉她,你很漂亮!可是他没有,半步也不行。

付守宇和战友们乘坐电梯到达指挥中心停机坪,陆续钻进机舱,分坐两排,此刻除了直升机的震颤和发动机的轰鸣,没有网络信号、不使用对讲机,也没有人说话。三架武装直升机拔地而起,向着云层持续爬升,透过窗户,付守宇俯瞰特战学院,房屋车辆变成了火柴盒,穿梭的人群像排队搬家的蚂蚁,而最不一样的,让付守宇顿时瞪大了眼睛,他看到指挥中心大楼楼顶站着一只披着红外衣的"蚂蚁",在土黄和灰白之间格外显眼,这只"蚂蚁"向着飞机的方向仰望,她挥舞着双臂。付守宇拔下手上的防割手套,使劲抹了两下玻璃,想看得更清楚,可是赶不上飞机爬升的速度,那只"蚂蚁",变成了小红点,付守宇看见黄土奔腾,听见大地呼啸,但再看不见那束耀眼的色彩,他嗅到了士气浩荡,感受到了铁马秋风,但唯独炽热的温度随着飞机穿越棉絮般的云层,凝固成指尖冰冷的扳机,幻化成即将到来的烈火硝烟。

教官说:"神兵天降,神兵在降下来之前都在想什么我很感兴趣。"

付守宇不疾不徐地说:"我在想,对于这种类型的歼灭战,历史上有哪些经典的战例,在特种作战国际资料库中我找到过类似的记载,对于已经元气大伤的敌人来说,最好的办法并不是长驱直入,瓮中捉鳖从来都是明智之举,我们只需要把住洞口,困他个三五天,准保饿得头晕眼花,哭爹喊娘……"

教官说:"本来我跟你想的一样,但是后来我有点琢磨明白了,再经典的战例也是过去时,我们要有新意,不然要我们干什么。"

边疆之美,苍凉雄浑,一把草、一捧土似乎都散发着历史气韵,大沟大壑里隐藏着荡气回肠的故事。放下小情调,收起小清新,干战士应该干的事,付守宇拉下面罩,打开单兵电子系统,一举一动,一呼一吸开始和指挥中心以及战友贯通。

付守宇挂好8字环,率先索降。

队伍划分为几组,每组操控一台履带突击机器人,在荒草萋萋的野地里,呈S形行进，在距离洞口一两百米的地方找好掩体。

没有丝毫迟疑，对准洞口发射了密集的爆震弹、催泪弹，趁着黄土飞腾，硝烟未散，机器人先锋端着装满弹鼓的95班用机枪率先进入洞口，朝着热能的方向点射。付守宇戴好猪嘴防毒面具，带领第一突击小组紧随其后。隐藏在深处拐角的恐怖分子竟然拿出了火箭筒，可是他们的一举一动都逃不过侦察机器人实时传输的电子图像，付守宇一枪命中弹头，炮弹原地爆炸，洞顶摇摇欲坠。突然发现这些星际穿越而来的超级战士，洞内恐怖分子已在精神崩溃的边缘，纷纷将枪口对准了他们，只听见子弹打在混合钢板上发出清脆的叮叮声。枪火照亮了机器人的面目，恐怖分子一个个开了眼，也慌了神。队员们相互之间，与突击机器人之间，配合默契，坐卧倚靠架，闪转腾挪移，自动步枪、狙击步枪在他们手里就像好车遇上了好司机，发挥出了最佳功效，让恐怖分子连招架的能力都没有。有的还没看清楚对手在哪里，子弹就已经爆了头。有的想强行突围，狙击手怎么可能丢掉一只老鼠苍蝇，露出一只胳膊，就打掉胳膊，露出脚趾就打掉脚趾，露哪儿打哪儿指哪儿打哪儿。很快战斗结束，飞机飞了大半天，而到这里结束战斗只用了不到八分钟。

最后清点遗体，教官发现少了一个："警戒！里面还有人！"

付守宇说："炸没了一个很正常！"

教官说："那也不能炸得骨头渣都不剩。"

付守宇说："热成像！"

机器人再次进入洞穴，侦察半天无功而返，但却不停地发出爆炸预警，显示这个洞穴里还有大量炸药。

教官说："估计还有一个人控制着TNT炸药，要是搜到他，他就引爆！这个人到底藏在哪儿呢？热成像都找不到？"

付守宇和教官对视了一眼道："地道！"

付守宇说："这里挖地道，肯定跑不出去，方圆几公里都是武警。"

教官说："地道如果做好伪装，可以躲过我们的眼睛，也可以躲过热成像。"

付守宇说："接着搜！"

教官说："不能大张旗鼓地进去，刚才打了他们个措手不及，恐怖分子还没下定决心引爆炸弹，现在再进去，他已经没有退路，很可能鱼死网破、同归于尽，进去就是送死。"

付守宇说："不能再等了，剩一个没有打掉也不算完成任务，我去捅这个马蜂窝。"

教官说："让我和基地指挥所商量一下。"

付守宇说："时间不等人。"

教官说："排爆我在行。"

付守宇说："现在不是排爆的问题，是能不能找到的问题，我是侦察比武第一！"

教官说："现在不进去冒这个险，基指也说不出什么来！"

付守宇说："那不是我们特战队员的精神内核，不是所有事按规程办就可以的吧。"

教官看着付守宇没有说话，从口袋里摸索出一包烟，递给付守宇一根，自己点上一根，猛吸了两口，那根烟就只剩下了半截。

B城的风犀利如刀、迅猛如电，将烟灰吹散。教官的脸笼罩在烟雾里，烟熏得他眯缝起了眼睛，刚才冲锋，一脸尘土一脸灰，摘下凯夫拉头盔，头发上也是白花花的一片，几根稍长的头发，在寒风里释放着萧瑟的沧桑。

付守宇不等烟雾散去，大声命令副手道："生命探测仪！"

副手看看付守宇，看看教官。付守宇声音提高几个八度喊道："生命探测仪！"

副手转身往直升机停靠点跑去。付守宇面对众人说道："都退到警戒线后五十米以外。"

这时候战友们没有一个人做出动作，狙击手、排爆手、突击手、弓弩手，都盯着教官。

教官依旧沉默，烟都烧到了过滤嘴。

付守宇太阳穴的青筋鼓胀起来，一字一顿地说："退后！"

驻地武警开始先行撤退，特战队员们一步三回头地往后移动。

教官踩灭烟蒂道："你还有时间考虑，现在随队伍后撤还来得及！"

付守宇说："有我没他！你也退后！"

教官嘴唇抖了抖，倒退着往回走。

付守宇左手持生命探测仪，右手持枪，朝队伍看了一眼。

荒草群山，风起云涌，战友们头盔捧在胸前，并排站成一列，付守宇看不到他们的表情，但是可以看到他们随时准备冲锋的姿势。付守宇留了一个后背给战友，夕阳打在他并不峻伟的身躯上，投射出长长的影子，和远处连绵的群山一样，安静沉默地注视着一切。教官嘴唇已被风干，翘起的死皮映衬着满脸的沟壑。看着付守宇越来越小的身影，他鼻子一酸。

付守宇戴上头盔，拉下眼镜，打开枪灯，他清晰地感觉到鼻腔里呼出一阵一阵的热气。缓缓地再次进入洞口，生命探测仪发出有规律的嘀嘀声。付守宇像个粉刷匠，细心涂抹着每一寸墙体和地面，眼前的土壤不是钢筋水泥，红砖白墙，而每一方似乎都是炸点，随时都有可能喷涌而起，像火山喷发岩浆，海啸翻腾巨浪。

上百双眼睛焦急地注视着洞口，他们都希望付守宇赶在爆炸前一跃而出。

洞内，生命探测仪突然发出短促有力的报警声。付守宇立即警觉起来，迅速端枪，再往前走了大概十米，发现墙角有一块土质与其他部位有些许差异，他用脚杵了杵，是松软的，是洞中洞。付守宇拨开土层，惊喜地发现一块塑料布罩在最上面，掀开塑料布底下是一根根排列整齐的胡杨木，抽掉木条，一人多宽的小洞口赫然出现在眼前，洞口并没有很深，还可以照射到底部，付守宇一跃而下，触及底部后一个滚翻趴在地上，枪灯照射横向面，一个野人般的恐怖分子手里高举引爆器，正瑟瑟发抖。

付守宇细细打量这个人，身上穿着皮衣皮裤，腰里系着一条帆布缝制的子弹袋，脚蹬一双高腰牛皮靴，靴子已看不清本来面目。他浑身是土，头发杂草般蓬乱，恐惧的眼睛里释放着求生信号。

付守宇喊："我是中国人民武装警察部队特种作战部队，你已没有退路，缴械投降！"

恐怖分子用蹩脚的普通话回应："我这里全是钱，美元、欧元，你想要多少都可以拿走。"

付守宇没有说话，眼睛死死盯着他手里的起爆器和与按钮零距离的大拇指。一分、两分、三分……十分钟，两人的目光对峙、交织、碰撞、百转千回，都像深海中的利剑、绝境的风云。长久的沉寂后，只听一声清脆的枪响，恐怖分子右手中弹，他一边惨叫，一边快步去抓掉落在地的引爆器，嘭又是一枪，打在地上尘土飞扬，恐怖分子再次碰到了引爆器，马上就能按下按钮，又是一枪，打在了他的左手上，血肉飞溅，当场昏厥。

洞外听到枪声，纷纷紧张起来，教官却没有刚才那么蹙眉了。他盯着表，时间虽才过去五分钟，但像过去了半个世纪。他抬起头的时候，发现洞口终于有人影闪烁。

"出来了，出来了！"

只见恐怖分子低着头跪在前面，付守宇站在后面一样一样地卸掉身上的铠甲。气温零下，摘下头盔，他头发已经湿透了，冒着腾腾热气。

"还有意外惊喜，还抓了个活的！"教官道。

大家争先恐后地往洞口跑，像发现猎物的豹子，在空旷的大地上释放着炸裂的荷尔蒙。教官一把抱住快要虚脱的付守宇说："我知道你没事，听枪声就是你开的枪，每个枪手都有脾气，每支枪都有自己的性格，那么犟的声音，不是你是谁！"

教官摇晃着付守宇，付守宇好像脱水了，教官喊道："水水水，拿水！"

排爆手气喘吁吁地跑过来向教官报告："里面有上百斤炸药，要是炸了，这个山头都削平了！"

付守宇一屁股坐在草地上，感觉所有的专注都用完了，点着的烟都忘了抬起手来往嘴里送，直到烧到了手。

狙击手姓王，外号王狙击，他边替付守宇整理装具边说："你这什么表情，这么漂亮的仗好像不是你打的！"

过了十几分钟，付守宇拍拍屁股站起来，一瘸一拐地向直升机走去。他想回家。

但是现在还不能走，驻地哨所的战士穿山越岭，坐车徒步，费尽周折终于把饭送到了现场，付守宇这才意识到除了出发时在直升机上吃了几块压缩饼干，一整天了还粒米未进。一个瘦小的列兵硬往他手里塞了两份饭菜，说道："班长，您多吃点！"

看看小战士，看看手里已经不热乎的盒饭，付守宇知道，离这儿最近的哨所也有一百公里以上的路程，支队每半个月来送一次给养。付守宇打开饭盒，看到满满的菜，这一顿应该是把哨所半个月的蔬菜都用上了。

列兵见付守宇不动筷子，脸上皴裂的皮肤收紧了，道："这里没有路，车开不进来，我们就抬着这些饭走过来，天太冷，怕饭凉了，我们就脱下大衣盖在筐子上，但是效果不大，还是凉了，对不起啊。"

付守宇转头果然看见未分发完的饭盒上还盖着几件只掀起一角的迷彩大衣。

付守宇眼圈一热，拆开筷子，大口大口地往嘴里扒拉，边吃边朝战友们喊："一点也不能浪费！"

列兵穿着单薄的冬迷彩，在冷风里搓着手，但脸上堆满了笑容。好像付守宇每吃一口，都吃进了他的肚子。

付守宇说："抓紧穿上大衣。"

列兵嘿嘿一笑说："习惯了，我们这儿一年有八个月都刮着大风。抗冻！"

列兵跺着脚，转着圈，并没有离开的意思。

付守宇道："有事直说！"

列兵不好意思地道："我就想捡一些不一样的弹壳，这里只有03式，还没有见过你们那些枪的弹壳是什么样子。但是现在警戒线还没有解除，进不去。"

付守宇把胳膊搭上列兵的肩膀，带着他进入警戒区说道："随便捡，多的是。"

列兵感激地看了付守宇一眼，像发现了宝藏一样，看着满地的子弹壳，眼睛里放着光芒。

教官催了，要走了，付守宇向列兵道别："好好干！有机会再见！"

列兵狠狠地点了点头。

付守宇知道也许这个机会很渺茫，如果不是执行任务，谁也不会单独来这样一个地方，这里不适宜居住，黄沙遮住云天，大雪覆住来路，没有景点，没有草木，连手机信号也没有，旅游的人不会来，连打猎的人也不会来。

在返程的直升机上，付守宇的脑子里一直闪现的，是那个捡子弹壳的列兵单纯的脸。

此一役，付守宇勇敢转身、孤身奋战的影像，被全程摄录了下来，收入了特战学院战例库，成为实战影像教材，被其他学员顶礼膜拜。吴丽军是资料室的常客，很快在特战学院看到了这份机密级以下的作战资料。当熟悉的身影出现在弥漫的硝烟里，吴丽军一边看一边抽噎。

吴丽军找到付守宇问："回来了为什么不给我打招呼？是不是我哥跟你说什么了？"

付守宇问："你哥？"

吴丽军说："吴行健，那天打电话就对我们说三道四！"

付守宇惊得瞠目结舌："吴行健是你哥，亲哥？我知道吴行健有个妹妹，哪承想是你。"付守宇身子往后靠了靠，距离拉得更远，他感觉和吴丽军之间的这道鸿沟愈来愈宽阔，他很想逾越它，这如果是一个训练课目，他一定穷尽所能去挑战，去征服，然而这和他所擅长的东西相去甚远。这时候，他感觉思维也迟钝了，手脚也笨拙了。

付守宇说："特战集训快要结束了，我该回榕城了，你自己要保重。"

吴丽军问道："要逃避？这就是我眼中无惧无畏的付守宇？他们是他们，我们是我们，别在意！要走，我跟你一起走！"

付守宇说："别开玩笑了！你的理想只有首都可以实现，回去后，你们单位在不在还另说。"

吴丽军说："勇敢地面对，我都不担心你担心什么。不过你也别得意，我回去也不光是为了你。我在这儿虽然有舞台，但也失去了很多，榕城是我的家，早晚是要回去的。"

付守宇说："我劝你……"

吴丽军芊芊玉手一下按住了付守宇的嘴："你啰唆的样子一点也不可爱！"

回到话剧团，吴丽军径直敲开团长的门。

吴丽军说："我申请归队。"

团长说："你再说一遍？"

吴丽军说："我是来跟您告别的。"

团长说："你要走？"

吴丽军说："感谢团长几年来对我的栽培，让我长了见识，学了本事，你对我的好我铭记在心，如果不是个人原因，我真愿意继续陪伴您走下去，这一路风雨兼程，凤兴夜寐，我太荣幸能有这样的机会，文艺工作者里没有多少人这么幸运，但……"

团长打断吴丽军的话，皱着眉头问："什么意思？你这是给我下最后通牒了？"

吴丽军说："辜负了您，我心里也很难受。"

团长说："这些虚头巴脑的话，你跟别人说去，我不爱听。你可要考虑清楚了，想走就走，想来可就没机会了，有背景、有关系，现在这个筹码可得掂量着用。你要弄明白你的梦想是什么，过了这个村可就没有这个店儿了。咱们这里一个萝卜一个坑，现在想挤都挤不进来，你看看门外那些和你一样借调的人员，哪一个不想马上调进来，而你却因为一个狗屁付守宇选择向后转。你有天分，有思想，形象又好，本来对你期望最大，现在倒好！"

吴丽军说："不是狗屁，是很重要。"

团长问："比你的理想还重要？"

吴丽军点点头。

团长说："我也掌握一点情况，那小子是挺优秀，可有那么大的魔力？你把宝都押在他身上？"

吴丽军说："这不是赌注，也不存在输赢。我只觉得将来演不好戏活该我吃不了这碗饭，要和喜欢的人擦肩而过，我会后悔。"

团长说："我一直教导你的戏比天大！"

吴丽军说："没有人，何来戏？"

团长指着吴丽军的鼻子说："这么想，你真没戏了！"

第十章 锦上添花

吴丽军瞒着付守宇做好了跟他回榕城的准备，付守宇一无所知。

表彰大会上，付守宇被授予勇士勋章，站在台上，向人群敬礼的时候，他抚摸着勋章，看到吴丽军在礼堂入口处笑靥如花，起劲地鼓掌。他冲着她的方向敬礼，迟迟没有放下。

付守宇看着吴丽军说："要感激的人太多，我甚至要感谢军事文化学院的战友给我们精神上的滋养，感激执行任务时戈壁滩上的那位给我们送饭的列兵兄弟。这枚勋章不仅戴在我身上，还生长在我心中，它不仅是一种认可，还沾染着我的血泪，饱含着我的青春年华和逝去的爱情、无法兼顾的亲情，十几年来我就是为之挣扎，为之牺牲，以后我还会一如既往地做一名特战队员应该做的事，带着它去实现作为特战队员的最高价值，不知道还能走多远、走多久，有时候也会累，有时候也会思考坚持的意义，但是不管怎样，看见它就能打起精神、鼓足力量、充满勇气。"

飞往榕城国际机场的航班很快就要起飞了，候机厅里，教官把一部崭新的手机塞在付守宇手中。教官说，好小子，别嫌弃手机差，再差那也是我精挑细选的，这手机保准你扔出去什么样，捡回来什么样，专门为你这么粗鲁的人设计的。付守宇把手机揣进背囊里，和教官紧紧拥抱。

付守宇把背囊塞进行李架，坐在靠窗的位置上，看着窗外的飞机起起降降，托运货物的车辆来来往往，将一次性耳机插入座位上的插孔。飞机起飞了，空姐推着小车来送餐点和饮料，空姐问付守宇："您喝点什么？"付守宇正要摘下耳机作答。

旁边一位女士说："他要橄榄汁！"

这声音很熟悉，付守宇发现这人戴着鸭舌帽，围着厚围巾，一副夸张的蛤蟆镜遮住大半个脸庞。

女士摘下眼镜，付守宇才看清，是吴丽军。

吴丽军娇笑着说："这么巧？"

付守宇错愕地冲吴丽军摇摇头："一点都不巧，你还是来了。"

吴丽军说："说过跟你一起走，一定会做到。"

吴丽军把手放在付守宇的手上，付守宇想往回收，发现吴丽军握得紧。吴丽军的手很温润，而付守宇的手满是冻疮和老茧，一只像砂纸，一只像流苏。两个人保持一个姿势坐着，付守宇心跳加速，血液回流，吴丽军脸上自然，心里却像江河奔腾不息,她早已看穿付守宇的懦弱因何而起。这已是一张薄如蝉翼的窗户纸,就等着付守宇轻触指尖,但是他不肯做出任何动作,他内心太脆弱,所以防线太牢固。

飞机准点降落榕城机场,付守宇背着自己的背囊,替吴丽军推着她的大包小包,吴丽军挽着付守宇的胳膊,走向出口。

远远地,付守宇就看见吴行健和邱晓娟在向里张望。他立刻准备转弯冲进旁边的卫生间,被吴丽军死死地拽住。

付守宇生气地问道:"他们怎么知道的?"

吴丽军说:"我特意通知他们来接。顺便给你介绍一下我的准嫂子。"

付守宇说:"不用介绍了,老相识。"

吴丽军说:"抬头挺胸走路,旁若无人大笑,纯爷们、真汉子,拿出你的气魄来。"

付守宇只剩下尴尬和底气不足的气愤,哪里还有什么气魄,说:"我还是坐机场大巴吧,这场面我真受不了。"吴丽军掐着他的胳膊,表情很用力。眼看着两个最熟悉的陌生人近在眼前,付守宇无处可逃。

吴行健咬牙切齿地对邱晓娟说:"你看他俩卿卿我我的样子,这是我认识的付守宇吗?"

邱晓娟说:"男人才是善变的动物。"

吴行健说:"我要不拆散他俩,对不起老吴家列祖列宗。"

邱晓娟说:"不要乱来,我们有对不起他的地方。"

说话间,付守宇、吴丽军已经来到出口处。吴行健像没事人一样,挨个拥抱两人,一把抢过付守宇手上的推车,满脸堆笑地说:"不仅把妹妹盼回来了,兄弟也回来了。"

付守宇看看邱晓娟,四目短暂相接。邱晓娟的眼睛大,占据脸部较大的面积,很吃亏,藏不住东西。

车一路疾驰,后座上吴丽军和邱晓娟聊得不亦乐乎,两个同一所军校出来的师姐妹,以前相互间就有所耳闻,今日头一次接触,竟然没有任何隔阂。这映衬出吴行健和付守宇之间掩饰不了的火药味。

第十一章 人心叵测

吴丽军一进门，父亲吴天将摔了桌上的二十几件东西，茶杯、茶海、公道杯纷纷成了碎渣子。

吴天将怒吼道："你还有脸回来，我给你介绍的海归，你给损得体无完肤，我给你好的平台，你跟付守宇玩私奔？你这代价未免太大了！你好好想想吧，想不明白再也不要来见我！"

吴天将劈头盖脸一顿臭骂，把吴丽军彻底打入冰窖。在路上她还想着父亲一定会支持她决定，如果不支持也会提出意见供她参考，但没想到态度这么强硬，丝毫没有商量的余地，已经一年多没有见面了，见面就是大发雷霆，吴丽军感到前所未有的失望。东西也没取，哭着跑了出去。吴行健想去追，被吴天将叫住："随她去，我看她能挺到什么时候！没有我，她什么都不是。"

吴丽军打车去了文工团，远远就听见文工团院内锣鼓喧天。往营区走，看见主楼正中央挂着巨大的条幅：服从改革大局，听从强军召唤。

知道文工团要撤，但不知道实施得这么快。前几天吴丽军还和团里的好战友通电话，都说还没有消息，今天就要分流了？

吴丽军心里想着，脚下加快了频率。四辆运兵车停在营区内，文工团五六十号人整齐列队，总队政治工作部王主任正在做动员。

王主任说："同志们，我也舍不得你们，在反恐维稳的惊涛骇浪当中，在国之利器的英姿勃发当中，在演训场上的火热氛围当中，都留下你们与广大官兵同频共振的身影，你们走上舞台能歌唱，走上战场能打仗，在一次次急难险重的演出任务中留下了飒爽英姿,在树立武警官兵形象的道路上砥砺前行,你们是新时代的文艺战士,当个别人将这支队伍推上风口浪尖,当网络洪水对你们口诛笔伐,你们没有怨恨,没有退缩,没有叫苦连天,而是打起背包,背上干粮,一次次走上执勤一线,靠近基层官兵,外行人不知道,我都看在眼里,我多想跟上级再好好反映反映,哪怕改头换面,没了番号,给我们一个排练场地也行,但是一切为时已晚,军师级文工团撤销的命令已然下达,谁都不能更改,这是改革需要,这是大势所趋。"

王主任看了看站在队伍一侧和战友们一样哭成泪人的吴丽军,喊道:"入列!"

所有人都扭头看吴丽军。

王主任继续道:"不过不要气馁,文工团的历史就是撤撤改改、走走留留的历史,有军队的地方就需要强军文艺,有军人的地方文艺兵的阵地就不会丢失,一定不要扔掉你们的专业,不管被分流到了什么岗位上,你们的剧本、歌谱、吉他、手风琴、萨克斯、快板,时不常地要拿出来见见光,舞蹈动作,一招一式,时不常地要亮出身段,从文工团出去的不丢人,我们有特长、有才艺,走到哪儿都光彩照人,说不定哪一天你们的旗帜会重新猎猎飘扬,你们的歌声会再次震彻云霄。聚是一团火,散是满天星,一路好走!"

"走"字还回荡在营区上空,参谋部的警务参谋就开始宣布哪些人上哪辆车。没有人上车,一个个泪眼滂沱。警务参谋下达口令:"登车!"官兵们没有响应,而是相互拥抱,久久不撒手。警务参谋摇摇头,坐进了开道车里。

曾经朝夕相处的战友,男兵们有的被分配到看守中队站岗,有的被分配到勤务中队打杂,还有的直接分到了机动中队,那是全训单位,对于天天操持琴棋书画的文艺兵来说应该是最不理想的去处。而女兵只有到通信站,从台前到了幕后,从镁光灯下到一遍遍死记硬背那些没有生机的信号短码,坐在格子间里,和报道中渲染的穿越电磁迷雾的听风者相去甚远,和一枪毙敌的火凤凰的英姿不可同日而语,革命工作分工不同,每个人都是铆在机器上的零部件,话虽没错,但是对于舞台上曾经风光无限、掌声不断的她们来说,不管分到哪儿,都不如舞台耀眼夺目。

东风运兵车飞驰而去,留下刺鼻的尾气,吴丽军向走远的战友挥手,车子看不见了,她还怔怔地站在冷风里,眼前的人来回穿梭,忙活着搬运行李和装备器械,不时有人让她让一让,别挡住了去路,她在人群中好像一个无家可归的孩子。不自觉地走进了营房,熟悉的舞蹈排练厅里,已经物是人非,满墙的镜子已经不见了踪影,墙边的压腿杆已经被拆掉,战士们正往里面搬陈列架,看来这里要被当成器材室了。

一位战士问道："干事，还有落下什么东西吗？"

吴丽军擦了一把眼泪，感慨地说："落下太多，但是取不走了。"

战士发现这位干事人长得清清楚楚，脑子可能不好，说话云山雾罩，绕着走了。

"小吴，回来得正是时候，有什么打算，有没有征求一下吴部长的意见？"主任站在吴丽军的身后问道。

吴丽军稳定了一下情绪答道："服从命令！"

王主任和蔼地说："我看着你长大的，别跟我客气，想去哪个部门，尽快给我回个话，我好综合考量。"

吴丽军说："真不麻烦主任了，组织上怎么定，我听从安排。"

王主任说："你不麻烦我，才是最麻烦的事，老吴该有意见了，赶快回去跟他商量商量，我等你回信儿。不然啊，我可要亲自找吴部长汇报工作咯。"

告别了主任，吴丽军再次环顾了一下营区，营区里的榕树枝繁叶茂，覆盖住很大一片天空，树枝上叽叽喳喳的小鸟，欢快地唱着歌，没有悲伤，没有遗憾，而树下硕大的文化景观石上"文艺轻骑兵"的大字，也已经被"榕城卫士"所代替。铁打的营盘流水的兵，镌刻在石头上的东西也能被修改，还有什么改变不了呢。

吴丽军想给付守宇打一个电话，告诉他自己现在的处境，和他分享一下稀碎的心情，很应景，还是无人接听。她想去看看昔日的好友，但已经一两年没有回来，曾经如胶似漆的好朋友，也鲜有联络，除了几次有人托吴天将办事，拜托吴丽军引见的套路电话，真正说说心里话的电话几乎没有。

吴丽军真的感受到了孤独，人来人往，却没有知心人，房屋千万座，却没有一个归处，而此时她还不知道，四面楚歌的人岂止她一个，她没有归处，只是暂时的，只要回到家，看到吴天将，天堑还是会变通途，而付守宇就不一样了，他辛辛苦苦累积的摩天大厦，只要倾倒，就是一穷二白，一切都得从头再来。

付守宇兴冲冲地进了特战大队长的办公室报到。他以为和以往一样，大队长肯定会笑嘻嘻地从文件柜顶部摸出一把小钥匙，神神秘秘地打开办公桌里侧最底层的抽屉，掀开武警部队十佳"四会"教练员的证书，取出一个曲奇饼干的铁盒子，装作骑虎难下的样子，在众多好烟当中，取出一包最舍不得抽的，一边瞅着付守宇，一边揪着包装纸，小心翼翼地取出一两支，然后再一个步骤一个步骤地重新放回去，给付守宇扔一支，自己点上一支，开始描绘自己对于特种作战的最新蓝图，和付守宇分享近期的带兵心得，并好好鼓舞付守宇一番，表达自己对于付守宇殷切的期望，最后再搭着付守宇的肩膀，把他送出去好远。

付守宇进了房间，敬了礼喊道："特战分队分队长付守宇报到！"

大队长正黑着脸在房间里转圈，听到这一声吆喝，立刻停下来，快步走到付守宇跟前，从上到下、从下到上端详了好几遍。

付守宇问："李华纲的事情有进展了吧，我回来就是受领任务的，请指示吧。"

大队长没有停止端详，付守宇弱弱地道："大队长，没给您丢脸，拿了勇士勋章，受到了通报表彰。您应该看到函了吧？"

大队长像受到了启发，转身走到办公桌前打开了抽屉，但不是里侧最下面的抽屉，而是外侧最上面的抽屉，付守宇早就摸清楚了，这个抽屉里装的都是亟须办理的事项。大队长拆开档案袋，从里面抽出一张盖着公章的红头文件，往桌子上一拍，指着纸张道："哪还敢给你指示！我看到函了！就是这个，想必你没看到，你好好给我看看，别漏一个字。"

付守宇心想，函是表彰函，我没做什么亏心事，但大队长这表情有点和事件不配套。付守宇笑着说："大队长，别闹，又给我玩这招剧情反转的把戏。"

说着理直气壮地走过去，发现纸张上赫然印着一行大字：关于付守宇调离特种作战大队的通知。

付守宇呆若木鸡。

大队长说："实名举报电话打到了参谋长手机上，你跟吴丽军的事，世人皆知！"

付守宇顿时明白了，跳进黄河也洗不清了，自己苦心经营、以命相搏的勇士荣誉，竟然比不上一个举报电话来得实在。

付守宇说："谁举报的，你把他找来，我和他当面对质！"

大队长冷哼一声说："人家没必要跟你正面接触，直接毙你于无形，这才叫举报！还对质，对质个锤子！"

付守宇道："大队长，这么多年了你还不相信我？"

大队长说："我相信有什么用，铁板钉钉了。你说谁不好撩，你撩部长闺女，你再这么干下去，我这个大队长都要陪着你玩完。"

付守宇说："审批程序什么时候变得这么快了？把我发配的事三两下就定下来了？"

大队长说："你还有心情给我耍贫嘴，赶快想想有什么补救措施吧，我是保不了你了，低三下四替你去求情，差点把我搭进去。"

付守宇说:"我不给你添麻烦,以前不,现在也不会。我知道该怎么做!"

大队长说:"现在抓紧马上去找吴部长负荆请罪,坚决和吴丽军划清界限,可能还来得及!"

付守宇说:"'四人帮'已经被粉碎很多年了,'文革'已经离我们很远了!"

大队长激动地说:"现在是玩情怀的时候吗?先撇清关系好不好,先保住自己好不好!"

付守宇说:"本来没什么,却要登门谢罪,我干不了这样的事!这和你平常灌输给我的特战精神相悖!"

大队长憋得脸发紫说:"我给你道歉,我以前说的都是错的!"

付守宇说:"行为准则已经印在脑子里了。"

大队长抓起桌上的文件夹、书本,有什么抓什么往付守宇脸上砸,付守宇连躲也不躲。

大队长用对讲机呼叫突击队,突击队很快就鱼贯而入。大队长说:"把这个人给我关禁闭室,我不想再看见他!"

突击队员面面相觑,没有一个人做动作。大队长说:"我再说一遍,把他给我关禁闭室!"

突击队员甲说:"大队长,这……"

突击队员乙说:"他要是想跑,早跑了!"

突击队员丙说:"至于吗?"

大队长说:"你们的突击分队长已经被就地革职,现在突击分队属于大队部直属管理,我命令你们把他拿下!"

突击队员们纷纷看着大队长,看着眼前这个脸红脖子粗的人上蹿下跳。

付守宇伸出双手对着兄弟们说,带走吧!

以前付守宇无数次向兄弟们下达这样的口令,今天用在了自己身上。

还是没有人动作,大队长挥舞着双臂说:"你们再不行动,我现在就吹紧急集合哨!"

付守宇看着兄弟们,从突击队员甲的军用器材袋里取出绳子,开始一圈圈地往自己手上缠,用嘴咬着使劲打了一个死结,然后往禁闭室走去。

禁闭室就在离大队部不远的地方,付守宇铿锵有力的足音在走廊里久久回荡。

大队长铁青着脸一屁股坐在椅子上胸脯一起一伏,突击队员们回过头来看大队长,大队长指着他们的鼻子骂:"犟驴!生活不是你们想的那样,不是硬着头皮往前冲,要给自己找台阶,要给自己留后路!"

付守宇往床上一躺,眼睛直勾勾地盯着禁闭室的天花板。他本来筹划得很好,要把在首都学到的东西毫无保留地教给分队队员,要加入专项任务组和李华纲继续做斗争,要在年底的魔鬼周大练兵活动中带领队员们突破极限,再一次刷新上季度所破的纪录,要把这几个月积攒的工资寄给父母,在县城买套房子的目标就又近了一步。可惜现在都成了泡影。

付守宇想着想着睡着了,他梦到了邱晓娟和吴丽军,梦到了吴行健和吴天将,梦到了李华纲和叶根壮。很快抱上了小娃娃,小娃娃头上戴着小号的大檐帽,眉清目秀、机灵可爱。小娃娃长大了上最好的幼儿园,上最好的小学,然后顺理成章上最好的中学、军校,成为根正苗红的军四代;梦里吴天将退休了,颐养天年,遛狗、养花,和老太太在公园跳交谊舞,边跳边和老太太讲当年遇到的奇葩事和奇葩人,说有一个叫付守宇的小子,半路杀出的程咬金,打乱了自己的计划,幸好自己英明神武,早早识破了他的诡计,让他悬崖勒马,才挽救女儿于水火之中,现在女儿和海归结了婚,生了小孩,上了最好的幼儿园,最好的中学,将来还要上特战学院,把他培养成出色的军四代。付守宇很好,我都想给他介绍对象。说着吴天将问老太太,有没有好的抓紧推荐推荐,也别亏待了人家孩子。梦里李华纲和叶根壮的轮船依然行驶在碧波荡漾的画面,依然把一批批的男男女女送到红毛丹岛,岛上的同胞,男的修路架桥、造枪修炮、吸毒制毒,女的莺歌燕舞、放浪形骸,个个骨瘦如柴,神情绝望,如行尸走肉,他们冲付守宇放声大笑,笑他近在咫尺却无动于衷,笑他挥舞着武警部队旗,却出声不出力,笑他胸前的勇士勋章只是个符号,他们把能抓到的臭鱼烂虾、王八壳子朝付守宇扔来,付守宇想起汽车站排队买票出言相讥的女士,想到特战大队门口不远处烧烤摊小青年的不屑一顾,想到B城站岗放哨的列兵,面对神圣的特战队员羡慕的眼神,想到乌山北麓炸裂的AK47和取人首级的猎人机关,想到了索马里,想到了海地,他想得头痛欲裂,想得天昏地暗。嘭嘭嘭,连续的敲击玻璃的声音把他从半梦半醒中惊醒,他摸了一把枕头,枕头都湿透了,他往窗外看,看见一张熟悉的脸,是吴丽军。吴丽军穿着呢子大衣,在窗外冻得嘴唇发白。

付守宇打开窗户,吴丽军隔着铁栅栏、跷着脚,露出卷檐帽和一双乌黑的大眼睛,她往窗户里面塞着牛奶面包和各类零食,边塞边流眼泪。

吴丽军哭花了淡妆说:"没有我,你还是领导眼里的好兵,战士心目中的好班长。不应该是这样的结局,梁山伯和祝英台只是神话故事,我们冲破不了世俗的藩篱，我们应该活成别人所期望的那样！"

付守宇从裤兜里掏出一张皱巴巴的纸巾，隔着窗户，颤抖着伸出一只手，替吴丽军擦了擦泪眼，浸湿的纸巾掉在地上，付守宇勇敢地抚摸了她的脸。付守宇低声说："你说得也不全对！"

吴丽军破涕为笑，眼睛笑成了弯弯的月亮，吴丽军说道："我也觉得！"

付守宇说："我没事，就这样也挺好！"

吴丽军说："好什么好，听说他们要把你调离榕城，分到全区最偏远的虎头山隧道桥守卫中队的单独执勤点，整个哨所就几个人，那里除了山就是树，连个村子都没有，我想见你一面犹如登天。"

付守宇说："好！好地方，远离浮躁，闭关修炼的世外桃源。"付守宇知道那个单独执勤点，那是个人人谈之色变的地方，连军犬待久了也会跳崖而死，谁要是被分到了那里，临走前都会哭好几宿。付守宇想想都刺激，到了那里别说空有一身本事无处施展，就连张口说话都会显得很奢侈。

吴丽军说："无论如何你也要留在榕城，你等着我的好消息。"

付守宇说："别费劲了！"

付守宇的意思是请示件已经签字了，哪怕是签错了，也基本别想改。材料像把草，废话可不少，只要画上圈，命令如山倒。

但不知道吴丽军有没有听见，她就消失在夜幕里。吴丽军刚走，远处有声音传来，似乎还是一队人马，付守宇以为是查哨的大队长或者教导员发现了这边有情况，付守宇拉上窗帘，坐在床上，正担心着，声音由远及近，又渐行渐远，等到万籁俱寂，他拉开窗帘发现窗台上摆了一排东西，吃的、喝的、抽的，夜已深，军人服务社早关门了，一看就是临时凑的，肯定是突击分队的队员。付守宇心头一热，觉得这些年没有白混，大冷天的他们没有睡，还惦记着他这个被革职的分队长。

吴丽军的红色汽车，两年没开了，但依然动能良好，灵活地钻进地下车库，刺耳的紧急刹车声在车库里久久飘荡，敏捷地下车，锁上车门，吴丽军站在原地看着这辆车，哑然失笑，连这车也是海归送她的生日礼物。她带着一阵风向地面走去，因为早上回文工团"遗址"，还穿着冬常服，量身打造的军装让吴丽军的好身材更加展露无遗，低跟的尉官皮鞋敲击地板，发出急促的咔嗒咔嗒声，像极了她此刻的心情。从毕业开始就倾注心血的文工团被裁撤了，等于是没了半个家，意味着只要穿着军装，只要还在榕城，自己的专业从今天开始就成了特长；历经千难万险、跋山涉水，终于在人潮人海中发现了喜欢的人，正要抽点小空花前月下，却发现不但不能在一起，还要眼睁睁地看着他遭受不公，即将被发配到那个很远的地方，具体远到什么程度，虽不比新疆、西藏，但吴丽军算过了，去到那里开车要六小时，还到不了，因为公路断了，坐轮渡要两小时，还到不了，因为水路断了，翻过七八个山头，还到不了，因为山路也没有了，步行还要走一会儿，就差手脚并用、连滚带爬了，运气好的话，能在太阳落山之前看到一座孤零零的山坡，那儿有一个炮楼般的小岗楼，尽管涂着迷彩油漆，但也像空降在群山峻岭间的一个外星设施，而通往这个奇怪建筑还需要再咬咬牙，爬上陡峭的五百多级台阶，运气好的话，能在濒临晕厥昏死的紧要关头，在呼呼的风声里听到有人打招呼，或者在一、二、一地替你喊着加油。付守宇如果去到那里，吴丽军真的叫天天不应、叫地地不灵了，一天之内，带丢不丢的，丢了专业、丢了爱，也在父亲和哥哥面前丢了人，越想越不甘，越想越不服。

吴丽军站在武警公寓的楼下，看着屋子里亮着灯，拉着帘子的窗户上有人影来回晃动，看头型应该是父亲。不仅吴丽军对这个头型深有感触，一起共事多年的人也能在几百米开外准确无误判断这就是吴天将本尊，因为这个头型辨识度很高，很多人有类似的头型，但这样的头型各有各的妙处，有的是中间薄两边厚，有的是两边薄中间厚，还有的是四面八方都不厚，但中央辐射农村，农村包围城市的格局永远不能变，哪怕只剩下一撮、一绺、一束，也要将其视为宝藏，精心保护，在英勇就义之前，让其发挥出最大的功效，即使是苟延残喘也要营造成生命力十分顽强的精神氛围。吴天将以前的头型还是可圈可点的，头发浓密，自从提拔之后，操心多了，应酬多了，每天经营关系耗费的精力大过做好本职工作，他感觉这样的状态很不好，但是又没办法力挽狂澜，只好一边精神亢奋地迎来送往，一边摇头叹息，作为一个战场上摸爬滚打过的军人，怕只怕人格分裂式的表里不一，所以他开始大把大把地吃中药，神经衰弱没治好，头发越来越少。帽子是个好东西，可惜不能二十四小时戴，一开始吴天将还在竭力维护头顶，后来下部队检查工作，来到虎头山隧道桥守护单独执勤点，没有提前计算好风力，导致帽子连假发一块坠落悬崖，哨兵尴尬的眼神，让吴天将记忆犹新。打那以后反倒释然了，也不吃中药了，也不经营头顶这一亩三分地了，任其荒草萋萋。如今，八项规定一出来，酒局明显减少，吴天将的头发竟然有了起色，像冬雪里的麦苗，虽还不成气候，但只要能熬过严冬，迎来春天，想必会有欣欣向荣的景象，奇怪的是严冬好像无比漫长，定格了他现在这个风格独具的造型。

以前吴丽军觉得父亲这个造型没什么不好，在这个作秀至死、拼命搏出位的年月，父亲无招胜有招，能给大家留下深刻印象，而今天，吴丽军才发现这个造型的可恨之处，他似乎时时处处在告诉人们我动了脑子，我花了心思。

吴丽军感觉心情糟糕到了极点,她使劲按了几下门铃。门开了,是吴行健。

吴行健问:"一天了,我该找的地方都找了,你去哪儿了?"

吴丽军边换鞋边说:"这会儿找爸爸聊聊合适吗?"

吴行健说:"你什么时候去都合适,只要你给他打包票坚决断绝来往。"

吴丽军说:"要是那样的话,我还找他干吗!"

吴行健说:"你自己掂量吧。"

说着,回房间关上门看CQB(室内近距离战斗)图解,但根本看不进心里去,因为吴天将提出把付守宇调离的建议,他没有阻拦,事后把自己也吓了一跳,但是再想想这些天发生的事情,他觉得,也许只有付守宇离开,一切才会变得简单。培养一个优秀的特战队员不容易,这个他很清楚,吴天将更清楚,但是难题摆在自己头上,集体利益和个人利益发生碰撞了,高明的人也失声了。

吴丽军推开吴天将书房的门,直奔主题道:"爸爸,他们把一个特战勇士下放到鸟不拉屎的虎头山隧道桥哨所,是什么原因?这是哪门子堪当重任,这算什么人尽其用。您还是找参谋部的人了解了解吧。"

吴天将说:"不用了解了,这事就是我授意的。"

吴丽军说:"您这是公报私仇。"

吴天将脸色很难看,道:"和你的前途命运比起来,我不在乎。"

吴丽军说:"爸爸,我感觉快不认识你了,您三十多年的党龄军龄,怎么能说出这样的话。"

吴天将说:"我老了,该退了,再不为自己想想,不为你想想,就想不了了。"

吴天将穿着宽大的睡衣,但也难掩他的老态,背驼了,眼花了,透过老花镜,吴天将认真地端详着吴丽军,父女俩沉默了许久。

吴丽军说:"不能改了吗?"

吴天将瞪圆了眼睛反问道:"朝令夕改?"

吴丽军说:"就没有别的解决办法了吗?非要搭上一个人的政治前途。"

吴天将说:"革命工作一块砖,这也算是组织上的安排,小付只是换个地方履行职责使命,也可以理解成进一步丰富磨炼自己,只会对前途有好处。"

吴丽军问道:"我答应你跟他断绝往来,是不是这事情就解决了?"

吴天将说:"我不会和一个年轻战士计较,只要你顺顺利利走好这几步路,订了婚,小付感觉理清楚了自己的关系,沉淀下来了,他随时可以回来,我推荐他当士官长,或者把他调到作训处当参谋,这都好说好商量。"

吴丽军说:"这都什么年代了,真不敢想这样的桥段会发生在我身上。这是绑架!"

吴天将说:"别聊了,休假结束抓紧去宣传处报到,好好上班,谈一场靠谱的恋爱,多说无益。"

吴丽军十分失望,她觉得这种挫败感,有生以来第一次这么清晰地叩击着心室,沉闷沉重。她不怪父亲,只是为自己的无能为力感到羞愧,说什么呼风唤雨,说什么左右逢源。

吴丽军一秒也不愿意在这里待下去,她感到窒息。她看了看吴天将,点点头又摇摇头,关上了书房的门。吴天将伸出手,想挽留吴丽军,告诉她:"老爸深明大义,自由民主,但规矩是个圆,自由在里边,只要不跨界,爱咋玩咋玩。你这太不着四六,我再不出马,那还像什么话。"

吴丽军早已走出家门,吴行健听到声音,跟在她屁股后面絮叨:"当哥哥的已经够意思了,付守宇是不错,可是我们一家子都是军人,不差他这一个了,尤其是我们这种职业,高危、高压、高难,没时间,没地位,还没钱,让军人成为全社会尊崇的职业,任重道远,你只看到了付守宇紧要关头出彩、酷炫,却看不到他承受了多少清贫,你只看到他面对责任忠实、付出,却不知道受多少煎熬,才把他磨成大家所看到的样子,而背后的这些都得你去和他共同承受!朋友圈里都是骗人的。"

吴丽军使劲摁着电梯按键,并不理会吴行健,电梯液晶屏上的数字在不停变换,吴行健的语速随着数字的变化而变化,越来越快,他清楚地知道再不加快速度,就没机会了,吴行健连珠炮似的说:"你出生就戴着光环,爷爷、爸爸两代人的出生入死,才换来今天我们这样的生活,你不能一夜回到解放前啊。付守宇我太了解了,你跟了他我就能看到以后你衣衫褴褛的样子,与其以后听你怨声载道,不如现在就让你悬崖勒马,这是功德无量的事,你能不能领领情。你要不是我妹妹,我懒得和你分析……"

吴丽军狠狠地瞪了吴行健一眼,道:"回来的路上,你还和付守宇称兄道弟,人前一套背后一套,你以前不是这样的。"

吴行健突然情绪很激动,一改刚才唯唯诺诺的表情,道:"以前我没受过伤,没赴过死,你体会过刀尖上舔血、子弹擦着耳朵根飞过去、炸弹在你眼前爆炸的感受吗,我和付守宇一样,好几次差点有去无回。有人说,这就是我们的职业,我们就该义无反顾地去死。既然这是一个工种,躺在弹坑里,我就在想,除了我,咱家不能再有人干这个工种,我妹夫也不能干,所以付守宇不能当我妹夫。我妹夫必须风度翩翩，西装革履，游走在上流社会，带着你出入高端酒会，在老爷子、老太太需要的时候鞍前马后、披肝沥胆，而不是像我这样神龙见首不见尾。"

电梯叮的一声开了，在吴丽军走进电梯，电梯门关上的最后一刻，吴行健把心里话也都掏完了。吴丽军没有领会吴行健的精神实质，势利眼、小气鬼、道貌岸然等词汇毫不吝啬地用在他和父亲身上。气呼呼地打开小车的车门，又是一阵刺耳的收放刹车的声音划破夜空。

车窗外霓虹闪烁，灯红酒绿，榕城的夜生活才刚刚开始，三五成群的年轻男女，从四面八方涌上街头，又各自钻进不同的娱乐场所。左海岸边的酒吧一条街尤其热闹，DJ嘶哑的声音隔着好几个车道和车窗玻璃都能刺透耳膜，各式酒吧门口或蹲或坐聚集着一大批不怕冷的人，女人浓妆艳抹、花枝招展，带着亮片的连衣裙和夸张的恨天高，有的抽着烟，有的涂抹着口红，有的对着手机窃窃私语，还有的刚刚从酒吧走出来，使劲呼吸一下不带假酒味道的新鲜空气；男的一边装作刷微博，一边左扫右瞄搜寻着猎物，捕捉着战机，很多人在白天可能还是蓬头垢面、四处碰壁的市井小民，到了晚上改头换面变成了夜店一枝花，插科打诨、打情骂俏的本领可比干工作技高一筹，他们都在寻找。

拉达酒吧门口密密麻麻挂着一百多个国家的国旗，时刻在提醒人们这里具有国际范儿，哪怕是假酒，也假得有层次，反正都是假的，人无我有，人有我精。记忆撩拨着吴丽军此刻萧瑟的心情，以前她是这里的常客，九点左右进行完第一轮的吃吃喝喝，基本上在九点半到十点之间，就来这里打卡，如果不来这里，那么不算有生活，当感觉不到音乐刺耳、空气浑浊、人群拥挤，再待下去就快喝多了，一般吴丽军在这个时候，和朋友转战闽江南岸的小吃摊，鱼丸、海蛎煎、拌面煸肉是必点的，此时如果不点几瓶啤酒，是会被夜宵摊老板嫌弃的，加班到凌晨饿了和嗨饿了是两种层次，所以为了凸显层次，雪津或者扎啤是必须摆在桌子上的，即使看都不想再看一眼，桌上的小吃一般端上来也只是扒拉两口，趁还冒着热气的时候，就要叫代驾了。坐上车，各自散去，这才算完整的一夜，第二天一定要周而复始，在混夜店这条路上，断上几天，就会被无情遗忘，只有保持频率，才能收获至尊享受，连酒保都会另眼相看，再忙也会蹭过来恭恭敬敬地举起瓶子一饮而尽，然后蹦上DJ台对着麦克喊道："社会我军儿姐，人狠话不多，坐在×卡座，都去找她喝！"当时的吴丽军很自然地举起酒杯，扭动腰肢，成为注目的焦点，很享受此等荣耀。

时间飞逝，那些酒精稀释的青春已渐行渐远，但还是会依稀残存在脑海里，在某一时刻搅动着凌乱的心潮，比如今晚，比如现在。吴丽军停车，拉上手刹，在朋友圈里发了一条文字："今夜注定无眠！"还特意显示了地理位置，不出五分钟，评论区炸了锅："一姐归来！""站那儿别动！""马上就到！""裤子都脱了，你给我看这个？我怎么忍得住！"

沉寂了好几年的朋友像雨后春笋冒了出来，很快包围了吴丽军的小汽车，将她连拖带架，涌进陌生又熟悉的喧闹海洋。这一晚，吴丽军无比不淡定，没把握住时间，凌晨四点的时候才扶着墙走出来，对着一棵树狂呕。

付守宇也是一夜无眠，他所处的环境和这里形成鲜明的对比，皎洁的月光洒在禁闭室里，付守宇能听到自己的呼吸，他眼睛不眨，和射击前预压扳机时一样专注，看久了，有泪珠淌落下来，冰冰凉凉的。熄灯的时候，付守宇专门找到大队长，告诉他："凌晨有一辆押送报废弹药的车要经过距离虎头山隧道桥哨所最近的南平市，我就坐那辆车走吧！"

大队长直愣愣地看了他三分钟，从牙缝里挤出几个字："真他妈有种！"

大队长还想着付守宇能够服服软，自己再去争取争取，说不定还有机会，现在他自己放弃了，那就真的回天乏术了。

付守宇何尝不想告诉大队长，我想通了，我老老实实做人，踏踏实实做事，再也不整幺蛾子了，你们就法外开恩吧。可是犟人大多时候都是这么可怜，宁可成全别人，也坚决不能便宜自己。

付守宇说："趁着兄弟们都在熟睡，我悄声走。就当我没从首都回来。"

大队长摆摆手，背转过身，仰头看着天花板。

付守宇要走了，当天晚上快递送来了一件包裹。付守宇打开发现是一辆子弹壳粘制而成的坦克车，再看一眼寄件地，来自B城。付守宇笑了，这是给自己送饭的那个B城的列兵做的，手真巧啊。看着这个不知道耗费了列兵多少夜晚的工艺品，付守宇想，兄弟，你一定想不到，当时那个带着你捡弹壳的老班长，教导你有机会一定当一个特战队员的特战老兵，马上要去到一个和你一样的单独执勤点，去站岗放哨，保卫祖国。

付守宇走了，趁着夜黑风高，背着乱搞男女关系的骂名。付守宇走时是凌晨三点多，营区斜对面的烧烤摊还人声鼎沸，吆五喝六。

东风车拉着一车过期弹药和付守宇一路疾驰在榕城市区，驾驶员为了让他能有个打开铺盖卷的地方，专门将弹药箱往里摆了摆，还不忘告诉他，下了高速，有一段搓板路，就别睡了，弹药箱要是掉下来，几十上百斤，会砸坏的。

付守宇想到驾驶员的表情就想笑，这么多年，没被子弹打死，再被子弹箱压死，那可真成了笑柄了，尽管现在也不见得不是笑柄，越想越要笑，笑得止不住，笑得喉咙卡住口水，不停咳嗽。他打开门上的篷布，想吹吹凉风，再看一眼保卫了多年的榕城。车正好驶过左海岸边，酒吧一条街就在眼前，这里和训练基地是两个世界，这里的黑夜是白天，白天才是黑夜，这里的女人是男人，男人才是女人，这里的人们不睡觉，睡觉的人就像车上报废的弹药，可以退出舞台了。付守宇透过撩起的篷布缝隙注视着烟雾缭绕中的人群，他看见一个人，在围着树转圈，短发垂下来遮住半边脸，但雪白的脖颈，修长的双腿，干干净净不张扬的装束，那么熟悉，那是吴丽军吗？这时候她应该在睡梦中。付守宇死死地盯住她，看着她在路灯下的一举一动犹如翩翩起舞，有一瞬间她好像抬头看了一眼付守宇离开的方向，更加坚定了付守宇心中的想法，那是吴丽军，眼神里不是狼狈，是迷离。他想跳下车去捧起她的脸，告诉她，不管遇到什么困境，都要打起精神，哭完抹一把脸，继续笑对生活。

第十二章 风之律动

　　可付守宇什么都不能做，他只能坐在车厢里，和报废的弹药一起，离开这儿，越远越好。他一手抠着车厢挡板，一手撩着篷布，右膝跪地，付守宇以一个难受的姿势，眼睁睁地看着那个神似吴丽军的人越来越小，直到成为路灯下一条影影绰绰的线条。

　　车子上了高速，榕城夜景若隐若现，此时付守宇才感觉已经不属于榕城了，再回来不知道是什么时候，也可能是退伍的时候，每年退伍会有来自不同地区级支队的大批退伍兵集中在榕城火车站，他们从山沟里、监墙上、核电站、距离地面一两百米的地底下、国家物资储备仓库的山洞里、连接南北的命脉大桥上、闽粤闽赣交界处的设障卡点上，回到繁华社会、找到城市文明，付守宇想，那时我也可以回来，代表隧道桥守卫单独执勤点，风风光光地回来，那时我一定要拍干净身上的泥土，洗净满头的油垢，熨平卸掉了标志符号的军装。

　　车子下了高速，很快就到了驾驶员嘴中的搓板路，卡车有时一蹦三尺高，有时在泥泞的坑道里打滑，付守宇在车尾东倒西歪，翻来覆去。山里的气温比外面低好几摄氏度，冷风飕飕地从破旧的篷布里钻进来，付守宇裹紧大衣，把头蒙在被子里，感觉到肚子里在翻江倒海。

　　车子在一处水洼上趴了窝，轮子飞转喷出很多泥水，但就是不往前移动半步。带车助理下车查看"灾情"，付守宇也下车一阵干呕。助理冷笑了一声说："特战队员也吐啊！"

　　付守宇静静地看着他和两位驾驶员一会儿塞树枝、一会儿垫砖头都无济于事，过路老乡开着拖拉机本来想帮忙，三两个回合下来，拖拉机也熄火了，老乡不敢恋战,飞奔而去。

正当他俩打救援电话的时候,付守宇默默地把身上穿的大衣垫在车轮下,示意驾驶员再试一次。汽车很顺利地驶出了泥坑,助理员嘿嘿着说:"特战队员就是不一样。"说完爬进驾驶室继续指挥车辆开进。而没了大衣的付守宇,在车厢里更是雪上加霜,冻得龇牙咧嘴。

穿过搓板路,坐完轮渡,付守宇跟三位战友告别,助理员摇下车窗说:"一个人了,多保重!"

付守宇向东风车开走的方向敬礼,看着他们走远。山里很静,高山流水那是景区的山,这里的山很贫瘠,连野果子都是酸的,付守宇随手摘了几颗山丁子,放进嘴里,十分苦涩。他拧开水壶灌了几口,感觉肚子有些饿了。找了一块大石头,把背囊倚在大石头上,从背囊的侧兜里掏出压缩饼干、火腿肠还有酱牛肉、榨菜,正要吃,想了想,又把酱牛肉塞回了包里。来之前战友就告诉他水和食物一定要省着点,望山跑死马,别说你没看见哨所的位置,即使你看到了哨所就在眼前,但是想靠近它、登上去还得耗费不少的体力,有所保留还是好的,别到时候饿晕在半路上,那地方连个老乡都没有。

听着蛙鸣虫叫,吃着干巴巴的干粮,付守宇却感觉前所未有的好,这里与世无争,再也不用为一些鸡毛蒜皮的事耿耿于怀了,这里像家,种好地关好门,做自己的山大王,再好不过。当初来当兵,就是为了跳出农门,走出农村,没想到今天倒好,不仅回到农村,还是原始社会。付守宇问自己,惊不惊喜,意不意外?

吃完这顿饭,付守宇加快了步伐,他要赶在太阳落山前,到单独执勤点的岗楼上用内线电话向大队长报告。背上七十多斤的背囊是他此一行的全部家当,此刻在肩上越发沉重,勒得肩膀生疼,但是不能丢一样,都是必需的生活用品,被子、褥子、枕头、冬常服、大檐帽。本来他还想带一包东西,但是来过这里的战友告诉他,多带一双袜子你都会后悔,他只好把其余家当托战友代为保管,现在他终于理解了战友的良苦用心。

功夫不负有心人,站在山尖上,付守宇终于看到另一个山尖上矗立着一栋小小的建筑,像一尊雕塑一样注视着他。付守宇心中一阵狂喜,天没亮开始奔波,但现在天快黑了,终于看到了目标,没有什么比这样的感觉更鼓舞人心。

眼看着距离山巅越来越近,天空竟然有雪花飘落,这可是稀有的事情,除了2008年南方普降大雪,付守宇参加了一次抗冰复电的任务之外,再也没见这里下过雪。雪花落在脖子里,越抖搂越往衣服里钻,付守宇从背囊里取出一顶苯尼帽,准备戴在头上,端详着帽子,付守宇发现现在只有它见证过自己特战队员的身份。除此之外，谁也看不出付守宇有什么过人之处，和山顶上终日站岗放哨的哨兵没有任何区别，连年奋战，如今却只剩下一顶帽子，说来也是笑话。

雪渐渐大起来，不一会儿周围就变成了白茫茫的一片，哨所的轮廓渐渐模糊。不停抬头看的付守宇感觉到刺眼，脚下的路不再分明，又走了一小时，路还是那样的路，再走一小时，山还是一样的山，渐渐地付守宇感觉眼睛有点不听使唤了，难道这就是传说中的雪盲，使劲闭一闭眼睛，连续几次，本可以拨云见日，无奈大雪覆盖了上山的台阶，好不容易登到半山腰，脚下一滑，连人带背囊又滚到坡底。天黑下来的时候，付守宇感觉腿已经灌了铅，身后的背囊像千斤巨石，勒得脖子发硬，他呼哧带喘，再次鼓足勇气抬头仰望，哨所豁然出现在眼前，屋里昏暗的灯光传了出来，在这冰冷的傍晚显得十分温馨，付守宇从来没有像今天这样渴望回家，渴望见到人，活生生的人，会说话的人，能伸出援手的人，他也从来没有像现在这样欣赏一件建筑物，简直是鬼斧神工，谁把哨所设计在这里，而且设计得这么有内涵，绝对有资格获得国际设计大奖，应该赢得众人瞩目。

付守宇一只手撑在台阶上，从胸腔里发出一阵嘶吼："兄弟们，帮忙啊！"可惜声音淹没在风中。

他边喊着，边继续脚下的动作，再一抬头，发现三个战士站在他面前，年龄稍长、体型稍胖的人嘴里似乎塞着半个馒头，脸部鼓鼓囊囊，年纪最小、体型最瘦的战士，左手拿着强光手电，右手攥着一个已经啃了一半的苹果，还有一个不胖不瘦的战士胸前挂着03式自动步枪，任由枪在胸前垂着，双手捧着一个大搪瓷碗，三人以同一种眼神，看着眼前狼狈不堪的付守宇。

很久很久以后，不胖不瘦的战士眼泪夺眶而出，语无伦次地指着付守宇喊道："人，这是人，这他妈是人，他来了！"

此时付守宇眼睛上、眉毛上、头上身上都是雪，像一个成精的雪人，本来不想煽情，看着端着碗的战士，碗里还冒着热气，顿时眼泪冲开眼睑下面的雪道。

三人冲到付守宇面前，七手八脚接过他的东西，把付守宇拽进了屋。胖子打开炉子，用蒲扇使劲扇了几下灶眼，火呼呼地从炉膛里蹿了出来，然后三人一排坐在床上，像看珍稀动物一样看着付守宇。

付守宇对着炉火边搓手，问："碗，还有没有，热的！"

胖子连忙走到小屋隔间，端着一大碗面条，新剥了一根葱，往付守宇手上一塞，继续坐回床上，继续盯着付守宇。

付守宇不管三七二十一，狼吞虎咽，这是他吃过最好吃的面条，什么烩面、拉面、焖面、刀削面都比不上这清汤寡水的大白面，尽管后来付守宇看见面条就反胃。

一会儿工夫，面条就见了底，付守宇盯着碗，胖子心领神会，立马又去隔间端出一碗，如此反复，付守宇连吃三碗面条，看得三人直打饱嗝。

看到付守宇面色从煞白转了红润，胖子断定这人能活下去，道："今天早上我们接到通知了，听说你要来，我们很高兴，下午下了雪，左等你不来，右等你不来，我们以为你知道天气变化，改了行程，没想到你到底是来了。"

说着，胖子下达口令："起立，欢迎老班长，呱唧呱唧。"

一阵掌声传来。付守宇看着眼前这三个人，肥瘦高矮，形象虽然一般，但是从端面条的速度和给自己铺床的速度可以看出心肠滚烫。

三人开始做自我介绍，原来最胖的，最像班长的胖子叫陈强，是这里兵龄最短的，职务却是副点长，陈强从床上站起身来说："班长好，我叫陈强，当兵七年，来点上已经六年了，第一年为什么没有来，因为第一年我还很瘦。"

陈强想着此处应该有掌声，停顿了三秒想让一让掌声，岂料除了付守宇津津有味地听着，其他两人都快睡着了，也不奇怪，三个人所有的故事翻来覆去讲烂了，三人太了解彼此了，有时候一整天都不说一句话。今天付守宇来了，让他们找到了往日的激情，肾上腺素重新开始分泌。陈强对付守宇接着说："可惜的是，第二年的时候，体重直线上升，喝凉水都胖，身高一百六十五，体重一百六十五，每次跑障碍，跳进坑里肯定是爬不上来的，一次支队长检查训练场，好死不死我正好在坑里挣扎，支队长说我这个体型必须到最艰苦的地方接受一下锻炼，于是我来了这里，一直锻炼到现在，体重却没见变化，都一百八了，你说这能怨我吗？我们家就是这个基因。我也给自己定过目标，我的口号是要问何时是归期，体重要比身高低！"陈强挥舞了一下胖嘟嘟的拳头，意犹未尽地坐下。瘦子刚想发言，胖子又站了起来，感觉刚才的语言不太有力度，重新喊了一遍自己的口号。

最瘦的，最像佃户的瘦子叫谢群，才是这里的最高领导，且在这里待的时间最长，戴上帽子一脸稚嫩，摘下帽子才会发现头顶沧桑，他自嘲道："当点长，一定要能受饿，像这样刮风下雨的天气，给养送不来，这时候一定不能惊慌，要带领兄弟们自力更生、自给自足。"付守宇问："怎么自力更生？"瘦子言简意赅地说："省！带头省！"付守宇终于知道他为什么这么瘦，是省出来的。

而不胖不瘦的哥们儿名字叫杨子强，来哨所时间也不短了，也没混上个一官半职，属于哨所上唯一一个兵，本来付守宇来了，他是最高兴的一个，来之前就筹划着，这哨所上的脏活累活终于有人分担了，烧水做饭、拆拆洗洗、修修补补的活终于有人分担了，看到付守宇第一眼，杨子强心就凉了半截，知道计划落空了，这人比在座的兵龄都要长，混来混去混到了全区最偏远的单独执勤点，想必肯定也不是省油的灯，就别指望了。

付守宇礼尚往来，也要介绍自己的情况，他说，我来自七总队特战大队。三个兄弟同时睁大了眼睛，陈强问："就你？"

付守宇说："不像吗？"

陈强捂着嘴说："你说你来自猎鹰多好啊！我们这个哨所，要啥没啥，论战略位置我也没看出来有多重要，我感觉在这里驻兵的目的只有一个，就是告诉人们这个地方有人看，这里是中国。其实插上旗就行了，但是这里风大，每天都得换旗，每天只要把旗升起来，就算完成任务了。派你一个特战队员来升旗，我都找不到之间的逻辑关系在哪里。"陈强笑得上气不接下气。

谢群站起来对着陈强后脑勺就是一巴掌，道："怎么跟老班长说话呢，老班长说啥就是啥！"

陈强扭过头去看雪，谢群平静地坐下来，对付守宇道："老班长别介意，陈强这个人心宽体胖，你别介意。我就插一句嘴，一个特战队员来升旗，是为什么？"

付守宇不能跟兄弟们讲那段伤心事，只好编了个瞎话，道："执行任务出现失误。"

陈强还是不信，他真没看出付守宇有什么过人之处，除了肩章上多了条粗拐。

夜深了，窗外的雪簌簌地下个不停，堆在窗棂上很快有了一指多厚，谢群担忧地说："你来得真不是时候，大雪封山，意味着给养又不能按时送来了。"

付守宇累极了，暖烘烘的被窝一钻进去，就睡着了，半夜胖子的呼噜震得铁门哗啦啦作响，也没有把他吵醒。

付守宇醒来，一看表八点半了，然而与时间并不对应的是，胖子的呼噜丝毫没有减弱的意思，付守宇揉一揉惺忪的眼睛，发现谢群和杨子强已经不在铺上。

推开房门，付守宇惊叹了，昨天一直在山下，而且一直在赶路，根本看不到这气势磅礴的美景，绵延群山、银装素裹，做个深呼吸，感觉体内的废气顺着呼吸道流出，一股沁人心脾的味道，整个人都精神了。人去哪儿了呢，他围着小楼转着，环顾四周，发现谢群在东南角的悬崖边上，拿着树枝一会儿写写画画，一会儿若有所思。

付守宇走近了道："点长，早啊。"

谢群回头看了他一眼，并没有言语，付守宇感到很奇怪，但也没敢多问，尴尬地走开，朝岗楼上走去，站得高了，才看清楚，谢群写的是个人名，巨大的人名。

一辆列车驶过，杨子强背着枪，眼光随着列车移动，这是他们每天能见到的为数不多的外来物种。

列车开远了,杨子强一脸憧憬地告诉付守宇:"多希望车里坐着我女朋友,多希望她能看见我,那样她就知道,我在这么高的地方站岗,守护着她的安全。"

付守宇问:"你女朋友是老家的吗?"

杨子强说:"我还没有女朋友。"

付守宇被杨子强的不按套路搞得有些疲惫,换话题问:"点长那是写的谁的名字?"

杨子强走过来,隔着玻璃看着谢群,压低声音告诉付守宇:"你可别小瞧我们三个,我们三个都是有故事的人。尤其是点长,今年第十年了,前年结了婚,嫂子是老家的,村里都知道点长在当兵,但谁也不知道他在哪儿当兵,包括他父母,包括嫂子。"

付守宇问:"为什么不告诉他们呢?"

杨子强看了看周围说:"你愿意告诉你喜欢的人在这样一个自然环境恶劣的地方当兵吗?"

付守宇说:"确实是个问题。"

杨子强接着说:"当兵的谁不是报喜不报忧,谁不愿意告诉家人吃得好穿得好住得好,钱多得花不了,每天三个饱两个倒!我们点长就是这么给嫂子说的。结果嫂子听完之后,哭着喊着要来部队住几天。点长死活不同意,说现在部队住房紧张,而且有了身孕,来了根本没地方住。一天两天瞒得住,时间长了,嫂子也长心眼了,不知道从哪个公众号上得知,点长的部队刚建了士官公寓,结了婚的人随便住。嫂子可管不了那么多了,拎上包直奔支队而来,到了支队,领导建议嫂子直接住下,给点长放几天假,回来陪陪嫂子,可嫂子执意要到老公工作的地方,拗不过她,派车把她送到了虎头山,这一来可倒好……"

付守宇问:"然后呢?"

杨子强说:"然后还有好吗?离婚,必须离婚,一刻都等不了了,这哪儿是人待的地方,骗我部队这好那好,好在哪儿了?还不如村里呢,连个炕头都没有!"

付守宇问:"点长怎么办的?"

杨子强说:"点长二话没说签了离婚协议书,答应第二天就送她下山。结果,第二天天气也是出奇地不好,在下山的路上,嫂子气呼呼地走在前面,摔了一跤,孩子摔没了,人心也摔散了,本来嫂子是气话,想激一激点长,想想办法调离这个鬼地方,可是这一摔,婚真的离了,家也真的散了,他妈妈气得中了风,现在半身不遂,坐轮椅了。"

付守宇看着悬崖边上点长弱小的身影,风吹来,他脱下大衣挡在自己画下的名字前面，怕风带来的薄雪把字覆盖了，风过去了，点长擦擦鼻涕，揉揉脸，对着峡谷大喊，喊的什么并听不清楚，远处传来一阵阵含混不清的回音。杨子强说："他喊的是他未出世的孩子的名字，写的也是，孩子都六个月了，B超照过了，很漂亮的！"

付守宇听不下去了，摆摆手示意杨子强别说了。

岗楼里也生着炉子，但是杨子强的脸蛋都皲裂了，现在遇热红彤彤的，像两个大苹果。付守宇说，你下去吧，我站一会儿，你把枪给我。

杨子强说："不用了，咱们这个哨啊，和别的哨不一样，我们躺在床上也是在站哨。"

付守宇问："此话怎讲？"

杨子强说："这地方方圆几十里不见人影，谁来啊。我拿着枪站在这里就是为了找感觉，我就想看看火车上有没有我女朋友。"

付守宇问："咱们每天除了站岗还干什么？"

杨子强说："站岗！"

付守宇问："不训练吗？"

杨子强指了指岗楼周围的悬崖说："练，巴掌大的地方，只够练停止间转法。再说了，一个胖子除了吃就是睡，一个点长哪还有心思组织训练，我倒是想练，也没氛围！你如果真是特战队员，有空多教教我！"

付守宇问："你这么年轻，有什么愿望吗？"

杨子强一点不觉得付守宇问东问西很烦，因为已经很久没人问过他问题了，他眼睛里闪着期待的光说："愿望嘛，每天我站在这里，看着这些火车进进出出，进进出出，没有火车的时候，这里静得可以听见风的声音，风是有旋律的，风会唱歌，可好听了。"停顿了一分钟，杨子强闭上眼睛，道："听，这就是风的声音，你听见了吗？"

付守宇什么都没听见，就盯着杨子强，杨子强闭着眼睛很享受，他说："风是有旋律的，有音阶，比歌好听，以前我喜欢摇滚、民谣、爵士，自从听见了风的声音，我觉得这才是世上最美的音乐，它分很多章节，每天唱的都不一样，你听，时而抒情，时而澎湃，时而温婉，时而激昂，钢琴弹不出风声，但风声里有钢琴，有吉他，还有二胡！我学过音乐，我弹过好几年的吉他，以前我的愿望是开一场音乐会，唱自己的歌，现在我的愿望还是开一场音乐会，但是关于风的，舞台就在这里。如果这里不让我办演唱会，我就租一个鼓风机，对着观众吹，风的声音，太美妙了，你们不懂的！"

杨子强突然睁开眼睛，从思绪如潮中回过神来，黯然神伤地说："跟你说这些干啥，你们不懂我！胖子老说我是疯子！"

付守宇说："我觉得你是艺术家！"

杨子强说："心中有格局，眼中有目标，脚下有大道！想都不敢想，哪还有勇气去实现。你一来我就觉得不一般，果然眼光很独到嘛！"

付守宇说："你是个艺术家，虽然我还没有听到风的声音，但是听你说完，我觉得总有一天肯定能听到。"

杨子强向付守宇竖起大拇指。

正聊着，胖子从楼下咣叽咣叽跑上来，脸上的口水还没擦干净，冲杨子强说："又开演唱会呢？谢幕吧，都几点了早饭还没做！"

杨子强把枪递给陈强说："老三样？"

胖子揉着惺忪的睡眼，打着哈欠说："老三样！"

杨子强转身下了楼，胖子问付守宇："咱们这点上没有配炊事员，这员那员，所以人人都是八大员，什么活都得会，谁有空谁做。委屈你了！"

付守宇说："没什么好委屈的，你们真是英雄，这地方能待得住就是英雄。"

胖子说："没那么伟大，也不要什么功，现在给我开开荤，比什么都强，上次给养车来已经是半个月前的事情了，肉早吃完了，给养车刚来那几天我们是贵族，过几天我们就是乞丐，不是我贪吃，是有些食品保鲜期有限，过了那个时间段就变味了，比如说羊肉、猪肉、牛肉、鸡肉……"

付守宇打断胖子的话道："明白明白，你说肉就行了！"

胖子吧唧着嘴，意犹未尽，良久又问道："你真是特战队员？"

付守宇说："你就忘了这茬儿吧！"

胖子道："也是，特战队员在这儿真没什么用武之地。不是我看不起你，把你一个人扔这儿，你撑不下去的，还不如杨子强，他起码会煮面条。"

胖子嗤之以鼻，付守宇频频点头，微笑着看着窗外。

突然发现一个灰色的动物在岗楼前面的台阶上东张西望，刨刨挖挖。胖子一把拉住付守宇的胳膊，十分紧张地道："兔……兔子，别动，一动也不要动。"

付守宇拿开胖子的利爪说道："我没动，是兔子在动。"

胖子把枪慢慢递给付守宇道："您老歇着，我去干件大事！这真是想啥来啥！"

说着，他轻手轻脚地走下楼，叫上杨子强和谢群，杨子强拿应急棍、谢群拿盆、胖子手持发射式捕捉网，逐步向兔子靠近，兔子好像冻傻了，并没有发现危险袭来，自顾自地在台阶上的雪堆前走走停停。

胖子兴奋得头发都竖了起来，他已经想象到了兔子炖熟了摆在桌子上的样子，嗅到了一阵阵肉香，这时候他变得异常敏捷，眼观六路，耳听八方。他开始扣动扳机，嘭一声捕捉网抛散开来，但是根本没有跟上兔子的速度，兔子受了惊吓，撒腿狂奔。杨子强一个前扑的同时，应急棍也挥了出去，砸到了兔子尾巴，但毫无用处，兔子还是在白茫茫的雪地里小跑，慢慢变成一个小黑点。

胖子正大骂着，谢群抱着头蹲在地上，杨子强没抽到兔子，却把自己摔得够呛，躺在地上打滚的时候，只听嘭的一声，把三人吓得立刻匍匐在地，抱住了头。慢慢抬起头朝身后看，看到岗楼上付守宇架在窗台上的03式自动步枪的枪管似乎还有一点点烟冒出来。

胖子被惊得尿了裤子，摸了摸四肢躯干，一切完好，恼羞成怒，冲着岗楼就喊上了："蠢驴，你疯了，打死人怎么办！"

谢群也不淡定了，道："我上来九年了，一枪没打过，你刚上来就浪费一颗子弹！"

杨子强说："这人是来要我们命的。"

付守宇不说话，指了指远处的小黑点说："十环！"

胖子说："彻底疯了，兔子都跑出去二里地了，你能打着？真把自己当特战队员了？特战队员也不见得能打着我们虎头山的兔子，太看得起自己了，你真是不知道东南西北了，你真是不知道自己姓什么了……"

胖子正骂得唾沫星子飞溅，谢群打断他说："闭嘴，那个小黑点好像就是刚才那只兔子！别急着骂！"

胖子说："点长，我敢跟你打赌，那要不是块石头，一星期的饭菜都我来做！"

杨子强说："别吵了，下去看看就知道了！"

胖子说："我跟姓付的这梁子算是结下了，心脏病都吓出来了，为了一只兔子，少活好几年！"

一边絮叨着，一边靠近黑点，越往下胖子越觉得那是块石头，走到跟前，那是一只兔子，子弹不偏不倚打在兔子脑袋上，血染红了一大块雪地。胖子一下子跪在兔子尸体面前，表情非常浮夸，他简直不敢相信，从哨所到这个位置，走过来都要十多分钟，付守宇竟然分毫不差地准确命中，这找谁说理去。胖子抚摸着兔子毛说："瞑目吧，你碰上一个真特战队员，而且可能是个喜欢吃兔子肉的特战队员。"

怀里抱着兔子，每爬一级台阶，胖子都念叨一句："有眼不识泰山，对不起，狗眼看人低，对不起！"

回到岗楼前，胖子对着付守宇一个五体投地喊："付班长，请受有眼无珠的狗屁小弟一拜！"

杨子强说："你给我们一只兔子，我还你一锅兔子肉！"

谢群说："神枪手，可把你盼来了。三年了，继上次一只兔子脑子短路，一头撞死在我们的门板上，我们吃了一回兔子之后，已经三年了。这三年我都忘了兔子肉是什么味。"

胖子从地上爬起来道："我没忘，我没忘，天上龙肉，地下兔肉。"

付守宇从岗楼上下来道："炖兔子，去腥很关键，花椒大料大葱大蒜生姜一样也不能少，油盐酱醋全得齐备！"说着，从胖子手里硬夺过兔子，抽出刺刀，稳准狠就是一刀，从上到下，直直地划了一下，就一下，开膛破肚了。然后三下五除二，吩咐胖子端来一盆开水，往兔子身上一浇，沿着缝隙煺毛扒皮，手法之娴熟，技巧之老到，把三人看呆了，胖子最把持不住，嘴里就没停过："人生导师，精神偶像！"

很快，付守宇把肉一段一段切成相同大小的形状，撩旺炉火，架上铁锅，把水烧滚，兔子肉就咕嘟上了，浓香四溢，整个哨所都被渲染了。付守宇坐在床铺上，眯缝着眼看着炉火一高一低，幸福而满足。

此时的胖子已经把付守宇奉若神灵，递烟点火，沏茶倒水，甚至像夜店卫生间门口的老头一样把热毛巾用镊子夹到付守宇手上，崇敬之情溢于言表。

付守宇边吹着搪瓷缸子里的热气，边示意胖子可以消停会儿。谢群对付守宇说："他这会儿消耗的热量等会儿都得吃兔子补回来，不是很划算。"

杨子强一听这话，赶快催促胖子："赶快坐下！"生怕他多说一句话，也会耗费不少大卡。

胖子这时候哪里闲得住，从屋东头转屋西头，好像在用脚步丈量房屋的面积。

肉足足炖了一下午，几个人始终处于亢奋状态，碗筷早已摆在炉火周围就等着掀开锅盖的那一刻。

天擦黑的时候，付守宇看了一下表道："差不多了！"

胖子麻利地把大勺递给付守宇，请付守宇尝尝咸淡，付守宇舀出一块肉，轻咬一口道："完美！"

三人心领神会,把付守宇让到主宾位置,打开马扎,围坐一团,嘻嘻哈哈地吃起来,过年一般。

谢群说:"过年都没有今天感觉这么美妙!本来我已经四处托人准备离开这里了,现在我想缓一缓!"

杨子强说:"有老付,天天都是过年!"

胖子说:"以前我只会听风的声音,老付来了,我才知道这个哨所还有很多空间,还有很多东西值得去开掘!"

其实付守宇比他们都高兴,看到眼前纯朴的战友,勾起了他刚当兵时候的回忆,那时候也很苦,也没有什么娱乐活动,每天训练完和兄弟们躲在晒衣场吃一顿炒面,喝上一罐凉茶,一天的疲劳就一扫而光。他还想到了吴行健,当时吴行健还没有提干,过年了谁也回不了家,两个人叫上要好的兄弟,趁别人在搞联欢晚会的时候,偷偷跑到训练场的草丛里,喝起了酒,酒是距离训练基地三五公里的村庄小卖部老板,骑着踏板车,从院墙外扔进来的,还赠送了一包花生米,几个人喊喊喳喳地喝着,感觉那时的酒是最甜的甘露,那时的花生米和如今的兔子肉也差不了多少。酒足花生米饱,几个人肩并着肩往宿舍走,迎头碰上了中队长,中队长问道:"你们几个,干什么去了?"

吴行健当时还很诚实:"喝酒!"

中队长并没有发火:"喝酒?有什么好酒肴啊?"

没发火,几个人更心里没底,吓得不知所措。吴行健壮着胆子说:"花生米……"

付守宇心想,肯定完了,年也不要过了,一万字的检查肯定是跑不了了。

岂料中队长沉吟许久说:"下次整几个好菜。"

那次他们没有写检查,也没有挨处分,中队长再也没有提过这事。要是提了,付守宇反而不会记忆这么深刻。今天这顿饭,付守宇觉得应该一辈子也不会忘,以后哪怕是山珍海味、飞禽走兽摆在面前,也没有今天这顿能够刻进脑子里吧,因为或许没有太多人像这里的战友一样如此珍惜这来之不易的小确幸。

付守宇就这样融入了新集体。那天晚饭后,谢群告诉他:"你是不是应该知道,为什么有的人能在这样一个不毛之地,不被所有人看好的地方一直待下去,不是理想,不是责任,也不是多么伟大的胸怀,而是他们更容易感动,更在乎生活中的细节。"

虎头山的景色很美,但看得久了,难免会视觉疲劳,眼睛不用再费劲去搜罗,耳朵变得敏感起来,味觉变得敏感起来,所以慢慢地付守宇也理解了风的声音,理解了食物的可贵。大雪封山解除，日子一天天地波澜不惊，付守宇对一些看不惯、弄不清的事情也开始释然了，他在想那些隐居的居士或者深山里的和尚为什么往往能长寿，为什么从事激烈项目的运动员往往会留下后遗症，和生活方式真的有直接的联系，他告诉胖子，如果可以，他也想一直待下去。

胖子摇着头说："尽管我们都需要你，现在已经离不开你了，但你真的不属于这里，人生来就是有属性的。"

付守宇说："属性可以修改！"

胖子说："生活总是跟我们开玩笑，你不想来的时候，人和事会推着你来，等你不想走的时候，完了，可能你快要走了。就是这么拧巴。人生即苦，就是因为拧巴。"

付守宇说："可以啊胖子，悟出的东西还不少！"

胖子笑得很不自然说："我就知道早晚要和你聊这些，我不想跟你聊这些，因为我不想分别。"

付守宇说："怎么突然有些伤感，你是不是得到什么消息了？"

胖子说："子强爱听风声，我喜欢研究周易八卦，近来看你面相，要有大事降临。"

胖子说完这话不久就出事了。哨所的北面，长年不见阳光，也长不出什么植物，越是这样的地方，越容易生出一些稀奇古怪的玩意儿，比如灵芝。这个灵芝长了多少年不知道，甚至是不是灵芝也不知道，就像蒲扇一样在悬崖的夹缝里顽强生长，胖子先发现了这个玩意儿。有一次他馋得受不了，想发掘一下哨所周边到底还有没有什么果子，就看到了这个东西和灵芝很像。谢群的母亲瘫痪以后，他总想着应该为这个朝夕相处了几年的哥哥做点什么，给钱他肯定是不会接受，也很唐突，给物他也没有，每次托给养车给带，给养员还絮絮叨叨，脾气也不好，谢群懒得去看他那副高人一等的样子，后来他就想到了那个灵芝。听说谢群很快要休假回家了，这次可不是单纯的休假，回去以后，就找关系调走了，很可能不再回来了，胖子觉得不能再等了，因为年底可能要退伍了，要回家继承父亲的熟肉店产业，此一去，没有归期，再不把这个好东西采下来送给谢群，就没机会了。本来这个地方太险要，他可以求助付守宇或者杨子强，但不是亲力亲为怎么能表达自己的心意，思来想去这事必须自己动手，可看一看直上直下的山崖，胖子头晕目眩，这要是掉下去粉身碎骨是必然的。心里有两个小人开始打架。一个说，跳，不跳，怎么对得起相濡以沫的兄弟；一个说，别跳，一失足成千古恨。一个说，笨蛋，连这点危险都不敢挑战，这些年兵当的还有什么意义；一个说，傻瓜，你只是一个站了八年岗的人而已，凡事要量力而行。一个说，别犹豫了，那说不定是千年的灵芝，对，那就是千年的灵芝；一个说，收手吧，留得青山在不愁没柴烧，等你瘦了再来采，那时候绳子还担得起你。想到这里，勇敢的小人立即KO了懦弱的小人，谁提胖瘦这茬儿，他就跟谁急，懦弱小人竟然刺激他胖，那还得了，什么时候能瘦？遥遥无期，所以胖子等不了了。

趁其他三人去隧道清理垃圾，自己站岗之机，他把绳子拴在栏杆上，闭着眼一点点地往下滑，眼看着就到了灵芝的跟前，胖子自我感觉前所未有的良好，从腰里抽出工兵铲，一步一步刨挖，很顺利，胖子把灵芝塞进衣服里，开始往上爬，下好下，上却异常吃力，尤其是对胖子来说，在耸入云端的山巅上，他不敢低头看，每动一下就虚汗直冒，很快胖子感觉要脱水了，汗都变成冰凉的了，他感觉到情况很不妙，他咬咬牙，挣扎了几下，在距离栏杆还有几步的时候，把灵芝奋力扔了上去，减轻了身体的一部分重量，但自重太大，减轻的那一点无济于事，反而因为奋力一扔的动作，栏杆开始晃动，有一截生锈的地方，摇摇欲坠，胖子吓得浑身颤抖，他开始大喊救命，每喊一下，栏杆就往下垂一段距离，所以后面他也就不喊了，喊也没人听见。他绝望地吊在半空中，痛苦地呻吟，时间长了他感觉不到痛苦了，看着露出一点边缘的灵芝，他笑了，嘴唇煞白，但是不影响他那感染人的笑。

当付守宇他们清理垃圾回来的时候，左找右找看不见胖子，以为这小子又偷跑到隔壁山坡上去给自己那台破诺基亚找信号去了。可是谢群很快在北坡发现了那块像灵芝一样的东西，再往下看，胖子吊在半空中已经没有了半点动静。谢群撕心裂肺地呼喊：“胖子！胖子！"

胖子像以往他睡着了一样，打雷都打不醒。

付守宇和杨子强闻讯赶来，三人合力把胖子拽了上来，可是为时已晚，胖子体力耗尽，加上吊在半空中时间太长，回天乏术，脉搏已经停止了跳动。

谢群背起胖子就要往山下跑，他期待奇迹发生，一小时前他还在谢群耳边念叨给养车什么时候来，再不来他们又快断粮了，还按照付守宇教的要领，在练射击动作定型，还跟杨子强打嘴仗，把杨子强说急了，气呼呼的，不再理他，音容笑貌还在眼前，怎么会说没就没了呢？

付守宇拽住谢群说：“已经没有呼吸了！你现在抬下去，去哪儿？有医院吗？"

谢群一屁股坐在地上，目光呆滞，一边整理着胖子的衣服，一边念念有词："你怎么这么傻，一个破灵芝嘛，管它是千年的，还是万年的，我妈不吃不会死，可是你这个身板下去了肯定会死啊，四百米障碍里的深坑你都爬不上去，你还想着抓绳上悬崖峭壁。"

谢群给胖子盖上白床单,站在胖子身边,一直站到支队的车过来把胖子拉走,一并拉走的还有胖子为之付出生命的"灵芝",后来付守宇得知,支队找人鉴定过了,那根本不是什么灵芝,只是一块朽木。

为了这块朽木,谢群专门跑过一次支队,死活要把朽木带回哨所,说那是胖子留给他的宝贵遗产,别人无权处置它,支队同意了。在谢群眼里,这块朽木胜过灵芝,他把它摆在哨所最显眼的位置,从此每天除了上哨,写写画画,又多了一项工作,那就是掸木头上的灰,每当有新人补入,他都要好好讲一讲自己为什么掸灰。从此他再也没有提过要调走的事,把哨所当成了家,家就在哨所。

杨子强退伍了,那时付守宇才知道这个喜欢听风的小伙子,有听风的资本,只要他愿意,他完全可以开一场谁都听不懂的音乐会。退伍当天付守宇去送他,送到可以通车的渡口,杨子强的父亲带着车队来迎接他凯旋,车队是劳斯莱斯打头,杨子强的父亲大腹便便,满身都是金链子的感觉,抱住儿子老泪纵横道:"孩子,我要是不把你放在这儿,想想都后怕,社会上多乱啊,你看看跟你一块长大的伙伴们,有一个算一个,进去的进去,败家的败家,我这是为了咱们的家族产业啊,现在你应该知道大风不是钱刮来的,可以下山了!"

杨子强说:"我让你带的东西呢!"

杨父一拍脑门说道:"你看我这脑子,卸货,给他们送上去!"

杨父送来的是一百只兔子,活蹦乱跳的兔子。

杨子强临走前紧紧抱着付守宇,不得不走了,杨子强松开付守宇说道:"什么时候要兔子,给我来信,管够。"

新兵没有分来之前,哨所就剩下了付守宇和谢群,盖着大衣,火炉很旺,两个人还是觉得冷,冷得睡不着,付守宇翻了好几个身,对谢群说:"以前,我以为真正的战友感情,就是冲锋陷阵、出生入死,就得爬过尸山血海,蹚过险江怒湖,就得一起受过冻、挨过饿、挡过子弹,就是明知道可能会死,也要冲上去,后来,我知道,还有一种感情,在一起啊,没说过什么漂亮的话,没打过什么漂亮仗,甚至回想起来,连件露脸的事都没发生过,都是糗事、窝囊事,可是也能让人记一辈子,想起来都能笑出声来,能笑得流下泪来。"

谢群许久没说话,付守宇以为他睡着了,这时谢群说:"本来我不想聊情意,今天说到这儿了,我也给你提个醒,所有人都知道了,你是被你最好的好兄弟贬到这里来的,就你不知道?所有人都在替你惋惜,你就一点牢骚也不发?"

付守宇紧咬牙关,陷入沉默。

第十三章　四面楚歌

　　吴行健眼睁睁地看着妹妹从眼前消失,他知道妹妹的脾气,是断然不敢采取强制措施的,除非她打心眼里能够意识到问题的严重性。

　　吴行健手靠在电梯旁边的墙上,额头贴着小臂,冷静了好一会儿,回到房间,桌上还摊着CQB图解,还有李华纲团伙最新资料,心乱如麻。但是留给他的时间不多了,前一阵子,也就是付守宇从首都回榕城之前,陈司令员已经单独和他谈了话。

　　陈司令员说:"李华纲在观望了一段时间后,重新浮出水面,虽然警方掌握了他大部分的犯罪证据,但是对其实施精确打击,还存在不少盲区,李华纲阴险狡诈,诡计多端,具有超常的反侦察意识,我们做不到实时监控。警方已经向军委递交了联合作战方案,不出意外,很快就会获批,我们不能打无准备之仗,要想占领战场主动权,必须对敌人的一举一动了如指掌,这个任务很难,要保密,要不动声色,要隐姓埋名,甚至可能会有生命危险。不知道你感兴趣吗?"

　　吴行健问道:"卧底?这不是警察的职能范围吗?"

　　陈司令员说:"和不同于一般意义上犯罪分子的人做斗争,我们也要上手段!"

　　吴行健说:"可是我没有这方面的经验!"

　　陈司令员说:"你可以拒绝,绝不强求!如果你不愿意,这个任务就非付守宇莫属了。"

　　吴行健一听司令员提到了付守宇,说道:"付守宇现在不适合担负这样的任务,他有些事还没搞清楚,他的状态绝对不行!"

陈司令员问:"你的意思是你可以?"

吴行健说:"我只是担心这一去不知道什么时候能回来,家人和女朋友那边……"

陈司令员说:"这个我早已经替你考虑好了。尤其是你父亲,我会对他们负责到底。"

从陈司令员办公室出来,吴行健就一直眉头紧锁,他不知道在陈司令员面前,没有经过任何人的同意,就剥夺了付守宇执行这项任务的权利对不对,但是他知道付守宇如果坐在陈司令员面前,也一定会做出同样的选择,尽管这样会让人蒙在鼓里,或者怨恨,或者失望,但是他必须这么做,这时候他想到的是兄弟,生死面前,那些儿女情长已经抛在脑后。所以当吴天将提出要把付守宇调离特战队的时候,吴行健也没有只言片语,他反倒觉得这样再合适不过,付守宇连抢的机会也没有了。吴行健知道付守宇家在山东农村,破屋三间,农田十亩,家境很一般,唯一可以让父母在人前感到荣耀的就是当兵的儿子,每年敲锣打鼓往家送喜报的时刻,就是他们人生中的巅峰,如果付守宇有个三长两短,一家人的精神支柱就倒了,而自己,虽然也是独生子,但是承受苦难的能力,毕竟相比较要好得多。

没过几天,吴行健去俄罗斯警卫部队交流学习一年的红头文件就摆在吴天将的桌子上,吴天将很高兴,这样的机会在总队历史上还是头一次,学成归来一定会得到重用,提拔晋升不在话下,他很感谢总队首长的厚爱,他勉励吴行健一定要勤学苦练,不负众望,代表中国武警扬威国际舞台。

临别是个大清早,吴行健敲开父亲的卧室门,往父亲床上一坐,攥住了父亲的手,把吴天将弄得挺摸不着头脑。吴行健表面上看起来是个感情挺粗糙的纯爷们,今天这样反常的举动,实属首次。吴行健酝酿了一会儿,告诉爸爸,以后一定要照顾好自己,少喝酒,降压药一定按时吃,遇到什么不顺心的事一定控制自己的脾气,别动不动就火上房,凡事多听妈妈的意见。吴丽军长大了,也别太操心,她出去玩玩,知道江湖险恶,很快就会回来的,她是个懂是非、明事理的好女孩,以后一定会好好孝顺你们,我们已经为她清除了前行路上的障碍,以后她一定会找一个门当户对的如意郎君,共同伺候你们的晚年,看妹妹的面相一定能给你们生个大白胖外孙子,让你们安享天伦……

吴天将乐呵呵地打断吴行健的话道:"我老吴什么场面没见过,不就是走一年嘛,好像不回来了似的!"

吴行健欲言又止,已经收拾好了行李箱,就是没有要走的意思,以前恨不能风一般消失在老头面前,今天像换了一个人,吴天将说:"这孩子真是成熟了不少!"

再不走就赶不上飞机了，吴行健站起身向吴天将敬了一个礼，吴天将穿着睡衣，半躺在床上，看到儿子这么有模有样，从床上下来，站直了身子，眼里含着泪花说："去吧，快去！"

吴行健拽着行李，加速离开，他怕再不走就不敢走了。

楼下邱晓娟在等着他，还带来了一大包东西，邱晓娟说都是好东西，有钱不一定买得到，吴行健打开提包一看，有豆腐乳、臭豆腐、豆腐干、榨菜、橄榄菜、辣椒酱，还有各种牌子的方便面。吴行健苦笑了一下道："怕是用不上吧。"

邱晓娟说："去了你就知道我有多明智。"

在机场，吴行健拥吻了邱晓娟。机场大厅里人来人往，吴行健却旁若无人，他很怕真的回不来，这就变成了最后一吻。

邱晓娟羞得满脸通红说："我还穿着军装呢！"

吴行健说："让他们拍，让他们传，军人也要谈恋爱！"

邱晓娟说："该安检了！"

吴行健看着邱晓娟，良久，突然脸色一变，从牙缝挤出一句话："再见了，分手吧。"

邱晓娟不敢相信这是从刚刚还吻得那么走心的吴行健嘴里说出来的，问道："你说什么？"

吴行健说："分手吧！"

邱晓娟故作镇静地说："你开什么玩笑，脑子抽了吧，别跟我玩这套！"

吴行健说："我像是开玩笑吗？这些天我一直在想这个问题，我们都老大不小了，我不能再耽误你了。"

邱晓娟说："这是理由吗？"

吴行健说："不说真话，你是不会死心了，其实我一开始就是在和付守宇较劲，我没有很喜欢你。结婚，我们不合适，很明显我是要走仕途的人，而你不能给我任何帮助，明天你脱下军装，除了好看，什么都不是，我娶你回家做什么，别拿上一辈的恩怨来说事，我只是利用你解开我爸爸的心结，现在我爸爸走出来了，你还有什么价值？陈司令员的女儿和你同样的年纪，已经是副营了，这两天没事就来找我，我觉得她的谈吐和见识，不知道比你强了多少倍，可是再看看你，哪怕不脱军装，干一辈子护理工作，很荣耀吗？我们家是军人世家，特别注重这个，你说我家风不正也好，说我唯利是图也行，但是必须坦白，对你对我都有好处！"

邱晓娟看着眼前这个红口白牙的人，感觉很陌生，还无比丑陋恶心。

邱晓娟强压着心中的怒火说："早怎么不说？"

吴行健说："好奇心？图个新鲜？没试过这样的类型？"

邱晓娟说："我要不是穿着军装，我抽你你信吗？"

吴行健死乞白赖地说："我谢谢你的军装！"

邱晓娟不但没有暴跳如雷，反倒异常平静地说："有始有终，好聚好散，既然是来送你的，我就送佛送到西！"

吴行健说："回去找付守宇吧，你们都被我骗了，他根本没跟我妹妹正式交朋友，你也没有跟我怎么样，一来二去竟然成了这样的结局，我有点于心不忍了。去吧，把他从大山里解救出来，他还是你的，你们更般配。"

吴行健说完，大步流星地往安检口走去，邱晓娟静静地看着他做足了戏份，眼泪在眼眶里打转，硬憋着没掉下来一滴。

邱晓娟看着吴行健的影子消失在拐角处，把卷檐帽往下拉了拉，遮住狼狈不堪，她觉得所有的目光都在盯着可怜的自己，一堆大爷大婶都快戳烂了手指头，他们在嬉笑，在交头接耳，伤心事有千万种，此时莫过于背叛。吴行健一点做思想准备的时间都没有给她留，让她从甜蜜幸福的山顶上跌进万劫不复的深渊，其实她听说过很多类似的故事，儿不嫌母丑，狗不嫌家贫的伦理纲常都可以被颠覆，还有什么不可以被抛弃，本来她不觉得吴行健有多么可恶，可能是耍了一套大义灭亲、临阵休妻的烂俗戏码，可是他居然提到了付守宇，他怎么可以提付守宇呢，提到付守宇就戳中了心里的软肋，自己何尝不是跟吴行健一样，面对选择，没有太多的犹豫，便将内心的天平偏向了吴行健的一边，现在吴行健反而用当初我犯过的错误来惩罚我，多么可笑，他一人分饰两角，把掠夺者和给予者都演绎得淋漓尽致，就为了奚落我，批评我，给我上了这么惊心动魄的一课，然后拍拍屁股走了。我现在不如付守宇，至少付守宇洒脱地活着，尽管他被流放，但不管流放到哪儿，人们也会敬他是条汉子，而我呢？

邱晓娟一路走着，连车都忘了打，走上了国道，走上了高架桥，身旁的集装箱、渣土车鸣着刺耳的汽笛，也没能把她从忧伤里拉回来。

一辆洁白的首都牌汽车跟着她的脚步，越开越慢，车窗摇下来，一个戴着墨镜的男子道："兵姐姐，上车不，我送你！"

邱晓娟吼道："滚，有多远滚多远！"

男子说："神经病吧！"

邱晓娟对着右车门就是一高跟鞋，车门立即凹进去一个坑，帅哥一脚油门跑了，惊魂未定地说："倒了血霉了，我惹她干吗！"

从机场到武警医院，十几公里的路，邱晓娟一刻没停地走了回来。回到科里，往日紧张的护士站今天冷冷清清。邱晓娟问高护士长："什么情况？"

高护士长说："你这什么情况？灰头土脸，被人甩了？"

邱晓娟欲哭无泪，怀疑高护士长这嘴一定开过光。高护士长见她无精打采说道："还能有什么情况，改革已成定局，现在科里的人请假的请假，找下家的找下家，还有的在院领导办公室闹着呢，强烈要求转业！"

邱晓娟问道："你怎么不请假？"

高护士长说："我请哪门子假，过两天我就满三十年退休了，这个时候我要站好最后一班岗，改革大潮，我就不和你们这帮年轻有为的四有新人掺和了。"

邱晓娟环顾四周，果然没有一个穿军装的，就自己突兀地站在这里。

高护士长接着说："别和吴行健天天光腻歪，抓紧把这事定下来，那样头上就长了天线了，就有资本了。"

邱晓娟问："什么意思？"

护士长说："傻丫头，有能力有本事的主刀大夫、科技人才怕脱军装吗？前几年医院培养的那几个博士、硕士，哪一个不嚷嚷着要走！地方给大房子、可观奖金和现成职位，谁不愿意去？去年成功走掉的王博，一到榕城第三医院，从我们这儿的主治医师，摇身一变升级成副院长了，谁看了不眼红？在部队医院一没有外快，二没有高额奖金，三没有太大的提升空间，多少人盯着一个科主任的位置，你知道吗？嚷嚷着不愿意走都是些什么人？胸无点墨、本事不行、能力不够，不敢改变，不求突破，在体系内不吃香，到了地方也没人要，本来穿着军装还有点威信，现在连这最后一点福利也有可能没有了，那不就跟要这些人命一样吗！"

高护士长的语速太快，让人听了喘不上气，邱晓娟有些呼吸急促，尖叫道："别说了！别再跟我提吴行健了！"

高护士长吓了一跳，以为踩了地雷，弱弱地说："文职人员的新式服装样式下来了，征求意见稿，你要是有意见，填个表报上去！"说完，迈着小碎步走了，还回头看了好几眼，心想这邱晓娟从来跟我说话也没敢拔过嗓子，今天这是怎么了。

邱晓娟坐在护士站里面的转椅上，身子往后一靠，脑子里像泼了糨糊，感觉这一天过得太乱了，五脏六腑都隐隐作痛。

正捂着胸口闭目养神，邱晓娟听见一阵敲击柜台的声音，睁开眼睛发现是高护士长，高护士长尴尬地说："本来不想吵你，但是急诊打来电话，说是有个病人，一问三不知，只知道你的名字，现在还在急诊大喊大叫呢！要不你去看看。"

邱晓娟强打起精神道："是谁奔着我来的？"

邱晓娟跑进急诊室，远远地看见吴丽军在大闹急诊科，摔架子、砸瓶子，谁上前就要扎谁，满脸绯红，一身酒气。

邱晓娟勇敢地走上去，一把夺下吴丽军手中的碎瓶子，抱住吴丽军说："大白天怎么喝这么多酒？"

吴丽军醉眼蒙眬地看见是邱晓娟，身子一下子就软了，紧紧地抱住邱晓娟。然后一个响嗝，哇地一口秽物不偏不倚全倾泻在邱晓娟身上，邱晓娟不顾腥臭，用尽气力把她抬到床上，给她扎了一针醒酒药，这才安抚好这个失意的女子。

吴丽军醒来的时候是在邱晓娟的宿舍里，邱晓娟带领三四个壮汉七手八脚把她从急诊大楼抬进生活区。床头柜上是刚刚煮好的养胃汤，还呼呼冒着热气。

吴丽军端起来咕咚咕咚把汤喝完了，也没感觉到烫。

邱晓娟看吴丽军这个状态，比自己有过之无不及，哑然失笑道："三令五申不能喝酒，你怎么喝成这样？"

吃得饱盖得暖，吴丽军暂时稳住了心神道："还在休假期间，有什么不能喝的！"

邱晓娟说："是不是跟付守宇的事？"

吴丽军狠狠地点了点头。

邱晓娟目光暗淡地说："真羡慕你们！"

吴丽军问："羡慕什么？"

邱晓娟说："羡慕你们虽然不能在一起，但是我能感受到你们传递出来的温暖！"

吴丽军苦笑着说："还温暖，你跟我哥那才叫温暖吧！"

邱晓娟说："一切都结束了！"

吴丽军惊讶地问："不可能，我哥前两天还说一定要八抬大轿去娶你！这不符合我哥的性格啊？他不会这么绝情，出了名的脾气好！"吴丽军觉得有些反常，但又说不出来有什么反常。

邱晓娟说："倒霉事不提了，说说你，到底为什么喝成这样，一个付守宇有那么大的魔力？"

吴丽军把这些天的遭遇，和邱晓娟一五一十地说了。"我现在是左右为难，我不答应和海归的婚事，付守宇就会永远待在虎头山上，我答应了就会葬送了自己，一个人的前途命运真的那么容易被某一个人或者某一部分人掌控，这是很可怕的。前几天，王主任给我来电话，我被分到了新闻文化工作站，让我去搞报道，每天摄影摄像写新闻稿，我会吗？我不会！新闻要采访、要策划、要跟踪，要举一反三、要通宵达旦,好几个五大三粗的小伙子都累得面黄肌瘦,我能顶得住吗?你说不写新闻,那么就出现场,玩技术,可是单反相机我都扛不动,更别提摄像机了,除非给报道员拎拎脚架,打打下手,我好歹也是军艺毕业的艺术人才,你让我去这些干体力活,我拉不下这个脸。这几天,我一直在考虑,这个新闻文化工作站,我到底去还是不去,越想越不能去。"

邱晓娟说:"那你就想想办法,管管文化装备,每天邮寄影碟片,发发篮球什么的,那个你肯定干得了。"吴丽军说:"干是干得了,可是这样的好活,什么时候缺过编,都是打破脑袋往里挤啊,人多的地方我就不去看人家后脑勺了。"

邱晓娟说:"那你就活动活动,去哪一个部门管管内勤,负责一下各类票据的报销,手握财政大权,也是一些人乐此不疲的事啊。"吴丽军说:"现在谁还敢和公家的钱扯上联系,你在医院太久了,是真落伍了,去年总部文化中心争取了一百万经费,是准备给各总队用来制作动漫和微电影参加比赛用的,到了年底愣是一分钱没下拨出去,为什么?没有单位愿要。白花花的银子为什么不要?一方面是报销手续太烦琐,一方面是现在真的想从公家钱里攥出一点油水,那这个人可就是把脑袋别在了裤腰上,这是一条红杠杠啊!况且我不是管钱的料,每个月我连自己那点工资的账目都搞不清楚,你让我管单位的钱,哪个领导心会那么大!"

战场让女人走开,吴丽军和邱晓娟都意识到了,部队本来就是男人的天下,适合女人的岗位少之又少,进入新时期,军队把重心放在"仗要怎么打、兵就怎么练"上,一些辅助性的、不直接与战场挂钩的、不那么要害的人群,能淘汰的淘汰,不能淘汰的就开拓军民融合的路子,发展的必然趋势让女人在军队的生存空间越来越小。曾经让她们引以为傲的,带来诸多荣耀的军装,似乎下一秒就不再属于她们,尽管现在仍然穿在身上,但穿得没有以前理直气壮。

吴丽军说:"我打退堂鼓了,从首都急流勇退没有后悔,但我要是贸然选择了不喜欢的专业,以后真就没有回旋的余地了。"

邱晓娟说:"我和你想得不太一样,我对这所医院已经有感情,很多我主管过的可爱的军人伤病员,这两天都发来微信劝我留下来,虽然地方上待遇也不低,但当兵是我爸和我共同的心愿,当年我刚分到这所医院的时候,我爸很激动,这些年来我都没有看见他那么激动过,我知道爸爸的军人情结,他最喜欢的就是军人,只要我爸爸高兴,我就要一直待下去,即使脱下这身军装,只要是能留在这里,每天看到穿军装的人来来往往,我心里也踏实。"

吴丽军精神状态有些恢复的时候,邱晓娟决定带上吴丽军到屋外呼呼吸吸新鲜空气。邱晓娟抚摸着院区里一棵四人抱的大榕树对吴丽军说:"这棵树可能有一百年了，若不是榕城有保护榕树的政策和传统，我们就没有好运气看到这么美的树了，你看它盘根错节，郁郁葱葱，好像还要活上千年的样子，心情是不是好了些呢？"

　　吴丽军站在大榕树下面，抬头仰望，一缕缕阳光从交织的枝叶的缝隙中投射下来，似万丈霞光笼罩住周身，吴丽军在布达拉宫的城墙下见过这样的霞光，今天是第二次，她保持着同一个姿势，久久地向上凝望，一动不动，慢慢地竟然泪湿眼眶。谁说寻找感染人心的力量，一定要去很远很远的地方，邱晓娟看着吴丽军不知道是因为太刺眼，还是想起来付守宇或者一些往事，脸上浮起了微笑。邱晓娟默默地说：不管是不是不起眼的一隅，只要能安静下来，也能看到平常看不到的美丽，这美丽不是大山大水，没有波澜壮阔，可是你笑了，笑得那么动人，也许你看到的只是你自己，看到了小小的希望，大大的苍穹！

第十四章 险江怒湖

其实方才吴丽军的猜测是准确的,吴行健并不是真的想和邱晓娟分手,他违心的一句话说痛了邱晓娟,更撕裂了孤独的自己。

吴行健进了候机厅,并没有到检票队伍中去,径直走进了卫生间。坐在卫生间的马桶上,吴行健泪流满面,咬着手指头哭,第一次感觉心如刀绞。哭了好一会儿,吴行健怕待的时间太长了,引起怀疑,迅速收拾心情,开始做伪装。换了一身流里流气的衣服,穿上一双高腰的休闲鞋,贴上胡子,用电动推剪给自己理了一个仅剩几毫米的头发,露着白白的头皮,戴上眼镜和金光闪闪的首饰,把换下的衣服全部扔进垃圾桶。之前用过的手机,也抽出电话卡,一脚踩碎,冲进了马桶。从隔间里走出来,手里最后剩下了邱晓娟为他悉心准备的"美食"套餐,他犹豫再三,还是把它舍弃在了洗手台上,一件也没有拿走。

都以为吴行健飞去了莫斯科,然而从现在开始,吴行健却有了新的身份,他不再是武警上尉,也不再叫吴行健,他叫雷伊,外号枇杷,之前是香港自由搏击联盟成员,在内地无亲无故,由于吸毒,抽光了老本,于是"下海"专职抢劫,榕城10.2金铺劫案里的幕后推手之一,当天的行动不在现场,而是在一辆卡车上用无线电实时遥控,警方找到他的时候,汽车爆炸,证据全部被销毁,枇杷心理素质极好,一直没有招供,所以只按包庇罪定了刑,是这个案子里唯一没有判死刑的人,而这个真正的枇杷就在今天刑满释放,刚走出监狱大门,就被武警总队保卫处的人控制了起来。吴行健为什么冒充他的身份,因为他作案从来没有露过面,一直躲在幕后,很少有人知道他的庐山真面目,而且他不止一次在监室炫耀,出去就能加入李华纲团伙,干榕城最大的买卖。他敢这么说,因为几年来,探监的都是一个叫灰狼的人，这个灰狼是江湖上唯一一个知道枇杷底细的人，灰狼每次来都通过黑话，和他交流最新鲜的"业内"动态，他们以为神不知鬼不觉，其实都被一一破译。

吴行健为了防止邱晓娟没有走远，又在候机厅里坐了一袋烟的工夫，这一期间，他看着窗外缓缓移动的飞机，最后一次想邱晓娟，想付守宇，想每一个人，出了这个门，他就要把他们全部忘掉，说梦话也不能说漏了嘴。

出门打车直奔榕城海水浴场，那里灰狼正在等着他。

走进私人专区，远远地吴行健看到灰狼穿着三角泳裤，坐在躺椅上，悠然自得地晒着太阳，旁边是三四个比基尼美女，袒胸露乳，摩挲着灰狼黝黑健壮的肌肉，那肌肉鼓鼓囊囊，既有线条，又有棱角，还闪着亮光，健美有型。吴行健知道这是长年累月磨炼的结果，不比特战队员的肌肉围度差。吴行健在想赌博能上瘾到输光所有冠军奖金的人，肯定也是很有韧劲的，能坐在麻将桌上三天两宿不下桌，需要多大的耐力，这样的人干什么事只要拿出赌博劲头的三分之一，也能成。距离灰狼两三百米有一栋海景别墅，阳台上坐着两个西装革履的小兄弟，那是灰狼的贴身小弟，天气回温到二十多摄氏度，两人热得满头大汗，但仍然神情肃穆，警惕地环顾四周，手插进西装内袋。

吴行健先朝两位小兄弟挥了挥手，小兄弟们受宠若惊，报以90度鞠躬，这可是灰狼口中的传奇人物枇杷啊，要是怠慢了，以后肯定没有好果子吃，所以隔着老远，两兄弟都紧张得手心出汗，喉结频繁蠕动。吴行健又朝灰狼挥手，灰狼沉醉在温柔乡里，哪有工夫搭理旁边发生了什么，其中一个美女看见吴行健，连忙唤醒灰狼，灰狼嗖的一下从躺椅上站起来，望向吴行健。

吴行健沿着沙滩阔步前行，张开双臂，高昂起头颅，面带微笑。

灰狼使劲眨了眨眼睛，觉得这个人和枇杷似像非像，可能是太久没有去探视，枇杷哥多少有些变化，这也难怪，知道自己快要出狱了，这段时间一定心情舒畅，吃得饱睡得着，稍微有些发福也是理所应当的。灰狼推开簇拥着他的美女，也张开双臂，向吴行健走去。

越走灰狼越觉得不对劲，这个枇杷怎么五官还拉长了呢，虽然戴着帽子和墨镜，但气场上还是有很大的差别的。

走到近前，灰狼还在审视，吴行健说话了："灰狼兄弟，别来无恙啊？"

一听这话，灰狼立即意识到这根本不是枇杷，枇杷从来不这么称呼自己，迅速掉转方向，要往两个同伙身边跑，但是为时已晚，吴行健来之前就做好了充足的准备，就是要弄死灰狼，他死了就没人知道自己的老底。没有枪，就徒手，资料显示灰狼年轻时是知名搏击俱乐部的综合格斗运动员，之所以和枇杷狼狈为奸，就是前些年同台打擂的共同经历，让他们惺惺相惜，同病相怜，由于生活中有更多的共同语言，所以两个人配合得十分默契。灰狼在职业生涯上比枇杷有着更出色的成就，在当地是出了名的武状元，打过一百多场商业赛，俱乐部还专门为他保留了一个陈列柜，摆满了他的奖杯奖牌，退役之后留在俱乐部任教过两年，带出的徒弟也相当有水平，后来沾染上赌博恶习，输光了奖金，南下跑路到了榕城，混了七八年黑道，混出了点名堂。去年李华纲到榕城招募帮手，灰狼毛遂自荐，打出的招牌就是特别能打，李华纲派出了手底下手脚最利索的人和灰狼展开车轮战，无一例外都被灰狼一回合KO。场下斗殴不同于擂台，没有规则限制，灰狼打红了眼，对倒在地上、没有了还手能力的对手，也没有放过，要不是李华纲示意强制拉开，几个人极有可能命丧黄泉或者瘫痪在床。今天，吴行健碰到的是这样一个拳拳到肉的有着真功夫的人。刚刚出狱按照常理也是手无寸铁，所以吴行健不能使用武器，要徒手和一个武状元展开对攻，若不是有莫大的勇气，是断然不会做出这样愚蠢的决定的，但吴行健使用排除法，做了选择题，思忖再三，也没有想出更好的办法，对付灰狼一个人尚显吃力，两三百米开外还有他的帮手，所以吴行健认为他的机会就在这两三百米的沙滩距离之间，这个时间段若是打不掉灰狼，极有可能会被干掉。

　　再老到的运动员上场之前也要唤醒运动机能，没有准备的战斗多少也会慌乱，一定要在气势上首先压制住他，吓他个半死不活，打他个措手不及，首先就成功了一半。吴行健通宵达旦，翻出了几十部灰狼的比赛视频，一帧一帧地研究灰狼的技术缺陷，研究他的防守漏洞，写写画画竟然整理出一本心得体会，吴行健认为，这并不是什么好现象，到时候看见灰狼，脑子里若是浮现出密密麻麻的力学原理、图形符号、武功秘籍，那么这战斗就完了，知己知彼百战不殆没有错，但是万不能走火入魔，研究可以，着实没有必要搞得气氛这么紧张，想到这里，吴行健把本子付之一炬，思路才又重新清晰起来。

　　此时，灰狼转身就要跑，刚露出饱满的屁股，吴行健从沙滩沿线的高处纵身一跃，将灰狼扑倒在地，灰狼啃了一嘴沙子。他再吃惊，也还是有下意识的，迅速拱起腰身，要来一招王八翻身，这一招要是使用成功，很快吴行健就会被灰狼骑在身上，接受地面砸拳的洗礼，或者被灰狼骑在身上，尽情施展他的关节技。

　　吴行健喊了一声："别动，开枪了！"

　　灰狼僵住了一般，两个人都迟疑了三秒，吴行健想，嘿，这家伙居然信了。灰狼在想，我去，这家伙居然有枪？突然他反应过来，枪？哪儿来的枪，有枪你倒是抵住我的脑袋，抵住我的腰啊，灰狼很聪明，很快明白这是诈胡，于是继续发力，硬是背着吴行健站了起来，吴行健双脚死死地勾住灰狼的腰，手臂从灰狼背后伸穿过他的脖子，想要压迫住灰狼的颈部动脉，可是灰狼没有给他机会，双脚腾空，向后背摔，以自重狠砸吴行健，吴行健感到胸前和腰部一阵剧痛，他听到了骨骼咔咔作响的声音，这一砸砸开了吴行健的制衡，吴行健强忍着剧痛，往灰狼转身的对立面翻滚，但是灰狼势大力沉之余还有些许的灵敏，不等吴行健爬起来便扑了过来，像刚才吴行健从背后扑自己一样，很快形成了裸绞姿势，右大臂深深地嵌进吴行健的脖子，双脚勾住吴行健的胯部，上下左右密不透风。此刻，虽然吴行健仰躺在灰狼的肚子上，一点力气也没用，但是并不舒适，灰狼虽然背靠着沙滩，四肢同时发力，裸绞动作已经形成，这时候只要不是旁边有人拿砍刀砍掉他的右臂，他基本上已经胜券在握，等待吴行健的就是大脑逐渐缺氧、缺血，逐渐失去意识，窒息而亡。

　　观景台上的两位小弟，到现在也没弄清楚这是什么局面，他们知道灰狼的兄弟要来，而且早就听灰狼说过不止一次，在榕城能跟自己抗衡的除了枇杷，屈指可数，为了营造出自己在综合格斗方面的极高造诣，他把枇杷的战斗值也描述得人神共愤，说枇杷也是一等一的高手，两人当年一见面就切磋，每次都能大战三五百个回合不知疲倦，现场往往都要风沙走石、山崩地裂。

　　耳濡目染，小兄弟对灰狼和枇杷的独特情感深表理解，感觉这才是功夫高手应该拥有的情谊，不打不相识，不打不热络。站在观景台上，两兄弟眼见证了两人奇特的打招呼方式，看到灰狼和来者如此亲密无间，动作这个纠缠不清，时而嘴角抽搐，时而发出慨叹，时而发出惊呼，时而表示遗憾。

　　小白对小黑说："不见得，这地面技啊，说不准的，可能性太多了！你看你看，翻滚了吧！"

　　小黑对小白说："一看就是外行，都是练家子，分毫之差都会影响战果！"

　　小白对小黑说："这枇杷什么路子，是有点疯狂啊，招招对准要害啊！"

　　小黑对小白说："没用了，锁死了，还是灰狼技高一筹啊。"

　　小白对小黑说："差不多得了，没完了，这是要命的节奏啊。"

　　小黑对小白说："高手过招瞬息万变。"

　　小白紧张地张大了嘴巴道："脸都变色了……"

　　被小白说着了，吴行健脸已经涨成了猪肝色，嘴上都是白沫子，额头青筋暴涨，眼白已经布满了血丝，阳光强烈，吴行健看到的却是彩虹的五彩缤纷，如棱镜一般，闪烁出重叠的影子。鼻子里只有出气没有进气，除了双手还可以无力地四处乱抓，其他部位纹丝不能动，他试图薅灰狼的头发，但灰狼的头发比他的毛寸还要短，他抓起沙子往灰狼脸上涂抹，但是除了能干扰灰狼的眼睛，别的作用也不大，且这时候灰狼根本不需要眼睛，腰部和胳膊才是重点。

小黑对小白说："什么仇什么怨，下死手了。"

吴行健已经窒息了，再没有有效措施很快就要晕厥过去了。此刻吴行健在想，不会这么搞笑吧，研究特种作战的一线精英横空出世，第一天难道就要被大佬手底下一个二流马仔取了性命？电视剧也不敢这么演吧，研究来研究去，又是欲盖弥彰，又是伪装，又是易容，又是实施一系列侦察技巧，任务还没开始就牺牲了。大家都以为我去俄罗斯交流学习了，到头来死在距离家门口几公里的榕城海滩上，很快会被特战学院作为反面教材大书特书的，到时候只要是特战队员都知道有一个叫吴行健的人，秒死。吴行健想到，自己特战出身，跟格斗运动员比徒手，跟射击运动员比精度，跟长跑运动员比体能，这得多么自负、自恋、自大才能干出这样的事情呢。

吴行健系的是特战黑色牛皮腰带，每一个扣眼手指头粗，卡扣也异常坚硬，以前吴行健不理解为什么特战腰带一定要设计成手动扣针式的，上面有方形镂空的扣环和可以活动的扣针，而不采用那种最普遍的商务的光面自动扣腰带，后来他研究明白了，就像军人的领带在颈部后侧有一个暗扣，如果恶意拉扯，领带会自动脱落一个道理，很多小机关都是为了保命用的。吴行健想到浑身上下唯一的武器就剩下这个小东西了，伸手去卸扣针，摸索了好一会儿，扣针顺利攥在了手里，倏地往灰狼箍住自己脖子的大臂扎去，一下、两下、三下，灰狼发出撕心裂肺的叫喊声，由于用力太久，血液淤积，这一扎就像扎烂了装满水的气球，鲜血四散喷出两米多远，滋滋的跟喷水枪一样，吴行健听到了这悦耳的声音。身处绝境的人都对声音比较敏感，就像杨子强能听到风的声音，就像谢群能听到胖子的呼唤。

小白看见了血，兴奋地对小黑说："我就说不能小看这小白脸，太他妈狠了！"

小黑疑问道："这小子裤裆里藏着刀？"

两人对视一眼，小白迅速转变角色，意识到自己并不是被灰狼请来看比赛的，是来给灰狼撑场面的，说道："动刀了，要出事！"

小白撒丫子就往沙滩上跑，而小黑不忘脱下闪亮的鳄鱼牌的皮鞋，对齐摆好，还有纯棉的袜子，仔仔细细地把袜子塞进鞋子里。小白跑出去一百多米，发现小黑没有跟上来，气急败坏地往回跑，接上小黑骂骂咧咧地重新出发。

其实灰狼在心里已经把小黑和小白诅咒了一万遍。这两个龟孙，我让你们来日光浴来了？我在这儿拼死拼活，你俩连个人毛都没见着，你们对得起我每天请你们撸的串，喝的啤酒吗？

当小黑和小白还奔波在两三百米的坎坷路上时，灰狼的血已经染红了一大片沙滩，灰狼是搏击高手，有很高的格斗智商，这样的情况，他没有死磕，立刻推开吴行健，站起身来，从地面转为站立，先出了一记后手直拳，吴行健一个下蹲，瞅准肋巴扇扎了一针，灰狼又来了一记高扫，吴行健抄住腿，对准大腿根又是一针，灰狼转身要跑，吴行健不依不饶，又是一个前扑，灰狼挣脱开，匍匐着往小黑和小白的奔来的方向逃窜，挣脱了上半身，吴行健就抓住腿，对准脚后跟的肌腱又是一针。他发现面对这么一个穷追猛打的家伙，这些年所练的技击术基本上可以忽略了，要想逃脱吴行健的双手，只有拼命跑，才是上策，可是针扎得太多了，影响了行动，跑是跑不过他了，现在只有一边格挡，一边眼巴巴地等着小黑和小白，期待他们能够尽快上手。越是这样越不利于局势，就像小孩打架，一个嘴里一直喊爹喊娘，渴望有人帮忙的孩子，一定要吹亏，因为一旦心里有了别的念头，不再专心致志地出动作了，挨揍是肯定的了。两百米、一百米、九十米，小黑和小白马上就要到眼前了，吴行健最后一针沿着灰狼脖子里的皱纹线，齐刷刷地割了一道，这一道严丝合缝，和皱纹线浑然天成，灰狼深吸了一口气，发出厚重的"喝"的声音，脖子里的鲜血喷涌而出，喷射在吴行健的脸上，糊住了吴行健的眼睛，吴行健用袖子擦了一把，知道灰狼大势已去，七窍也开始出血，四肢高频率震动，肩膀一耸一耸。当鲜血冒着热气从灰狼身体里殷殷地流出的时候，这个威武雄壮的男人，亮闪闪的肌肉似乎也在干瘪下去，像被扎过的轮胎或者没放够酵母的馒头。灰狼停止了抽搐，瞳孔逐渐扩散，眼睛仍然死死地盯着吴行健，好像在问你到底是谁？现在，吴行健都不知道自己是谁，所以回答不了这个问题。

小黑小白看到了灰狼的惨状，吓得筛糠一般发抖。

两人掏出弹簧刀指着吴行健道："为什么下死手？这不是你兄弟吗？"

吴行健不慌不忙地从口袋里掏出纸巾，擦着手道："亲兄弟明算账，对不对？"

小黑说："对！"

吴行健说："妈的，以为我不知道，在外面玩我的女人，老子不能忍，你们能忍吗？"

小白说："忍不了！"

吴行健说："虽然那个女人连我的真名也不知道，但是这个底线不能碰，谁碰谁就得死！我把那个女人也干掉了。有没有道理？"

小白说："你说得有点道理，但是你把我们老大弄死了，我们不能什么都不做！"

吴行健说:"对着我扎一刀,死了算我的,扎不上就带我去见李华纲。"

小白说:"我肯定扎不上,小黑,你行吗?"

小黑道:"狗日的,废物,怎么没有一点血性,扎不扎得上也得扎啊!我扎!"

小黑这般义气,还没过奈何桥的灰狼听到这话,都能感动得折回来。小黑出动作了,攒足了劲儿,对着吴行健卡其布夹克的左袖子划了一下,右袖子划了一下,硬生生给吴行健裁了一件乞丐装,然后扔掉了手里的刀,跪在灰狼身边。

小黑失声痛哭:"大哥,他杀个人跟宰只鸡似的,刚才我在他眼前晃小刀,他连眼睛都没眨。你都让他给收拾了,我俩就别蹦跶了,希望你理解兄弟们的难处,混社会,谁狠就跟谁走,这道理你也懂,望理解,我们给你买一块海景墓地,让你天天都有比基尼看,你就放心地去吧。"

小白哭得鼻涕一把泪一把道:"小黑,你这个忘恩负义的小人,我看错你了,大哥尸骨未寒,你就张罗着跟枇杷走,这段时间白跟大哥一起出生入死了。"

小黑问:"那我还要怎么做,才能证明自己?!"

小白说:"你就不能先打电话联系一下火葬场?!"

道上的规矩,生不按游戏规则,死也不麻烦组织,吴行健脱掉被小黑割成短袖的夹克,躺在灰狼刚才躺过的躺椅上,这里似乎什么都没变,什么也没有发生过,海浪沙滩仙人掌,除了比基尼美女不知去向。吴行健戴上还剩一个镜片的墨镜,一边享受阳光,一边注视着小黑和小白把灰狼装进编织袋,塞进后备厢。一切准备就绪,载上吴行健,去见李华纲。

李华纲的船停在马尾港,从外观上看和别的货轮没有任何区别,桅杆上还挂着一排排的小五星红旗。吴行健站在舷梯上等通知,小黑和小白抬着灰狼的遗体进了李华纲所在的多功能厅。吴行健一边大口大口地抽着烟,一边观察着船上的动向,不一会儿有一个麻袋扑通一声被扔进了海里,紧接着小黑给他打手势让他上去。

穿过逼仄的走廊,吴行健发现船上到处都很狭窄。这么大的船,这么大的"买卖",可真不会享受生活,正想着,小黑推开了走廊尽头的一扇门,吴行健一下子被惊到了,还真是曲径通幽处,别有洞天,这个多功能会议室比单位的千人礼堂也小不了多少,但内容比礼堂丰富得多,吴行健环顾四周,叹为观止,这里面分好几个区域,有撸铁区、品茗区、观影区、小球区、棋牌室、餐饮区,甚至还有SPA区,区域与区域之间一水的透明玻璃,隔音相当好,相互透视,又互不影响,隔壁挥舞着球拍龇牙咧嘴地把球打得四处乱窜,但是这边一点声音也听不见,像是在观看一出哑剧。

而会客区是这里面最大最空旷的一块区域，中央摆着一张虎皮大沙发，虎皮沙发的正后方悬挂着一块十分怪异的小钢板，挂在雪白的墙上，与周围的格调格格不入，后来吴行健知道这是李华纲和叶根壮的精神图腾，是他们行走江湖、作恶多端也不害怕、杀人也不眨眼的信念来源，这是叶传仁的头盖骨。

虎皮沙发上坐着一位中年男子，这个人平头正脸、不怒自威。吴行健想，他肯定就是李华纲。他一只手夹着雪茄，看见吴行健走进来，专门放下雪茄为吴行健鼓掌，鼓得热火朝天，催人奋进。

李华纲说："来了，枇杷兄弟，等你半天了！"

吴行健说："对不住纲哥，解决点私事，来迟了！"

李华纲再次夹起雪茄，缓缓地吸了一大口，烟雾开始笼罩住他的脑袋，吴行健看不到他的表情，听到他说："你们之间的私人恩怨我不管，但灰狼也是跟了我一两年的人了，你怎么说弄死就给弄死了呢，你想过我的感受吗？"

吴行健说："我等这一天等了好几年了，我在里面装聋作哑，但不代表我不知道，道上的规矩他也敢破，不讲究啊，我这是替纲哥清理门户啊！"吴行健想，这肯定是不高兴了，得赶快把他哄高兴。

没来得及拍马屁，李华纲伸手摁了一下虎皮沙发扶手上的一个按钮，刚还四面透明的玻璃墙壁瞬间变成了红色，遮住了外面的光线。

一直站在吴行健旁边的小黑从后腰悄悄取出一把电击器，对准吴行健的后腰就是一下，只听见噼里啪啦的声音，还冒着蓝光，吴行健摔在会客厅的羊绒地毯上，五官挤在了一起，不停呻吟。过了一会儿吴行健痛苦地挣扎了一下，手脚冰凉，裤裆却热乎乎的，似有一股暖流向上蔓延。小黑把电击器又对着他胸口扎了一下，电击器上像狼牙一样的铁尖，扎进了肉皮，这次的威力比刚才要大，吴行健在想肯定是小黑又换了一挡。这一下，就像有一万只毒蚂蚁在啃噬他的躯体。

李华纲走到吴行健跟前蹲下来，看着还在翻白眼的吴行健，嘴上的雪茄一明一暗。

"灰狼是没什么出息，但你怎么能随便弄死他呢，他死了谁还知道你？"

吴行健蹬蹬腿，噗地吐出来一大口气道："没人！"

"不对，为了个下三烂的女人就把自己的兄弟置于死地，你当我没脑子？"李华纲慢悠悠地说。

"杀父夺妻，不共戴天！"吴行健理直气壮地说。

李华纲又抽了一口雪茄，趁明火没有暗下去的时候，把烟头摁在了吴行健的脖子上，发出一阵嗞嗞的声音，满屋子都是焦煳味，疼得吴行健双手像投篮一样高举到头顶，哀号阵阵。

"你的女人？死了吗？叫什么，埋哪儿了？"李华纲显然对吴行健的不诚实很不耐烦。

接过小黑递过来的一把锃亮的左轮手枪，对准了吴行健的太阳穴。

吴行健想到，行啊，几年前的事被你翻个底朝天，瞒是瞒不住了，说道："老大，既然都是明白人，我也就不兜圈子了。以前灰狼只是我的一个小跟班，现在玩大发了，动不动敢跟我叫板了，我在里面就想，出去之后我肯定没他在您面前资格老，我在里面受苦，他跟着您吃香的喝辣的，混来混去，他倒混到了我头里了，我怎么能眼睁睁看着他在我面前作威作福，这才刚开始，以后指不定还得有多尴尬的事，一不做二不休，干掉他我就能取代他，无毒不丈夫，不然我在你手底下，还在他脚底下，什么时候才能有出头之日。别怪我绝情，干大事的人不拘小节。"

吴行健唾沫星子乱飞，溅在李华纲脸上，李华纲没有去擦，吴行健判断他应该听到心里去了。

果然，李华纲慢慢站起身来，把枪递给了小黑，倒背着手向虎皮沙发走去，走了三五步，又原路返回，伸出手要把吴行健拽起来，吴行健受宠若惊，连忙给了他这个机会。

"好一个无毒不丈夫，虽然我挺看不起你这个势利小人，但我有自知之明，我自己也不是什么好人！"李华纲又拍起了手，通过这个动作吴行健认为李华纲还是挺讲究的，不吝啬掌声，敢于赞美别人，这是《教你做人》等类型的书里经常说的情商高的表现。

李华纲示意吴行健坐，吴行健没看见凳子，于是决定坐在地上，刚想习惯性地盘腿席地而坐，双手扶膝盖，突然意识到这是匪窝，那么坐很奇怪，虽然没有专门受过卧底训练，但细节决定成败的大道理他还是懂的，于是换了一个吊儿郎当的姿势。

第十五章　胆战心惊

李华纲说:"既然确定枇杷兄弟就是同道中人,还有什么好说的。"

李华纲冲小黑使了下眼色,小黑又把那把左轮手枪拿过来了,李华纲递给吴行健。

吴行健激动地说:"别这样,客气了,没给您带什么见面礼,哪还好意思要您的东西!君子不夺人所爱!"

"只是给你用一下!"

"免了免了,我不太会用这玩意儿。"

"用!必须用,不仅要用,还要用出花来,今天我倒是要看看枇杷兄弟的血性,拿什么来证明你自己,当然是真刀真枪啊,露几手是免不了的,今天让哥哥开开眼,知道知道枇杷兄弟的天不怕地不怕,灰狼让你弄死了,再死几个又何妨!"李华纲边说,边拉着吴行健往舷窗走,指着外面来来往往的人群说,"开枪,随便你打,打死了我包,打不死,你就得下去和灰狼做伴!"

吴行健傻眼了,让我草菅人命来证明自己不是东西?

吴行健说:"这枪一响,警察很快就会包围这里!弄那么大动静不是给自己添麻烦?"

李华纲笑着说:"不碍事,你没听说过狡兔三窟吗?警察能包围我?你太低估我,高看警察了。"

吴行健在想,看来今天难逃此劫,可是我能打吗?那都是无辜的群众,死了谁,都得内疚一辈子,上面派我来侦察,没有说过我在必要的情况下可以射杀无辜,保住自己,即使有这么一条不成文的规定,可是我能那么做吗?但是,我已经迈入李华纲的大门，就差一步便可以打进他的核心，晚一天就会多一群不明真相的群众，被运上一条不归路，今天我要是不打，很快就会被李华纲抽筋扒皮，沉尸海底，就会像灰狼一样，被小鱼小虾蚕食血肉，咀嚼骨髓，最后剩下一副孤零零的骨头架子，永不见天日。他们还可能在我留下的遗物中寻找一些秘密，背后无数个兄弟夜以继日、加班加点所做的一切都会变成徒劳，成功消灭李华纲集团将会变得遥遥无期，怎么想怎么都不划算。

李华纲看到吴行健在犹豫，继续煽风点火道："你不会告诉我，你不敢吧，告诉我你很尿，你并不配和我们一起战斗，和我们在一个战壕里你会感到羞愧？你出来干什么，继续在里面待着多好，想过安稳日子就不要上这条船，上了船你就不是以前那个你了。"

吴行健的手指在颤抖，李华纲指着码头上的人说："超度他们，帮他们解脱，一枪一个，一了百了！嘭！"

吴行健举起了枪，对准了舷窗外的人群，他的表情很难看，眼神很绝望，他瞄准了一位穿着火红工装的中年男子，男子一定上有老下有小；又瞄准了一位妙龄少女，她穿着大红的高跟鞋，米黄色的风衣，衣摆随风飞舞，有雪白的薄纱从衣摆中露出来，她长着一头很好看的、及腰的自来红头发，嘴上涂着艳丽的唇膏，手里抱着一束火热的花朵，那束寒风中微微颔首的花朵，越发娇艳起来；吴行健使劲晃了一下手臂，又朝向了一位老人，老人拄着拐杖，戴着礼帽，穿着衬衫，扎着领带，但是西装太大了，领带太长了，有些嘻哈风，脚上穿着老解放鞋，他的背驼着，眼花着，嘴巴张得大大的，码头的风很大，吴行健能看到他瘦弱的身体在苦苦支撑，萧瑟地站在那里和捧花少女形成鲜明的对比……吴行健眼角有泪珠滴下来，他说，看什么看久了，眼睛也会干涩，情绪也会失控。他放下了枪，不愿意再举起来，那些来来往往的人，即使碌碌无为，自己也没有任何权利可以剥夺他们的生命，但是他知道，劫数难逃，这把枪迟早还要举起来。李华纲说，我姑且信你，我看看你还能拖延到什么时候，你有多不尽力，我就有多没耐心。

吴行健又举起了枪，这次他瞄准的是一个小男孩，小男孩六七岁的样子，穿着脏兮兮的衣服，不时回头看看穿着清洁工衣服正在打扫卫生的妈妈，他在向海里投射他的纸飞机。这个时间段应该是午饭时间，他为什么没去吃饭？

李华纲拿了另外一支枪指着吴行健的太阳穴说："你能不能打，你不能打我打！"

吴行健闭上了眼睛，闭上眼睛一张张的脸又浮现了出来，他对准了一位壮汉开始预压扳机，他要射出这发子弹，他已经想到了那血淋淋的场面。这一枪必须开吗？必须开！吴行健脑门上的汗珠子淌进眼睛里，嘴巴里，咸咸的，辣纷纷的，内衣已经湿透了贴在身上，他不能再想了，来不及想了，打吧，他枪口稍微往下了一厘米，他知道这一枪击中不了要害，啪的一声，枪没响……

"看你开枪，真他妈刺激，跟掏鸟窝一样，就怕鸟飞了，你这个鸟样子，我实在不想再鸟你！"李华纲说，"没子弹，哈哈，没子弹！"

吴行健如释重负，像是搬开了胸口上的大石头。

"别急别急，枇杷兄弟，有没有常识，这是左轮手枪，这个眼子里没子弹，下一个说不定就有了，不会让你失望的，试试看，你会有惊喜！"李华纲道。

吴行健想狠狠地扇自己，你李华纲没完了！

但是吴行健不得不再拿起枪，故作疯狂地啪啪啪啪，枪仍然没响。

李华纲开怀大笑道："还是没子弹，我怎么可能装子弹，你要是打我呢，你要是饮弹自尽呢，你这个疯子什么干不出来，我就是不给你机会。哈哈哈哈！"

吴行健生气地用枪托砸碎了舷窗边上的花瓶，愤然转身向甲板走去。李华纲笑呵呵地跟在后面："别生气，消消火，没有不信任你的意思，游戏嘛，玩一点成人游戏，还急眼了，心胸宽广一些吧，不然怎么混啊。来来来，大哥请你吃顿好的，压压惊！"

马尾港的海面清澈湛蓝，可以看到海底的礁石和水草，骄阳、清风、新鲜空气，是很好的度假胜地。甲板上，不一会儿桌子支起来，瓦斯炉子架起来，好吃的好喝的陆续端了出来。

吴行健一看这顿好的，瞬间没了胃口，有果子狸、穿山甲、眼镜蛇、老鼠干，那一盘黑漆漆的怎么看怎么像屎壳郎，还有一盘软塌塌、白乎乎的看上去就是幼年的毛毛虫，这些还不是关键，李华纲浪就浪在这些东西全部囫囵着煮，连切都省了，就要看到动物被吃之前的本来面目。这李华纲就是中国版贝爷啊，吃得也太野了，吴行健一口差点没吐出来，强忍着把酸水又咽了回去。

李华纲看吴行健面露难色，说道："一看就没当过兵，没经历过野外生存啊，在野外，这都是上好的佳品，蛋白质丰富，补充能量一流，吃一顿三天都不饿。"

吴行健想，野外生存吃这些，那是保命用的，平常过日子吃这个是不是傻，是不是李华纲知道自己有被逼入绝境那一天，提前预演呢，疯子，真是疯子。

李华纲大口大口地吃着，满口流油，吴行健看得满身起鸡皮疙瘩。

宴席正进行着，从舷梯上走上来两个人，一个五大三粗、满脸胡子，一个楚楚动人、清纯可爱。李华纲端着酒杯站起来介绍："这位就是大名鼎鼎的壮爷，不是亲兄弟，胜似亲兄弟！"

吴行健连忙站起来，替叶根壮拉开了椅子。李华纲并没有介绍叶根壮旁边的女人，女人一袭白衣，化着淡妆，走起路来犹如一朵白莲花绽放，一股桂花清香隔着老远扑鼻而来，和这碧日蓝天浑然一体，五官恰到好处，气质不输吴丽军，相貌不输邱晓娟，该有的地方都有，该藏的地方都藏。浑身上下都是特点的时候，就很难让人再形容她的特点，倒是耳朵上一双硕大耳环，像套圈游戏里的圆环一样夸张，吴行健真不知道该怎么给她起个外号。若不是她紧随叶根壮左右，很难想象她应该出现在这样的场合，她应该去参加一场白领丽人的招聘会，应该端坐在揽湖咖啡屋里，应该跳跃在胡思年月的领舞台上，应该出现在世纪荣华大厅的钢琴前，应该款款前行在乌龙江的沿江栈道上，应该肃立在礼仪教育的讲座后，但就是不应该出现在叶根壮身边，这个胡子拉碴的男人，这个满嘴生殖器官的粗莽之人，怎么配和她站在一起，可是他们就是站在一起了。

叶根壮没有说话，示意吴行健坐回原来的位置。叶根壮没有坐下，撅着屁股，肘部撑住桌面，眼睛一眨也不眨地盯着吴行健。吴行健没有躲闪，四目相对，火花四溅，都从对方眼里寻找故事，没想到找来了事故。

吴行健看到叶根壮的眼睛里布满了血丝，嘴角在抽动，即使吴行健已经意识到目不转睛的错误，他也没有丝毫放过他的意思。吴行健示弱了，目光下移，看到了他的胡子，那是一脸不加任何修饰的胡子，看来叶根壮一点也不懂得"你不让我露脸，我就不让你露头"的道理，任由其肆意生长，但对胡子的偏爱，并不代表他对所有人和事物都能温柔以待。叶根壮看了足足有三分钟。叶根壮结束了他自以为的博弈道："看起来这么面熟呢？"

吴行健说："二哥见笑了，我这是大众脸，觉得熟悉也不奇怪，哪像二哥这样仪表堂堂，漂亮妞都喜欢的男人类型！"说着看了看大耳环，大耳环也看了看他。

叶根壮话说得很重："这两年在里面别的没教育好你，拍马屁的功夫练得不赖。你很能耐啊，刚出来就把灰狼弄死了，灰狼是我搏击上的最佳配手，你毫不犹豫就把他弄死了，灰狼的功夫我知道，虽然比不上我，但也还是很有底子的，你这副样子是怎么做到的？我很感兴趣！"说着，叶根壮迎面扔过来一副露指拳套。

吴行健说："不打行不行？"

叶根壮说："别给脸不要脸！"

吴行健心想，这下完了，输赢都不合适，打得重了不好，不动手只挨打也不行，左右权衡还是不能打，但已然由不得他。

吴行健被叶根壮掐着脖子推到擂台旁边，擂台设在健身区的正中央。

叶根壮裸露出了文龙画虎的臂膀和粗壮的大腿。吴行健一圈一圈地缠着绷带，大耳环一直在盯着他。

　　小黑晃动开场铃，两人拳来脚往。叶根壮真不是吃素的，首先用腿法做试探，接连几个低扫腿都准确命中吴行健的下肢，吴行健摇摇晃晃，险些被踢倒在地，一个转身盘肘更似神来之笔，击中了吴行健的眉骨，眉骨瞬间开裂，血流不止。大耳环似乎在替他惋惜，脸上阴云密布。

　　叶根壮又给了吴行健一记后手摆拳，正中吴行健的下巴，吴行健踉踉跄跄左右摇摆着，向后退了好几步，还好没有倒下，连忙拉开距离，躲避叶根壮强有力的攻势。叶根壮得意地龇牙，看了看大耳环，却突然发现大耳环并没有为他的暂时胜利感到兴奋，也没有鼓掌，这让他很不开心。

　　也许是大耳环真的影响到了叶根壮的发挥，好几个拳腿组合都扑了空，左眼挨了一拳，肿起一个鸡蛋大小的大包，眼睛就剩下了一条缝，再看吴行健，更是惨不忍睹，眉骨开裂处的鲜血已经流满了全身。

　　鲜血刺激了吴行健的斗志，他开始反扑，一个变线的正蹬腿，击中叶根壮的心窝，叶根壮后仰撞到围绳，还没有被绳子的弹力送回来，吴行健的下劈腿已经劈到了他的喉咙，叶根壮感觉到一阵窒息，立刻向右避让，吴行健并不给他机会，穷追猛打。叶根壮一个下潜抱住了吴行健的双腿，吴行健冲力不小，本来就不稳，被叶根壮轻而易举地举过头顶，来了一个帅气的过桥摔，吴行健并没有四仰八叉摔倒在擂台上，而是一个前滚翻随即站了起来，但依然是惊魂未定，被这一摔，摔掉了一些自信心，叶根壮紧跟过来和脚下打滑的吴行健缠抱在一起。

　　叶根壮摔法上占据优势，吴行健鲜血直流，视线受阻，准确度明显下降。叶根壮使用勾踢、别子、拧拽拉涮，欲再次扳倒吴行健，吴行健只有防守之力，没有还手之功，没有几下就坚持不住了，被叶根壮一个挑绊，俯趴在地。叶根壮没有给吴行健喘息的机会，拿住吴行健的背，双脚盘勾在吴行健的下腹处，双手开始寻找吴行健的防守漏洞，准备实施锁技，吴行健双膝跪地，两手防护住头部，虽然这个动作吴行健基本上没有任何还手的能力，但是叶根壮也并没有很大的进展，只好放弃锁技，改为左右抡拳，吴行健的行动力严重受挫，感觉再不喊停就坚持不住了。这时吴行健听到绳圈外面传来一个温暖人心的声音，是大耳环，大耳环说："想办法甩开，你这样会被拖死的。"

　　吴行健感到很震惊，这个女孩一定看过不少次叶根壮打比赛，不然不可能知道下一步应该怎么进行，应该朝什么方向努力，不但看出来了，而且说出来了，而且是给自己说的，叶根壮就在边上，这不是找死吗？她是不是吃错了药。

　　果然占尽上风的叶根壮气不打一处来道："瞎喊什么，不懂别瞎喊！"

小黑听到主子发火了,冲上去对准大耳环就是两个耳光,声音之响亮,不亚于刚才叶根壮踢靶,余音绕梁,大耳环的脸上立刻浮现出两个五指山。

　　吴行健心想,你们这帮畜生,良心不会疼吗?也许是大耳环给了吴行健力量,也许是大耳环让叶根壮心神不安,吴行健抓住叶根壮一根手腕,反关节一扭,叶根壮疼得龇牙咧嘴,松开了对吴行健的束缚,两个人重新回到站立。吴行健觉得再不能有效打击,自己很可能会让大耳环失望,血越流越多,一会儿血再止不住,就容易缺血性休克,胜利的机会就更渺茫了,所以吴行健决定速战速决,是生是死两分钟之内要结束战斗,吴行健怒吼了一声,没有被血糊住的一只眼睛闪着绿光,抡起长拳,踢起飞脚,也不管什么动作,什么招数,开始了狂轰滥炸,叶根壮被冲击得有点蒙,不一会儿回过神了,节奏也被吴行健带跑了。两个人大王八拳都抡圆了开打,不出三十秒已经上气不接下气,双方的脑袋几乎都被抡成了猪头,没有一块完整的部位。又抡了三十秒,动作已经完全变形了,体力几乎耗尽,站稳都有些困难,看得小黑和小白脸把毛巾里的水攥出来了。小白都看哭了,这个打法是这辈子第二次见,上午在沙滩上演了一回了,他能记一辈子。

　　两个人站不住了,躺着还在蹬踹掐挠抠,推拉扯拽咬,人们从小就会的原始本能都用上了。没有人见过这样打擂台的,街上打野架都比他们这一出儿雅观。

　　他们每喘一口气都感觉胸腹像被推拉的风箱。打到最后,两人只剩下竖中指的力气了。

　　吴行健和叶根壮是被用担架抬到会客室的躺椅上的。

　　李华钢全程没有说一句话,临走的时候,对翻着白眼的吴行健说:"你可以啊!"

　　这个意味深长的话,吴行健理解到两层意思:一层是我真可以,估计可以出师了;一层是我完了,冲动是魔鬼,嘚瑟之后必后悔,等叶根壮但凡有点力气的时候我就完了。正忐忑着,他看到大耳环拿着冰块和毛巾面无表情地走了过来,吴行健在想,谁来给我冰敷一下,谁来关心我?有人吗?

　　令人意想不到的事情发生了,大耳环在吴行健身边坐下,把冰块放在吴行健脸上,轻轻揉搓起来,她手上的桂花香,让吴行健如痴如醉,慢慢他意识到,和叶根壮对打不至于被搞死,现在这个场面注定自己活不了了。叶根壮的女人为自己服务,天理难容。

第十六章 九死一生

吴行健被送进一间卧室,睡梦中他遇见了很多人,想起了很多事,电影片段花絮般在他脑袋里轮番呈现。他看见了邱晓娟,邱晓娟一改往日的轻声细语,指着他的鼻子恶狠狠地骂着,吴行健伸手去抓邱晓娟的手,那手却变成了枯枝败叶,去拥抱她,那人却变成一束昙花;他看到了付守宇,付守宇站在高耸入云的山顶,露出两排雪白的牙齿,不停地告诉他说,兄弟,顶住!他还看到了吴丽军,吴丽军穿着奇装异服,一点也看不出有个军人的样子,吴行健很想劝劝她,但是无从说起。他觉得,自己还不如她,至少她那么真实。

有人推开窗子,海风轻抚过他的头发,他嗅到了大海的味道,阳光打在脸上,心里也亮堂堂的。有人在抚摸他的累累伤痕,这人长发飘飘,俯视着他,柔柔的发梢轻轻落在眼角,痒得受不了,这人亲吻了他的嘴,连嘴唇也是桂花的香味。吴行健想睁开眼睛,但是很艰难,他猜测这是大耳环,因为有一道耀眼的光芒。她说话了,她说:"你肯定觉得我很轻浮,肯定也看不起我,但谁不想体面一些,谁不想让日子过得好一些。"吴行健透过肿胀的眼皮,审视着这个陌生又温暖的女人。

大耳环说:"我以为考上了大学就能摘掉贫穷的帽子,可以扬眉吐气地生活,残障的父亲有救了,离家出走的妈妈会回来,哥哥弟弟都能娶上媳妇,我以为我能像个城里人一样体面地活着,可是我还是被奚落、被猥亵、被套路,我真不知道还有什么更好的出路!"

吴行健说:"你有你的活法,你走吧!"

大耳环说:"叶根壮说你尿,一点也没错。"

吴行健说:"本来叶根壮可能还会放我一马,你和我走得这么近,我必死无疑。"

大耳环说:"不会的,他答应过我,给我自由!"

吴行健苦笑道:"想要自由,跟我还不如跟他!"

这时候门被推开了,叶根壮拄着拐杖,鼻青脸肿地站在门口。

吴行健挣扎着企图从床上坐起来,但没有成功。叶根壮的拐杖笃笃地敲击着地面,一瘸一拐地靠近吴行健,吴行健身子不由自主地往后缩了缩,他感觉一阵杀气迎面扑来。

尽管已经被打成了猪头,走近了依然能看出叶根壮黑着脸,他艰难地从腰里卸下一个枪套,枪套里是李华纲送给吴行健的左轮手枪。叶根壮把枪掏出来打开了保险,顶在吴行健的脑门上。

吴行健脑子飞转着,在想着紧急逃命的办法。可叶根壮却把枪拿开了,重新放回枪套里,塞在吴行健的枕头下面。

叶根壮说:"若是没点儿信用,枉在江湖混迹多年。从眼睁睁地看见父亲和仇家葬身叶家厝到离开,还没有一个人敢像你一样胆子这么大,我必须欣赏你!"

吴行健说:"对不住!"

叶根壮说:"没什么对不住!"

吴行健道:"二哥宽宏大量,兄弟佩服。"

叶根壮酸酸地说:"我佩服你,一见面就把我的女人给俘虏了,还是小鲜肉吃香!"说这话的时候,叶根壮并没有看大耳环,他接着说:"喜欢吗?"

吴行健的回答不重要,叶根壮接着说:"喜欢就送给你了,我多的是!"

吴行健在想,这是硬塞,不能不收,我得有弱点,要食人间烟火。如果拒绝,那太假了,假得连自己都不信。可是有一点他看不懂,这大耳环才一面之缘怎么就上赶着跟着自己?

吴行健说:"二哥,恭敬不如从命了。"

叶根壮坏笑着说:"悠着点,过两天有行动!"

吴行健说:"二哥放心,我年轻!"

叶根壮笑了,他觉得这个枇杷有点意思。吴行健也笑了,他笑的是自己经过了考验,过两天就可以出任务了。

接下来的每天早上吴行健都去海边散步,看似在离船不远的木栈桥上打拳击,实则是船上有信号干扰器,发送不了任何信波短码,吴行健只是在这里和上级联络,他用微型传输装置,把船上的音频、图像资料都传输到了基地指挥中心。

"明日晚七时,宝龙城市广场地下三层,交易。"吴行健发送了一组暗码。很快得到回应："注意安全，继续潜伏。"

　　这次行动是和疤瘌眼做交易，李华纲估计疤瘌眼肯定不会善罢甘休，而且他给疤瘌眼的价格实在不好接受。李华纲想到了这次他不仅不能出现，还要到公海上去躲避一阵子，不然狗急跳墙，很容易出事，即使疤瘌眼的实力还差太多，但也不能惹上一身臊，这三十个人一定要带回来，就差这三十个，船就可以驶向红毛丹岛了，这应该是最后一笔和红毛丹岛的合作。

　　这几年李华纲已断断续续往红毛丹岛运送了一个加强连的队伍，这些人已经无偿为红毛丹岛做了好几年"贡献"，创造的价值不可估量。李华纲想走完这一趟船，远离这个地方。最后一趟船，最后三十个劳工的空缺，必须成功。

　　行动开始了，叶根壮带着吴行健坐在劳斯莱斯里，车后是一水儿的红色越野，吴行健一开始还在想，这叶根壮不要命了，光天化日之下敢这么大张旗鼓。后来他发现了门道儿，他们车牌上都贴着百年好合、恭贺新禧等字样的红帖子，后视镜上系着丝绸布，车前盖儿上都布置着精美的花束，这一看就是迎亲的车队，谁会对这样的车队起疑心。吴行健再一次意识到这不是一般的小流氓。

　　车子鱼贯而入城市广场地下三层，疤瘌眼早已等候在那里。他这次剃成了光头，应该是上次酒瓶子砸得太狠，手术之后一直需要换药，到现在也没好，理个光头又省事又败火。他站在车库正中央的位置，地下车库昏暗的灯光反射到他锃亮的脑门上，倒也像是个几十瓦的灯泡，看起来十分有气场。

　　叶根壮和吴行健来到疤瘌眼跟前。疤瘌眼一看两位鼻青脸肿，扑哧笑道："两位爷这是什么局面？这个形象来见我，是有多看不起我，李华纲呢？我只和李华纲交易！"

　　叶根壮抽着烟道："疤瘌眼兄弟，这话我可就不爱听了，我好歹也算个腕儿，能不能给个面子？"

　　叶根壮一只手放在了疤瘌眼的光头上，在光滑的头顶上摩挲了一下，吹了一口烟，烟久久没散，疤瘌眼一开始不相信李华纲还有一个比他更放浪形骸的弟弟，反应过来一把甩开叶根壮的手，刚要骂街，吴行健啪一声把手枪抽出来顶在了疤瘌眼头上，动作快得让人看不清楚路线。

　　疤瘌眼冷笑一声道："知己知彼百战不殆！"

　　只见他的身后乌泱泱冒出一百多口子人，手里拿着各式武器，全部瞄准了吴行健。疤瘌眼说："你觉得我死了，你们能活着走出这里？"

　　吴行健说："你死后，就不要管活人的事了。赶快让他们退后，我给你十秒！"

1、2、3、4……"

正数着，叶根壮赶忙过来打圆场，整理着疤瘌眼并没有被吴行健弄乱的衣服对疤瘌眼说："和气生财，不要冲动，我这个兄弟脾气不好，回去我一定好好教育教育！"

疤瘌眼说："必须教育！不行你把他交给我，我替你教育！"

叶根壮嘿嘿一笑说："不劳您费心！兄弟，让你们那些杀马特退回去，别掺和这些事，做生意不要总是打打杀杀，命都没了谈什么生意。你用得着跟我动刀动枪的吗，你的脑袋是被我大哥砸稀巴烂的，跟我有什么关系嘛。你要钱我要人，各取所需各回各家，多好，还瞎折腾啥。尤其是我这兄弟打脑瓜子从来没失过手，到时候你这脑浆涂一地，那么多房子谁住？那么多车谁开？那么好的嫂子谁用……不好意思说跑偏了，我的意思就是别闹！"

疤瘌眼这个场面本来是为李华纲准备的，李华纲没来确实也就失去了意义，但是今天人码齐了，就不能白码，一定要见点油水，钱必须给，人不一定带走。

想到这里疤瘌眼命令队伍后撤，吴行健也放下了枪，疤瘌眼问："钱呢？"

叶根壮打了一个响指，一麻袋钱就抬了过来。

吴行健问："人呢？"

疤瘌眼说："他们以为只是偷渡，哪能目睹这个场面，在城市广场后侧的大巴里。"

小黑小白立刻跑了出去，不一会儿叶根壮接到了小黑的电话："情况属实，可以交易。"

疤瘌眼连麻袋都没有打开，直接就装进了后备厢，吴行健耳语叶根壮道："不正常。"

叶根壮不动声色说："后会有期。"

疤瘌眼冷笑道："没有下次了。"说完上了车，司机发动了汽车。

这时候叶根壮的手机又响了，是小黑，但小黑并没有说话，是一片嘈杂。

叶根壮说："中计了！"

吴行健抬手对准疤瘌眼的司机就是一枪，正中脑门，趴在了方向盘上。

疤瘌眼边开车门边喊："傻驴，说过我上地面后再动手！"

疤瘌眼打开车门往另一辆车跑，吴行健又是一枪，击中疤瘌眼，疤瘌眼抱着肚子趴在地上打滚。一时间地下车库内枪声大作，子弹打在石柱上火光四溅，打在车门上砰砰乱响，疤瘌眼人多势众，一人一枪就封住了叶根壮，淡定的叶根壮着急了："疤瘌眼要是跑了，人财两失！"

吴行健说:"放心,跑不了。"

城市广场上面的警笛声由远及近,吴行健为选在这个地方交易感到费解,这里交通不便,人多建筑多,这不是要被瓮中捉鳖了吗?刚还激战的人们四散逃跑,枪支弹药扔了一地。

吴行健把叶根壮塞进车里说:"二哥你先走,我必须带着疤癞眼一块回去!"

叶根壮面露猜疑,但还是跑了。吴行健追上搀着疤癞眼的两个人,背后开了两枪,疤癞眼摔落在地。

吴行健上前把他摁在地上。疤癞眼能混到今天不是靠走后门,还是有底子的,挣扎着爬起来和吴行健扭作一团,两个人又进行了一场激斗。

疤癞眼还是技不如人,加之身上有枪伤,被吴行健制服。吴行健一只手解开腰带,绑上了他的手,拖着往外走。

这时候警方已经封锁了城市广场,广场外面人山人海,都是看热闹的群众。

数十辆警车上百名警察把城市广场围得水泄不通。他们用大喇叭往里喊话:"里面的人听着,你们已经被包围了,缴械投降。"

疤癞眼满脸是汗道:"完了,选在这里就是为了打不起来,没想到你还真敢开枪,这下大家都得死!"

吴行健说:"听我的你就能出去!"

警察进入地下三层清场。

这时吴行健押着疤癞眼大摇大摆出现在警察面前道:"我抓到一个,这里还有一个,有枪伤,叫救护车!"

果然有警察听从了"指示",拿起对讲机呼叫医务人员。不一会儿救护车开了进来,吴行健押着疤癞眼上了车,车还没有启动,其中有个警司似乎琢磨过味儿来,那个人是谁?哪个中队的?

看到警员一脸茫然,警司大声喊道:"站住,不许动!"

已经坐上车就等着车子启动的吴行健,没等警司拔枪,打开车窗朝天开了一枪,地下车库内所有人全部卧倒。趁这个时机吴行健用枪指向了驾驶员,驾驶员一脚油门驶出了地库,场外警戒人员立刻上来拦截,车子冒着枪林弹雨左冲右突,很快驶上了主干道,身后是密密麻麻的警车追了上来,马路上上演了一场追逐大战,数十辆警车追一辆救护车。

不得不承认救护车驾驶员的技术着实好,可能是在车流如织的市区开久了,已经练成了在拥堵路段也能开出高速度的绝招。这是一个好驾驶员，他一定因为这样的技术挽救过不少濒临病危的人，吴行健在想。

可是技术再好也架不住各个路段警车的追击，这样下去很快就会被截住，得赶快想办法，吴行健让疤瘌眼一起想办法，疤瘌眼很奇怪地问："我刚才为什么要配合你一块出来，让警察抓去算了，跟你走也是死，说不定死得更不体面。"

吴行健说："鬼知道！"

吴行健看着被警车追得四处乱窜的救护车，心急如焚。他立刻给叶根壮打电话，要求接应。

车子穿过了金山万达，钻进了三坊七巷，下了三环高速路，在车里吴行健都能闻到轮胎的焦煳味。终于开上了乌龙江大桥，果然那里有冲锋艇在桥下等候。眼看着警车超车了，逼停了救护车，数十个特警围住了救护车，但是救护车里除了技术很好的驾驶员，已没有吴行健和疤瘌眼的踪影。

刚刚他们让驾驶员紧贴着大桥护栏行驶，已经从窗户里越过栏杆，跳下了乌龙江。乌龙江水面距离桥面有十几米，姿势不对跟跳楼也没什么区别，但是吴行健优美地落水了，疤瘌眼当时就被拍晕了，被吴行健硬拖到了船上。冲锋舟沿着乌龙江冲向马尾港口，中间数度换船，变换航线，意图躲过武装直升机的围追堵截。船上的人已经感觉到直升机带来的风，江面上的水纹一圈圈地荡漾开去，直升机上的狙击手已经瞄准了吴行健的后脑勺，吴行健命悬一线，这时直升机却突然减缓了飞行速度，在天空中划了一个顽皮的弧线，向高处盘旋，慢慢地变成一个不起眼的小黑点，渐行渐远。

叶根壮得意地望向天空，除了吴行健，所有人都长舒了一口气。

九死一生回到船上，李华纲叶根壮被吴行健彻底折服。

叶根壮开玩笑说："我还以为你会狠狠地敲疤瘌眼一竹杠，然后自行创业。"

吴行健说："你还有心情开玩笑，我都急死了，钱呢，人呢？都没了！"

李华纲说："那才多少钱，只要有你在，钱啊人啊都得回来。"

叶根壮附和道："对对对，枇杷可是个好枇杷！"叶根壮竖起了大拇指。

吴行健并没有因为他是匪徒而感到这个大拇指没有价值，他觉得很开心，甚至比吴天将给他竖大拇指还要开心。

大耳环走过来温情地问："你在想什么？我很担心你！"

吴行健什么也没说，张开双臂和大耳环拥抱，大耳环很感动，以为吴行健已经接受了她，但只有吴行健知道，此时他只是需要一个怀抱。

第十七章 千钧一发

正当吴行健周旋在虎穴狼窝心情极度复杂的时候，虎头山隧道的付守宇倒是很快乐。

繁华，是烦琐、繁复的华丽；寂寥，是真实简单的美好，尤其是在杳无人烟的地方，看不见人，才看得见内心，才能触摸到更高的天空。付守宇虽然不能像以前一样拥有大汗淋漓之后的放空感，但他觉得他又跨越了一个更新的自己，找到了新的空间，这空不是虚无，而是无边无际的自由。

胖子走后，虎头山隧道单独执勤点着实热闹了一番，各级调查组轮番上阵，日夜不休。谢群下连以后就没有见过这么多穿军装的，调查来调查去，有人提议应该给负有管理责任的谢群一个处分，最后不知道什么原因并没有落实。付守宇想这可能是单独执勤点带给战士的唯一福利，就是没法再处分了，这里本身就是一个炼狱般的地方，再下放到哪儿都算是奖励了，如果是那样的话，即使胖子不坠崖，谢群也会劝他主动跳一跳试试，万一挨上处分了就好了，梦想总是要有的。

可惜这次不仅谁都没有受处分，还因祸得福，调查组说，单独执勤点太寒酸了，太落后了。于是单独执勤点的建设得到空前重视，派来了工程队，专门维修了防护设施，增添了生活设施，斑驳的小楼刷上了新的迷彩油漆，生锈的栏杆也涂上了银粉，换了崭新的房门和推拉式的窗户，还运上来了煤气罐、电磁炉和洗衣机，电视机也配发了，虽然没有信号，但是送来一箱碟片，于是付守宇和谢群每年晚上都能准时看上"防间保密教育""战斗精神教育""卫生防病教育""婚恋教育"等各色人等的各种讲座录像，他们感到思想上得到彻底的净化，并很好地完成了学习教育的转化，以高昂的精神状态投入到了执勤工作当中。

后来，付守宇得知支撑谢群坚持看碟片的动力不仅有思想上的，还有生理上的，他最爱看的就是卫生防病教育那个碟片，百看不厌，难道谢群生理上出现了什么问题吗？显然不是，虎头山是不可多得的养生圣地，谢群没有病，只是主讲卫生防病教育的是女军医，这个女军医长相一般，可关键是个女的，虎头山连蚊子都是公的，忽然发现有女的还得了？谢群说，这些年除了前妻来过一次哨所，再也没有一个女人见识过这里的雄浑壮美，这个女军医很幸运，成为第二个，虽然她没能从荧屏里走出来，但是她的精神已经来了。谢群每次看这个女军医讲课，都目不转睛，看得出很是心向往之，恨不能钻进去和女军医促膝交流一下学习心得。付守宇经常为他的表现感到抱歉，提醒他不要这样，身边还有新同志，要注意影响，别把这种情绪传递给别人。谢群理直气壮，我会观察生活，我会观察人，不丢人好吗？

付守宇所说的新同志，是支队一下子给单独执勤点补充的三个新兵，走了两个，来了三个，单独执勤点有了五个人，队伍一下子壮大了不少。有兵了，付守宇认为不能让孩子们当两年兵，就大眼瞪小眼看两年隧道，要让他们知道部队不仅是这样的，也不是神剧里那样的，应该是充满希望的，做不到一个打十个，但起码在面对敌人的时候有冲上去的欲望，有拿下来的信念，有倒下去再爬起来的决心。

于是付守宇带着他们训练，场地受限，就每天练瞄准，练体能，练眼力。战士们很喜欢，都知道付守宇几百米开外一枪打死兔子的传奇，是单独执勤点有历史以来最能载入史册的偶像，学习起来很踏实，练起来很卖力。

只有谢群不参与这样的集体活动，每次付守宇说，练练吧，总不能退伍回家不会什么技术，连起码的军事动作也忘得一干二净了吧，到时候和别人吹起牛来出丑可就不好了。谢群每次都是一句话："奔三了，老婆老婆跑了，孩子孩子没了，好不容易处下个好胖子也走了，我觉得我像《活着》里的福贵，克人，把人都克没了，谁和我走得近，谁倒血霉，你也离我远点，你是个好人。我还是别练了，练一身本事不是什么好事，容易危害社会。"

付守宇摇头叹息："你不能一直钻进这个牛角尖出不来啊，看那山峦叠翠，你看那云雾光影，多美啊，活着，不能让你心里那点阴霾遮住整个天空。干点拿手的事儿，演一出拿手的戏，让所有人看看啊。"

"拿手好戏，我除了字写得漂亮点，还有什么拿手好戏？"谢群根本不把付守宇的话放在心上。

付守宇道："这就是你的拿手好戏啊，你就写啊，有多长写多长。不求能有多少人看到，最起码也能给军旅留个纪念不是！"

谢群思考了一会儿道："说得在理，那我写写试试。"

谁知，谢群这一写便一发不可收拾。他每天更新，每天晚上还和战友们分享。谢群很有文字功底，把每天发生的事总结得风趣幽默，经常逗得大家哈哈大笑，有时也让大家陷入沉默。天长日久，大家把女军医的录像抛在了脑后，被谢群的精彩故事吸引了注意力，每次谢群讲完，大家都意犹未尽，付守宇问道："后面呢？后面怎么样了？"谢群似乎找到了寄托，脸上重新绽放了笑容。

虎头山单独执勤点也呈现出一派欣欣向荣的景象，不仅硬件设施达到了一定的标准，战士们的精神面貌也达到了一个新的高度。在付守宇的影响带动下，谢群也走出阴霾，三个新战士的军事水平也有了很大提升。

时光如梭，腊月二十八转眼就到了，夜里付守宇好不容易进入梦乡，突然被一阵剧烈的摇晃惊醒。铁架子床都晃出了声音，继而感觉整个哨所都在晃。

"地震了吗？"

"快起来快起来！出去出去！"

"别管东西了，人先出去！"

付守宇去开灯，发现灯已经不亮了，打开强光手电，发现桌子上的东西也在摇晃，喊道："地震，快去平台。"

大家纷纷裹着被子呱唧呱唧地往外跑。谢群在床底下摸索，付守宇说："别摸了，别摸了！"

谢群说："我的手稿，我的手稿！那是我的命。"

大雨滂沱，大山也在摇晃，石块纷纷从更高的地方滚落下来，雨声、风的呼啸、山体树木开裂的声音不绝于耳，似乎下一秒整个哨所都会被大山覆盖。大家的心提到了嗓子眼，一辈子也没有遇到过这样的险情啊，以前倒是有山洪暴发，但这里是高处，建筑物也够牢固，且洪水都是往下流，遭殃的是下游，但地震可不管你上还是下，只要还在这个地球上，在这个经纬度上，无一幸免。怕归怕，但新兵们号令意识极强，各司其职，谁也没当缩头乌龟，关键这时候缩头也不知道该往哪儿缩。

有的台阶已经裂了缝，付守宇一只脚踩进了缝隙里，失去重心，凌空飞起，从半途滚落下来，一直滚到台阶最后一级，脑袋撞在石头上，感觉脑袋里全是飞旋的星星，手脚腿已经不听使唤，趴在地上好一会儿，他动了动四肢，发现还是完好的，他爬起来接着跑，边跑边看了一下腕表，现在是凌晨两点零八分，三点有一趟列车，他必须在列车开来前查看隧道里面的情况，如果情况糟糕，他必须在隧道的另一头阻止火车前行，线路都中断了，他没有办法向指挥中心报告情况，只有靠双腿和肉嗓。

这个隧道他每天带新兵巡逻三四趟，隧道长度是八公里，走一遭需要一个多小时，而现在留给他的时间不多了。到处摇晃得厉害，飞石贴着他的身体滚来滚去。这时候付守宇没有太多想法，只是跑，一直跑。

付守宇越跑越快，似乎已经适应了震动的频率，找到了属于自己的步伐，风声在他耳边呼呼而过。杨子强说过，风狂躁的时候，你一定要比它更疯狂。所以付守宇奋力迈大步伐，冲进了隧道。

隧道里更黑，风声变成了低沉的呜呜声。付守宇在想，葬身隧道是一种怎样的死法呢？死得会不会很不雅观。虽这么想着，付守宇没有停止奔跑，他又看了一下腕表，两点四十分。

付守宇有些后悔，前面的塌方特别严重，有的部位只剩下一个缝隙。地震已经停了，但是土和石头的松动仍在继续，这是最可怕的，说明隧道的结构已经遭到破坏，早晚会塌方。但现在已经跑过了中心点，往回退是不可能了，唯有前进。想着火车上肯定都是急着回家过年的人，他们好不容易抢到了回家的车票，终于挤上了火车，身上大包小裹，满心期待喜悦，谁也不会想到隧道塌方了。

终于看到前方有一丝光亮，那束光亮是救命的稻草，是重生的希望，这束光亮胜过霓虹闪烁，无可代替它的绚丽，就像沙漠里的一壶水，就像硝烟散去，看见所有的战友都还站着，没有人倒下，即使血迹斑斑，即使伤痕累累。

付守宇终于越过最后一道障碍，跑到了隧道尽头，他再次抬起表，距离火车开来还有五分钟，这五分钟他需要做什么，放下警示杆，固定好强光手电，做好挥舞手臂的准备，不行，必须继续往前跑一到两公里，找准一个能飞跃上车的位置。

他听到了车轮撞击铁轨的声音，很有节奏，很有气势，铁轨已在抖动，他们根本没有停下来的意思，也不知道隧道已塌方。

火车开过来了，司机应该能看到强光手电在照射着车头，但他一定不会想到那是让他们停止的警示灯，一定会以为那是哨兵在和他打招呼，越有经验的司机越不会觉得有什么事，因为隧道从来没有变换过姿势。

车呼呼地开到付守宇脚下，付守宇纵身一跃，跳上了车顶，幸好刚才下了大雨，火车的速度并不快，付守宇像壁虎一样伏在车顶，往驾驶室的位置攀爬而去。驾驶室里的人突然看见风挡玻璃上有一条腿。老司机，开车几十年了，从来没有遇到过这样的事件，没想着紧急制动，一把抄起了簸箕，眼珠子瞪得溜圆。

付守宇踢打着玻璃，大声喊着停车！老司机好像看懂了口型，又好像没看懂，不管看没看懂，但是后来在面对媒体的时候，老司机很机智，一直在强调自己的火眼金睛。看懂口型的老司机做了正确的决定，拉下了紧急制动栓。

车轮和铁轨摩擦，发出刺耳的声音，火星四溅，在距离洞口零点一米的地方戛然而止。付守宇跳下车，一屁股瘫坐在铁轨旁。

火车里顿时人声鼎沸，各种事后诸葛亮都冒出来了，有谈科学的，有谈力学的，有谈皇历的，就是没有想到应该谈谈拯救他们的这个人。此时付守宇胸脯高高低低，一起一伏，脚上流着血，脸上都是灰。老司机双手合十站在付守宇面前，满眼泪花，他向正在洞口查看情况的人们喊道："这是个英雄，英雄在这里！"

列车长跑步来到付守宇跟前道："救命恩人，多亏了你！"

乘警说："真汉子，纯爷们！"

付守宇站起身来，抖抖身上的泥巴蛋子，往隧道上方的山上爬去，他要以最快的速度再赶回哨所，去看看兄弟们。等付守宇快要消失在他们面前的时候，列车长才反应过来道："鼓掌，为英雄鼓掌。"车里车外爆发出雷鸣般的掌声，久久回荡在这个狭窄的隧道山谷里，回荡在付守宇的耳畔。

再次回到哨所的时候，付守宇的迷彩服已成了蒺藜服，战友们都在眼巴巴地等着他，谢群抱着稿子失声痛哭道："你说都不说一声就冲进去了，你倒是给我个思想准备啊，不要命了？不过了？！"

付守宇说："我跟你打招呼你也不理我啊，忙着抢救你的命根子，你的命根子在，我就放心了，就算刚才冲进去没冲出来，我也安心。因为你这一沓沓的《虎头山哨所纪事》，就是我们的精神，精神不死，虎头山隧道桥单独执勤点就活着！"

第十八章　归去来兮

地震之后，过年的物资还在。只要能过年，就还有希望，火车里那群大包小裹的人也是这么想的。

风停雨住，倒为谢群增添了新的素材，他不顾一片狼藉，埋头创作。

付守宇说：“你就不能等收拾妥当了，弄一个温馨的环境再创作吗？”

谢群说：“苦难中出灵感，我需要这样的氛围，艺术家不能等，一刻我也等不了。"

付守宇摇摇头，转身带着战士们开始归置物品，整理乱七八糟的哨所。把废石废料扔下悬崖，拆开一袋上次工程剩下的石灰，搅拌好了，填进裂缝处，检查线路，接上断开的电线，一通忙碌，付守宇这才感觉身体有种被掏空的感觉，浑身没有一处不疼的地方。他回到屋里刚准备喘口气，突然有战士跑过来说：“一队人马从隧道边爬上来了，看气势，一定要拿下我们这个高地！”

付守宇从床上弹起来道：“反了天了，虽然我们这个地方不怎样，别人不愿意来，但也不是想来就来！”付守宇连忙走出屋外，果然看见有人三五成群地朝哨所而来，马上就要登上台阶。

付守宇喊：“请止步！军事要地，请勿擅闯。”

底下的人愣了一会儿，走在最前面的一个人说：“我们是火车上的乘客，来探望英雄子弟兵！”

付守宇说：“哨所太小，这么多人连站的地方都没有，看看得了，散了吧！”

人群开始谈论，讨论的结果是：“我们派几个代表吧！”

第十八章 归去来兮

付守宇说:"代表上来。"

一听说代表能上去,群众纷纷把手里的东西往代表手里塞,肩膀上胳膊上瞬间堆满了东西。

付守宇说:"人上来,东西不要上来了,我们这里虽然小,但不缺东西。而且我们有纪律,不能收你们的东西。"

三个代表并没有停下,其中一个道:"你不让搬上去,我这代表没法当了,大家信任我,我就要为大家办实事。"

看着底下人们仰着头注视着哨所,注视着自己的眼神,付守宇说不出拒绝的话。

三个代表终于爬上来了,累得气喘吁吁,把东西往地上一堆,对着五名战士开始鞠躬。

一个嘴上长着八字胡的人,看上去很有派头,提了提裤子,露出LV腰带,理了理四六分的头型,把厚片眼镜摘下来,用手帕擦了擦再戴上道:"我是一个媒体人,我一定要让更多的人知道这里,知道你们,知道在这么一个贫瘠的地方还有人生存,你们要火了!"

付守宇连忙说:"我们现在挺好,不想火!"

一个村干部模样的人倒背着手,踱着步说:"你属于人民群众,群众让你火,你不能不火!"

一个穿着皮裤的中年人说:"你必须上头条!"

付守宇说:"好意我们心领了!"

这时谢群在嘈杂声中合上书本站起身来,拨开人群道:"哪位是媒体人,哪位会写稿子?"

八字胡听见有人这么问,感觉权威受到了挑战道:"鄙人在此!有什么可以效劳?"

谢群捧起胸前厚厚的稿纸递到八字胡说:"我也会写稿子,你看我能不能火?"

八字胡狐疑地看了一眼谢群,有些不可思议,什么年代了还有人用这样的格子纸写稿子,这不是浪费纸吗?没有电脑吗?但看了第一张,八字胡就不这么觉得了,字写得漂亮不说,内容还很吸引人。

付守宇拉过谢群说:"你别闹了,你写那玩意儿给我们看看就行了,别拿出来丢人现眼了。"

谢群眼里满是憧憬:"以前我也是藏着掖着,后面想想如果我前妻了解这里,了解我的生活,就不会发生后面的事儿!我想把我们的生活写给更多的人看。"

八字胡坐在石凳上，认真地看着谢群的稿子，时而挠挠头，时而拍大腿，捏着稿子的手在微微抖动，眼神里散发出光芒。

突然，八字胡忽地从石凳上站起来，将稿子狠狠地摔在石桌上，快步围着小圆桌左转了三圈、右转了三圈，摘下厚厚的眼镜，双手紧紧地捂住脸，大家看不见他的表情，但仔细听能听见他在饮泣。

付守宇也捂住了脸，他很替谢群担忧，他在想，一会儿我一定要把谢群挡在身后，让他免遭疾风骤雨般的攻击。

付守宇说："兄弟，躲在我身后！"

谢群说："为啥？"

付守宇说："还为啥，你把八字胡都气哭了！他一定没见过这么稀巴烂的东西，肯定被你的东西气颠覆了三观！"

谢群也有点害怕了，听说文化人最看不惯没文化，最接受不了玷污文学净土、糟蹋民间传统的东西，最看不惯认识几个汉字，就开始遣词造句，不懂装懂硌硬人的人。正当付守宇担忧、谢群懊恼、三个战士一脸尴尬、皮裤男和村干部一头雾水的时候，八字胡把手放下来，冲着栏杆下面的悬崖擤了几下鼻涕，指指稿子，指指谢群，嘴唇哆嗦了好几下没发出声音，从兜里哆里哆嗦地掏出一个打火机打着火。

谢群连忙冲向自己的稿子，他要抢救自己的稿子，很怕八字胡一把火给他烧了。这时八字胡道："别动！"紧接着翻出一包烟，抽出一根点着，情绪激动地道："别动，谁都不能动！"

谢群慢慢直起腰，一脸委屈地看着八字胡，八字胡吐出一团烟雾，语气掷地有声，四六分的发型随风摆动，他道："这么珍贵的东西，谁都不能动！"

付守宇说："珍贵？"

八字胡克制不住自己，嗓子有些变音道："好多年没有看到这么朴实的语言，这么生动的故事，上接天光下接地气，说的都是人话啊，现在说人话有多难你知道吗？"他冲到付守宇跟前，摇晃着付守宇的肩膀道："你知道说人话的文章有多难吗？堆砌华丽辞藻，一味排比煽情，语不惊人死不休，不说点俏皮话，不玩点冷幽默就不会讲故事的大有人在，但这才是好故事啊，乍一看平淡无奇，实际上蕴含着排山倒海的力量，不是歇斯底里、声嘶力竭、振聋发聩才能讲好故事啊，就应该这么娓娓道来，于无声处，才可见惊雷啊，我看到了电闪雷鸣，风雨交加，看见了阳春白雪、骄阳似火！这么好的东西，怎么可以埋没，那是文学界的损失！"

付守宇被八字胡晃得有些招架不住，在八字胡咽唾沫的当口指了指谢群说："那是作者！"

第十八章 归去来兮

八字胡这才冲向谢群，他抓住谢群的手道："我代表省文学界同人感谢你，你拯救了军旅文学，当代文化大繁荣大发展的进程中，你能占一席之地，你不应该待在这个山沟，你应该到榕城、到首都，专职文艺创作，怎么能在这里虚度光阴？我不同意，所有人都不会同意！到有信号的地方我就打电话，给省委宣传部打，给作协打，你会火，最先火的就是你！"

谢群抽出已经淤血的手道："不必了，我在这里没有虚度光阴，我在这里才能创作，换了地方就失去了土壤。"

八字胡惊讶地问："那你刚才为什么向我推荐自己？"

谢群说："我只是想让我前妻看见我，告诉她我们驻扎在这里不是一无是处，希望她能回心转意！"

八字胡说："傻兄弟，你的作品有很高的艺术价值，你一定能出名，等你的作品出版了，一版再版了，还要前妻干什么，哪还有前妻什么事？"

谢群说："前妻看不到，我还要那些有什么用？"

这时天空中传来直升机的声音，皮裤男说："我们有救了，那肯定是来清理隧道的。"

皮裤男说得没错，不仅来了清理隧道的，陆续又有几架直升机飞来，有来视察灾情的领导小组，有来抢头条的采访组，有投放救灾干粮的保障组，有修复隧道的抢险组，一时间，虎头山有史以来第一次被这么多人关注，人们通过这件事才知道在当代文明到达不了的地方，也有人生活。

因为虎头山隧道的坍塌，一百多趟列车停运，全中国都将目光投射到了这里，新闻频道专门开通现场连线，二十四小时发布虎头山抢险的实时报道。

记着找到了现场第一目击者、施救者付守宇，付守宇被媒体团团围住。

这时候八字胡挡住了镜头，他亮出了证件，所有的记者都很尊重他，可见他确实是个很知名的媒体人，除了哨所里的人不知道外。八字胡把谢群拉到镜头前，让谢群用最简短精练的话，讲一下现在的感受，八字胡叮嘱说："想好了再讲！"

谢群想了想，说了一句话："我想念我的前妻！"

八字胡一把把谢群从镜头前拉开了，吩咐记者说："有延时，赶快掐了这段。"

记者让付守宇讲讲处置这起突发事件的过程，付守宇有过被采访的经验，说得还不错，很适合电视直播。

电视播出去了，引起了轩然大波，最先受到震动的是陈司令员。

陈司令员问秘书："虎头山隧道的事有派特战队过去吗？"

秘书说:"没有啊!"

陈司令员说:"你赶快给我查一下,特战队员怎么会出现在虎头山!"

很快,参谋长、特战大队大队长就坐在了陈司令员的办公室里。

陈司令员指着他俩鼻子就骂开了:"胆子太大了,什么时候把一个特战精英给我雪藏了?我竟然一概不知,谁能给我一个解释。"

大队长眼睛盯着正前方,双手紧贴裤缝道:"我严格按照调令办事,没有违规!"

这球踢给了参谋长,参谋长不能把球再传给吴天将了,大包大揽地说:"司令员,是各级综合考虑的结果,付守宇作风有问题,在集训期间和文工团女演员拉拉扯扯,影响恶劣,人家女方家家都反映过来了,不给出一个处理说不过去啊!"

陈司令员听完更火了:"付守宇结婚了吗?"

参谋长说:"没有?"

陈司令员问:"他多大了?"

参谋长说:"快满三十了!"

陈司令员又问:"符合驻地找对象的条件吗?"

参谋长说:"符合。"

陈司令员说:"女演员愿意吗?"

参谋长说:"没有反对!"

陈司令员一拍桌子说道:"那是什么作风问题?你来说说付守宇作风上有什么问题?"

大队长直视前方,声若洪钟道:"报告司令员,付守宇作风上……作风上很过硬!"

参谋长脸上一阵红一阵白。

陈司令员道:"既然这样,为什么把他调走?"

参谋长为难地说:"还是我来回答这个问题吧,我是始作俑者,付守宇和吴部长的女儿吴丽军暧昧不清。"

陈司令员反问道:"内部消化,皆大欢喜啊,有什么不可以吗?这个老吴,家里还搞一言堂,我去找他谈!"

参谋长和大队长悻悻地往外走,参谋长似乎想起什么,突然站住,满眼喷火,大队长知道刚才的表现很对不住参谋长,手在裤缝上贴得更紧了。

参谋长道:"我只是让付守宇过去避避风头,你倒好,也不随时汇报情况,我都快忘了这小子了,你要是早给我提,早把他调回来了!"

大队长说:"参谋长,吴部长每次来检查工作都在拿话点我,我哪敢提啊!"

参谋长说:"行了,事已至此,说什么也没用了,就看老吴顶不顶得住司令吧。"

付守宇对这些一无所知,他还在为应付媒体焦头烂额。

隧道很快在第二天清晨通车了,八字胡、皮裤男和老村主任也已随车而去,临走八字胡还带走了谢群的稿子,他答应了谢群,要帮助谢群撮合他和前妻重归于好,谢群才把稿子依依不舍地给他。

各种团队陆续离开了虎头山,把虎头山好好折腾了一顿,搅动了它的宁静之后,纷纷离开,让这里显得更加落败。

除夕夜到了,五个人摆了一大桌子的菜,以前想吃没有的,今天都有了,但大家的胃口似乎并没有想象中那么好,气氛降到了冰点。

谢群端着可乐站起来说:"我说两句吧,兄弟们,别沮丧,在咱哨所过一次年,咱才知道山外面的年多叫年。听说每年都有人吐槽春晚,你们听听,气不气人,他们还有机会吐槽春晚,我们的春晚在哪儿呢;听说每年都有人因为燃放烟花爆竹被炸伤、被处罚,有烟花爆竹可以放还不知足,我们连看都看不到!我休假回家听很多同学抱怨说,买卖不好干,天天应酬,喝怕了吃怕了,年纪轻轻就三高,肝也不好,肾也不好,这也不好那也不好。我没什么不好,就是听他们这么欺负人,心情很不好。我笑他们,疯狂地笑他们,笑他们知道这么不好,就是不改的样子。在虎头山上待一段时间,出去后会对生活备感热爱!"

谢群说完,看见大家情绪更低落了,道:"我说这些,当然不是给大家传递负能量,而是正能量,因为我们才是美好生活的见证者,我们以后会比任何人都知足!"说完,把可乐一饮而尽,坐下抬头看灯,眼睛里闪着缤纷的色彩,他肯定在憧憬退役以后的生活。

谢群坐下后,桌上重新恢复宁静,新兵们突然集体站起来,要敬付守宇。付守宇眼圈红了,面对这一张张干净的脸,连客套都显得多余,连认真组织一下语言,都显得虚情假意。付守宇一饮而尽道:"刚来的时候,我怎么都转不过弯来,我堂堂一个拿过勇士勋章的人,怎么能和你们这帮人为伍,现在我不这么想了,和你们在一起,很踏实,出生入死是一种生活方式,甘于平凡也是一种人生态度,更难,更锻造人心。勇士勋章只是一个符号,你们才是我的宝贵财富,兄弟们,认识你们我三生有幸!"

那晚的除夕夜，进入后半程，喝彩不断，五个人的队伍，喝可乐喝出了军机关团拜会的高潮，喝可乐喝醉了，有的捂着肚子跑了一宿的厕所，有的抠了好几遍嗓子眼。

支队没有忘记虎头山上的兄弟，天亮了，给养车就到了，支队参谋带着好几个战士抬着瓜果蔬菜来了，放在台阶下没敢上去，上去一趟相当于跑了一个五公里，所以参谋站在台阶下喊："大年初一头一天，支队党委牵挂着你们，派我给你们带来新春的祝福，怕你们吃不好，特意杀了一头猪，宰了两只羊，摘了温室里最嫩的蔬菜，你们敞开脖子咧开怀可劲造！另外，知道你们这里电话不通外线，手机没信号，特意给你们配了一个卫星电话，以后和外界联络方便多了，但现在手机使用虽然是放开了，也不能没白没黑地打，给你们设置了时间段，拣重点说，时间有限。"

听说来了卫星电话，战士们差点没飞下来。电话拿过来，几个人翻来覆去看个稀奇，个个像抱初生婴儿一样小心翼翼，看来看去竟然忘了这玩意儿是可以打电话的。

有了电话，就连接起了外面快节奏的社会，思绪一波波袭来。

付守宇想回家，以前让他回去他都不回去，没房子没老婆，当兵十几年除了两箱子被装似乎什么都没有，回去不叫荣归故里，另一个，是为了省下路费花销，把每个月除日用品等必备支出外的工资寄回家，是他唯一能尽的孝道。现在他想回家，是因为接连几个打给父母的电话都没有接通。

回去，必须尽快回去。探亲审批很快下来了，付守宇一刻不停地收拾行囊，登上开往家乡的火车。

第十九章　过关斩将

　　下了车，贫瘠的家乡并不像文章里经常写的那样改天换地，破房子、烂草垛依然如故。

　　墙边石磨上坐着的老大娘说："这是小宇啊，什么时候回来的？你爹你娘不在家。"

　　家里确实大门紧锁，但这难不倒付守宇，他纵身一跃就进了院子，这个小院和当年走的时候相比，更加荒凉落败，没有一丝生机，墙头上是枯萎的爬山虎，织满了蜘蛛网，付守宇在院子中央蹲了好一阵子。他先去了父亲的工作单位，一个小规模的化工厂。

　　付守宇站在马路对面透过来来往往的卡车，看见门岗里坐着一个熟悉的身影，他时而拿笔登记，时而遥控电动门，有领导模样的人经过的时候他艰难地用一根自制的简易拐杖撑起摇摇欲坠的身体，那是一种卑微的身体语言。

　　快递员骑着电动车载着满满一车包裹来到门口，连车带人摔倒在地，包裹撒落了一地，父亲看见了，赶快过来帮忙，动作像一只笨拙的企鹅，他费劲地蹲下，一件一件地帮忙捡拾。

　　里面一辆货车开了过来，连续按起了喇叭，父亲又赶快掉头来遥控开门，但是司机不领情，一边看着这个可怜的腿脚不便的人，一边使劲按喇叭，长的短的连贯的，越催越急，还有点幸灾乐祸的意思，大门开了，司机伸出头喊："妈拉个巴子，下次快点！"父亲并没有委屈的神态，还不停地点头哈腰，报以微笑。

　　付守宇都看在眼里，他把拳头攥得咯咯响。面对穷凶极恶的歹徒他没有发抖，面对生理极限挑战他没有发抖，在最无助的时候他也没有发抖，可是现在他抖得厉害，控制不了情绪，真想冲上去把这个司机拉出驾驶室，一顿组合拳把他打得满地找牙。但是能那么做吗？老爷子他唯唯诺诺，就是为了保住这份来之不易的工作，这也许是他的生存智慧，也许是他维持最后一点自尊的权宜之计，他还会碰到无数个这样的人。没有办法永远护着他，就悄悄地给他留下这点尊严。付守宇想，那么多人喊过我英雄，可是有保护不了自己父亲的英雄吗？

付守宇心里堵得慌，让军人成为全社会尊崇的职业，如果可以，能不能先尊崇他们的至亲，善待他们的家人。

付守宇心事重重地来到母亲当保姆的人家，这家只有一个孩子在，他告诉付守宇，家里人都在县医院陪护病人。来到县医院，打听到母亲雇主所住的病房，透过房门的玻璃往里张望，母亲瘦小的背影一直在晃动，那是长期以来魂牵梦萦的背影，为之可以付出所有的背影，就是这个背影多少次在付守宇快要坚持不住的时候撞击着他的内心，给他不竭的动力，这个背影现在就出现在他面前，他想大声地喊一声，妈，我回来了！可是他不能。

付守宇看到母亲多少年来都未曾变过的装束，头上绾着高高的发髻，上身穿着单薄的碎花褂子，胳膊上是一副干净的白色套袖，下身穿着一条藏青色裤子，脚上是一双千层底布鞋，她不知疲倦地来回穿梭。

病床上躺着一个头发花白的老人，眼角淌着泪，眼睛微张。他戴着呼吸机喘气，旁边的监测器不停地报警，发出急促的嘀嘀声，看样子病得很严重。他身边站着一群人，衣着光鲜，每个人都夹着小皮包、小手袋，手里还摇着车钥匙，但没有一个人趴在老人跟前说句话，或者为他拭去不停流下的泪。付守宇发现母亲不仅为老人擦身体，还给他端屎端尿，一口一口地喂流食。

付守宇在想，是什么让她在做亲生儿女都不愿意去做的事儿？是钱！付守宇这些年寄回家的钱老两口一分没动，加上这些年攒的血汗钱，给付守宇在县城付首付买了套房子，每个月三千多元的贷款。为什么拼了老命也要买房子，父亲说过，你看看现在咱们家附近这些村儿，哪个村儿没有十几个光棍？哪个光棍有房子？为了不让付守宇打光棍，他们才买的房子，可是房子买了，付守宇还是光棍。以前他们家是门可罗雀，自从付守宇当了兵，又买了房子，提亲的人就踏破了门槛，后来又变成了冷冷清清。因为付守宇很少回来，回来也待不了几天，哪怕和女方见面了，也总是没时间发展，慢慢地就不了了之，时间长了，没有红娘愿意牵这根线，甚至有磕闲牙子的说老付家这孩子是不是身体上有什么毛病？只有付守宇知道自己的毛病不在身体上。

现在付守宇看着母亲的样子，心里百味杂陈。付守宇在想，下辈子，一定要考上好大学，当高官、当高管、当企业家，或者再给我一次机会，我也上天桥练摊，去中关村卖碟，挣很多很多的钱，生一窝小孩，就是为了让窝囊的父母扬眉吐气。但是这辈子不行了，当个好兵，站个好岗，把工资按时寄回家，这才是他现在唯一能做的。

他又回到了化工厂对面的马路牙子上，一直蹲到父亲下班，他才出现在父亲的面前，父亲一愣，随即露出兴奋的表情道："兔崽子你可回来了！"

付守宇说："爸，我都三十了，还是兔崽子呢？"

老付说："只要我活着，你八十，我也得叫你兔崽子！"

付守宇说："别在大街上拉拉扯扯，注意点影响。"

老付说："你还知道注意影响，你找不着对象有没有注意过影响，这次回来不把这事解决了，我去跟部队领导说。"

付守宇说："部队不是咱家开的。"

老付说："那我也得说，什么事现在都没这事重要！"

付守宇说："你松开，我尽量！"

老付露出笑脸说："明天我就给你安排。今晚陪爹喝两盅，我让你妈也早点回来，炒几个菜。"

来到爸妈租住的小房间，父亲推开门，付守宇的笑容僵住了，这哪是人住的地方，还没猪圈大，一张床占据了一多半的距离，一张折叠桌占了另外一半的地方，人只能蹲在床沿上。门边上还堆着蜂窝，生着炉子，炉子上一根已经生了锈的不锈钢管伸向窗外，缝隙里还冒着烟，床底下也塞满了东西，付守宇看清楚了那都是些塑料瓶子、尼龙袋子、纸盒箱子，看样子攒了不是一天两天了。墙上钉满了钉子，挂满衣服，显得小屋更加拥挤。付守宇质问道："我给你们寄的钱呢，拿来租个大点的房子不行吗？"

老付没有言语，他满脑子都是儿子找对象的事儿，叹了口气说："儿子呀，爸妈不要你扬名立万，不要你出人头地，你只要钻出这坷垃地，我们已经知足了，剩下的就是要有个好身体，别拼命。累了歇歇吧，想家了就回来。"

付守宇无言以对，眼睛盯着母亲刚余的猪肉丸子，还是童年的味道，刚炖的黄河鲤鱼，汁鲜肉嫩。付守宇给爸倒上了五十二度的禹王亭酒。

老付三杯酒一下肚，话就更多了："孩子，你知道我为什么死活要让你当兵吗？"

付守宇说："是不是你当年没当成兵？"

老付说："非也！年轻的时候，具体哪一年记不清了，去了一趟济南，车上碰见一个军人,穿着军装,上衣四个兜的,三接头的皮鞋擦得能照出人影来,大衣后面没有衩,棉帽子上耳朵的位置没有眼,我一看,这不得了,这是个军官啊!"

付守宇问:"怎么从这些特征中就看出是个军官?"

老付说:"虽然我没当上兵,但是我会研究,军官为什么是四个兜,军官的东西肯定比士兵多啊,钢笔、本子、烟盒、钱、地图、望远镜,兜少了没地方装;军官才有皮鞋,战士只有解放鞋;大衣后面没有衩代表可以自由驰骋;尤其是这个棉帽子上的眼儿有意思哈,士兵的有眼,是为了听清长官的命令,军官是下命令的,所以不需要设计个眼儿哈!"

老付为自己的研究感到自豪,付守宇哑然失笑,有理没理听着挺带感,他很佩服父亲的观察能力。

付守宇问道:"然后呢?"

老付接着说:"一路上我问东问西,他也不嫌烦,沟通得很顺当,这是个很实在的军官,在挎包里一把一把地给我抓瓜子吃,水壶里的水也让给我喝。那时候咱也不富裕,但咱不能太寒酸,来而不往非礼也,马上就到饭点了,我想着,请他吃点啥,正好子中途休息,就下车买了两个烤地瓜,上车递给他一个,他死活不接着,我还以为他是客气,死活要给他,我一个人也吃不了两个大个儿的红薯呀。但是人家就是不要,宁死不要。让到后面全车人都不好意思了,有人还在后面附和说,拿着吧。军官的脸涨得通红,我再往他手里塞的时候,没想到急眼了,站起身来说了一句让我终生难忘的话!"

老付卖了一个关子,夹了一口豆腐皮,慢慢地咀嚼着。付守宇耐不住性子道:"到底说啥了?"

老付干了一口酒,冲下嘴里的残渣道:"他说,我以前一日三餐都是红薯,烤着吃的、蒸着吃的、煮着吃的、晒干了吃红薯干子,我是在红薯里泡大的,为了不再吃红薯我当的兵,我见不得红薯,看见它我就反胃,赶快给我拿开它,这个东西我以后一口也不吃,看见它我就想起我入伍的初衷,没有那么高大上。这军官说完,全车都沉默了。是啊,他说得真实在啊,他要说是吃惯了好的,吃不得这玩意儿了,我还真看不起他,他要是说不拿群众一针一线,我能信吗?他这么说,我哭了,我觉得他的选择是正确的。所以为了不让你吃一辈子红薯,我让你去当的兵,你能明白我的一片苦心吗?孩子!"

付守宇不说话,老付这才发现付守宇杯子里一直是空的,嚷嚷道:"倒上、倒上!"

付守宇只好给自己倒上,连敬老付三个。母亲说:"这话是怎么说的,别把你爸灌多了！"

老付不服气地说："我没事，脑袋不迷糊，脚下倍儿稳当。"说着从炕上站起来要示范个白鹤亮翅，岂料一个没站稳，冲着桌上的盘盘盏盏扑将过来，眼看就要把折叠桌砸塌了，付守宇眼疾手快，一只手托住了父亲的肩膀，往后一推，老头子稳稳当当站住了，付守宇把父亲安顿坐下，老头子竖起大拇指说，特战队员果然稳准狠，没白练，基本功扎实。

付守宇说："爸，你小心点，特战队员不在的时候，这要是摔出个好歹来，怎么办？"

老付哈哈一笑说："特战队员不在，我哪敢站起来！"

酒过三巡菜过五味，老付舌头大了，付守宇哪里顶得住父亲这个酒场老手的忽悠，没几个回合也沦陷了。

老付道："大兄弟，不是哥说你，咱们村走出来这么多当兵的，提干的提干，升官的升官，怎么就你这么多年了，除了带回来一些证书牌牌，不能吃也不能喝，连个媳妇都没有往家领过，我这脸上无光啊！你知道村里人的毛病，你牛了吧，不见得有人说你好，你不行，请放心，一定有人在后面嚼舌头！"

付守宇抹了一把脸道："放一百个心，我答应你的事，一定会去办，今天哥们儿把话撂这儿，明天就上街给你划拉一个，找媳妇还不简单，和开车一个道理，见桥就过，见弯就拐，水到渠成的事！"

母亲在旁边听见这番对话破口大骂："这是两个什么孙子，岔辈儿了！"

第二天付守宇一觉睡到自然醒，五脏六腑烧得慌。咕咚咕咚灌下一大杯水，手机铃声响了，是老付，让他十二点整在天齐庙商城见一个女孩，大姑妯娌的哥哥的堂妹的闺女。老付说，这姑娘特好，还有一个致命的优点，超级喜欢军人，好好把握。

付守宇一看表都十一点半了，脸都没洗，牙也没刷，抓起衣服就往天齐庙商城跑，跑到地方，付守宇打了一个电话，很快女孩就来了。付守宇一看，这和父亲描述的形象有点差距，丸子头，四方脸，耷拉肩，水桶腰，大象腿，个子倒是挺高，远看像白塔，近看像洋马。一看这形象，付守宇心凉了半截，但是还抱着一线希望，不是还有脾气好嘛，这年头能遇见个对脾气的也不容易。

付守宇打了一声招呼："久等了！"

白塔说："不会不会，特战队员的时间观念就是强。"

付守宇不好意思地说："听说你是个爱军女孩？"

白塔说:"这你就说到点子上了,不是军人我还不见呢!"

付守宇说:"有你们这些迷妹的支持,别提我们多暖心。"

白塔说:"时代虽然在变,军人的地位作用没有变过,不管到什么时候军人都有粉丝,向军人致敬的方式有很多种,我这种比较不多见,就是豁出去自己,找个军人,一辈子做军人的粉丝。"

付守宇说:"欣赏军人不一定非要嫁给军人,也可以有别的选择的。精神上支持我们,我们就很感激了。"

白塔说:"什么意思?你是说咱俩没戏?"

付守宇连忙解释:"不不不,你误会了,我是说等了这么多年,委屈了自己啊。"

白塔娇羞地说:"不委屈,我一直相信那个对的人一定会在对的时刻出现,急不来,只有等!"

对话很愉快,付守宇一看时间不早了,该吃饭了,成不成的怎么着也得请人家吃顿饭。付守宇很长时间不回来,当然最想念家乡的老豆腐和饼卷驴肉。

付守宇带着白塔来到王记老豆腐店。白塔反客为主点了一筐饼卷驴肉,这个筐很关键,塑料筐,镂空的,装满了一只手端不动,另外还有两碗豆腐脑,加了四个卤蛋。付守宇说:"吃不了,别浪费。"

白塔说:"够不够还不一定呢!先吃着,不够再点。"付守宇一听,不仅长得大,做事风格也很大气,不拘小节,女孩子能做到这样实属不易。

付守宇太想念这一口,早已经垂涎三尺,敞开了脖子开吃了,吃着吃着发现不对劲了,白塔兄也敞开了脖子,气势上一点不输自己。付守宇这才体味到白塔刚才那句"够不够还不一定"的话有多么意味深长。喝下最后一口豆腐脑,白塔擦了擦嘴巴上的满嘴油光,从板凳上站起来伸了伸懒腰,付守宇以为她要抢着结账,连忙站起来制止,岂料白塔底气十足地说道:"老板,再来三笼小笼包,三碗胡辣汤,放两头蒜,打个包。"

此话一出,付守宇又默默地坐下来,打这个包还需要一会儿。

白塔道:"我就不跟你客气了,家里还有人没吃呢。"

付守宇说:"不客气不客气,随便点。"

趁打包的当口,白塔道:"你一个特战队员怎么吃这么一点?"

付守宇说:"实不相瞒,我曾经是个特战队员。"

白塔声音提高了不少道:"可我姑姑说你是个特战队员,还是分队长!"

她这么一喊,店里别的食客纷纷看了过来,付守宇示意白塔小点声,不要暴露他的军人身份。付守宇压低声音说:"因为种种原因,我现在只是个普通战士。"

白塔声音更大了:"犯什么错误了?去哪儿了?"

付守宇说:"小点声儿。我去了全区最偏远的隧道桥单独执勤点,那里方圆十公里杳无人烟,很艰苦,但是我觉得那里很重要,我很快乐。"

白塔愣了一会儿问道:"还快乐?那是个什么地方,能带家属吗?是不是要常年两地分居,终年不见人影?"

付守宇有点生气了道:"你不是爱军女孩吗,拥军还挑人?"

白塔说:"你这是什么话,拥军不挑人,嫁人可得挑人啊,你这属于不诚实啊,我天天研究,别以为我不懂,本以为是个分队长、特战队员,大小也是个官,多少有点料啊,以后我再上论坛跟人干仗,谁敢说半个不字,现在倒好!"

付守宇说:"你这么想,我无话可说。"

白塔说:"你好好想想吧,我生气不是气你骗了我,而是气你的不诚实。"说完,拎着打包的饭菜,飘然而去,留下一个婀娜的背影,远看像白塔,水面上倒映着的美丽的白塔。

一路上付守宇都总感觉白塔就是来蹭饭的。晚上老付回来,一脸期待地问,相亲相得怎么样,付守宇说远看像白塔,近看像洋马,不提也罢。老付问什么白塔?付守宇说,总之很壮观。老付生气地说,你这个人怎么只看表面,要有点内涵,要挖掘深层次的东西。

付守宇说,不用掘了,掘不动的。

老付看付守宇这个备受打击的状态,知道大势已去,安慰道:"别灰心,老子接着给你找,咱找个靠谱的。"

第二天,付守宇又兴高采烈地去见面了,这次这个女人,可就厉害了,长得又勾勾又丢丢,堪称女神,穿衣打扮十分时髦,摘下墨镜,眼神摄人心魄,跟她对视一眼,会有过电的感觉,那个万般风情,那个百媚丛生。女人是开着自己的宝马七系车来的,手上托着一款宝缇嘉的鳄鱼皮手包,付守宇认识这个牌子,因为吴丽军也有一个,有一次特意给他科普过关于包包的知识,付守宇并不感兴趣,因为一年的工资不一定够买一个,觉得离自己太遥远,尽管不感兴趣,付守宇还是记住了这个令人肝颤的牌子。

女人身披长款大衣,不系扣,特意露出缎面的连衣裙,大冷天光着雪白的腿,穿一双露脚趾的鱼嘴鞋,迈着猫步,臀部幅度很大,给人一种走戛纳红毯的感觉。女人告诉付守宇自己叫娜娜。付守宇觉得她不应该叫娜娜,应该叫戛纳。付守宇哪里见过这样的场面,感觉自己不是来相亲的,是来求职的,这位霸道女总裁,就抱着手臂站在自己面前，眼神里写的都是没有答案的题目。付守宇搓着手表现得十分紧张拘束，当年在中俄联合军演的比赛场上，面对一百多位将军，他也没有这么紧张过，现在手心里都是汗。他感觉此刻自己身上这件价值三四百的、最穿得出门的城市迷彩大衣，显得异常臃肿，完全和戛纳是两个季节，两个世界的人。

付守宇和戛纳对视了一会儿，说道："抱歉，您稍等一分钟，我给我爸打个电话，告诉他饭在锅里。"

付守宇背过身掏出手机打给老付，电话一接通，付守宇问："爸爸爸爸爸，你是不是搞错了，这人是干什么的，我不是来找工作的。"

老付在电话里说："稳住！这是化工厂老板的小姨子，听说你要找对象，老板把小姨子都献出来了，你爸这面子还是有的！"

付守宇说："别开玩笑了爸，这一看比我年纪大不少呢，而且这派头，怎么看怎么不像一路人，我肯定驾驭不了啊！"

老付说："你一个特战队员连大炮机枪都能驾驭，你驾驭不了一个女人？"

付守宇说："爸呀爸，不行算了……"付守宇话没说完，老付电话已经挂了。

付守宇转过身道："不好意思啊，我爹脑子不好，老爱忘事。"

戛纳说："别傻站着了，你想站在大街上相亲啊！上车！"

付守宇上了戛纳的车，戛纳一脚油门，把车开出了推背感，一会儿就到了北湖边上的小树林。

付守宇更紧张了，这是要干什么呀，还找个僻静的地方下手。

戛纳从储物盒里拿出一个盒子，扔给付守宇道："初次见面，这是送你的见面礼。"

付守宇打开一看，18K的金链子，连忙塞回戛纳手里说："军人不能佩戴饰品，这个给我浪费了。"

戛纳重新塞回付守宇手里说："你先别急着还给我，你听我说完话。咱们就单刀直入，开门见山，我时间有限，没空瞎掰扯，你是当兵的，肯定也喜欢这样的方式。"

付守宇点点头说："好方式！"

戛纳开始自我介绍："我呢，有房有车有存款有企业，什么都不缺，只是肚子里有个孩子。我工作很忙，应酬很多，我对你没要求，你当兵的，一年到头见不着几次，正好，我就需要这样的空间，空间，你懂吗？"

付守宇说："懂！"

戛纳说："对，就是你理解的那个空间，别妨碍我，我也不拖累你，我本来不想再结婚了，我是个走在时代前沿的新女性，反对那些世俗的婚姻关系，我是坚定的女权主义者，最看不上那些大男子主义的男人。这个你明白吗？"

付守宇说："明白！"

戛纳说："很好，但是你懂得世俗，不结婚要承受多大的压力，我还有孩子，为了孩子，我也扛不住。你要是愿意，那就好办，咱们下午就到民政局办手续，你要是不愿意，咱们大路朝天各走半边，就当没这事儿，不知道你意下如何，我给你十分钟考虑。"

付守宇说："不用考虑了。"

戛纳说："非常好，非常干脆。那咱就领证去吧。"

付守宇说："我是说不用考虑了！"

戛纳愣住了，在她的观念里，付守宇已经被自己震蒙了、亮瞎了，不应该出现这么尴尬的局面。她很想问一句为什么，但终究还是没有问出口。因为付守宇已经打开车门，一只脚踏出去了。

付守宇又收回脚，把礼盒放回储物盒道："保重！"

戛纳手扶着方向盘，在原地待了很久。

付守宇大步流星地往家走，寒风吹起他的衣梢，脸上似有不甘，但更多的是对前路的坚定。他在想，单亲妈妈我不嫌弃，单亲妈妈优秀的不在少数，他也理解戛纳对待婚姻的态度，新时代、新女性，没有什么不可以理解的，他唯一不理解的是为什么找他这个当兵的来当接盘侠。付守宇早就听网上有一句很令人心寒的话，玩累了，找个当兵的嫁吧。就冲这句话，付守宇也不能接受她，何况，戛纳还没有玩累，一看那精神头，哪是玩累的样子，分明是大千世界，才玩了个开头。

还没到晚上，老付就回来了。老付一进门就吊着脸，一声不吭，付守宇很奇怪，这是几个意思，总得说句话吧。付守宇问："爸呀，你倒是说句话呀！"

老付说："这次你没错，我错了，真不该接厂长这个茬儿啊。"

付守宇问："什么意思？"

老付说："被炒了呗，为给你找个对象，我丢了工作。"

付守宇说："不带这样的，这相亲是你情我愿的事，跟你有什么关系！"

老付说："一开始我也是这么想的，买卖不成仁义在。但是他小姨子气冲冲地冲进化工厂，指着厂长鼻子骂开了。"

付守宇说："她骂什么？"

老付说："我以前不知道，后来算是明白了，这厂长和她之间的文化博大精深，咱们都是牺牲品！没关系，我宁可丢了工作，也不能让我儿子蹚这个浑水！找不到媳妇也不能！明天你接着去相亲，我去找工作。"

付守宇眼泪都快掉下来了。

第二天，付守宇又去见面了，这次这位女孩，倒是没前两个那么夸张，外形条件中等，言谈举止得体，饭量也没那么惊人，身世也没那么特殊，社会关系也没那么复杂，性格也没那么乖张，一切都符合邻家女孩的人设。这个女孩姓赵，在造纸厂当会计。

这次约会地点付守宇还是做了斟酌的，吸取了前两次失败的经验，一次在饼卷驴肉铺，乌烟瘴气；一次在北湖边的小树林，阴气森森，这次付守宇选在了李苦禅书画院，这个地方有些文艺气息，一边赏画，一边聊天，还算有点情调。

会计来后顺手递给付守宇一个盒子说："天冷，这个你用得着。"

付守宇打开一看是条围巾，总算有个靠谱的了。付守宇也有准备，他带了一枚子弹壳做的项链，拿出来给赵会计戴上了，赵会计喜欢得不得了，她从来没有见过子弹壳，有很多问题要问："这个不会炸了吧？这个眼儿是怎么打的？这个过得了安检吗？"

付守宇对这个充满好奇心的赵会计很感兴趣，起码这是个正常女人，女人一正常，魅力就增添了一半。而男人正好相反，这就是男女的差别。

赵会计一会儿一个新问题，他应接不暇，但很享受这种被重视、被信任的感觉，他已经很久没有这种感觉了。从书画院出来，付守宇趁赵会计下台阶的时候，很自然地牵上了她的手，两人手拉手走了很长时间。

赵会计突然说："哎呀，光顾着跟你走了，我的电动车呢？"

付守宇说："把钥匙给我，我跑得快，一会儿就给你骑过来。"

赵会计说："不行，我们刚认识，你把车骑跑了我找谁去！"

付守宇掏出士官证说："这个押你这儿！"

这回轮到赵会计笑了，说："开个玩笑你还当真了？你会跑吗？一边是如花似玉的大姑娘，一边是电动车，你会选电动车？"

开春的街头，浓雾还没有散尽，留下两串不规则的脚印，成群结队的麻雀在挂着冰凌的槐树上呼的一声四散飞走。

第二十章　挥手作别

付守宇很珍惜与赵会计的缘分，虽没有一见钟情，也没有怦然心动，但付守宇认为，这就是我这样的人应该谈的恋爱。

在去接赵会计下班的路上，付守宇想起了吴丽军，他觉得有必要给吴丽军打个电话，告诉她好好生活，找个好人抓紧嫁了吧，没开始就结束，就当没有发生过，也许对两个人都是最好的结果。

付守宇拨通了吴丽军的电话，吴丽军很激动："怎么是你，你怎么有手机用，手机有信号了？我给你写了那么多的信，为什么一封也不回！我等着你呢，你不回来我就一直等，总能等到你，你不可能在山上待一辈子！我也在积极和爸爸沟通，虽然没有什么进展，但是只要有一线希望，我就不会放弃。"

县城的大街上到处是廉价的汽车，发动机的声音很杂乱，人们扎裹得并不是那么赏心悦目，让付守宇想起小时候村头蹲在墙根边上蹭痒痒的闲人，他们一天到晚蹭痒痒，两只手塞进袄袖子里，鼻涕过了河。这么多年过去了，可能当年那些人进了城，也没有改变多少，还是原来那副德行，偶有穿戴时髦的人经过，应该是被城市化进程改造得比较彻底的，但是张嘴全露馅了："妈了个蛋，没长眼啊！"骂完还得啐口水，下巴颏还一甩一甩的。付守宇看着眼花缭乱的景象，觉得和吴丽军本就是不同的人啊。

付守宇说："别坚持了，我找到对象了。"

吴丽军说："你找的那都是你以为的对象！我不信你会那么容易妥协！"

付守宇摇头，他知道现在说什么吴丽军都不信。付守宇挂了电话，继续往前走，赵会计扑了过来，给了他一个大大的拥抱，使劲亲了一下他皲裂了的脸。

是不是太快了？一点也不快，正符合付守宇的频率，假期就那么多，再磨叽磨叽，黄花菜凉了。付守宇就坡下驴，报以热烈的回应。化工厂的人投来异样的目光，有小青年吹着口哨，有中年大叔骑着自行车撞了树，赵会计腾出嘴来冲着他们喊："滚！我有男朋友了！特战队员！"

付守宇拉着赵会计奔跑，路上是刚化冻的冰，到处是泥泞水洼。两个人呱唧呱唧地跑，水花四溅，泥巴蛋子甩了一屁股，但两人浑然不觉，他们要跑遍全县城，让乡亲父老都看看，他们在北湖公园的玉带桥上奔跑，在时风大厦的台阶上拥吻，在银座商场的货架子底下对望……

正投入着，付守宇的手机响了，一看是大队长的号码，连忙推开赵会计。大队长道："赶快回来，急事！"

付守宇心情全无，赵会计也发现了，赵会计问："你是不是要走？"

付守宇说，是！赵会计问，什么时候回来？付守宇说，不知道。赵会计说，我靠谱，其实是你不靠谱。付守宇说，你要是有耐心我就是靠谱的！赵会计说，我是学会计的，这事儿我算得过来，我今年二十八了，在这个十八线城市二十八不结婚，就是有毛病，我好不容易遇见一个你，现在你要走，什么时候回来不一定，我从没毛病又变成了有毛病。我等可以，等多久，还是不知道，要不你就跟我把证领了再走！

付守宇说，我结婚要报备，提前半年打恋爱报告，提前半年打结婚报告，到时候部队还要发函到你们化工厂或者你们街道，了解你的祖宗八辈，看看你有没有海外关系，查查你有没有前科，你爸爸妈妈兄弟姐妹有没有前科，查完这些给撕张纸盖个章，那时候才能领证。

赵会计说，这也太麻烦了吧！

付守宇说，那我走了。

赵会计说，走你的吧。

付守宇摘下围巾，递给赵会计说，这个还给你，我没资格戴。

赵会计说，你都戴过了，我还给谁戴？谁戴你戴过的都得黄。

她把围巾扔到泥巴堆里一通踩踏，直到围巾不像围巾，像一条炮轰过的旗帜。

付守宇说，有些时候有些人，遇见，足矣。

赵会计哭了，哭得路边的柳树都抽芽了。

付守宇说，我必须走了。

付守宇在回家的路上，胸膛里满是愧疚，但他别无选择。

老付阴着脸，大烟袋使劲往床头上磕，床沿已经被他磕出了沟壑。

付守宇说，爸，你就少抽点吧，眼睛熏得睁不开。

老付说，我不熏，眼睛也睁不开了，没脸睁。

付守宇说，我有任务，军令如山倒！

父亲说，哪有那么多任务？没你任务就完成不了了？你别跟我说什么忠孝不能两全的话，这样的新闻我看多了，看见这样的新闻我就骂娘，怎么就忠孝不能两全了，老一辈人抛头颅洒热血就是为了你们忠孝能够两全，你们还吵吵着忠孝不能两全，老一辈人白死了，白死了呀。

付守宇说，爸，话不是这么说的。

老付接着敲床沿，快把木头床敲出了火星子："我就这么说！谁不让我这么说，让他过来给我论理！"

付守宇说："你没当过兵，你不知道。"

老付说："我当过爹！"

付守宇不说话了，一夜无眠。一大早，付守宇就被吵醒了，睁眼一看，老付正猫着腰，使劲往付守宇的背囊里塞东西，腊肉、香肠、德州扒鸡、花生、苹果、临沂煎饼……

付守宇说："爸，你这是干啥呢！"

老付说："给你收拾好东西，抓紧滚！"

嘴上全是怨言，行动上都是真章，这就是老付，这是亲爹。

付守宇两只手放在屁股后撑着，被窝里的热气呼呼地往外冒，窗玻璃上一层厚厚的水雾，像这一刻付守宇的眼睛，喉结上下蠕动，他想说，别装了，背不了。就是说不出来，爹的心意，背不了，拖也得拖到榕城去。

老付说，还愣着干什么，穿衣服！付守宇一骨碌爬起来，擦了把脸，跟在一瘸一拐的父亲后面下楼。

隔壁老头老太太刚锻炼回来，楼梯上撞了个对个。

老头问："嚯，瘸子，起这么早！"

老付说："儿子要走，送送！"

付守宇跟在父亲后面下了好几层了，听见刚才老太太和老头对话："这瘸子还有个儿子呢？他不是没儿子吗？"

付守宇看着父亲单薄的身躯，知道生活给了他太多的忍辱负重，太多的磨难，不知道什么时候会给他笑脸和如约而至的春天。

下了楼，付守宇问："坐几路车到车站？"

老付说："打车！"

付守宇头一次见老付在出行上这么气派，以前出门，家里有牛，连牛车都不舍得套，从村里到县城二十五公里，人力拉车到县城。

付守宇说："时间来得及！"

老付狠狠地说："我来不及，我送完你还得去找工作！"

付守宇说："那你还去啥，不用送！"

老付说："你算算，我快六十了，以后每年送你一次，拢共还能送几次？"

付守宇说："爸，能不能好好聊天！"

老付说："我跟你好好聊，你更受不了。"

付守宇说："走走走，你送！"

到了火车站，车站人并不多，付守宇出示证件验票进站了，老付没有票，进不去，东张西望。付守宇隔着安检带说："爸，你回去吧。"

老付朝他挥手。

付守宇说："你回去吧！"

老付挥手。

验票的是个漂亮的女孩，女孩说："老叔，你进去吧。"

老付说："我没票！"

女孩看了看付守宇的迷彩背囊说："你不用票。"

老付说："还是好人多。"

女孩笑得很好看，牙齿整整齐齐，洁白闪亮。

女孩说："进去吧，送完从出站口出，出不去，你跟工作人员提我，提我好使！"女孩指了指窗口上的姓名牌，名字下面写着巾帼文明岗。

老付把棉袄一裹，一路小跑追上付守宇，一路上帮付守宇托着背囊。

付守宇说，我是特战队员，这点东西还背不了？！

老付说，特战队员少废话。

付守宇上车了，把背囊放上行李架，隔着车窗玻璃给老付敬礼，老付突然笑了，回家这么多天，付守宇没见他笑过，连付守宇突然出现在他面前的时候，他也只是惊讶，现在一直阴云密布的脸，笑得亮堂堂，抽烟袋抽的一口黄牙，像刚收割的麦秸茬，眼角的褶子更浓密了，遮住了遥望的目光，一高一低的两只脚，在空旷的站台上显得越发不齐整，像断了齿的铁耙子。

老付的棉袄还是前几年付守宇给他在军品店买的，老付有军人情结，穿上就不舍得脱，袖子上是明晃晃的一层油，这个油应该混合了烟油、菜油、花生油、煤油和机油，肚脐眼位置的扣子已经崩掉了，露出内衬的灰毛衣，和车站井然有序的布置格格不入，老付笑得也格格不入，但是他笑了，笑得合不拢嘴，笑得上身不停地抖动。

不远处的小桌前坐着一对男女，明明有空位，女孩却坐在男孩腿上，男孩抱着女孩的腰说："那个傻缺在哭。"

女孩说："他没人抱，当然要哭！"

付守宇哭得更狠了，一抽一抽的。

老付的笑渐行渐远，男孩和女孩的拥抱越发缠绵，付守宇心乱如麻。

从家到部队，只是一段路程，付守宇的心却进行了一次声势浩大的博弈。一边是信仰中完美的世界，一边是现实中卑微缺憾的自己。

其实，吴丽军挂了付守宇的电话也哭了，哭世态炎凉，哭束手无策，哭嘴上不相信心里却冻出了冰碴子。

吴丽军红着眼圈翻着手机相册，看着付守宇的照片出神。政治工作部王主任推门进来她也没有发觉。

王主任敲了敲门，吴丽军一惊，连忙收起手机，慌乱地站起来："主任好！"

王主任道："业务熟悉得怎么样了？适应新岗位了吗？"

吴丽军说："业务倒是不难，就是提不起学习兴趣。我打小就搞文艺，这个文化工作站，虽然也带个文字，可是和我的特长不挨着。"

主任说："你可不能让工作去适应你啊。"

吴丽军说："反正也是个编余，适不适应的再说吧！"

王主任皱着眉头说："小吴啊，你这个状态，很危险啊，这样下去，我可保不了你。"

吴丽军说："主任放心，我不会给您添麻烦。"

王主任说："倒不是添麻烦，你是年轻干部，机会多的是，虽然改革还没完全落地，但只要肯干，政策都是向肯干的人偏移的。文工团不存在了，没有舞台了，难道没有舞台你就没有人生了吗？可以厌学，不要厌世！"

王主任很不满意地走了，吴丽军抬头看着墙上的文化干事职责牌，越看越模糊。刚才主任走的时候眼里都是失望，吴丽军这段时间已经不止一次看到这样的眼睛。一屋不扫的吴丽军，丢三落四的吴丽军，脱掉常服上衣，摘下领带，挽起袖子，到卫生间洗了拖把，洗了抹布，提了一桶水，热火朝天地干了起来，书上架子，材料入文件盒，文档全部归类，擦桌子，抹椅子，自己办公室收拾妥当了，又来到处长办公室一通忙活，还爬上窗户把玻璃擦出人影，文件柜顶层看不见的地方灰尘已经积了不是一年两年了，吴丽军也不嫌脏，全部擦干净，桶里的水都成了墨色，她已经换了好几次清水。一个楼层的战友看了都很惊讶："太阳打西边出来了，小吴也搞卫生了，这是要求进步的表现啊。""嘿，有点意思，不管风云咋变幻，小吴该干还是干。"

吴丽军像没听见，一切收拾妥当，回到自己桌上，打开电脑，她认认真真地敲下四个字：转业申请。

这一晚，吴丽军办公室的灯亮到凌晨。把文档发送出去，关上电脑，吴丽军把抽屉、柜子的钥匙郑重放在桌子上。关掉暖气，穿上常服外衣，手摁下灯开关的时候，她才发现天已经亮了，她转过身看看这个坐了不到两个月的办公室，看看衣帽钩上整整齐齐的一排大檐帽、卷檐帽、迷彩帽，像是一个个整齐列队的战友，活生生地立在面前。国徽闪着金灿灿的光芒，照耀着她的心房。她傻傻地站着，甚至忘了是要出去还是要进来。吴丽军脑子里是刚毕业时的画面，感觉就在前几天，并没有离自己很远。那天她刚到文工团，还是二十出头的花样年华，迎接他们的老兵使出了看家的本事，快板打得震天响。她经过男兵身边，男兵啧啧赞叹："这个漂亮，这个好看，这个以后要多和她交流业务。"这些她都记得，她记得更清楚的是"团兴我荣、团衰我耻"的牌子，她还记得当时文工团团长给她们这些新来的文艺干部开的一个短会，会上团长红光满面，充分发挥文工团团长能言善辩的优势，滔滔不绝，但是现在只有一句话刻在她脑子里："老一辈军旅艺术家，冒着枪林弹雨扛回来的牌子，不要在我们这一代搞砸了！"在今天看来，牌子还是在她这一代砸了。砸了就砸了吧，还得朝前看，说不定什么时候这块牌子又立起来了。

她还记得当时张秀可捧着她的手说，来我给你看看手相，我最近在研究这个。她根本不信，张秀可信，张秀可说，你看，你这事业线多顺啊，多长啊，说明在文艺这条道路上一定走得无比顺畅。想到这里，吴丽军哑然失笑，还顺畅，路在何方？

现在张秀可肯定是不研究手相了，如果还研究，吴丽军现在就想拍个照传给她，让她再给好好看一看，这事业线是不是分叉了，有什么办法能够找补回来。她突然想起来还有一样东西没带，抽屉里还有她的一支口琴，她会很多乐器，无所不能，但文工团解散了，她一样都没带，就留了一支口琴，这东西小，好隐蔽，可以不让办公室同僚在聊天的时候找到话题，没事的时候可以吹一吹，吹出万人空巷的盛景，也吹出对未来的向往，吹出了花朵，吹出了老树盘根，吹出山呼海啸，吹出横刀立马，吹出尖兵勇士如潮的呐喊，吹出风驰电掣的奔跑，吹出乱花渐欲迷人眼，直到吹出眼泪。

吴丽军关上办公室门的那一刻，就像摘下领花肩章的老兵，这一刻她已经体会到了那一刻的百感交集，虽然没有人在场，没有肩膀可以依靠。打过转业报告的人，不管有没有获批，其实一只脚已经迈出了营区。

吴丽军打转业报告之前就想到了后果，但没想到会是这么严重的后果，吴天将当时就暴跳如雷，差点昏厥，母亲抓了一把药片塞进他嘴里，过了好一会儿，才缓过来。

吴丽军说："爸，你别难过，我去意已决。"

吴丽军不能再看吴天将的表情，多说一句都有种拉掉引线即将引爆的感觉，她使劲给吴天将鞠了一躬，吴天将长久地叹息了一声，看着墙上吴丽军穿军装的照片，照片上的吴丽军笑得像朵花。

吴丽军转身出去，吴天将抄起床头柜上的台灯，扔向那张照片，台灯、玻璃碎了一地，照片在墙上来回摇摆。吴丽军只管径直打开房门进了电梯。

吴丽军给邱晓娟打电话："我爸肯定不会批准我转业。"

邱晓娟说："还是多听听你爸的意见。毕竟当了那么多年的领导，看得懂形势。"

吴丽军说："我没有冲动，深思熟虑的结果。"

邱晓娟说："我以为你比我强多了，最起码不用为前途操心。"

吴丽军说："你羡慕的，是我最不想要的。"

吴丽军的担心不无道理，但是这回并没有如她所想，吴天将不仅没有横加阻拦，相反吴丽军的转业申请破天荒地获批了。

王主任问吴天将："这么听之任之，不怕将来她怪你？"

吴天将说："这些天我都在想，丽军有脑子，并不是胡搅蛮缠的孩子。纠正她的观念靠我苦口婆心已经起不了作用，只能靠她自己了。以前有我的庇护，她永远也长不大，现在我放开她，让她一个人去体会生活的不易吧。可能这么做，会走很多弯路，但我已经束手无策了，我带过很多优秀的战士，但是轮到自己的女儿……"

吴天将手上缠着纱布，应该是捡碎玻璃的结果，眼袋又黑又鼓，眼球浑浊，虽然语气平静，但掩饰不了失意，证明这是一个很不心甘情愿但又不得不做的决定。王主任看着他，不停地抖着手上的烟蒂，虽然烟蒂上没有什么烟灰。

王主任说："老吴啊，我也有女儿，不容易啊！"

吴丽军接到这个通知的时候，先是如释重负，接着是空落落的，想收拾收拾东西，发现并没有什么可以收拾，资料不能带，书籍不用带，走了也用不上了，围着办公桌、文件柜转了好几圈，眼神越来越空洞。她想大声喊一句我自由了，但是喊给谁听呢？大家忙忙碌碌，来来往往，有几个比较清闲的人，不关心工作，关心八卦，这一刻好像也没那么讨厌了。她想和他们告个别，想想还是算了，这不是退伍，走了就把一切都带走了，转业还是悄没声儿地走吧，还离不开组织，还有好多手续没办完，动静太大了再回来还怎么好意思。

平时板着脸的吴丽军和每个人微笑，来到更衣室里，她一件一件地脱下军装，穿着内衣仔仔细细地叠起军装来，她抚摸肩章，抚摸常服上衣的纽扣，抚摸裤缝上两根长长的黄线，抚摸卷檐帽上橄榄绿的穗带，眼泪落在衣服上。这个材质的军装眼泪并不会渗进去，沿着低洼带，骨碌骨碌地转了好几圈。

下决心走之前不哭，下决心不忆当年，不念这八个年头，有用吗？没有的，从军片段一帧一帧地在眼前闪烁，哪怕有些镜头当时那么咬牙切齿，现在想起来还牙根痒痒，但仍然是感怀的一部分。吴丽军捧起叠好的军装，缓缓抬到胸前，贴近鼻子，嗅它的芬芳，感受这个从来不会背叛的老朋友对背叛的态度。吴丽军可以带走它，带走的只是它，而这次带走的它，将和衣柜里所有艳丽的颜色在一起，不再灵动夺目。

吴丽军换上便装，走出办公大楼，使劲吸了一口气，挂着泪痕的脸舒展开来，抬起头，阳光正烈，刺疼了眼睛。吴丽军开车把军装送回家，没敢多逗留，拿了两件换洗的衣服，塞进小拉杆箱里，提着就跑。上了车她给吴天将发了一条短信："终于让我自己做一次选择，我会好好珍惜。"接着又给榕城大剧院老总马振宇发了一条微信。马振宇大小是个名人，黑白两道通吃，是榕城最大夜店拉达酒吧的老板，和李华纲、叶根壮也有过一面之缘。马振宇很有生意头脑，去年承包了连年亏损的榕城大剧院，承包之后励精图治，大胆改革，到处搜罗年轻演员，听说军改裁掉了很多文艺团体，马振宇嗅到了商机，认为这是千载难逢的机会，文艺兵在专业上应该不会失了水准，而且吃苦耐劳，还听招呼，很多角儿、腕儿、台柱子都是从文艺兵开始起步的，这要是一不小心捡了漏儿，那可太来劲了。而这些人中，刚刚从首都回来的吴丽军无疑具有代表性。

那天付守宇乘坐东风车去虎头山，看见了神似吴丽军的人，那个人确实就是吴丽军。她在拉达酒吧门前吐得昏天黑地，马振宇甩着迈巴赫的车钥匙、哼着很有节奏的舞曲，不时还炫上几下口技，和保安打了招呼，头摇尾巴晃地从酒吧里走出来，和吴丽军撞了个正着。马振宇扶起吴丽军，一看这姑娘虽然这会儿挺狼狈，但长相不俗，顿时来了兴趣。

马振宇嘿嘿干笑了两声道："美女，要不要帮忙啊？"

吴丽军瞥了马振宇一眼说："你谁啊？"

马振宇不急不恼，从兜里掏出一个很精致的银质烟盒，抽出一根黑色的烟，衔在嘴里像叼了一根巧克力棒，点着抽上，浓雾呛得吴丽军一阵剧烈咳嗽。

马振宇一脸讪笑道："钻石王老五，黄金单身汉，来拉达的，没有不认识我的，这家店就是我的！"

吴丽军有气无力地哼了一声道："不认识。"

马振宇很有耐心，这是他最引以为豪的优点，混迹夜场多年，全靠这点耐性。他又吐出一口烟雾，吴丽军无处闪躲，路灯下整个人都笼罩在烟雾里，精致的短发上也冒出带着曲线的烟，上下眼皮开始打架。马振宇嘴里叼着烟，一只手揣进口袋，一只手按在了吴丽军的肩膀上，吴丽军想躲，但是很虚弱，连抬手的力气也没有，若不是背后靠着树，站都站不稳。

马振宇道："现在认识也不晚啊。"烟在他的嘴里上下抖动，烟灰四处飘洒。

吴丽军别过脸说："没兴趣！"

马振宇说："都不是问题，我是为你着想，我最怜香惜玉，凌晨三四点了，肯定没地儿去了吧，没关系，哥哥送你！"马振宇语速很慢，语调拉得很长，传到吴丽军耳朵里，像加了变声器一般难听，他的脸越来越扭曲，身形越拉越长，脸上的痦子分化成许多个，红口白牙一开一合，无限放大，越来越近，像吃人的血盆大口迎面而来。吴丽军想离开，但迈不动腿，意识里她在挣扎，身体上却不受控制，脑子里都是旋转的舞台和劲歌热舞，还有形形色色的纵情男女，身子贴着身子，暧昧地蠕动。

马振宇说，上车吧。

吴丽军听得真切，心里在抗拒，但鬼使神差地跟在马振宇屁股后面上了车，她只是想逃离这里，再也不要回来，她在想刚才围绕在我身边转圈的那些所谓的朋友呢？怎么一个也不见了踪影。

马振宇屁颠屁颠地打开后车门，吴丽军坐进去就仰躺下来，双腿留在了外面，马振宇拉住她脚踝的位置潇潇洒洒地往上一悠，关上车门扬长而去。

门口的安保说，马总就是神！另一个说，去他娘的，早晚吃不了兜着走。

马振宇按着喇叭把迈巴赫开得飞快，福飞大道上空无一车，只有这枚出膛的子弹，马振宇扯着嘶哑的嗓子嘎嘎地笑，比谈成了一桩生意还兴奋。

吴丽军躺在后座上已人事不省，她不知道接下来会发生什么，黑夜隐藏着多少肮脏，都能写在一个人的脸上，可是她什么也看不到。

第二十一章 误打误撞

迈巴赫在通往森林公园的盘山小道上拐了一个弯，进了分岔小路的一个平台，这个平台鸟瞰榕城半个夜景，旁边是茂密的丛林。凌晨四点，这里有松鼠嗖嗖地从树上穿过。马振宇搓着手打开后车门，把吴丽军扶起来道："美女，让你知道知道我是谁！"说着手已经在摇吴丽军的脸，吴丽军毫无反应。马振宇仍然不急，还要说一些有意义的话，他觉得干什么事儿，都不能干巴巴的没情调，作为一个资深的文艺青年，一定不能肤浅，要找到每次活动的中心思想和段落大意，要懂得营造环境，不能糟蹋氛围，一定要珍惜春宵时刻，万不可毛里毛躁，自乱阵脚，坏了大好的心情，要像电视剧里一样，最后活捉老大，不能马上一枪毙敌，肯定是要有一番解恨的对话。

吴丽军的朋友并没有全部走掉，还剩下一两个稍微清醒的，各个部位都找遍了，也没看见吴丽军的踪影，走出安检门，打吴丽军的电话，一直处于无人接听状态，有些着急了，他们向门口的安保描述了吴丽军的形象，安保一下子就想起了吴丽军，但肯定不能说是被马振宇带走了。自己老板什么德行，安保心里门儿清，每天都是一个路数，很少间断。而且不光马振宇，即使不是马振宇，安保也知道门口花坛沿上坐的那几位貌似无所事事的家伙儿，都是干什么的，要是管这事，怕是管不过来，还是不要给自己添麻烦。

安保矢口否认见过。朋友要求调监控，安保说，别傻了，酒吧门口的监控硬盘，有几个能修好的？朋友原地打转，一个对另一个说，要不联系丽军她爸？另一个连忙摆手，别开玩笑了，她爸那级别，知道宝贝女儿不见了，还不得先平了这里，再废了我们！另一个说，别出事最好，出了事咱谁也跑不了。另一个说，能出什么事，最多让人捡了漏儿。一个马上捂住他的嘴，这话不能乱说，虽然酒吧一条街天天出这事儿。另一个说，说都不让说了？一个说，可不，你可知道丽军的身份，传出去天都得塌！

安保把他们的对话听得真真的，吓了一跳，听这动静，这个叫丽军的，可不是善茬子，马总万一玩不利索，怕是有血光之灾，他折进去没事，我可能会失业。这么一想安保意识到问题很严重，抓紧给马总打电话。安保找了个僻静的地方打马振宇电话，马总的电话打进去还有些困难，一遍不行，两遍！边打电话安保边骂，这个鳖孙，要死了呗，信球，玩大发了呗！

这边，马振宇拍着吴丽军的脸。吴丽军丝毫没有反应，像待宰羔羊。马振宇咬着牙说，肥肉到嘴边有不吃的道理吗？不认识马爷原谅你了，不尊重我也原谅你了，你跟我装我就无法原谅你了，不高冷了？不气质了？好看的皮囊千篇一律，谁不知道谁？让我有趣的灵魂和你共舞吧。马振宇双手腾空往下移，在吴丽军胸脯的位置来回画圈，手指像弹琴一样上下撩拨，上嘴唇遮住下嘴唇，太阳穴往下的位置鼓胀着，眼睛里光芒四射，在漆黑的驾驶室里也能看到异彩缤纷。手指继续往下移，嘴里啧啧有声，真他娘的标致，那些天天泡夜店的，视觉上也是玲珑有致，实质上可是差了银子，吐成这样还这么光泽水润，以后我投健身项目一定要找你代言！

吴丽军轻微"哼"了一声，马振宇忽地站起来，脑袋顶到了车顶棚，一气之下用脚后跟蹾了好几脚。平复了一下心情说，我怕什么，奇了怪了，你考验我？我就是神经质，我就是分裂型人格，我变态，我空虚！

吴丽军撇了撇嘴，似是露出一丝微笑。这下马振宇沉不住气了。你敢笑话我？十四年前刚走出那片大山的时候，我就告诉过自己，谁要是笑话我，我就弄死谁！这么多年来我就这么一个追求，并始终在为不让人笑话我而努力，不择手段，不留余地，实践证明，我做得很好！已经很久没有人笑话我了，你笑我？你是不是在笑我很幼稚，笑我阴暗？笑我丑？笑我众叛亲离、外强中干、内心脆弱？很抱歉，你笑得对，但是又怎样呢？你干掉我啊？你干不掉我！几乎没有人能干掉我。我每天都来这个平台，我每天都告诉不同的女人，我成功了，不再一无是处，我越来越强大。马振宇一字一顿，说话像耕地一样卖力，越说越激动，唾沫星子飞溅在吴丽军的脸上。马振宇感觉说得还不过瘾，但天已经快亮了，时间不等人。马振宇接着说，我不会亏待你的，保证让你想念我。

马振宇手忙脚乱地脱衣服。这时手机振动起来，他烦躁地接起来。

安保说："马总，扫你兴了哈。"

马振宇说："有屁快放！"

安保说："今天还是算了吧。"

马振宇说："你跟我说算了？我是那样的人吗？"

安保说："当然不是，但您就听我一回，刚才那女孩子的俩朋友说话，脸都绿了！"

马振宇问："都说什么了？"

安保说："我刚才听他们有人提了个名字叫吴天将，不知道您认不认识！"

马振宇问："谁？"

安保说："好像是吴天将！"

马振宇电话差点掉地上："你他妈不早说！"

挂了电话，马振宇提上裤子，坐进驾驶室使劲扇了自己两个耳光道："这他妈碰上真茬子了。"

安保挂了电话，对着话筒说："不牛了马总？不装了？没事不给我做思想工作了？遇到点事儿血尿血尿的。"

马振宇踩着油门倒车，轮子下面咕嘟嘟地冒着黄土，车子发出一阵呜呜的噪声，盘山小道一路急转弯，山谷间回荡着刺耳的摩擦声。迈巴赫不断变换着方向，大灯像舞台上的追光，透过树影射向远处，淹没在城市的斑斑点点之中。

很快车子在榕城大酒店大堂门口停稳，马振宇从后座上抄起吴丽军就往大堂跑。前台好像和他十分熟悉，不用登记就甩出一张磁卡，马振宇带上卡就上了电梯，来到顶层总统套房，把吴丽军放在床上，郑重地盖上被子道："亲姑奶奶，我什么都没说，什么都没做，什么都不知道！"

一切收拾妥当，马振宇头上腾腾地冒着热气，衬衣领子上汗渍斑斑，在外间来回踱步，站在落地窗前，榕城尽收眼底，景色虽好，却无心欣赏。他掏出手机，打给安保说，赶快告诉我姑奶奶的朋友，姑奶奶已经被好心人安排妥当，是谁就别说了。

打完这个电话，马振宇并没有感到很妥当，连忙打开电脑打了几行字：同志，见字如面，当你醒来的时候，我肯定已经离开，要事缠身，不宜久留，没能全程照顾，感到遗憾。不用奇怪，不用感激，世上还是好人多，我只是其中一个。就让今夜成为你我美好的记忆，就让你的美丽化作我心底的一丝期待。相请不如偶遇，若有缘，你一定还会再来。再见，一个不愿意透露姓名的过客。

马振宇心满意足地敲下一个键，A4纸从打印机里唰地落在桌面上。他两只手抓住纸张边缘，放在吴丽军的床头柜上，走到外间，又倒了一杯水，掏出烟盒，摁下一个按钮，一撮药末滑到了水杯里。马振宇摇了摇，捏住吴丽军的鼻子，往她嘴里灌了一口，然后冲进卫生间，把剩下的水倒进马桶，空杯子装进口袋，迅速打开房门。刚还急急忙忙，一出门就换了一个走路的姿势，故意放慢脚步，以正步走的步幅和步频进了电梯。电梯里没有看手机，也没有摇头摆尾，目视前方，镇定自若。

出了大堂，感觉走出了监控范围，马振宇突然撒丫子跑向汽车。汽车甩出一阵浓雾和轰鸣，消失在黎明的街道上，这时候上班族已奔波在马路上，他们在好奇，以前从来没有在这个点儿看见过豪车，有钱人改了作息？

吴丽军睡醒了，揉揉眼睛，看见睡在一个陌生的环境里，心里一惊，急忙掀开被子，然后又把被子蒙在头上，许久之后露出眼睛四处张望。看见了床头柜上的留言条，才放下心来，自认为很聪明地道："还不愿意透露姓名，当我傻呢！"然后给前台打了一个电话，很快前台就告诉了她房间登记人的姓名和电话。

一夜未眠也没有丝毫睡意的马振宇回到自己的住所，正惴惴不安，手机铃声又响了，他一看是酒店的电话，等了三秒划开接听键，用声乐演员都掌握的胸腔共鸣问道："你好，哪位？"

吴丽军说："谢谢不愿意透露姓名的过客！"

马振宇说："看来还是逃不过你的慧眼。"

吴丽军说："你这份情我记下了。"

这就是马振宇与吴丽军的初次相见，虽然吴丽军对马振宇的长相一无所知，但她记住了这个"好人"，冥冥中感到还会与这个人有说不清道不明的交集。

马振宇岂是受了惊吓就缩进龟壳的人，一个电话让他意识到强攻不成，也许迂回更有戏，他旁敲侧击地打听，把吴丽军的身世、经历翻了个底朝天。当得知吴丽军在表演方面还是科班出身，参演过很多知名的军旅题材剧目，而今却落了个无家可归的境地时，不由得感叹："这要是能纳入我的麾下，为我所用，我刚承包不久的大剧院可不是挂羊头卖狗肉的变相大酒吧了，提升档次就在此一举。"

马振宇不止一次地恣惠已经下决心转业的吴丽军来榕城大剧院，许以优厚的待遇，吴丽军看不上这个挑战人类审美底线的烂俗场，但架不住马振宇另一副说换就换的面孔，他软磨硬泡，对她实施道德绑架。马振宇说，你就眼睁睁地看着榕城的人民艺术一步步走向衰落，看着我们两千五百多年的文化积淀得不到传承？作为一个致力于文化事业的企业家我感到很痛心，我是个干实事的人，最瞧不起那些一边享受着这座城市的福利政策，一边将它狠狠地踩在脚下的人，能不能对家乡有那么一点点责任感，对孕育我们的土地怀有深厚的情感？不用眼里常怀泪水，稍微用点心就能办到的事儿那么难吗！和已经遗落了你的部队生活相比，难道扭头做这件事需要付出很大的代价吗？来吧，这里光彩丛生，来吧，这里春潮涌动，给你尽情施展才华的舞台，让你感受到梦想的力量，总有一天你会为自己的所作所为感动不已。你要相信在榕城你打着灯笼找去吧，还有谁能这么了解你、欣赏你，愿意无条件为你提供这样的绿色通道。你要相信我是为了艺术，为了文化梦，不挣钱也心甘情愿，你要相信当你成就了自己，如果还能想起我，我依然会像是那天晚上送你去酒店，而不愿意得到任何回报的神秘人，到那时我只会悄然隐身，在角落里为你鼓掌。说了这么多，你还无动于衷、置若罔闻吗，你还犹豫不决，瞻前顾后吗？

马振宇说着竟然还流下了"鳄鱼"的眼泪，配合着几近失控的哭腔，将吴丽军煽动得热血澎湃。挂了电话，马振宇得意地笑，他强烈怀疑自己和吴丽军可能学的是同一个专业，是失散多年的师兄妹也不一定。如果他自己能登上榕城大剧院的舞台，大剧院也不会沦落到现在这个地步。

马振宇透过后台的幕布，看着乌烟瘴气的台下，那些姿态各异的人不是来看剧的，倒像是来请客吃饭的，有的三五成群摇着骰子，有的吆五喝六划着拳，还有的男男女女做着不可描述的动作。

马振宇说："什么艺术，什么文化，有几个人懂文化艺术？我只需要场子热一点，再热一点！"

这就是吴丽军与马振宇之前的恩怨，所以当吴丽军给吴天将发完短信之后，迫不及待地向马振宇表达了同意"入伙"的亢奋心情。

马振宇收到这条微信之前，正坐在榕城大剧院后场的贵宾室里寻欢作乐，怀里还揽着几个刚从香港花重金请来的三流女歌手，女歌手虽然台上演唱的功夫三流，台下调情的功夫却是一流，千娇百媚，把马振宇的骨头都弄得麻酥酥的。而在马振宇不远处的位置上还坐着一个重量级人物，这个人一脸胡茬子，看起来高深莫测，而这个人正是叶根壮，他是拉达酒吧的常客，财大气粗，没什么好脸色，就连马振宇亲自出面套近乎，也是拿热脸贴冷屁股。但马振宇不仅不生气，还任由叶根壮在酒吧里搞动作，专门给叶根壮安排秘密通道，预订豪华包厢，有什么好吃的好玩的都给叶根壮留着。叶根壮从来没有透露过自己的身份，但马振宇就认定叶根壮是个大师级的人物，这种人与生俱来一股黑道气质，脸上虽没有横肉，张嘴闭嘴也不是高谈阔论，但马振宇知道咬人的狗不叫唤。

猜想也得到过验证，马振宇频繁地给叶根壮提供便利，终于得到叶根壮的认可，可以多在包厢里逗留一会儿，马振宇待到一定程度，感觉时机成熟，看似无意地抱怨了一句隔壁橘子国际抢了他的生意，并把一个黑提包放在了桌上，叶根壮示意随从很自然地把提包提走，第二天橘子国际就发生了枪击流血事件，从此一蹶不振。马振宇打那时开始更是把叶根壮当亲祖宗供着，自己有的，叶根壮也要有，而且还要更好。

马振宇看叶根壮今天玩得有些不尽兴，道："今天一脸的不高兴，什么情况？小弟愿效犬马之劳！"

叶根壮道："省省吧，你能帮上什么忙！我最好的小秘看上了我兄弟，是不是很狗血？但人家是自愿的，我还得表现得大度，告诉他们这样的货色我有的是，说出去的话泼出去的水，我这是打碎牙往肚子里咽。"

马振宇刚喝进嘴里的啤酒扑哧喷了一个歌手一脸。马振宇边擦嘴边说："这样的事儿竟然能发生在您身上？看来这个兄弟和你的感情不一般啊！"

叶根壮说："要不早死了八百回了。"

马振宇说："老哥果然仗义，干大事的人就是不一样。"

叶根壮说："话是这样说，谁摊上谁难受。"

马振宇说："老哥不要伤感，老弟这里要什么样的都有！"

叶根壮说："拉倒吧，你这里这堆倭瓜，自己留着享用吧。"叶根壮看了看自己身边的陪侍，越看越来气。"都给我滚！"叶根壮吼道。

房间里就剩下了两个人，音乐也停止了，叶根壮靠在沙发靠背上百无聊赖。

马振宇说："别急，老弟多留心，尽快给你办！"

叶根壮说："别光跟我耍嘴皮子！"

正说着，马振宇的手机叮的一声响了。马振宇抓起来看，刚看不敢确信，又看了好几遍，确认是吴丽军答应签合同的事，从沙发上弹起来了道："得来全不费功夫！"

叶根壮说："什么好事，一惊一乍的！"

马振宇说："说老哥您不是福星，神仙都不答应！说曹操曹操就到，刚还提货色，上等货就来了。"

叶根壮道："你就敷衍我吧！"

马振宇急不可待地把微信头像点开，拿到叶根壮面前道："就是她，美不美？给不给力，带不带劲！"

叶根壮说："什么年代了，信照片、信头像，再说就算真的长成这个样，跟我的小秘比起来也没有什么优势啊！"

马振宇连忙摇头摆手，神秘地说："可不是，这人可遇不可求，花多少钱不一定请得到！"

叶根壮问："这么悬乎？"

马振宇伏在叶根壮耳朵边，耳语一番，叶根壮紧缩的眉头，逐渐舒展开来，一拍桌子道："就他妈她了！"

叶根壮回过头一想，百思不得其解："这样的好事，你会让给我？"

马振宇说："老哥问到点子上了。多大胃口吃多少饭，这个人背景太深，一家老小听说都是狠角色，我这种级别哪里咬得动！也只有老哥您能慢慢消化。从我注意她开始，我就是这么打算的，我用不上，迟早有人能用上，而这个人非富即贵，马某人虽没什么大本事，看人下菜碟的技术还是炉火纯青的！"

叶根壮不错眼珠地盯着马振宇，烟气一阵阵从嘴唇与烟卷连接的缝隙处冒出来，眼看烟灰已经过半，就要落在与烟卷平齐的酒杯里。马振宇撅着屁股，一手撑着酒桌，一手端着杯子，笑容僵固在那里，时间长了有些颤抖，他在等叶根壮的反应，但叶根壮总是这样在该有反应的时候纹丝不动，在该沉默的时候突然爆发。还是一样的套路，就在马振宇快要失去支撑力的时候，叶根壮呸的一声把烟卷朝正前方吐出去，砸在大屏幕上，溅出一团花光，把马振宇吓得夹紧了大腿根，恐惧地看着叶根壮。

叶根壮放声大笑道："不愧是生意人，脑子就是一把金算盘，太好用了。你不发达谁发达。"

听到叶根壮这么说，马振宇才直起身子，放松警惕，换了一个舒服的姿势，随着叶根壮的节奏哈哈笑出声来。

叶根壮说："我等你的好消息。"

马振宇说："这需要您的配合，等我们共同把她彻底忽悠迷糊了，这小娘们你让她向东她不敢向西，你让她立正她不敢稍息！"

不怕贼偷就怕贼惦记，两个惊天大贼在淫笑中完成了密谋，等待吴丽军的将是一块甩也甩不掉的令人作呕的狗皮膏药，而坐在汽车里已经准备向榕城大剧院开进的吴丽军万万不会想到，在她这个自诩为聪明人的身上，还有人能抛下诱饵，还抛得那么神不知鬼不觉。车子开过左海，那里风平浪静，而某个部位的暗流涌动，她从来不曾留意。

榕城大剧院门口，吴丽军的汽车轻快地倒进停车位，打开车门，披上米黄色的风衣，顺着额头往后理了一下短发，高跟鞋笃笃地有节奏地响起来。马振宇早已等候在门口，远远地看见吴丽军潇洒的身影，那是和第一次见面时完全不同的视觉震撼，口水流了一地。他甚至有些后悔，过早地把吴丽军其人透露给叶根壮，他喃喃道："一个字也不该提啊，他妈的提早了！"

虽然这么说，但他仍然不认为这是一笔赔本的买卖，花开剧院，合作双赢，不管怎样都是最好的结果，而且万一出了事，和他马振宇又有半毛钱关系呢！到时候一推二六五，谁能拿他这个致力于榕城文化事业繁荣的企业家说事呢？叶根壮把她怎么样了，都是她自己选择的，每个人的境地都和自己脱不了干系。

马振宇道："人美，车技还一流，你让我这个老司机情何以堪。"

吴丽军莞尔一笑道："马总久等了。"

马振宇道："哪里的话，若不是今天剧院满座爆棚，我一路小跑到贵府去迎接都不为过。"

吴丽军说："别客套了，直奔主题吧。"

马振宇故作幽默地道："女孩子可别这么直接，我接受不太了。"

吴丽军说："别贫了，老开这样的玩笑，我也接受不太了。"

马振宇说："好好好，不能毁了我在你心中完美的形象，快请进吧。"

两个人并排着往里走，大剧场内在极短的时间内已经换了画风，一些露骨低俗的节目已被临时撤掉，换上了主旋律的题材，观众自然嘘声一片。

马振宇尴尬地说："你看你看，正是因为长时间没有优质的精神食粮滋养，我们的观众已经变成什么审美了，甚至还不如拉达酒吧里那些醉汉。你可是来得有些晚了。"

吴丽军说："凭我一己之力想要改变现状，几乎是不可能了，我在部队的时候，一上舞台就能引发山呼海啸般的叫好声，那是因为我们引起了他们的精神共鸣，而做到这些需要好的主创团队、保障人员、有切身感悟的演职人员，什么层次的投入，才有什么层次的产出，需要你去做的事儿还有很多，我会全力支持配合你。"

马振宇更尴尬了，他甚至不知道吴丽军表达的是什么意思，哪里懂得什么创作理念，每次演出都是临时拼凑的演烂了的东西，哪想过搞出那么多道道来，嘴上说："吴大腕说得是，我一定竭尽所能，你一定要替我好好出谋划策，把好关。"

VIP包厢里，马振宇取出合同，让吴丽军审阅，吴丽军认真地看着各项条款，没有任何异议之后，在合同上认真地写下了自己的名字，按上了手印。

马振宇高兴地把合同装进包里，举起酒杯敬吴丽军，吴丽军也很开心，一饮而尽。

隔壁间的监控屏幕前，吴丽军的一举一动都进入了叶根壮的视线。叶根壮早已被吴丽军的美貌和谈吐所吸引，心潮澎湃，不能自已。

第二十二章 误入歧途

榕城剧院内，三层演出大厅座无虚席，舞台上吴丽军自编自演的反映榕城人民保护环境，与强砍强挖、破坏古迹的恶势力做斗争的小品《榕树下》正在上演，掌声一浪胜过一浪。观众席上有粉丝不顾剧情发展喊着吴丽军的名字，有的高举着"吴丽军我爱你"的牌子，挡住了后面观众的视线，影响了观看效果，后面的观众怨声载道。

舞台斜上方的音控室内，叶根壮和马振宇正有说有笑。叶根壮说："怎么样，我来捧她的场，还不让她知道，我和你一样都是做好事不留名，我们容易吗！"

马振宇哈哈一乐说："看来这个吴丽军果然魅力不小，让您这样的老前辈都拜倒在石榴裙下，没有了往日威风。"

叶根壮说："现在说这个为时尚早，先要接近她才能看清石榴裙啊。"

马振宇说："我这就安排。"

演出结束，所有演员集体谢幕，吴丽军站在舞台中央，频繁向观众鞠躬，聚光灯照耀着她容光焕发的脸。

这时主持人介绍："感谢各位观众对榕城剧院的支持，下面有请榕城剧院总经理马振宇上台讲话。"听到这里，观众呼啦起身，走了一半，还有些来不及走，被挤在半道上，马振宇一看再不快点说，人就走完了，只好加快速度上了台说："感谢榕城市文化局，感谢榕城市文联，感谢来到现场的媒体朋友们，尤其要感谢为本场演出提供赞助的马尾港渔业公司叶根壮董事长，叶董在振兴传统实业、发展地方经济的同时，没有忘记回馈社会，投身公益，斥巨资为我们打造了今晚这台视听盛宴，让我们以最热烈的掌声欢迎叶董事长讲话。"

叶根壮今天衣着十分考究，脖子里系着白蝴蝶结，口袋里塞着红手帕，手上戴着金黄色腕表，脚上穿着白黑相间的爵士皮鞋，手里捧了一束玫瑰花。他走到话筒前清了清嗓子道："马总过奖了，都是我应该做的，我觉得最应该感谢的应该是今天晚上舞台上唯一的主角吴丽军女士。她的演技多么精湛，塑造的人物多么生动，给我留下的印象多么深刻，她自编自演的这台节目，引人深思、发人深省、催人泪下……"说到这里，叶根壮的话断了，他看了看台下，看了看马振宇，大家都以为他在向大家强调这个催人泪下。其实他是忘了刚才马振宇给他准备好的词，这时候就是考验能力水平的时候了，只见叶根壮表情从激动转换为感慨，嘴巴一咧一咧的像是要掉泪，他摊开手掌就要擦拭眼泪，这过程中他看清了写在手心上的词儿。大家都以为他要擦眼泪的时候，他掸了掸西装肩部的头皮屑，运足气力道："听说吴丽军女士告别军旅，投身民间艺术舞台，这需要多大的勇气！看，这位美丽的女士就站在我们的面前，用她柔弱的臂膀撑起了偌大的舞台，撑起了我们榕城人心中的文化自信，多么伟大的践行者，多么震撼人心的壮举啊，再次把热烈的掌声献给她吧。"

舞台下已经没什么人了，除了工作人员鼓起稀稀拉拉的掌声，就剩下叶根壮自我陶醉了，他情绪激动地捧着玫瑰花快步走到吴丽军面前，把花递给吴丽军。吴丽军也很激动，为认识这位很有公德心的渔业老板感到高兴，她还不知道他也很会背课文，很会演戏。

吴丽军主动和叶根壮握手，叶根壮受宠若惊，连忙紧紧握住。

叶根壮说："要不是时间有限，我还能再讲一会儿！"

马振宇不知道哪根筋搭错了道："有的是时间，想讲接着讲。"

叶根壮瞪了他一眼，接着十分稀罕地看着吴丽军，吴丽军意识到握手握的时间长了点，抽回了手。叶根壮连忙收住眼神说："今天有很多的观众也是我带来的，专门给吴小姐捧场。"

吴丽军说："叶董事长真是有心之人，不知道可否赏脸让我请你吃个饭？"

吴丽军看着叶根壮，叶根壮愣住了，他没想到吴丽军会主动请他吃饭，这简直出乎他的意料，根本没有准备，这让他有些紧张。

马振宇说："能和我们的台柱子共进烛光晚餐，想必是每一个男士梦寐以求的事吧，尤其是像叶董事长这样的成功男士。"

叶根壮接着附和："对对对，他说得对。"

榕城大酒店十楼西餐厅，叶根壮和吴丽军就这样稀里糊涂地面对面坐在了一起。一张精致的餐桌，桌上摆着蜡烛群，每人一份菲力牛排，红酒杯映射出两人的脸。

吴丽军的风衣挂在旁边的衣帽架上，穿着黑色的露肩晚礼服，胸前的珍珠项链闪着亮光。叶根壮吧唧吧唧地嚼着牛排，嘴巴隐藏在胡子茬子里，他的眼神没有落在食物上，而是看着吴丽军。

吴丽军说：“看来你对我有所了解啊。”

叶根壮说：“何止了解……”话没说完，叶根壮收住了，话锋一转说道：“如此佳人，凤毛麟角，谁不关注，能有幸和你坐在一起，多少也要做点功课的。”

吴丽军止住笑容说：“将心比心，很不好意思，我也做了功课，但是却发现了点问题。”

叶根壮满不在乎地问道：“什么问题？”

吴丽军说：“马尾港渔业公司的老板并不是你啊！”

叶根壮手里的刀叉咔嚓一声乱了阵脚，不过毕竟是老江湖，很快调整了情绪，道：“营业执照上的法人代表不一定是真正的老板，台前的一般是提线木偶，幕后的才是真正主人，真人不露相，露相不真人，你懂的。今天要不是马振宇死乞白赖求我，我才不上台呢。当然了，能上台大部分还是因为你太出色，我装不下去了。”叶根壮正在为自己的机智和淡定喝彩，吴丽军说：“你的意思是我这个台前的只是提线木偶咯？”

叶根壮一口玉米浓汤差点喷出来，解释道：“不能这么想，行业不同，形式不同，生搬硬套不合适，我是说一般情况下，注意划重点。”

吴丽军说：“行了，我有那么小气？我可不是爱抓人话把儿。不过我还有一点比较奇怪。”

叶根壮心想，这个丫头片子真是不容小觑，不仅有备而来，还老发现这发现那的，得亏我老叶行走江湖多年，不然还真会露出马脚，说道："洗耳恭听！"

吴丽军说："你这个人，商人不像商人，商人没有做亏本买卖的，说政客，一点也没有政客的感觉，你到底是干什么的？"

叶根壮哈哈大笑道："黑社会！恐怖分子啊！"

吴丽军也笑道："好一个黑社会，别说还真有点恐怖分子的气质。"

晚餐在小提琴悠扬的乐曲中结束，叶根壮派车送吴丽军回到她租住的小区，并优雅地向她说晚安，给吴丽军留下还算不错的印象。看着叶根壮的汽车消失在黑幕里，吴丽军自言自语道："这个大叔有点意思。"

拉达酒吧总经理办公室里，马振宇来回踱步，叶根壮躺在沙发上，眼神空洞。

叶根壮说："活了大半辈子，还没有哪个女人让我这么费心思。"

马振宇说："好饭不怕晚啊！"

叶根壮说："什么话，我都什么年纪了，还能像那些小鲜肉一样你侬我侬地谈恋爱？传出去笑话死人。我没有时间再耗在她身上了，我的队伍就要开拔了，走之前拿不下她，我睡得着觉吗？现在我只有一个要求，就是每天都能见到她，合情合理地见到她，而不是去她家楼下卖骚，或者在你那个破剧院的舞台上讲一堆屁话才能换来和她吃一顿破牛排的机会，你懂不懂！"

马振宇说："既然这么麻烦，何不霸王硬上弓，反正您也没少干这事儿！"

叶根壮说："你能不能提点可操作性强的意见，要是这招儿行，我还用费这么多劲？你说我这些年感情缺失也好，心理不健全也行，在这个丫头片子面前，我还真就动不了粗，她往那一站就是一针速效镇静剂。"

马振宇愁眉不展地说："你这是走火入魔了，在她身上忆什么青春，找什么童年，你以为是初恋呢！"这话说出来，马振宇感觉语气不对，不能这么跟叶根壮说话，马上找补道："你说得也没什么不对。"

叶根壮说："别废话了，这方面你脑子活，什么套路抓紧说。"

马振宇为难地说："您自己说，除了您财大气粗之外，人家凭什么跟你好，要学历没学历，要个头没个头，要青春没青春，她在部队混了这么多年，那么多下山老虎一样的军人她都没相中，你的优势在哪里？"

叶根壮拍案而起，骂道："妈了个巴子，我让你出主意，你还数落上我了！这些我不知道吗？但凡我能找到自己一点优势，也用不着跟你在这儿磕闲牙。"

马振宇吓得四肢一抖道："老哥息怒，你别急眼，我正在想。大剧院是个传播文艺的地方，而且吴丽军的演出频率并不高，要想创造更多和她接触的机会，就得把她引出来，来个容易放松警惕的地方，这个地方在哪儿呢？有了！我得去演场戏。行不行，在此一举。要是不行，剩下的还得靠老哥你自己了。"马振宇计上心来，说干就干。

吴丽军出租屋，闹钟响起，吴丽军翻身下床，洗漱完毕，她穿着熊猫睡衣，趿拉上小猪棉绒拖鞋，哼着歌走进厨房，生火做饭。鸡蛋打进平底锅，面包片塞进加热器，倒上纯牛奶，打开冰箱拿出一根火腿，小刀上下翻飞，一会儿就切成了片，一片一片摆在盘子里，摆出了好看的图案，早餐一样样上桌，吴丽军坐下来心满意足地吃起来，看得出她特别享受一个人的生活。

吃完早饭，换上漂亮的衣服，提着小包走出楼道，看见马振宇倚着车门、手捧鲜花在楼前等着她。吴丽军笑了笑，坐进了车里。吴丽军问："每个职员都有这样的待遇吗？"

马振宇说："怎么可能，你才是我的唯一！"

吴丽军说："那我还是下车吧，免得同事说闲话。"

马振宇说："别开玩笑了，你要是那么在乎别人眼光的人，就不会离家出走。"

吴丽军说："我真是怕了你了，你连我这个都知道。"

马振宇说："关心职员，理所应当嘛！"

榕城的早高峰，车子一辆挨着一辆，马振宇抱怨了几句不再说话，吴丽军也看着车窗外不言语。过了好一会儿，马振宇开始唉声叹气。

吴丽军扭头看着他，很疑惑，但仍然没作声。

马振宇说："你就不想问问我为什么这么愁苦吗？"

吴丽军说："有什么好问的，我不关心别人的私生活。"

马振宇苦笑道："这不是私事。"

吴丽军说："那你还是说说吧。"

马振宇沉吟良久道："还是算了，跟你没多大关系。"

吴丽军说："不说就不说吧。"

马振宇说："你……你怎么跟别人不一样的套路？"

吴丽军说："最讨厌支支吾吾的人，你肯定是有事儿，还藏着掖着，你这个段位的演技，我不说破就算了，还一直跟我显摆。"

马振宇尴尬地道："你说话总是一针见血，真瞒不了你，老哥碰到难事了。你来了以后，榕城剧院算是火爆了，但我开心不起来啊，你知道我们的剧院刚刚起步，到处都在烧钱，尤其是你刚刚创排的两场新剧，虽然场场爆满，卖出去不少票，但和投进去的钱比起来真是不解渴啊。现在我面临的资金缺口很大，稍有不慎，就容易周转不过来，面临破产啊……"

吴丽军道："你不会想找我借钱吧？！"

马振宇说："你一个涉世未深的女孩子，哪儿来那么多钱，我一点这个意思也没有。你听我说完。虽然剧院是这样，但拉达酒吧的生意一直很争气，这么多天来，我是拆东墙补西墙，还能勉强挺一挺。可是……"

吴丽军说："可是什么？"

马振宇说："可是心塞的事情还是来了，屋漏偏逢连夜雨，本来酒吧好好的，酒吧一条街变了天，酒精吧、蓝调吧这帮孙子不知道从哪儿找的路子，接连推出新项目，今天请知名歌手驻唱，明天请明星露脸，高档洋酒还买一瓶送一瓶，虽然是假的，但诱惑力也极大啊，酒蒙子们可不管真的假的。本来拉达酒吧也可以这么搞，但你知道的，钱都帮助你推新剧了，所以现在酒吧的生意也一落千丈了，东墙也拆不起了。"

吴丽军问："几个意思呢？"

马振宇一把抓住吴丽军的手道："我的意思是以你的能力，以你的美貌只需要每天晚上到酒吧走一圈，领个舞或者唱首歌，拉达酒吧必定起死回生，他们再有钱，也不会天天上马新项目，而你会是我的支柱啊！"

吴丽军被马振宇吓到了，赶快抽出手说："你是说让我去夜场兼职？别开玩笑了，我一个正经演员！"

马振宇说："夜场怎么了，多少名人都有过夜场经历，掉价吗？不掉价！"

吴丽军说："不可能，我从来没这样想过！"

马振宇趁热打铁："你要想了，不为我想，为拉达酒吧想想好吗，为刚刚起步的榕城大剧院想想好吗？为那些高呼着你名字，看到精彩节目热泪盈眶的可爱观众想想好吗？等我们有了钱，有了更稳固的舞台，我们再谈高尚好吗？没有那些，一切都是空谈啊，没有那些，你演技再好又能怎么样？"

吴丽军看着马振宇殷切的脸，感觉自己瞬间又矮了不少，每次马振宇一拔高，她就相形见绌。

吴丽军低头摆弄着手机，屏幕锁划开锁死，划开再锁死，并没有进行什么实质性的操作。

马振宇斜着眼睛注意着吴丽军的一举一动，从吴丽军踌躇的表情来看，这事应该有点眉目了。

吴丽军说："让我想想吧，但你别抱太大希望。"

马振宇不停地在做着心理暗示："你想吧，我相信你会想明白的！"

吴丽军想了一会儿道："我这算不算被潜规则了呀？"

马振宇说："我可没逼你！"

夜晚，拉达酒吧内人头攒动，叶根壮也在其中，来回扭动着矮胖敦实的身躯，他的节奏和舞曲并不配套，一副醉翁之意不在酒的姿态，他不时地看着表，显然已经等得有些不耐烦了。

马振宇在人群中左冲右突来到叶根壮身边，对他摇了摇头，叶根壮咬了咬牙，两只手搭上马振宇的肩膀，把马振宇扭过身去，对着屁股狠狠蹬了一脚。马振宇失去重心一下子扑倒在对面的人身上。马振宇爬起来，拍拍屁股，并没有表现出不高兴，走出人群，掏出手机，准备再次给吴丽军发微信，他已经发了数十条微信，吴丽军没有回一条。

马振宇道："这个臭娘们！"

正扫兴着，马上就要绝望的时候，吴丽军款款走来，一脸不情愿地说："我算是上了你的当。"

马振宇兴奋不已："都是为了艺术！"

吴丽军走进场子，皱了皱眉头说："我着实不适合这里，以前是来玩的没感觉这么乱，今天心里有事，再一看，这都是什么玩意儿。"

马振宇说："为了艺术，为了艺术。"

吴丽军摇了摇头，走向后台，不一会儿拎着一把吉他坐在T台上，轻拨琴弦，骚动的人群突然安静了下来。吴丽军开始演唱。在卡座里对女陪侍动手动脚的男人手悬在半空忘了放下，正端着酒杯往嘴里灌下去的女人，忘了停下来，直到洒了一胸罩。叶根壮在人群中也不再扭动身体，双手合十，嘴巴微张，本来就不大的眼睛，现在更加迷离。大屏幕上是雪山、高峰和一张张或年轻或苍老的人脸高清特写，他们或哭或笑，或黑或白，或胖或瘦，或和善或犀利，但一样的是在镜头下都没有掩饰自己，就像现场的人们，他们或张狂或内敛，或得意或失意，或风光或颓废，但一样的是都被吴丽军带进了虚空，忘记了浮华，他们本来到这里都是一个目的，寻欢作乐，现在他们也只有一个目的，继续让这美妙的歌声荡涤心灵，吴丽军做到了，她坐在那里就是一粒解药，惊艳了男人，俘获了女人。

一曲唱罢，许久，人们还是没有回过神来。叶根壮喊了一声："好！吴丽军万岁！"他像一个摇旗呐喊的进步学生，在满目凋零的城市街头，喊起了振奋人心的口号，所有人开始跟着他呐喊。吴丽军看见了叶根壮，她站起身，收起琴，向观众鞠完躬，用手指调皮地对着叶根壮比了一个开枪射击的动作。叶根壮捂着胸口，垂直倒地，躺在地板上，深深呼吸，这一刻他像躺在万花丛中，蝴蝶在他身边翩翩起舞，他看见了湛蓝的天空上飘着白云，并映衬出吴丽军精致的五官。

接连几天，只要是吴丽军出现，拉达酒吧就插不进脚，生意好到爆炸。而吴丽军每次来，叶根壮必定到场，送花献飞吻，保护上下场，接送上下班，无微不至。吴丽军每次都拒绝他的好意，但叶根壮从不气馁。他已经向李华纲请好了假，在出发红毛丹岛之前，他一定要玩个天昏地暗。所以他有大把的时间围着吴丽军打转。

即便是这样，吴丽军也只是对这个成功的农民企业家有好感而已，叶根壮的努力有没有结果还不明了。但是马振宇每天晚上看着哗哗的流水心里美不胜收。时间一长，大家都知道拉达酒吧有一个神一样的女助攻，还是榕城剧院的当红花旦，各色人等如潮水般涌来。

这天，吴丽军演出完毕，在后台更衣室合上琴盒，穿上外套，急着回家，因为例假反应强烈，感觉天旋地转，很不舒服，但刚到门口就听到外面嘈杂一片，门已经被安保反锁了，因为外面已经被很多人包围，争着抢着要吴丽军扫扫微信，或者合一张影。安保来了五六个，无济于事，根本撼动不了脑残粉和醉汉们对吴丽军的围攻，有人说："这个就是榕城剧院的台柱子，今天一定不能把她放跑了，以前在剧院不敢找她，今天这场合，躁动一点不过分！"

吴丽军在室内喊道："你们快走，我身体不舒服要回家，求你们了！"

但这些人哪里听劝，安保不乐意了，发生了肢体冲突，但安保人数有限，根本不是对手，三两下就被挤出了圈外，站在人墙之后干跺脚使不上劲。这时叶根壮出现了，他可不管三七二十一，上来抄起一个壮汉就是一个背摔，接着左右开弓，七八个小年轻躺在地上来回翻滚，其他人一看这是个真茬子，连连后退，再也不敢前进半步。

叶根壮对着门里喊："丽军开门，好哥哥来救你了。"

吴丽军不顾叶根壮的肉麻道："我不敢开！"

叶根壮说："相信我，大胆开！"

吴丽军打开一条门缝，吓了一跳，看到更衣室门口横七竖八躺着一堆吱呀怪叫的年轻人，立刻冲了出去，查看他们的伤势，一边惊叹叶根壮的战斗力，一边心里十分过意不去道："我根本没想伤害你们，我只是想尽快离开这里，希望你们不要怪我。"吴丽军让马振宇赶快把人送医院，一边责怪叶根壮："你怎么这么鲁莽，手这么黑，往死里打？这么大岁数做事怎么不考虑后果？出了事我还在不在这个圈子混了？！"

叶根壮哪里这样被一个女人数落过，而且他的身后还隐藏着一帮小兄弟，叶根壮脸不是脸，鼻子不是鼻子。马振宇在背后不停地拉扯吴丽军的衣襟，希望她克制，但吴丽军打掉他的手，越说越起劲。马振宇感觉到吴丽军大限将近，很有可能会被叶根壮一巴掌扇飞。出乎意料的是，叶根壮在吴丽军的数落中，竟然脸红脖子粗地低下了头，像是一只被驯化的野兽，默默地舔舐着自己的皮毛。

吴丽军说着说着，发现周围的气氛很不对，再看看叶根壮哭丧着脸，突然感觉自己很过分，他好歹是为了自己好，怎么能这么毫无顾忌地骂他。吴丽军拉起叶根壮的手穿过逼仄的走廊，走出了酒吧，叶根壮乖乖地跟在后面，大气也不敢喘，像是母亲拉着沉迷网络游戏的孩子从网吧里走出来。

一老一少、一高一低、一左一右走在大街上，街边是烟雾缭绕、热气腾腾的小吃摊，脚下扔满包装纸、串扦子、一次性打包盒和五颜六色的传单，踩在鞋底沙沙作响。

冷风吹来，叶根壮默默地把大衣给吴丽军披上，吴丽军没有拒绝，也确实感到了温暖。

吴丽军道："刚才你说你是我哥哥？"

叶根壮说："不像吗？"

在这个时刻，吴丽军还真由叶根壮想起了自己的哥哥吴行健。吴行健远走莫斯科，已经有一段时间了，小时候他们也是这样一起走在放学的路上，吴丽军冷了，吴行健也会把那件小号的军大衣披在她的身上，她从来没有感觉到有什么不应该，今天叶根壮也这么做了，她突然觉得，原来哥哥的爱就在不经意间，但自己往往都会把他当作理所应当，父母是这么教育的，孩子们也是这么认为的，受了欺负哥哥就得出马，挨饿受冻了，哥哥就得想办法。今天叶根壮说，哥哥来救你，吴丽军只记住了这句话，一遍遍在脑海里回响，她不知道自己是想哥哥了，还是开始感激叶根壮。

两人并肩而行，偶尔相视但也无语，夜色阑珊，清风拂面，明月大江，这样挺好，吴丽军这么觉得。而叶根壮心底也泛起波澜，他很想牵吴丽军的手，装作不经意地触碰了好几下，但就是没有勇气握起来。他心里美滋滋的，脸上还有些许红晕，长这么大头一次在面对女人的时候偃旗息鼓了。

吴丽军楼下，叶根壮向吴丽军告别。

吴丽军说："要不……要不，你上去坐坐？"

叶根壮心都跳到了嗓子眼，他想，这个神秘感十足的女人也落入俗套了？

正想着，吴丽军说："还是别了，太晚了！"

叶根壮心中刚刚燃起的火苗一下子熄灭了，看看表道："其实还不算晚。但是我也决定不上去了。"

吴丽军说："保持一定距离，男女之间才有可能成为好朋友。"

叶根壮重新燃起希望，她已经拿我当朋友了，离得到她还远吗？她说得对，以后有机会再说吧，上去又能怎么样，他实在想不出刚还道貌岸然，一下子就兽性大发，应该是一个什么转换状态，以前他都是一个状态，好办，现在不好办了，做好人是有惯性的。

叶根壮说："明天再见，我还去看你。"

吴丽军没说话，在楼前看着叶根壮一步步走远，正准备上楼，才发现叶根壮的大衣还在身上披着，那是一件经典款式的呢子大衣，穿在吴丽军瘦削的身上，像是一件斗篷。她侧着头闻了闻它的气息，那是古龙水掺杂着酒精、烟草的男人味道，味道里都是故事，都是年轮的氤氲。吴丽军甜甜地笑了一下，笑完连自己都吓了一跳，这是在干什么？怎么可以这么三心二意。又想了想，吴丽军有种报复的快感，她告诉自己，这一定是付守宇不愿意看到的，付守宇如果知道我和一个中年大叔纠缠不清，一定会回心转意，抛弃他相亲相来的村姑，奋不顾身地来救我于水深火热之中，虽然这个中年大叔并没有付守宇想得那么不堪。

吴丽军掏出手机，翻出付守宇的照片，一张张点了删除键。裹了裹大衣，编辑了一条短信："付守宇，你有什么了不起，你只会死板地面对着你那块已经过气的勇士勋章自我狂妄，你没有胆量，你配不上我，缩头乌龟，随你去吧！"

编到这里觉得有些露骨，又都删除掉，只留了一句：随你去吧！

第二十三章　石破天惊

马尾港中心向西两公里,新芭乐号轮船底层,李华纲低着头对着一个大号冰柜冷笑,五花大绑的榕城八大金刚之一疤瘌眼蜷着双腿,脸朝上躺在里面,面如死灰、瑟瑟发抖,嘴上贴着黑胶带,鼻孔里呼出的热气喷在黑胶带上,让胶带一会儿明一会儿暗。吴行健黑衣黑裤,笔直地站在李华纲的旁边,面无表情,虽然他旁边还有很多同样装束的人,但他鹤立鸡群,一眼就能看出有些不一样,具体哪里不一样,这里的人也说不上来。

李华纲撕下胶带,疼得疤瘌眼呻吟不止。

疤瘌眼说:"亲爹,我错了,我该死,有眼不识泰山,要什么你说,我都满足你!"

李华纲说:"晚了!跟我做生意很少有人敢耍花招,上一个耍花招的人我已经记不清是哪一年了,总之坟头的草应该有一人多高了。"

疤瘌眼说:"给我一次改过自新的机会,我给您一个满意的交代!"

李华纲说:"这个口子不能开,一旦开了,还会有下一个敢乱来的家伙,那时候我亏的可不只是一单生意,而是道上的好名头。好名头这东西你知道,可以换钱的,但是钱不一定能换来好名头,这个险我不冒!"

疤瘌眼恨恨地说:"与人为善,多一个朋友多一条路,凡事别做得太绝了!"

李华纲的笑声充斥着整个船舱底层:"日死鬼咧,这句话从你这张烂嘴里说出来,就是个段子!"

李华纲接着说:"干我们这一行的,你还不懂吗?不是你死就是我活,今天我放了你，就等于是给自己装了一颗定时炸弹！"

疤癞眼绝望地说："你放我一条生路，我保证从这里离开之后，就告老还乡，退出江湖，以后榕城再也不会有疤癞眼这个人。再或者你砍下我的手，让我拿不了枪，只要给我留条命啊！"疤癞眼说着说着号啕大哭。

李华纲说："兄弟愿望真是美好，很感人呐，可惜不太好实现，为什么？我给你讲个故事，这个故事就发生在我身边，我亲眼见过的，我最好的哥们的爹被仇家打碎了后脑勺，但是没死，头上镶了一块钢板，坐上了轮椅，就是那副德行，最后轮椅上绑炸弹只身闯曹营，一人炸死几十口子，于是才有了我和我哥们的今天。吓不吓人，励不励志？这事我要是没有亲身经历也就算了，可是我全程在场，难道我还不吸取经验教训吗？我砍了你的手脚有什么用，只要你有一口气，我就不得安生，我敢保证！"

李华纲软硬不吃，疤癞眼彻底崩溃，发白起皮的嘴唇颤抖着吼道："李华纲，你不是人。我们金刚家族在榕城还是有一定势力的，他们一定会活剐了你！"

李华纲收起刚才的咄咄逼人，话锋一转说："不要着急，只要是事情，就有峰回路转的可能。提到金刚家族，我灵机一动，他们确实是你比较大的筹码，你现在打电话，让他们再给我网罗三十个劳工，我可以考虑你的建议。"李华纲拿出了电话。

疤癞眼说："你还不如要了我的命，再找三十个人？现在国外经济也不景气，偷渡的人打着灯笼也难找了啊！"

李华纲举起枪说："好吧，既然这样，我只好送你先走一程。"

疤癞眼吓得浑身如筛糠，连忙道："我打我打！"

疤癞眼打给金刚老大，金刚老大说："兄弟，这事大哥帮不了你，我现在已经洗白了。"

金刚老二说："你还是找找老三吧，我正在巴厘岛办婚礼。"

金刚老三倒是痛快："兄弟你在哪，我现在就带兄弟抄家伙救你！"

疤癞眼说："在李华纲手上！"老三那头立刻传来一片忙音。

疤癞眼把希望全部寄托在了金刚老四身上，老四是疤癞眼最铁的兄弟，老四果然不忘旧情，答应立刻就办，后天尤溪洲大桥双方交换人质。挂了电话，疤癞眼谄媚地看着李华纲道："妥了，一切都妥了，快把我从冰柜里弄出来，快冻成冰棍了。"

李华纲拍拍疤癞眼的脸笑了，疤癞眼也开心地笑了，感觉这么长时间以来，终于可以感受到温暖了。李华纲手往上移，遮住疤癞眼的眼睛道："兄弟，受累了，也确实该舒服舒服了。"说着，从怀里取出一把五四式手枪，顶住疤瘌眼的心脏，连开五枪，一会儿就淌了半冰柜的血。

吴行健脸部肌肉稍微动了动道："我们没有人质了！"

李华纲说："懦夫才需要人质，被瓮中捉鳖才需要人质，我们需要吗？"

吴行健很佩服李华纲这样只需要人格魅力的老大，给李华纲点了一个赞，然后轻轻地合上冰柜的盖子，吩咐人把冰柜锁死，装上冲锋舟，开远一点，扔进大海。

李华纲拿着白毛巾擦手，吴行健道："老大，这样的粗活，以后不要亲自动手了！"

李华纲把毛巾递走，从冰箱里取出两瓶饮料，扔给吴行健一瓶，拧开盖子，咕嘟喝了一口，环顾四周道："偶尔还是要开开荤的嘛，不然手该生疏了。再说了，这样杀鸡儆猴的好戏，我动手才有意义嘛。"

吴行健试探道："后天的交易您要亲自上阵？"

李华纲看了看吴行健，再环顾四周。吴行健感觉到问得有些唐突，李华纲的疑心可是非比寻常。

但李华纲好像并没有多想，说："我不去难道让最近神龙见首不见尾的根壮去吗？他很不在状态，听说最近跟一个演员打得火热。"

吴行健等着李华纲继续说下去。

李华纲却说："抽空你替我走一趟，看看根壮到底在搞什么名堂。这么大岁数的人了，玩起来还乐不思蜀。我们公海之行，眼看就要启程，可不能让他在外面胡作非为，耽误了大事。"

吴行健说："放心吧。我明天就去。"

李华纲摆摆手说："不，夜长梦多，今晚就去。"

吴行健说："明白！"

下了船，吴行健并没有马上去找叶根壮，而是找了一处僻静的地方，即刻向上级发送短波密报，告知后天李华纲可能直接参与行动的消息，并且附后一句，叶根壮是否参加，待定。上级回复道：全力争取。

得到命令，吴行健这才迅速坐进劳斯莱斯里，直奔拉达酒吧。

吴行健为了防止有熟人认出来，在车上做好伪装，贴上胡子，戴上眼镜框，还特意画了一个看上去像破折号的眉毛。

拉达酒吧内热闹非凡，动感十足。吴行健找了一个位置比较高、视野比较开阔的卡座，点了一打啤酒，要了一个果盘，抽着烟静悄悄地坐着，缜密警惕地观察着人们的一举一动。

而马振宇也不是吃素的，后台监控室里他例行检查，一下就发现了吴行健的不同寻常，指着大屏幕说："这个人有问题！"

安保人员道："很正常吧，像这样的凯子，每天晚上都有，很受寂寞少妇欢迎。"

马振宇摇摇头说："你看他像是泡妞的吗？"

安保人员说："像，闷骚至极。"

马振宇说："所以说你当不了老板！"白了安保一眼，出去了。

安保人员说："看把他能耐的，肯定又是嫉妒人家长得帅。"

马振宇晃晃悠悠来到吴行健的卡座旁，很自然地向吴行健打招呼，吴行健敷衍地点点头。

马振宇道："兄弟，哪条道上的？"

吴行健自顾自地吃水果，不作回答。

吴行健好像根本没有把马振宇当根葱，马振宇不气馁，开始得意扬扬地自我介绍："我是这间酒吧的老板，榕城剧院也是我的，来这儿的人都认识我。你是隔壁酒吧的？别瞅了，我这儿就是比你们生意好，你说气人不气人。"马振宇说话很不友善，耽误了吴行健的事情，让吴行健十分不开心。

吴行健静如处子、动如脱兔，把酒杯往吧台上一摔，酒溅了马振宇一脸，道："管他妈你是谁，滚远点！"

马振宇抹了抹脸，站起身来，越过吧台，一把揪住了吴行健的衣领，吴行健指着他的手说："撒开！"

马振宇不仅没撒开，还胳膊抡圆了准备教训教训这个不知好歹的家伙，眼看着大巴掌就要落在吴行健脸上，只见吴行健右手格挡、反手抓腕、出脚一绊，右手往后猛拉的同时，左手甩过来对准下巴就是一掌，马振宇叫唤着飞到了沙发靠背的后边。这马振宇和叶根壮不一样，碰见高人，叶根壮想方设法也得交朋友、学本事，而马振宇却是想方设法也得把这个高人削成和自己一样的低人。躺在地上他就在想，这个家伙今天死定了。

他从后腰上摸出对讲机叽里呱啦喊了一阵，安保人员手持"刀枪剑戟"很快就把吴行健团团围住，等围瓷实了，马振宇才敢从地上爬起来，在沙发后面又跳又叫："吃了熊心豹子胆，一个人敢到我的地盘上来撒野！"

吴行健端端正正地坐着，对马振宇的叫嚣充耳不闻。这更激怒了马振宇，大手一挥，一场恶斗在所难免。

这时，叶根壮从后台慢悠悠地走过来道："慢着，一会儿女神就要来演出了，不要搞乱了场地。"马振宇连忙站到叶根壮身边道:"老大,这小子一脸的情况,来这儿不唱不跳,点了酒也不喝,偶尔还装作不经意地看一下摄像头,不是特务就是汉奸,我分析的有错吗?"

叶根壮反手把马振宇凑得很近的脸推开,使他跟跟跄跄地站到了自己的身后,叶根壮走到沙发正对面,认真看了看吴行健,食指一下两下三下,一点一点的。叶根壮点一下马振宇在后面乐一下,他觉得叶根壮也不会放过这个人,叶根壮最讨厌这样的小白脸,他点来点去肯定是在预先瞄准,一下就是一刀,说扎左眼不扎右眼。

然而听了叶根壮的发问,马振宇感到浑身发冷,这一下一刀的猜测虽然有可能是真的,但扎的对象应该不是他,有可能是自己。

叶根壮说:"跟我玩这一套,粘撮胡子,我就认不出你这只帅枇杷了?"

吴行健起身行了个江湖礼说:"二哥,几日不见如隔三秋,醉倒在温柔乡里,不要兄弟们了?"

马振宇心想,这是何许人也,我叫叶根壮大哥,他竟然叫二哥,从理论上来讲,我立刻就低了他一等,心情很不愉悦。

叶根壮坐在吴行健身边,勾肩搭背地问:"你怎么找这儿来了,是不是纲哥让你来的?"

马振宇一看这情况,又是大手一挥对安保队长说:"还站在这儿干什么,散了散了!"自己留下来,也往沙发上蹭,还不敢坐扎实,半边屁股悬空着,笑得比哭还难看。

叶根壮说:"这儿没你什么事了,抓紧去给我迎接我们的大咖。"

吴行健不知道这个大咖是谁,问道:"是谁?"

叶根壮神秘地说:"见了这个人,你就理解我为什么天天不想回去,你就知道你的大耳环有多LOW。"

吴行健说:"二哥,再好也是个女人,大局为重,后天我们有行动。"

叶根壮说:"女人和女人不一样,我这个女人曾经可是个地地道道的军人,性格刚烈,我费了九牛二虎之力,就差最后一哆嗦了,今晚我把她拿下,给她盖个私章,就放心地跟你回去。"

吴行健立刻直了直身子,刚才慵懒的造型顿时全无,激动地问:"什么?有军方背景?你可不要引火烧身,纲哥千叮咛万嘱咐不要出什么岔子,看来你还是往枪口上撞了!"

叶根壮说:"别急别急,我还没说完,有军方背景不假,可是已经过气了,不足挂齿啊。"

　　吴行健的脸阴沉下来，不知道为什么莫名地心慌。在榕城，部队虽多，但有女军人的一般是机关单位，机关单位又屈指可数，大家相互之间都有业务往来，抬头不见低头见，说不定就见过面，或者说不定曾经就在一个大楼里办公呢。是哪个转业女军官？吴行健在脑海里迅速搜罗了近几年认识的转业女军人的形象，想到哪个都觉得不可能，要么生儿育女了，不可能有工夫来这种地方消遣，要么和老公如胶似漆，不可能有闲工夫和叶根壮勾三搭四，要么是沉默寡言，哪里会到酒吧这种地方表演节目。

　　吴行健试探性地问："女军人可是凤毛麟角，转业女军人当然也是打着灯笼难找，几乎都不乏追求者，你不觉得这事很蹊跷吗？现在什么都有假的，挂羊头卖狗肉的人屡见不鲜，你可别被这个女人骗了。"

　　叶根壮说："你怎么跟个老娘们一样啰唆，我断定她就是部队的，往那儿一站就是军人气质嘛！"

　　叶根壮看了看吴行健说："嘿，你还别说，跟你还真有点像！"

　　吴行健心里咯噔一下，连忙否认："跟我像？有可能，我在牢里那会儿啊，天天练队列，喊口号，是不是精气神也还可以！"

　　叶根壮说："我是说你们眉眼相似！"

　　吴行健稍稍放松了一下，心说，部队虽是武装集团，战友普遍纯洁可靠，但也不排除有个别混入队伍的害群之马，肆意消费官兵用生命鲜血垒砌起来的美好形象，亵渎践踏庄严的军魂军威，出入不健康场所，交往不三不四的狐朋狗友，做出不正当的行为，不知廉耻，没有下限，有的被及时清理出了队伍，但改头换面，死性不改，仍然顶着部队的光环，招摇撞骗，混吃骗喝。这样的人，我吴行健看见一个打一个，看见两个打一双，等一下这个传说中的女神来了，管她是美过西施，还是赛过貂蝉，我一定让她露出狐狸尾巴。吴行健愤愤不已，低俗狂躁的喊麦刺激着耳膜，更让他满腔怒火无处发泄，但又不得不装作对叶根壮的艳遇饶有兴致。

　　吴行健问道："要是拿不下呢？"

　　叶根壮硬起脖颈说："可能吗？手拿把掐！二哥我在这方面还是有独到之处的，没有把握的事我能跟你说吗？"

　　吴行健说："那我就放心了，祝你成功。"

　　叶根壮拍拍吴行健的肩膀说："瞧好吧兄弟。"

　　叶根壮又看了看吴行健的胡子说："你这撮破胡子能不能给我摘了，我看见你这撮胡子，就感觉长胡子真是一件让人恶心的事情。"

吴行健连忙拒绝说："我这不是为您着想吗？我扎裹得那么利整，一会儿你的女神要是再看上我怎么办？"

吴行健一句话说到了点子上，让叶根壮一下子感受到了压力，道："你还是戴着吧！"然后又伸出手折腾吴行健的衣领、扣子和围巾，尽量让吴行健显得邋里邋遢。吴行健说："别担心，我绝对不跟你抢。"

叶根壮故作紧张地说："这不是你跟不跟我抢的问题，是你杀伤力太大，很多人会自投罗网，我真得防着你。"叶根壮捶了一拳吴行健。

说话间马振宇远远地向叶根壮招手，叶根壮噌就站起来，兴奋地搓着手对吴行健说："让你见识见识什么样的女人才能称得上女神，换大耳环那种货色一个加强排。你小子可要给我坐稳了。"

吴行健说："好像我没见过女人似的。"

叶根壮指着吴行健突然严肃地说："只许看，不准碰。"

吴行健说："看都懒得看。"

叶根壮紧赶慢赶到门口去迎接。

吴行健不得不看，马振宇身后跟着一个高个儿细长的美女，上身休闲外套，下身光腿穿一条短裤，脚上是一双经典款的匡威帆布鞋，清新淡雅，和场子里妖艳风骚的女人形成鲜明对比，她戴着口罩，看不清脸，短发很扎眼，一举一动，大大方方，不拖泥带水，确实有军人痕迹。但这些优点此刻在吴行健看来却是讽刺，让他一肚子的怒火更熊熊燃烧，不能因为她很养眼，而原谅她的堕落，不能因为她与众不同，而对她另眼相看，她甚至不如场子里那些尽情释放真我的女人。她首先是个军人，转业了也是个军人，是接受过军队教育培养多年的女兵，不能和叶根壮这样的人扯上半点关系，触碰了这个底线，就对她一票否决，她现在一无是处。

美女越走越近，吴行健扶了扶眼镜框，摁了摁胡子，生怕掉下来，他越看越觉得这个人熟悉，走路姿势很像妹妹，连撩头发的姿态都很像，吴行健苦笑了一下，何苦自己吓唬自己，也许是大惊小怪了，女军人自己见得多了，女军人相像的地方也太多了，穿军装、削短发、走路的姿势、说话的语调很多都像是一个模子刻出来的，这个吴行健有体会。因为在军校的时候，也谈过女朋友，到了总队机关也有几个女干部对他颇有好感，接触得多了，自然找到了很多她们之间的共同之处。

叶根壮走到了美女的面前，一只手绕到她的身后，很亲密地搭在了腰部的位置，美女并没有推脱，看得出他们确实不是第一次见面了，叶根壮满脸堆笑，趴在美女耳边窃窃私语，他很少有这样谦卑的时候，这么恭敬一个人也是比较少见的。吴行健冷眼旁观。

叶根壮对吴丽军说:"你可算来了,我兄弟来了,今天你可要给我个面子。"

吴丽军说:"你兄弟?跟我有关系吗?"

叶根壮半开玩笑地说:"现在是没什么关系,以后是你小叔子也说不定。"

吴丽军说:"别瞎说!"

叶根壮说:"早晚的事。"

吴丽军说:"谁给你的自信?"

叶根壮说:"这个以后再说,先给我把脸面长上去。"

吴丽军说:"有什么好处?"

叶根壮说:"我再赞助你五场榕城剧院的演出,一切我包。"

吴丽军说:"这个买卖划算。"

说着,主动挽起叶根壮的胳膊,叶根壮幸福立刻挂在脸上,感觉像是踩着婚礼进行曲的节奏在走红毯。

吴行健在沙发上看得怒火中烧。

吴丽军挽着叶根壮来到了卡座前,吴行健坐在暗处,吴丽军看不太清楚,但是吴行健看吴丽军却分外清晰,每一寸、每一毫都准确无误地映入眼帘,虽然脸被口罩遮住,但那双眼睛瞒不过吴行健,这双眼睛他从小看到大,从懵懂无知看到风霜浸染,那是一双就像长在自己脸上的眼睛,就像循环在自己动脉里的热血,任谁也改变不了的兄妹情缘。吴行健脑袋嗡一下炸开了,如同被小黑的电击器电击了一般,电流瞬间传遍全身,这就是自己的亲妹妹,刚刚分别没有多久的妹妹。走的时候,她也是这样挽着我的胳膊,告诉我,现在的生活虽然并不如意,但是她永远相信美好的未来就在前面不远的地方,让我好好领略俄罗斯的风土人情,回来的时候和她分享记忆深刻的故事。她从来没有说过自己想要转业,哪怕我想,她也从来没想过。穿军装是她从小的梦想,因为小时候生活在部队大院里,女军人本来就少,都是那么的英姿飒爽、招人待见,而不像我,看到的男军人太多太多,他们承受的苦难,遭遇的挫折,面临的困境,我都深有体会,他们在老百姓眼里那么高大挺拔,威武霸气,但是我太知道他们的不容易,一眼能看到他们十几二十年以后的处境,所以当兵不是我要的生活,是父亲想要我拥有的生活,所以我脱下军装,妹妹也不会的,虽然她的文艺兵生涯戛然而止,但在文化生活异常活跃丰富的当代军营,她不是没有用武之地,有战士的地方,就会有她的舞台,只是需要等待。今天她怎么会成了转业干部,和一个与境外恐怖组织有勾连的罪人站在一起,还有说有笑,我不在的这些天到底发生了什么?

场子里的灯光在不停变换，闪烁在吴丽军的脸上，吴行健还抱着最后一丝侥幸，希望只是眼睛像而已，世界上没有长得一模一样的两个人，一模一样的眼睛可能还是有的吧。此时吴丽军不容分说摘下了口罩，伸出了手，死死地看着他，不给吴行健留任何缓冲的余地。吴行健不停地在否定，这一定不是我的妹妹，她一定是活在另一个世界的人，她叫王丽军、李丽军，就是不叫吴丽军，他心中的火焰瞬间熄灭了，直起的腰身没有了支撑，一下子瘫软在靠背上，像刚刚被自己扔出去的马振宇，摔得七荤八素。他瘫坐在沙发上，像是坐在了刀尖上，听到了心血在滋滋流淌的声音。他想现在就拉着吴丽军逃离这个鬼地方，问问她为什么这么想不开，是不是被胁迫的，或者被劫持的，或者像自己一样在执行任务，是上级派过来和自己搭档的，她是一个打入敌人内部的侦察员，有时候女侦察员可比男侦察员有更多得天独厚的优势，是的，就是这样吧。但是他不能那么做，几个月来所有的努力都会付之东流，那样只会把两个人乃至更多的人置于危险境地，会导致后天的任务取消，会让整个李华纲团伙在一夜之间消失无踪。坚决不能暴露，坚决不能让叶根壮发现自己和吴丽军有任何的关系，一下也不能。没人比这一刻的吴行健更痛苦，酒吧里的每一个人都没有，他觉得这一刻自己是悲惨的，亲妹妹已经深陷虎口，却不能伸出援手。

叶根壮着急地说："你干什么呢，握手啊！"

吴行健怔怔地坐着，没有听见，他已经听不见任何声音了。

叶根壮拔高声音道："你他妈干什么呢！我在跟你说话！"

吴行健突然反应过来，从沙发上挣扎着站起来，握住了亲妹妹的手。

叶根壮这才稍稍平静了，向吴丽军解释说："我这兄弟出门少，不太懂人情世故。"转头对吴行健说："叫嫂子！"

吴丽军说："别听他乱说，我们只是……"

吴丽军感受到吴行健握手的力度，有些火辣辣的，这才注意观察眼前这个男人，吴行健做了伪装，按理说这样的伪装在经常上妆的女人眼里形同虚设，尤其是在妹妹眼里是挺低级的恶作剧，但此时的吴丽军已经没有办法，以正常思路来理解眼前发生的一切，这些天发生了太多的事，都颠覆了她以往的认知，她做梦也不会想到会被半推半就地走到今天这个境地，发生什么好像都犹如梦境。虽然眼前这个男人遮遮掩掩，并不正面示人，但吴丽军还是感觉到了异样，他怎么那么像几个月未见的哥哥，刚要仔细看一看，灯光又是一扫而过，闪得人睁不开眼睛。吴丽军纳闷地看着吴行健，大眼睛里全是问号：眼前这个人和叶根壮是什么关系？他为什么好像经常出现在我的视野里，他的眉眼像哥哥，他的痞劲儿又离哥哥十万八千里，这一切都是谜，三秒，吴丽军觉得她面前的这个谜面可能需要三年才能解开。

叶根壮认为最担心的事情发生了，这俩人一见钟情了，握住手不愿意撒开了，连忙伸出手硬把两人的手掰开道："差不多了，你俩这是孵小鸡呢吗！"

两人松开了手，叶根壮把吴丽军按在沙发上，紧贴着吴丽军坐下，有意识地把吴丽军和吴行健隔开。坐定后，叶根壮给吴丽军倒了满满一杯酒，开玩笑道："古往今来，帅哥美女都让人喜闻乐见，但是今天不能这么配，我可不爱见。帅哥敬美女一杯，表明一下态度，让我看看你的坦荡！"吴行健明白叶根壮的意思，并不直视吴丽军，举起酒杯先干为敬。初次见面，不太好拒绝，吴丽军一饮而尽。

叶根壮拍手叫好，又给吴丽军满上道："第一个酒，喝得畅快，这第二个酒，为了友谊地久天长，我们三个共同举杯！"马振宇站在边上也刷存在感道："还有我呢？老大！"

叶根壮不置可否，注意力根本没在他那里，马振宇的声音淹没在一浪浪的DJ舞曲里。吴丽军端起来又先干为敬。这时候吴行健很想劝劝不胜酒力的妹妹，是不是没看出来叶根壮别有企图，怎么这么傻，可是哪里有机会。

叶根壮对吴丽军说道："好！这第三个酒，是我和你的酒。"

吴丽军说："不喝了，不能这么喝，一会儿还有演出。"

吴行健说："对对对，缓缓。"

叶根壮不依不饶，对吴丽军道："别的酒可以不喝，但是这个酒你没有理由拒绝。喝这个酒之前，我要隆重地向你道歉，作为好朋友，还没有来得及好好关爱你，过两天就要去Y国出趟长差，不去不行，要问我榕城最舍不得的是什么，那肯定是你，我走后你一定要好好照顾自己，我会想你的，这杯酒就当是你为我饯行！"

吴丽军已脸色绯红，但叶根壮这话说得没毛病，她咬咬牙又干了，酒劲儿很快就上来了。

叶根壮歪着头入神地盯着吴丽军看，一只手还放在了吴丽军的大腿上，不动声色地摩挲着。吴丽军醉意朦胧，无暇顾及叶根壮。而吴行健看得一清二楚，自己的妹妹在被光明正大地吃豆腐，还是这个叫叶根壮的危险人物，至少背着十几条人命，就是这双手，把几十名劳工送进了深渊，就是这双手，搓麻吸毒，沾满了鲜血，这只手如此肮脏，如此罪恶，而此刻却放在妹妹的大腿上，妹妹那么漂亮，那么高贵，连付守宇那样的好兄弟，我都不舍得让他碰一下，但现在却被叶根壮占了便宜，而且亲哥哥就在旁边眼睁睁地看着。

叶根壮扭过头，压低声音对吴行健说："真滑啊！"

吴行健狠狠压了压怒火，从牙缝里挤出两个字："是吧！"

叶根壮淫笑着说:"你没机会的!"

吴行健快要爆发了,左手手指像改锥一样戳破了真皮沙发,深深地嵌了进去。他相信此刻一拳可以把叶根壮的下巴击碎,叶根壮这时候没有防备,全神贯注地看着吴丽军,今天吴行健要是结果了他没有一点难度,然后拉起吴丽军就跑,跑回家,跑回基地指挥所,跑到陈司令员面前,或者找父亲吴天将,告诉他事情的来龙去脉,杀了团伙的二号头目,还拯救了面临失足风险的妹妹,何乐而不为?

但是,吴行健没有。他咬着牙说:"这个女人属实不错,确实没见过这么带劲的。"

吴丽军捧着酒瓶子,醉眼惺忪地说:"我他妈也没见过你这么带劲的男人。"

叶根壮说:"你们这是在表扬,还是在批评,我读书少,你们不要这么深奥。"

吴行健说:"夸,往死了夸。"

吴丽军大着舌头说:"告……告诉这个帅哥,他真他妈带劲。"

叶根壮说:"你喝多了。"

吴丽军说:"酒是粮食精,越喝越年轻!"咕咚,又是一大口。

"酒喝多了,上个卫生间!"吴丽军晕头转向地说。

这正中叶根壮下怀,他说:"走走走,我送你!"

吴丽军说:"谁用你送!让这个帅哥送。"

吴行健巴不得这一声,唰的一下就跑到吴丽军跟前,架起吴丽军就往卫生间走,脚下虎虎生风,生怕叶根壮反悔。趁转弯,吴行健瞄了一眼卡座,还好,叶根壮并没有跟过来。

在通往卫生间的逼仄走廊里,吴行健抓紧机会迅速晃着吴丽军,吴丽军还是不清醒。吴行健说:"傻孩子,离开他,这个人很危险,你听见了吗?你听懂了吗?"

吴丽军好像并没有听明白,甩开了吴行健的手,朝他的脸上啐了一口口水,往后使劲推了一下他,答非所问地说:"什么?你喜欢我?壮哥知道了,你就废了。"说完,跌跌撞撞地扶着洗手池,进了卫生间。

吴行健被推得倒退了三四步,撞在一个人身上,吴行健回头一看,吓得心脏都要停跳了,叶根壮的大脸遮住了吴行健的视线,一脸阴笑。他什么时候来的,他什么时候站在我身后的,我是侧对着路口,他进来我为什么没发现?我刚才说的话,他是不是一字不漏地全听见了?我的行动是不是就要止步于此,甚至还要搭上性命,妹妹永远也不会知道真相了,从此羊入虎口,乖乖地和这些十恶不赦的人为伍，并最终被送上法庭，押赴刑场，或者在军匪枪战中直接被击毙？吴行健的手已经插到了后腰握住了枪把，只要叶根壮敢动一下，他立刻就要拔枪射击了。他和叶根壮之间就隔着一人的距离，他能感受到叶根壮笑容背后的杀气。

叶根壮的手也已经伸到了上衣里侧，随时都有可能发动袭击，吴行健的冷汗冒了出来，后脊梁感到阵阵发凉，一边后悔太冒失，一边随时准备迎战。

叶根壮的手从上衣口袋里拿出来，手里握的并不是武器，而是一张手帕，递给吴行健说："擦擦吧，早就警告过你，这个女人可不一般，性子刚烈得很哪，你不是她的菜！"

吴行健接过叶根壮的手帕，擦了擦脸。

叶根壮笑容可掬地进了卫生间，进了一个隔间，陡然换了一副面孔，掏出手机给马振宇发了一条短信：再调查一遍吴丽军的家庭关系，一个也不能少！

第二十四章 急火攻心

吴行健独自回到座位,感到前所未有的压抑,他不知道叶根壮到底有没有听到他和妹妹的对话。吴行健了解这只老狐狸,反其道而行之是他的拿手好戏,从来不让旁人摸到规律。

吴行健做最坏的打算,如果是暴露了,他和吴丽军都会陷入危险境地,随时可能丧命。吴行健向上级发送了最后一条信息:保护吴丽军。随后把电子设备销毁,因为他知道,如果叶根壮已怀疑,这个肯定不能再用了,叶根壮会穷尽办法对他实施监控监听。接下来,他只能随机应变,走一步看一步。今晚除了把叶根壮弄回芭乐号,再就是绝对不能让妹妹受到侵害。

叶根壮搀扶着吴丽军从卫生间出来,吴丽军紧紧依偎在叶根壮身上,叶根壮一脸幸福表情道:"兄弟,你先回船上,办完事我马上找纲哥报到。"然后,只顾着和吴丽军说着情话。

吴行健说:"二哥,大哥已经交代过了,你不回我就不用回去了,给兄弟条活路!"

叶根壮不耐烦地说:"不要影响我的好心情。"

这时候,马振宇走了过来,示意叶根壮借一步说话。

叶根壮站起身走了过去,但眼睛没有离开吴丽军,生怕煮熟的鸭子飞了。

吴行健一动不动,他也盯着吴丽军,心说,你倒是醒醒,睁眼啊!

可吴丽军的头深深埋在两腿之间的抱枕上,一动也不动,任凭音乐山呼海啸般袭来。吴行健往叶根壮的方向瞄了一眼,马振宇正在耳语。

马振宇说:"查过了,吴丽军交际面虽然不窄,但真正交往频繁的,在她身边扮演重要角色的人并不多,她有一个军校同学,关系不错,是武警医院的护士,除此之外,没听说她跟谁来往密切。她的家庭也很传统,爸爸是军人,在榕城树大根深,母亲是家庭主妇,七大姑八大姨都在乡下,她还有一个哥哥,今年三十岁左右,不久前刚刚被公派出国……"

叶根壮马上打断马振宇道:"哥哥?三十岁左右,出国?去哪儿了?干什么?和谁去的?"

马振宇说:"能知道他出国,已是我能力极限了,其他的再细打听,人家就要怀疑了!"

叶根壮道:"废物,去航空公司,查他的航班,出入境记录,给我一条条捋!"

马振宇道:"可现在是深夜……"

叶根壮狠狠地瞪了马振宇一眼,马振宇不敢言语,灰溜溜地往门口走。

叶根壮叫住他问道:"房间安排好了吗?"

马振宇说:"这个是我的强项,都安排到位了。"

叶根壮脸色缓和了一些,回到座位上,干笑了几声,对吴行健道:"猪一样的队友,安排个房间还出岔子。"

吴行健已意识到问题的严重性,还明知故问道:"什么房间?"

叶根壮一脸淫笑道:"你说呢?"

吴行健腾地站起来道:"二哥,这个时候你不能意气用事,免得节外生枝!"

叶根壮给吴行健普及常识道:"这你还不懂吗?一旦给女人盖上了章,这不成文的合同就算签成了,比送金山银山还好使,天天嘴上喊爱啊爱的,到底有多爱?她并不知道啊,你关心她,呵护她,很多人都可以这么对她,尤其是像她这么优秀的女人,她已经不懂得珍惜了,也不知道失去是什么味道,时间长了,她会以为是理所应当,所以要时不常地让她感受到痛。你问我爱她有多深,床上才能见真心。"

此刻吴行健心在滴血,就像被千万只猛兽拉扯、撕咬、追逐,但还不能喊,愤恨包围了他,让他的肌肉痉挛起来,这和亲手把妹妹的手交到一个淫棍手里有什么区别,况且他还不仅仅是个淫棍。他脑子里有一千种方法阻止叶根壮带走妹妹,但这时候,他定在沙发上,丝毫动弹不得。

叶根壮一只手轻松地把吴丽军扛上了肩头,神气地看了吴行健一眼,一步步地离开。场内更加喧嚣,但他的脚步声却烙印在吴行健的耳朵里。

此刻，吴行健觉得自己是世界上最窝囊的人，至亲遭遇危机，却不敢光明正大地去回击。他感觉所有的人都对他口诛笔伐，首先是吴天将，吴丽军是他的心头肉，以前觉得他放不下名和利，看官职看得很重，可经历了这么多事，吴行健知道他是为什么，他是在为谁执迷不悟，为谁鼠目寸光，他最终还是放不下自己的孩子，尤其是吴丽军。吴天将如果知道吴丽军陷入了这样的境地，而且引以为傲的儿子就在她的身边，应该不只是呵斥那么简单，他肯定会拼了老命，甚至亲自上阵去救自己的女儿。当年他在战场上转身，今天的战场他一定不会再转身。回过头来他肯定会暴怒地质问吴行健，你还是一个当哥哥的吗？我吴天将生不出你这样的孬种。吴行健的眼前也浮现出了邱晓娟的影子，她肯定也很在意我的一举一动，关注着我的所作所为，正因为我不明不白地让她受伤，她才更愿意听到关于我的不堪吧。这时候，吴行健还特别想念付守宇，他在虎头山什么都不知道，肯定还在怨恨我的小肚鸡肠。如果一切都没有发生，再回到新兵连，他还能不能陪伴我左右，在我最需要找人说话的时候，忽然出现在我面前，或者在背后来一招儿抱腿顶摔，把我制服，让我求饶？我主动选择了这项任务，把付守宇挤到了悬崖边，一个人扑棱着翅膀，在疾风骤雨中穿行。这一刻真的想付守宇了，想知道面对这样的情况他会怎么解决，他虽然没有接受吴丽军，但肯定是爱的，当他爱的人遇到了危险，他会怎么办？

榕城大酒店套房，叶根壮可不像马振宇，他没有那么变态，总是直奔主题。他不喜欢拖泥带水，况且李华纲还在芭乐号上等着他，来不及做足前戏，他像扒苞米一样，三下五除二把吴丽军扒了个精光。

吴丽军并没有醉得不省人事，那也不是叶根壮愿意看到的，没人喜欢对一个没有知觉的人显示自己的威力。显然他的这一基本诉求得到了满足，吴丽军很配合，有回应，适当的时候还会提问题。她认为眼前这个人是付守宇，付守宇也是这样的轮廓，拥有健壮的体型和厚重的喘息，吴丽军喃喃地问："是你吗？是你吗？"

叶根壮说："是我，是我！"

吴丽军梦呓道："在部队等不到你，所以我出来了！现在我不用怕什么了！"

叶根壮把吴丽军压在身下，拨拉着她的头发，他以为吴丽军真的是对他说的情话，道："你为什么不早说，我就不灌你酒了，简单的事情被我弄复杂了。"

吴丽军捧着叶根壮的脸说："你受苦了，胡子怎么这么长了！"

叶根壮问："你哭什么？"

吴丽军说:"我高兴,你想明白了,还不晚。"

叶根壮看着怀里的吴丽军,一脸潮红,恰到好处。

吴丽军说:"关灯吧,太刺眼了。"

叶根壮说:"那样我看不到你了。"

吴丽军说:"以后每天都见好不好?"

吴丽军还想说话,但已经没有力气了,慢慢闭上眼睛,眼角有泪珠缓缓淌下来。天花板上的钻石吊灯,让泪有了色彩,泪珠里镶嵌的是付守宇的脸,像琥珀一样剔透。

吴丽军静静地睡着了,睫毛弯弯长长,叶根壮按捺不住喜悦之情对吴丽军上下其手。叶根壮像冲锋陷阵的勇者,头发胡子都立了起来。

大酒店旋转门前,吴行健的车发出一阵刺耳的急刹声,他坐在驾驶室里,一只手紧紧攥着枪,一只手按着门把手,看了看表,距离叶根壮离开酒吧已经半个小时了,对他来说这半个小时,每一秒都是煎熬,他深深地吐出一口气,从后座上取下一个黑色背包背在身上,打开车门往电梯冲去。他啪啪地敲击着电梯按钮,四五个保安跑来制止,想要一拥而上制服这个不速之客,但根本近不了吴行健的身,一眨眼的工夫全部被掀翻在地。吴行健抽出他们的白色武装带,一个个捆得结结实实。前台小姐打电话报警,吴行健从怀里掏出一把匕首,隔着十几米投掷过去,准确切断电话线,匕首刻在桌子上,发出嗡嗡的声音,前台小姐吓得一翻白眼,晕倒在地。吴行健紧走几步按下前台按钮,旋转门停止转动,卷帘门徐徐落下。

吴行健掐前台小姐的人中,她噗地吐出一口气,睁开了恐惧的眼,看是吴行健,又慌忙地闭上。

吴行健掏出一张照片亮给前台小姐说:"别怕,我不会伤害你,赶快给我查这个人!"

前台小姐半跪着蹲在电脑前,手忙脚乱、噼里啪啦敲了一阵电脑后,把结果告诉了吴行健。电梯门打开,吴行健走进电梯,摁下最上面的按钮。

电梯是透明的观景电梯,他已看到远处有警灯在闪烁。

酒店顶楼的走廊里,吴行健一边往手枪上拧消音器,一边奔跑到叶根壮所在的房间门口。往后退了两步,一个助跑腾空飞踹,酒店的实木密码门应声而破。叶根壮正趴在吴丽军身上,听到这一声巨响,很有经验,并没有下意识地回头观望,而是直接将手伸向了床头柜上摸枪,但还是迟了一步,吴行健已经走到近前,枪口顶住了他的后脑勺。叶根壮挡住吴丽军的脸,吴行健看不到妹妹的表情,但他知道吴丽军并没有看到眼前这一幕。现在是凌晨两点多，正是深睡眠的时候，况且她还喝多了。

叶根壮怕惊醒吴丽军，侧着头用低沉的嗓音说："你是不是疯了！"

吴行健说："你逼我的！"

叶根壮说："这女人是你妈，还是你妹妹，你用得着这么激动吗？"

吴行健说："你不能动她，你会害了大家。"

叶根壮说："老子还就不信邪了，今晚我偏要上她，你敢打我吗？开枪啊！"

吴行健打开了保险。叶根壮笑道："都是我玩剩下的，开枪啊！"

吴行健愣在原地，并不敢开枪。

叶根壮说："没有这个胆子，就别跟我装模作样。"

吴行健没有开，叶根壮更加有恃无恐，对准吴丽军的嘴唇狠狠一口，亲出了声音。

吴行健手指已经在预压扳机，枪口在微微抖动。在演练训练场上，在多次反恐行动中，他不仅没有让枪口抖过，还出奇地稳固，但是今天他抖了，发挥失常了，这个令人憎恶的后脑勺，千夫所指的后脑勺，此刻摆在面前，吴行健满脑子都是这个后脑勺像熟透的西瓜一样被击碎的镜头。

趁着吴行健憋出一脸热泪，叶根壮后脑勺一闪露出吴丽军的脸，吴行健一愣，叶根壮光着屁股翻身下床，反手抓住了吴行健的手腕，一用力手枪应声落地，吴行健捡拾不成，叶根壮的枪已顺利掏了出来，指向了吴行健。吴行健停止了动作，起立站好，看着叶根壮。

叶根壮缓缓走到吴行健面前，和他对视了几秒，用枪托狠狠砸了吴行健的头顶，吴行健跪倒在地，鲜血顺着头发淌下来。叶根壮可不是心慈手软的人，又是一枪托，吴行健彻底趴在了地毯上，头上血流如注。

地毯上吴行健的背部一起一伏，他喘着粗气，翘起头，看着床上几乎被脱光的妹妹，用手砸了几下地板，但一点声音也没有，就像他的出现一点用处也没有。

叶根壮说："这个女人跟你什么关系？"

酒店外，警笛声由远及近，窗户边的瓷砖上，已能看到闪烁的红蓝相间的光束。

血已经把吴行健的整个脸糊了起来，叶根壮心情全无，倒数着数，没有得到想要的答案，他正准备射击。

生死关头，李华纲不知什么时候从门口处悄然进来，已经站在叶根壮背后，一记稳准狠的正蹬腿，叶根壮随即扑到墙上，又弹射下来，重重摔在地上。

李华纲道："快走！"说着，拉起痛苦不堪的叶根壮。

叶根壮惊魂未定，问道："为什么打我，该死的是枇杷！"

李华纲道："是我让他来的！"

吴行健挣扎着从地上爬起来，用袖子擦了一把脸上的血。

叶根壮不自觉地往李华纲身后靠了靠，怕吴行健突然袭击。

吴行健却径直走到窗边看了看，道："警车马上到楼下了，出口很快就会被堵死。"

叶根壮说："你干的好事。"

李华纲说："少废话，想想怎么跑吧！"

吴行健说："只有一个办法，索降！我带纲哥索降下去，二哥从正门冲出去，吸引警察。"

叶根壮说："我不是你二哥！"转身冲出房门。

叶根壮取下背包，抽出绳索，把"8"字环扣在腰带上，绳索一头固定，他取下手表，用锋利的扣针沿着玻璃边缘划出一圈印痕，又取出一个吸附挂钩，贴在玻璃上，使劲一拉，玻璃掉在了房间地板上，吴行健率先钻了出去，示意李华纲跟上。李华纲看了看地面，有些头晕目眩，但毕竟是大哥，硬着头皮也钻了出去，抱住了吴行健。吴行健看了一眼床上的妹妹，他不能走到床边给她盖上被子，不能去理她凌乱的头发，他在心里默念，好运啊妹妹，希望你一觉醒来，就像什么都没发生。

与此同时叶根壮从酒店后门冲出来，与还未停稳的警车正面遭遇，他虚晃几枪向汽车跑去，警车随即追了过去，在马路上展开了一场追逐大战。

警察主力成功被叶根壮吸引，还有一部分已上楼，奔套房而来。指挥员发号施令的声音已经传来，吴行健深吸一口气，双脚用力蹬了一下墙面，两个人悬在半空，缓缓向地面滑去，成功逃脱。

在疾驰的汽车上，李华纲好奇地问吴行健："你这个索降的功夫很专业啊。"

吴行健说："别忘了我是干什么出身的。"

李华纲摇摇头说："不像，倒像是雪豹、猎鹰出来的。"

吴行健打着哈哈说："您真会抬举人。"

李华纲诡异地说："你要真是武警，你说我该怎么办？"

吴行健说："我要是武警，还会带你索降？早自己溜了。"

李华纲一只手搭上吴行健的肩膀，吴行健目视前方，专心开车。

李华纲说："那可未必，说不定你是放长线钓大鱼呢？"

吴行健转头看了一下李华纲，李华纲面色凝重，认真地等着吴行健回答，不像是在开玩笑。吴行健也不再嬉皮笑脸，双手使劲拍了一下方向盘道："老大，我真心实意来投奔你，士可杀不可辱，你忍心怀疑我？"

李华纲说："你嚷嚷什么！开不得玩笑了？你震得我耳根子疼！"李华纲做出挖耳朵的动作。

吴行健余怒未消道："什么玩笑都能开吗？"

李华纲双手合十说："好好好，算我错，别揪着不放，现在这小兄弟都不得了了，说不得骂不得。"

吴行健继续借题发挥："还是我的不对是吧？"

李华纲说："我的不对，我的不对。"

吴行健心说，这侦察员的难当之处不是时刻都有丢命的危险，而是要随时根据环境、人物、语境的不同扮演不同的角色，要有极强的随机应变能力和调控把握剧情走向的能力，奥斯卡欠每一个优秀的侦察员一座小金人。很多优秀的表演人才是科班出身，实践能力是在一次次的NG中锤炼出来的，而侦察员却没有NG的机会，每一次都是真刀真枪，表演失误就有可能命丧黄泉，每天都游走在生与死的边缘，精神高度紧张。

马尾港芭乐号会客厅，李华纲亲自为这个爱发脾气的兄弟消毒包扎，消毒棉球用掉一垃圾桶，在吴行健的脑袋上缠了一层又一层的纱布。

吴行健坐在沙发上任凭李华纲在自己脑袋上辛勤耕耘。

李华纲说："受苦了兄弟，这王八蛋下手也太狠了。"

吴行健说："也不怪二哥，谁被打断了兴头子，也会是和他一样的反应。"

李华纲说："难得有你这么设身处地为人着想的兄弟，你说你这么斯文，怎么会落草为寇呢？想不通，想不通啊。"

吴行健说："这么说来你还是怀疑我？"

李华纲说："我……我还能不能正常说话了！"

两个人正聊着，叶根壮上气不接下气地快步冲吴行健走来。一路上，门被他摔得哐哐作响，花花草草被他带来的疾风吹拂得东倒西歪。他走到吴行健面前，抢过李华纲手里的剪刀，把李华纲刚刚包扎好的纱布剪得乱七八糟。

一边剪一边道："差点死在你手里，从见到你第一天起我就没顺过，脸被打花了，妞被抢走了，好不容易又发展了一个，好端端的春宵一刻也被你搅黄了，你是不是克我呀，让你克我，让你克我！"

吴行健低着头任叶根壮发泄,心里却很高兴,至少眼前这个家伙没有得逞,妹妹暂时安全。

叶根壮还在摆弄吴行健,李华纲走过来啪一记响亮的耳光打在叶根壮脸上,瞬间脸上凸起一个大手印,血顺着嘴角淌了下来。

李华纲怒斥道:"你眼里还有没有我这个大哥!"

李华纲这一巴掌打得叶根壮委屈极了,他说:"这个烂枇杷我看不是什么好鸟,你为了这个莫名其妙的小子,不顾多年兄弟感情,下手这么狠,是不是过分了?"

李华纲重复道:"你眼里还有没有我这个大哥?"

李华纲提高嗓门说:"我为什么出现在大酒店,是吴行健不够哥们吗?是他要害你吗?他要救你,我要是不去你会从那个娘们身上下来?我告诉你多少次了,玩也有道,不能瞎玩!那个吴丽军是什么人?她虽然转业了,但她脱不下武警的标签啊,她有一个上过战场的爹,据说还有一个远东交流的哥哥,撇去他们不管,她还是个转业待安置干部,她还是武警的人,你惹谁不好,摸老虎的屁股!"

叶根壮还没钻出牛角尖,还嘴道:"我这是真爱,真爱不能由你们评说!"

吴行健鸡皮疙瘩掉了一地,默默捡拾着地上的纱布残片。

李华纲道:"你这个岁数有真爱吗?别人不排除有,但你肯定没有,你也不配有。我们这样的人都不配有,有就是害人家。这是我们最后一点良知!"

叶根壮说:"我不会害她,我相信我做得到!"

李华纲说:"酒吧喝两杯忽悠到床上就是真爱了?冲你笑笑,陪你多说两句话,恭维你大方有男人味,就是真爱了?别逗了,还没活明白吗?真爱是枷锁,真爱是软肋,别说你没有,就算真有,当断则断吧,不然整条船上的人都会受你的牵连。"

正说着,大耳环边哭边向吴行健跑来,抚摸着吴行健说:"哪个王八蛋把你打成这样,猪狗不如的东西!"边骂边把吴行健的伤头搂在怀里,泪流不止。

李华纲说:"看到了吗?这才是真爱。"

叶根壮尴尬地说:"真他妈乱。"

李华纲说:"你不仅不能打枇杷兄弟,你还要感谢他,是他阻止你玩火自焚,你要向他道歉。"

大耳环一听是叶根壮打的,怒目圆瞪,用眼神还以颜色。

叶根壮发现了,并不敢和她对视,这个体内藏着一头野兽的悍匪,也懂人情世故,也有不好意思的时候。

叶根壮毕竟是李华纲看着长大的,还是要给足李华纲面子,不情不愿地给吴行健作揖。

吴行健识趣地说："你是我哥,给我发脾气也是应该的。"

芭乐号甲板,叶根壮对李华纲说："这小子很可疑,我察觉到,这小子看吴丽军的眼神,可不仅仅是爱慕那么简单。吴丽军何许人也,要是他和吴丽军确实有关系,是不是很可怕?我知道这时候我说这个你不信,但还是要引起注意为好!"

李华纲说："我心里有数,以前是宁可错杀一千,不会放过一个,但对于枇杷,没有确凿的证据,还是不要乱来,此次去红毛丹岛,我们求贤若渴。"

叶根壮还想说话,李华纲打断他："黑谷组织我们也摸不太透,这一趟不管枇杷是敌是友,到了红毛丹岛,他都是一个很好的挡箭牌。"

叶根壮说："怕是夜长梦多,千万别还没等到启航,就事先出了岔子。"

李华纲说："你小子也不只是会泡妞,脑子不糊涂,马上对他实施二十四小时监听监控,要是有鬼,这次行动前他必然有所动作。"

叶根壮说："老大英明!"

一袋烟的工夫,吴行健舱室内的监听监控设备全部启动运行,三百六十度无死角拍摄,说句悄悄话都像对着麦克风一样,清晰地传入监听监控终端。

而这一切,吴行健已经预料到了,为了妹妹,他已经把自己暴露在阳光下,这对于一个侦察员来说是大忌,可吴行健不觉得后悔,只要妹妹安好,他可以放弃自己,无关忠诚,无关信仰,在亲情面前他有私心,他执着地相信陈司令员如果站在他面前,也会同意他这么做。如果换作是付守宇,他肯定也会做这样的选择。吴行健在想,也许等任务结束了,我还活着,我会请求一个处分,也许这个。这么想,吴行健就不难过了。

大耳环道："你是不是被打傻了,眼珠子都不转了?别吓我。"

吴行健的思绪被打断："谢谢你为我出头,我很温暖。"

大耳环说："一家人不说两家话。你知道你在我心里有多重,在这个船上,我只有你一个亲人,你不能出任何事。"

吴行健说："你为什么不下船,你也不再是当年的穷学生了,找一个没人认识的地方,去勇敢地实现自己的梦想,我也是有今天没明天的,不要把希望寄托在我身上。"

大耳环说："我能走哪儿?我知道他们太多秘密,他们只手遮天,我还能跑出他们的手掌心?"

吴行健说："我不能跟你好,真不能,至于为什么,早晚有一天你会懂。你要充满希望,幸运就会光顾你,你要充满希望,我才能竭尽所能地去帮助你逃离。"

大耳环说:"可是你越这么说,我越觉得你好!"

吴行健说:"我没办法说服你,那就给你打个预防针,如果有一天,我走了,你千万不要难过,你要记住我说过的话,走出去,寻找你的未来,千万不要为了钱,丢了自己。"

大耳环说:"你今天很怪,脑子一定受伤了,快回房间休息。"

吴行健说:"今晚回我舱室,你还要配合我。"

大耳环一听"配合",寓意深远,从吴行健嘴里吐出来,虽没那么煽情,但足以让大耳环想入非非。

大耳环一脸娇羞地说:"你真坏,还让人家配合。"

吴行健对大耳环使了个眼色说:"别误会,见机行事!"

大耳环婀娜地跟在吴行健身后进了舱室。

叶根壮戴着厚重的大耳机,亲自杵在监控室,他在等着吴行健能够在今晚露出马脚。

第二十五章　漏网之鱼

专属舱室，吴行健带着大耳环推门而入，大耳环在吴行健包裹得像个木乃伊的时候已经迫切想要得到他，今天吴行健显然受伤没有上次重，大耳环更来了精神，一进屋就张罗着宽衣解带，弄得吴行健欲火中烧。但吴行健警告自己，这个女孩绝不能碰，不是高风亮节，是她已经承受了太多苦难，她不能再被打击了。吴行健把自己看作是一颗炸弹，引线控制在别人手里，接近他的人，都有可能被伤害。

吴行健一边回避着大耳环的强烈攻势，一边装作不经意地寻找着摄像头的位置，新型摄像头只有米粒大小，但吴行健还是八九不离十地预测出它们的位置，大脑飞速盘算着怎么遮挡其中一个，开辟一个死角。

这时大耳环已经控制不住自己的情绪，有些意乱情迷了，力道之大竟然把心不在焉的吴行健掀翻在地，骑在吴行健身上大秀艳舞。

监控室内叶根壮看得怒不可遏，心说，这小子搅黄了我的好事，自己跑回来享受，天理难容，他很想抽出屁股下的椅子把监控终端砸个稀巴烂，但又不舍得放弃这香艳至极的活色春宫图，比看生活小电影可刺激多了。

舱室内，吴行健躺在地毯上左右躲避大耳环的亲吻，突然发现床底下空间很大，黑乎乎的很有私密性，挣扎着往里面匍匐，大耳环往外拉，他就往里爬，头进去了，躯干进去了，脚最后也消失在监控里。

大耳环问吴行健："你还有这个爱好？"

吴行健说："没试过，试试呗。"

床底下，吴行健抓住大耳环的肩膀，使劲摇头，用特战手语告诉她，舱外有人，可大耳环看不懂，还以为吴行健在跟她交流姿势。

吴行健急得满头大汗，用手机给她打了几个字，大耳环看了才明白，然后"翻身下马"，从吴行健的身上下来，和吴行健并排躺在一起。吴行健直挺挺的，大耳环歪着头看着吴行健黑暗中并不清晰的脸，握住他的手，一言不发。

　　吴行健说："你叫啊，你得叫啊！"

　　大耳环心领神会，很好地完成着吴行健赋予的任务。

　　天亮了，甲板上李华纲在做拉筋运动，十分投入。

　　李华纲问道："夜里有什么风浪？"

　　叶根壮说："可别提了，浪叫了一晚上，都弄到床底下去了，我听都听肾虚了。"

　　李华纲说："有爱好的人，运气都不会差，他的考核过关了。"

　　叶根壮说："我还是觉得怪。"

　　李华纲说："你觉得怪没关系，但别给我惹事！"

　　和金刚老四交易的时间眼看就要到了，李华纲告诉叶根壮："我们现在家大业大，再也不是当年的盲流子。特殊时期，我们不能捆绑，死也不能一起死，一定留下一个，完成我们未完成的事业，这次我亲自出战，你外围打援。"

　　叶根壮说："你这是说什么呢？怎么会死呢？大风大浪都过来了。"

　　李华纲说："一定要足够警惕，我总感觉不踏实。"

　　叶根壮说："你就是太谨慎，不然咱和黑谷组织也旗鼓相当了，说不定红毛丹岛就是我们的，他们鼓捣的恐怖组织基地也是我们的！"

　　李华纲说："他们有反政府武装支持，我们这泥腿子，要有自知之明。"

　　叶根壮说："人总是会成长的嘛，心有多大，舞台就有多大。"

　　李华纲说："这话以前是我对你说的，现在反过来了。既然你有这样的抱负，更要努力保存自己。"

　　叶根壮抬头看了看叶传仁的钢质头盖骨，心潮澎湃。

　　吴行健走了过来，一脸倦容地道："两位大哥聊什么呢？"

　　叶根壮说："你还有脸问，整个船舱都被你们弄尴尬了，一宿没睡。"

　　吴行健说："二哥，这方面我可甘拜下风。"

　　李华纲说："说点正经的吧。"

　　吴行健说："我只担心金刚老四凑不齐那三十个劳工。"

　　李华纲说："这个放心，他肯定以为疤瘌眼还活着。"

　　叶根壮说："你就不该杀他那么早。"

吴行健说:"老大这是背水一战!"

李华纲说:"还是枇杷了解我,最后一哆嗦,不能抱侥幸心理。"

吴行健试探地问:"只要是我们三剑客出马,还有拿不下的高地?"

李华纲说:"对,三剑客!"

通往尤溪洲大桥的闽江大道上,还是上次大战疤瘌眼的队伍,这次换了车队,由喜事变成了丧事,变成了出殡的队形,车头上挂着绸缎大白花,车身上展开黑底白字的挽联,上书:"驾鹤归西、浩气长存、午夜风凄、音容宛在……"过往车辆纷纷避让,唯恐沾染晦气。

李华纲说:"这阵势都不麻烦警察来洗地,打死人我们顺手就拉走了,毫无违和感。"

吴行健竖着大拇指说:"高,实在是高,又长见识了,大哥果然有创意,警察欠你一个最佳创意奖。"

吴行健看看身后的车队疑惑地问:"二哥没来?"

李华纲说:"这场面能少了他?可能不愿意跟你坐一块。"

其实李华纲知道叶根壮没来,还是不放心外人,对吴行健保有戒心,通过这些天的接触,他不知道吴行健还有什么保留曲目,这个人太难以琢磨了。

春日的尤溪洲大桥在阳光的照射下毫无保留地映入眼帘,它横亘在闽江中央,气派雄伟,在榕城人心中具有贯通东西的巨大作用。它是连接榕城沿江两岸的命脉,承载着生活在这片盆地中的榕城人对于远方的愿景,见证了榕城人不断向前的每一个瞬间。闽江水奔腾不息,不时打着漩涡,泛起白花,腾起巨浪。车队的倒影凝聚又打散,扭曲又重叠,和品牌不同、大小不同、颜色不同、速度不同的各类交通工具交织在一起。

疤瘌眼可能是榕城八大金刚里最菜的一个了,金刚老四就比他聪明得多,早早地站在桥上,观察着他们的一举一动,等李华纲车队的最后一辆上了桥,他就派人占据了两头,这会儿给李华纲打来电话:"我已经在桥上安置了几十公斤C4炸药,别想着耍花样,不然一块玩完。"

李华纲指着话筒对吴行健笑着说:"日死鬼咧,他吓唬我,一上来就玩玉石俱焚这一套,我真怕了!"

吴行健说:"一般这么玩的,才是真怕了。"

李华纲说:"你分析得对,是他自己在吓唬自己,谁动不动就搞自杀式爆炸,我们不是恐怖分子,我们是商人。"

大桥上车来车往，车内的人纷纷往外看，为什么一大队人马堵住了奔丧车队，听说过抢亲的，没听说过抢丧的。

李华纲镇定自若地对金刚老四说："我真怕了，这交易不做了，惹不起我躲。"

金刚老四一下子没有反应过来，刚还威风凛凛、一马平川，连风中都飘着火药味，怎么突然改了画风？已经做好了迎战的准备，人家不玩了，向来不给对手留活口，今天鸣金收兵了？

金刚老四道："别别别，劳工我都给你准备好了，你说不交易了？人质呢？"

李华纲说："还有什么意义，你赶快引爆吧，大家一起玩完，直截了当。"

金刚老四连忙换了一种语气说："引爆啥呀引爆，我开玩笑的。"

李华纲道："兄弟不讲究啊，你要是真有炸药，我还佩服你是条汉子，原来是假把式，不配跟我交易。"

金刚老四怒了："有炸药不行，没炸药也不行，你到底想怎样？"

李华纲说："很不幸，我有炸药。"

李华纲摁了一下起爆器，金刚老四的座驾，轰隆一声巨响，葬身滚滚火海，波及附近的过往车辆，有的被炸进江里，有的被冲击波挤到桥边，有的车里钻出火人，撕心裂肺地奔跑着跳进江中。金刚老四被炸得飞起来又重重地落在桥面上，他甩了甩脑袋，一股粉尘烟雾般升腾。他挣扎着爬了几米，摸起被炸掉后盖、屏幕碎成蜘蛛网的手机，很幸运，手机还在通话中，金刚老四很幸运买了这个牌子的手机。

金刚老四对着身后一群抱头趴在地上的兄弟喊："跟他们干，干了有可能不会死，不干一定会死！"

话音未落，有几个兄弟从尤溪洲大桥上跳了下去，做出了第三种选择。金刚老四对他们的配合深表痛惜，补充道："跳下去也得高位截瘫，你们自己掂量。"

弟兄们你看我我看你，权衡了利弊，嗷嗷叫着往前冲，领头的喊："弄死李华纲够吃一辈子！"

吴行健坐在车里，隔着前挡风玻璃瞄准，一枪命中，那人直挺挺地向后倒去。风从弹眼里吹进来，中间后视镜上挂着的风铃叮当作响，与这血腥杀戮的场面格格不入。吴行健和李华纲同时推开车门翻身下车，在这个当口，挡风玻璃已经变成了马蜂窝，像一张被搓揉过的破报纸一样随风摆动，晚一步，子弹就招呼到两人身上了。

一时间尤溪洲大桥上，呼喊声、号叫声、炸裂声不绝于耳，闽江大道上的车辆也乱作一团，有猛打方向的，有油门当刹车的，还有的司机是玩直播的，反正也走不了，不如找个石礅当掩体拿出手机拍段录像，这个要放到网上，必火无疑。越想越兴奋，岂料刚把手机伸出石礅，嘭的一声被流弹打了个正着，手机冒了烟。

大批警车出动，但在距离事发地点五公里的地方就被堵得纹丝不动。只有两架武装直升机盘旋在大桥上空，用高音喇叭冲着激斗的人们喊话："下面的人听着，四周已经布下天罗地网，你们是跑不掉的，马上放下武器，双手抱头，趴在地上。"

金刚老四的兄弟有一部分欣喜若狂，终于体会到了什么叫雪中送炭，本来就拖家带口，哪想过拼命，按照以往的经验，群体性事件都是雷声大雨点小，以吓唬为主，喊叫为辅，谁想到这是真刀真枪，拳拳到肉。以前以不麻烦警察为荣，现在谁报警报慢了都会被同伙埋怨。还有一部分气节坚贞的家伙和李华纲团伙高度契合，此时忘了打斗，枪口一致对外，开始朝直升机开枪。从天空往下望去，大桥上蝼蚁一般的家伙全都举枪冲着直升机疯狂扫射。子弹打在机身上，飞机左右摆动，发出刺耳的轰鸣声。直升机上机枪扫射，威力巨大，桥上的人在枪林弹雨中四散奔逃，哭爹喊娘。

吴行健感觉蹊跷，上级还不派人包抄这里吗？现在可是人赃俱获的绝佳机会。正想着，两辆武警装甲车从闽江大道上碾压着堵塞的车辆歪歪斜斜地开了过来，车轮下是稀碎的私家车。而江面上由远及近驶来十几辆冲锋艇，艇上写着武警船艇支队，甲板上站满了全副武装的武警官兵，桥上每一个人的动向都在他们的瞄准镜里。金刚老四一看装甲车、船艇都出动了，眼见大势已去，万念俱灰地把枪扔进江中，抱头趴在了地上。

李华纲见了这个场面，也有些乱了阵脚，质问吴行健："怎么会有装甲车，怎么会有冲锋艇！谁是内鬼？你是不是？你是不是？"沉稳的李华纲终于暴躁不安了。

李华纲想过最坏的结果就是被警察包围，然后叶根壮从水上或者空中接应，但是现在海陆空都被堵死了，叶根壮派出的直升机远远看见这个阵势，盘旋了一圈加速飞走了，多一秒都没敢逗留。

吴行健回道："老大，这是什么情况，你不是买通地头了吗？怎么不好使了？我会不会被抓？会不会死？"

李华纲声音变了调："你问我我问谁？"

吴行健说："天道好轮回，苍天饶过谁！这一回算是栽了！"

李华纲认为叶根壮一定能救他出去。吴行健这时候才知道叶根壮根本就没来，吴行健一脸恼怒，跑了叶根壮，任务就不算完成。全力争取叶根壮参加这次行动的命令没有得到执行，这是一次重大失误，吴行健狠狠地扇了自己一巴掌。

李华纲想到叶根壮，情绪有些缓和，对吴行健说："稳住，别着急，一会儿只管跟他们走，一句话也不要说。"

特战队员持枪呈一线由两侧桥头向中央推进，步伐神态毫无二致，动作幅度整齐划一，侧面望去，好像只有一个人，正面看来犹如一道不可摧毁的铜墙铁壁，每移动一步，都让人窒息感加重。

一号狙击手据枪卧倒在装甲车顶部，高倍瞄准镜里是李华纲的眉心，他身上还有汽车炸弹的引爆装置，只要他稍微有所动作，一号狙击手会毫不迟疑地扣动扳机。二号狙击手瞄准的是吴行健，他发现这个人很熟悉，经过认真分析研究，他认定这就是他们的作战参谋吴行健。瞄准镜后，二号狙击手张大了嘴巴，忍住了惊呼，心想这不是作战参谋吗？我们特战大队走出来的优秀干部，当年我的狙击动作和要领还是他手把手教的，现在怎么和恐怖分子蛇鼠一窝了？二号狙击手不敢相信自己的眼睛，他很想听到指挥员说那个人不是吴行健，他是打入敌人内部的侦察员，或者是被恐怖分子劫持利用，肯定不是出于本意，可二号狙击手没有这个机会，他只能把准星扎扎实实地对准他，并且在必要的时候击毙他，容不得半点商量。他把目光从瞄准镜上移开，朝周边望了望，所有的战友都进入战斗状态，这时候他不能交流，他只能把这个重大发现压抑在心里。吴行健看着装甲车的位置，他曾经是名优秀的狙击手，他知道狙击手最应该把狙击位置设在哪里，他知道这时候他随时都会殒命，不管瞄准他的人是谁。因为当初是他教导学员，瞄准镜里只有目标，没有感情，目标和你打过的硬币、啤酒盖、易拉环、人形靶一模一样，狙击手的眼里只有局部，眉心、胸膛、太阳穴、喉咙、前额、后脑，就是没有身份属性。所以吴行健很乖巧，不敢做出任何疑似袭击的动作，他本来可以默默地伸出右手放在胸前，做一个潜伏的手语动作，告诉对面的亲战友，不要打我，自己人。可没有接到上级指令，他什么都不能做，他不仅不能让战友知道自己的确切身份，还得装作凶神恶煞或者畏畏缩缩，让战友确信此人当下只是一个目标。

吴行健问李华纲："老大，没想到神一样的老大，也有束手就擒的时候！"

李华纲手抱着头看着地面说："这也是破茧成蝶、涅槃重生的过程。"

吴行健说："二哥一定会救我们出去吗？他会冒着生命危险突袭榕城看守所？"

李华纲不再言语，这个时候他唯有相信。

当特战队员来到跟前把他们团团围住的时候，李华纲反而更加轻松，要求自己戴上手铐，他说这玩意儿以前他玩得溜，武器分解结合他最快，军械操作考核他第一。特战队员很欣赏这样的罪犯，把手铐扔了过去，李华纲果然铐得很麻利。吴行健也照做了，和李华纲相视一笑。认识吴行健的都感到这样一个优秀的特战队员出身的作战参谋现在扮演了这样的角色很是莫名其妙，不认识吴行健的都感觉这个家伙和李华纲像一个模子刻出来的，堪称李华纲第二。

李华纲和吴行健带着自己的小兄弟们十分顺从地登上囚车。特战队员和警察做好移交手续，打道回营。警车押解着这批人驶往榕城看守所。

闽江大道上，被装甲车碾压的车辆，逐一被拖车拖走，各色人等也一个个钻进前来接驾的小车里扬长而去，不一会儿这里又风平浪静，呈现出一派欣欣向荣的景象。刚才被激烈的枪战吓尿的人，回家换上裤子，重新成为有里有面的人。搞直播的网红没有走，很快又出现在尤溪洲大桥上，冲着枪眼和满地的弹壳不停地炫耀着自己亲眼所见的这千载难逢的惊天动地的枪战，他嘴巴连珠炮地描述着自己刚才的英勇，好像刚才抓人的是他，和特战队员毫无关系，网友们对他深表敬畏，全然不顾他说的到底有没有逻辑，符不符合实际。大桥上的车辆重又密密麻麻起来，路怒族拍打着方向盘，长按着刺耳的喇叭，打开车窗向挡住他道路的人嚣叫着。

囚车被夹在车队中间，前后各一辆警用汽车。车厢里，李华纲和吴行健旁边坐着两个五大三粗的特警，目不转睛地盯着他俩。李华纲看看吴行健，和身旁的特警套近乎道："兄弟，你这把枪我没用过，我当兵的时候还是五六半自动、七九微冲，手枪只有五四，现在科技日新月异，都用这种材料做枪了哈，看起来跟塑料枪似的。"李华纲抬起戴着手铐的手想要感受一下这把枪的质感。

这种分散注意力的小把戏在特警眼里就是耍流氓，特警晃了晃手里的枪说："老实点，套什么近乎！"

李华纲委屈地对另一个特警说："小兄弟，你给评评理，虽然现在身份悬殊，但是能不能有点情怀？"

这个特警比较温婉，看李华纲迫切需要他来下结论，又不想气氛搞得太尴尬，扭头往窗外看，手枪还指着吴行健。李华纲趁这个时机与吴行健飞速地对视了一眼，吴行健心领神会，手铐是自己铐的，他自然有办法自己打开，手里早摸索了好一阵子，就等这个时机，挣脱开手铐，右手抓住特警手里的枪，左手猛击他的臂弯，特警反应也很迅速，扣下了扳机，枪口朝上，嘭的一声枪响了。特警发现并没有打到人，连忙伸出左手去抢救被吴行健控制的右手，但为时已晚，吴行健已经用手铐挡住了他手枪的枪机，枪机已无法回枪膛，没办法开第二枪。在狭小的空间里，什么擒拿动作也施展不开，两个人展开角力，你来我往，车厢左摇右晃。吴行健此时处于下风，被特警死死掐住喉咙，正在翻白眼。

李华纲在探身子的时候，手铐也已经挣开，枪响了，趁身边的特警愣神，用手铐的尖头戳中他的眼睛，特警疼得一阵乱叫，李华纲趁机夺过手枪，对准特警开枪。

吴行健喊道："不要开枪！"

李华纲听话了，用枪托猛击特警暴露在眼前的后脑，特警应声倒地。车内乱作一团，司机没有武器，连忙刹车，打开车门寻找掩体。后车来不及反应，追尾上来，这下解救了吴行健，吴行健摆脱了特警控制，反过来制住特警，并用脚勾开了车门，把特警挤下了车。吴行健摸起掉落在地上的手枪，拔出卡住枪机的手铐，对特警喊："举起手来！"

特警可不是刚才尤溪洲大桥上金刚老四那帮兄弟那般，很有职业素养，呼喊着冲着枪口扑来，吴行健并不想对他射击，枪口朝上虚晃一枪，特警下意识卧倒，吴行健接着将枪口朝路面射击，子弹在柏油路上弹跳，激荡起一阵烟尘。

特警连续几个翻滚和司机一样进了路基掩体。

吴行健喊道："掩护！"

李华纲拽着受伤的特警下车，一边是车门，一边是肉盾，李华纲暂时安全。

吴行健连开几枪，并没有瞄准人，目的只是进入驾驶室，他成功了，喊道："上车！"

李华纲坐进后座，车子重新发动，一路疾驰，李华纲说："这么简单吗？"

吴行健说："我进过监狱，现在的看押看守，只要进去了就别想着跑，能跑的只有在提审和押解途中。"

李华纲说："好小子，有经验。"

马路上，再次上演追逐大战，警车越来越多，有的已经追上了吴行健的车，并且来来回回把车撞得像块蜂窝煤，很快就要起火爆炸。但吴行健曾经在特种车辆驾驶培训班专门脱产接受了半年的特种车辆培训，在他手里，东风卡车都能玩漂移，此时这辆小型MPV就像一辆玩具车，使唤得得心应手，一点也不拖泥带水。

即便是驾驶技术再过硬，也抵不过榕城纵横交错的交通监控网络以及多警种的协同追击，尤其是在市区，要想全身而退，难于上青天，但奇怪的是，眼看着MPV就要被包围，吴行健却觉察出了异样，离他们最近的一辆警车逐渐放慢了速度，对向开来的警车也无故抛锚，停在路旁持枪警戒，当MPV开来的时候，象征性地开几枪，火力并不是特别猛烈。

吴行健对此心知肚明，他依稀联想到了当初陈司令员在病床前给他透露的关于李华纲团伙只是一个鱼饵的信息。李华纲也很明智，但他认为有可能是叶根壮找到的后台起了作用。总之他们暂时脱离了十面埋伏的终极险境。警方也不是放任自流，继续以为数不多的车辆象征性地拦截。

MPV下了国道，下了省道，驶进了山间小道，车后泛起滚滚黄土，升腾着飘向空际，警车在尘土中淹没又显现，清晰又模糊。

李华纲说："加速加速！彻底甩掉他，日死鬼咧，不识时务的家伙。"李华纲不排除后面车里坐着有后台的异己以及不明真相的人员，对他们的穷追不舍，他很是气愤。

MPV的油表显示油料将尽，在一个拐弯处李华纲说："弃车上山，沿山路往回走。"

车子在一处山坳戛然而止，李华纲和吴行健快速下车，抬头望山，夕阳透过灌木丛照射下来，洒在他们的身上，像是给他们的衣服涂上了一层迷彩，在这里上山根本没有路，这里开始是一片没有被开垦过的荒山野岭。他们开车进来的土路，只是附近农民在此挖山运土留下的遗址，像这样的地方，这个"八山一水一分田"的省份数不胜数。他俩来不及研究地理，心里很清楚如果不从这里跑，很快就会被警车追上，这一路奔来，所有的努力都会付诸东流。

李华纲和吴行健猿猴一般，充分显示着敏捷的身段，一个草窠，一把野草，也能成为他们向上攀爬的支撑点和发力点。吴行健拽住一棵被雨水冲刷出来的树根，看着李华纲已经领先自己，说道："宝刀不老啊！"

李华纲说："底子还在。"

吴行健不得不佩服这个年近半百的"老大"，心说，有这样的好体质、好意志，干点什么不好，偏偏走上一条歪门邪道。

终于到达山顶，他们在灌木丛、荆棘、芭蕉树下穿行，身上的衣服刮破了，手上脸上划出了血痕，这些都没有影响他们疯狂奔跑，这让吴行健想起了当时考取特战队员时野外武装奔袭的场景，为了抄近路也是这么不顾一切，今天自己竟然在这样的契机下重温了那一难忘的时刻，而且身边不是战友，却是一个罪人，想来着实有些可笑，可是又能怎么样呢？如果不是自己失误，叶根壮也在场的话，这笔交易就能人赃俱获，顺利完成，这项任务少一个元素都不行，有一个人逍遥法外，链条就不完整，这不是武警侦察员的一贯作风，他们从不留余地。

警车慢悠悠地停在了抓捕目标逃跑时所遗弃的MPV旁，几名警务人员在分析，追还是不追。

指挥长说:"演习结束,收操!"

一位一级警司惊诧地问道:"演习?真刀真枪真死人,武警机动驰援,怎么能是演习?"

指挥长说:"对,我刚接到上级指示的时候和你一样的表情。"指挥长边说边拉枪机卸子弹,把手枪放进枪套里说:"见好就收、就坡下驴吧,如果这不是演习,你能抓住李华纲?"

警司使劲擦了一把因为紧张而汗湿的双眼,一字一顿地说:"我能!"

指挥长已经走到了警车的另一侧,听见警司表的忠心,又掉头回来,拍了拍警司的肩膀说:"兄弟,太年轻了!"说完,上了车,嘭的一声关上了车门,其他人也陆续钻进车里。

警司呆愣在原地大喊:"我能!我就是能!到嘴的蚂蚱……"

警车启动了,指挥长问警司:"这里距离榕城一百多公里,你要走回去吗?"

警司看了看山顶,大王椰树随风飘摇,散尾葵阴沉着脸,深红的夕阳还剩下窄窄的边角,就像低眉顺目的老人,不论小孩子们在身边如何嬉戏,都是咧着没有牙齿的嘴,频繁地眨着混浊的眼球。新鲜的土壤上还有赫然映入眼帘的逃犯的脚印,它们骄傲得如同浮雕不躲不藏。

警司把枪塞进后腰,眼神却久久没有离开目标离开的方向。指挥长点着了烟,没有再催他。

没有地图,没有指北针,没有太阳和风,手机也没电了,吴行健和李华纲迷路了,大自然面前,人定胜天的豪言没有几次能兑现,当找不着北的时候,那些一拍脑瓜子总结出来的大道理连自己都说服不了。天更黑了,树林里没有光亮,草丛里有动物嗖嗖地穿梭,有时候就贴着吴行健和李华纲的腿,甚至能感觉到动物的皮毛和温度。惊吓之余,他们又冷又饿。

"是野鸡吗?"

"是又能怎么样?好像你能抓得住?"

"谁说不可以?"

"我知道你枪法好,可现在伸手不见五指。"

"玩过CS吗?你这个岁数估计没玩过……呃,玩过的也不年轻了,已经被别的游戏取代好多年了,但经验都是一样,那里头高手都用盲狙,比开镜死瞄准多了!"

"那是游戏!不过我信,干我们这一行的什么都要信,没这股劲混不成!"

"信就好,你要不信,万一我打着了野鸡,你怎么会有野鸡腿吃。"

"就是这个意思。"

草里又有响动,吴行健不假思索甩枪就射,一股火光瞬间照亮了树林里很大一块区域。

"你这不是盲打,你这是瞎打!黑灯瞎火的瞎,瞎胡闹的瞎。"

"别急。"

吴行健摸索着往开枪的地方走去,在草丛里拨来弄去,不一会儿垂头丧气地回来了。

"如你所愿,没打着野鸡!但这个比兔子贵,果子狸!"

李华纲很惊喜,吴行健总是给他惊喜,接下来还有惊喜,吴行健用尖树枝划开果子狸的肚皮,沿着切面褪了皮,四下收集了一些干草、枯枝,又开了一枪,将干草引燃,把果子狸穿在刚才的树枝上,烤起了肉。李华纲蹲在火堆旁添着柴火,吴行健像个经验丰富的烧烤匠,有节奏地翻转着肉,火光将他们的脸烤得红彤彤。

添着柴火,李华纲娓娓道来:"很小的时候,我就这么烧火了,那时候我连一壶水也提不动,只能装半壶,锅也搬不动,只能拖到炉灶上面去,父母下地回来就有热水喝,有稀饭吃,很多年后,我还记得他们当时喜悦满足的表情。现在,有钱了,有能力一呼百应,可是我却有些记不得我父母的样子了,也可能是不敢记得,怕他们难过,怕他们觉得我的一切都不干净。那时候穷,真穷,可是踏实,现在……我只能一条道走到黑,再也不做当初那个想起来都后怕的穷小子。"

火焰在李华纲的眼睛里跳舞,他很少露出多愁善感的一面,吴行健是第一次看到,而李华纲也被自己吓了一跳,撩起外套擦了一把脸,说是烟灰眯了眼。

饥饿让他们嗅觉更敏感,果子狸的香味钻进鼻孔里,让他们嘴巴里分泌出大口大口的津液。

吴行健掰下一根腿塞给李华纲,自己也狼吞虎咽地吃起来,像极了刚到虎头山哨所时的付守宇。

虽然这时候,他和李华纲一样也忘记了众人的面孔,比如付守宇,比如那些曾经和他亲密的人,比如并没有脱离险境的妹妹。

那天吴丽军稀里糊涂从榕城大酒店顶楼总统套房的大床上醒来,又发生了什么?此刻,吴行健已经彻底和她失去联系,之前他心里不停地假设一千种吴丽军安好的可能,现在只能为她祈祷,把一切希望寄托在他给上级发送的最后一条信息:保护吴丽军。剩下的,他什么也做不了,不如好好吃肉,好好睡觉,明天醒来,迎着第一缕朝阳,找到方向,走出大山,回到海上,回到属于他的战场。

上级收到了他的信息并做出反应了吗?吴丽军的处境如何?

第二十六章 生死未卜

榕城城市广场，一块占据了整面墙的大屏幕上正播放李华纲和吴行健开枪袭击警察、驾车逃离追击的实时报道。不远处的人形天桥上，叶根壮戴着连衣帽和口罩，边看大屏幕，边观察着周边，当播音员提醒广大市民注意防范，保证安全的告诫时，叶根壮往上拉了拉口罩，手插进卫衣口袋，吹着口哨，转身消失在人群中。

榕城大酒店总统套房，吴丽军又一次迷迷糊糊地醒来，这次床头柜上没有字条，两名女特战队员标准持枪军姿站在床边，居高临下地看着她，眼神里满是不屑。

吴丽军看得出来，这两名特战队员一定了解自己以前的身份，说不定还知道她和付守宇的故事，甚至还可能知道她是个逃兵，是个贪生怕死、好吃懒做、四体不勤、五谷不分的军二代，自打脱下威风凛凛的军装，就一天也没有顺过，每次都被人抬进酒店，不明不白地睁开双眼。只要是个兵，肯定看不起这样的人，也难怪她们看自己的眼神和看敌人一样。特战队员的概念里就这么简单，不是战友，就是敌人。

吴丽军被两人看得不好意思，用被子遮着身子问道："谁让你们来的？是不是我爸派你们来监视我，让我回家？"

高个儿女特战队员说："不该问的别问！"

稍矮一些的女特战队员说："赶快穿好衣服，看看你像个什么样子！"

吴丽军委屈地说："你们盯着我，我怎么穿衣服！"

矮个儿女特战队员一肚子火气正愁没地方撒，狠狠地道："你以为我们愿意盯着你？那么多急难险重的任务等着我们去执行，谁愿意跟你耗在这里？要不是命令在身，真懒得看你这副白富美的德行，白富美！"

吴丽军听出来了，白富美在此处特别贬义，特别扎心，吴丽军尴尬不已，摸索着开始找衣服。

高个儿女特战队员趴在矮个儿女特战队员耳边说："语气别太重，好歹当初也算我们上级，更重要的是吴行健是她哥哥！"

矮个儿女特战队员惊呼："谁！"突然意识到自己有些过于激动，吸引了吴丽军的注意力，连忙压低声音道："难道就是七总队特战大队女子队全体队员心中的偶像，给我们上过射击理论课，魔鬼周期间当过我们教官，帅成一道闪电的吴行健？"

高个儿女特战队员说："可惜他这个妹妹太给他丢份了！"

矮个儿女特战队员说："都说好汉无好妻，这帅哥也没好妹妹啊，这么随便的人，还需要我们保护吗？保护她就是妨碍她啊，不如给她自由！"

高个儿女特战队员说："行了，别八卦了！抓紧把这位奶奶伺候走了，还有更重要的事儿等着我们呢！"

矮个儿女特战队员说："什么时候是个头儿啊。"

说话间，吴丽军已穿好了衣服，进卫生间洗漱，女特战队员也跟着，寸步不离。

吴丽军说："我到底犯什么法了，需要这么对我，即便我犯法了，也不用出动特战队员吧。是不是有什么误会？"

高个儿女特战队员说："上级说你的处境很危险，让我们保护你，其他的不方便透露。"

吴丽军瞬间明白了，肯定是父亲，一定是他，只有他对自己的事这么操心，肯定是他又得知我和叶根壮走得近，有意见了。

想到这里吴丽军很烦闷。兜兜转转，还是没能逃脱如来佛祖的手掌心。怪不得昨天晚上隐隐约约觉得有打斗声，肯定是这个女特战队员干的好事，她们不会把叶根壮怎么样了吧。吴丽军急匆匆地往外走，不再搭理这两个在她眼里不问青红皂白的机器人。

吴丽军怒气冲冲地往外走，被女特战队员拦住去路，高个儿女特战队员问道："去哪儿？"

吴丽军说："回家，我回家！"

矮个儿女特战队员说："你回家可以，上我们的车！"

吴丽军说："我就不，你们能怎么样？"

矮个儿女特战队员看了高个儿一眼，她点点头，矮个儿女特战队员对准吴丽军的脖颈啪就是一掌，吴丽军再次不省人事。这些天，吴丽军扮演的就是这么一个不省人事的角色。她被拖着进了车里,慢慢苏醒过来,哭着对女特战队员说:"你们这是来保护我的吗?没你们我更安全。"

高个儿说:"任务面前,我们别无选择。得罪了。"

吴丽军说:"你们走吧!"

矮个儿说:"不可能,除非有命令!"

一路无语,车子驶进吴丽军租住的小区,吴丽军推开车门加速往家跑,一刻也不想和这两个泼辣的女人多待。这两个女人怎么可以被训练成这样,没有一点女人的柔美,男人不敢对自己做的事情,他们都敢。

吴丽军进了房间,拉开窗帘往楼下看,两个特战队员正目不转睛地盯着窗户,吴丽军连忙拉上窗帘,想起她们的眼神就心有余悸。以前她也接触过女特战队员,她认为这些女孩好单纯,好可爱,不爱红装爱武装,满脑子都是舞刀弄枪、上阵杀敌,现在倒好,把这些爱好肆无忌惮地在她身上施展,这时候她才觉得做个符合女人软硬件条件的女人挺好。

静下来,吴丽军才感觉到口干舌燥,她打开冰箱拿出一瓶矿泉水,咕咚咕咚地喝了个精光,深深地喘了一口气。她认为非常有必要给叶根壮打一个电话,昨天晚上鬼知道那两个特战队员对他做了什么,万一把他打出个好歹来就麻烦了。

吴丽军拿起座机,噼里啪啦摁了键盘。电话接通了,但叶根壮的手机铃声也响了起来。吴丽军唰地抬起头,叶根壮晃着手机站在吴丽军的面前,吴丽军拿着听筒,迟疑了好几秒,"啊"字还没喊出口,就被叶根壮捂住了嘴。

叶根壮指指窗户说:"别喊!"

吴丽军理了理头发,扒开叶根壮的手掌惊讶地问:"你怎么进来的?"

"我放心不下你,早上又回去看你,得知你已经被监控了,没办法靠近,她们肯定会把我当坏人,那我就另辟蹊径,早你们一步进了你家,你不介意吧?"叶根壮说。

吴丽军关切地问:"昨晚他们没把你怎么样吧?我看看有没有受伤?"边说边翻找叶根壮身上有没有留下什么伤痕。

叶根壮制止她:"没事没事,外伤倒是没有,心理受到了创伤。昨天我把你送到酒店,连晚安都没来得及说,就被她们用枪指着头给赶了出来,妈呀,真枪啊,我哪见过那玩意儿,太吓人了。"

吴丽军恨恨地说:"太过分了!荒谬至极!"

叶根壮装成一无所知的小白道:"到底发生了什么?这特战队员哪儿来的,你怎么会和她们扯上关系?你不是已经转业了吗?不是和部队没有任何关系了吗?"

吴丽军叹息了一声道："我是和部队没有任何关系了，可是我和父亲断不了关系，要是哥哥没有出国，他也会帮着父亲一起对付我，这些年，别人看我风风光光，你知道我是怎么过来的吗？跟你说你也不一定理解。"

叶根壮表现出了浓厚兴趣，他意识到今天的飞机、冲锋舟、装甲车说不定就和眼前这个女人能扯上联系，职业的敏感性告诉他，这口井要深挖，说不定还能涌出令人惊喜的甘泉。

叶根壮说："什么话，你的事我都愿意听，不要压抑自己，说出来痛快点。"

吴丽军说："我痛快了，你很可能就郁闷了。"

叶根壮拍拍自己的胸膛说："不用担心我，要不是我有颗强大的内心，这些天发生的事还不得把我吓死。"

吴丽军露出了笑容。眼前这个老男人倒是很会给人宽心。她道："我的事比你这些天经历的事，曲折得多，坎坷得多。小时候，父亲总不在身边，我渴望父爱，左等右盼，他终于从战场上回来，他想把我缺失的童年还给我，他怕我受伤、怕我被欺负、怕我得不到最好的待遇，处处都要搭一把手，可是我已经长大了。我不需要这样的方式，一点都不需要，但他不这么认为，上学他送、饭菜他做、家长会他去，就连我喜欢隔壁班的男孩他也要亲自把关，去调查那个男孩的背景，他怕我在学校得不到应有的关注，专门派出一个连的兵力到学校去搞共建活动，全学校没有人不知道我有一个有能力的爸爸，都向我投来羡慕的目光，现在我知道那可不都是羡慕。他这样事无巨细的后果是没有孩子再愿意真心接近我，因为我太光彩照人了，都把他们比得暗淡无光了。"

吴丽军说着说着抬起头看看叶根壮道："你在听吗？"

是的，叶根壮在听，他在过滤无用的信息，等待有价值的信息。他说："我听入神了，你接着说，我没打断你你就说下去。"

吴丽军接着说："后来我喜欢上了戏剧表演，想考一所专业的表演院校，但是不行，我必须上军队院校，毕业了我想去首都，那里才有我的大舞台，但是不行，我必须回榕城，回到父亲的身边。后来，在我的苦苦哀求下，我才得到了去首都借调进修学习的机会，在这期间我喜欢上了一名特战队员，也是不行，我必须和他相中的海归结婚，我不答应，他就把这个特战队员下放到深山老林，我根本到不了的地方。我不如意可以忍，但我爱的人怎么可以蒙受不白之冤，我彻底爆发了，不想一辈子都按照他给我预定好的路线走下去，我使出了杀撒手锏，绝食、面壁、又哭又闹、选择转业，他实在没办法只能同意了。但后来，我认识了你，他又发现他的决定还是错的,所以又派了两个特战队员来监视我,才有了今天这样的局面。这就是我眼中的父亲,我知道他是爱我的,可是这样的爱,我负担不了!"吴丽军哽咽了,叶根壮确实不能理解吴丽军所说的一切,他只知道他的父亲为了给他一条活路,把自己炸得尸骨无存,他希望下辈子还做他的儿子,只是不要再以那样的方式出场。而吴丽军所说的父亲,在叶根壮眼里可比自己的老子气派多了,体贴多了。

叶根壮还希望听吴丽军说下去,他知道她已经打开了话匣子,打开了关在心门上的最后一道闸,女人一到了这个时候就控制不住自己,有什么说什么,全然不顾面前坐的是鬼还是魔。

叶根壮也跟着动情起来道:"这在我们这些吃过苦受过罪的人眼里求之不得。但我理解你。看你也不是得过且过的人,你喜欢的特战队员难道不能挽回吗?为了爱情他可以不当这个兵啊?他是什么样的人呢?"叶根壮对特战队员很感兴趣,他想了解更多,他更想知道什么样的男人能让吴丽军这样的女人念念不忘。

想到付守宇,吴丽军更难过了,说:"他叫付守宇,是个十分优秀的特战队员,拿过勇士勋章,成功处置过榕城大大小小的突发事件一百余起,在我眼里,就没有他击不垮的对手!"

听了这话,叶根壮一激灵,有些坐卧不安,但很快调整好了自己的情绪,还加了一句:"可惜啊,退居二线,大材小用。"

吴丽军接着说:"这还是次要的,他人真的很好,虽然现在他条件一般,但在他身上我能看到对命运的不屈、对不公的抗争。"

叶根壮说:"听你这么说,我现在就想见识见识这个人。"

吴丽军不好意思地说:"可能你的愿望实现不了了,因为我已经把他的照片删得一干二净。"

叶根壮问:"为什么?"

吴丽军说:"免得睹物思人。"

叶根壮问:"他很帅吧?"

吴丽军说:"在很多人眼里,他可算不上多帅,但我觉得帅。我是搞艺术的,身边不乏高颜值的人,包括我哥哥,可能是有些审美疲劳了吧,反而付守宇这样的长相让我眼前一亮。"

叶根壮听吴丽军提到了哥哥,突然想起来上次让马振宇调查她哥哥,不了了之,听马振宇说他托了非常直接的关系,也没有打听到半点内容,所有人对这个人都讳莫如深,叶根壮问道:"你们兄妹感情怎么样?"

吴丽军说:"聚少离多,但感情不变。"

叶根壮问:"你哥哥也是军人?"

吴丽军说:"他是个很优秀的军人!不久前还被选派到俄罗斯警卫部队交流学习。"

叶根壮问:"如果他知道我和你走得近,会有意见吗?"

吴丽军说:"一定的,在这一点上他和父亲出奇一致。"

叶根壮内心已经有了一丝隐忧。那天枇杷在通往卫生间的走廊上和吴丽军说的话,他听了个大概,但不敢确认,今天听吴丽军这么一番话,他意识到枇杷很有可能和吴丽军有关系,说不定就是她哥哥本人,强烈的危机意识,让叶根壮冒了一身冷汗。

叶根壮道:"我不怕你哥哥,还不定谁能打过谁呢!"

吴丽军笑着说:"和我哥哥比起来,你这个形体真不好相提并论好吗?"

叶根壮说:"你这么说,我就不是很开心了,我真不信你哥哥比我强到哪儿去!"

吴丽军说:"不见棺材不落泪,无图无真相!我这就让你死心。"说着,吴丽军拿出手机,打开微信,找到吴行健的朋友圈,随便点开一张照片,把手机举到叶根壮的眼前道:"怎么样?不是我向着自家人吧!"

叶根壮一看照片,表情瞬间僵住,这个人就是和他朝夕相处的枇杷无疑。他的心情跌至冰点,感到一阵天旋地转。柔美可人的吴丽军调皮地笑着,忽闪忽闪的大眼睛里带灵气,但这些叶根壮再也看不到了,暴怒无处宣泄。

吴丽军连问了三遍:"你怎么了?"

叶根壮慌乱地回过了神,感觉后脊背阵阵发凉,心说,这到底是个什么人,他骗过了所有人,包括自己的亲妹妹,他到底是哪一层、哪一级安插在我身边的人,明明有太多太多的机会可以把我干掉,为什么迟迟不动手,他到底还在等什么?他的终极目标到底是什么,想让我什么时候死、在哪儿死,怎么死?一连串的疑问搅得叶根壮的脑袋乱作一团,不敢再想下去。听到吴丽军在叫自己,眼前有了吴丽军美丽精致的面容,不得不承认在吴丽军这个专业的戏剧演员面前,叶根壮的演技一点也不逊色,不同的是前者是为了艺术理想,后者是为了活着。叶根壮连忙回答吴丽军说:"我的乖乖,堪称中国最美腹肌,性感爆棚,无可挑剔的倒三角。我要是个女的我都要舔屏了。"

叶根壮看着眼前这个貌似机灵的女孩,实际上单纯得可以,在她的身边上演着一些稀奇荒诞的剧,而她却一无所知,典型的傻白甜,这样的人不好找,叶根壮本来要把对吴行健的仇恨转嫁到吴丽军身上,可是看到吴丽军,叶根壮却怎么也仇恨不起来，那张脸庞那么秀美和宁静，让叶根壮心里激荡起一圈圈的涟漪。心想，很多人都说我是人面兽心的畜生，眼里只有钱，只有骄奢淫逸的生活，其实不是的，我也有爱。

叶根壮说："这么优秀的人，肯定不少人追吧！"

吴丽军说："虽然喜欢他的人多，可是我知道他只喜欢一个，是我们武警医院的护士，也是个大美女哦，很多人为了去看她一眼，故意没病装病哦，郎才女貌，般配的呦，上哪儿说理去！"

叶根壮说："武警医院我去过，确实也见过比较漂亮的护士，听说还是院花，不知道是不是你说的那个人。"

吴丽军惊讶地说："这也太巧了，她就是院花，一定就是她啊。"

叶根壮震惊了，这信息量也太大了，什么样的情节都被自己赶了个正着，难道我命犯吴行健，注定难逃此劫，所有的人都会聚在一起，都和他有关系，这个剪不断理还乱，让人一时接受不了。

吴丽军道："那是我的好师姐，好闺蜜，我们知无不言言无不尽，她不仅漂亮，专业技术也好，还是战斗英雄的女儿。"

结合吴行健的特殊身份，叶根壮一下子就明白了，今天潜入吴丽军的香闺，本来想看望慰问一下自己的女神，没想到却解开一个个谜团。叶根壮露出一丝诡异的笑容。

这时门铃响了，吴丽军还没来得及反应，叶根壮紧张地说："是不是被发现了？是不是那两个特战队员？先问问是谁！"

叶根壮的手紧紧地摁住吴丽军的肩膀，把吴丽军弄疼了，吴丽军说："你慌什么！"

叶根壮连忙撒开手说："被女特战队员吓怕了，太彪悍了。"

吴丽军朝门口喊道："谁啊？"

门口传来一个女声："开门！"

叶根壮腿一软，果然是女的，语气很冲，女特战队员无疑，说什么来什么，叶根壮正想着逃跑的N种方案。

吴丽军也以为是女特战队员，道："干吗？！"

门外的女声："你不打算让我进去吗？"

吴丽军说："不用了，你们这是保护我吗？你们已经侵犯了我的隐私，我要告你们！"

门外的女声："你说什么呢？你是跟我说话吗？我是你师姐，邱晓娟！"

吴丽军眼睛一亮，面露喜色，连忙打开门，邱晓娟一脸愠怒地站在门口，从地上拎起一大袋子水果，往房间里一堆道："既然不欢迎我，我走了！"转身就要往电梯口走。

吴丽军赶紧拉住她说："嫂子嫂子，都是我的错，这两天发生太多的事情，都神经衰弱了。"

邱晓娟边进门边问道："别瞎叫，我可不是你嫂子。我猜你这几天也不消停，到底怎么回事，打电话也不接，我来你家好几趟了也没人，去剧院找你，所有人都支支吾吾，我差点就给你爸爸打电话了。"

吴丽军说："你可别了，还给他打电话，喏，你看看楼下。"

吴丽军把邱晓娟拽到落地窗前，掀开窗帘指给邱晓娟看，邱晓娟也看见了女特战队员并不友善的眼神，扭头问："你惹什么事了？"

吴丽军耸耸肩，无可奈何地说："这个只有我家那个活宝老爷子知道，我什么都没干，在他眼里我肯定捅破了天。"

邱晓娟的思路非常清晰："这不会是你爸爸派来的吧，虽然他官不小，但咱们都是当兵的，你还不知道吗？现在可不是以前了，他哪能因为你个人的事随便调兵，这里面肯定有什么猫腻。"

吴丽军说："你太不了解我爸的脾气了，他认准的事情九头牛都拉不回来，为了我，他什么招数没使过，参谋长也劝不动他啊。"

邱晓娟道："什么事？至于吗？"

吴丽军说："这不，最近我又和一个魅力大叔走得近了点，本来就没什么嘛，肯定他又不知道从哪儿听来的小道消息，可愁死我了。"

邱晓娟满腹狐疑地看着吴丽军："魅力大叔？"

吴丽军这才想起来叶根壮就在房子里，正要引荐，却发现叶根壮已没了踪影。吴丽军连续呼唤了几声，叶根壮才从卧室出来，刚才他正要打开窗户，准备顺着落水管爬下楼，听到邱晓娟和吴丽军的对话，这才从窗户上下来。

吴丽军拉着叶根壮的手说："这就是魅力大叔了，人很好，我们是好朋友，他帮了我很多。"转头又对叶根壮说："这个就是我跟你提过的师姐，准嫂子，我哥哥朝思暮想的人，现在他俩虽然天各一方，但是我相信他们终究会修成正果，只是时间的问题。"

邱晓娟和叶根壮对视了一眼，突然不寒而栗，汗毛都竖起来了，这双眼睛太可怕了，邱晓娟使劲想在哪里见过这双眼睛，但叶根壮直勾勾地看着她，打乱了她的节奏，让她根本没有办法静下心来，她感觉到心脏快要跳离心室，她能听到嘭嘭的回响。

即便这样，邱晓娟还是礼貌地伸出了手，叶根壮很绅士地浅握了一下，但力道足够重，再看看叶根壮皮笑肉不笑的脸，要不是吴丽军在场，她一秒也不想多待。屋里的气氛很尴尬，除了吴丽军在不明就里地侃侃而谈，邱晓娟、叶根壮一句话也没说。

吴丽军问叶根壮："你怎么不说话？"

叶根壮说："看见美女紧张！"

吴丽军说："你紧张什么紧张，平时能说会道的。"

叶根壮在想，这个邱晓娟会不会认出我来了？不应该吧，那天去武警医院可是全程戴着口罩的，只露出一双眼睛，除非邱晓娟是经验十分丰富的侦察员，否则不会有那么大本事的，即使认出来了，这会儿她也没办法，我不能给她机会，以后也不能。吴行健啊吴行健，让你出卖我，今天你的妹妹和女朋友都落在我的手上，真是老天开眼。不过我不会对你妹妹怎么样，我挺喜欢她，要留着她，让你临死看到你的妹妹委身于我，你的女朋友死于我手，岂不快哉，没有比这个更刺激的了。

邱晓娟反驳吴丽军说："别那么说，初次见面何必那么熟络，陌生一点不见得是坏事。"邱晓娟的意思很明显，并不想和叶根壮有更深层次的交流，叶根壮听得出来，吴丽军觉得这只是客套。

邱晓娟有些沉不住气了，抱歉地道："我这个不速之客叨扰了，不知道你这里有贵宾，还是先行告退吧。"

吴丽军着急地道："什么意思，话里有话啊。"

叶根壮站起了身来，拘谨地说："我才是不速之客，来的时间也不短了，晚上还有个会，该告辞的是我。你们好闺蜜这么长时间不见，好好叙叙旧。"边说边左掌贴右拳向邱晓娟行了一个意味深长的江湖礼，转身打开房门走了出去，又回过身细心地、缓缓地带上房门，眼神没有离开邱晓娟。邱晓娟看到叶根壮的身影越来越窄，越来越窄，最后只剩下一张胡子拉碴的大脸，还有一双如刀的鹰眼。门彻底关严了，叶根壮却没有在邱晓娟眼前消失，他的影子好像刻在了门上，挥之不去，越发清晰。

邱晓娟蹑手蹑脚地打开房门，往楼道里看了一眼，确认叶根壮已经下楼，再回到落地窗前，监督叶根壮从女特战队员的眼皮子底下大摇大摆地离开，这才安心地坐在沙发上，舒了一口长气。

吴丽军说："魅力大叔真那么有魅力？让你这么有雅兴，还偷窥人家！"

邱晓娟说："别开玩笑了，你这哪是魅力大叔啊，我怎么看怎么觉得像个恐怖分子，怎么看怎么觉得这个人不是什么好人，妹妹，你可要擦亮双眼，别被人家给骗了。"

吴丽军说："你怎么跟我爸一个德行，人家怎么就恐怖了，无凭无据，诬陷别人。"

邱晓娟说："我只是感觉不太好，你要是不听我的，我也没有有力的说辞来劝你，最好还是离他远一些吧，或者你爸派人来盯着你，不仅是因为你们的关系那么简单，再说了，怎么就确定是你爸派的人呢，万一是司令员呢，万一是参谋长呢，万一你爸根本就不知情呢，细想是不是很可怕？"

吴丽军说："你们就是看不得我好，我严重怀疑你也是我爸派来的！"吴丽军有些生气了。

邱晓娟连忙道："防火防盗防闺蜜，你要是实在不接受，就当我没说，反正也有特战队员替我看着你，我放心。"

叶根壮从电梯门里走出来，远远地看见女特战队员乘坐的车，下意识往电梯里后撤了一步，心想，千万不要和她们正面遭遇，千万不要让她们认出来，千万不要再在她们身上浪费时间了，可是通往小区的路只有这一条，不从这里过，就没有出路了，怎么办，酝酿了一会儿，电梯门已经合起来击打他的脚好几次，他下定决心就从这里走。他甩了甩脖子迎着车子大步流星地走了过去，风衣的后摆迎风飞舞。

车里，高个儿女特战队员说："注意前面这个人，看出什么来没有？"

矮个儿女特战队员说："有问题吗？"

高个儿女特战队员说："没问题才是最大的问题，表情平静，目不斜视。"

矮个儿女特战队员说："这不都是优点吗？"

高个儿女特战队员说："搁别的地方是优点，但现在不见得，我们这么盯着他看，普通人早就不自在了。"

矮个儿女特战队员说："说不定人家心里有事，或者从事的特殊职业，满脑子都在想知识点呢？"

高个儿女特战队员说："不好说。"

矮个儿女特战队员说："要不要我跟上去盘查盘查？"

高个儿女特战队员说："那不是我们的职责范围，也不能随意离开岗位，马上给就近的巡逻民警发信号，让他们去处置。"

矮个儿女特战队员照办，很快在一个拐角处就有两位民警拦住了叶根壮的去路，民警让叶根壮出示身份证，这一套基本的程序难不倒叶根壮，他手续齐备，回答缜密，情绪稳定，民警没有发现任何问题只好放行，一名民警刚走两步，突然问另一位民警："这个人和通缉犯叶根壮是不是有些相似？"

"别闹了，叶根壮可是个大络腮胡子！"

"剃掉胡子还不简单？"

"接通刚才的来电！马上！"

"是是是。"

民警喘着粗气问女特战队员："你刚才发现的人有没有胡子？"

女特说："当然，很浓密的胡子。"

民警挂了电话就喊道："是叶根壮，追！"

可是，哪里还有叶根壮的身影。

"这一会儿他就把胡子刮那么干净，风衣里随身揣着剃须刀？"民警很纳闷。

原来，叶根壮出小区大门的时候，很自然地偷瞄了一眼女特战队员乘坐车辆的后视镜，看到了她正在用耳麦讲话的画面，迅速拐进了一间公共厕所，从鞋子里抽出匕首就捌饬开了。逃过民警的盘查之后，他并没有离开，左绕右绕，又回到了小区对面的孙大娘饺子馆，这时候不是饭点儿，他却要了碗饺子，脸埋在腾腾热气里，手里慢悠悠地扒着蒜，鹰隼般的眼睛盯着门前的马路。孙大娘擦着桌子，不时抬头看看他，叶根壮倏地扭过头，和孙大娘对视了一眼，孙大娘支撑在桌面上的手臂软了一下，差点趴倒在桌子上，急忙避开叶根壮，一路小跑进了后厨，再也没敢出来。老伴包着饺子看她心神不宁的样子，问，怎么吓成这样？孙大娘摩挲着胸口说，那到底是个什么人啊？老伴说你管他是什么人，只要吃饺子给钱，他就是我大爷。孙大娘说，你大爷怎么看都不像好人！

这是榕城一条很普通的街道，街道两侧栽满了枝叶茂盛的大叶杨，遮住了湛蓝如洗的天空，清风徐来，落叶簌簌飘下，和它们的姊妹一样以一道完美的弧线悄然收场，车子驶过，它们想要跟上车轮的步伐，无奈只是挣扎了挣扎，有幸运分子沾在车子的轮胎上，瞬间激动起来，虽然不知道目的地在哪里，但仍然一步步地游走。叶根壮聚精会神地看着眼前的一切，他在琢磨叶子，也在琢磨自己，更在等待邱晓娟的时间里享受这难得的心灵静谧，他不知道邱晓娟什么时候出来，要到哪里去，但他愿意等。

警车一辆接着一辆从孙大娘饺子馆门口驶过，搅动着叶子，也搅动着心潮。不远处很多人驻足观望，纷纷议论这个多事之春，哪里又发生了恐怖袭击，哪里又有了刑事案件，可爱的榕城，什么时候变得如此暗藏杀机。

叶根壮手里的蒜扒完了，他开始把蒜瓣摆出各种各样的队形，挺直腰杆、面露冷笑，像是在检阅他刚刚训练好的队伍。

吴丽军家，邱晓娟紧了紧上衣，感到莫名地发冷，她感到这个被吴丽军布置得温馨舒适的房子里四处透风。布满红色小花的壁纸一点也不可爱，像是踩了血水的猫爪在墙面上肆意奔跑留下的印痕。邱晓娟忽地站起来，拥抱了吴丽军说："我必须得走了，再强调一遍，我不是你爸派来的！"

吴丽军拉住邱晓娟的手说："明天再走，就陪我一晚上。"

邱晓娟说："一刻也不行，必须走。"

吴丽军说："你这一走应该是不会再来了。"

邱晓娟想了想，用另一只手扒拉开吴丽军的手，像是离家的父母扒拉开一个留守儿童的手，无法告诉她何时是归期。女人的预感那么准确，为什么吴丽军没有预感到自己的危险，邱晓娟也没有预感到自己的危险，她该走吗？如果今晚不走，叶根壮会不会等到明天？

第二十七章 羊入虎口

邱晓娟经过特战队员的车，也不往车里看，她虽然不知道特战队员是谁派来的，但她知道这里面暗藏玄机，她在犹豫要不要给吴天将打个电话。

邱晓娟出门打了一辆出租车，钻进后排座椅，盯着吴天将的号码发呆。

孙大娘从后厨出来，叶根壮已经不见了踪影，桌子上摆着一张钞票，还有一口没动的饺子和白白胖胖的蒜瓣。

叶根壮清醒得很，他的车紧紧跟在邱晓娟乘坐的出租车后。

出租车内，司机不停地扫着后视镜道："美女，最近是不是有大款追你啊？"

邱晓娟笑着说："别逗了，看我一脸单身狗的倒霉相。"

司机说："我可没跟你开玩笑，车屁股后面有辆幻影，跟了我们三条街了。"

邱晓娟不以为然地说："那也不能说明是追我的呀，碰巧顺路也说不定。"

司机说："美女，太年轻了，信我的没错，我可是老司机。"

邱晓娟说："你这个搭讪的方式很新颖嘛！"

司机说："你还不信，我掉个头试试，多出来的车费算我的。"

不等邱晓娟回答，八卦的师傅在一个丁字路红绿灯处原地调头，开到街尾再次掉头回来，重新停在了红绿灯下，司机得意扬扬地说："你瞧！"

邱晓娟倏地回头看，那辆劳斯莱斯果然没有放弃。邱晓娟看不清车里是谁，但心一下子提到了嗓子眼，连忙打开手机，想寻求帮助，但慌乱之下，电话簿上上下下翻了一遍又一遍，不知道到底该给谁打电话。

平时她感觉有很多人关心她、呵护她、钟爱她，在她面前把胸脯拍得哐哐响，可是这一刻她感到无助，谁才是她的守护神，单位吗？现在给单位打电话，万一人家只是恶作剧，岂不是给单位添麻烦。报警吗？什么都没发生，就凭着老司机几句话和自己的主观臆断，警察才不会露面。以前她可以给吴行健打电话，现在天各一方，不仅是身体上的距离，更是心灵上的距离，不可能给他打，现在不会，以后更不会了。思来想去她边嘱咐司机加快速度，边拨通了父亲邱铁稳的电话。爸爸是个战斗英雄，爸爸是个老民警，他一定知道该怎么办！想到邱铁稳，邱晓娟的心情稍稍平复了一些。

司机说："我要是你，我才不跑，从这辆接近报废的破桑塔纳里下车，坐进那辆散发着光芒的豪车里去，不管他是谁，只要他是个男的，坐进去，多少人求之不得啊！"

邱晓娟有些慌张，但不忘纠正司机的观念："我要是你，只管开好车，满足乘客的要求，说不定能多赚一点钱，早点回家吃晚饭！"

司机一面质疑邱晓娟的不知好歹，一面加快了手里的动作，很有职业操守地挂挡、踩油门、猛打方向盘。

邱晓娟把显现吴天将电话号码的页面转换成邱铁稳的号码，拨通了，这个电话从来没有在关键时刻掉过链子，邱铁稳很快接起来。听筒里传来熟悉的声音："孩子，是不是忘带钥匙了？"

邱晓娟说："爸，我坐的车好像被跟踪了！"

邱铁稳从警生涯遇到这样的事不是一次了，颇有经验地问："知道是什么人吗？"

邱晓娟说："不知道。"

邱铁稳接着问："车里几个人能看清吗？"

邱晓娟说："看不清。"

邱铁稳说："往咱们小区旁边的派出所开，我就在派出所门前等，到了地方先不要下车，锁紧车门，不要害怕，按我说的做。"

挂了电话邱晓娟对司机说："省公安厅民警宿舍旁边的派出所，快！"

司机这才意识到可能会有大事发生，一改刚才的春风得意，哭丧着脸问："你们这是做啥子，我还能不能早点回家吃晚饭了。"

司机额头上的汗滴了下来，他很后悔拉这一单，当时在邱晓娟前面还有一个女孩，他越过那个女孩拉了邱晓娟，现在很后悔，他头一次以这种方式领略到什么叫红颜祸水。美女好看但真不一定好玩。

邱铁稳正在菜市场买菜，买完刚准备走出菜市场，就接到了这个电话，他挂了电话，把菜篮子随手一扔，撒腿就往派出所跑，萝卜、土豆在柏油路上滚落散开。

劳斯莱斯驾驶室里，叶根壮察觉出邱晓娟已发现了自己，但他并不慌乱，邱晓娟已如囊中之物，要被玩弄于股掌之间。叶根壮盯上的人，还从来没有跑掉过，他早已认出邱晓娟就是当年在武警医院为自己包扎的，那个不太友善的急诊护士。要不是她，他还不至于被警察疯狂搜捕了整整一夜，报复的时间节点就在今天。他死死注视着出租车里邱晓娟的一举一动，他很享受邱晓娟投射过来的茫然的目光。

邱铁稳跑进派出所，碰巧是自己曾经的搭档老王当班，邱铁稳跑得上气不接下气，手撑着值班台说："赶快拉警报，有劫匪！"

老王坐在值班窗口里，四周都是铁栅栏，只露出一个四四方方的小口，老王正在看报纸，摘下老花镜，盯着邱铁稳看了足足有三秒后，咧开嘴露出大板牙，笑着道："别闹了老邱，你不在家下棋遛鸟，跑这儿来消遣我来了！"

邱铁稳伸出手一把薅住老王的警服衣领骂开了："妈了个巴子，我什么时候消遣过你，我说真的呢，你大侄女被人跟踪了，车马上就会停在派出所门口，你听明白了吗？"

老王止住笑，有些不悦地说："松开松开，你这是袭警！"老王拨开邱铁稳的手接着说："你什么时候这么不淡定了，不就是跟踪吗？大侄女那么多追求者，被跟踪多正常！"

老邱气得原地转圈，道："你到底拉不拉警报！拉还是不拉！"

老王说："不是我不拉，拉了没用，所里就几个民警，一组去了南后街，那里有个醉汉在裸奔；一组去了榕城大酒店，原配将老公与小三捉奸在床，原配大打出手，撕扯得血肉模糊；一组去了动物园，据说是大象疯了，看情况要伤人，哪里还有……"

邱铁稳眼珠子里血丝都被老王气出来了："闭嘴，就问你还有没有人手！"

老王麻溜地答道："有，一个辅警在看大门，一个文职女警在登记，一个值班民警在听你骂人！"

邱铁稳绝望地说："就你了就你了，赶快去取枪！"

老王说："取不了！"

邱铁稳说："为什么？"

老王说："你以为是当年啊，现在枪支入库，双人双锁双指纹，所长去分局开会，他不在，取不出来。顶多提供两条防暴叉！"

邱铁稳硬着头皮说："防暴叉就防暴叉！"

老王思想上还是没有引起重视，他一直以为是年轻人你追我赶那点陈芝麻烂谷子的感情事儿，老王回忆起自己当年骑着大金鹿、挎着绿军包，也干过追人家邻村女同学的壮举，有什么了不起的。当年邱铁稳在职的时候，老王也不止一次地提醒过自己的老搭档，对待女儿也不能太娇惯，要啥给啥、吃啥买啥就算了，现在人家谈朋友、搞浪漫你也非得插一杠子，简直是老顽固，爱女心切可以理解，但大侄女好歹也是一名现役军官，有自己的思想。这些年警察算是白当了，那么多为情所困的鸡毛蒜皮到最后都没掰扯清楚，现在轮到自己身上了就能掰扯清楚了？老王反正不信，提溜着防暴叉跟在邱铁稳后面悻悻地往门口走。

派出所门口，邱铁稳一手拄防暴叉，一手叉腰，怒目圆瞪，像当年在战场上攻下一个高地，站在最高处，擎着军旗，望着下一个目标一样踌躇满志。他心中暗想：枪林弹雨都滚过来了，还怕你一个小流氓？没有倒在抗击敌寇的战场上，难道会倒在和平年代的派出所门口？来呀，来一个叉一个，来两个叉一双，来呀！

邱铁稳看看老王，老王无所事事，从兜里摸出一根烟正准备点上，打火机还没按下去却感受到邱铁稳如刀尖一样的眼神袭来，尴尬地把打火机又揣了回去。那精神状态遭到邱铁稳的无情碾压，虽然岁数比邱铁稳小不了几岁。

这也不怪老王，一辈子也没有提拔过，五十几岁了仍然是个科员，从来没有离开过基层派出所，没有走出社区民警这个圈儿，眼看别人住高楼，眼看别人宴宾朋，而自己永远在原地打转。以前他觉得这也没什么，至少活得踏实，但自从新任所长来了之后，他越来越气不过，因为这个所长是他当年带的徒弟，现在反过来对他指手画脚。好多次想找分局或者省厅的领导说道说道，自己到底哪一点差，论功行赏、论资排辈哪一点差，为什么这么多年就没有一丁点儿的变化，不给升官就算了，哪怕给调个轻松点的职位也行，但他根本搭不上领导的天线，这些年一头扎在社区群众中间，学会了苦口婆心、循循善诱、晓之以理、动之以情，嘴唇子都磨薄了，偏偏忽视了如何和上级联络感情，没有领导愿意和他谈心。上次他处理一个妨碍执法的案件，当事人不在乎，根本不把他这个小片警放在眼里，上来就搬出了省厅某处长的关系，扬言分分钟搞倒他。这下倒好，正中老王下怀，求着当事人抓紧打这个电话，就差给当事人作揖了，弄得当事人反倒不敢打了。别人都说提领导好使，在老王这儿提领导人家不仅不害怕忌惮，还巴不得。老王就怕当事人不搬领导出来，搬出来可以根据领导的意思不用顶格处理，这样领导欠了他一个人情，以后再跟领导反映个什么问题，领导也得掂量掂量，哪怕是假装掂量掂量。最后人家被老王的反常表现吓退了，乖乖地接受了处理。

稍早的时候老王还很有激情，执勤处突的时候还冲在前面，带新人的时候还能够聚精会神，从什么时候变得遇事往后躲、出问题藏着掖着的呢，老王自己也说不清楚，只是觉得这精神头是一天不如一天了。今天，当年最铁杆的搭档来了，还是为了自己女儿的事情，老王强装着要打起精神，却怎么也装不像，蔫蔫的，像只霜打的茄子。

出租车里，邱晓娟远远地看见了父亲和老王，此时父亲并没有印象中的高大伟岸，臂膀不宽阔，背还有些佝偻，手上的防暴叉在如织的车流中没有为他加分，倒是平添了些许悲凉。她看了看紧追不舍的劳斯莱斯，再看看威风不再的父亲，她突然发现打电话这个决定可能有些仓促，为什么要把这样的麻烦事往父亲身上引，他一辈子都在战斗，到老了难道还要继续下去？可已经来不及了，车已经到了父亲和老王跟前，邱晓娟让司机紧锁车门，司机急了："你快下车，我快走！"

邱晓娟说："就等三分钟，也许三分钟就解决了，车下是两个经验非常丰富的警察！"

司机看了看车窗外两个满头银发的老人，信心一下子被摧毁了，带着哭腔说："三秒也等不了！"

强扭的瓜不甜，邱晓娟打开车门下了车，往父亲身边跑，劳斯莱斯对着三人就撞了过来。

车里叶根壮咬着牙道："想跑？往哪儿跑！"

邱铁稳一把推开邱晓娟，自己迎头被车顶飞出去，倒在岗亭边上，噗的一口血喷了出来，脸瞬间变得铁青。老王也被剐蹭了一个趔趄，差点摔倒在地。别看刚才蔫巴，这下老王可不愿意了，虽说是个失意的民警，是个工作积极性一点也不高的民警，但他还是个民警，刚才这一撞，撞到了他的底线，激发了他心底隐藏着的愤怒，管他什么职位不职位，待遇不待遇，今天要不豁出去这条老命，连人都不算。他把防暴叉抡圆了对着前挡风玻璃就是一下，只听当的一声，与防暴叉接触的地方出现一片网状。

叶根壮在车里惊呼一声："厉害了！"挂了倒挡，紧踩油门，拉开一段距离后，再次向前冲锋，这次对准的是老王，老王有了防备，神经系统得到了充分调动，嘿的一声，在闪身的同时对准刚才敲击的部位又是一叉子，这下玻璃摇摇欲坠，与车框连接处露出很大一块缝隙，这下可把叶根壮激怒了。

叶根壮从储物盒里取出一支五四手枪上了膛，对准再次抡起叉子的老王就是一枪，正中胸口，前胸看不出有什么异常，再看后背，鲜血洇湿了一片。老王举起的叉子停留在半空中，刚刚上满弦的身体，停止了震动，他满脸愤怒，丝毫没有感觉到痛苦，像根本没有中弹一样，以这个冲锋的姿势肃立在原地，这个姿势他从警生涯做过很多次,以前从来没有失手过,他征服过很多犯罪分子,他的脑海里是一幕幕悲壮雄浑的胜利场面,是一张张恐惧的、战栗的、矮下去三分的犯罪分子的嘴脸,而今天这一仗也许是他的收官之战,却如此艰难,如此成为一个老民警的永恒,他甘心也不甘心,失望也不失望。

邱铁稳用袖子擦干净嘴上的血,喊了一声:"老兄弟!"

老王回过头来,冲着邱铁稳笑了,他已经很久没有这样笑过了,邱铁稳一直在想,这辈子老王如果提不了副主任科员,可能他再也不会这么笑了,可是他笑了。

叶根壮说:"老不死的!"嘭嘭又是两枪,这两枪让老王失去重心,几乎是两脚离地摔了下去,后脑勺着地,声音巨大,这个声音在邱铁稳心里甚至超越了枪的声音。

邱铁稳怒了,爆了一句粗口,从岗亭处挣扎着爬起来,瘸着腿往叶根壮的座驾冲去,这无异于送死,邱铁稳心知肚明,知道会死,但仍然要冲上去,这是面对战友牺牲的时候,面对穷凶极恶的敌人,一个老兵、老警察应该做的事,很多年前邱铁稳已经体验过这样的感受,做出过这样的决断,今天历史惊人地相似,生与死再一次毫不隐藏地呈现在他的面前。

邱铁稳也重复了刚才老王的动作,抡起了防暴叉,这一击玻璃彻底碎了,没了遮挡,叶根壮整个暴露在防暴叉前,邱铁稳再抡,对准了叶根壮的脸,这一叉子下去,叶根壮的脸肯定会被打成烂白菜。叶根壮眼神里浮现出一丝忌惮,但随即被不忿代替:你凭什么,你牛什么,半截身子入土,你蹦跶什么?

叶根壮再次扣动了扳机,但枪没响,很显然,子弹已全招呼到老王身上了,以前叶根壮没有犯过这样的错误,但是今天他感到前所未有的心慌,当年父亲引爆炸药炸干净自己的时候他也没有这么心慌过,被成百上千的公安围追堵截的时候他也没有这么心慌过,今天这是怎么了?是两个老家伙不把自己放在眼里,这赤裸裸的嘲讽,让人不踏实吗?是他们死也不丢气势的战斗精神吗?

叶根壮要快点离开这里,摆脱这个难缠的糟老头子,但邱铁稳的叉子已经来到眼前,叶根壮举起双手格挡,叉子敲在小臂上,叶根壮似乎听到了骨骼断裂的咔吧声,又是一叉子,这次是正对着插过来的,死死地罩住叶根壮的肩部以上的位置,两条手臂被叉子内侧的狼牙刺牢牢卡住,稍微一动钻心地疼,叶根壮身体上部动弹不得。再不离开这里,很快就要被包围了,叶根壮已经听到了四面八方大作的警笛声。

邱铁稳每使一下劲,随之而来的是嘴里很有节奏地冒出一些血沫子,惊魂未定的邱晓娟反应过来,也冲过来,她虽是军人,但毕竟只是一个一直在后方的护士,她只见过生和死，见过伤和血，但那都是结果，她没有经历过这样的过程，足以让心理承受能力差的人抓狂崩溃的过程。她虽然冲上来了，但确实没有有效的方式来助父亲一臂之力，她只是很不冷静地敲击着车门，歇斯底里地诅咒着这个恶魔。邱铁稳喊道："快跑！跑得越远越好，回部队去，回到战友中间！"

邱晓娟说："我不能走！"

邱铁稳吼："我求你最后一件事，给我跑！"

邱晓娟说："我不能扔下你一个人！"

邱铁稳说："你不跑，我们一个也活不了！"

邱晓娟说："那就让我陪着你！"

邱铁稳喊："孩子，该跑的时候就得跑，你活着才不枉我死了！"

邱晓娟说："不要……啊！"

邱铁稳喊道："给我跑！再不跑，我死不瞑目！"邱铁稳浑身都在发抖。

这边正在苦苦哀求，车厢里的叶根壮也没有闲着，他的上半身和手臂虽然被死死固定住，但脚还可以活动，他抬起脚将档位勾到倒挡上，一脚油门，车子刹那向后移动，嵌入他手臂的八根狼牙刺，硬生生地把他的皮肉割成八条深沟。他发出一声哀号，把全部的疼痛都转化为内心的狂躁，举着血肉模糊的胳膊，脸扭曲的像蒸烂了的一团包子。再看邱铁稳，他把全身的力气都倾注到了叉顶，现在突然没有了阻力，惯性让他结结实实摔在地上，脸着地，往前搓了好几米，脸部的皮肤全部翻卷起来。叶根壮挂上了前进挡，油门踩到了底，轮胎摩擦柏油路面升起腾腾白雾，空气中弥漫着浓烈的焦煳味，邱晓娟看清楚了叶根壮的脸，她很早以前就知道这是个杀人不眨眼的恶魔，他杀过人，杀过战斗英雄，今天他也不怕再杀一个战斗英雄，杀一个和杀两个，对他来说只会增加成就感。父亲命悬一线、危在旦夕。在车轮即将碾过邱铁稳身体的时候，弱弱的邱晓娟一把将邱铁稳拉开，而邱铁稳并没有赞许她，抬起面目全非的脸说："你是不是要让我白死！快跑！"这是一个父亲带血的遗言，当年作为战友，他也是这么对吴天将说的，吴天将听了他的话，勇敢地撤退了，今天自己的女儿会不会也要做这样的选择。很可惜，邱晓娟没有走，她当了二十几年的乖乖女，听了这么多年父亲的话，这次在生离死别之际，她选择叛逆一回，尽管这只是螳臂当车、不自量力，尽管这样做并不能让事态向着好的方向发展，但邱晓娟要的只是不遗憾。围观的很多人，无人上前，这不是他们的生离死别，也许他们也在思考如果事故的主角是自己，应该以什么样的姿态置身其中，是冲锋还是撤退。从战士到人质，此刻邱晓娟具有很多的身份属性，她选择战斗，重新回归为战士，一个战斗力甚至达不到一颗星的后勤女战士。

眼见撞不到目标，叶根壮下了车，怒气冲冲地朝着邱晓娟走来。邱晓娟拉开了格斗势，她并不知道这个动作标不标准，她已经很久没有做这个动作了。上次做还是在军校毕业考核的时候，当时她并没有认真对待，因为她认为将来走上工作岗位，也不会用到这个动作，哪怕上了战场，肯定也是在后方，即使抬着担架上了前线，那也是救人而不是杀人。这一刻她拉开了格斗势，才知道那么生疏，擒敌拳是武警的特色，平时为什么不好好地练一练，现在她的后手拳贴在腮帮子处，不停地抖，需要使劲把控住。当叶根壮进入攻击范围的时候，她打出了一拳，这一拳正中叶根壮的面颊，但是叶根壮没有受到任何影响，好像刚才只是被棉花套子抚慰了一下，连个印记也没有留下，叶根壮竟然笑了。邱晓娟又击出一拳，叶根壮不退也不躲，脑门还主动往前迎了一下，邱晓娟感到一阵钻心的疼，虎口被震得发麻，拳面骨头咔吧作响，邱晓娟把手缩回来，用另一手紧紧地包住，放在腹部，猫着腰。打人的人倒像是挨打的人，虽然败下阵来，但是她的眼睛喷射着怒火，她企图用眼神让叶根壮知难而退，所以叶根壮笑得更欢实了。他示意邱晓娟继续进攻，不要犹豫，果断出击。邱晓娟使出吃奶的劲儿对准叶根壮的裆部就是一脚，这一下叶根壮可不干了，他不疾不徐地抓住邱晓娟小巧的脚踝，稍微一拽，邱晓娟就失去了支撑，张开两条手臂，向后仰躺下去，两只高跟鞋甩得老高，雪白的衣裙像是重伤员的床单惨不忍睹。叶根壮不管不顾拉住邱晓娟的这条腿把她往汽车上拖，一点儿也不费力，像是在拖一捆柴火回家生火做饭一样轻松自在。

　　警笛越来越近了，邱晓娟反劫持的可能性越来越渺茫了，她并不认为自己能够扭转局面，现在她想在被拖走的间隙里扭转过身子，看一眼身后的父亲，做一个简短的告别，哪怕是眼神的交流，但是和叶根壮相比她的力气太小了，什么也做不了，她不伤心，因为她知道父亲还没有死，应该还能活下去，自己被劫持了又能怎么样，肯定也不会死，战友肯定会来救自己的，当初应该省略其中所有的环节，直接跟叶根壮走，何必把战火引燃到这里，平添这么多的凄凉。叶根壮一路畅通无阻到了车旁，把邱晓娟捆住塞进了车里，正要坐进驾驶室，马上就要完成顺利逃亡前的最后一步了，但是他的腿怎么也拔不动了，回头去看，是邱铁稳。他抱住了叶根壮的腿，两只手像铁钳子一样有力，任凭叶根壮怎么努力都徒劳，叶根壮本来已经来不及再杀人了，但是现在如果不让邱铁稳死，他就不可能撒手，自己就得把这条腿留在这里。叶根壮腾出另一条腿，镶着钢板的靴子如同一把大锤，凶狠地揳着邱铁稳翘起的头颅，像是揳一根不让人省心的橛子。邱铁稳的头很有韧劲，很有弹性，一次又一次地抬起来，即使越来越沉重，每抬一次他都能隔着车窗玻璃看到邱晓娟的脸，那是一张惊恐的梨花带雨的脸。血渐渐遮住了他的双眼，阻隔了他与女儿近在咫尺的距离，但他仍然没有放弃，一次又一次地抬起头来，他脑子里浮现出的是那些炮火连天的岁月，响起了当年老连长战场上的号令："抬起头来，冲上去！"抬起头来，是这些年他唯一记得的号令，虽然它一点也不制式，没有被收录三大条例或者单兵训练教材，但是他记住了它，坚持到了生命的最后一刻。而在远处围观的观众眼里，这个画面远远没有那么激荡，只是一个穷凶极恶的中年人在欺负一个衰弱老人，手段很残忍，影响很恶劣，仅此而已。

已经有一辆警车出现在街口，很快叶根壮就会被包围，没有武器，他连挣扎的机会也不会有。李华纲已经逃出生天，就在等他会合之后，完成最后一次远行，所以他暂停跺、踩、碾，往车厢里使劲爬，弯曲着身子，艰难地打开储物盒，勾出一把土耳其弯刀，把邱铁稳的手筋割断，顺利地挣开这双顽强的手。

叶根壮使劲关上车门，车子顺利启动，一溜烟消失在榕城繁华的街头。

车上邱晓娟一言不发，出奇地安静，眼泪肆意横流，她把最狠毒的诅咒放在心里，任其发酵。

光天化日，距离省府大院只有不到两公里，公安厅宿舍旁边的派出所门口，乌泱乌泱的人群没有阻挡得了一场惨剧，一条人命、一个重伤员、一个如花似玉的姑娘，就这样在众人的注视下被叶根壮得手。

劳斯莱斯刚才猛刹猛撞留下的轮胎印还清晰可见，树梢上依然有黄叶飘落，街口大屏幕上一张张明星的脸，还在做着广告，除了案发现场不再鸦雀无声、逐渐热闹起来以外，一切都没有改变。群众自发地把邱铁稳围在中间，并与之保持适当的距离，绝不贸然往前一步，形成一个非常规则的小圈，就像警察早已经设立好了警戒线。这时候风云突变，刚还晴朗的天空，阴沉下来，闪电如横空一剑，划开天幕，轰隆隆的闷雷自穹际赶来，极力渲染着这人间悲怆。一群飞鸟忽地从枝头飞起，排成三角的形状，奋力向着安静的地方扑棱着翅膀，在三角形尖头位置的那只领头鸟一定在火急火燎地向同伴通报，当我们再回来的时候，这里一定不会再如此喧嚣。雨滴啪嗒啪嗒打在路面上，也打在邱铁稳不停地抽搐的身体上，嘴里的鲜血像煮沸的红油火锅底料，咕嘟咕嘟往上冒。透过腿与腿之间的缝隙，邱铁稳看到不远处老王安静地躺在地上，双手捂住胸口。

夜幕降临，华灯初上，这里又恢复了往日的模样，白天发生在这里的事情，成为百姓饭桌上的谈资，在锅碗瓢盆的碰撞声中淹没。

消息已经传到陈司令员耳朵里，陈司令员拍案而起："敢动我的兵？！"

公安厅黄厅长从沙发上站起来，一张张翻着手上的案件资料，焦急地说："收吧，别再等了，我不管这盘棋有多大，但人家已经骑到脖子上拉屎了！"

陈司令员望着墙上的航海地图说:"是战斗难免有牺牲!"

黄厅长说:"一条条鲜活的生命啊!再不动手怕是不好向群众解释!我们遭受的非议已经很多了!"

陈司令员说:"打,一定要打!但是,还要再等等。"

黄厅长说:"我等不了了,别的地方我管不了,榕城不能再出一点乱子,否则我这个厅长明天就得滚蛋。"

陈司令员说:"我给你个说法!"推门向作战指挥中心走去。

吴行健和李华纲穿山越岭,终于从荒野回到文明社会,马尾港肯定是不能再去了,没有关系,狡兔三窟,他们早已预测到了一切可能性,制订好了多套方案,还有平潭港、长乐港,那里都有他们的基地。

在向平潭港进发的乡间小道上,两人已经累得不愿意说一句话,衣服已经被荆棘、树枝刮成了蓑藜服的模样,脸上都是黑灰,乍一看就是野人。

李华纲有气无力地说:"不能再这么走下去了,得赶快弄辆车!"

吴行健说:"穷乡僻壤的去哪儿找车?"

这时远处传来一阵农用车发动机的声音。

吴行健说:"别逗了,那玩意儿连三环也进不了。"

李华纲说:"你说得对,守法公民是有很多禁忌。"

吴行健说:"他会跟我们拼命的,为了抢辆车,再伤害一条命,不划算。"

李华纲狠狠地瞪了一眼吴行健说:"你这样的价值观就别混社会了。少废话,抢车!"

一辆农用三轮车出现在视线里,驾驶员是个中年男人,面色黝黑,矮墩壮实,瞪着眼珠子,两只手使劲掌着把,一脸的仪式感,像是在开一辆战斗力爆表的新型坦克,其实这辆三轮车的铁叶子已经烂成了筛子,蓝色的车漆已经几乎剥落干净,布满了暗黄的铁锈,三个轮子向着三个方向,稀里哗啦的声音已经盖过了发动机的声音,但他意犹未尽,感觉这辆车能代表他的人生理想。

李华纲和吴行健站在羊肠小道的中间,李华纲弓着腰不停地咳嗽,吴行健并没有那么不抗造,但也已经疲惫不堪、头晕眼花。他们做好了硬抢的准备。吴行健想,争取不让李华纲出手,不然非死不可,我一拳把他击晕就可以了。

三轮车停下来,矮墩汉子停下车,熄了火,走上前问道:"你们这是什么造型,站在马路中间几个意思?"

李华纲不说话,吴行健率先上前一步弱弱地问:"兄弟,车能不能借我们开开？"声音小得连自己也差点听不见了，吴行健心中暗笑，这他妈是什么要求。

矮墩汉一听笑了，你开什么玩笑，这车就像我老婆，有借老婆的吗？

吴行健说："我知道很过分，但确实有急事，人命关天。我们身份特殊。"

矮墩汉笑了："跟我有关系吗？什么特殊身份，难道是执行军事任务不成？"

吴行健和矮墩汉你一言我一语聊上了。李华纲不乐意了，跟个农民啰唆什么，从怀里掏枪就要打。

矮墩汉一看到枪，瞬间愣住了。

吴行健心在滴血，又要死人，但他发现矮墩汉眼里不仅没有恐惧，还流露出喜色道："还真被我猜对了，你们真是当兵的，兄弟手里的枪我认识，是不是五四，我打过，我也是当兵的，一看你们就是当兵的，看你们打扮成这样，是不是蓝军？是不是蓝军？肯定被红军围追堵截呢吧，你早说啊，别说这辆车，要啥给啥，我就喜欢看你们真刀真枪地拼，当年我是个后勤兵，在部队养了五年猪，种了五年蔬菜大棚，没当上一线作战部队的兵，我最羡慕的就是你们这样的兵，尤其是特战队员，如果让我参加一次实战演练，让我干啥都行。唉，可是没这个机会了，你们要好好加油啊，赶上了好时候，赶上了好条件，千万别让红军抓住，我来祝你们一臂之力，车就借给你们了，什么时候有空什么时候还，好兄弟，加油！跑，撒丫子跑！"

矮墩汉转身往三轮车驾驶室旁走，拎着一条大摇把子走了回来，吴行健下意识做了防范，以为这小子嘴上像抹了蜜似的，说不定心里使着坏呢，李华纲更紧张，扳机马上就要扣下去了。而矮墩汉把摇把子捧到吴行健面前说："战友，走好！我家就在村东头第一家，什么时候有空给我开回来！"说完，大摇大摆地往前走去。

吴行健扭着头看矮墩汉消失在小路的尽头，就这么放心地把这辆也许是家里唯一值钱的东西拱手交给了他眼睛都不眨一下。

吴行健喊："我一定会还给你的，老兵！"

李华纲扑哧笑了："你还真他妈多情！还个鸟，等叶根壮回来，我们就出发红毛丹岛了，再也不回来了，你还个鸟。"

吴行健说："让鸟带去我对他的祝福！"

吴行健把摇把子对准发动机芯，一阵加速摇动，三轮车发动了，他从来没有开过这么简陋的车，但今天这车开起来是最舒服的一次。这小小的破三轮开出了推背感和敞篷大轿子的酷炫。

李华纲坐在后斗上，吴行健暂时忘掉烦恼，思绪已经飘上了红毛丹岛，全然没有预料到巨大的危险正一步步向他靠近。

第二十八章 骑虎难下

平潭港上空月朗星稀,不管是吨位,还是外形,丝毫不比芭乐号逊色的轮船,停满了泊船区,这个距离海峡东岸本土最近的小岛口岸,彰显着它雍容华贵的独特气质。建设新型贸易综合试验区的宏伟蓝图,正在如火如荼地全面铺开,昔日忙忙碌碌的港口已经停止了货运吞吐,四处进行改造,改造区的喧嚣更加映衬出泊船区不同寻常的气氛。

吴行健和李华纲驾驶的农用三轮车将这个神秘气氛打破,烧机油、冒黑烟的柴油发动机发出破锣一样的噼啪声,有时还像打呼噜的人忽然止住呼噜,就在旁人觉得它很有可能窒息而亡的时候,突然一个大喘气重新恢复原有的节奏,就是这么一辆卖废铁都不一定有人收的三轮车,让李华纲和吴行健逃出荒野,重新做回衣冠楚楚的社会人。

李华纲心潮澎湃地说:"要不是那个傻乎乎的老兵,我们今天晚上还得睡草窝。"

吴行健说:"别这么说,他是我们的贵人,知恩图报是宝贵品质。"

李华纲说:"别跟我卖弄风骚了,抓紧联系叶根壮吧,不管人质够不够,此地不能久留,我们已经惊动了武警,再不跑,怕是再也不用跑了。"

吴行健说:"可是二哥他在哪儿呢?通信设备肯定早被他销毁了。"

李华纲说:"赶快联络各个据点,让叶根壮迅速归队,一刻也不能耽误!"

吴行健马上把李华纲的指示一字不漏地群发至各个据点,可是并没有叶根壮的踪迹。

李华纲感到很心慌,叶根壮虽然很多方面不靠谱,但在生死存亡的时候还是很有敏感性的,他从来没有不让李华纲知道自己所处的位置,这也是他们一路刀山火海平蹚过来的经验。今天,叶根壮不见了,消失得很彻底,这让李华纲越来越沉不住气。李华纲盘着手里的把件,速度越来越快。

他们并不知道此时的叶根壮已陷入重重包围,陈司令员一声令下,特战大队全员出击。劳斯莱斯内的叶根壮正得意扬扬地骂着警察,车子距离马尾港还有七八公里的时候,叶根壮特意留了一个心眼,三岔路口拐了弯,走了一条崎岖的乡间小道,宁肯绕远,也要确保安全,可如意算盘落了空,叶根壮突然发现以前空空如也的小道上,竟多了一个检查站,叶根壮想,这简直是在怀疑我的智商啊,肯定是堵截我的,我能上这个当吗?叶根壮猛踩刹车,原地掉头,准备走国道,可惜他惊恐地发现,返回的路上铺满了阻车钉,在月光的照耀下,明晃晃的,刺痛了他的眼球。这可怎么办?叶根壮的脑子飞速运转,这么容易就难倒我,还算什么枭雄,他吱嘎一下停稳车辆,爬到后座,把邱晓娟搬到一边,抠开座椅,钻进后备厢,不一会儿,就组装好了一辆小型机车,打开后备厢,把机车搬到地面上,一下就蹬着了,再把邱晓娟绑在后座上,使劲轰了轰油门,摩托车的前轮激动地翘了起来,然后叶根壮掉转方向,向丛林蹿去,他再一次利用极短的时间玩了一个小小的金蝉脱壳游戏。

邱晓娟趴在摩托车后座上,颠簸让她头晕目眩,更可恨的是她的肚子正好卡在机车后座与前座凸起的部分,胃部不断地受到外力冲击,就像挨了一拳又一拳,她撑不住,吐了出来,开始还有东西吐,后面连胃酸和胆汁都要吐完了,黏糊糊的胃液挂在嘴边。

叶根壮并没有怜香惜玉,没有停下来的意思,邱晓娟干呕的声音越大,他的嘴咧得越大,他很享受邱晓娟这哀号的声音,就像不断地在向他求饶。

邱晓娟喊:"你跑不了的!"

叶根壮说:"那又怎么样?很多年前我还当社会学徒的时候就知道,我们谁都一样,都跑不了,不同的是有的人多快活几天,有的人少快活几天,我就没想过跑,我只是在陪他们玩,和小孩捉迷藏一样,一个愿意藏,一个愿意找,你说气人不气人!"

前方出现一个刨树遗留下的大坑,他像个越障高手一样施展出高超的能力,三百六十度地腾空飞起,潇洒躲过,平稳落地。邱晓娟又发出一阵刺耳的尖叫。

叶根壮讽刺道:"这就是英姿飒爽的武警啊,真该给你录下来。"

邱晓娟听了这话,紧咬下唇,咬出了血,也没有再发出一丁点声音,哪怕再恐惧,也只是把声音压缩到喉咙里再咽下去。让叶根壮一度认为这个悲惨的女人已经吓晕了过去，这不是他想要的结果。

叶根壮说："你倒是醒醒啊，像个充气娃娃似的有什么意思！"

他刹住车要把邱晓娟弄醒，要让她眼睁睁地受折磨，扒拉了邱晓娟好几下，邱晓娟没有反应。

叶根壮说："你可别死啊，死了就不好玩了，我冒着生命危险把你绑来，路上被吓死了，这传出去可笑话了，你醒醒，不醒我可要做人工呼吸了！"

叶根壮并没有开玩笑，说着扳正邱晓娟的脸蛋，要把嘴凑上去，邱晓娟眼睛突然睁开，叶根壮能看到她的眼睛里似乎有两团盛开的火焰，灼烧着他的内心，那团火里全是杀机。但他是个不信邪的人，他接着下嘴，邱晓娟使劲向他吐了一口口水，舌头咬破了，吐的都是血，不偏不倚全吐进了叶根壮的眼窝里，叶根壮"哎呀"一声骂道："臭娘们，给脸不要脸！"

叶根壮从车辙辘底下搜出一块石头，对准邱晓娟的脑门就是一下，嘭的一声，好像石头碰石头的声音，邱晓娟眼睛一黑晕了过去，脑门上瞬间鼓起一个比鸡蛋还大的疙瘩，瞬间没了形象。

高倍广播器不停地做着心理攻势，不停地传来像咒语一样的劝降词，叶根壮就像被戴上了紧箍儿，不管把摩托车轰鸣到多大的分贝，都淹没不了这让人心烦的声音。叶根壮的脑子嗡嗡响，他抹着眼睛，情绪突然不再平稳，若有所思地说："我也想做个好人，做个正常人，都是你们逼我的！"

叶根壮的声调有些变了，手也抖了起来，他用左手控制右手，右手控制左手，并没有什么用的时候，他想靠速度取胜，但是四面八方似乎都闪着蓝绿相间的光，把整个森林渲染得更加压抑。两架武警制式直升机闪着信号灯从叶根壮和邱晓娟头顶上盘旋而过，巨大的风力把他俩的头发刮得像杂草。

"都是你们在逼我。我是个好人，本来是个好人的！"叶根壮接着喊，"现在你们撤了，我悄悄地走，谁都不会死，你们偏偏要死人，怪谁？怪我咯！"

叶根壮越来越不淡定了，可能李华纲没有在他身边，现在他也不知道到底该去什么方向，他有些迷茫了。

邱晓娟不知道什么时候醒了，悠悠地念叨："你跑不了的，我的战友没有放跑过一个坏人！"

叶根壮说："你终于醒了，我一个人很孤单的。有你陪我，我就不怕了！"

邱晓娟说："谁陪你？我死了是烈士，你到死都是暴徒，千夫所指、断子绝孙，活得鬼鬼祟祟，死得窝窝囊囊，你拿什么跟我比！"

没料到叶根壮一点也不生气，他说："你是要激怒我吗？干扰我的思路，打乱我的节奏，让我手忙脚乱对不对？收了你的神通吧，我要那么容易就被你牵着鼻子走，我算什么汉子！你越是这么说我越是高兴！"

邱晓娟也没有轻易认输，她义正词严地告诉他："激怒你？我犯得上吗？我只是可怜你，从你身上我能看到什么叫垂死挣扎、苟延残喘！有脑子的人，这时候一定是束手就擒，死的时候才不会太疼！"

叶根壮半晌没有说话，嘴角不自觉地抽搐了一下，他很想反驳邱晓娟的话，很想告诉她你没有和我对话的资格，你不能跟我平起平坐，你只是我的一名人质，可是四面八方都是武警，他感受到空气越来越浓稠。

在一座依山傍水的地方，叶根壮下了车，把邱晓娟扶正，蹲在邱晓娟身后抽烟，静等武警围剿。他看到地上有一窝蚂蚁，正托举着一只大虫的尸体前进，心头掠过一丝悔意，若不是劫持邱晓娟，他早已回到据点和李华纲会合，说不定这时候已经远离这座城市，向着美好生活进发。这种想法稍纵即逝，因为他似乎也知道，那个所谓的美好生活不过是海市蜃楼，看起来漂亮，经不起推敲。

很快特战队员就包围了这里，上下左右，密不透风。离叶根壮和邱晓娟最近的那个人，不是别人，是付守宇，隔着厚厚的伪装面具、虎斑迷彩、眼花缭乱的单兵作战装备，还有树冠、枯枝、杂草，邱晓娟一眼就认出来这个领头的特战队员是付守宇，她不想在这样的场合下见到付守宇，不应该让他看到自己这副狼狈的样子，她是一名军人护士，军人护士不应该倒在伤员面前，他不是被下放到虎头山哨所了吗，为什么会出现在这里？

付守宇高喊着："我是中国人民武装警察部队第七总队特战队，放弃抵抗，释放人质是你唯一的出路！"

叶根壮猛嘬了一口烟，烟呼呼地从邱晓娟的头发上四散开来，就像着火的麦秸垛。他回道："特战队？特战队了不起？特战队也用那些下三烂的手段、下三烂的人？放了人质可以，让吴行健过来和我对话，别的一律免谈！"

邱晓娟心里一惊，今天这是怎么了，再也不愿意提及的名字却轮番登场了。

付守宇的来龙去脉还没有搞清楚，吴行健难道又要掺和进来？

付守宇说："你没有资格跟我谈条件！"

叶根壮说："我还头一次听说解救人质不和劫匪谈条件的，你可真有种，那这个美人可要受罪了，听说这是你的梦中情人，被吴行健那小子挖了墙脚，当了你嫂子，你还有脸替人家解决家事！"

一句话确实让付守宇有些挂不住，这个叶根壮果然不是一个莽夫，他对所有的事都了如指掌，今天陷入了包围圈还能头头是道，着实不可小觑，付守宇说："和抓住你相比，那些都不足挂齿！"

叶根壮说："那你得有这个本事！"说着把弯刀架在了邱晓娟的脖子上，闪亮的刀尖死死箍住邱晓娟娇嫩的肌肤，血水渗出来，顺着脖子往下淌。狡猾的叶根壮做这些动作的时候，没有露出自己，不给狙击手任何机会。

付守宇是突击专业的队长，他那些冲锋陷阵的技巧，此刻没有了用武之地。邱晓娟的眼睛里没有慌乱，相反却是视死如归，她冲付守宇说："我知道，我全知道，我可能坏了大事，要不是我，你们一定会有更长远的计划，赶快开枪吧，让我活下来，我也会内疚一辈子！"

付守宇盯着邱晓娟，以前这是他心中的女神，现在她依然很漂亮，这是当年他朝思暮想的人，虽阴差阳错，有缘无分，甚至他心里还有余怒未消，但这时候她的身份属性何止那么简单。她是战友，是战斗英雄的女儿，是让许许多多伤病员重返战斗岗位的军人护士。付守宇在想，这是从虎头山哨所归来后的第一次战斗，这一仗一定要打，而且要打得漂亮，不然对不起司令员、参谋长、大队长对他的保护和关爱，尤其对不起那些对自己寄予厚望的虎头山哨所的兄弟。

说到虎头山哨所，就在付守宇休假的时候，谢群和三个新兵还每天给他打一个电话，分享这一天的乐趣，他们盼着付守宇回来，又希望付守宇多把那花花世界的信息传递过来，真的很矛盾，他们已经很久没有看见哨所以外的世界了，付守宇走在街上和谢群他们通话，突然传来一群女人的欢呼，都能让兄弟们心跳不止。谢群经常难掩内心激动，付守宇相亲的事，他比付守宇他妈都上心，得知付守宇被紧急召回，和赵会计的感情无疾而终，他比付守宇本人还要失落："也好也好，至少比我强，他们是没有开始就结束了，而我中途下车才叫悲催。"

付守宇回到总队机关的时候，陈司令员和参谋长亲自在迎接他，陈司令员握着付守宇的手说："让你受委屈了，不过未尝不是好事，和哨所的战士待一待，心里就会静一静。你也不要对吴部长有意见，老革命的脾气都很倔。"

付守宇说："放心吧司令员，我现在和以前的付守宇不一样，以前我觉得我是个特战队员，是突击队长，特战大队少不了我，我能当孤胆英雄，可以以一当十，去了虎头山我才知道我甚至不如身体素质不那么过硬、战士形象不那么高标准的胖子，不如听风的声音、一心想当音乐家的杨子强，不如离了婚、丢了孩子、母亲还瘫痪了、每天只知道写写画画的小点长谢群，他们踏实安静，每天都在付出，却从来不觉得自己高大上，从不提牺牲奉献这样抽象的词语，铆在一个地方就像嵌进那里的钉子。"

参谋长高兴地说："看来虎头山没有让你迷失。"

"说得好，但也不全对，特战队员内心的骄傲是有来由的，生活中头颅扎进土里，战场上气场高过云天，这才是特战队员应该具备的特质。贬低不了，打败不了，顺境逆境都能总结出经验，这是一个好战士的素养！"陈司令员为付守宇的精神状态感到高兴，他接着说，"你马上归队，李华纲团伙近期蠢蠢欲动，很快就要再次行动了，准备战斗吧。"

　　参谋长问："有什么困难要及时提出来啊！"

　　付守宇说："我有一个要求！"

　　"说！"

　　"想再回虎头山哨所一趟。"

　　"还回去干什么？"

　　"那里还有我落下的东西。"

　　"这个你就不用操心了，我让那里的负责人跑一趟，给你送下山了，送到特战大队。你没必要再回去了，改革已经改到了那里，那里马上就要实施新的工程，智能化数字化管理，已经不需要哨兵了，和海关执勤、电视台等一些部门的守护警卫任务一样，它们要退出历史舞台了。"

　　"什么？那我更要回去一趟。"付守宇瞪大了眼睛，他不太相信刚刚装修一新的哨所说没有就没有了。

　　参谋长说："我理解，那你必须快去快回，我只给你两天的假。"

　　付守宇还想说话，但参谋长已经拉着陈司令员走远了。

　　跋山涉水，付守宇又一次回到了虎头山，谢群带着三个战士站在高高的山巅上向他敬礼，付守宇站在台阶下，仰着头，一只手搭在眼睛上方，阳光照射着他黝黑的脸。

　　"兄弟们，我回来了！"付守宇喊。

　　谢群说："好吃的留下，你可以走了。"

　　"我不想走！"付守宇喊。

　　"抓紧滚。这里不欢迎你了。"谢群说。

　　"你们别这么绝情好吗？越这样我越难受。"听到谢群不太礼貌的问候，付守宇眼角湿润了。

　　"有本事就别再走，你这回来刷什么存在感呢？可怜我们这帮无家可归的孩子呢？"谢群喊道。

　　付守宇说："我想你们，首长记得你们，山下的战友都记得你们，你们是好兵，你们在一线，不管怎样撤并改，部队总有你们的一席之地。"

听到这里，谢群呼呼地往下跑，三个新兵也往下跑，跑到付守宇跟前，四个人施展十八般武艺把付守宇扑倒在地，这时候特战队员的功夫也施展不出来了，他们玩起了叠罗汉。

付守宇带的家乡特产，他们一人一件拎在手上，簇拥着付守宇进了哨所。

付守宇环顾四周，什么都没变，连窗外火车的哐当声也还是那么准时。

"怎么就撤了呢？撤了哨所，谁来看隧道，万一有不法分子炸了隧道怎么办？"付守宇问。

谢群按住付守宇的肩膀说："班长啊班长，现在城市里有天网工程，农村有雪亮工程，我们这深山老林里也有了专门的应急管理部门，信息化时代，人脑有时候还真干不过那电子脑袋，大势所趋，我们也要跟上节奏！"

付守宇说："你们还真想得开，没向上级提要求吗？有什么困难自己解决不了的，告诉我，我来反映。"

谢群说："是不是傻，能够离开这里是对我们最大的恩赐，还提什么要求，还要什么自行车。"

看着谢群兴奋不已的脸，付守宇眼眶湿润了。他们的要求就是离开这里，别无要求。

偷偷地擦了擦眼角的工夫，谢群拿着一个红布包，神秘兮兮地凑了过来，往桌子上一拍道："别愁眉苦脸的了，哥们儿的好日子来了，哥们儿也送你一件礼物。"

付守宇狐疑地看着谢群，里三层外三层地打开红布包，是一本书，简约的橄榄绿封皮上赫然写着几个大字《虎头山哨所纪事》。付守宇很惊喜，连说："哎呀，哎呀，哎呀。大作家了，我们虎头山也出作家了。"

谢群傲娇地说："谈不上作家，顶多算个高级点的文字票友。"

"什么？炮友？"付守宇一脸茫然。

"算了算了，不跟你说了，没文化太可怕。"

"刚要火，就翻脸不认人，谢群，可以啊。"

"少贫，带着这本《虎头山哨所纪事》走吧，以后的路，哥儿几个就不陪你了。"说这话的时候，谢群有些落寞，他总觉得自己前世肯定是个克星，逮谁克谁。当这么多年兵，身边人相继离开，就留下这么一本在别人看来擦屁股都嫌硬的书。他很欣慰，欣慰的是付守宇并不这么认为。

谢群说："感谢你，要不是你孤身一人拦火车，八字胡就不会认识我，我也永远不会有什么出头之日。"

当初被困山坳的那个媒体行业的八字胡又来过一次，专门为谢群而来，并且带来了首都一家影视传媒公司的人，来和谢群买这部书的改编权。他们要把这本原汁原味的军旅小说改成军旅情景剧，暂定名字叫《忠诚铸魂》或者《鏖战出击》之类雄浑辽阔的片名，谢群说，打死不能改名字，必须叫《虎头山哨所纪事》，少一个字多一个字都不行，不然肯定不会签字。

八字胡很惊讶："你写的这东西虽好，但离搬上银幕还有很大的距离，书是出来了，有什么用？商业价值不大，现在年轻人不看这么冷门的东西，要么玄幻要么科幻，要么飞机、火箭满天飞，你这个东西太具有泥土芬芳，你告诉我这是艺术，市场认为这是瓶颈，你的东西不经过市场的检验，就会籍籍无名，就会逐渐被遗忘，你永远不会实现让你前妻能够在电视上、报纸上或者网络上看见你的英姿并且回心转意的愿望，影视公司签过那么多这样的合同，有的人哪怕不挂名字，给钱就能签，没想到你谢群是蝎子拉屎独一份，竟然还敢提要求！"八字胡百思不得其解。

八字胡噼里啪啦一通普及市场知识点，就换来谢群三个字："就不改！"

付守宇也不理解，问道："你为什么不改，《虎头山哨所纪事》这名字也很一般啊！"

"没有为什么。就像胖子牺牲在这里，他的英魂不改，杨子强的梦想留在这里，他的初衷不改，就像我的兵之初之尾都在这里，军旅记忆不改，你目光如炬、心系特战，小庙装不下大佛，你永远属于特种作战一样，很多事不能改，也改不了，一旦改了就变了味。"谢群娓娓道来。

付守宇打心眼里佩服这位不鸣则已、一鸣惊人的兄弟。他把书认认真真地包好，郑重其事地塞进背囊里。

夜里付守宇睡得香甜，这么多天来，就数今夜最踏实。

漫山遍野樱花盛开，桃李芬芳，彩蝶纷飞，勤劳的蜜蜂落在花蕊上，宣告又一个晚春的来临。在这美好萌动的时节，谢群已不再沉寂，他站上了领奖台，站在了聚光灯下，他代表千千万万个平凡英雄、戍边官兵慷慨陈词，他语调低沉，抑扬顿挫，台下是长枪短炮、迷妹迷弟，他们高呼着谢群的名字，手里举着谢群的新书，在演讲的间隙争先恐后地要求谢群在扉页上签下他的名字。谢群穿着一年也穿不了几次的常服，肩上挂着绶带，胸前是军功章，不停地敬礼示意，容光焕发，精神抖擞。

谢群底气十足地说："不要迷恋我，我没什么好崇拜的，我只是基层平凡的普通一兵，我能写书，是因为一天结束，除了写书真不知道该干什么了，你们能逛街能吃鸡，灯红酒绿，霓虹闪烁，没有白天黑夜，而我的眼里只有那座几十平方米的哨所，还有无话不说到最后无话可说的兄弟，每天我看着一辆进进出出、来来回回的火车，我呐喊，只有大山能够给我回馈，我高歌，只有大风能带走我的情感。后来，我一想，这可不是办法，这都是鲜活的素材，真诚的流露，这是很美好质朴的东西，可能很多人不屑一顾，但有家国情怀的人都会奉若至宝，应该让除这里以外的人知道我们还可以这样活着，这是不一样的青春年华，要把他们记录下来，我什么都不要，只想你们知道他们，仅此而已。"台下掌声雷动，还有几个媒体的姑娘放下麦克，擦拭眼角。

谢群心满意足地再次敬礼，后退两步，转身向后台走去，他的背影并不伟岸，因为他的腰被虎头山终年阴冷的风吹弯了，他的脊梁被长年肩负在身的钢枪压塌了。三个新兵没有来，他们还站在虎头山的哨位上，目视远方，等待虎头山的英雄凯旋。

激动、兴奋充斥着付守宇的内心，他打心眼里替兄弟高兴，拍着谢群的肩膀说："小子，替兄弟们长脸了。"

谢群尴尬地笑笑说："很多事不去做，就永远没机会做了，就像现在，虎头山哨所要撤编了，我们也该分别了。"

付守宇宽慰道："不会的，你现在火了，总部说不定都想要你，搞不好明天首都就会来电话，让你担当重任，等着吧。"

谢群笑道："借你吉言，我等着。"

付守宇说："这就对了！"

谢群笑中有泪说："那其他兄弟呢？他们以为我不知道，多少次躲在被窝里痛骂命运的不公，同样是当兵，自己怎么就分到了这鸟不拉屎的地方，可真到了离开的时候，却是千般留恋万般不舍，甘苦自知。我能去首都，那他们呢？"

出了后台，一阵嘈杂声传来，付守宇看到广场上浓烟滚滚，群众四散奔逃，一伙恐怖分子突然发动袭击，向手无寸铁的人们挥动片刀。

谢群大喝一声："住手！"声音淹没在空气中，远处传来犀利的警笛声，尖锐刺耳，好像要震裂耳膜，付守宇热血奔涌，立刻做好了战斗的准备，他和谢群以最快的速度冲进灾难中央，徒手和恐怖分子展开激烈对抗，在混乱中他看到谢群被乱刀砍中要害，飘飘摇摇，踉踉跄跄，一刀又是一刀，他像一座丰碑，挡在群众身前，一个人像一堵城墙，一次次抵御着疯狂的进击，刀都砍锩刃了，能听到骨头与刀接触，咯嘣咯嘣的声音，一下下撞击着付守宇的心门，付守宇边抵抗，边咆哮："狗日的们，来砍老子啊，来砍老子！"可是他感觉自己的声音就像锤头砸进了棉花垛里软塌塌的，毫无力度，他心急如焚，血泪翻滚。

付守宇猛地从床上坐起来，枕头湿了一大片，原来是卫星电话响了，全都是一场梦，但付守宇又感觉不是梦，多少次这样的场景在他的脑海里挥之不去。付守宇没有着急接电话，而是跑到谢群的铺前，脸对脸确认谢群是否安好，得知谢群呼噜打得很匀称之后，他才接了电话，这个电话对他的打击不亚于刚才的噩梦，甚至比那个噩梦还要残酷百倍。

电话是特战大队大队长打来的，付守宇看了一下手表，凌晨四点多，这时候打来电话，想必一定有大事发生。

大队长言简意赅，直抒胸臆，不给付守宇喘息的机会："以下谈话属于军事机密，切不可泄露。"

付守宇答道："明白。"

大队长接着说："这件事很多和你密切的人都卷入其中，你务必做好思想准备。"

付守宇答道："明白！"

大队长这才放心地说："吴行健在你调往虎头山哨所的第二天，就以参加中俄交流的名义消失，并顺利打入李华纲团伙内部，在此期间多次向基地指挥所发送情报，提供了很多翔实的数据资料，为特战大队歼灭李华纲团伙赢得了先机。但是团伙二号头目叶根壮偶然搭上了总队转业干部吴丽军，吴丽军无意中泄露了吴行健身份，也导致吴行健前女友邱晓娟被劫持，我们通过技术手段发现叶根壮的踪迹，决定立即对其展开追击，你和叶根壮有过照面，了解叶根壮的特性，请在今天晚饭之前赶回特战大队参加作战动员！有问题吗？"

黑暗中付守宇感觉到血压直冲脑门，喊道："没问题！"

一嗓子把几个战友全惊醒了，纷纷从铺位上连滚带爬地来到付守宇身边，七嘴八舌地问："发生什么事情了？谁？什么情况？"

一时间，手电筒的光束眼花缭乱，谢群已经摸到了枪，子弹已经上了膛。

付守宇立刻安抚众人说道："什么事都没有，抓紧睡吧。"

谢群说："你骗鬼呢？没事你能反应这么激烈？"

付守宇现在脑子乱哄哄的，像进了黄鼠狼的鸡窝，三言两语说不清楚，也不能说。付守宇道："都睡觉吧，特战大队让我天亮之后以最快的速度赶到，搞不搞笑，意不意外，这里离榕城十万八千里，我不会筋斗云！"

谢群这才长舒一口气："难怪，你们特战大队搞事情，我从不纠结意不意外，只能说有没有人性。"

看付守宇深表赞同，谢群拍拍付守宇的肩膀说："火烧腚也得睡饱了觉再说，别着急，天一亮哥几个给你收拾好东西，去最近的村里搞辆小车送你出山，先睡觉吧，把心放进肚子里，有哥几个在，耽误不了你的大事。"

付守宇说："幸好有兄弟们在。"

说着翻身上床，蒙头大睡，很快就响起了鼾声，哨所里又恢复了电话来前的安静。

付守宇睡着了吗？根本没有。他在捋大队长传达的信息：吴行健暴露了，邱晓娟被劫持了，吴丽军被策反了？吴天将还蒙在鼓里？要是他知道了全部真相，会不会瞬间被击垮？付守宇不敢再想下去。

第二十九章　致命营救

山巅的清晨，可以看见最新一缕的朝阳，尽管朝阳羞涩，只露出半个脑袋。柔弱的光线透过未拉紧的窗帘，钻到谢群和战友们的被子上，静悄悄地注视着这些可爱的人。哨所虽小，但五脏俱全，智能广播系统启动，起床号准时响起，透过层层叠叠的山峦，飘散得很远很远，唤醒着士兵，也唤醒着虎头山。

谢群翻身下床，眼睛还没完全睁开，火急火燎地叫兄弟们起床："快点快点，别磨蹭，是不是想让我吹紧急集合哨，今天是什么日子，是送别的日子，别睡了别睡了，说你呢，你这什么姿势！"谢群不停地忙活着，招呼大家赶快给付守宇收拾东西送行。

"小李你去起锅煮饭，给班长弄一顿早餐，吃饱好上路！"谢群指指画画，"小叶，你去屋后把老班长昨天晾的衣服都收回来塞背囊里。小孙，你也别闲着，给老班长打洗脸水，牙膏挤好，平时我都怎么教你的！老付呢，老付，你也别睡了，自己心里还没点数吗？"

谢群一边分配任务一边来到付守宇的床前，一屁股坐在床上，背对着铺位五迷三道地说："老付啊，此一别，无归期！过不了几天这里就撤编了，年底我也到期了，你说说这叫个什么事，当兵当了这么多年，到头来还把营盘给整丢了，不都说铁打的营盘流水的兵吗？我们这里是小，小也是营盘，我们人是少，人少也是一支队伍，我们也严格落实一日生活制度，也扛枪站岗，知道该干什么不该干什么，我们差哪儿了，哪儿都不差！平时我嘴上发牢骚，这该走了，心里还真不得劲，难受啊！不过还好，我们有你这样的精神火种，你是我们虎头山哨所的骄傲，哪怕在虎头山当过一天兵，你也是我们的骄傲，麻溜地走，埋头苦干、再创辉煌，以后谁问你哪儿来的,别光拣好听的履历讲,一定别落下咱们虎头山,记住了啊!你要是给整忘了,对不起虎头山,对不起死去的胖子,也对不起我,你自己掂量着办吧。"

谢群说得鼻涕一把泪一把,这一路,倒也哭清醒了,铺上一点动静也没有,伸手一摸,铺上空空如也,谢群立马站起身来,发现背囊也不见了,正骂着:"我一年也说不了这么多话,好不容易来了兴致,全给空气说了,真浪费,这小子走怎么也不打招呼!"谢群想,他不打招呼也好,免得伤感,当兵的最受不了那个场面。

这时候,三个新兵默默地走了进来,列队站好,一个个耷拉着脑袋,满脸忧伤。

谢群口干舌燥,拿起学习桌上的口杯,咕咚灌了一口,扑哧喷了一地:"怎么这么烫,谁倒的?"无人回应,谢群接着问:"都怎么了这是?愁眉苦脸的干什么?老班长就是不想看见你们这副苦瓜脸才悄没声儿地走了,这不是他想要的,都给我精神点,有什么大不了的,新兵就是新兵,以后不管何去何从你们的日子还长着呢,这样的场面多见几次也就不难受了。"

谢群走到小孙面前,给小孙整理了整理着装,正了正帽子,说道:"你年纪最小,00后,最有吐槽精神,最会当面打击别人,你来说说,他们这是什么行为,是不是对军心士气一点好处也没有!"

小孙抬头看了看他们,说:"不……不是吧,我心里也难受,我不愿意老班长走,他走了谁教我们一招制敌,谁教我们精准射击。"

谢群失望地踱步踱到小李跟前,认真拍了拍小李的肩膀说:"小李啊,你是个大学生士兵,有文化,你来说说,到底有什么不高兴的,那天接到哨所撤编的消息也没见你们这么低落,还差点笑出声来,今天这是怎么了?"小李哇一声就哭了,哽咽道:"班长,你就别问了,难不难受你心里还没点数吗?"

谢群很没面子,感觉到"点长"的权威受到了严峻挑战,新兵都敢跟自己用反问句了,这不是反了天了吗?这以后还怎么服众,哨所在一天他就是这里的最高领导,可不能丢了气场,他指着小李的鼻子就要吼,手伸到小李鼻子尖上,小李毫无惧色,认真地看着他。谢群放下手,背转过身,鼻子也酸了,默默地坐回小板凳上,一个人发呆,心说,我还叭叭教育别人呢,感情这玩意儿谁能控制得了。

付守宇是在确认战友们睡了之后摸索着起床的,他一刻也等不了了,曾经关系最密切的人悉数坠入深渊,他哪里还有心情睡觉,他也一瞬间明白了,自己被调入虎头山哨所,除了吴天将可能有些私心,并不是所有人都要与他为敌,甚至有的人只是为了保护他,才用这种纠结的方式。

付守宇把背囊收拾妥当,环顾四周,给上铺的小孙掖了掖被角,给每个人的口杯里加满水,背起背囊消失在夜幕里,走出很远,他站在原地,向后凝视,哨所在黎明到来之前若隐若现，那个白色圆柱体的小建筑，那么渺小，在群山之中还不如一棵苍翠的大树，虽然是一颗最闪亮的星星，那是一颗长在心头的星星，不管它置身何处，总能指引付守宇一样的人，哪里是北方，哪里是南方，哪里是战斗的方向。

眼睛用力久了，会有眼泪掉下来，酸胀的眼睛让付守宇再看前方的路，不迷茫更清晰，付守宇能听到自己的呼吸，也能看清脚下的崎岖。他扭过头告诉自己："兄弟们，一切都会好的。"

付守宇走到最近的村庄的时候，紫外线已经照射在他干瘪的嘴唇上，他走到一户农民院外敲门。一个大叔推开了门刚要问话，看到一身戎装的付守宇，说："这可是少见，都说这深山里有当兵的，我还是头一次见。"

付守宇说："大叔，非公外出不能穿军装，之前你肯定也见过，只是他们没穿军装吧。"

大叔说："可能是，即使是，他们也不会光临我这小破屋啊，今天真是走运了。"

付守宇不好意思地说："可别这么说，我来给您添麻烦来了，何谈走运。"

大叔爽朗一笑说："什么麻烦不麻烦的，有事你就说。"

付守宇说："这里离渡河还有十几公里的路程，我身上有负重，而且任务急，想问问您家有没有车拉我一段。"

大叔面露难色。

付守宇马上说："不方便就算了，我走也是能走到的，就是慢了点。"

大叔说："你们部队那么多车，为什么不让人来接？"

付守宇说："来了，河水暴涨，堵在河对岸过不来。"

大叔说："不是我不送你，我家这条件真没有一辆像样的车，车倒是有，你要不嫌弃的话，倒是可以试试。"

付守宇说："嫌弃啥，有车就比两条腿强，该多少钱我给。"

大叔说："什么钱不钱的，千万别跟我提钱，传出去，乡亲们得笑话死我。"

付守宇说："那咱走吧。"

大叔说："好嘞。"

不一会儿从后院牵出一头驴，驴后面拉着一辆掉了板快散架的板车，大叔说："这是我们村最快的一头驴了！"

付守宇差点一口老血喷出来，碍于面子，忍住了。老乡既然这么热情，自己约的驴，跪着也要跪到渡口。

没承想，大叔并没有说谎，小驴见了付守宇异常欢实，撒了欢地往前跑，在这崎岖不平的山路上，这车比越野车还刺激，没有挡得住的坎。车上大叔跟付守宇普及了一路的红色故事，从爷爷那一辈讲起，诉说和人民子弟兵的难舍情缘。时间过得很快，渡口隐隐就在前方，付守宇从迷彩服口袋里摸索出一张百元大钞，塞给大叔说："别嫌少，当兵的也没多少钱。"

一句话把大叔说毛了，"呀！你给我下去！我这一路算是白说了，你这不是打我的脸吗？"

付守宇紧张了，以为大叔这是坐地起价，穷山恶水的，人家说多少还不得给多少啊，不能跟大叔计较啊。付守宇继续在身上摸索。大叔脸涨得通红说道："抗日战争的时候，我父亲就是红四方面军的联络员，给红军赶过马车，拉过粮食，到了我，拉一个当兵的还要钱！"大叔急得满嘴冒唾沫星子。

付守宇停止手上的动作，感到很羞愧，下了车，郑重地向大叔敬了一个礼，说道："真是不知道说什么好了！"

大叔摆摆手说："什么都不用说，抓紧去干好你的事，我不会说话，但是我懂一个道理，你们是为老百姓的，我们也不能含糊。"说着，牵着缰绳掉头，一鞭子甩在驴屁股上，小车像加了涡轮增压一样，一眨眼消失在崇山峻岭之间。

付守宇看着远去的大叔，很像父亲，他默默地向渡口走去，边走边想，这一路走得急，但是从来没有缺少任何一个环节，没有丢失丝丝温暖，这么好的素不相识的朋友都这么支持我们，我们有什么理由不拼命。

所以当付守宇和叶根壮对峙的时候，他胸膛燃烧的是熊熊的正义之火，火光将他的面容渲染得亮亮堂堂，即使叶根壮刀下的人不是邱晓娟，是一个普普通通的女孩子，他也一定会把她安安全全地解救出来，像解救自己的亲人一样，给她温暖，给她正能量。

叶根壮龇牙咧嘴，皮笑肉不笑地注视着付守宇，血殷殷地从邱晓娟的脖子上淌下来，叶根壮说："不和我谈条件，就是草菅人命！"说着，他手上的力道又增加了一成，刀尖又抵近了一些，邱晓娟的表情更加难堪。

邱晓娟在做思想斗争，自己是个战士，本来应该为战斗而生，现在却成为战友战斗下去的阻碍，不如一死百了，反正父亲也是生死未卜，生命中的支柱悉数倒塌，死了反而是一种解脱，但是父亲的仇没有报，哪怕父亲死了，还要有人去为他入殓，就这么死了吗？她在挣扎。

付守宇喊道:"你不要伤害人质,否则吃不了兜着走。"

叶根壮说:"命都不要了还有什么后果,我无牵无挂,终生都在和你们做斗争,我就是为折磨你们来的。你到底要不要和我谈?我太了解你们的程序了,你怎么会让这个美人死,你是来解救人质的,这是政治任务,人质死了是事故,你要承担责任的,你还要不要政治生命!要不要,要不要,要不要!"每加重一个分贝,叶根壮都要紧一紧刀子,付守宇的心就往上抖一抖。

这个杀人不眨眼的家伙,头脑和正常人不一样,不能用常规的作战手法来对待他,付守宇有些强硬不起来了,道:"你想怎么样?"

叶根壮说:"把吴行健叫来,半小时之内必须到这儿,我在这儿玩命,他怎能逍遥快活,我要让他目睹这一切!"

付守宇说:"我不知道你在说什么,你说的这个人早已不在国内,半小时能到简直是痴人说梦。"

叶根壮说:"我不知道是你们上级保密工作做得好,还是你们这帮傻帽儿悟不到,吴行健根本没出国,而是化名枇杷,混入我们内部,窃取我们的情报,我们的一举一动都在你们的眼皮子底下,要不是早些被我察觉,我们所有人还真就着了你们的道。没想到堂堂武警也能干出这鸡鸣狗盗的事!"

叶根壮此言一出,声音通过耳麦清晰地传到每个战斗员耳朵里,大家惊诧不已,而现场最受刺激的当然要数邱晓娟。

邱晓娟此刻情绪激动起来忘了脖子上还架着刀,她根本不相信叶根壮说的,但又迫切希望这是真的。邱晓娟声音颤抖地问:"你说什么?你再说一遍!"

叶根壮并不言语,吊足邱晓娟的胃口。

邱晓娟重复问:"你说什么,你再说一遍!"

叶根壮说:"你的好男友骗了你,怕连累你,怕伤害你,狠心甩了你,这是真爱啊!我他妈又相信这滥俗的爱情了!"

邱晓娟说:"我不相信!都是骗人的!"

叶根壮说:"不信咱们就等,他知道你在这儿,肯定连滚带爬地往这儿跑,到时候你们这对苦命鸳鸯就可以双宿双飞了。"

邱晓娟痛苦地闭上眼睛,刚分手那会儿,她无数次做过假设,也想到过这样的可能,吴行健肯定有难言之隐,那不是他愿意的,是迫不得已,是言不由衷。可吴行健消失了,彻底走出她的世界,和从前的一切一笔勾销,他再也不会回来了。慢慢地她伤口要愈合了,偶尔想起只是有些不痛快,再也不会怨恨,就像在怀念一个路人已经逝去的爱情。当一切风轻云淡的时候,突然有人跳出来用不容置疑的口吻告诉她，这都不是真的，他走是因为他懂得，恨一个人的疼远没有爱一个人的疼更疼。邱晓娟的眼泪簌簌滑落，她默默地说："失而复得又不能得的疼才更疼。"

叶根壮心情十分舒畅，说："他来你疼，他不来你也疼，真搞不懂你们这帮年轻人！"

邱晓娟在想，爱情？这还算爱情吗？如果算，为什么爱情总是来得这么晚，人之将死，才能看到它的绚烂。

邱晓娟不易察觉的笑容和眼泪都映入付守宇眼帘，重情重义从来都是付守宇的信条，所以他对邱晓娟无法抉择的状态无免疫力。即便这个曾经打开了他心扉，触动了他神经的女人，这时候所有的情感表达，都是对着他曾经的好兄弟，和他并无半毛钱关系。

时间在流逝，邱晓娟身上的血迹越来越明显，她强打着精神，她看起来困极了，疲惫伤痛纷至沓来，都说女人是水做的，现在她似乎就要干涸枯萎。付守宇架不住了，智能眼镜显示两团热源，其中有一团明显越来越小，他朝叶根壮吼："我答应你的条件。"

付守宇向基指报告："请立刻联络吴行健来现场，人质很危险。"

参谋长坐镇基指，听了这个要求回复道："开什么玩笑，吴行健还没有暴露，我们不能搬石头砸自己的脚！"

付守宇道："可歹徒手里也是一名战友的命！"

参谋长说："特战队员这么容易妥协还算什么特战队员，无论如何你再给我顶一会儿，我调狙击手上武装直升机，从上方击毙他。"

付守宇说："来不及了，况且歹徒早就明确了，有任何风吹草动都会随时动手，现在只有吴行健能破这个局。"

参谋长说："吴行健还不能露面，必要的话，可以……"语音信道关闭。

付守宇骂了一句："狗屁不通！"

一气之下，付守宇站起身来，甩掉身上的单兵作战装备，扔掉手里的枪道："是条汉子你给我站出来，我没有武器，我和你单挑。"

叶根壮笑道："什么年代了，跟我玩这套。除了叫吴行健，别耍任何花样。"

叶根壮只想弄死吴行健，在吴行健到来之前，他不会答应任何要求。

基地指挥所内，参谋长也一直在保持十足的克制，不愿意多做解释，他之前和付守宇的对话，置身战场的十几名参战队员都听得见，如果再不透露一些信息，很难服众，他重新打开信道，语重心长地说："我不会眼睁睁地看着自己的兵死去，可是你们的身后站着三十名还未准确定位的同胞，还有一百多名在红毛丹岛上备受折磨的人质，他们都是家庭的顶梁柱，我们现在没有理由突袭红毛丹岛，只有等到李华纲踏上岛的那一刻，我们才能给予致命打击，吴行健就是我们的眼睛，丢了他，我们就如同盲人摸象，会有更多流血牺牲，任务总会完成，但一定要考虑代价，这不是一次普通的军事行动，请务必摆正心态。"

付守宇艰难地回答了两个字："明白！"

看着付守宇一脸失望，邱晓娟问道："吴行健来了吗？别让他来！"

付守宇无精打采地说："对，他不会来了。"

邱晓娟的眼睛暗淡了下去。

邱晓娟说："不用多说了，他不来更好，他来了，下半辈子我还会有负罪感，不爱他也可能会被他拉下水。"都快要死了，还口是心非。

听到他们的对话，叶根壮得知吴行健根本不会来，甚至他们宁可牺牲掉人质，也要击毙自己，有些慌了，身躯头部往邱晓娟身后埋得更深了，不过他转念一想，这事也不是完全没有转机，听付守宇的语气，好像他并不赞同这么做，只要他心软，这事还有缓儿。

叶根壮说："我知道你不愿意这个美人死，没关系，我给你机会，我做事也不是那么绝，现在把你的手枪给我扔过来，命令你的小伙伴后撤，一百米也行，两百米更好，只要别让我看到他们拿枪指着我，我保证不会弄死人质，我说到做到，我叶根壮能混到今天，是有信条的。"

听了叶根壮的话，付守宇也相信他口中所谓的信条，把手慢慢地伸向腿弯上的手枪套里。

耳麦里传来大队长的疾呼："不要给他枪，你疯了，停下动作！"

付守宇抬起左手按住耳麦回道："大队长，以前我都听你的，今天让我自作主张一次，他说他有信条，我也有信条，我的信条是，不允许战友在我面前牺牲，如果用我的命可以换她的命，我愿意换。"

大队长说："我信你的信条，我不信叶根壮，枪到他手里就控制不了了。"

邱晓娟哽咽着说："你不要过来，不要把枪给他，千万不要！"

说着，邱晓娟硬着脖颈就要往刀上撞，可毕竟执拗不过叶根壮的蛮力。

付守宇拔出枪后，对大队长道："求你不要下命令，违抗命令的后果我知道，等完成了这个任务，如果我还没死，我接受军事法庭的审判。"

付守宇要把枪扔给叶根壮，大队长并没有下令给狙击手，他似乎还在品咂付守宇的话。

付守宇对叶根壮说:"我可以给你枪,可以命令队员后撤,你也可以向我射击,但你要放下手里的刀,不然我不相信你会放过人质,一手扔刀,一手扔枪!"

叶根壮说,我要先确认枪里有没有子弹。叶根壮这只老狐狸滴水不漏。

付守宇说,没问题!咔嚓一声是子弹上膛的声音,叶根壮能听得出,枪里确实有子弹。

付守宇下令队员后撤。一阵沙沙的声音响过,两人随即默契地完成了投掷动作,土耳其弯刀嗖的一声准确无误地插在付守宇身后的芭蕉树上,92式手枪落在了叶根壮的手中。

邱晓娟连忙挣脱叶根壮的魔爪向付守宇奔来,接过手枪的叶根壮话说得很干脆,可生死存亡关头,活着并且以胜利者姿态活着是叶根壮的另一个信条,这个信条盖过他所有的承诺。他跃起滚翻的同时向邱晓娟开枪,付守宇距离邱晓娟仅一步之遥,他早就预料到叶根壮可能要做出的动作,凌空飞起,将邱晓娟扑倒在地,一枪未中,叶根壮又对准地面上压在邱晓娟身上的付守宇发射第二枪,子弹正中付守宇后胸的位置,叶根壮还想开第三枪,但枪没响,剩余的子弹付守宇在从枪套里掏枪的时候已经神不知鬼不觉地卸掉。叶根壮像灵巧的长臂猿,接连几个滚翻钻进灌木丛,刚刚隐藏起来的队员一拥而上,向灌木丛扫射。

大队长铁青着脸命令道:"停止射击,给我抓活的,我要亲手卸了他。"所有人停止射击,把自动步枪背起来,钻进灌木丛。

付守宇覆盖在邱晓娟身上,两条粗壮的手臂死死嵌在邱晓娟的肩膀上。邱晓娟翻身起来,看到付守宇气若游丝,微睁双眼,感觉天都塌了。一天之内,经历数次刺激,让这个女人彻底崩溃,她跪下来捧着他的脸,热泪像断了线的珠子:"你太傻了,我不值得你这样对我啊!"

邱晓娟使劲把付守宇翻过来,让他趴在地上,仔细寻找着伤口,找来找去也没找到,正绝望着,付守宇咳嗽了一声,缓缓地抬起右手,是一颗明晃晃的弹头,邱晓娟刚要激动地叫出声来,付守宇的手猝然垂落,砸在草地上,弹头丁零丁零地撒了一地。

付守宇穿着防弹衣,子弹并不是正对着身体打过来,斜插进了防弹衣里,尽管没有进入皮肤,但巨大的冲击力还是造成脑震荡,让他昏迷过去。

学医的人总是往坏处想,邱晓娟认为五脏六腑都可能被震伤了,俏脸皱成了一团。

叶根壮很快被五花大绑地从灌木丛里拉了出来,脸上被突击队员打得血肉模糊,身上沾满杂草,狼狈但没有恐惧,他还挺嚣张,不忘告诉付守宇:"有本事马上弄死我，不然我肯定还会跑。"

大队长冲上去就是一个大嘴巴："跑，跑一步我瞧瞧。"

叶根壮说："那你给我松开啊？！"

队员们被他的幼稚逗乐了，这时候付守宇喘着粗气从地上爬起来道："给他松开！"

队员不情愿，但还是给叶根壮松了绑。

付守宇说："你跑啊！"

叶根壮活动活动手臂尴尬地说："有本事别动枪。"

付守宇说："我不动，我有无数种不用枪的方式弄死你。"

叶根壮权衡再权衡，退却了。他太知道特战队不仅有狙击手、还有突击手、弓弩手、爆破手，付守宇说的一点没错，想让他死太简单了。叶根壮想，我可不愿意试，有些东西可以试，有些东西试了可没有后悔药。很多道理叶根壮都懂，但再聪明也只是一介流寇，他只看到眼前的蝇头小利，懂得方寸之间的进退，却忘记了他的整个人生都已陷入了沼泽。

叶根壮主动上了押解车，嬉皮笑脸地对坐在身边的大队长道："吴行健的妞红颜祸水啊，她这感情线太乱了，你们这官兵关系还真复杂。"见大队长若有所思，并不回答他的问题，叶根壮往前探探身子接着问："你不会和她也有一腿吧？"

大队长一下勒住叶根壮的脖子，叶根壮的脸很快成了猪肝色，舌头越伸越长，战士们七手八脚，费了九牛二虎之力才把大队长拉开。

王狙击说："大队长，冷静！"

大队长说："别拦着，我要弄死这个人渣！"说着又要动手，被队员死死拽住。

车子在高架桥上驰骋，车窗外的高楼大厦不停倒退，乌山、鼓山、屏山、乌龙江、闽江、左海、三坊七巷等榕城坐标在队员们的眼中轮番登场，又逐一远去，白领、工人、农民、官员、商人、街头艺人好奇地驻足观望这辆造型独特的车，然后略作沉吟，融进人潮人海。

若不是邱晓娟，特战队员一定会放虎归山，让他多苟活几天，但群众等不了，将军等不了，士兵也等不了。

叶根壮被抓了，李华纲会不会很快察觉，吴行健是不是危在旦夕，邱晓娟能不能从巨大的刺激中尽快走出来，付守宇虽然活下来，但还能不能投入更艰险的战斗，吴丽军依然蒙在鼓里，她会付出怎样的代价？吴天将得知真相又是怎样的反应，经营了一辈子，编织了自以为万无一失的网，到头来真正留下的是什么？

第三十章　江河入海

　　武警医院病房里，付守宇睡醒了，而再也不会苏醒的是仅一墙之隔的邱铁稳。付守宇听到了邱晓娟撕心裂肺的痛哭，他想站起来，向这个未曾谋面的老英雄敬个礼，可是使出浑身解数他也没能站起来。

　　公安厅黄厅长亲手为邱铁稳穿上警服，盖上国旗，一天之间他重复了两次这样的动作，送走两位老民警，这时候手有些微微颤抖，花白的头发从大檐帽里露出来，和刺目的光线融为一体，众人纷纷抹着眼泪。有两个女兵红着眼圈搀扶着悲痛欲绝的邱晓娟。黄厅长走过来和邱晓娟握手，不知道邱晓娟没看见还是沉浸在悲痛之中没有察觉，并没有伸出双手，黄厅长动了动嘴，终究没说出什么。

　　市公安局局长适时站出来说："我这就回去通知媒体，协调召开新闻发布会，挖掘整理他们的材料，宣传他们的典型事迹，给他们记功。"

　　黄厅长说："这个工作一定要做好，但老邱、老王要是还活着，他们想要的一定不是这个，照顾好家属的情绪，抓紧联合武警摧毁这个罪大恶极的恐怖组织才是当务之急，马上召集主要负责人研究部署下一步任务。"

　　公安厅大楼，灯火通明，指挥中心人头攒动，巨大的监控终端不停地变换着画面，通信中心一排排的电话机前，女警打接电话的动作此起彼伏，计算机数据控制中心，网警不断地敲击着键盘，噼噼啪啪的声音不绝于耳，电视电话会议和武警作战指挥中心通联，画面上显示着他们齐整简洁的场景，传来参谋长清晰有力的案情分析。

　　通过专用电梯，邱铁稳被推进了太平间，哐当一声铁门闭合。太平间外，是一个保证太平间干湿度平衡的圆柱形罐体,罐体呲呲地向室内喷射着医疗化学气体,像是一曲平静又幽远的悲歌、孤独又悲壮的绝唱。

慰问的人群一拨拨离去,病房里又剩下了邱晓娟一个人,这个楼层她来过无数次,这是她工作的地方,今天显得陌生又遥远。楼宇中间,灵活的飞鸟,迎着丛生的光彩和自由的霞光远去,对面热闹的街市,行走的人群像定格在了某一个时刻。邱晓娟丢失了魂魄,所有的快乐忧伤也随着铁门关闭进入另一个虚构的世界。她不由自主地走到了付守宇的病房,推开门,付守宇还在努力站起来,他感觉跨越了一个冰山雪峰,其实只是翘起了不屈的头颅,他以为他跨越了一道鸿沟,即将走进邱晓娟的内心,其实他与邱晓娟的距离,还是远隔重洋。

邱晓娟发现付守宇的窘态,紧走两步来到床前,让他平躺回床上,付守宇紧紧盯着邱晓娟的眼睛道:"你还好吗?"

邱晓娟泪水却在奔涌,在这个绝望的时刻,她怀念着每一段和父亲相处的日子,反思着每一次的不完美。

付守宇想安慰她,觉得说什么都很无力,他静静地看着她,越看越想拥抱她柔弱的身躯,却使不出力气。他想给她擦擦眼泪,也触及不到她的脸庞。

付守宇说:"我能抱抱你吗?"说完很后悔,这是个非分的要求。

但邱晓娟想都没想就答应了他,慢慢地伏在他的胸前,脸贴在他的心脏上方,张开双臂,环抱住他。

邱晓娟说:"谢谢你,让我还不至于一无所有。"

付守宇说:"让一切都过去吧,包括我们,也重新回到起点,好吗?"

邱晓娟没有说话,她一动不动,保持这样的姿势,直到天亮。

门开了,走进来一个穿军装的人,邱晓娟和付守宇双双被惊醒,望向门口,是吴天将,他一脸煞白,眼睛肿胀,军装穿在身上有些松垮,像是突然暴瘦了十几斤。

嘴里喃喃道:"老邱、老邱人呢?老邱?"

邱晓娟站起来道:"伯父,我父亲昨天晚上已经走了。"

吴天将失声大哭道:"都是我的错,要不是生了个孽障,你怎么会死,战场上我已经欠你一条命,老了老了又欠你一条命!"

邱晓娟安慰道:"这和您没关系,您千万别自责。"

吴天将转头对邱晓娟说:"孩子,有什么事告诉我,只要我还活着,我尽全力给你办。"

邱晓娟说:"我只希望你心平气和,不要动怒。"

话音未落，门再次打开，一位上校走到吴天将耳边耳语了一番，吴天将眼前一黑，差点栽倒在地，被两位年轻干部架住走出病房。上校向付守宇和邱晓娟敬礼，道："这个时候打扰你们，我感到很遗憾。吴部长涉嫌违纪，需要接受组织调查，我是执行公务，请谅解！"

邱晓娟问："问题严重吗？"

上校说："不便透露！"

邱晓娟接着问："吴丽军没事吧？"

上校说："最先被关起来的就是她。"

"什么？"刚还有气无力、身体不受控制的付守宇一下子坐了起来，惊诧地问道。

上校说："不便多说，好好休养，早日康复！"推开门出去了，走廊里传来急促的脚步声。

付守宇认识这个上校，是总队纪检处的处长。付守宇的脑子乱极了。

邱晓娟看出了付守宇的紧张，道："别担心，吴丽军没有犯罪，调查清楚就会没事的。"

付守宇似乎没有听到邱晓娟的话，道："也不知道吴丽军现在怎么样，调查期间也不能探视。吴行健只身在虎穴，家里又遭受这样的变故，这是祸不单行！"

失去父亲的邱晓娟，好像百毒不侵了，没有什么疼痛能刺激到她，思路清晰地说："只有抓到李华纲，吴行健才会脱身，希望他一切都好！"

从武警医院出发，上二环，走福飞路，经西岭互通，驶入绕城高速，大约二十分钟后，车辆到达武警第七总队农副食品生产基地。这里依山傍水，景色宜人，基地内有鱼塘、草地、鸡鸭牛羊，还有一畦畦整齐的菜地，一排排结着累累硕果的秧架，偶有战士会在其间修修剪剪、浇浇灌灌，鸟叫蛙鸣、彩蝶飞舞，让这里像世外桃源，和所有人印象中的军营相去甚远，几栋精致的小洋楼掩映在山腰处，美丽静谧。几年前，由于地理位置优越，环境设施到位，这里成为接待领导的好去处，备受好评，个别领导喜欢上这个修身养性的地方，住得很开心，不愿意走了。而这个画龙点睛的工程，当年正是担任营房处处长的吴天将主持修建的，谁也没想到这座充分体现吴天将政绩的基地好景不长，没过几年就被上级盯上，在巡视组巡视期间问题暴露。这里的纯天然农作物并没有端上基层官兵的餐桌，每年的接待费用超支惊人，一些聘用制服务员摇首弄姿、搅乱风气，这里成为个别领导的私人度假区，很快这里就被直接撤销编制，解聘人员，分流官兵，把菜地还给菜农，鱼塘回归渔民，就连那几栋小洋楼也有了新的用处，摇身一变成了双规勤务的实施地，颇为讽刺的是当年很多在这里逍遥快活的人也被关进了这里接受组织调查。以前是享受，现在却变成煎熬。更为惊奇的是当初修建并负责行政管理的吴天将，今天也被带到了这里，纪检组、巡视组、审计组的同志正在这里等着他。打开车门，吴天将被年轻军官搀扶下车，他环顾基地，紧闭双眼，仰天长叹。据说调查吴天将，拔出萝卜带出泥，这些年来很多和吴天将交往密切的上下级、老朋友都不能幸免，据说调查材料拉了整整一东风车进来，单是翻阅这些材料工作组就耗费了半个月的时间。

吴天将像是早就知道有这一天，垒好了坚固的思想防线，一句话也不说。也许他对自己何去何从并不是特别关心，他的心里有一把枷锁，那就是被关在另外一栋楼的女儿吴丽军，那是苦心保护了一辈子的宝贝疙瘩，孩子才是打开他心门的金钥匙。上过战场，从死人堆里爬出来的人，很难找到他的软肋，也很容易识破他的脆弱。如果他知道儿子根本没有去俄罗斯，现在儿子的处境比任何人都危险，吴天将的精神一定会垮塌崩溃，一定会有问必答，只要让他的儿子回来，他干什么都行，说什么都可以。可是由于保密要求，哪怕所有人都知道了吴行健的行踪，吴天将也不能被告知。

幸好那个让人欢喜让人忧的据点被上面查封取缔，改头换面有了它应有的面貌，如若不然，指不定会闹出什么笑话。如今，这里所有的贵重物品都已被纪检部门查抄，以前满满当当的房间，现在空空荡荡，再无往日奢华，这里只剩下一张桌子，几把椅子，其中一张椅子上坐着吴丽军。吴丽军还一脸迷茫，没踏入这张门之前她根本不知道究竟发生了什么，早就听说这个地方已经被查封。

从一位少校、一位上尉的脸上，吴丽军也能看出这不是来请客吃饭的。总队的干部，吴丽军就算没有接触，叫不上名字，也能混个脸熟，眼前这两位，使劲检索也无从知晓一星半点他们的底细。

没等两位军官开口，吴丽军先入为主："你们干什么？生拉硬拽，我可以告你们猥亵，你们太不专业了，和女同志接触，不应该派女军官吗？你知道我是谁吗？大家都是战友，虽然我已经不穿军装了，但人走茶凉你们体现得也太明显了吧。都是你们逼我融入人情社会，我要给我父亲打电话！"吴丽军说完感觉这些人有可能和盯梢她的女特战队员是一伙的，说不好都是父亲派来的，电话打也白打。她改口说："我要给我们单位领导打电话，我们领导肯定会给我主持正义，枉我为部队奉献了那么多年青春，现在竟然没有说理的地方……"

两位干部静静听着吴丽军大放厥词，不动声色，等吴丽军一通发泄的间隙，少校问："你说完了吗？"

吴丽军没好气地道："说不完，你不搞清楚状况强行把我带走，我的冤屈说到天亮也说不完。"

少校说："那你接着说。"

吴丽军说："不说了，口干舌燥，给点水。"

上尉把一瓶矿泉水递到吴丽军手上，吴丽军咕咚就是一大口，全然不顾淑女形象。吴丽军说："我晚上还有一场特别重要的演出，我们老板就在我家楼下等着我，迟到了你们承担不起责任！"

少校说："别等了，你们老板马振宇和你前后脚被抓，他的事更严重，不过我们对他不感兴趣。而你不一样，你处在事件的中心，好多事都和你有关，你却装作一无所知。"

吴丽军势头不减道："我更不明白了，我们老板那是慈善家、人大代表、榕城商会会长，他有文化，还懂艺术，做了很多实实在在的事，他能出什么事，况且就算他出事，也应该是经济上的事，跟你们有什么关系！我是个演员，我只负责演好戏，别的事我不参与。"

少校说："你确实演得一手好戏！"

吴丽军说："你几个意思，说话可要负责任！"

少校敲击了一下电脑键盘，当年用来唱卡拉OK、放电影的背投上，出现了一张人像，正是叶根壮。

少校指着大屏幕问："认识这个人吗？"

吴丽军说："认识。"

少校问："和你什么关系？"

吴丽军说："朋友！"

少校问："什么时候认识的？在哪儿认识的？都聊了什么？是不是情人关系？有没有交易……"

吴丽军有些怒了："过分了吧，你什么身份，敢这样侵犯个人隐私？"

少校心平气和地亮出军官证，吴丽军看了一眼心惊胆战。

少校说："你最好老实点，认真回答，帮助我们查清理顺事情的来龙去脉，对你有益无害，你现在没什么免死金牌，请搞清楚现在的身份，如果你一意孤行，不配合调查取证，到头来你会自食其果。"

吴丽军问："什么事情搞这么大动静，还组成了专案组，我吴丽军有这么大的价值？听你们问的这些问题，都是我爸关心的呀，难道又是他老人家的杰作？不过我爸还没有这么大的能耐能够请总部工作组来调查我吧？！"

少校一拍桌子，吴丽军被吓得一激灵，整个人呆住了，他凭什么对我发这么大的火，以前谁敢对我这么不礼貌，现在竟然居高临下地审问我，赤裸裸地讽刺我，刨根问底地揭露我，不留一点颜面。

少校说："这个人叫叶根壮，他身上不仅背着十几条人命，他还是跨境犯罪组织的二号头目，你作为一个刚离开部队不久的军官，竟然一点察觉也没有，还无形中为他提供了很多有价值的信息，打乱了我们的作战计划，将别人推向风口浪尖，你不感到羞愧，还振振有词，我真为党培养出这样一名干部而惋惜，幸好你离开了部队，你要是还在，也是一大祸害！"

越听吴丽军心越凉，她绝望地辩解："你不要血口喷人！"

少校不慌不忙，很有节奏地敲击着键盘，大照片一张张呈现，每一张都冲击着吴丽军的眼球，让她心惊肉跳，浑身大汗淋漓，不一会儿就花了妆容，湿了衬衫，紧紧地贴在肌肤上，像跑了一趟三公里。情报人员跟踪拍摄的照片，让吴丽军越看越后怕，脊梁骨一阵阵发麻，当她和叶根壮逛街、吃饭、促膝交谈、推杯换盏、进出酒店的镜头播放出来时，脑袋里嗡嗡地响个不停，吴丽军彻底崩溃了，发出嘤嘤的声音。

少校说："主动交代吧。"

吴丽军停止抽噎道："我知道的全告诉你！"

少校说："感谢你的配合！这样对大家都有好处。"

吴丽军是吴天将的女儿，很多地方继承了他的基因，不远处的吴天将，从一开始的趾高气扬，到在大量事实面前不得不低下头，和吴丽军的态度如出一辙。不一样的是吴丽军还年轻，她的错误是她的无知，而吴天将是因为他的聪明，他以为他贪污的公款、虚开的发票、收受的回扣、挂羊头卖狗肉的皮包公司，一切都会在他高超的掩饰技巧中烟消云散，会神不知鬼不觉地瞒过组织，会在他退休之后，成为他赖以生存的精神支柱和物质保证。然而，天下没有不透风的墙，当初和他肩并肩手挽手、铁心跟他走的人，一个个摇身一变成了指证他、搞倒他、谴责他的积极分子，他们口若悬河，历数他的罪状，有的还专门整理万字长文揭露他的问题。为了争取不被牵连或少被牵连，他们使出了浑身解数。吴天将面对现实，没有马上检讨自己的问题，而是感叹："时间已经过去这么多年了，'文革'遗风在这些小王八蛋身上竟然一点没少！"

办案人员警告他："要正视自己的问题，苍蝇不叮无缝的蛋。"

吴天将气急败坏地说："哪有什么好蛋！"

办案人员严肃地说："你是个多年党龄的老党员，也是从战场上摔打过的人，说话要讲政治、讲党性。"

吴天将说:"你们想要知道什么我知无不言、言无不尽,但是你们要答应我的要求,我要求见司令员政委,我要求不要追究我女儿的责任,她也是受害者,我要求不要影响我儿子的前途,他是很优秀的特战队员,现在他还在俄罗斯交流学习,希望他回来之后,你们谁都不要戴有色眼镜看他,他是他,我是我,必要的情况下,我愿意和他们断绝关系。求你们了!"

办案人员感受到了吴天将的诚意,但涉及法规,他们也无能为力,一切都得按章办事。

办案人员说:"对不起吴部长,我们只负责调查取证,至于事情所造成的后果,以及给您身边人带来的影响,不在我们的职责范围,也不应该是我们考虑的问题,我们能为你做的就是以最快的速度完成这次任务,早一天移交,早一天尘埃落定,你要知道,绝大多数像你一样的人,事后都深有感触,悬着心比宣判更煎熬!"

吴天将不再言语,他再一次感受到苦楚的滋味。

平潭港,芭乐号轮船随海浪摇曳,船舱底部的暗仓内三十名刚被转移到这里的劳工不叫不闹,像行尸走肉。有的人盖着已经油光发亮的被子沉沉睡去,有的蜷卧在角落,紧皱眉头,有的像刚吸完毒的瘾君子在逼仄的空间里伸着懒腰,他们已经没有力气抗议、叫骂、互相埋怨,没有力气敲门砸窗想办法逃离人间地狱,因为他们已经在这黑暗中坚持了太久了。

劳工所处的破败舱室上方是另一番景象,这里有烟有酒,有男有女,他们莺歌燕舞、酒池肉林。

大耳环坐在吴行健的腿上,腻腻歪歪,被吴行健推搡着离开。好几个不怀好意的家伙,紧盯着大耳环大幅度摇动的屁股,不停地艳羡着枇杷兄弟的性福生活。吴行健不这么觉得,大耳环对他好一分,他的心里就难受一分,大耳环并不知道真相,甚至不知道他的真实姓名,这对她一点也不公平。回来没多久,吴行健就想故伎重演,设一个当初和邱晓娟分手一样的局,彻底摆脱她的好,摆脱她的美。可即便他再怎么努力,这样的机会还是少之又少。他尝试打她,骂她,让她滚开,可是大耳环像是享受他的粗鲁,把他的无理取闹当作关系密切的凭证,这让吴行健越来越苦恼,更令他苦恼的是,李华纲从回来就躲在办公室里一言不发,每天通过秘密信道和外界联系,一点也不透露接下来的安排。叶根壮一直没回来,吴行健心里很不安,他在劝大耳环离开之余,还要不停地游说李华纲:"大哥,别等了,我们抓紧启航,再不走就来不及了!"

一遍、两遍、三遍,得不到李华纲的回应,李华纲酒杯里的冰块丁零作响,船舱内的氛围也跌至冰点。

突然门开了，派出去打探消息的小黑小白回来了，小黑给李华纲使了一个眼色，示意李华纲借一步说话，表情紧张。吴行健感觉不是很好，边摆弄大耳环的耳垂，边透过左右摆动的耳环的圆圈观察李华纲的表情。李华纲往吴行健的方向看了看，吴行健冲他笑了笑，李华纲也笑了笑，继续听小黑小白的汇报。吴行健注意到李华纲的笑容和以往有很大的差别。

吴行健心想，这小黑小白到底搞什么名堂，到底知道了些什么？叶根壮被抓了吗？

"从他们内部传出来的消息是公安并没有动作，叶根壮很大可能是被武警抓了。"小黑说。

"武警？不出所料，他们早有准备，知道我们的一举一动，只是一直没动手，他们在等什么？"李华纲分析着。

"我们中间有鬼。"小黑压低声音说。

李华纲瞪了他一眼，示意不要声张，摆手让他俩先走。

李华纲早就怀疑有鬼，但不敢确信到底是谁，连小黑小白他也不相信，他一度怀疑过吴行健，每当快要接近真相的时候，吴行健就突立新功，或陪他九死一生。吴行健的手机从一上芭乐号就被监听，吃喝拉撒都在李华纲的眼皮子底下，他没有机会的。有时候李华纲又怕，怕吴行健的完美，除了叶根壮，他还没有如此相信过一个人，太过相信是弱点。李华纲能清晰地定位自己，也能定位身边的人，一个进过监狱、没有受过专业训练的人不应该这么制式和无懈可击，透露着难以言说的专业感。他也怕，怕跟不上对手的更新速度，毕竟这是一个飞速前进的时代，科技已经不在自己理解的范畴之内，吴行健没有瑕疵，就证明是值得完全信赖的吗？肯定不是。

他想寻求答案，他冥思苦想。

清晨，海鸟在低空飞舞，不时用翅膀敲击水面，环绕着一排排壮观的桅杆盘旋，它们还会三三两两地嬉戏，发出欢快的鸣叫。海风透过半开的舷窗，拂过吴行健熟睡的脸，拂过他套着柔软薄衣薄裤的身躯，勾勒出一副健美的身形，他做着甜甜的美梦。一只海鸟用翅膀拍打了一下玻璃，飘进一片轻盈的羽毛，不偏不倚落在吴行健的鼻尖，他在睡梦中醒来，手伸向旁边的大耳环，他想确认她是不是又早早地去准备早餐了，他做好了十足的准备，今天一定要再找她促膝长谈一次，送她离开这个有白天没黑夜的地方，这个看似无所事事，却十分艰难的地方。

他并没有触及到她的温度，心里竟然有些空虚，以前他感觉她是纠缠，她是间谍里的间谍，卧底身边的卧底，她是叶根壮派来监视自己的，可是她没有把任何一丝手段用在他身上。

吴行健使劲搓了搓脸，走出船舱，呼唤大耳环的名字，无人应答。他坐在舱室等待。太阳逐渐升高，洒下一海闪烁的光辉，也洒进了舱室，一圈圈水纹涟漪映射在素雅的墙面上。

大耳环还没来，吴行健换上正装，穿上皮鞋，对着大耳环梳妆台上的镜子仔细理了理头发，对自己的形象表示满意。他想，今天要么劝李华纲马上出发红毛丹岛和黑谷组织碰头，要么劝大耳环下船，两件事一定办成一件事，每天进步一点点。越想心情越愉悦，不自觉哼起了武警主题曲：踏上新征程/启航新梦想/有一腔热血燃烧/燃烧在胸膛……突然意识到不妥，连忙收住声。

来到中央会议室，推开门，吴行健立刻退了出来，他以为走错了地方，眼前的一幕，他不相信会发生。他重又走进房间里，失控吼道："你们这是干什么？老大，快放她下来！"

会议室中央，一个被扒了个精光的女人，被捆绑双手，一头吊挂在舱顶，后脚跟离地，血顺着脖颈流过乳房，流过腹部，在双脚下汇聚成血洼，冲击着眼球。吴行健一眼认出那是大耳环，是刚刚还同床共枕的女人。

吴行健抽出腰间的95式匕首，红着眼球要向前把大耳环救下来。几名平时打牌喝酒十分亲密的"兄弟"欲要挡住他的去路。迎面走在最前面的两个家伙最倒霉，吴行健一记弹踢正中其中一位的命根，另一位手持电棍对准吴行健的腰部，吴行健一个撤步，双手抓住他的腕部，电棍噼噼啪啪地响着，喷着蓝火，摔落在地。左右侧各上来一个电棍哥，吴行健干净利落地向前进步，反手给了左侧哥们儿耳根子一掌，打得他眼冒金星，捂脸蹲下，吴行健对准后脑勺一个正蹬，他直接扑倒在右侧来人的脚下，把他绊倒。电棍已经打开，两人被打很紧张，摁住开关没有撒手，相互电得嗷嗷乱叫。吴行健差一步就可以手起刀落，削断绳子，这时李华纲坐在大班椅上掏枪对准了吴行健。

吴行健伫立在原地，匕首在风中闪着寒光。几名刚被打的家伙从地上爬起来，把吴行健按压在地，五花大绑。

像捆绑悬吊大耳环一样把吴行健控制起来。吴行嘴里含混不清地问："什么意思！"他心里在打鼓，李华纲是不是已经掌握了一些情况，今天可能凶多吉少。不太可能，除了陈司令员、参谋长和执行任务的特战队员知道，不会再有外人知道了。

这时李华纲合拍地说："我什么都知道了。"

吴行健心理防线固若金汤："你知道个屁，你这个愚昧分子，枉我鞍前马后！"

李华纲说："别激动，枇杷，这话不是我说的，我还替你辩解来着，不信你问问你的马子，她说你是条子，我不信，严刑拷打，她都不改口，她告你的状，我拦都拦不住，我这么对她，是为你好啊，我不想伤害你俩，但兄弟们不答应啊。"

吴行健不相信大耳环会出卖他，况且大耳环什么都不知道，想出卖也没有由头。"妹子，你是怎么想的？"吴行健迫切想知道李华纲这到底演的是哪一出。

第三十一章 烈火炼狱

　　大耳环使劲抬了抬头，双脚在血洼里剧烈抖动，所有人看的是依然曼妙的裸体，吴行健看到的是她被绳索勒出的血印。

　　"他是卧底，他晚上说梦话都是向部队领导汇报工作的说辞，还有一些我听不懂的专业术语，我听得真真的，我没有说谎！"大耳环说，声音里透着坚定，几个小时前，她还像一只温顺的猫，躺在吴行健的怀里。都说人是个复杂的动物，其实也不复杂，无非明白与糊涂，假装明白或者假装糊涂。

　　李华纲手一摊，盯着吴行健。吴行健不敢相信这话能从大耳环嘴里说出来。

　　李华纲说："我相信兄弟，不相信女人，所以我要让她对自己的话付出代价。你觉得呢？"

　　李华纲这一招太阴毒了，吴行健如果否认大耳环说的是真的，大耳环肯定会死，如果承认，自己会死。

　　吴行健并没有怪大耳环，尽管她的话冰封了他的心门，并在门上雕刻了一朵朵形态各异的冰花，待到春暖花开，那也是记忆里的美景，一边寒冷，一边怀念。她说了那么多的"在一起"，就说一句"你去死"，不影响他们之间的感情。

　　可是他不能承认，他知道这意味着什么，她会死，她会被肢解，然后被洒上化学药水，一阵白烟过去，消失得无影无踪，只剩下一摊黑漆漆的胶水一样的东西。好多次李华纲都是这样处置他的奴隶，吴行健眼睛里隐形眼镜一样的记录仪悉数远程传入武警云盘，他不知道将来谁会翻看这样的影像，他只希望不要有人因此神经错乱。

　　吴行健思考了很久，说："她说谎，她没有证据。大哥，信我还是信一个婊子，人尽可夫、贱入骨髓的婊子！"

他完全可以不强调，完全可以不修饰，他说她说谎的时候，大耳环没有抬头，他说婊子的时候，大耳环透过凌乱头发的缝隙，睁大了双眼，吴行健不敢看她的眼睛，但隔着很远，他已感受到了心碎的辐射。要么你心碎，要么我心碎，千百年来，涉及情感的剧集不都是这样一种套路吗，但吴行健用身后万千双眼睛的希冀来抵御这双眼睛的落寞，他的心此刻是一杆摆放着筹码的天平，高高翘起的那端，已经化为乌有，化作一缕青烟和洒上了化学制剂一样。

李华纲说："我当然相信你，怎么可能相信她，一开始就没相信，所有兄弟都不相信，所以在场的兄弟成全了她，以前看在叶根壮的面子上，后来看在你的面子上，现在她没面子了，她只能彻头彻尾地变成个婊子，这还不够，女监里还空缺着几个名额，我稍后就把她投进去，将来黑谷组织的络腮桑亚会感谢我的！"

"干得漂亮！我知道你会这么干，是你的风格。"绳子在吴行健的手上嗞嗞作响，血液回流，他的手已经全麻，就连脸上也没有了知觉，他不知道是绳子勒的，还是意念勒的，大耳环的意念，自己的意念。现在他并没有再想如何把李华纲碎尸万段，他在想为什么不早一点醒来，在大耳环离开舱室之前就把她送走。吴行健听了李华纲对大耳环的处罚，心情稍微轻松了一些，至少她还能活着，完整地活着，只要她活着，就还有机会。

李华纲亲手给吴行健松绑，吴行健恢复自由的第一件事，就是冲上去，手臂抡圆了，给大耳环两个大嘴巴。

大耳环不哭，一绺头发被她咬在嘴里，她像个视死如归的英雄，笑靥如花。

李华纲连忙拉住吴行健的手，马后炮地道："别脏了你的手，用刀！"

李华纲抽出吴行健的匕首，递到吴行健的手上道："她差点害死你，你肯定生气极了，以前她的灵魂是你的，现在她的器官是你的，你挑一样，我建议挑嘴，嘴是个好东西，可是有的人不会用！"

难题一波接着一波，如滔滔洪水裹挟着沙石，那沙石犹如手上的利刃不断切割着他越来越脆弱的耐受力，这不是战斗，如果是子弹、是炮火、是染毒地带，他硬着头皮也能冲上去，但是自打他迈出军营那一刻，他才知道真正的考验，远不止这么简单，想活就活，想死就死，如果是这样，也就简单了，这源源不断的残酷，这挥之不去的梦魇，让他喘不过气来。他想哭，想回到孩提时代，钻进妈妈的怀里就什么都不怕了；他想哭，想回到新兵时代，向班长做个检讨，跑上一趟轻装三公里，就什么都过去了；他想哭，想回到这任务之前，反锁单身宿舍的门，看一场恐怖片，精神反而轻松了；他想哭，想在那张大床上，抱着大耳环，倾听她说完以前不愿意听的故事，告诉她，她很好。

吴行健说："大哥，我不得不说，你这样下去会失去我的，考验是有限度的，我现在很不开心，我不愿意再陪你们玩了，要怎么样，随你们便。"吴行健转身要往外走，李华纲拉住了他，吴行健咬咬牙，甩开他的手，径直往外走。李华纲没有继续阻拦，尴尬地对小黑说："枇杷真生气了，是不是玩大了些。"

小黑说："不大不大，正好着呢。"

李华纲说："正好个腿，这算完吗？搞深搞透搞彻底啊。"

"喂！"李华纲再次叫住吴行健道，"别走，最后再问你一个问题，这事你最懂。"

吴行健停下脚步，李华纲问："这娘们除了好看，有什么特点？"

吴行健并不作声，小黑耐不住地说："耳环呗。"

李华纲瞪了他一眼道："就你话多，问你了吗？我在问枇杷！不过你说得对，这事交给你。"

李华纲把刀扔给小黑，小黑握着刀，刀光映在耳环上，散发出斑斓的色彩。

吴行健倏地回过头，小黑已手起刀落，耳环叮当落地，小黑削掉了大耳环的一只耳朵，大耳环一声惨叫，疼晕了过去。

吴行健怔怔地看着大耳环很久，扭过头向门口走去，出门的时候，他竖起右手的大拇指，朝身后晃了晃。

李华纲说："黑子，你看，他在感谢你！"

小黑心惊肉跳，李华纲眉开眼笑，对着吴行健喊："只要知道兄弟真心实意，千金不换！何况一个女人。哥哥再送你一打，如今没有后宫佳丽三千，也能让你夜夜当新郎！干完这最后一票，出了国，到时候几辈子花不完的钱！你要翻哪个洋妞的牌子，眨眨眼睛哥哥就去办！"

走出门下了几级台阶，吴行健腿一软，朝前栽倒，咕咕噜噜滚下楼梯，滚到最下面一层，坐在角落里，他没有感觉到身体上的疼痛，他只感受到了泪冰凉冰凉。

他想立刻救出大耳环，但他不能，邱晓娟面对死亡威胁的时候，他其实是收到付守宇发出的短波信号的，他没有去，现在同样的问题摆在眼前，他仍然强颜欢笑。

李华纲对小黑说："把这娘们儿藏起来，不要关进女地牢。"

小黑问："您刚才不是说要把她送给黑谷组织吗？"

李华纲说："笨蛋，如果吴行健是卧底，今天我们整这么一出，他很可能要绷不住了，很可能要反水，反水之前他会干什么？"

黑子说："会弄死我，我伤了他的女人！"

李华纲说："你算哪根葱！他会安排好他的女人，然后弄死我。"

小黑说："要弄死你，凭他的本事你早挂了。"说完，感觉到很不合适，小黑抽了自己一嘴巴，忐忑地看了李华纲一眼。

李华纲并没有生气，说："这就是我不敢确定的原因，他是把好手，要是你让我怀疑了，我不必考验，直接枪毙完事，他不一样。"

小黑说："我真羡慕他。"

李华纲说："照我说的办。"

小黑说："藏到什么时候？"

李华纲说："等我们出发之后。把她丢下女牢，让盯在她家里的弟兄可以撤回了，不要伤害她的家人，她的表现我很满意。"

小黑还是不明白，假如吴行健是卧底，直接拷打他就完了，何必兜这么大的圈子。为什么李华纲没有对吴行健下手，他和叶根壮是一个套路，他们总觉得，一枪打死一个人，是最不解恨的报复，一定要从心理上摧毁他，然后再从肉体上折磨他，死，那是最简洁的解脱。不管是疤癞眼还是当年的董老板，李华纲都只是让他们尽快解脱。

夜晚，吴行健有气无力地蹲在舱室的角落里，头嘭嘭地磕着墙角，磕出了节奏。安控室里，李华纲看着监控疑惑地说："这小子搞什么名堂，我要是把枪给他，他是不是马上会自己爆头？难道他真的是卧底，还是我确实委屈他了？"

李华纲终究没琢磨出名堂，他感到紧张，前所未有的紧张，手不由自主地插进了枪套里，拔出枪，对着屏幕里的吴行健，虚开一枪。

这一夜何其漫长，距离天亮好像还有一个世纪。好在吴行健不很焦躁，否则大耳环的遭遇可能是压垮他的最后一根稻草。

武警七总队机关的信息化处的三尺机台前，女兵马上整理出了吴行健用脑袋磕出的代码，很快翻译出来："是否行动，急急急！"

通信女兵请示上级后回复："继续等待。"

吴行健看到智能手表上显示出了这四个字的代码，躺在地上，望向天花板，天花板如同巨大的天幕，天幕上是看不到底的、循环往复的漩涡。

武警作战指挥中心中枢房间，只有陈司令员和参谋长两个人。

陈司令员疼惜地说："难为他了！"

参谋长说:"绝密就是绝密,多一个人知道,多一份危险。"

陈司令员问:"情况如何?"

参谋长说:"侦察部门传回来的消息显示,已经完全摸清黑谷组织的雇佣军部署,传回了准确无误的卫星地图,我们的三十余艘海上执法船已接到预先号令,随时准备拔锚启航,在李华纲距离红毛丹岛一百海里左右的时候逐渐缩小包围圈。特战大队除付守宇还在医院接受治疗,已全员整装待发,武装直升机已停在顶楼停机坪。军委也已通过外交手段,向Y国政府军发出联动要求,还有,红毛丹岛上被困人员中有很大一部分来自H国,但迫于Y国紧张局势的压力,一边认为代价太大,一边怕引起大规模的Y国反政府武装报复,拒绝参与行动。"

陈司令员拍案而起。

参谋长说:"不行把吴行健撤回来吧,他已尽到了他的责任,里应外合的计划,相对于这场战役来说,九牛一毛了。"

陈司令员说:"这对吴行健公平吗?他盯了李华纲这么久,为的就是手刃强敌。这时候撤回来,惊动了李华纲,他有多重国籍,他要是放弃挣扎,不陪黑谷组织玩了,我们可就前功尽弃了,你要明白,他是饵中饵,没有饵,还钓什么鱼?"

参谋长担忧地说:"但吴部长正在接受组织调查,按照惯例,吴行健担任侦察员的政审已通不过了。"

陈司令员大手一挥说:"别跟我提什么惯例!有时候这个词和老经验、土办法、土政策没什么两样,不是什么好词。"

参谋长说:"要不今晚趁李华纲不备,吴行健的距离还算近,定位比较精准,我们先化装成警察,过去搂一耙子,趁乱把吴行健假装抓回来?"

陈司令员说:"老兄弟,你怎么越老越糊涂了?就算李华纲跑了,我们早晚能收拾得了他,真正的大鱼跑不起,也不能跑,现在他们是一棵歪脖子树,多年生长,已经挤到了房檐,要刨连根刨。打这样的战斗切不可拖泥带水、感情用事啊。你心疼吴行健,我也心疼,我还心疼那些早已备受煎熬的人质,心疼归心疼,可战斗就是如此。"

舱室大床上,吴行健翻来覆去,频换姿势,他已错过了邱晓娟,和她再也无法找回最初的真挚。他想,可以供我错过的到底还有什么,还有谁?一辈子不长,好多东西稍纵即逝,打赢了战斗,还有下一场战斗,失去的战友、失去的情感还能找回吗?夜晚很长,而找到散发着光亮的出口的路似乎更长,星空遥远,和大耳环的距离好像更远,以前触手可及的她,如今近在咫尺却不可得。他在想,大耳环如果现在就站在面前，她会说什么呢？萦绕吴行健耳边的是越来越清晰的哀号。多疼啊，看着都疼，那一刀像是剜在了自己的心窝上。

大耳环被关进了女牢，她多想向吴行健解释：我是被逼的，如果不那么说，他们要杀我的父母兄弟，枪口已经塞到了我弟弟嘴里，刀尖已经刺进了皮肤，动动手指就全没有了，全没有了。我不像你有本事，我只能靠出卖自己赢得那莫须有的尊严，现在我也可以靠出卖你来挽回他们的命，一辈子都在出卖，没有什么不能出卖。你可以不原谅我，我罪有应得，我走了。

大耳环还想告诉吴行健，如果你真的是武警，我们不是一路人，如果你不是武警，我更不应该得到救赎。

可是，两人之间好似不可能再有对话的机会了。

吴行健隐形眼镜式记录仪上空空如也，没有新指令，等待等待，永远的等待，他发出去的信号就像泥牛入海。

我一定是被遗忘了。他突然记起，自己曾经是特战大队的狙击教员，曾经是个优秀的狙击手，可以在大米上穿针引线、雕梁画栋，可以在草窠里一趴一整夜，哪怕毒蛇朝自己吐芯，马蜂蜇上眼皮，身旁枪林弹雨、烈焰熊熊，眼睛都不会眨一下，可以在丛林中与豺狼虎豹和平相处，忍耐力、意志力不知道要比其他队员强多少倍。吴行健想，到此为止吧，我已经尽了全力。不行，暴露了便前功尽弃，这个没有硝烟的战场，不管坚持了多久，吃了多少苦头，没到最后，都是失败，和没开始就结束，没什么不一样。不，有不一样，至少可以拯救她，让她自由，让她重生，若干年后，还会有一个人懂得我的坚持或者放弃，将来，她也许还会告诉她的孩子，要相信命运，更要相信心无旁骛的追求，还要相信情感的力量，也许她会装作什么都没有发生，并尘封这段往事，并将这样的温暖在不经意间传递。谁又知道呢？也许李华纲不会发现，发现了不会追究，追究了也不会造成更严重的后果。

吴行健从床上跳起来，浑身的肌肉鼓胀起来，明晃晃、油亮亮的像是抹上了厚厚一层凡士林。

女牢里比男牢更沉闷，三四个女子赤裸着身体，像马戏团的动物一样蜷缩在特制的铁笼里，只有出气没有进气一般，沉寂得让人心慌。她们已分不清白天黑夜，有人说，忘记一个人，适应一件事，形成新的习惯，十五天足矣，十五天之后一切都是新的，她们已经在这里二十多天了，确实形成了新的认知，当一个活死人，在黑暗中稀释记忆里的阳光，在送饭的人到来之后，蠕动一下身体，表达对活着的最终理解。她们有着姣好的容颜，或者光鲜的生活，黑谷组织的首领络腮桑亚已经垂涎三尺了，那个穿着咔叽布雇佣军制服的矮个子，经常说，我用这样的方式祭奠爱情，超度她们的灵魂。

李华纲说，络腮桑亚也有爱情，但络腮桑亚却不懂人伦，不像我，懂事理，知进退，再恶，我只是一艘渡船，负责将人运达彼岸，这是我的处事原则，我们没有黑谷组织势力大、名头响，但在道德上还略高一筹。

吴行健当时就迫不及待地拿自己打比方，不留情面地否定过他，我们这样的乌合之众、社会毒瘤，还谈道德？

李华纲摆摆手自豪地说，站在制高点上俯视卑微，学会理解，那叫善；在恶的深渊前回望来路，我们也会发现当年在某个岔口的选择该如何更好，恶，不能只恶，也要反思，已经跌落深渊，反思无用，但至少可以保持一个优雅的姿势。

吴行健鄙视这个肮脏的优雅，李华纲并不，他摆弄着手里的工夫茶具说，杀戮的时候保持凶狠的姿势，和平的时候保持优雅的姿势。这是我的两面性，你的另一面在哪里？是什么！

吴行健是卧底，再好的卧底也心虚，他奋力甩着手里的飞镖，飞镖正中十环，他说，我表里如一，这就是我的姿势。

吴行健下定决心准备前往女牢，不管三七二十一，先把大耳环救出来再说，正要走向门口，吴行健发现，走廊里的灯亮着，灯光从门下方的缝隙里透进来，一会儿明一会儿暗，好像有人来回走动。

吴行健把耳朵贴在舱门上，听不到什么声音，此人很可能和吴行健在做同样的动作，而且这个人已经有所防备。吴行健立刻警觉起来，想到李华纲还有可能弄出什么幺蛾子，是不是今天的戏演得有破绽，他要对自己下手了呢。想到这里他认为不能再坐以待毙，这时候李华纲如果对自己下手，再好不过了，正借此机会，要么玉石俱焚，要么逃出生天。他轻轻反抓匕首，拨开门闩，猛拉舱门，一个黑影蹿向拐角的位置，但再快，也没有吴行健的刀快，刀打着转、闪着寒光，朝那人飞去，命中腿弯，一声闷哼，那人骨碌骨碌滚了出去。吴行健三步并作两步，飞身扑向目标，将那人死死控制住，拖进监控死角，解开皮带，将人绑上，绑的过程中发现这人是小黑，是除了叶根壮以外，跟着李华纲时间最长的一个帮手之一，时间虽长，他的职务并不高，仍然是个跑腿的，和小白一样，只能干一些跑腿的事儿，这可能和他的性格有关系，不太愿意抛头露面，不愿意动脑子。小黑经常说，不是我不爱动脑子，就算动，也动不出什么名堂。这倒是真的，有的人爱走仕途，有的人爱钻研技术，有的人爱出名挂号，有的人爱世外桃源，不一而足，小黑就是恐怖团伙里的另类，叫小黑却看不出到底哪里黑，每次做了一件超出他承受范围的事儿，他能难受好一阵子，这样的人是怎么混入这个团伙的，小黑也不知道，他只知道既来之则安之，谁给口饭，就要听谁的话。这样的人，没有信仰，没有心眼，李华纲认为是最安全的人，虽然不能随自己征战讨伐，屡立奇功，但绝对不会添麻烦，他和叶根壮是两个极端，一个能干大事，毛病也不少，一个几乎完好，也着实没有可圈可点的地方，这样的人遍布各处，无所事事，但备受喜欢和信赖。

小黑喘着粗气，中刀的腿在不停抖动，应该是割掉了韧带，小黑埋怨道："下手真黑！"

吴行健说："战争年代，你敢擅闯首长府邸，甩手就是一枪，我这还算便宜你了！"

小黑不屑地说："我是来救你的，首长！"

吴行健恨恨地说："我用得着你救？瞧瞧你这揍性，你会救我？你不害我就烧高香了！大耳环拜你所赐，终生致残，现在还困在地牢里！"

吴行健想抽出腿上的刀，插在他的脖子上，大耳环救不救得了，这个仇早晚要替她报。吴行健强忍着怒火在等待小黑给他一个说法，今晚到底是你死还是我亡，在这样一个环境中，万事也变得简单起来。

吴行健说："给个痛快话儿！"

小黑的神态蔫巴下来，似乎在说那不是我的本意，我只是一条摇头晃脑的狗，我能有什么意志，那都是李华纲的主意。

"你肯定想现在就杀了我，我知道你不会放过我，但我仍然来了，我睡不着，大耳环是个好女孩，对我很好，所有人都看不起我，她从来没有用下巴对着我，你没来之前，她是叶根壮的女人，叶根壮的脾气你也是知道的，非打即骂，每次都是她替我求情解围，她就像邻家妹妹，我怎么忍心对她动手。思来想去我要告诉你，这一切都是老大策划的，大耳环有苦难言。"吴行健摆摆手示意他不要再说下去，问道："她还好吗？"

"我来就是告诉你，她很好，我把她藏在一个很安全的地方，有吃有喝，你就放心吧。"小黑头一次感觉自己做了一件人事，一件让他的自豪感油然而生的事，这是他这些年来唯一一件。

吴行健伸出手说："这就好办了，钥匙拿来。"

小黑的腿抖动得厉害，面如死灰，强忍着疼痛说："你不能去！"

吴行健说："你是没救了！"

小黑说："老大根本没让我把大耳环投进地牢，就等着你上钩，他认为只要你去，你就是卧底，卧底才会有这样的恻隐之心，去就是送死！"

吴行健倒吸一口冷气，小黑既然这么说，只要踏入地牢一步，很有可能被打成马蜂窝。

"你为什么这么做,你没想过后果吗?万一老大知道你走漏了风声……"

"我没有偶像,也没有仇人,我什么都不怕,只怕我敬佩的为数不多的人,白白送命。"小黑平静地说,不知道是疼还是被自己感动了,他的眼睛里有晶莹的东西。

吴行健怔怔地看着小黑,他有些不相信小黑,但又不得不信,不相信在这样的环境里还有小黑这么有主张的人,相信人心是肉长的,人性有恶,但都有隐藏着的从不示人的秘密,在某一个不经意的瞬间敲击着良知,绽放着光芒,支撑着那残存的、摇摇欲坠的自信。

吴行健慢慢地站起身来,小黑用手作刀,在脖子上比画了一个姿势道:"要杀要剐,冲这儿来,我在门外考虑很久了,没想活着离开你这儿,你杀了我之后,从这儿把我直接扔出去,神不知鬼不觉,我在舱室里留了一封信给老大,告诉他我解甲归田了!"小黑指了指离此不远的舷窗。

吴行健没说话,阴影印在他的脸上,是冷峻,是诀别,谁知道呢。小黑闭上了眼睛,吴行健的手伸向了刀把。

小黑说:"别犹豫,我相信你的手法。"

小黑做好了一切准备,吴行健却脱下了白背心撕成条,一圈一圈地缠紧小黑的腿动脉,道:"忍着点!"

小黑很感动,他第一次感受到这么好的回馈。

小黑说:"哥,你真讲究,等搞完最后一票,如果我安然无恙,不管走到哪儿,请一定来个信儿。"

吴行健摇摇头把小黑扶起来说:"没有这个必要,俗话说最好不过相忘于江湖!"

吴行健说这话的时候竟然有些难受,很长时间没和人说过这么多话了,说出来竟然这么违心,他也想在将来的某一天,在某一个夕阳西下的夜晚和小黑坐下来,平静地聊聊刀尖上舐血的日子,喟叹来之不易的生活。但那只是梦境,吴行健清楚地知道,他们犯下的滔天罪行,将来一定会被推上法庭,有一个算一个,无人幸免。

小黑想问明白吴行健到底想说什么,吴行健并没有给他机会,咻地拔出了刀,疼得小黑龇牙咧嘴。

吴行健说:"回去吧,一会儿小白该怀疑了。"说完,拍拍身上的灰尘,踱着步往舱室走去。

小黑站在阴影里朝吴行健挥手,自言自语道:"他本不属于这里,一开始就不属于。"然后,一瘸一拐朝着与吴行健相反的方向踽踽前行。

第三十二章 情感密码

武警医院大门口，邱晓娟把付守宇送出来，付守宇脖子上还打着石膏，子弹虽幸运地没有射穿他的身体，却震歪了他的脖子。

邱晓娟说："你现在的情况很不好，至少还应该观察半个月。"

付守宇说："半个月，对病人来说只是一个周期，对特战队员来说，是一个时代，我要不走，我的时代就走了。"

邱晓娟说："你太在乎名利。"

付守宇说："很多人都这么说，还有人说特战队员只是一个职业，和工商、税务、银行职员没有什么区别，我也这么认为，但在与恐怖分子做斗争这件事上，没有应不应该，只有愿不愿意！"

邱晓娟说："亲密的战友，挚爱的亲人，一个个相继从我身边走开，现在我不想再失去任何人，如果我要求你留下来，你会答应我吗？"

付守宇沉吟良久，无法作答，他给邱晓娟讲了一个故事。他说，曾经有一位将军到虎头山单独执勤点视察，他问谢群，这里寂寞吗？谢群说，寂寞！他问杨子强，这里枯燥吗？杨子强说，枯燥，每天除了火车进进出出、来来回回，没有火车来的时候，安静得只能听到风，多少次我都在想有一个人能站在我面前和我拉拉家常，可是一个也没有！将军接着问，那么，你们热爱这项工作吗？两人齐声说，这项工作总要有人去做的！

邱晓娟说，我不听，我不听，你说过，以后你会照顾我的，你不会言而无信吧，说过的话泼出去的水吗？

付守宇说，等我执行完这项任务，就回来陪你，复员都可以。

付守宇转身要走，邱晓娟拉住了他的手，紧紧的不容分开。

付守宇空下来的那只手无所适从，他想什么都可以给邱晓娟留下，除了自己。他搜遍身上所有的口袋，没有找到一件像样的物件，拉开特战背囊上的小包内袋，里面有一张工资卡，说，这个你拿着，拿着它，去逛街，去购物，就像有我陪着一样。

邱晓娟默默地把卡塞回原处。

付守宇拥抱了邱晓娟，亲吻了邱晓娟的额头，邱晓娟站在艳丽的春天里，看到付守宇像一列开往未知大海的列车，没有人告诉她到底应该怎么做，还有什么可以倚靠。她只好自己抱住自己，在车来车往、人潮人海里，任那些异样的眼神来回扫射，像一个中枪的战士，没有还手之力，但依然擎起那杆和血肉融为一体的旗帜。

有个小年轻开着豪车，老远看见这么一位大美女伤心欲绝，将车停到邱晓娟身边，降下车玻璃道："美女，咱不生气，刚走的那货一看就不懂感情，跟哥走，哥带你共享人世繁华！"

武警医院的老门卫早就目睹了全过程，听豪车哥一番言论，想都没想拎起警棍就冲了过来，指着豪车哥的鼻子骂："谁你都敢调戏，你瞅瞅你油头粉面那一出，有本事你带上我，大爷陪你对酒当歌！"

豪车哥吓得猛打方向盘，绕开大爷夺路而逃。

付守宇的脚步荡气回肠，走得自己热泪盈眶，像和吴丽军、赵会计、父亲母亲分别一样，同样的画面，同样的说辞，这样的场景从始至终，从日出到日暮。他的虎斑迷彩和榕城绿意盎然的街景毫无违和感，逐渐消失在有着硕大树冠的榕树里，消失在一眼望不到边的风铃草里。一个骑着共享单车的大叔，随着付守宇的脚步骑了很久，在后面喊："你媳妇哭了，你媳妇哭了。快回去看看，现在回去劝劝还有戏，过了这村可就没这店了，我是过来人，听人劝，吃饱饭，当兵有啥好，媳妇全气跑！"

付守宇并不听劝，被单车大叔叨叨烦了，不顾脖子上有伤，忍痛开始狂奔，单车大叔奋起直追，不一会儿累得满头大汗，车镫子都蹬掉了。气的把车子往花丛中一甩，蹲在马路牙子上抽起了闷烟，边抽边喊："傻小子，我要是你爹，我非收拾你。"回头想一想又觉得不对味，嘟囔道，"我怎么可能会有这样的儿子！"

付守宇归队写好了请战书，要求编入第一梯队。大队长说："你现在这个状态怎么上战场，特战大队不缺你一个，你还是好好养伤吧，你不去，也是一名好特战队员，这一点毋庸置疑。"

付守宇坚决地说："陈司令员当年在前线身中二十七块弹片，重伤昏迷，醒来还要求战斗，我这点伤算什么？"

大队长说："好家伙，口气不小，敢和司令员叫板了。"

付守宇说："时代变了，但是中国武警的精气神从来没变。"

大队长说："我担心你的身体吃不消，万一关键时刻顶不上，你会帮倒忙的。"

付守宇说："要是撑不住了，不需要你们管，我自己从船上跳下去！"

大队长说："勇气可嘉，但有一点我还要提醒你，老英雄邱铁稳走了，没有留下只言片语，但是我们都知道他想说什么，他肯定希望女儿能够平安快乐，我以私人身份希望你留下来，照顾好她，其实这也是一项政治任务，你自己掂量吧。"

付守宇说："不用掂量了，该照顾她的人，不是我，是吴行健，现在我们唯一要做的就是尽快全面击溃这个恐怖组织，吴行健才能圆满顺利凯旋。"

大队长说："你就是头倔驴。"

大队长找到文书道："你把付守宇的名字给我排在第一个！"

临战之前，付守宇还有个心愿。当年他被关在特战大队的禁闭室里，一个人难受的时候，吴丽军突破重重阻碍看望他，站在寒风里陪他聊了几个小时，怎么轰都不走，小脸冻得铁青。如今，她遭遇了同样的困境，而且问题更严重，思想打击更大，现在她过得好吗？有没有吃得饱、睡得着？以前不能接受她，她太优秀了，差距太大，不管是家庭背景还是身份属性。现在她落魄了，可以接受她了吗？给她说一句暖心的话可以了吗？陪她重新树立生活的信心，替她找回在舞台上的神采飞扬，能做到吗？

付守宇下定决心要去看看她，哪怕隔着很远看一眼，喊一声她的名字，让她知道有人来过，从未远离。可是她被隔离审查了，不允许探视，等任务归来再去看怎么样呢？付守宇等不了了，很多事不能等，等着等着就没了。她肯定还没有习惯里面的生活，等她习惯了，我再去惊扰她的平静，又有什么意义呢？

付守宇还是要去，现在就去，不能再耽误了。不允许探视，就隐蔽突入，让所学的课目派上用场吧。这可是犯纪律的事，农副业基地那个地方到处是探头，到处有把守，现在那里的酒池肉林早就成了反腐警示教育的好教材，享乐分子的天堂本就是虚无缥缈，一朝攻破，碎得连渣儿都不剩，那是一颗硕大的泡影，绚烂的时候，五光十色，所有人环绕在它的周围，艳羡它的耀眼夺目，一旦戳破，唯恐躲闪不及，甩一脸肥皂沫子。如今这里比看守所和监狱还要森严，如果被抓个现行，别说不能参加任务，很有可能就地被关押，可以很荣幸地和吴天将、吴丽军成为邻居,那可就简直了。但这是理由吗?忍心让吴丽军一个人承受这精神上的折磨吗?

付守宇到军人服务部里买了一大堆女孩子喜欢的零食,出门走了很远,打车直奔农副业生产基地。出租车师傅瞅了一眼后视镜,漫不经心地问:"当兵的吧?"

付守宇早已经习惯被一些"老司机"一眼看穿身份,他一边高兴一边纳闷,这位又是怎么洞察到的呢?

师傅接着问:"看对象去的吧!"

付守宇说:"你怎么知道的?"

师傅通过后视镜盯着他的零食说:"没跑儿!"

车厢里安静下来,两个人各怀心事,不再言语。经过一座高架桥时,师傅问付守宇:"你对象也是部队的吧?"

付守宇说:"算是吧,之前是文工团的演员。"

师傅好奇地问:"演员,厉害了,那肯定很漂亮咯?"

付守宇说:"是啊,漂亮极了。"

师傅问:"能有多漂亮?"

这时候,付守宇看到车窗外的桥头上站着一个女孩,很像吴丽军,他指指那个女孩说:"很像很像她。"

师傅使劲往桥头上瞅了瞅,打趣地说:"你就可劲儿吹吧!"

农副业生产基地很快就要到了,付守宇让师傅在拐角处停车,不要在大门口停车。

付守宇下车,在营区外围来来回回晃了三圈,发现一面是高山、三面高墙上遍布铁刺网,铁刺网上是高压脉冲分路报警电网,这个电网他太了解其威力了,一万伏高压,一有风吹草地就会引起电闪雷鸣,营区内还设有巡逻哨,每隔十五分钟就有一队哨兵全副武装从大门口经过,哨位上更配备了布袋弹防爆枪,随时可以击发,击发式捕捉网,十米内能够准确锁死目标,伸缩性警棍,被这玩意儿敲上一棍,会弹出好几个跟头,休克晕厥在所难免,最为关键的是哨兵手边就是报警集成系统,他只需要轻轻按下那颗圆润的红色按钮,整个营区就会地动山摇,一个中队的兵力会在三分钟内火速增援,不管是何方神圣,都会黔驴技穷,即便是他的特战突击分队想要正面突击,也难说有十足的把握,何况他一个人。

怎么办?来都来了,吴丽军近在咫尺,她可能正扒着窗户、眼巴巴地看着我,我的一举一动她都尽收眼底,可能她在思考这位特战队员到底"特"在哪里,天天强调军事特别过硬,出镜便被冠以利刃神剑、突袭奇兵、攻无不克、极限猎杀的名头，不是说特战队员逢山开路、遇水架桥、无所不能、无往不胜吗？连门都进不去，岂不让人笑掉大牙。

付守宇审视着周边，铜墙铁壁也有百密一疏，营区背靠着的山叫旗山，之所以取这个名字，应该是这座山从远处看像一面猎猎飞扬的旗帜，虽然旗帜上有褶皱、有沟壑，但它最大特点是山体像平面，陡峭程度可见一斑，别的山总能看到一点凸出的脚面，而旗山不同，往下看只能看见崖壁，看不见根基，比虎头山还要险峻，几栋小洋房就在峭壁的下方，像几根竖起的尖锥，让人头晕目眩。

付守宇很快迂回到了山顶，像一只灵巧的猿猴，没有任何绳索，攀岩而下，好几次他挂在凸出的部分，没有落脚点，整个人摇摇欲坠，但幸好东南沿海的群山上遍布植被，上下移动不了，抓着根系繁茂的植物，左右晃荡，他用身体画出一个个Z形、S形、Y形，其间还要躲避探照灯的扫描。

在一个光秃地带，探照灯袭来无处藏身，付守宇趴在远处一动不动，控制探照灯的战士感觉到了这个可疑物体，但不好确认，一直照着付守宇，只要付守宇稍微有所动作就会暴露，汗珠子哗哗地往下淌，掉进眼睛里，掉进嘴巴里。手脚酸胀到麻木，甚至感觉血液都凝固了。付守宇开始质疑，我何必如此大动干戈，看一眼吴丽军真的有那么重要吗？冒着被击毙的危险，只为看她一眼？还要说几句话，说什么呢？可能一句话也说不出来，即使成功了，也是一次尴尬的会面。他的眼前浮现出吴丽军憔悴的脸，在劝他，回去吧，你还有更重要的事情要做，我已经是个脱了军装的普通人，还没红就过气的小演员，我没有年龄优势，也没有更高的平台，还有政治污点，可以预见将来的路并不好走。你走吧，去实现你的梦想，我们还会再见，但一定不应该是这里。

战士发现这个干尸一样的东西，摇摇头，把探照灯光变换了位置，还劝自己不要草木皆兵，那很可能就是一棵枯萎腐朽的老树根。

付守宇连忙转移，离小洋楼越来越近了，他朝身后看了看，最多还有四五米，纵身一跃，落在了垃圾堆里。拍掉身上的塑料袋、卫生纸，特意整理了一下着装。他看了看表，九点半。他蹲在原地，静静等待，十五分钟后，他站起身来，越过花坛，跳过屋后的小溪，顺着排水管钻进了最外侧、户型看起来最小的洋楼的窗户，几年前他也来过农副业生产基地，给特战大队运有机生态菜，以前这里的菜虽好，但根本不供应基层，普通官兵根本吃不到，所以他来的次数相当有限，后来这里专供基层的时候，拉菜帮厨这样的小活，就轮不到他这个分队长来干了，尽管来得少，但至少有个大概的轮廓，稍加分析，做出了初步判断，双规对象也是分等级的，像吴丽军这种级别，就应该住在条件相对简陋的环境里，最奢华的那座小楼起码应该关吴天将级别的人。他在原地蹲十五分钟也是有原因的,提前十五分钟叫哨,是执勤条令要求的,这里不存在小散远哨位,不用提前叫哨,双数整点之前的十五分钟是哨兵最放松警惕的时候,这在军营内部众所周知,交班哨兵早已急不可耐,接班哨兵刚从被窝里被拎出来,起床气、打哈欠,所以这时候相对安全。付守宇的预测很准确,他的双脚收进窗户还没收利索,接班哨兵就从他的脚底下走了过去。哨兵甲摸着后脖颈问哨兵乙:"下雨了吗?"

"月亮跟磨盘一样大,你跟我说下雨了?"哨兵乙的声音里带着怨气。

哨兵甲的感觉没错,不过那不是雨,是付守宇湿透的裤管滴下的汗珠子。

付守宇钻进楼里,楼里灯火通明,好几个房间里都有人对话。熄灯时间早过了,看来前一阵子抓的人不少,加班加点搞突击审讯。付守宇几个滚翻,闪到了阴影里,怀里抱着的那一塑料袋东西,早已碎的碎、瘪的瘪,付守宇痛惜地整了整。

付守宇挨个窗户听声音,或露出眼睛透过纱窗瞄里面的景象,没有发现吴丽军的踪迹。从一楼到顶楼,一圈下来,一无所获。坐在曾经关押过吴丽军的多功能厅门口,付守宇耷拉着脑袋喘粗气。难道判断有误,吴丽军根本不在这栋楼?付守宇有些失落,费了这么大劲连个人毛也没见着,堂堂一个特战队员看望曾经的战友,竟然要用这种偷偷摸摸的方式。

正想着,多功能厅的门开了,付守宇紧贴视线死角站好。

少校说:"老吴家家门不幸,事情接二连三,搁谁也不好接受。"

上尉说:"我觉得这工作做得还不够细致,眼睁睁地看着她失魂落魄地走了?万一出点事可怎么办?"

少校无奈地说:"不然呢?我们不是慈善机构,能为她洗脱罪责、还她清白,我们已经尽力了。"

上尉说:"红颜多薄命,多漂亮的女孩。"

少校说:"你还别惋惜,别看她落魄,正眼也没瞧过你,骨子里带着高贵呢。"

上尉不服气地说:"好像正眼瞧过你一样!"

两人的声音渐行渐远,躲在死角的付守宇可算听明白了,这翻山越岭、披荆斩棘地进来,吴丽军却先他一步走了。付守宇既高兴又难过,高兴的是吴丽军没有被追责,她可以重新开始她的生活,难过的是为什么自己永远在错过,和很多人擦肩而过。他还难过吴丽军是摆脱了这里,但出去后还会有更多的纠葛,她该如何面对接下来一个人的生活,父亲被查,哥哥下落不明,拉达酒吧被封、榕城剧院易主,她该何去何从,丢了人丢了工作,会不会让她丢掉活下去的信心,这个高傲惯了的女孩，该怎么面对这碎了一地的自尊。

付守宇从阴影里走出来，准备离开这阴森森的地方，突然想到吴天将还在里面，来都来了，去看看吴天将，也不枉白费力气。虽然这个人有些讨厌，还为了自己和吴丽军的事公报私仇，把自己下放到虎头山单独执勤点，但他是上过战场的老兵，是为七总队做出过贡献的人，他有罪，但不能掩盖他的功劳，而且没有宣判之前，他还不算罪人。最关键的是他是吴丽军的父亲，能走到今天，和吴丽军、吴行健脱不了干系，也许吴丽军、吴行健并不想从父亲身上得到什么，他们对父亲做的事情也一无所知，但可以肯定的是吴天将是为了他们，为了退休以后，还能给他们一个坚实的后盾，只是手法有些低端、影响有些恶劣，侵害了部队和基层官兵的利益。站在一个老共产党员的角度去理解他，无法理解，站在一个父亲的角度去理解他，很好理解，他缺乏安全感，一个父亲对儿女的安全感，他害怕失去。

付守宇打定主意去看吴天将，吴丽军虽然在这里住了一段日子，但肯定没有机会见到吴天将，替吴丽军了了这个心愿。

认罪、争取宽大处理的话就不说了，也不是付守宇这个角色该说的话，就告诉他吴丽军一切都好，请他放一百个心。

付守宇敏捷地穿梭于小洋楼之间，如入无人之境，这也难怪，武警营区高度集中统一，即便是针对保障功能设计的小洋楼，和基层部队也并无多大差异，除了库室设置上有些特点，走廊、扶梯甚至洗漱间、卫生间的位置都没有太大变化，所以付守宇轻车熟路，没费多大工夫就找到了基地负责人办公室。办公室外面是办公区，里面是军官宿舍，付守宇稳稳地坐在办公桌前，俯身拔掉电脑音箱插头，轻轻摇了一下鼠标，电脑没有关机，显示出保密十条禁令的桌面和输入用户名密码的对话框。这也难不住付守宇，他重新启动计算机，利用技术手段消掉密码，电脑顺利进入主界面，点开计算机硬盘，很可惜硬盘里空空如也，一个文档也没有。付守宇不由得竖起大拇指，暗叹这保密工作做得到位，保密检查绝对可以评优秀。

付守宇从头捋，按步骤走，一个环节也没出错，都在预料之中，办公文件一个也不存电脑，电脑里没有，肯定就在涉密移动硬盘里，涉密移动硬盘是要入柜上锁的，这也难不住付守宇，付守宇取下虎斑小包，取出激光探测装置，扫射密码键盘，键盘上的指纹化合物开始发光，这个探测装置是作战现场用来突入密码门的，没想到在这里派上了用场。密码有了，可是这文件柜一摁密码就会发出尖锐的滴滴声，如何打开柜门，获得移动硬盘，插入电脑，找到人员分布图，又不让里屋的负责人发觉，付守宇的"百宝箱"里可没有不让密码锁滴滴响的宝贝。怎么办？付守宇扒拉了一下小包，翻出一颗微型爆震弹，打开窗户，拉开爆震弹引信，从窗口扔了出去，别看这玩意儿小，声音可不小，炸雷一般，震彻楼宇，还散出一阵火光。付守宇听见里屋丁零咣啷地响了几声，是负责人从床上弹起来，穿着内衣裤跑了下去，一边跑一边用对讲机喊："什么玩意儿响？"

对讲机里没有应答，三人应急小组呱唧呱唧赶到楼前，打着手电四处找声源，一无所获。要是子弹或者手雷，总得有个弹壳吧，但什么都没找到。刚才感觉下雨的哨兵说："可能是打雷，刚才就有雨点。"

负责人百思不得其解："月亮这么大，怎么可能打雷？"

哨兵说："咱们这个地方是雷区！你看看那个避雷针，修得跟信号塔一样。"

哨兵指指楼与楼之间的铁架子，试图说服负责人，但负责人还是感觉不可思议，决定到勤务值班室调监控。

就这一会儿付守宇已经找到了他想要的分布图，吴天将的坐标一目了然。付守宇来到吴天将的门外，隔着玻璃往里看，吴天将应该也被刚才的响动吓了一跳，口杯跌落在地，满地的茶叶末。

吴天将头发已全白，这时候正对着门仰头靠在椅子上，双目紧闭，面色苍白，好像睡着了，桌上还放着一张信纸。留给付守宇的时间不多了，万一负责人在监控上看到蛛丝马迹，很快就会紧急集合，到时候可插翅难逃了，他想快点把该说的话说完，告诉他吴丽军的近况，可他敲了好几下玻璃，吴天将一动不动。

按照逻辑，巨响刚过他不应该睡这么死，即便是他的睡眠质量好，倒头就睡，现在的敲击声也足以叫醒他，除非他是装睡。越想越不对，付守宇再看，倒吸一口凉气，他哪里是睡着了，脖子上插着一根钢笔，笔太小不仔细看不易察觉，这笔哪儿来的，什么时候插进去了还不得而知，付守宇管不了那么多了，救人要紧，他马上冲到楼道口、运足气力大喊："有人自杀了！"

一时间炸了营，所有人开始往付守宇所在的楼层奔来。负责人第一个赶到，看了一眼付守宇道："你是谁，谁让你进来的？来这儿干什么？"

付守宇说："顾不了那么多了，救人！"

说着付守宇后退几步，一个正蹬，踹烂门锁，军医进去后，查看伤情，号了号脉搏，说还没死，上担架，送武警医院。

大家七手八脚地把吴天将抬上救护车，车子闪着警灯绝尘而去。

付守宇大摇大摆地往外走，负责人有些蒙，半晌回过神来喊："你给我站住！"

付守宇假装没听见，不仅没停下，还加快了脚步，朝着后山的方向越跑越快。

负责人掏出哨子，吹起了连续急促短声，接着喊："别让那小子跑了！"

所有人一拥而上，一通狂追。付守宇跑到山脚下，奋力往上爬，战士们紧随其后，但看守武警在这方面的技能要略逊一筹了，哪里是付守宇的对手，很快就拉开了距离。眼看着就要消失在战友们的视线范围了，下面有人喊："别跑，再跑就开枪了。"

哗啦哗啦一阵拉枪机的声音响起，付守宇回头看，几十条03式自动步枪对准了自己的后背，付守宇使劲皱了皱眉，心想，为了吴天将今天这一把算是亏大了。

可是他转念一想，我跑什么跑，我是功臣啊，吴天将要是能救回来，这个负责人非得给我作揖不可。这要是跑了，有口也说不清了。想到这里，他缓缓地溜了下来，气昂昂地站在了负责人面前。

负责人一声令下："铐上，押走！"

付守宇被战士们推推搡搡弄进了禁闭室。

负责人说："胆大包天，军事禁地你也敢闯？"

付守宇从头到尾，原原本本把来看望吴丽军，结果吴丽军已经被放走，顺带看一看吴天将，告诉他自己会照顾好他的女儿，岂料正好发现吴天将自杀的事情经过讲了一遍。负责人的眼珠子越瞪越大，不可思议地问："我们二十四小时巡逻、四台探照灯不间断扫射、对角岗楼三百六十度监视，你说你是从后山顶高高兴兴爬下来的？"

付守宇说："是！"

负责人一拍桌子说："这可能吗？你是嘲笑我脑子不好使，还是在秀你的智商下限？你以为你是特战队员吗？"

付守宇说："是！"

负责人一百个不信，道："真是特战队员？谁派你来的？吴丽军是你什么人？"

付守宇迅速在脑袋里搜索，应该怎么形容和吴丽军的关系才足以解释这次的擅闯禁地，沉默许久，付守宇说："我是七总队特战大队突击分队分队长付守宇，没有人派我来，是个人的名义，吴丽军是我女朋友，再不来看她，我怕就看不了她了。另外我要告诉你，如果不是怕吴天将死了，我早离开这儿了，你们完全不知道我来过，吴天将很可能得不到救治，他死了，那是看守事故，你们的责任可大了，这倒也是其次，吴天将有没有罪，我不知道，罪至不至死我也不知道，可我知道那是一条生命，我看见了我就要汇报，暴露了也没关系，你不感谢我我能理解，因为我有把柄在你手里。"

负责人脸上青一块白一块，面子掉了一地，但听了付守宇的话，还是对他肃然起敬。这时候，负责人的电话铃响起，电话里的人说："吴天将暂时脱离生命危险，在重症监护室进一步观察！"

挂了电话负责人长舒一口气，对付守宇道："如果你说的都是真的，我必须感谢你，让我看到了差距，思想麻痹、警惕性不够、专业性不强、安全防范不到位，暴露出太多问题，你帮我避免了一次重大事故的发生。"

负责人一脸疑惑地问："可是我不能轻易相信你的话，作为吴丽军的男朋友你应该知道她是清白的，很快就有可能放出去，为什么这么沉不住气非要冒着这么大的风险，采取这样不理智的手段进来，这个我不明白。"

付守宇看看负责人的上校肩章说："作为要害部门的关键人物，你应该明白，全总队的作战部队都进入一级战备，具体要执行什么任务，相信你这个级别应该略知一二。我作为突击分队分队长肯定是冲在前面，这一次面对的不是一般的小鱼小虾，这一趟，我不知道我能不能全身而退，如果不能，我没什么遗憾，唯独没和吴丽军告个别，我会很不甘心，死也死不痛快。"

听了付守宇的话，负责人抱着的手臂慢慢垂了下来，站成了一个标准的军姿，给付守宇敬了一个礼。

第三十三章 无人应答

"你先稍等一会儿,我去去就回。"负责人出去了,很快进来一位中士,给付守宇解开手铐,端上来一杯白开水。

中士的迷彩服上还沾着泥巴,一看就是参与了刚才的追捕,他转身要走,好像突然想起了什么,对付守宇说:"您是付守宇队长?"

付守宇疑惑地道:"你认识我?"

中士说:"刚才局面混乱没敢认,现在看清楚了。全总队的带兵骨干谁不认识你,总队擒敌骨干集训的时候,你教过我一招制敌,你是我们的偶像。没想到在这里见面了。"

付守宇说:"这个场合有些尴尬了。"

中士说:"您这么一整,接下来我们的日子可不好过了,基地非要搞一次大整顿不可。"

付守宇说:"给兄弟们添麻烦了!"

中士说:"我们还倒不是很麻烦,您估计比较麻烦了,刚才领导出去的时候,满头是汗,这事估计小不了。"

付守宇不安地问:"我没造成什么后果,还替他解决了问题,有那么严重吗?"

中士说:"严重吗?今天陈司令员刚开了执勤工作管理电视电话会议,对我们执勤武警三令五申,我们就三个任务:看好好人,看好那些为民服务的人民公仆;看死坏人,看死那些贪赃枉法、漠视法规的罪犯;看牢不是人,看牢那些储备库、桥梁、隧道、核电站、雷达站。一个字就是'看',我们今天上百双眼睛没有看住你，这叫领导脸面往哪儿搁？"

付守宇也意识到问题确实可能没有想象的那么简单，不知道要在这里被扣押多久，到时候通知大队长来领人不说，耽误了任务，得不偿失。

中士说："不过你放心，你和吴丽军的事全国人民都知道，你这么做我们都理解，你不来，我们也会通过各种渠道，想方设法告诉你她的情况。其实我要是你，我就直接跟哨兵说明情况，哨兵一定不会拦你，可惜你兜了这么一个大圈子。"

听了中士的分析，付守宇一拍脑门道："我以为你们都不知道，谁承想你们比我都明白。感谢你们照顾吴丽军，不要为我请愿了，已经搅得你们七荤八素，不能再添乱了，这么晚了，大家也都睡了。"

付守宇话音未落，中士转身打开门，屋外密密麻麻站满了战士，有几个眼熟的，大部分都没有印象，看样子他们已经在门外站了很久了。

中士指着屋外的人说："他们都是你培训过的兵，他们一个都没睡，领导不放人，他们就一直在这儿站着。"

付守宇的心瞬间温暖起来，鼻子酸酸地说："兄弟们，心意我领了，都散了吧。"

中士并没有理会付守宇，关上了房门，半晌没动静。不一会儿，负责人从外面进来，神情紧张。

刚才负责人再次进了监控室，从付守宇交代的时间节点开始查起，按照付守宇所说的路线、程序，一帧也不敢错过地盯着监控，一边看，嘴里一边发出啧啧声："这小子，天罗地网一点不惧，绝非一日之功，不是特战队员是做不到的。"监控证明，付守宇所言非虚，一个环节也没错。

负责人关掉回放，站起身来，急匆匆地回到禁闭室，围着付守宇转来转去，转得付守宇眼晕，不耐烦地问："要怎么处理给个痛快话，别转了！"

负责人说："我是在考虑这个事该怎么向上级领导报告才比较艺术，不损害大家的利益。"

付守宇说："您就直说吧，不能让您为难。"

负责人说："刚才基地党委开了个短会，都没了主意，一方说要如实上报，一方说从长计议，这事搞好了是功劳，搞不好是事故，要么皆大欢喜，要么全部受处理。"

"报告！"中士进来，双手把一张A4纸交给负责人，付守宇看得真真的，上面摁满了鲜红的手印。

负责人扫了一眼请愿书说："胡闹，这玩意儿有用吗？"心里却波涛汹涌，他很想说,如果我也有这么一天,这些可爱的战士也会为我请愿吗?他不得而知,也不知道自己到底有什么本钱可以获得这样的礼遇。

中士反问负责人:"这个如果没用,以后中队支部会议、民主投票、举手表决别通知我参加了,反正我们也没什么用,说什么也不算。"

中士敬完礼,转身出门了。

负责人指着紧闭的房门说:"这家伙,长能耐了,抓人抓不住,激我有一套!"

回过头,负责人抓着那张皱巴巴的纸,看了一遍又一遍,感慨地道:"让他们记笔记、写心得的时候都没这么认真过!"

负责人使劲摸了一把鼻子,抬起了头,斩钉截铁地说:"你走吧!"

付守宇好像没听清:"您说什么?"

负责人一字一顿地说:"走,现在就走,别等我反悔。"说着,亲自为付守宇拉开了门。

付守宇说:"我走了你怎么办,你怎么跟上级领导解释我的出现,你这里有人出入都要经过政治部门批准,这个规定我还是知道的!"

负责人说:"我要是你撒腿就跑,头都不回,都这时候了,你还想着我该怎么办。特战队员都像你这样,我看这次跨境捕歼任务就别去了,去了也搞不出名堂。"

付守宇说:"我真是担心你,你仁义,我更不能不讲究,你和我不一样,你是部队培养了二十多年的老党员,有身份、有地位,出不起事。"

负责人说:"你真是这么想的?"

付守宇说:"真是!"

负责人使劲拍了拍付守宇的肩膀,声若洪钟地说:"你要真是这么想的,我今天还必须放你走,你不走我派人抬也把你抬出去!"

付守宇还不放心道:"我脚迈出这个门,你可就喊不回来我了,我十公里武装越野三十多分钟,一晚上能跑到江西去。"

负责人飞起一脚就要踹付守宇的屁股,付守宇眼疾手快夺路狂奔,跑出大门口,哨兵向他敬礼,付守宇便装不便回礼,不自然地整了整衣服,发现给吴丽军买的东西还揣在怀里,把东西给哨兵道:"本来是给吴丽军买的,现在她走了,也不能白来,就当看看战友了。"

哨兵说:"班长,我不认识你。"

付守宇说:"都是穿军装的,大家都是战友。"

哨兵指指头顶的监控说:"这是什么地方,您就别整送礼这一套了。"

付守宇说:"这要是算送礼的话,那些吃拿卡要的人就不会被关进来了。"

哨兵说:"班长,你还是快点走吧,这个地方真不适合久留。"

付守宇说:"好吧,那我走了,一定替我告诉你们负责人,感谢他,过一阵子我一定回来专门感谢他。"

哨兵摆摆手,示意他别磨蹭了。

付守宇看了看亮着灯的小洋楼,表情严肃,欲说还休,拎着他那一袋可怜巴巴的东西,狠狠地往回走,一辆出租车也没有。付守宇瞅一瞅手上的东西,苦笑着摇摇头道:"什么也没看到,东西也没送出去,还给人家惹了事儿,唉!"

付守宇踽踽独行,深夜的风还有些凉,他裹了裹衣服,望着远处黑乎乎的群山和山野里星星点点的灯光,除了脚底下的沙沙声,连鸟叫蛙鸣都没有,显得无比孤独。上一秒还惊心动魄,下一秒似乎就被世界遗忘了,不过想想,这就是军人的生活写照,当年那些叱咤疆场的将士,那些马革裹尸的英雄呢,在这喧嚣浮躁、娱乐至死的年代人们还会对他们有多少唏嘘?

吴丽军呢?付守宇在想,她从基地出来,是不是也沿着这条路漫无目的地行走,有没有被这荒凉的郊野再次打上刻骨的烙印。付守宇连续给吴丽军打了好几个电话,结果连"关机"或者"停机"的声音也没有传来,人不见了,号码好像也休眠了。

其实吴丽军和付守宇走出基地的时间相隔很近,她也用同样的姿势凝望了那个再也不愿意涉足的地方,她没有怨恨,因为她的怨恨也像金钱和时间一样,都用完了,这些天来她已经感受到了以前从来没有感受到的炎凉。她坐在空落落的房间里,无数次地想起过付守宇,她知道付守宇肯定已经知道了她的下落,为什么连个人毛也没看到,无数次想到当年那些陪她狂欢到天亮,口口声声一生一世的姊妹弟兄也没有一个哪怕托人带来只言片语。她的电话为什么打不通?吴丽军从塑料袋里把之前没收的手机掏出来,她预想的微信、短信、QQ等等未接到的信息应该对她实施一次狂轰滥炸,里面应该都是嘘寒问暖的声音,但出乎意料的是,一无所有。她在想是不是手机欠费了或者停机了,至少经常骚扰她的垃圾短信也应该有上个把条儿吧,她拨通了客服电话,很不幸,话费还有好几百,难道是手机坏了收不到?或者山里信号不好?手机刚呼吸到繁华社会的空气,还没有反应过来?吴丽军开始加快了脚步,快走出大山,马上就看到信号塔一闪一闪的红灯了,手机还是没有一点动静。吴丽军还是有些急躁了,她对着手机喊:"该响的时候你不响,不该响的时候你没停过,我留你有何用!"

吴丽军发现以前哪怕只在朋友圈发一个标点符号,都能收获很多赞,现在即使是万字长文，估计也看不到那繁荣景象了。以前她跺跺脚就能震出各路豪杰，现在就算叫破喉咙，还有谁愿意搭理呢？她看着手机，感觉手机是来讽刺她的，那个硕大的屏幕就像一张血盆大口，随时可以将她无情吞噬，有些恐惧，有些恶心，于是在一座高架桥上，她把手机丢在马路中央，任凭一辆辆大车小车在它身上无情碾过，就像碾过她过往的傲娇，碾过她早已一文不值的尊严。手机很快瘪成了一张卡片，周身都是碎渣，奇怪的是屏幕还没有灭，明晃晃地刺痛着吴丽军的眼睛。吴丽军有些气愤，她冲上去抓起那坨几乎已经成了碎片但是还不妥协的手机奋力扔了出去，手机在空中划出一道闪光的弧线，掉落在高架桥下的湖水里。吴丽军往湖里看，可气的是湖水也是亮的，比手机的光芒更为强烈，而且好像手机的病传染了湖水，它得到了永生，放眼望去，都是手机，到处都很刺目。吴丽军哇的一下哭出了声，道："谁都欺负我，谁能帮帮我？"

当时，吴丽军说这话的时候，付守宇乘坐的出租车正好从桥上经过，付守宇看到的那个女孩就是吴丽军，他们又一次擦肩而过，和上次他被下放虎头山时，和吴丽军在拉达酒吧门口错过如出一辙。吴丽军一路走回租住的房子，在路上她还看到一辆呼啸而过的救护车，车上喷着醒目的"武警医院"四个大字，她也不知道里面正躺着自杀未遂的父亲吴天将。

终于到了小区，她的汽车还静静地停在停车位上，落满了灰尘，和自己一样落魄不已。吴丽军在车子前站了很久，用手指在车窗上写下付守宇的名字，呆呆地看着。

保安发现了这个姑娘有些异常，拿手电筒照了照她的脸，问道："姑娘，你没事吧？"

吴丽军说："好多了，没想到第一个问候我的，竟是你。"

保安受宠若惊，立正站好说："关心业主是我们的义务！"

吴丽军给保安鞠了一个九十度的躬道："谢谢你，真的很谢谢你！"

保安一脸幸福，满脸红光地走了。

保安走后，吴丽军连忙把付守宇的名字抹掉，不光是把名字抹掉，她决定把这个人也要从心里彻底抹掉。一干二净、不留痕迹。

回到房间，吴丽军不吃、不喝、不睡，手扶膝盖、挺胸抬头，端坐在沙发上，像在部队时端坐在会议室的方凳上听训词、学讲话一样，一动不动，全神贯注，一直到东方露出鱼肚白。她的眼前浮现的是行进中的队列、朝气蓬勃的笑脸，还有阳光、鲜花、舞台、歌声，是紧跟在屁股后面的一大票粉丝，是狂热的追求者，是觥筹交错，是春暖花开，是一大段一大段热情洋溢的主持词，是花枝乱颤的舞蹈、眼花缭乱的舞美,还有精致的妆容,琳琅满目的高跟鞋、晚礼服,她的脸上浮现出浓浓的带着倦意的笑容,笑着笑着豆大的泪珠一颗接一颗地掉下来。她似乎已经知道,那些当初最不珍视的东西,其实是逝去了就再也回不来的美好。

付守宇走后,邱晓娟并不比吴丽军的状态好多少,站在埋葬着父亲骨灰的烈士陵园里,她深绿的军礼服、鲜黄的绶带、雪白的衬衫和闪亮的制式皮鞋格外夺目。她为父亲点上一根烟、倒上一杯酒,静静地坐在石碑前。她使劲擦了擦眼泪说:"爸爸,以前您出门执行任务还会和我打声招呼,不管我如何抱着您的大腿,哭得撕心裂肺,不让您走,您还是要走。可那样,至少我能亲眼看着您在我面前越走越远,逐渐消失在家门口的街角。我知道您每次都不会回头,因为您的眼圈也是红的,等到拐过弯去,悄悄停下来,偷偷看看我是不是不再闹了,有好几次我哭得刹不住车,您忍不住又折回来,以至于我越来越会哭,总盼望着您还会因为心疼我折返回来。而这一次,您转过头去,再也不会给我那样的机会。我很不习惯,但今天我不会再哭,您看,我一滴眼泪也没掉,是不是很坚强?我终于长成了您最希望看到的样子,可您再也看不见了。爸爸,以后我可能会很忙,不能经常来看您,军队全面改革已经展开了,我会脱军装,这可能是我最后一次穿军装来看您,但您别担心,我知道您永远对部队怀着深厚的感情,所以不管怎么改,我都不会离开这支队伍,我都会一如既往地干好这份工作,履行好我的天职。爸爸,我知道您还有一个心愿,将恐怖分子全面击溃!您一辈子都在和坏人做斗争,如果那些人抓不住,您肯定也好受不了。原谅我是个女儿身,还阴错阳差地学了医,这辈子也当不成您最欣赏的特战队员,血海深仇可能没办法亲手为您报,但女儿思来想去,这个世界性难题是有解决方案的,吴行健已经是过去式,当初为了照顾您和吴天将叔叔的感受接受了他,没想到这个人在每一个关键的时刻都是缺位的。还好付守宇回来了,他是一个更优秀的特战队员,他是我最好的朋友,他救了我,不久后他也会替你去报仇。我发现不光是您,所有的女孩对英雄是没有抵抗力的,不然,当年我妈也不会忍辱负重跟着你。爸爸,您一直希望我尽快找到意中人,替你照顾我,和吴行健好的时候,我以为离实现您的愿望很近了,可是后来的事,让人始料未及。不过您别操心,我发现我走了很多弯路,即使是弯路,只要往前走,总会离目标近一些不是吗!所以您就安心吧,您不是也常说,死又能怎么样呢,很多老战友早就去了那边,晚去的要好过早去,您去了就会坐享其成,下他们的象棋、喝他们的美酒,在他们栽好的大树下面乘凉,有一帮过命的老战友,谁还怕死啊。我当时还堵您的嘴,让您不要瞎说,现在终究还是应验了,你去了那边,我可告诉您,就您那倔脾气,可别跟叔叔大爷们掐架,您初来乍到,说不定会被一帮老头群殴,还是和平相处的好……"

邱晓娟越说越起劲,一群鸽子咕咕咕地落在周围,有的四处啄食,有的围着邱晓娟探个究竟,有胆大的爬上她的肩头,和她来个亲密接触,一只鸽子喝了邱晓娟倒在墓碑前的酒,乱飞乱撞,落了一地鸽毛。

到时间了,负责陵园管理的两位大叔该清场了,所有人都离开了,只有邱晓娟还滔滔不绝,跟邱铁稳聊完感情聊生活,聊完生活聊工作,聊完工作聊医患关系。两位大叔,一胖一瘦,黑着脸背手踱步。

胖大叔嘴里嘟囔着:"人都走了,活着的能不能想开点。还让不让人回家吃饭了,我老伴今天给我煮的韭菜馅饺子都要出锅了。"

瘦大叔说:"你刚调过来不知道,咱这是烈士陵园,经常有这样的人来,还经常是生面孔,你还不能轰,硬轰伤的不只是家属感情!你懂不懂?"

胖大叔说:"不太懂,但我终于知道人家说守烈士墓的活儿不好干,钱少事多高觉悟,修路拔草加栽树。不行,不能惯他们这臭毛病!"

说话间他俩已经离邱晓娟很近了,瘦大叔示意胖大叔闭嘴,胖大叔不再言语,邱晓娟的话尽收耳中。说高兴了邱晓娟还笑出声来,听着听着,邱晓娟笑了,胖大叔却哭了,抹着眼泪走的。

瘦大叔问:"不回家吃饺子了?"

胖大叔说:"不吃了,晚饭她不走,我还不吃,我在值班室陪你睡了。这妮子说话听了太让人受不了。"

瘦大叔调侃道:"多好的饺子不吃多可惜,正好我还没见过弟妹,我去拜访拜访?"

胖大叔生气地道:"你可别白话了。"

邱晓娟从陵园出来已经是午后,一肚子话都掏出来感到心情轻松了不少。走在路上,她想到了付守宇,给付守宇打了一个电话,想去看看付守宇。

付守宇情绪很低落,把去农副业生产基地看吴丽军但是没能如愿,想去她家看,又没有时间的事儿说了。邱晓娟这才想起自己还有一个这样的难姐难妹,自从上次在她家被叶根壮吓破了胆之后,她对那个冰冷的小屋充满了恐惧,但又怎能坐视不管,回家换了身衣服,在小区楼下买了午饭打包好,硬着头皮又去了吴丽军家。

进小区的时候,保安把邱晓娟拦下来,上上下下打量了一番说:"找谁?"

邱晓娟很惊讶:"你怎么知道我是找人的,我万一是业主呢?"

保安笃定地说:"别逗了,这小区虽然大,但茫茫人海中我还是一眼能认出谁是业主，我干的就是这个，干什么都得专业！姐姐，你来过一次，样貌、身形、体态就刻进我脑子里了，我这脑子自带人脸识别系统，公安没招录我是他们的损失，我连你找谁都知道，六号楼六楼那位漂亮的吴女生上去后就没下来，精神有些恍惚，你不来我都不敢打瞌睡，赶快上去看看吧！"

邱晓娟给保安一个大大的赞说："着实佩服，但有一件事你看得不准。"

保安问："什么事？"

邱晓娟说："叫谁姐姐呢，我可是90后。"说着甩开肩膀，英姿飒爽地朝六号楼走去。

保安望着邱晓娟的背影说："00后都老大不小了，90后声音就别那么大了！"

邱晓娟噔噔噔上了楼，敲了好一阵子门无人应答，邱晓娟有些不祥的预感，隔着门喊："丽军，我知道你在里面，你把门打开，你没事吧，别吓我呀！"

还是没有动静，邱晓娟有些着急了，防盗门很结实，怎么办？邱晓娟想起了那个神通广大的保安，保安正愁一身武艺无处施展，二话没说带着撬棍上来了，又是别又是撬总算把门捣鼓开了。

邱晓娟进入屋内，吴丽军四仰八叉躺在地板上，把邱晓娟吓了一跳，她不知道吴丽军保持这样的姿势多久了。还好她是学医的，多少也是经历过战救场面的人，立刻反应，即刻行动。还好吴丽军并没有怎么样，眼睛瞪得大大的，一动不动地盯着天花板。

邱晓娟呼唤道："丽军，丽军！"

吴丽军不回答，就像眼前的一切和她没有任何关系。邱晓娟看她面色苍白，应该是有些低血糖，再摸摸额头，滚烫。邱晓娟冲进厨房，翻箱倒柜找出一包奶粉，用水冲了，强行给吴丽军灌下去，吴丽军咳嗽了几下，紧闭上眼睛。

邱晓娟心疼地说："你也是当过兵的，怎么这么作践自己，有什么过不去的，我父亲说走就走了我都没这样。你要有个三长两短，等你哥回来，爸爸被关了，妹妹还出了意外，你让他怎么面对？"

吴丽军捂住耳朵，不想听这些大道理。

邱晓娟扒拉开她的手说："你不听也得听，现在就给我起来吃饭，吃完饭我再好好给你上课。"

邱晓娟用尽全身力气把她拖到饭桌上，打开便当，轻声细语地一个个介绍菜名："这盒是海蛎抱蛋，这盒是排骨线面，这盒是秋葵羊肉，这盒是葱爆花蛤……都是你的最爱，你好歹对付两口，也算我没白跑一趟。"

邱晓娟一样一样整整齐齐地摆好，很有成就感地看着吴丽军，希望这般用心对她可以稍微有一些触动。

　　吴丽军直勾勾地盯着邱晓娟，眼睛里透着陌生、疑惑、惊恐、绝望，盯得邱晓娟瑟瑟发抖。邱晓娟壮着胆把她的视线转到食物上，吴丽军的瞳孔里没有食物，只有一阵疾风骤雨，一阵熊熊烈火，一阵洪水猛兽，它们奔腾而过，将眼中的芙蓉田园、绿野仙踪，杀了个片甲不留，毁了个千疮百孔。她突然站起来，大手一挥将邱晓娟用心良苦摆好的饭菜全部掀翻在地，桌面上重新空空如也。这一下让邱晓娟无所适从，看了吴丽军很久，没有说话，默默地找来工具，卷起袖子开始收拾。吴丽军还是不依不饶和邱晓娟较上了劲，夺她的拖把，扯她的抹布，曾经的艺术气质荡然无存，散乱着的齐耳短发，像是一根浑身是刺的狼牙棒，让人望而生畏。

　　邱晓娟突然放弃抢夺，吴丽军失去重心，踉跄着向后倒去，坐在地上，她眼睛还闪着兴奋的光芒，感觉这一场争执，激发了她的快感。邱晓娟有些愤怒，指着吴丽军的鼻子大喝一声："还有完没完了！"吼完，感觉语气有些重了，对待一个受过刺激的人，不应该这么没有耐性。可我也是受害者，我不是慈善家，凭什么，一个刚死了父亲的人还要对一个无理取闹、撒泼打滚的人笑容满面，凭什么？我也是叫天天不应、叫地地不灵，却还要以一个强者的姿态来面对眼前发生的一切，凭什么？也许，这就是考验战友的时候，不然还需要战友干什么，大家都是萍水相逢就好了。邱晓娟这么想就释然了。

　　她快走两步过去扶吴丽军，吴丽军死活不起来，她就也坐下来，陪在吴丽军身边。可不管邱晓娟说什么，吴丽军也没有回应。吴丽军是精神彻底崩溃了吗？这一切来得太突然，是不是被打蒙了？她还能重新找回当初那个高贵优雅的自己吗？

第三十四章 雪上加霜

邱晓娟搂住吴丽军的肩膀，攥住她的手，对她说："你是不是觉得特别孤独，特别委屈，觉得生活也就这样了，看不见阳光，没什么奔头，你要跟我比惨吗？你有什么惨的，你失去什么了吗？你还是那个饭来张口、衣来伸手的小公主，瘦死的骆驼比马大，天天海参鲍鱼，突然让你吃几天稀饭馒头，你就哭天抹泪、无病呻吟了？还让我一个孤苦伶仃的孤儿给你做思想工作，你不觉得害臊吗？"

吴丽军转过头看了一眼邱晓娟，邱晓娟好像抓住了救命稻草，受到了莫大的鼓舞，接着说："吴叔叔虽然被隔离审查了，但他不是还好好的吗？虽然见不到父亲，但你有啊，我没有！你哥哥杳无音信，联系不上，但他是个特战精英，他有崇高的使命，说不定就在不远处默默地关注着你，只是不能告诉你罢了，你还有个哥哥，我没有！你知道我怎么来的吗？我心都被掏空了，哪里会顾及你的事儿，是付守宇冒着被处分的危险潜入农副业生产基地去看你，进去才知道你已先走一步，他还想四处找你，但特战队已经进入一级战备，出不了门了，我才知道我该粉墨登场了，你还有如此牵挂你的好朋友，你怎么就感受不到？我知道你心里难受，但是你要学会排解，不然，所有人付出的努力不都打水漂了吗？"

听到付守宇的名字吴丽军眨了几下眼睛，吴丽军突然开口了，她有气无力地说："真羡慕你啊！"

邱晓娟差点哭出声来道："你羡慕我？地球人里就剩下你羡慕我了！我很好奇你羡慕我什么？"

吴丽军越发虚弱地说："如果不脱军装多好，可能就没有后来这些事情了吧。"

邱晓娟苦笑道:"哪有什么如果,这身衣服早晚不得脱吗?脱了就不是自己了?不是说永葆军人本色嘛,你脱得好,这不我也步你的后尘脱了军装!"邱晓娟指指自己新式文职人员制服。

吴丽军摸摸邱晓娟的衣服,眼神里都是懊恼道:"真漂亮啊!可惜再也回不去了。"

邱晓娟有些兴奋地说:"傻瓜,要往前看,不穿制服的人多了,你看,精彩比比皆是!"

吴丽军的声音很悠远,就像从海的那边传来:"总之是回不去了……"什么回不去了呢?是军旅生活吗?是那人那事那狗吗?好像都不全是。

面对吴丽军的低迷状态,邱晓娟没了主意,像这样的情况,她根本没有遇到过,心里正焦躁着,吴丽军的身体重心渐渐不稳,慢慢地靠在了她的身上,眼皮耷拉了下来。邱晓娟很清楚,这是烧晕过去了,她连忙叫了救护车。

武警医院里人来人往,吴丽军被担架抬了进来,邱晓娟不停地呼唤着吴丽军的名字,众人纷纷让路。

病房里,液体缓缓流进吴丽军的体内,她渐渐苏醒过来。邱晓娟一夜没睡,守在她的身边,给她擦手擦脚,看到她恢复意识。

邱晓娟说:"醒了就好,安心在医院养着,这样我也方便照顾你,你自己一定要争气,至少要对得起我吧。"

吴丽军看着邱晓娟浓重的黑眼圈,有些过意不去,点了点头。

邱晓娟说:"你也是受过高等教育的,还在部队这么多年,我相信不管发生什么事你都能挺过去,一定要战胜自己!"

吴丽军又点了点头,而且开始张嘴吃邱晓娟递过来的皮蛋瘦肉粥。

陪着吴丽军聊了一小时,邱晓娟感觉吴丽军暂时不会有什么问题,她决定去科室报个到,和高护士长说明一下情况,请两天假,专心过来陪着吴丽军。

邱晓娟还是有些不放心道:"我去去就来,你一个人没问题吧?"

吴丽军说:"你放心去忙,我不会给你惹麻烦的!"还露出浅浅的微笑。

邱晓娟临走特意交代主管护士一定要照顾好吴丽军,然后急匆匆走了。

吴丽军躺在床上,望着窗外的蓝天,这些天,她好像还没有拉开过窗帘,已经习惯了黑暗,突然看见阳光,心里也亮堂了许多。感觉头昏脑涨,躺的时间太久了,她起身下床,走到窗户边朝窗外望去,一支队伍迈着整齐的步伐,唱着强军战歌从大门口进入。今天是基层官兵体检的日子,他们从四面八方的营区里赶来,来医院这种地方，很多人愁眉苦脸，他们却笑得跟花儿一样，吴丽军知道为什么，因为战士们出趟门不太容易。以前她也是这支队伍中的一员，从深山老林走来，从岛屿隧道走来，从对角岗楼走来。这里不属于他们，但他们可以自豪地说这里是我守卫的地方。有战士看到了窗边的吴丽军，看到了她的眼眸，一边惊叹于她的美貌，一边羞涩地低下头，看向脚上的作战靴。

班长喊道："出门在外要保持军人形象，抬头挺胸！再四处乱瞅，我让你在这儿瞅一上午！"

战士抬起头，又偷瞄了吴丽军，吴丽军很想向他们挥手，以前她经常做这个动作，晚会、联欢，她的每一次挥手都能迎来排山倒海的尖叫，还有胆大的战士兴奋地打响呼哨，而现在她的手有千钧重，她吃力地挥起来，周围却寂静一片。战士匆匆离开，看见了也假装没看见，连笑容也止住了。

吴丽军感受到了距离，这个距离远隔万水千山。但吴丽军很满足了，至少可以重新找到心中的阳光，燃起一团旺盛的火焰。她似乎坚定了信念，知道自己应该朝着什么样的方向找到什么样的精神坐标，活下去的勇气也许就在这里，要寻找的宝藏也许就在身边。

她在楼道里迎着伤病号不解的目光翩翩起舞，一招一式、举手投足都透着专业范儿，她浑身充满了力量，脚下铿锵作响，她向每一个人微笑，恨不能告诉每一个人，她不气馁，她要重新活出理想的样子，就像窗外青葱的绿叶、领首的松柏，就像劲爆之音肆无忌惮的鼓噪，就像圣洁的太阳闪烁着的精神之光。她要把这个好消息告诉邱晓娟，她还想等出院以后给付守宇打电话，给看不见摸不着的哥哥写信，哪怕地址是星辰大海，哪怕邮递员是春风柳絮，她也要写，用艺术家的笔触、观察者的视角，演奏出清脆悦耳的旋律。电梯里挤满了人，吴丽军刚要进去，护工推着一位瘫痪的老头抢先一步进了电梯。但吴丽军等不及了，开始爬楼梯，她忘了邱晓娟在几楼，一层一层地问过去，问到五楼ICU的时候，她发现她进不了护士站，因为大门紧闭，门口笔直地站着两名哨兵，医院病房配哨兵，是个什么情况，有什么大人物住院还要这么大的排场？

吴丽军问哨兵："邱晓娟在这一层上班吗？"

哨兵甲说："不知道！"

吴丽军并不甘心，怕错过了五楼，万一邱晓娟就在这一层，上面的问也白问，她说："那你能让护士长出来一下吗？"

哨兵甲说："不能！"

吴丽军说："我有急事，可不可以通融通融！"

哨兵甲说:"不可以!"

吴丽军说:"你这个战士怎么这么犟呢,我又没进去,让你把人叫出来还不行吗?文明执勤、礼节礼貌懂不懂,你班长怎么教你的!"

哨兵甲不急不恼说:"你不要在这儿无理取闹,这一层现在属于要害部位,只有经过严格的政治审查的人才能进出。"

吴丽军说:"什么要害部位,这是医院,我要见我的战友,我战友在这里上班!"

哨兵甲上下打量了一下吴丽军,问:"你也是当兵的?"

吴丽军指着他的肩章说:"废话,我当兵的时候你还不知道在哪儿呢,回去问问老兵,我可是名动七总队的军中百灵,没有不知道的,现在虽然落魄了,但威名还在。"

哨兵甲敬个礼,笑笑说:"首先给老兵敬礼,其次我要告诉你,不管江湖是不是有你的传说,这里该不能进还是不能进!"

吴丽军一看哨兵态度这么坚决,也不好耍无赖,换了一副面孔温柔地说:"到底什么人这么有派头,住院都要派兵执勤,是不是生活不能自理?"

哨兵甲压低声音说:"看你也是部队的,告诉你也无妨,里面是咱们的吴部长!"

哨兵乙清了清嗓子警告前者说:"注意!"

吴丽军听到吴部长三个字,像被枪打了一样,哆嗦了一下,连忙问道:"那也用不着重兵把守吧。"

哨兵甲摇摇头说:"按照正常情况不需要这样,但你不知道,昨晚这老头也不知道哪根筋搭错了,把我们基地主任好心借给他的钢笔插进了喉管,到现在已经下了好几回病危了,只有进的气没有出的气。我说,这贪官也不好当啊,这吴部长,还算不错的,基本差不多了,还有那些自杀未遂的可就惨喽,你比如说跳楼吧,一定要头朝下跳,一脑袋戳肚子里肯定玩完,这要是跳不好摔个半死不活,到时候医院给治吧治吧,拿板子、石膏啥的固定固定,接着审,你说惨不惨!"

哨兵乙又使劲提了提嗓子道:"你脑袋被驴踢了,什么都敢说?现在这事还没定性呢,要是传出去传歪了,咱俩谁都没好果子吃!"

哨兵甲信心十足地说:"没事,一看这美女老兵是个有文化、明事理、讲政治的人,怎么可能出卖我。"

哨兵乙说:"你啊你!"

哨兵甲仔细观察了一下吴丽军的表情,这才意识到话说得确实太多了点,连忙问吴丽军:"你肯定不会出卖我的吧?"

哨兵甲没有注意到,吴丽军的腿都已经打战了,已经支撑不住上半身了。

她万念俱灰,脑袋里有闪电和雷鸣,她感到一阵阵眩晕,她失魂落魄地说着,怎么会呢!怎么会呢!然后往ICU冲,但被哨兵一次次阻拦之后,她跟跟跄跄地往楼下冲去。

身后传来哨兵乙的声音:"你就等着瞧好吧,咱们完蛋了!"

哨兵甲说:"别小题大做,人家不是说了吗,怎么会呢!"

吴丽军确实不会说出去,她跟谁说去呢?她甚至希望这个事永远不会再有人知道。吴丽军受到巨大打击,刚刚好转的情绪重新一落千丈,刚刚正常起来的心神,一瞬间全面破碎。她走到门诊大厅,穿过拥挤的人群,走上了越来越宽敞的大道,以此来扩容她心里那片逼仄的空间。她一直奔跑,像要跑到西海岸的阿甘,拖鞋掉了一只也浑然不觉,病号服在初夏的斑斓里格外扎眼,引得路人纷纷侧目。

邱晓娟找护士长、找主任、跑科室、跑机关政治部门,当请假单上签满名字的时候,一看表已经过去一个半小时了。马上又到饭点了,她去医院食堂打了三菜一汤,用便携式饭盒装着,急匆匆地往吴丽军病房赶。

推开门发现吴丽军没在病床上,以为她出去透气了,并没有太着急,等来等去,半天没见吴丽军的动静,这才问主管护士,病人哪儿去了?

主管护士一脸蒙圈:"我之前看她在走廊上跳舞来着,这人身段婀娜,长得美丽,一看就不是一般人,像个电影明星似的,和她一比我倒像个病人,我还注意她干啥,她应该注意注意我,到时候我跟她混,再也不干这又脏又累的护理工作了。这伟大的南丁格尔精神谁愿意继承谁继承去吧。"

邱晓娟说:"婀娜个屁,她要是丢了,这又脏又累的工作你也找不着!"说完,邱晓娟气呼呼地走了,楼上楼下找人去了。

主管护士可不乐意了:"你这是吃了枪药了?住院病号偷溜的多了去了,都是成年人,一个低血糖又不是什么绝症,还能上赶着去死吗?真有意思,瞎神气什么呀!"

邱晓娟找得满头大汗,还发动战友、聘用制人员将外科楼、内科楼、影像中心、生活区找了个遍,连水电房、电梯间也没放过,可吴丽军踪影全无。这时候邱晓娟有些慌了神,吴丽军不同于其他病人,她可是精神濒临崩溃的人呢,随时可能做出过激的举动,这可如何是好。邱晓娟打电话向院部求救,院部立刻报告总队,总队通知了公安厅,公安厅特事特办,启动紧急预案,发动警力通过技术手段查找,可一直到深夜,也没有一点消息。侦察技术已相当发达,想要找个人尤其是吴丽军这样没有多少野外生存经验的人，应该还不成什么问题，可吴丽军就是不见了，她出现在监控中的最后一个画面竟然是对着探头挥手。难道吴丽军是个伪装很成功的高级特工，有着不同寻常的反侦察能力？不然她一个弱女子到底怎么人间蒸发了？

苦口婆心和吴丽军沟通交流了这么久，最终还是把她弄丢了，邱晓娟心里难受极了。她想找付守宇诉诉苦，可付守宇的手机已经打不通了，他们特战队可能已经做好了一切战斗准备，随时出动，手机自然不能再用了。

此刻邱晓娟更深切地感受到什么是孤家寡人。

距平潭港方向一百八十多海里的地方，芭乐号伪装成商船在海面上四处乱窜，频繁变换着航道，指挥中心实时监控画面上显示芭乐号的坐标忽隐忽现。

李华纲和黑谷组织首领络腮桑亚在通电话。李华纲有些反常的焦躁，他心事重重地说："我们二当家的已经被抓了，我损失一员大将，代价有些高了，而且我的船上很可能有卧底，现在不敢贸然行动，不然我会很麻烦！"

电话里络腮桑亚笑得上气不接下气："我们有什么麻烦，你知道我们的背景，Y国反政府武装已经快要取代政府军，成为新的统治者，难道中国政府会为了这点鸡毛蒜皮的小事调动军队和他们起战争不成？最多严正声明、强烈谴责罢了，别太当真！你放心把人送来。"

很明显，络腮桑亚一方面觉得李华纲是危言耸听，明显是有些害怕了，需要加油打气；一方面他是幸灾乐祸，他知道自己暂时无人敢动，而李华纲不一样，顶多算他的一个散户，他根本不屑于管李华纲的处境，这样的小虾米死不死的都不太影响他们的千秋大计。

李华纲看出了点苗头道："好歹以前我也是个军人，不是怕，只觉得是不是这趟海得的有些太冒失，再等上十天半个月的，观察一下情况有什么不好吗？"

络腮桑亚有些愠怒道："站位不同考虑问题果然不同，这是脸面问题，你一拖再拖养成了习惯，一传十十传百，以后谁还跟我做生意？混江湖混的是个名气，我是不是要天天像个包租公一样挨个找你们收租啊？"

李华纲咬牙切齿地道："安全第一啊！以前我可以随叫随到，那是因为有饕餮食客，现在中国到处在反腐，保护伞倒了一片，很难再下嘴了，仅剩下的关系顶不住的！"

络腮胡子说："顶不住就别顶了，我们也不是吃素的，红毛丹岛上的防御体系你也不是没见过，我们天天在打仗，有的是经验。况且中国是不愿意打仗的，肯定不想触这个霉头。再不济，不就是一两百人吗，逼急了，我还回去就是了！"

络腮桑亚是个不计后果的人，嘴上这么说，心里也是这么想。他在红毛丹岛下了血本，那是他在战乱国之外苦心经营的财富王国，怎么可能因为八字没一撇的事儿随随便便就丢了业务。

李华纲听络腮桑亚这意思，还是不信任他，怕洗手不干，变着花样劝他一定要来而已，根本不考虑背后的致命隐患。

李华纲有些急躁地说："咱能不能转个弯儿，别因小失大，我怀疑搞我们的是中国武警，你知道中国武警的厉害吗？抓老二的我认为肯定是他们，若不是，不会一点风声也没有。老二虽然不是个软柿子，但碰上他们，难保不把一切都咬出来！"

络腮桑亚饶有兴致地问："你们二当家的被武警抓了？找人干掉他就完了！"

李华纲说："能干早干了，还用等到现在？"

络腮桑亚说："武警？他们不是防卫作战部队吗？他们敢出境？出境敢作战？"

李华纲说："你太不了解他们了，中国军队改革这么大的动静你不知道，军是军，警是警，民是民的政策你也不知道？那么你肯定知道海上维权执法的海警现在也隶属武警，武警无孔不入啊！"

络腮桑亚安静了好一会儿道："你先等等，我开个会研究研究！"

过了两三个小时，李华纲心急如焚，给络腮桑亚来了一阵夺命连环call。电话终于接通了，而他们研究的结果是没有结果，执行原计划，现在就出发，容不得半点商量。

李华纲咬牙切齿地对吴行健说："桑亚这个龟孙儿要惹事情，我决定不做这笔买卖了！"

吴行健感到事情没有那么简单，连忙规劝道："桑亚是个什么人，你比谁都清楚，他能让你这么顺利地走掉？"

李华纲虽有忧虑，但管不了那么多，道："随他扑腾去吧！难道他还能追我追到天边？"

李华纲偷偷下令轮船驶出深水港，绕道往西，对外宣称前往红毛丹岛，连吴行健也不知道轮船到底驶向哪里，李华纲认为这样离危险会越来越远。

此时吴行健陷入沉思，他一遍遍地捋着这些天来的侦察经过。尤溪洲桥头战斗之后的逃脱、远郊山林的放弃追击、对叶根壮的七纵七擒，很明显都在告诉自己事情远远没有结束，李华纲多少有些觉察，有了顾忌。而今得知船上有卧底，直接导致他下定决心，绝不能铤而走险，不去暂时不会死，一去则覆水难收。

下午，夕阳沉在海平线。吴行健陪着李华纲在会客厅泡茶，小黑哭爹喊娘地冲进来："老大，出事了！"

李华纲问："老子活得好好的，你哭什么丧？"

小黑说："我们的海外账户被冻结了！"

李华纲端起的公道杯啪嚓掉在茶海里，浓浓的茶汤洒了一片，对于讲究茶道的李华纲来说，这是不可原谅的错误。而现在他更关心的是他海外账户里如果换成美元能堆满半个会议室的资产。他略作调整，重新扶正杯子，拿起毛笔，把洒掉的茶水扫进排水沟里，镇定地问："什么原因？"

小黑说："要是知道原因我就没这么着急了，刚刚按您的吩咐去置办物资，需要用钱的时候才发现，钱根本划不动。"

李华纲骂道："蠢驴，抓紧打听。"

小黑刚出门，李华纲的卫星电话就响了，桑亚打来的。

桑亚道："兄弟，我们干这一行的，钱哪敢存银行，你太迷信权威了。我给你出个主意，存我这儿，保证少不了你的利息。"

李华纲说："您是真绝，你怎么知道我用虚拟身份开的账户，怎么操控的世界级大银行听你的话？"

桑亚说："好好学着点，我只要吹点风给银行，说你的钱是和我交易挣来的就够了，还不用提反政府武装的事，他们已经欣喜若狂了。"

李华纲说："可户头不是我的。"

桑亚说："国外的落脚点都给你端了，户不户头的就别提了！"

李华纲一口茶喷出来，骂道："我日你祖宗！"

桑亚说："不要爆粗口，只是冻结而已。"

李华纲仰天长叹："我再信你，天都不答应！"

桑亚说："你还有选择吗？"

李华纲说："我本来就是穷光蛋，当回穷光蛋又何妨！"

桑亚说："穷光蛋也不是谁想当就当，就怕前后夹击、困兽之斗，死得难看啊。"

李华纲说："你不怕遭报应？"

桑亚说："中国人才信报应！"

夜晚，李华纲请吴行健吃饭。

李华纲盯着吴行健问："你说这船上，除了你谁最像卧底？"

吴行健在切牛排，听了这话，放慢了手上的动作，一来一回地拉着锯，吴行健心思显然被李华纲吸引了过去，顾不上切的到底是肉，还是盘子，他轻描淡写地道："除了我没别人了，一帮尿包，卧底这活儿，不是谁都能干的。"

李华纲听罢，嘭地拍了一把桌子，盘盘盏盏、瓶瓶罐罐稀里哗啦，汤汁溅到了吴行健，他直起腰没有躲。李华纲少有地发了火："日死鬼咧，这些天我翻箱倒柜把船上的人查了个底掉，越查感觉这家伙离我越远，感觉谁都像卧底，你让我怎么办，我现在哪儿都不敢去，你说怎么办？告诉我怎么办！"

吴行健站起身来，把餐巾扯下来放到一边，抽了几张纸，擦了擦脸，拿起桌上的餐刀，绕到李华纲身边，把刀递给李华纲道："你不信我，弄死我就好了，一刀下去，江湖上再没卧底！"

海风徐徐，掀起李华纲的衣角，把他一丝不苟的头发吹得像此起彼伏的海浪，李华纲的眼睛里有万马奔腾，而甲板上只有他们两个人，海天之间也只有他们两个人。空中鸟瞰碧波清澈见底，两个人像悬空的岛屿，将那方窄窄的舢板站成辽阔的新大陆。

刀不大，足以致命。按照逻辑，李华纲最放心的是吴行健，当然也可以是最不放心的。以前他也碰撞过卧底，无一例外，今天还是同样的甲板，同样的场景，按照以往的经验这把刀他应该接，而且他应该毫不犹豫地出手。

李华纲接过刀，靠近吴行健，声音有些颤抖地说："兄弟，难为你了！当哥哥的已经精疲力竭，不这么做，去也是死，不去也得死，死不可怕，怕的是死不明白。"

吴行健说："明不明白我上了这条船，明不明白轮船也在通往最后一站的路上了！"

李华纲说："并没有，我们现在是相反的方向！"

吴行健说："为什么？"

李华纲说："可能就是因为你！"

说完，刀朝着吴行健的腹部刺来，吴行健目光聚焦在刀刃，没有躲，甚至还有迎接它的意思，没有悬念，一根闪亮的刀把露在外面，映着吴行健的痛苦和李华纲的惊诧。

李华纲惊呼："你怎么不躲，你应该躲的，等你躲了，给我反手一击，甚至掏出私藏的枪支对准我的脑门，告诉我你就是卧底，跑已经来不及了，按照原计划行进，不然大家同归于尽！应该是这样的套路，你为什么标新立异？谁教你的，卧底技术也革新了吗？"

吴行健嘴里哇地吐出一口老血道："跟着你简直是太累了，真不如死！临死我也得告诉你，你这个有眼无珠的东西，活该你天怒人怨，十面埋伏！"

李华纲愣了半晌喊："救人！"

吴行健被抬走了，李华纲对小黑道："只要不是他，就好办多了，剩下几个哈尿，能造成什么威胁！"他向舵手打了一个掉头的手势。

第三十五章 向死而生

吴行健的手术很顺利，李华纲给吴行健送来一束鲜花，给吴行健鞠躬，心情无比愧疚，面容无比严峻。

吴行健头扭到一边道："别来这一套，看见你伤口疼。"

李华纲说："在你伤好之前，我不会让你再看见我，我去面壁。"

李华纲说到做到，把自己关进顶层舱室。他交代手下，不到目的地，他不出来，谁也不见。

芭乐号轮船悄然进入公海。

夜晚，平潭港、马尾港、长乐港、泉州港、霞浦港周边同时出现车辆编队，密密麻麻的武警官兵包围了港口附近的可疑场所。一时间枪声大作、火光冲天，大批李华纲的同伙被当场击毙，一部分被戴上头套押上防暴车。

总队作战指挥中心内，陈司令员和参谋长正盯着大屏幕上的作战部署图。从图中的标注来看，李华纲的所有据点一目了然。

参谋长说："李华纲彻底没有了退路，他只有孤注一掷了！我已命令部队做好一切战斗准备，武警执法船已经跟上。上了红毛丹岛就全看吴行健的了，他要是有闪失我们可就抓瞎了。"

陈司令员有些担心地道："奇了怪了，吴行健身上的防干扰芯片正在工作，能看到他的电子信标，他只在很小的范围移动，是不是被限制了人身自由？"

参谋长说："您多虑了，船舱本来就逼仄，到了海上风大浪急，不怎么动也说得过去，我认为他是在保存实力。"

陈司令员说："注意观察吧。"

他们还不知道是吴行健的腹部伤限制了他的活动，他要想尽一切办法在轮船到达之前，最大程度恢复战斗力。

此时，付守宇和战友们也已经置身茫茫大海。

登船的时候是凌晨三点。人们进入最深度睡眠的时候，往往是战士们出发的时候。

全副武装的付守宇招呼队员们逐个进入船舱，他最后一个站在舷梯上回首望去，港口上灯火辉煌，靠岸离岸的船只十分繁忙，一排排崭新的汽车密密麻麻地停在不远处，集装箱在巨型塔吊前像积木一样摆放得整整齐齐，它们都在等待装船，它们也将远渡重洋，去完成它们的使命。

再往后看，漆黑覆盖住来路，偌大的天地之间一切都在不停地变换着位置，唯独来路没有变过，它窄窄浅浅地定格在脚下，不管何时凝望都是最初的模样。付守宇看了一眼，周遭熙熙攘攘、人声鼎沸，而这条路上杳无人烟，这让他想起参军走的那一天，他把脑袋伸出车窗遥望送他的父亲，一片嘈杂，而唯独看不到父亲的身影，他急得哭出声来，这人怎么回事，关键时候怎么掉链子了呢？这一去可是最少两年，分别怎能如此仓促。后来车开起来，父亲还是没有出现，他彻底放弃了，气呼呼地坐在座位上一言不发。

这时有新兵战友在惊呼："这是谁家的，帅爆炸了！"

父亲不知从哪里弄来一辆三蹦子一路尾随，车子呼呼冒着白烟，像飞机拉线一样，拖得很长很长，那丁零哐啷破铁叶子相互撞击的声音，敲打在付守宇的心头肉上，他示意父亲，赶快掉头回去，车圈都要飘了，多危险啊。父亲却没有理会，越开越起劲，好几次还差点超了客车，客车越来越快，三蹦子已经到了极限，付守宇看到父亲整个人都剧烈抖动起来，脸上的肉嘟噜噜的，很滑稽。付守宇一点不觉得好笑。送儿千里终须一别，客车过收费站，三蹦子就不能再走了，司机知道身后跟了这么一位英雄式的人物，特意停下来让他给儿子说句话。付守宇把脑袋伸到最长，期待父亲能说出一句惊天地泣鬼神的告别语，岂料他吭哧瘪肚半天说了三个字："忒冷咧！"见不着也哭，以这种方式见了也哭。父亲和三蹦子渐渐消失在视野里，路就凸显出来，只剩下了路。

后来，太多这样分别的场面，付守宇的眼泪越来越不容易流出来，可现在他又看到了这样的路，谁来给他说三个字，哪怕像父亲当年那样驱车几十公里说的那三个干巴巴的"忒冷咧"！

吴丽军有消息了吗？邱晓娟还在睡梦中吧。我回来的时候，要是她们能站在这个舷梯底下该多好啊，哪怕跟我没有半毛钱关系，只是来迎接吴行健。

身后是大队长催促的声音，付守宇向着没有人的来路敬礼，一瞬间他仿佛看到那里人头攒动，他能叫出他们所有人的名字，可以无所顾忌地和所有人拥抱。而这个宝贵的瞬间稍纵即逝，他心满意足地关上舱门，拉上门闩，笑着走进舱室深处，坐在战友中间，他们都像孪生兄弟，一个模子刻出来的。

大队长却看得清楚，指着付守宇说："分队长，你磨蹭什么呢？想媳妇也不分个时候！"说完，从防弹衣的夹层里掏出媳妇的照片肆无忌惮地亲了一口。

王狙击有些打抱不平地说："只许州官放火不许百姓点灯！"

大队长并不生气："你们这帮大龄青年，我就是要这么刺激你们！打仗是一把好手，找女朋友一个个没尿水，等这趟回去，你们要是还没戏，别跟我说自己是带把的。"

听了这话王狙击气不打一处来："呜哈，你一周给我两小时外出，跟姑娘吃饭只能吃快餐，看电影得挑微电影，本想开个钟点房亲热亲热，进去围巾还没摘，服务员就打电话说到点了，你让我怎么解决问题？"

众人把头扭到一边偷笑，付守宇把头盔拉下来佯装睡觉，王狙击隔着好几个人给他扔过来一根香烟，付守宇抬起头疑惑地看了王狙击一眼，王狙击把烟放在鼻尖底下使劲嗅着，付守宇照做。王狙击想要付守宇帮个腔，付守宇却低下了头。

大队长说："你一个当兵的赶什么时髦，出门戴什么围巾，还围巾围巾的，我也是从你们这个阶段过来的，我怎么和你嫂子水到渠成的？！"

王狙击更生气了："像嫂子那样上赶着，天天营门口送瓦罐汤的主儿还上哪儿去找！"

大队长不说话了，胜利之情溢于言表。

王狙击跑过来怼了一把付守宇："你倒是说句话呀，我为你出头，你倒是心安理得。"

付守宇说："省点劲儿吧，你还不了解他，你和他理论输了还好，但凡占点上风，他都在训练场上找补回来，特长小心眼，爱好穿小鞋！"

大队长听见了，不急不恼，摆弄着手里的新枪，嘴里哼哼着不知名的小曲，悠然自得。

这时走进来一个一级警士长，带着一位上士，上士热情地分发矿泉水，一级警士长自我介绍道："我是这艘执法船的副船长，欢迎各位登上我们外号海上推土机的蔚蓝之鲨，今天是我们自海警转隶武警部队以来第一次和大家并肩战斗，而且一上来就有这么大的搞头，我感到很荣幸，说明我们这个大家庭日趋壮大，在座各位的辐射力和执法船一样与日俱增，到了船上没什么好招待的，单兵自热食品可劲儿造，矿泉水可劲儿喝！"

说着，警士长提起一瓶矿泉水，预祝特战队员们旗开得胜。大队长笑脸相迎，不过警士长刚走，大队长面对满满好几箱子炒面、炒饭、牛肉干、牛肉块还有一堆榨菜片道："都什么年代了，上船就给吃这个？"

王狙击说："就几天，忍忍得了。"

付守宇说："你以为陆地呢，每小时120公里？！"

王狙击说："出门在外别穷讲究了！"

付守宇说："穷家富路！"

说着从箱子里翻来倒去寻找爱吃的品种。以往演习，他能抵挡住蓝军的各种威逼利诱，就是对吃的没有免疫力，上次野外生存的时候饿得受不了，烤了一只鸟，被一个排的蓝军追出去六个山头，他发过誓再也不乱吃了，今天却还是第一个冲上去的。他找到爱吃的东西后，兴冲冲地去开水房打水，他捧着自热饭袋子，袋子里呲呲冒白烟的时候，噌噌两声巨响，让他连忙把饭扔了出去，冒着烟的自热食品像一枚拉开引线的炸弹。大家呼啦全站了起来，之前有的在剪指甲，有的在玩射击游戏，最可敬的是王狙击在绣花，他将这项爱好美其名曰"耐性大法"，和织毛衣一样有助于提高狙击手的专注度，实用还不浪费体力，还造福社会……付守宇的一记"米饭炸弹"让大家同时扔掉了手里的小物件儿，端起了步枪。

指挥员走进来通报情况，刚才确实是炮响，但并没有击打目标。

警士长说："船队旁出现两艘悬挂骷髅旗帜的武装船只，已经跟踪队伍一段时间了，应该是我们接近其据点公海杨桃屿，他们紧张了！"

大队长问："为什么鸣炮示警？"

指挥员说："其中一艘船想撞我们的执法船。"

大家通过瞭望口查看情况，发现对方的船要大出好几圈。

付守宇说："吃水量不占优势，但我们船多，一帮子财大气粗的海盗而已，他们不行的！"

指挥员说："但这里距离红毛丹岛已经不远了，李华纲的芭乐号也很机灵，不宜大动干戈。"

这时候，武警通过高音喇叭向对方喊话进行威慑："我们是中国人民武装警察部队，依法执行海上维权任务，请你们与船队保持距离，否则后果自负！"

话音未落，对方狙击手就打烂了这倒霉的高音喇叭。

大队长说："嘿哟，给脸不要脸，要不是有更重要的任务，顺道就把你们收了。分队长指挥突击小组，给他们上上课！"

付守宇立刻带领六名队员携带高爆装置、攀登设备乘坐小型冲锋舟悄然下海。然而刚一露头，对方的子弹密集射来，攻势猛烈。冲锋舟操作手将冲锋舟开出S形，但仍然有子弹击中冲锋舟的玻璃钢面和队员们手中的防弹盾牌。付守宇一边下令队员做好隐蔽，一边对其中三名队员做了特战手语，队员心灵神会同时拉下氧气面罩，慢慢向冲锋舟一侧移动，迅捷后倒，进入水中，来了一招金蝉脱壳，从陆上猛虎成功变身水下"蛙人"。

冲锋舟在对方的眼皮子底下虚晃两圈顺利返航。执法船指挥中枢一方面与对方控制室取得联系，一方面通过信息技术手段干扰他们的航行信号，让他们无法相互之间保持畅通交流。另一边，付守宇和队员已经像壁虎一样吸附在舰艇表面，缓慢向上移动，随时变换颜色的新型潜水服装使他们始终保持和舰艇颜色匹配，很难被察觉。付守宇发出掩护信号，大队长带领的一队特战队员吸引对方火力，给付守宇他们留出空当，成功翻身上船。

来之前，指挥长提供的舰艇型号以及内部设施已经印在了付守宇的脑子里，他直接带领队员朝舰艇中心横插进去，中间遭遇武装分子阻碍，付守宇兵来将挡水来土掩，用匕首结果了好几个放风的武装分子。

付守宇安排队友警戒，自己从舰艇中心的下方卸下线路隔板进入控制室，隐蔽在控制室的集成箱柜内，透过柜缝观察外面的情况。

环绕在控制室的是一圈真皮沙发，沙发中央是细长的台案，上面摆满了酒水饮料，沙发上坐着一位精壮的中年光头，左拥右抱着金发碧眼的美女。

付守宇乍一看还以为是到了好乐迪的包厢。其他人都分散站在四周，手里拎着模样千奇百怪的武器，凸显出这支队伍的国际化。

付守宇将高爆装置安顿好，然后原路返回，带着队员准备下船，这时，咻的一声，一发信号弹发出，红蓝相间的光柱划破苍穹，照亮周边的一大片海域。他们如此隐蔽，还是不知道哪个环节暴露了。

所有人员都往付守宇和队员的方向奔来。

执法船指挥舱，大队长发现情况不妙，命令道："狙击手掩护，全力保证突击手安全。"

全体特战队员举枪射击，喷火器、泡沫驱散器同时启动，武装分子舰艇刹那间陷入一片狼藉，船上鬼哭狼嚎声不绝于耳。

付守宇指挥突击小组立刻占据有利地形，由后朝抵抗人员开火。

一名队员刚刚击伤一名武装分子，正准备开第二枪，一个手雷从天而降，身边的付守宇突然跃起拽住队员跳进旁边的舷梯，迟一秒，他就会被炸成碎片。

　　付守宇抹掉脸上的土，喘着粗气说："雷是光头扔的，突入控制室，必须拿下他！"

　　队员说："引爆高爆设置就完了！"

　　付守宇说："不行，动静太大！大队长也指示要抓活的。"

　　付守宇在另外三名队员的掩护下抓绳上到舰艇中心制高点，还没有翻越栏杆，就遭遇火力抵抗，只能挂在绳子上。

　　付守宇把身体紧缚在绳子上，从腰间拽出一颗催泪弹扔了过去，并快速翻越栏杆，找到最近的掩体寻找战机。

　　子弹仍不间断地打在纯钢护栏上，发出清脆的叮叮声。

　　付守宇通过枪响，大致判断了敌人所处的位置，一个背摔从掩体里出来，扣动了扳机，船舱里发出一声惨叫。

　　船舱里有战斗力的人越来越少，压力减轻了很多。付守宇正和队友利用手语准备突入，突然一个手雷又飞了过来，大家立刻分头卧倒。

　　这时一个黑影背着类似氧气瓶的东西以极快的速度，冲出舱门，跃进海里。

　　付守宇立刻报告："疑似头目携带潜水装备跳海，请求蛙人追踪！"

　　大队长说："拖住他，蛙人正在穿戴装具。把这个哈尿活着给我弄回来，我要让他给桑亚陪葬！"

　　付守宇喊道："火烧腚了，现在就跳！"

　　可蛙人迟迟没有动静，付守宇一边指示队员撤离，自己连想都没想拉下面罩跳了下去。

　　大队长在船上急得直跺脚："龟孙日滴，旱鸭子，刚学的游泳，逞个鸟的能，没氧气了，跳下去干球！"

　　但已经晚了，他太了解付守宇了，只要黏上了，就不可能让对手跑掉。他的双手就是铁钳子，目光如钩，臂膀一定是箍住罪恶的网，紧紧的，炮轰都轰不开，轰开了指甲也会嵌进敌手的躯体，并顽强地向内生长，给予对手致命的震慑、挥之不去的阴影。

　　付守宇是怎样追上光头、在水中与之搏斗的暂且不知，总之蛙人把光头捞上来的时候，所谓的武装分子头目身中八刀，却还活着，因为付守宇刺出的每一刀都不致命，只是可以丧失抵抗力的部位。由此可知，付守宇在生命受到威胁的时候，还记得大队长"抓活的"的命令。团伙头目在执法船上折服地高举着两个大拇指，用听不懂的鸟语，呜里哇啦地说着什么，翻译说，他在责怪我们，为什么连国旗也不挂，为什么船上连号码也没有，还以为是商船，早知道是中国军人，他连边儿也不敢凑的。

指挥长拍拍大队长的肩膀说："我们的目的达到了，连海盗都以为是商船！"

然而，付守宇却没能紧随光头爬上来，他的氧气用完以后，慢慢支撑不住，不停地喝水。他们出动了所有的冲锋舟，调动了所有的蛙人，在附近海域来回搜索了十几分钟，奇怪的是付守宇消失得无影无踪，刚还波诡云谲的海上这一会儿也风平浪静了。

大队长面色铁青地说道："活要见人，死要见尸！"

一位作战参谋跑过来说："实在不行，只能启航了，这不是一个人、一个分队乃至一支部队的事情，还望从大局考虑！战斗总会有牺牲的！"

王狙击控制不住了，指着参谋的鼻子道："你说的啥子话嘛，你咋知道他牺牲了，你有什么权利放弃他，什么是大局，没有我们你谈什么大局！"

大队长吼道："你给我闭嘴，再找十分钟，如果还找不到……"

王狙击通红着脸说："找不到就接着找，你们不找我自己留下来找。"

大队长说："别胡闹，走留我说了算！谁再乱蹦乱跳我毙了谁，这是战场！"

再看王狙击，战友一把没拉住，他二话没说，把自己爱狙的枪带从脖子上撅下来，冲到大队长面前干净利索地把枪递给了大队长，枪口对准自己的脑门说："要不你就开枪！"

场面僵化，所有人都忘记手里的动作盯着两人看，连冲锋舟上的蛙人也抬头盯着船上充满悬念的一幕。他们太想知道以下犯上、反对权威、把领导弄到没面子到底会是一个什么下场。大队长的手就在扳机的位置，轻轻一碰一颗7.62毫米的88式狙击步枪弹就可以射穿王狙击的脑门，弹夹里的子弹是王狙击自己装进去的，上面还有他的指纹和温度，现在弹头就对着自己的脑门。从来没有人当着这么多人的面敢顶撞大队长，大家都以为这事要弄大，他脸面掉了一地，肯定会恼羞成怒，当场将王狙击就地正法、以儆效尤，目前这个状况，大队长毙了他一点问题都没有，符合法规。战友们正要劝大队长别冲动，大队长收起了狙击枪，对着王狙击的大饼脸扇了一嘴巴子道："你瞎咋呼什么？我说过放弃他吗？"

这时候瞭望台的战友报告，不远处有可疑漂浮物。阳光下，海上美景沁人心脾，那个不明的漂浮物更让所有人心神荡漾，数十艘冲锋舟，五颜六色的制式服装混成一股股炫目的流彩，如潮般向漂浮物涌去。王狙击、大队长乘坐的冲锋舟第一个到达位置，第一眼就认出了那就是付守宇，只是这个付守宇比原来那个付守宇胖了好几圈，喝足了水又浸泡了这么久，一个精壮的小伙子像快要吹炸的气球，在水面上来回滚动。大队长和王狙击跳下去，把付守宇拖上来，又摁又捶又吸，各种急救措施都用过了，付守宇愣是没有半点反应。

把付守宇弄上执法船，一干人等没有了主意，王狙击哭得晕头转向，但突然想起来一个土办法。他说，小时候农村有人被淹了，都是放在牛背上，水才能吐干净。有人说，可是现在没有牛怎么办？大队长声音传来，谁说没有牛！只要付守宇能醒来，我就是驴，是猪，是狗都行。大家发现大队长已经趴在地上，他眼睛里布满血丝，一头一脸不知道是汗水还是海水，他保持着那个并不算雅观的姿势，头朝前，脚蹬地，双目怒视前方，做好随时开爬的准备。

大队长喊道："把付守宇给我搁上来！"

付守宇趴在大队长背上，大队长说还不行，牛背不是这样的，给我绑上圆木！圆木没找到，王狙击找来了一只油桶。

大队长说："别磨叽了，就往我身上绑！"绑好，重新放上付守宇，大队长开始在甲板上爬，大队长说，是这个速度吗？我现在就是牛魔王附身，我现在就是牛头神转世，只要我兄弟把水都吐出来。大队长一边爬一边心平气和地小声说："兄弟？你要是觉得我这样还够意思，你就哼哼一下，他妈的一下子就行，你让哥听听你那破锣般的嗓子，我听不够！你看你都把我折腾成什么样了，我什么时候这么娘们唧唧过，你要看笑话到什么时候？兄弟？你说你老出什么风头，瘪孙光头被你抓住他大牙都笑掉了，杀鸡用了牛刀，我心里亏得慌！"

甲板上所有人屏住了呼吸，只剩下大队长的喘息和他膝盖磕在甲板上的声音，咚咚咚咚像是威风锣鼓队给出征的士兵擂响的催征鼓点，付守宇紧闭着双眼，静谧地趴在大队长背上，好像很享受这宁静，享受这炽热的阳光。

队员们哭了，王狙击豆大的泪垂下来，他想上前替换大队长，被大队长一胳膊扒拉开老远，大队长又轻声絮叨上了，他流着汗的脸还带着微笑："兄弟，你要是不说句话，我就一直爬，我给你爬出个中国地图，让你在这公海之上也能看到家的样子！你要是不说话，我就一直爬，爬也爬得像个中国军人，像你醒着时候的牛逼样！你一定要活着到红毛丹岛！你的好兄弟吴行健还在等着你里应外合。想想他，你是不是也得给我站起来！"

王狙击在旁边，比大队长还使劲，攥着拳头，收着嗓门喊加油，他的情绪传染了所有人，大家都开始呼喊付守宇的名字："付守宇、付守宇、付守宇……"身上还淌着水的蛙人，头发花白的警士长，透过指挥舱玻璃注视着这场面的舵手，其他船上用望远镜盯着这里的战友……风停了、浪停了、船停了，连呼吸也静止了，仿佛海面变成了镜面，那高高飘扬的旗帜也不再摇摆，它们也在等待付守宇醒来的那一刻，再欢乐开怀地扭动身躯。

突然，付守宇嘴巴里咕噜吐出一口水，人群顿时沸腾了。

隔着好几条船上拿望远镜看的那位船长，手一抖，把望远镜掉进了海里，但他一点不惋惜，他朝身后翘首张望的官兵说："吐了，吐了……"

有人问："真吐了？"

船长说："吐他娘地了，真他娘地吐了！"

付守宇哇哇哇又是几大口，还喷射起了小水柱，他每颤抖一下，人群就激昂一分，大队长趴在地上就怒吼一声。

大队长最卖力，却看不到付守宇的样子，但他知道人群在欢呼，背上隔着油桶他都能感受到那炽热的如同火焰般的高温。

付守宇嗷嗷地号了两嗓子，大队长脑袋磕在地面上喜极而泣。

王狙击冲过来拉起大队长，对大队长说："你再给我来一嘴巴子！"

付守宇睁开眼第一句话是："刚才感觉坐了一宿的老牛套破车，都给我颠饿了，我的自热饭热好了没？"

第三十六章 不问归途

吴行健乘坐的芭乐号劈波斩浪，航行在一望无际的海疆。他隐隐约约听到了枪炮声。小黑从躺椅上飞身起来，甩掉了墨镜和拖鞋。这些天来，他和弟兄们精神高度紧绷，再也找不到往日从容不迫的洒脱，这是他所不能控制的，况且李华纲在这个关键时刻选择闭关，让人恐慌。

小黑四处张望着问："什么情况？"

吴行健淡定地说："别紧张，这一带海盗猖獗，劫持商船很正常。"

小黑有些沉不住气地问："你怎么知道？"

吴行健说："不管身在何处，不管是什么角色，也得多动脑子，多看书。"

小黑说："我大概明白了，你是想让我当个好流氓！"

吴行健说："好不好的不知道，至少不会人云亦云，随波逐流。"

吴行健的伤口又开始隐隐作痛了，他接着说："这次交易后，如果你还活着，走远点，改头换面，多做好事！我就当什么都不知道，从来没有见过你。"

小白在一旁有些受不了地问："那我呢？"

吴行健说："我也没见过你。"

他的意思是小白从来没有入过他的法眼，他也不认为小白这样没有任何可圈可点之处的家伙，能够在这样残酷的物竞天择中活下去。

小白借口饭点到了要给李华纲送饭，知趣地走开了。

连续好几天吴行健真的再没有见过李华纲，他想去被李华纲称为"达摩洞"的面壁室，告诉李华纲，还是出来吧，当时只是疼痛难忍，随口一说，没必要这么放在心上。但吴行健还没登上舷梯，就被小白以及两个马仔拦住。吴行健知道这间舱室是除了监牢，船上唯一的禁地，只有伺候李华纲饮食起居的贴身马仔可以上去，也只是到门口，透过一扇小窗户和李华纲交流。为什么要设置这么一个地方？据李华纲说，这是他多年来养成的习惯，静坐常思己过。再十恶不赦的人也需要港湾，也需要心灵的归宿，可以不问归途，但一定要有来处。

吴行健当时信了，而且在后来李华纲的若干次闭关中，他也深信李华纲践行着他的自我追寻。可在这么关键的时间节点，他真的不坐镇指挥，却做起了甩手掌柜？到底隐藏着什么秘密？吴行健不得而知，他试图通过身边人探寻真相，无不无功而返。

海上漂流的日子并不奇幻，更多的是枯燥乏味，没有来自陆上文明的消息，芭乐号上的人一直认为那些天天出入讲究场所、穿着考究的文化人挂在嘴边的文化活动就是喝酒划拳玩女人，所以他们整天整天地醉生梦死。

几个满嘴冒着酒气的小子，要吴行健一起加入他们的阵营，被吴行健拒绝。其中一个醉醺醺的壮汉话说得很难听："有句洋气话叫一念天堂一念地狱，这有一天没一天的，还不加班加点快活，等黄花菜都凉了，我看你上哪儿哭去！傻叉！"壮汉满眼的藐视，没喝酒的时候他不敢，现在他一点不觉得吴行健和自己有任何差别。

吴行健本来对他们说什么、做什么毫无兴趣，只关心船底层那些人，还有大耳环将来的命运。在任务马上就要开始的时候，他突然对这些人的一举一动在乎起来，特别想知道这些看上去没心没肺、只懂得打打杀杀的人和普通人的区别到底在哪里，是什么契机让他们拿命换钱。

吴行健死死地盯着醉汉，雪白的纯棉T恤在强烈的紫外线下闪着光，海风像一把无形的锋刃，舞动得密集，看不见路线，却泛动着光影，吹烈熊熊的火焰，威慑驱散气若游丝的阴霾。

吴行健的目光也有这样的功效，像是能顺着瞳孔刺透对方的心脏。醉汉怔了两秒，边往回走边高声骂道："装什么装，都是一丘之貉，谁还比谁强多少，连自己女人都看不住还有什么好装的！"

吴行健像是没听见，小黑听不下去，因为醉汉嘴里吴行健看不住的女人，跟自己有太大的关系。他跳下躺椅，从腰里拔出弯刀，紧走两步给了醉汉一刀，没有丝毫犹豫。醉汉酒一下子醒了，把脑袋扭过肩膀，看到小黑手里滴着血的弯刀，哆哆嗦嗦地说："真他妈手黑！"扑通一声趴在甲板上。

同行的几个人见此情景，同时拔出了枪，指住了小黑。

其中一个说："山中无老虎，猴子称大王，连你也不得了了！"

吴行健也没料到小黑会反应这么大。

小黑面无惧色地说:"踏实喝你们的酒,什么事都没有,话说多了就要付出代价。"

其中一个对年长一点的人说:"山竹哥,弄死这小子吧,老大正是用人之际,不会对我们怎么样,帮规也不责众。这些年都过得憋屈,凭什么当个土匪还分三六九等。"

被唤作山竹的人皮笑肉不笑地说:"正有此意,死一个少一个,分钱的时候也省得那么麻烦!"

几个人一拍即合正要动手,吴行健说:"乌合之众,敌人还没出现,已经想到了打赢之后分田地的事,我要是不在,这船到不了地方就得散架,你们都得玩完。"

山竹说:"兄弟们,这小子也是个装货,连他一块干!省得人多嘴杂。等老大出关,我们把这事做成死局,神仙也没话说。"

他的煽动引发了大家的一致附和,枪击一触即发。

吴行健听闻此言,不慌不忙举起一个方形的小盒说:"老大果然有先见之明,知道你们这群破鱼烂虾的德行,闭关前把这个撒手锏交给我,我还以为是防止被敌人活捉用的,没想到今天要给自己人用。我看谁敢动一下,咱们就船沉大海,各显神通,这集成高爆装置很痛快,一眨眼的工夫全都灰飞烟灭,断然没有痛感。"

吴行健的盒子吸引了所有人的目光,小黑悄悄绕到船舱尾部。

一人说:"别信他的,他指定不敢动那个破遥控,谁不愿意活着?"

大家听信了他的煽动,兴致盎然,纷纷吆喝:"他也不想死!"

吴行健说:"你说得太对了,我也不想死,但老子有种,与其被你们这群废品牵制,不如自己掌握命运,都是死,何不阔气一点,临死还畏畏缩缩,将来投胎也不能理直气壮。"

一人说:"你可别叽叽了,凭你两张薄嘴片子,上下一碰,我们就要跟上你的节奏,吹牛扒瞎这事儿一点成本也不要啊!"

吴行健说:"我懂你的意思,让我做个示范是不是?我满足你!我要摁了!"吴行健提高了嗓门。

吴行健说着摁了一下遥控器,所有人嘴上说不信,一看这小子动真格的,卧倒的卧倒,准备跳船的已经爬上了栏杆。这时候船尾部果然发出轰隆一声巨响,水花喷出十几米高,从船尾溅到了甲板上,像瓢泼大雨一样打在人身上。

吴行健像一座雕像一动不动,保持着一个风雨欲来我自岿然不动的豪迈架势,任凭海水冲刷。再看山竹他们,浑身筛糠,刚才的勇武一去不返。

有思维敏捷的家伙，摸一摸身上没缺少零件，兴奋地说："没死，这不没死嘛！"

吴行健说："别说我没给你们机会，这是示警，要是还不信，咱接着来！"

山竹之前还高高冲天的鼻孔，瞬间收缩起来，就像癞皮狗夹紧的尾巴，变动有些明显，幅度有些剧烈，看起来有些滑稽。周遭的弟兄发现吴行健是虚晃一枪，恢复摩拳擦掌、咬牙切齿的态势，但迟迟不见山竹发号施令，扭头看到山竹已像泄气皮球，大家纷纷明白那颗勇猛的山竹，那颗要带着弟兄伙儿享尽荣华富贵的山竹，原来是颗虫蛀的山竹。吴行健看得出来，山竹是颗好山竹，有想法的人都比较忍辱负重，和自己一样心安理得地做着两面派，高高兴兴地被人非议。不过他也替山竹可怜，可怜他还是在错误的道路上坚持太久了，导致吃的苦、受的罪很快将不能与收获成正比，吴行健确信在黄泉路上，山竹也一定会比他的弟兄伙儿更快实现鬼生理想，早一点完成向一头好鬼的转变。

吴行健说："把你们的破枪都扔出来吧！"

一人说："我们不打了还不算完？凭什么收枪，没有枪我们算合格的恐怖分子吗？"

吴行健加重了语气："把枪扔出来！"

山竹率先把枪扔在甲板上，像扔一条已经烧焦了的烧火棍一样。这个头儿起得好，大家都跟上了节拍，听得小黑心里畅快不已，很佩服吴行健总能在关键时刻，使出撒手锏，好像总能恰到好处地掌握人性的弱点。稍微动动脑子也会知道，这高爆集成炸弹即使李华纲有装，遥控器也不会让除自己以外的第二个人拿到，如若不然就是给自己挖了一个大坑。

小黑小白负责将枪正正规规登记造册，逐一编号，告诉他们，需要用枪的时候会统一组织，集中发放，让弟兄伙儿感受到"组织"的严肃。终日人未到、声先到，咋咋呼呼的恐怖分子们像被拔了牙的老虎，虽然行动还算自由，但精神上已经认同被关进牢笼的事实，他们和船底的劳工、女人一样了。

吴行健和小黑相视一笑，庆祝方才十分默契的配合。吴行健看到小黑狡黠的目光时，突然有个感受，以小黑的领悟能力，不太像只知道伺候李华纲的主儿。但又想到在这样一个浑浑噩噩的舞台之上，追求光明，反而会跌入更深的深渊，迫切需要获得氧气，却走上了更高的高原。装作愚笨何尝不是最聪明的选择，何尝不是光明的出路？螳螂捕蝉，黄雀在后，也许，小黑是真正的黄雀？

芭乐号控制室里，小黑看着大屏幕，发现芭乐号的身后跟着一片不明信号源，始终保持着相当的距离。小黑抱紧了臂膀，皱起了眉头，他接过了舵手递过来的南非雪茄，烟雾笼罩着他的面孔。

回到自己的舱室，小黑从床底下取出行李箱，翻开衣物药品后，用刀割开最下方的夹层，打开里三层外三层的锡纸，一个密码电台赫然出现在眼前。

小黑熟练地输入密码代号和桑亚取得联系，报告了芭乐号的位置，以及对不明信号源的隐忧。桑亚立即启动防御措施，进入全面戒备状态，虽然他并没有想到那些不明信号源是中国武警的执法船。

桑亚说："难道是李华纲狗急跳墙，不自量力要和我决一死战？"

小黑说："他还没有这个实力，但不排除他请到了帮手！"

桑亚说："帮手？"

小黑说："我们的敌人就是他的帮手。"

桑亚说："Y国政府军？不会的，他们没这个闲工夫！"

小黑说："肯定不可能是中国武警的执法船！李华纲不会那么傻，用这么拙劣的舍身计，甘心当这枚诱饵。"

桑亚说："我已经让他走投无路，他万一爱国，难保不出这样的损招！"

小黑说："中国武警不会先开第一炮，这是他们的原则，我相信他们不会毫无征兆地出击，你认为呢？我认为是民用商船，因为编队并不齐整，看不到他们的船有任何标识。"

桑亚说："你这么说我更放心了。但愿不是中国武警，继续观察，放慢速度，让他们看到你的尾灯，一旦是中国武警加速逃跑，不过在逃跑之前，先要通知我！"桑亚挂了信号接收器，从小宫殿一般的府邸里出来，环顾四周，感觉到后脊梁骨有些发凉，嘴角有些抽动。他好像已经感受到眼前炮弹纷飞，硝烟弥漫，黄土滚滚，他好像已经闻到了口腔里不小心散发出的血腥味。他心乱如麻，快步走回指挥中心，电令红毛丹岛所有人进入战斗状态，也为自己留了后路，卷起金银细软，在重要的军事设施上安置了炸弹，准备好了逃跑的快艇，跑回Y国反政府武装大本营，这是他的最后大招。

小黑收起犀利的目光，重新恢复了李华纲贴身护卫管家的身份，一举一动都和刚才相去甚远。

吴行健站在甲板上隔着栏杆看到小黑，自然地笑了笑，但内心却波澜四起，他在琢磨小黑。小黑到底是个什么人，吴行健阅人无数，还经过了专门的心理研究培训，这个小黑看上去没有任何问题，但吴行健总觉得有些说不出的怪异，他如果是敌人，为什么还要帮我？

H国派出的十艘舰艇从武警三十艘执法船相对的方向驶来，全程与武警保持着密切联系。得知桑亚可能会逃跑的消息，每个编队抽出五艘船艇在通往Y国的海上要道集结，并得到Y国政府军的名义支持。桑亚失道寡助，彻底沦为丧家之犬，只是他在小黑的引导下，盲目乐观，认为国之利刃不会看上他这个弹丸之地，如若进攻也会付出不小的代价，通过外交手段交涉，应该是他们的得意之举。

眼看着红毛丹岛已若隐若现，吴行健要求小黑通知李华纲出关，被小黑拒绝，小黑说，老大心里有数！吴行健再次感觉到了蹊跷。李华纲绝不是一个无准备之人，火烧眉毛了还在玩这一出儿，到底什么意思？

桑亚通过高倍望远镜望着芭乐号，船上的一切一目了然。吴行健在舱室不断向执法船发信号，执法船逐渐缩短与芭乐号的距离。

吴行健走出舱室，站在甲板上用望远镜和桑亚对视，桑亚对副手说道："李华纲呢？为什么看不见他的影子？这小子在搞什么花样？"

副手说："他还能搞什么花样，他现在只能求我们抓紧给他一条活路。"

桑亚说："让芭乐号进港，探探虚实再说！"

芭乐号拖着庞大的身躯缓缓驶进红毛丹港，桑亚没敢出门迎接，用卫星电话联系李华纲失败，吴行健的电话打来。

桑亚问道："李华纲不露面，什么都进行不了，我们在境外的人，也没有理由解冻你们的账户，别忘了我只和李华纲对话，你们还没有资格。"

吴行健说："老大在闭关，我也在等。"

桑亚说："什么臭毛病！不要让我等太久！"说完挂断了电话。

夜晚，红毛丹港静谧异常，吴行健悄无声息地潜入红毛丹基地，摸清岛上设施位置，在要害部位安装炸弹，还查看了被困劳工的营房，顺带着进入看守较为松懈的榴弹炮阵地，搞了破坏。这些都是在敌人眼皮子底下进行的，他随时可能被打成马蜂窝。潜回船上向执法船发送信号的时候，天已经快亮了，吴行健一夜未眠，发完信号他才发现，自己的衣服已经湿透。这时小黑来敲门，吴行健立刻打着哈欠，伸着懒腰，一副刚睡醒的样子走出了门。

小黑是来和吴行健商量把送给桑亚的女人先送出去，让桑亚看到他们的诚意，吴行健不同意，他说，老大不来，我们不要做任何决定。

提到船底层的女人，吴行健再次担忧地问："大耳环还好吗？"

小黑说："放心吧，除了活动受限，饮食起居享受船长待遇。"

吴行健说："我想去看看她。"

随后否定了自己，大战在即，容不得那些儿女情长，而且现在看又有什么用，不如尽全力完成战斗,让底下的人全部重获自由,那时候自己才可以满心欢喜地看,认认真真地看。

小黑意味深长地看了吴行健一眼道:"放心吧,大耳环我一定会照顾好的!"

执法船指挥中心内,通过吴行健传回来的资料,大家制订了周密的行动方案。指挥长、大队长和几个分队长带领手下特战队员进入紧急状态。执法船上的重火力设施全部从隐藏着的船内拓展开来露出真实面目。部署完毕,所有火力已经对准红毛丹岛,战斗即刻打响。

指挥长给吴行健下达最后的任务,他的使命基本完成,芭乐号已失去价值,现在只需要保证里面人质安全,指挥中心要求吴行健最大限度控制芭乐号人员,找准时机击毙李华纲,情况不妙随时可趁乱回归大部队,执法船会派冲锋舟接应。吴行健嘴上答应,实际已暗下决心,不战斗到最后一刻绝不归队。他知道付守宇在执法船上,他的一举一动付守宇全部掌握,他还在赌一口气,这个时候万万不可退缩,一定要用实力打得付守宇满地找牙,让他知道谁才是最好的特战队员,让他知道谁担当这个角色才是最合适的,让他知道他有多么优秀,他的妹妹不是谁想要就配拥有的。

桑亚从噩梦中惊醒,时间还早,看了看表凌晨四点五十分,他再也睡不着了,他踱步到府邸顶层,环视四周,除了耷拉着脑袋的雇佣兵有的在抽烟,有的在撒尿,一切都和往日没什么差别。

天空乌云压顶,很像他的心情,他的心情从来没有这么糟糕过,没有来由地不透气。芭乐号停在港内,像只温顺的绵羊,这是唯一值得他得意的事,虽然他不理解李华纲闭关的怪癖,但他知道拿下李华纲如探囊取物,这辈子都得受制于自己,想到这他冷笑了一下,面朝大海,张开双臂,摆出一副胸怀天下的模样,似乎整个海平面都是他的。

桑亚保持这个姿势很久,闭上眼睛享受空气中带着细密水珠的温润气候,但还是找不到以往的惬意。他很苦恼,放下手臂,再睁开眼睛的时候,惊出一个大跟头,使劲搓了搓眼睛,看到海天相间的地方有密密麻麻的黑点。他几乎是滚下台阶,来到控制室,控制室的雇佣兵正伏案大睡,他掏出枪,对准那人脑袋果断一枪,那人从睡梦中就把自己弄丢了,再也没找到回来的路。

所有人被枪声吓得振作了精神,桑亚赶快透过高倍镜观察,心提到了嗓子眼,正前方都是船,船上高高飘扬着红黄绿相间的武警部队旗,船上的炮管伸得老长,就像猛兽的利爪、鳄鱼的尖牙。

桑亚大吼一声："直升机上天，大炮开炮！所有人全部进入作战状态，养你们就等这一天了。"

咚咚咚咚！强有力的炮火瞬间打破宁静，震耳欲聋，在红毛丹岛和周边海域上掀起冲天火魔和滔天巨浪。在炮火的掩映中，付守宇和战友乘坐冲锋舟突击上岛，沿着吴行健给出的路线标图，左冲右突，灵活推进，解救人质，抓捕桑亚。这时候桑亚并不恋战，下达完用人质逼退武警的指令后秘密登上早已准备好的快艇，准备穿越海上要道退居Y国反政府武装大本营。

只要进入Y国反政府武装的有效攻击距离，这些排水量并不算大的执法船和H国小股力量真的微不足道了。

坐在船上桑亚并没有一劳永逸，他趴在船檐处，紧紧握着手里的狙击枪，漫无目的地瞄准满眼的目标，岛上的军事设施虽然可以拖住武警一段时间，但只是治标不治本。

桑亚抖动着发白的嘴唇对副手说："他们是不会首先动用武力，他们做到了，可是你看看，这个局面和谁先谁后有什么关系呢！"

芭乐号上乱作一团，手无寸铁的人们四处寻找掩体，小白来问吴行健："枇杷哥，这到底是怎么回事，谁和桑亚打起来了，我们要不要帮桑亚？"

吴行健不动声色观察着眼前的局势，不远处的小黑和吴行健一样的表情。

小白心说，这是两个什么东西，船都快被烧光了，能不能活还是个问题，他们还争分夺秒地看风景。

山竹抱着被流弹击中的胳膊哭着找吴行健道："打桑亚的是不是帮我们的？"

吴行健说："算是吧！"

山竹说："到底是谁，这么大手笔！"

吴行健说："武警和H国武装宪兵！"

山竹绝望地说："那算什么帮我们，连我们一块逮！"

小黑微微一笑，不这么认为，他觉得武警就是来帮自己的，他的如意算盘打得噼啪作响。

山竹说："这样夹在中间很难受，到时候不管被谁打死了，任何一方都不会替我们收尸呀，还不如加入一方阵营，临死做件爷们儿该做的事啊。"

吴行健问："你要加入哪方阵营？"

山竹问："还用问吗，我们是中国人，枪口要一致对外！"

小白啪唧拍了山竹的脑袋说:"蠢驴,人家用你帮?我们快逃吧。"
山竹对吴行健说:"快把枪发给我们,抢几艘小渔船跑吧。"
一发炮弹打了过来,吴行健连忙隐蔽,差一点被击中。

第三十七章 各个击破

子弹贴着付守宇的面颊嗖嗖飞过，他们在炮火的掩护下，找到人质的聚集地后，攀爬上屋顶，从上索降。

雇佣兵看守发现了他们，奋力还击之时已慢了半拍，之前雇佣兵把全部精力放在观察执法船的位置上，感觉距离自己还有半个多小时的航程，没想到特战队员神不知鬼不觉已攻入了核心，之前策划的每隔十分钟杀一个人质，迫使武警撤退的计划根本来不及实施就被扼杀在萌芽状态。

带着一百多名人质寸步难行，付守宇留下几名队员看住人质，指挥其余队员再从敌人核心部位往外突击。

桑亚本来以为逃出生天，越走越发现和早上一样的场面，被堵死了退路，怒火攻心，抱着最后的一丝希望给大本营发求救信号，岂料大本营一句"自生自灭"就要了桑亚的老命。

与其在海面上和大船较劲，不如回到红毛丹岛，至少那是老巢，熟悉地形，有依附、有重武器，他要回那里做最后的困兽之斗，敌人的数量并不多，而岛上的地下网络四通八达，随便一猫找起来都要下一番功夫，打不过就藏。桑亚这么愉快地决定了。

吴行健从防御体后面爬起来，感觉时机成熟，决定寻找李华纲，亲手干掉他。吴行健熟练运用各种特战技能，和付守宇一样在硝烟弥漫中穿梭自如，他上上下下把轮船翻了个底朝天也没发现李华纲的蛛丝马迹，中间倒是看到了大耳环，他说，你安心等着，我一定把你救出去。大耳环很欣喜，她向吴行健伸出了手，手已经瘦得皮包着骨头，她日夜茶饭不思，就是想见到吴行健，当面和他道歉。

吴行健说:"现在我也不隐瞒了,我就是卧底,你不用自责,你什么都没说错,没有做错!"

听了吴行健这句话,大耳环却从欣喜改为失落,缩回了手,回到了床上,闭上了眼睛。

吴行健说:"你怎么了?你看看我!看我一眼!"

大耳环说:"你走吧,你是武警,我怎么能跟你走,那样会害了你。"

吴行健说:"我会向组织说明情况,你是无辜的!"

大耳环说:"谁信我是无辜的?你说不清楚的,别给自己找麻烦。"

吴行健说:"管你愿不愿意,等会儿我都会来接你!"

大耳环挥挥手,让吴行健赶紧走。

吴行健一步三回头地走,他要抓紧找到李华纲,一刻也不能耽误。

整条船到底哪里还有李华纲的藏身之所,吴行健百思不得其解。

战斗进入白热化,拦截桑亚的船只也赶来增援,红毛丹岛上的军事设施被破坏殆尽,还剩下一些经验丰富的雇佣兵在负隅顽抗。

找不到李华纲,吴行健回头执行第二步指令,解救被困芭乐号的人质。

下到底层,吴行健发现小黑小白带几个人已经控制了入口,他们正准备转移人质。小黑一改往日唯唯诺诺道:"你总算来了,趁他们激战正酣,我们该考虑自己的事了!老大踪影全无,我就私自做主了。"

吴行健像一尊铁塔堵住通往甲板的舷梯,大有一夫当关万夫莫开的势头,他的脸逆光呈黑色,小黑看不到他的眼神,但感觉到他的决绝,他不同意他带走人质,一个也不行。面对小黑,吴行健曾是纠结的,因为他确实给自己提过保命的建议,严格意义上说他是有重大立功表现的,为圆满完成任务出过力的,不应对他太苛刻。这时他一眼看出小黑的伎俩,他要趁乱冲出重围,人质是他的筹码,他要把这个筹码当作敲门砖,去找属于他的新天地,可能已经和芭乐号无关,和李华纲无关,甚至也和自己无关。

吴行健一字一顿地说:"要走你自己走,我答应过你。但人质一个也不能带走!"

小黑疑惑地问:"为什么?"

吴行健说:"我自有道理。"

小黑说:"你不走没关系,不要挡我的路,否则就是我的敌人!以前我给足你面子,今天不行了。"

原来,小黑果然非同寻常,他已经被桑亚收买,答应事成之后让他代替李华纲成为自己安插在亚太地区的最大下线。李华纲的终极目标是干完最后一单全身而退，而小黑不这么认为，他心里很清楚，自己的宏图大业才刚刚开始。他也怀疑吴行健，就像吴行健一直怀疑他一样，但他不会干掉吴行健，如果吴行健是朋友，谋权篡位的路上怎么可以少了吴行健这样的高手，如果他是武警，他更要留着吴行健，让吴行健引导武警将桑亚照单全收，自己可以坐收渔利，不仅代替了李华纲，还代替了桑亚。他要带着这几十名人质，以及在红毛丹岛脱险的独特经历，去投奔Y国反政府武装。

吴行健说：“走可以，从我的身体上踏过去！”

小黑恍然大悟道：“你是武警？看来李华纲怀疑得没错，幸好我没把一切告诉你。”

吴行健说：“你还能有什么秘密？”

小黑说：“大耳环本来是我的人，被叶根壮抢了去，又眼睁睁看着她投奔了你，而我打碎了牙往肚子里咽。所以设局让她诬陷你，割她耳朵，将她保护起来不让任何人再碰她，都是我出的馊主意，我一边报复她，一边拯救她，归根结底还是我在乎她。”

吴行健听得有些迷糊，小黑没等他完全反应过来哗啦一声举起了枪，吴行健的出枪速度远比小黑快，在小黑举起枪之前完全可以击毙小黑，但吴行健迟疑了一秒，他用这一秒向小黑对他的帮助表示致谢，感谢他一年多来或有意或无心的照顾。他们互相指着脑袋，小白和山竹早已经领到了新老大发放的枪支，也全都举起了枪，吴行健似乎在劫难逃。

这时候付守宇冲了过来，刚刚的一阵轰炸，让他和战友走散，正巧碰上这么一个局面，他喊道：“我来救你！”

吴行健说：“你忙你的去吧！去你的吧！”

付守宇说：“都什么时候了还嘴硬！”

付守宇说着也加入持枪对峙的阵营。

大家都屏住呼吸，眼睛也不敢眨，生怕被抢占先机，他们都知道这不是游戏，稍微咳嗽一下都有可能引发互射。这样的场面很少见，近在咫尺的地方枪炮连天，而他们这里好像有什么东西在发酵，脚边上很快能长出蘑菇一般。吴行健用余光看了付守宇一眼悄声道：“是不是傻呀，这种场面你完全可以避免，你来凑什么热闹！”

王狙击远远地看见两位大咖冲锋，正替他俩高兴，咧嘴笑了一会儿，发现不对，他们一动不动，他们枪口指着的目标正好被舷梯挡住，作为狙击手他可没有付守宇这个突击手那么莽撞，他不用看就知道下面一定有敌人，离得老远拽出一颗手雷，稳准狠地扔了过去，冲击波让双方人马全部扑倒在地。

这一会儿小黑与之前判若两人，现在他对吴行健零容忍。

他喊道："别让枇杷跑了，他是武警，他要是跑了，谁也活不了。"

打死吴行健是小黑升级成老大之后的第一个难题，所以他必须破解。

他带领弟兄们迅速爬上舷梯对吴行健展开打击，吴行健四处躲避，付守宇寸步不离，很快两个人弹尽粮绝，连付守宇挂在肩膀上的对讲机也被击碎，没法还击，也不能寻求支援。王狙击呼叫指挥中心，却得不到回应，只能在侧面关注着他们的情况，他只有一把狙击，子弹也所剩无几，不能往前冲就不停地变换位置，寻找下一个值得狙杀的目标。

弹药即将耗光，两人躲在掩体后面喘着粗气。敌人来回搜捕，使得掩体的小缝隙透出的光亮断断续续、时有时无，就像吴行健和付守宇的气息。

吴行健气呼呼地道："哪儿都有你，屎壳郎往密处拱。我这儿不需要你，立功你找错地方了！"

付守宇满脸的烟灰和迷彩油让他看起来像刚从柴火堆里扒出来的烤煳了的大土豆，他一笑满嘴大白牙，像是烤土豆剥了皮，露出鲜嫩的瓤子。

吴行健更生气了："赶紧给我走，我一下也不想看到你。"

付守宇说："你以为我愿意看见你，我是来告诉你邱晓娟一切都好！"

吴行健怔怔地看了付守宇三秒说："跟你有什么关系！"

付守宇接着说："但丽军情况不太乐观，她需要人照顾，你一定要安全回去。"

吴行健对付守宇感到绝望，绝望为什么他的世界里与付守宇已撇不清关系。

吴行健倏地站起来道："更不要提我妹妹，我不希望从你嘴里听到她的消息！"

咻咻咻三发子弹打在掩体上。

付守宇连忙拉下他说："好好好，不提不提，再给我一次机会，让我们配合好，以后再也不合作都可以！我们没子弹了，李华纲的手下才刚刚开打，更需要我们的配合。"

吴行健咬牙切齿地说："我掩护你，你赶快回去补充弹药，寻求支援！赶快！"

付守宇说："你去，我掩护。"

吴行健说："我是你上级，听命令。"

付守宇把仅剩的一个弹夹扔给吴行健说："一定要活着！"

吴行健把仅剩的一个弹夹装上，道："你去，去你娘的！"

付守宇躬身往后撤退，吴行健无惧无畏地站起身来，疯狂地向小黑小白射击。火力向他聚集，付守宇成功转移，而吴行健肩胛骨、左大臂中枪，鲜血直流，倒在掩体后面不停抽搐。

小黑抵进搜捕，距离吴行健还有一步之遥的时候，被王狙击一枪命中眉心当场毙命。

"有狙击手！"小白带领山竹等人全部卧倒，不敢往前一步。而王狙击心急如焚，因为他的枪膛里已经空空如也。

付守宇寻求到支援赶回来的时候，吴行健已经快没有意识了，付守宇说："我说让你跑让你跑，你不听！"

吴行健抬了抬满是鲜血的手臂，没有抬动，放弃了，心满意足地说："你是突击手，你适合奔跑！干自己该干的事！"

付守宇啪嗒啪嗒地掉着眼泪，用三角巾裹吴行健的伤口。

吴行健说："你哭个锤子，我又没死，我死了你要高兴。我死了，就管不了了，照顾好我妹妹！"

吴行健接着说："晓娟懂事，就不用我操心了！"

付守宇一言不发，他加快手上的动作，再加快也快不过血流的速度。

付守宇大吼："军医！军医！"

吴行健被担架抬走了，付守宇装上弹夹，脸上带着悲情，展开新一轮的进攻，他和战友在硝烟中勇猛穿梭。

小白被击毙，山竹再一次扔下手里的武器举手投降。

桑亚返回红毛丹岛，像一只田鼠钻进地下打起了游击。

战斗打了一整天，天快要擦黑的时候，岛上到处冒着硝烟，已没有形成威胁的雇佣兵了，大部分军事设施已哑火。付守宇和战友进入搜寻阶段，随时还在防止桑亚的地下偷袭。指挥中心启动了热成像，派出了无人侦察机在岛上来回盘旋，执法船上的高音喇叭不间断攻心劝降。岛上山高林密，遍布灌木丛，想要找一个人犹如大海捞针。但抓不到桑亚，一切等于零。

本想出国淘金，每个人交给李华纲不菲的偷渡费，却开始长达一两年噩梦的偷渡客们，本以为来到了人间地狱，叫天天不应，叫地地不灵，再也没有回到家乡的可能，看到武警执法，他们不禁号啕大哭，一时间执法船上悲情无限。

执法船手术方舱里，吴行健躺在手术台上，医务人员在给吴行健实施全麻手术，无影灯将吴行健的脸照得煞白，伤口血肉模糊。主刀大夫的额头上全是汗，护士不时为他擦汗，从主刀大夫的表情上可以看出手术的难度。

护士尖声尖气地说："他失血过多，即使子弹取出来，骨头固定好，什么时候醒来也是未知数啊！"

通过先进的侦察技术，桑亚的踪迹在一处地道被发现。付守宇像上次在B城的山洞里一样，主动要求下地道。上次的经验应该是用不上了，因为上次的恐怖分子并不高级，而桑亚每天都在打仗，他在很多方面的技能不在付守宇之下。

付守宇在地道里和他进行一阵激烈的猫捉老鼠之后，互有负伤，最后桑亚还是被逼停。付守宇拿枪对着他的时候，他的手里也抓着一个起爆器，他阴森森地看着付守宇说："我一摁，红毛丹岛的地下弹药库就会爆炸，小岛就会被削平，咱们谁都跑不了。"

付守宇说："你这招是玩剩下的了。"

桑亚冷笑了一声说："年轻人，别闪了舌头！"

付守宇说："你和我同归于尽有意义吗？我只是一个不知名的特战队员。"

桑亚还抱着一线希望，是人就有软肋。

他说："那我们换个思路，你和我一起走，一起荣华富贵！"

付守宇看破红尘般地说："我要你这样的荣华富贵何用，还不是被我这样穷酸的人追得满地道乱窜！我看见你现在这样，就能想到我跟你走之后的样子！"

桑亚说："这是一次失败的经验，不会再在同一个地方跌倒了。"

付守宇道："再抓你的也不会是同一个特战队员，如果我放你走，下次你还会这么幸运？"

桑亚道："没下次了，我们分了钱，隐姓埋名，远走高飞。"

付守宇稳稳地举着手里的突击步枪，从始至终没有晃动一下，他透过准星缺口看着桑亚说："我也想过远走高飞，但绝对不是跟你，退伍后，我会远走高飞，但不用隐姓埋名，你用无数的钱来换一个假的身份，我用多年付出换一个理直气壮的名字！我们不一样的。"

桑亚有些失望，眼神里滑过一丝悲凉，道："你带走我有什么用呢，你会得不偿失，中国政府审判我会有一个漫长的过程，他们不能单方面判我死刑，我不是一个人，我的背后站着一个庞大的利益集团，你拿下我只会给自己带来麻烦，他们会出高价买你的人头，他们会把你的头割下来放在肚皮上，把视频公布于众，发给你的家人。你不会在军队待一辈子，像我一样，早晚要为自己考虑，只要你落单，你就跑不掉，我敢打包票。做事不要这么绝，我也给自己留有余地，我没有杀死一个中国人，我最多算个黑心老板，真正的幕后大佬你开罪不起！"

桑亚没有撒谎，指挥中心派出的勘探小组已经证实，岛上确实有足够摧毁整个岛屿的弹药，那个起爆器也是真的。各项数据表明，他说的幕后组织的确存在，他的论证有理有据，甚至还有没说到位的地方，他企图用这血淋淋的现实来吓退付守宇，付守宇也听得一清二楚，没有遗漏半个字，他害怕吗？不得而知，但付守宇是这样说的："我是一个武警战士，只负责打胜仗，击败敌人，至于你说的这些问题，我没必要考虑，你的背后是谁跟我没关系，我知道我的身后是谁就足够了！"

桑亚的耐心显然被磨没了，他的腮帮子一鼓一鼓，他决定摁响起爆器，一了百了胜过落入中国武警手里，他知道被活捉的后果。

轰的一声，地道墙壁上的土四散飞扬，刚开始付守宇以为末日已然来临，看来今天出不了岛了，直到耳麦里传来王狙击的声音："抓活的！"

原来刚才的声音来自王狙击，他一发狙击弹打中桑亚的手腕，起爆器飞了出去，桑亚忍着剧痛，重新去摸起爆器，付守宇不会给他这个机会，冲过来抱住了他。桑亚也不是等闲之辈，两个人在地上展开激烈搏斗。

一步是天堂，一步是地狱，桑亚力道惊人，把付守宇翻转到身下，上位控制，桑亚的块头比付守宇大了不止一个量级，坐在付守宇的身上，每一拳都打在付守宇的致命部位，付守宇的脑袋像被铁锤砸中，像是橛子被楔进了地里，像是钉子被钉进了木条，那强劲的打击，让他的身体好像变成了流沙，变成了泥浆，化作一团软绵绵的烟雾，但不管桑亚怎么打，付守宇都没有撒手。在桑亚使出吃奶的劲儿都逃脱不了、拖着付守宇爬向起爆器、手指距离起爆器只有一个指关节的时候，王狙击从几百米外冲到了近前，一脚踩住了桑亚的手，桑亚像眼镜蛇一样不屈的头颅彻底伏在了土壤里。

另一组特战队员以芭乐号为核心，向周边辐射十公里进行搜索，也根本没有发现李华纲的踪影，让人一度怀疑这个人似乎与此事毫无瓜葛。

第三十八章 别来无恙

是的,李华纲根本没有上船,没有离开中国土地一步,他还在原处,还在他来时的地方,不问归途,找到了来处。

特战队员攻入叶家厝的时候,李华纲躲在当年关押董老板的地窖里,头上摆着叶传仁的钢板头盖骨。和当年不同的是,满地窖都是金银珠宝、名表、字画、房屋土地契约,那里金光闪闪,照耀着他瞬间苍老的脸。他试图保持优雅的姿势,却偏偏成了一摊烂泥,他保持着冲锋的姿势,却一步也没有迈出去,若干年后仍然重新回到原点,回到当年出发的地方。如果他随便挪挪步子,稍微偏移一下方向,都不会有今天的下场,都不会让武警第七总队特战队员吹响集结号,奏响最强音,塑造出这个惊天动地的故事。

付守宇回来了,邱晓娟在码头迎接,她拥抱付守宇,她根本不想知道吴行健的下落,听说吴行健也在这条船上,她更要拥抱付守宇,而且必须要让吴行健看到,她亲吻付守宇。如此香艳的场面,当然吴行健不能错过。

付守宇使劲推开她,说她胡闹。她说你千万别觉得我是为了报复吴行健,你走了多少天我就思考了多么久,你是个好兵,也是个好对象,将来能当个好丈夫、孩子的好爸爸,而吴行健什么都不是,当兵也当成了大家都不愿意看到的样子。她的意思是说,吴行健卧底,不管他愿不愿意都卧成了一个半流氓,本来还是一个堂堂正正的军人,满身带着阳刚之气、规则之美,现在倒好,进入贼窝,不管是耳濡目染，还是刻意为之，总之肯定已经沾上了江湖气。

吴行健被抬下来的时候，付守宇说，他就是你想象中的吴行健，你心目中已经废了的卧底，是的，他可能真的废了，以后胳膊都抬不起来。

邱晓娟怔怔地看着医护人员把他从船上转移到救护车，等到警笛响起，一路开远，她才蹲在地上开始饮泣。

邱晓娟问付守宇："我真的不喜欢他了！怎么办呢？"

付守宇说："不行，你得喜欢他！"

邱晓娟问："为什么？难道因为他是个英雄？"

付守宇说："不，不仅仅是，他是个喜欢你的英雄，你也喜欢过的英雄。"

邱晓娟说："我现在不喜欢可以吗？"

付守宇说："喜欢不喜欢，你的直觉已经不算数了。"

邱晓娟说："这是道德绑架！"

付守宇说："没有人绑架得了你，你以为天下人都知道你们的事，其实不然，只有你自己知道。"

邱晓娟说："你为什么劝我，你不喜欢我了也就算了，为什么还劝我跟他和好，你这是往我伤口上撒盐。"

付守宇说："我是谁啊，我掺和这些干吗，我走得远远的，谁都不碰。我刚准备喜欢你，你离我而去，等我快忘了你的时候，你突然又冒了出来；我喜欢吴丽军，所有人反对，把我调到虎头山，等我快适应的时候，吴丽军失踪了。我还能喜欢谁，我喜欢吴行健吧，吴行健重伤，生死未卜！我还能喜欢谁，我还敢喜欢谁？"

邱晓娟无言以对，付守宇平静地走了。

吴行健被送到了医院，邱晓娟还是来看了他，坐在吴行健身边，邱晓娟呆愣了半响，她轻轻地坐下来，抚摸了吴行健头发，冰凉的嘴唇落在了吴行健冰凉的脸上。邱晓娟握着吴行健冰凉的手说："你走，我送你走，你来，我也陪着你，爱不爱你我都得陪着你，谁让你是英雄，这辈子我的身边怎么少得了英雄！"

邱晓娟放远泪眼，她似乎看到英雄的爸爸，最后一面那个昏死在地上的爸爸，站起来拍了拍身上的尘土，唱着他最中意的歌，越走越远。

邱晓娟刚推门出去，付守宇进来看望他。双人间的病房里躺着吴行健一个人，看望他的人都走了，现在只剩下付守宇。

付守宇在吴行健的床前站了很久，累了，躺在了另一张病床上。

付守宇侧躺着，观察着吴行健的情况。

护士戴着口罩，走进来问付守宇，你是谁？你干吗的？

付守宇说，我是他战友，是陪护，最佳陪护！

护士说，这样的重伤员不需要你这么不专业的陪护，我们有专人负责。

付守宇说，再专业，没我专业，他一旦醒了，他一个眼神我就知道他在想什么、需要什么。

护士无可奈何地走了。第二天中午，吴行健苏醒了，看见了付守宇。

两人都很惊讶，惊讶于同时再次躺在了医院的病床上，同一个科室，同一个房间，这场景似曾相识。当年很多故事的发端就起始于这个病房，病房的门开了，进来一个美丽的护士，有些像邱晓娟，又有些不像。护士忙活着手里的动作，被付守宇和吴行健看得有些不好意思道："喂喂喂，没见过美女吗？"

吴行健和付守宇相视一笑，各自陷入深深的回忆，那些带着荆棘与玫瑰的往事，纷扰迷乱了他们的双眼，也让他们更珍惜这在别人眼里极其平常的午后。

从医院分开，付守宇、吴行健各自心事重重。尤其是吴行健，他还在担心大耳环。大耳环和其他人质的归宿还在走程序，包括那十几个留不下、回不去的外国人，他们的国家不愿意出动兵力配合武警解救他们，所以他们要求随船一块来到中国。中国政府出于人道主义暂时解决他们的饮食起居，但不是长久之计，现在正联系他们国家的大使馆，沟通协商移交的问题。而大耳环的事情还没有完全调查清楚，她涉嫌知情不报，很可能会面临牢狱之灾。吴行健拖着伤体，躲过医护人员去看了她，告诉她一定要有信心，他会帮助她请最好的律师。

大耳环不再戴大耳环，也不再戴任何配饰，干干净净，不着痕迹。耳朵上的伤口已经愈合，她换上了一身朴素的衣服，坐在会见室里，笑得不掺杂质。阳光透过钢筋，一条条地照射进来，像是有一条网格子图案的被单铺在她的椅子上。

大耳环说："终于结束了这颠沛流离的生活，我突然觉得过去的几年都活在虚幻的世界里，惊心动魄！但认真想，又想不起来到底发生过什么，留在心里最深处的记忆竟然还是刚刚大学毕业，懵懵懂懂的时候，反而那时更难忘。这几年我确实真真切切地走了过来，如果非要问我还记得什么，就只剩下你了，但你是武警，我又怎么能跟别人提起，除了你又有谁会相信我说的故事。我就把你像压箱底的宝贝一样，一层层包好，珍藏起来吧。"

吴行健临走的时候拥抱了大耳环，大耳环站起来，手抬了抬，还是放下了，再没做任何动作。

付守宇回到特战大队的第一件事，是打提前复员报告。理由是，他要去寻找吴丽军，一年找不到，两年，两年找不到，一辈子。大队长想都没想把他的报告撕得粉碎，气呼呼地说："愚昧，吴丽军毕竟曾经是我们的战友，即使她离开了，组织上也会考虑她的，我向上级请求调动所有资源帮你找，总胜过你一个人。而且你现在走不了，你已经是武警部队的典型人物，你要去全国做巡回演讲，你往哪儿走？"

大队长把一个红头文件拍在桌子上说："刚下的通知，你自己看着办吧！"

那是一份到总部参加颁奖晚会的通知，付守宇没有想象中的高兴，他满脑子都是吴丽军。

走上领奖台，站在聚光灯下，台下官兵掌声雷动，可付守宇的眼睛里都是吴丽军。

付守宇手里捧着奖杯奖牌，主持人在念专家评审组给付守宇的颁奖词，念完了，主持人问付守宇此时最大的感想是什么，有什么要嘱咐年轻官兵的，有什么成长成才的经验？摇臂上的摄像机从高空俯冲下来对准了他的脸，摄影记者在他面前来回穿梭，快门咔咔响，闪光灯哗哗闪，所有人都盼望着，盼望着他能说出让人热血沸腾的语言。在这个场合煽动情绪有多关键，导演早就想到了，之前几天排练过无数遍，感言付守宇也倒背如流，但现在他大脑里一片空白。

全场安静了，呼吸声无限放大。付守宇看到当时在农副业生产基地大义凛然地放他走的那位负责人坐在台下，向着他高高地竖起大拇指，他肩膀上的星星少了一颗，可能是因为那件事被降级了；付守宇看见B城处置突发事件时给他送饭的那名新兵，现在他也穿上了虎斑迷彩，成了一名光荣的特战队员，他怀里捧着一辆用子弹壳新做的装甲车，新刷的白绿相间的亮漆闪着光，在付守宇的心里熠熠生辉；付守宇看到了谢群、杨子强，他俩是组委会专门请来的退伍老兵代表，他们穿着武警退役服装，坐在最前排，仰头盯着付守宇，尤其是谢群，急得满头大汗，他知道付守宇关键时刻嘴上的本事很一般，他有股忍不住上台抢付守宇话筒，替他发言的冲动，付守宇还是没能说出话来。这时付守宇看到广阔的礼堂后侧大门被推开了，一道光线打在通往舞台的阶梯上，吴丽军走了进来，纠察想要拦住她，吴丽军身旁穿西装的人比比画画解释了一番，不知道说了些什么，纠察转身回了站位。

付守宇看到了吴丽军，喉结动了动。主持人这才想到该救场了："看来我们的忠诚卫士感慨万千，内心涌动的都是澎湃的浪花，心路历程太过精彩纷呈，反而不知道该从何说起，看来还是需要我来帮助他回忆回忆！"

主持人尴尬地干笑两声说："请问忠诚卫士，你现在最想感谢的是谁？"

付守宇抬起手，指向吴丽军的方向。

唰，所有人的目光望向吴丽军，吴丽军满眼泪花。

主持人想把付守宇往回拉，几乎不可能了，顺茬儿往下问："能介绍介绍这位神秘的女士吗？"

付守宇说："可能算是前女友吧，又不算……"

观众席里嘈杂声一片，都在交头接耳，刚才标准的坐姿都变了样。

主持人额头上开始渗出汗珠，感觉到付守宇这个大坑，有可能要结束自己零差错的主持生涯。

主持人也豁出去了，故作镇静地问："看来你们之间有太多的故事。每个英雄的背后是不是都有这么一位女友！哦，不，前女友！"

付守宇说："对，前女友！"

主持人转向观众，激情满怀地说："看啊，感人的故事就在我们身边，台下是忠诚卫士的前女友，专门来为他鼓掌喝彩。在荣誉和女友面前，忠诚卫士做出了艰难的选择，我们不难理解这样的取舍到底意味着什么，不难体会他们到底承受了什么，让我们给予忠诚卫士以及无数默默奉献的基层官兵更多的关注，站在他们的角度上，带着他们的眼光，我们才会更明白肩头这份担当的重量，才会知道群众那句话饱含了多少真情，哪有什么岁月静好，只是有人替你负重前行！"

付守宇从台上下来，飞奔着去找吴丽军，想和她说道说道这些天来的相思之苦、愧疚之情。

他冲出大厅，站在礼堂大门处的台阶上，看到吴丽军灵巧地钻进了一辆保姆车，留下了一个后背。他想上前叫住她，却被刚才和纠察沟通的人拦住。

那人说，我是吴丽军的经纪人，吴丽军现在很忙，没时间了，想要见面，我会给你安排预约。说着递给付守宇一个名片，上面印着知名影视剧公司的名字。

付守宇再没有见到吴丽军，吴丽军火了，已经不是之前的吴丽军。据说她来到首都后，去找了那位每天手捧鲜花在军事文化学院门口等着她回心转意的海归，还去了话剧团找话剧团长促膝交谈，她又恢复了往日的神采，终日游走在各种饭局之中，认识了很多导演，拉到了很多赞助，出演了一部军旅剧，一炮而红。

站在西三环北路的苏州桥上，付守宇把那位经纪人的名片像甩飞镖一样甩进滚滚车流，胳膊一甩，迷彩背囊上肩，大步流星地消失在人潮人海里。

付守宇连夜返回了榕城。他这次去首都领了两块奖牌，一块是自己的，一块是吴行健的。他再次来到医院病房，刚把奖牌挂在吴行健的脖子上，他和吴行健的手机同时响起。

打开手机，出现一个信息界面，标题写着"预先号令"，正文"全面击溃"四个大字异常显眼，落款是武警第七总队参谋部及日期。吴行健扯开脖子上的绷带，砸烂手臂上的石膏，付守宇瞬间从椅子上弹起来。

两个人从病床下拉出背囊，换上作战装具，三五分钟武装完毕。

他们一边相互整理着装，一边相互提醒："准备战斗了，老铁！"

头一次，在病房见到有人从病床上如此潇洒地变形，那位像邱晓娟的护士惊呆了，搞不明白天天查房，为什么没有查出他们这些硬货。

护士手上的登记本掉在了地上，胸前的计时器疯狂地摇摆，她双手互握，呈膜拜状，想说点什么。付守宇和吴行健没能给她留下这个机会，已经夺门而出，跑上天台，抓绳上，进入直升机机舱。

直升机一溜烟飞远了，飞向新的战场。